中国古代文体学史

吴承学 主编

第五卷 晚清民国文体学史

常恒畅 刘春现 著

北京大学出版社
PEKING UNIVERSITY PRESS

图书在版编目(CIP)数据

中国古代文体学史. 第五卷，晚清民国文体学史 / 常恒畅，刘春现著. —— 北京：北京大学出版社，2024. 10. —— ISBN 978-7-301-35495-7

Ⅰ. I209.2

中国国家版本馆 CIP 数据核字第 2024GJ1557 号

书　　　名	中国古代文体学史：第五卷·晚清民国文体学史 ZHONGGUO GUDAI WENTI XUESHI：DI-WU JUAN·WANQING MINGUO WENTIXUESHI
著作责任者	常恒畅　刘春现　著
责 任 编 辑	张文礼
标 准 书 号	ISBN 978-7-301-35495-7
出 版 发 行	北京大学出版社
地　　　址	北京市海淀区成府路 205 号　100871
网　　　址	http://www.pup.cn　新浪微博：@ 北京大学出版社
电 子 邮 箱	编辑部 wsz@ pup.cn　总编室 zpup@ pup.cn
电　　　话	邮购部 010-62752015　发行部 010-62750672 编辑部 010-62752022
印 刷 者	大厂回族自治县彩虹印刷有限公司
经 销 者	新华书店
	650 毫米×980 毫米　16 开本　24.25 印张　386 千字 2024 年 10 月第 1 版　2024 年 10 月第 1 次印刷
定　　　价	128.00 元

未经许可，不得以任何方式复制或抄袭本书之部分或全部内容。
版权所有，侵权必究
举报电话：010-62752024　电子邮箱：fd@ pup.cn
图书如有印装质量问题，请与出版部联系，电话：010-62756370

目 录

绪论　晚清民国文体学概述 ………………………………………… 1
　第一节　研究史的回顾与检讨 …………………………………… 1
　第二节　历史语境与文体学发展 ………………………………… 11

第一章　文体分类学的新变 ………………………………………… 27
　第一节　文体分类学的基础与开拓 ……………………………… 27
　第二节　总集文体分类的新趋势 ………………………………… 41
　第三节　文话中的文体分类学 …………………………………… 49
　第四节　与西方接轨的文体分类 ………………………………… 64

第二章　骈文观念与骈体理论 ……………………………………… 69
　第一节　骈文的文体化 …………………………………………… 70
　第二节　独立于古文选本系统的骈文选本 ……………………… 72
　第三节　以"序论"为载体的骈体理论阐释 …………………… 76
　第四节　骈文的文体自觉与专题化的研究 ……………………… 85

第三章　桐城后学的古文选本与辞章学教育 ……………………… 94
　第一节　《古文辞类纂》与《经史百家杂钞》的典范意义 …… 95
　第二节　桐城派古文选本的承续 ………………………………… 103
　第三节　桐城后学的辞章学教育发微 …………………………… 116

第四章　词学的发展 ………………………………………………… 130
　第一节　端木埰与晚清"重拙大"词学思想溯源 ……………… 131

第二节　陈廷焯沉郁顿挫词学之解析 ……………………… 143
　　第三节　况周颐论词的"纤"与雅正 ………………………… 167
　　第四节　王国维的词学范畴及体系 …………………………… 184

第五章　修辞学与文体研究的新变 ………………………………… 195
　　第一节　早期文典、作文法与修辞学的混沌不分 ………… 195
　　第二节　修辞学与文法学的独立 ……………………………… 200
　　第三节　晚清民国修辞学著作中的文体与文类 …………… 202
　　第四节　修辞学影响下的文体阐释方式 …………………… 207

第六章　课程讲义与文体学研究的发展 ………………………… 214
　　第一节　传统文章学视野下的文体论 ……………………… 214
　　第二节　《古文辞通义》中的文体通变观 …………………… 220
　　第三节　应对新潮：成为专门之学的文体论 ……………… 225

第七章　《国朝文汇》与20世纪初文学史观的互动 …………… 235
　　第一节　《国朝文汇》诞生的背景及其编纂者 ……………… 236
　　第二节　《国朝文汇》的编选体例与特色 …………………… 241
　　第三节　黄人的文学史观与《国朝文汇》之关系 ………… 247

第八章　章门师友的文体理论研究 ……………………………… 255
　　第一节　章门之兴起 …………………………………………… 255
　　第二节　文字学与"文"之内涵 ……………………………… 258
　　第三节　文体之分类与谱系 …………………………………… 263
　　第四节　文体史源学与辨体 …………………………………… 270
　　第五节　文体学之学术史 ……………………………………… 276
　　第六节　章门师友文体学的意义与命运 …………………… 283

第九章 《文章源流》文体论的独创与新变 ……… 292
- 第一节 《文章源流》产生的时代背景 ……… 295
- 第二节 文体分类学上的创新 ……… 299
- 第三节 传注类文体的独立 ……… 303
- 第四节 文体阐释形态的新变 ……… 305
- 第五节 注疏、考证与文体学结合 ……… 309

第十章 刘咸炘的文学观与文体观 ……… 314
- 第一节 "文"的界定及其与文体的关系 ……… 315
- 第二节 文学正变观与文体演进 ……… 318
- 第三节 对白话文运动的态度 ……… 320
- 第四节 对《文选序》文体学思想的阐发 ……… 325
- 第五节 论传状、戏曲、八股等文体 ……… 328

第十一章 晚清课艺中的工艺书写文体 ……… 333
- 第一节 《格致书院课艺》中的工艺策问 ……… 334
- 第二节 《考工记》与传统工艺书写 ……… 339
- 第三节 近代工艺文体书写:从文章之学到专门之学 ……… 347

第十二章 报刊的文体学意义 ……… 352
- 第一节 历史语境中"报刊" ……… 352
- 第二节 报刊的文体学分类特色 ……… 359
- 第三节 报刊对文体演进的影响 ……… 363

结 语 ……… 368

绪论　晚清民国文体学概述

第一节　研究史的回顾与检讨

晚清民国是中国社会形态、学术文化发生巨变的时期,也是文学思潮、文体形态、文体观念发生巨变的时期,是文学思想与观念转型的重要时段。这一时期文体学具有典型的过渡特征,其内涵十分丰富,颇具研究价值。在西方文化的强力冲击下,晚清民国的文体学既通过总结以往的学术以谋求进一步发展,又不自觉地在其内部孕育着新的萌芽,成为连接古代文体学与现代文体学的纽带。

从20世纪80年代至今,学界对中国古代文体学的关注与研究逐渐升温,这一学科正在不断完善并向更深广的领域拓展。综而观之,在文体学领域,学界的研究主要集中在:文体学学科的建设与拓展,文体分类学研究,文体的个案研究,重要的文体学理论著作研究,以及总集、选本、文学批评中的文体学理论研究等,取得了众多高质量的研究成果。而关于晚清民国时期的中国古代文体学,学界的相关研究则比较零散而不全面,仍具有较大的发掘空间。现在对涉及本书论题的有关方面,进行研究史回顾与检讨。

1. 传统文学批评形态中的文体研究

所谓传统文学批评,包括以《文心雕龙》体系为模范的批评专著,以及文体批评的单篇著作。前者以姚永朴《文学研究法》、刘师培《汉魏六朝专家文研究》、郭象升《文学研究法》以及高步瀛的《文章源流》为代表,后者以章太炎《文学总略》《文章流别》等篇为代表。时人对《文心雕龙》文体论的阐释亦带有一定的批评意味,如黄侃《文心雕龙札记》、范文澜《文心雕龙注》等。近人的研究有：许结《姚永朴与〈文学研究法〉》（《古典文学知识》2010年第1期）对姚氏的文体论、辨体思想作了翔实的介绍。杨福生《姚永朴〈文学研究法〉述论》[《北京大学学报（哲学社会科学版）》1998年第5期]、张晓纳《姚永朴文学思想研究》（硕士学位论文，华东师范大学，2011）、黄伯（韦华）《姚永朴〈文学研究法〉文章理论研究》（硕士学位论文，内蒙古师范大学，2006）等文，对姚永朴的文学思想与文论的要点各有论述。章勇《姚永朴〈文学研究法〉实用文写作理论研究》（硕士学位论文，广西师范学院，2011），总结其14种古代实用文体写作理论；耿亚荣《郭象升〈文学研究法〉研究》（硕士学位论文，山西师范大学，2013），对郭氏的文体分类理论有所涉及。刘跃进《刘师培及其汉魏六朝文学研究引论》（《文学遗产》2010年第4期），认为刘师培的文学研究，具有承前启后的意义。刘氏的文体研究与"文本于经"的命题已完全不同。更为具体的研究有，马新青《刘师培与中国文论的现代转型》（博士学位论文，山东大学，2007）、祝小娟《刘师培文法理论研究》（硕士学位论文，江西师范大学，2013）等。其中如柯镇昌《刘师培的文体学思想及其研究方法刍议》（《中国社会科学院研究生院学报》2015年第4期）对刘师培的骈散辨体、文体发展观、文体研究方法进行了初步研究；何荣誉《章太炎的"文各体要"论》[《山东大学学报（哲学社会科学版）》2010年第4期]，论章氏文论依准魏晋，重文体雅俗之辨，平息骈散之争，因以抵制用西方文论来评价中国文学的做法。郭延礼《论章太炎的文学思想》[《山西大学学报（哲学社会科学版）》2007年第3期]，阐释章氏文学的发展观与文学的退化论、诗论、作为小学家的文学观等。张胜璋《论林纾的文体观》[《中南大学学报（社会科学版）》2008年第2期]，从古文体的分类释名，各类文体的创作方法，以及文体的风格和修辞三方面对林氏的文体观作了初步论述。周勋初《论黄侃〈文心雕龙札记〉的学术渊源》（《文学遗产》1987年第 1 期),梳理了黄侃的文学理论及其渊源。郑凯歌《从〈古文辞类纂〉到〈唐宋文举要〉——兼论高步瀛对姚鼐文章观念的继承和发展》(《梧州学院学报》2011 年第 6 期),阐述高步瀛通过注释与选文对姚鼐文章学观念的承续。慈波《选文与论文:从〈涵芬楼古今文钞〉到〈涵芬楼文谈〉》(《社会科学研究》2010 年第 6 期),将吴曾祺的文体辨析的理论和实践加以比照,对其得益于桐城派古文的文章学思想研究得较为充分,值得参考。韩李苗《吴曾祺〈涵芬楼文谈〉之文章学理论研究》(硕士学位论文,内蒙古师范大学,2014),专注于吴氏文章学的理论研究,作者从辨体为先、文体流变、依体为断三方面阐发吴氏的文体思想。吴承学《〈文体通释〉的文体学思想》(《古典文学知识》2007 年第 5 期),论述了王兆芳所创的修学、措事的文体分类法与以经、史、子、君上臣下之事的文体溯源法,为这本久被忽视的文体学专著作了先导性的研究。

2. 文章学中的文体论述

蔡德龙《清文话中的文体分类观》[《南京大学学报(哲学社会科学版)》2012 年第 1 期],认为清文话中的文体分类体现了归纳与演绎两种思路的结合,显示出总结期的集成气象。其中对散文抒情功能的强调、将小说和戏曲等通俗文学纳入文体分类的视野,透露出传统文体分类学向现代转变的消息。毛庆其《民国初年的文章学和文范》[《暨南学报(哲学社会科学)》1990 年第 2 期],对民国初年的文章学著作及文范类读本作了提纲挈领的介绍,在西方文艺理论尚未进入中国学校课堂之际,传统的文章学理论实际仍发挥着重要的指导作用。该文论述了文章学从新旧掺杂到舍旧趋新的转变过程,具有重要的参考价值。吴承学《中国文章学的成立与古文之学的兴起》(《中国社会科学》2012 年第 12 期)、祝尚书《关于文章学研究的几点思考》(《社会科学战线》2013 年第 1 期)对中国古代文章学的建立与研究范畴进行了界定,而晚清民国时期的文章学研究则尚付阙如。如大量的文典、文法类著作,目前学界研究较少。宋文《〈汉文典·文章典〉研究》(硕士学位论文,广西师范学院,2012),阐述了来裕恂此书以实用文为主的文体分类观念。陈平原《折戟沉沙铁未销——关于来裕恂撰〈中国文学史〉》(《天津社会科学》2008年第2期),则对新近发现的来氏所著文学史作了简要介绍。其实,两书中的文体论部分值得进一步比较研究。吴伯雄《〈古文辞通义〉研究》(博士论文,复旦大学,2009)归纳出王葆心构建的三种系统说:文体上,分为告语、记载、著述三种;文用上,则告语以述情,记载以记事,著述以说理,综合体与用两个层面构建而成。王氏此论在晚清民国文体研究的学术上具有显著的代表性,而对其书中详细的文体分类理论,则尚未关注。常方舟《清末民初文章学教科书管窥——〈文学研究法〉与〈古文辞通义〉初步比较研究》(《理论界》2013年第2期),比较了两书在写作思想、框架、资源方面的共通之处,指出两书具有文章学的集成式总结意义。朱园《徐昂〈文谈〉与近代文章学》(硕士学位论文,陕西师范大学,2013),分析徐昂文章学理论中新旧交融的特色,而对其文体论部分的关注仍然不够。

3. 论近现代文学、文论之转移

如胡适之《五十年来之中国文学》,对1872—1922年之间新旧文学过渡的特殊阶段之历史作了简单勾勒,论及桐城古文、"时务的文章"、黄遵宪的新体诗、欧化的古文、白话文学等侧面。陈子展《中国近代文学之变迁》阐述了词曲、小说、翻译文学、时务文学、政论文学等新式文章的价值。陈柱《四十年来吾国之文学略谈》(交通大学,1936),分论古文、骈文、诗、词在晚清民国以来的发展。陈引驰《断裂还是延续:中国文学近现代之变折》[《云南大学学报(社会科学版)》2012年第5期]从文学观念、作者和读者身份、文学语言刷新、文学类型消长、流通方式改变、翻译盛行等方面论述中国近现代文学之转变。夏晓虹、王风等著的《文学语言与文章体式——从晚清到"五四"》(安徽教育出版社,2006),关注晚清至五四的新变:晚清"文界革命"的发生、新名词的输入、报章文体的出现,以及拼音化与白话文运动的兴起、白话文的书写,对于五四"文学革命"、国语运动、现代文体意识及现代散文与论说文走向的意义。陈平原《中国现代学术之建立:以章太炎、胡适之为中心》(北京大学出版社,2005),关注西潮东渐中,旧学新学的转变过程。左玉河《从四部之学到七科之学——学术分科与近代中国知识系统之创建》(上海书店出版社,2004),梳理了晚清民国分科体系的建立,论及中国旧学纳入新知体系的尝试过程。王风《世运推移与文章兴替——中国近代文学论集》(北京大学出版社,2015),对晚清民国文学学术史上的重要问题,如章太炎、刘师培、王国维、林纾等人的文学观,周氏兄弟的著作与翻译,文学革命、国语运动、报刊评论等一一加以辨析,对深入了解近代学术史大有裨益。

4. 民国文学史研究较为重要的论述

陈平原《文学史的形成与建构》(广西教育出版社,1999),认为近代学者倾向于在文学史的框架内看待问题,通过建构一种文学发展模式,在重写文学史的同时,树立自家旗帜。陈平原提出"文学史"作为文学批评的重要阵地和武器,有较大的研究空间。而"老北大讲义"系列,也为学界的研究作出了文献搜集的贡献。王学东《"民国文学"的理论维度及其文学史编写》(《中国现代文学研究丛刊》2011年第4期),着眼于民国时期的文学史编写实践研究。张振国《"民国文学"概念的提出及民国旧体文学研究现状》[《江苏大学学报(社会科学版)》2014年第4期]关注于晚清、民国与现代文学时段划分上的分歧。戏曲、小说、旧体诗、词学研究兴起,但仍缺乏一部比较全面客观的文学史,尤其是古典文体学基本完全受到忽视。陈国球《文学如何成为知识?:文学批评、文学研究与文学教育》(生活·读书·新知三联书店,2013)探讨文学学科的成立,晚清民国以来文学从边缘化到兴起研究思潮的转变以及文学史的重要意义。贺昌盛《晚清民初"文学"学科的学术谱系》(中国社会科学出版社,2012),从"文学史"、"域外文学"研究、"文学理论研究"三个维度,梳理了"文学"学科在晚清民初的构建过程。陈雪虎《试析清末民初"文学研究法"的架构》(《文艺理论研究》2015年第3期),辨析晚清民初学制规范下的文学研究转型过程。栗永清《学科·教育·学术:学科史视野中的中国文学学科》(博士学位论文,复旦大学,2010),论述了文学学科的建立,以及中国文学史、中国文学、文学概论作为文学学科的基本课程的学科架构。金鑫《民国大学中文学科讲义研究》(博士学位论文,南开大学,2014),通过梳理讲义线索、整理讲义文本、探究讲义生成和运行机制,解析其教育文化背景,进而考察民国大学中文学科教育及学术发展状况。其他如陈尔杰《"古文"怎样成为"国文"——以民初中学教科书为中心的考察》(《中国现代文学研究丛刊》2012年第2期),从选文范围、编选次序、文体分类等角度重新审视民初中学教科书,认为其兼有传统文章选本与新式教科书两重面貌。这些研究均对本书论题中大学讲义中的文体学研究有借鉴作用。日本学者斋藤正谦、井上泰山《日本的中国文学史编撰史:以明治时代对白话文学的认识问题为中心》(《实证与演变:中国文学史研究论集》),对研究晚清民国时期中国文学史编写,提供了一个比较的视角,值得参考。陆胤《清末西洋修辞学的引进与近代文章学的翻新》(《文学遗产》2015年第3期)中,指出清末修辞学多被视为"文法"或"文学"的一部分,借由这种学科混淆状态,西洋修辞学带来的叙事、记事、议论、解释等"构思"分类,与中国固有的"文章辨体"传统相对接,为晚清民国文章学(尤其是文章分类)注入新的内容。陆胤《清末"文法"的空间——从〈马氏文通〉到〈汉文典〉》(《中国文学学报》第4期,香港中文大学,2013),对清末的文法类著作的体例作了精当的论述。此二文为本书论题提供了一个重要的研究视角。综合而言,在晚清民国阶段,中西新旧的思潮转变、文学观念的变迁、文学学科的成立与教育、大学讲义与文学史等方面,都取得了相当丰富的成果。文体研究方面,除了个别著述中文体论的专门研究,其他大多附属于文章学或文论研究中。梁启超"新文体"、小说、报章文体、小品文、杂感文等文体研究相对较多,如常恒畅《清末民初文体学论稿》(博士学位论文,中山大学,2013)对晚清民国的文体分类学,以及报刊文体论述较详。朱文华《简论晚清"新文体散文"》(《复旦学报(社会科学版)》1995年第3期)、丁晓原《公共空间与晚清散文新文体》(《学术研究》2005年第2期)从不同的角度论述了晚清新文体的产生、文体特性及影响。郑敏虹《从"新文体"到"杂感文"——论晚清至"五四"报章论述文体的演变》(硕士学位论文,南京师范大学,2014),考古式地梳理了晚清至五四的报章论述文体演变,并探讨了这一变动得以实现的内外动因与价值影响。周晓燕《小品文、杂文和随笔文体辨析》[《云南民族大学学报(哲学社会科学版)》2008年第5期],辨析了小品文、杂文、随笔三种文体的联系与区别。其他针对小品文的传统与现代嬗变,周作人、林语堂的小品文,鲁迅杂文的研究较多,此处不再一一列举。

总而言之,学界的目光主要集中于目前较为熟知的重要学者和著作的研究,关注当时学者的文学观念在新旧交替时代中的独特意义。除了个别文体的个案研究,文体论部分大多附属于整体文章学研究,有所涉及,但缺乏系统的眼光,因而对此时期文体论的传承与开新,及在整个文体学学术史上的地位无法给出一个科学的评价。另外,由于民国文献整理出版目前尚不够全面,一些重要的文体学专著仍缺乏应有的关注,亟须现代研究者作一番采铜于山、披沙拣金的工作。

本书的研究重心是晚清至民国时期的文体学研究,但在具体的论述中不可避免地涉及整个清代的文学与文体研究内容,尤其在骈文文体的研究中,虽以清中期以后的骈文复兴为重点,实际上不得不以此前的相关著作为参照。以下作两点说明:

1. 历时划限

晚清在时间区间上,指19世纪末20世纪初的二十年左右,也称清末、清季。《剑桥中华民国史》中,李欧梵将晚清范畴限定在1895—1911年,目前学界所指晚清、清末时限,大约与此契合。民国划界较清晰,即1912年至1949年。晚清民国是一个特殊的巨变的时期,政治、经济、文化、社会、学术日新月异,中西交汇、新旧争流、古今转换,是贴在这一时代上的显著标签。进化思想、文学思潮逐渐输入中国社会,引动中国传统的文学、文章观念的变迁。不合于纯文学观念的古文命运风雨飘摇。在经世致用的强烈时代需求中,古代辞章之学亦因其"无用",逐渐退出文坛的中心,曾经"经国之大业,不朽之盛事"的荣耀一去不复返。古代文学的研习转而进入大学以及中学课堂,以文学史的形态保存下来,作为一种文学的知识传授着。而文体的研究,自姚鼐《古文辞类纂》、曾国藩《经史百家杂钞》别类分门之后,文体系统的构建大体定型。清末,传统文体学研究在新的时代背景、思潮下呈现出异于前代的新形式。值得说明的是,晚清民国涌现出一批文体学相关论著,随着民国文献史料的整理出版,已然吸引了众多研究者的目光。事实上,民初之后,直到20世纪三四十年代,关于文体的著述仍纷繁多样,其中不乏民国学者试图构建新的文体系统。本书旨在通观这一时段文体学之研究,发掘其中较有价值的论著史料并加以梳理、整合、考辨,以科学地评判其在中国文体学学术史上的地位。

2. 文体学研究

古代"文体"一词含义较广,可指体裁、体类、体貌、体要等义。体裁的命名、溯源,体式规范的论述,体类的划分,乃至文体风格的辨析,其实都是对文章整体的规范性约束,是为了"得体",这些理论建立在文章阅读与写作的需求之上。尤其中国古代文体复杂多样,是在中国传统礼乐、政治制度、学术,乃至日常应用中产生并不断衍生的。因而文体学研究内容比较宽泛,但大体偏重文章辨体、文体分类、体式、作法以及文体系统构建等方面。

从清末的书院教学到新式学校教育,中国文学的课堂讲义始终是文体学相关研究的重要载体。其中,中国文学史(包括翻译进来的中国文学史类著作)、作文法、文章学、修辞学,乃至一时兴起的公牍学研究中大都涵盖了关于文体的论述,或简或繁,视角各异。文体的研究经历了从旧派向新派的转变过程。时人面对古代的学术积累与外来思想资源,在继承、发展中国传统文体学基础上,尝试调和新与旧的矛盾,并构建新的文学体系。

总集与选本,是文体学研究的一个重要领域,清末至民国时期亦不例外。选本不仅有收罗放佚、芟剪繁芜的作用,其中的文章篇目、选文体分类、序目、序例等也反映了不同的文学与文体观念,如吴曾祺所编《涵芬楼古今文钞》中附录《文体刍言》;张相《古今文综》的文体论,都是当时文体学研究的重要材料。参考当时通行的选本、总集,乃至文人文集之分类,是研究时人文体及文体分类观念的一个重要途径。

文体研究的相关论著中,早期修辞学与文法研究亦占一分领地。受外来修辞学影响而产生的本土修辞学著作,大多分为语言学与文章学两部分,后者的重心即在于文体的叙述。此类著作,早期有来裕恂《汉文典》、王葆心《古文辞通义》、龙伯纯《文字发凡》等。随着文章学的独立发展,文体的研究转移到指导写作的文法类著作中。如谢无量《实用文章义法》、薛凤昌《文体论》、郭象升《文辞释例》、谭正璧《文章体例》、徐望之《公牍通论》等。而此时,关于文体学的专门研究亦悄然兴起,较具代表性的有高步瀛《文章源流》、杨启高《中国文学体例谈》、蒋伯潜《文体论纂要》、蒋祖怡《文体综合的研究》等。

正如前文所分析,前人的研究,其立足的逻辑基点大多并非针对文体学而言的。而限于著述体例的约束,其中关于文体论部分的论述,也显得分散、零碎,不够全面。文体研究,作为中国古代文学研究的关键板块,在晚清民国阶段的发展状况,值得进行专门的补充、梳理和辨析。诚如罗志田所说:"冲击中国的西方是个变量;而西潮入侵中国之时,中国本身的传统也在变。(当然双方也都有许多——或者是更多——不变的层面)。如果仅注意西潮冲击带来的变化,而忽视不变的一面,或忽视西方和中国文化传统自身演变的内在理路,必然是片面的。"①因此,本书致力于辨析在这个大转变时代中文体学研究的变与不变。

具体来说,本书的研究旨在完成以下几个方面:

(1)梳理晚清民国文体学研究现状;

(2)对比与晚清以前文体学研究的异同;

(3)分析讲义、选本、文学史、文体专著中具有代表性的文体论,在个案研究的基础上以专题的形式解读其独特性;

(4)比对时人创作实践中的文体使用情况,与文体研究现实之间的逻辑关系。通过这四个层面的研究,对晚清民国阶段的文体学研究进行系统解读,归纳整合,科学评价;

(5)文体学史上的重要个案研究,如王葆心的《古文辞通义》、王先谦的《骈文类纂》、黄侃的《文心雕龙札记》、高步瀛的《文章源流》、施畸《中国文体论》、王国维《人间词话》等。

在晚清民国这一特殊的历史时期,中西冲突与交汇、古今嬗变与革新、社会激变转型;传统文学渐趋萧索没落,新文学不断萌发壮大;同时,中国文体处于重新选择、价值重建的转捩点上。晚清民国文体学的演进反映了传统文体学的现代转化问题,是一个沟通古今文学的节点,其中不仅折射出语言文学、社会化制度等各种巨变,而且对于中西文化的冲突也具有反映作用。这样,对晚清民国文体学演变进行系统研究,就具有更丰富的学术价值和历史意义。它不仅可以推动中国晚清民国文体学、文学史、文学批评史的研究进展,而且可以为古代文学与文体学、现代文学与文体学、晚清民国语言学、晚清民国文化史等研究领域提供有价值的参考。这既是本书的研

---

① 罗志田:《再造文明之梦——胡适传》,四川人民出版社,1995年,第13—14页。

究意义所在,也是本书力图达到的目标。

关于研究方法,刘勰在《文心雕龙·序志》中提出"原始以表末,释名以章义,选文以定篇,敷理以举统"①,为传统文体学研究方法作了经典的总结,这也是本书需要继承的基本方法。吴承学在前人基础上继续发掘,提出"鉴之以西学,助之以科技,考之以制度,证之以实物"的方法。研究文体学一方面要尽可能消解现代学人所面临的与古代文体学原始语境隔膜的短处,另一方面要尽可能发挥现代人所特有的学术条件、学术眼光等。② 这些重要的方法都给本书的研究指明了方向。具体说来,本书将坚持以立足文献的实证研究为基础,以归纳区分文体分类学、剖析文体学思想、研究文化与文体学的关系为基本方法,力求还原晚清民国文体学的真实语境。在此基础上,研究特定历史时期和环境下的文化制度、语言形式对文体学发展演变的重要影响。本书将尽可能综合运用历史、文化、传播等多学科的理论,力求做到点面结合,微观与宏观并重,文献梳理阐释与理论论证相互结合。

第二节 历史语境与文体学发展

晚清民国以来,西学东渐,伴随着西方思想、文学观念的渐次输入,中国本土"文学""文章"受到极大的冲击,不仅表现在"文学"的定义上,而且在传统文体的价值判断上,在文体分类与研究中,都呈现出与以往截然不同的新景象。

一、晚清民国的"文学""词章学"与"文学史"

中国传统的"文学"一词,虽然外延多变,但是基本从《论语》中

---

① 刘勰著,詹瑛义证《文心雕龙义证》,上海古籍出版社,1989年,第1924页。
② 参见吴承学《中国古代文体学研究》(增订本),中华书局,2022年,第548页。

所称德行、言语、政事、文学中文章博学之义延伸而来①。晚清时期,文学多指传统的经史掌故词章之学。1883年,王韬《变法自强》提出十科分学,归结为两大类:文学与艺学。"其一曰文学,即经史掌故词章之学也。经学俾知古圣绪言,先儒训诂,以立其基;史学俾明于百代之存亡得失,以充其识;掌故则知古今之繁变,政事之纷更,制度之沿革;词章以纪事华国而已。此四者,总不外乎文也。"②在学制改革以后的分科教育中,如张百熙在《钦定学堂章程·钦定大学堂章程》中所设"七科分学"文学科包括七门:经学、史学、理学、诸子学、掌故学、词章学、外国语言文字学,这是中国传统的四部之学皆为文学的代表性观点,与现代意义上的"文学"(literature)是完全不同的概念范畴。

清末改书院为学堂,词章学成为学堂中的一个科目。《钦定学堂章程》预备科科目中分伦理、经学、诸子、词章、算学等,其中"词章"科,即修中国词章流别③。1903年《奏定高等学堂讲章》规定中国文学学科,第一、二年"练习各体文字"、第三年"兼考究历代文章流派"。④事实上,在西方科学技术的汹涌之势下,西艺、时务类学堂大兴而中学却日趋没落。与经史之学相比,词章学也因其"无用"而备受冷落。传统的词章学在保存国粹中是一个不甚重要的部分。张之洞主持下的广雅书院,课程分经学、史学、理学、经济四门,兼习词章。康有为主讲长沙时务学堂,中学讲《四书》《左传》《国策》《资治通鉴》、小学、《五礼通考》《圣武记》《湘军志》,各种报章及时务之书,重经、史、小学及时务,不设词章之学。词章学或附属于经学之

---

① 参见郭绍虞《文学观念与其含义之变迁》,《照隅室古典文学论集》,上海古籍出版社,1983年,第88—104页。
② 王韬著,汪北平、刘林整理《弢园文录外编》,中华书局,1959年,第39页。
③ 张百熙《钦定学堂章程(附张百熙进呈全学章程折)》,《近代中国史料丛刊三编》第10辑,台北,文海出版社,1986年,第14页。
④ 朱有瓛主编《中国近代学制史料》第2辑上册,华东师范大学出版社,1987年,第572—573页。

下,1901年张之洞等提出七科分类法,说:"一,经学,中国经学、文学皆属焉。"①梁启超在《读西学书法后序》中说:"今日非西学不兴之为患,而中学将亡之为患。"②所谓中学,主要指经、史、子、小学、掌故等,重点不在词章,且称:"词章不能谓之学也……若夫骈俪之章,歌曲之作,以娱魂性。偶一为之,毋令溺志。"③

但是,辞章之学作为中国独有的文学传统也得到了一些"守旧"派的坚守,以吴汝纶为代表的桐城派古文及其后学可为代表。吴氏说:"中国之学,有益于世者绝少,就其精要者,仍以究心文词为最切。"④主张缩减经史,推崇姚鼐、曾国藩的选本及《史记》《汉书》《庄子》等"中学之精美者"。

在西潮影响之下,古代辞章作为中学的载体及重要内容逐渐受到重视。1904年,张之洞在《奏定学堂章程·学务纲要》中强调"学堂不得废弃中国文辞",曰:

> 学堂不得废弃中国文辞,以便读古来经籍 中国各体文辞,各有所用。古文所以阐理纪事,述德达情,最为可贵。骈文则遇国家典礼制诰,需用之处甚多,亦不可废。古今体诗辞赋,所以涵养性情,发抒怀抱……中国各种文体,历代相承,实为五大洲文化之精华。且必能为中国各体文辞,然后能通解经史古书,传述圣贤精理。……惟近代文人,往往专习文藻,不讲实学,以致辞章之外,于时势经济,茫无所知……盖黜华崇实则可,因噎废食则不可。今拟除大学堂设有文学专科,听好此者研究外,至各学堂中国文学一科,则明定日课时刻,并不妨碍他项科学……其中国文学一科,并宜随时试课论说文字,及教以浅显

---

① 张之洞、刘坤一《江楚会奏变法三折》,沈云龙编《近代中国史料丛刊续编》第48辑,台北,文海出版社,1977年,第15页。
② 梁启超《饮冰室合集》文集第1册,中华书局,1936年,第126页。
③ 同上书,第35页。
④ 《吴汝纶全集》第3册,黄山书社,2002年,第142页。

书信、记事、文法以资官私实用。但取理明词达而止,以能多引经史为贵,不以雕琢藻丽为工,篇幅亦不取繁冗。

从传承古典经籍的实用角度出发,提倡不废弃古文辞;但尽可能压缩时间节约精力,以免耽误西学,故而对写作要求较低,便于实用即可。以中等科为例,词章学的材料来自"历朝总集之详博而大雅者,使知历代文章之流别",其次点阅、讲读古人有名总集,如《御选唐宋文醇》《御选唐宋诗醇》《楚辞》《文选》《文心雕龙》《汉魏六朝百三家集》《古文辞类纂》《续古文辞类纂》《湖海文传》《经史百家简编》《骈体文钞》《国朝骈体正宗》《乐府诗集》《姚氏今体诗钞》《湖海诗传》《七十家赋钞》《词选》之类,其过繁者若《文苑英华》《古文苑》《续古文苑》《全唐文》《唐文粹》《宋文鉴》《南宋文范》《金文雅》《元文类》《明文衡》《国朝文录》《全唐诗》《宋诗钞》《全金诗》《元诗选》《明诗综》《历代赋汇》《词综》,义取求备,唯卷帙过多,以备参考可也。① 可见,中等科词章学仍以古典词章的阅读与欣赏为主。大学堂中古典词章的研究又是另外一种情形。1904 年张之洞、荣庆、张百熙共同商定并颁行的《奏定大学堂章程》,关于文学科的论述更为详细。进一步将文学科分为经学科大学、文学科大学,章程中"研究文学之要义"明确规定了文学研究的范畴,包括文字、音韵、训诂学,文章的地位与作用,文章作法,历代文章体格,历代文论之异同,外国文法,文学与人事、国家、地理、外交、新法、世界考古之关系,文章之弊病等几方面。文学的含义比较宽泛,既包含文字、音韵、训诂学,也有经史诸子类文章以及"辞赋文体、制举文体、公牍文体、语录文体、释道藏文体、小说文体"等,并标明与古文文体不同。从文章功用上看,"记事、记行、记地、记山水、记草木、记器物、记礼仪文体、表谱文体、目录文体、图说文体、专门艺术文体"都为文章家

---

① 朱有瓛主编《中国近代学制史料》第 2 辑上册,华东师范大学出版社,1987 年,第 84—85 页。

所需用,被纳入文学研究范畴。① 在这里文学是以文字为基础的,几乎涵盖一切有文字的材料,也就是说经史子集均可称为文学,故而文学研究的范围也颇为广泛。对文学实用性质的强调是一大重点。其中设定的中国文学门科目内容颇广:文学研究法、说文学、音韵学、历代文章流别、古人论文要言、周秦至今文章名家、周秦传记杂史周秦诸子、四库集部提要、《汉书·艺文志》补注、《隋书·经籍志》考证、御批历代通鉴辑览、各种纪事本末、世界史、西国文学史、中国古代历代法制考、外国科学史、外国语文等。"历代文章流别"是文学研究的一项重要内容。

文章流别是中国传统文章研究的一种范式,《隋书》总集类载多种著作,多已亡佚,较具代表性的是挚虞的《文章流别集》,以"总集文钞"与"解释评论"合为一体,在类聚区分之外附加文体论。刘勰继承了《文章流别集》有关文体的论述,融入《文心雕龙》的文体论之中。明代黄佐编《六艺流别》继挚虞之后,以总集的方式将一百四十余种文体汇聚于"六艺"的体系内,序论各体体制乃至篇章特色,尤其可代表"流别"这一文体衍化的内涵。明朱荃宰著《文通》前三卷总论之外,第四至十九卷为文体论,收录古今文体,探讨其名义、体制、功用及源流演变,《四库全书总目》称"其书取古今文章流别及诗文格律,一一为之条析。盖欲仿刘勰《雕龙》而作"②。

不难看出,文体是文章流别论的主体,这种以文体为纲目的批评形式在后世的文学批评中被沿袭下来。清末民初之际,《国粹学报》载多篇论文章源流的文章。其中如田北湖《论文章源流》,叙文学起源于文字,谣谚为章句之始,将中古文体分为四端:纪述之文、笺注之文、议论之文、比赋之文,历叙古代学术、文章产生之迹。刘师培《文章源始》则进一步追溯先秦至清代文学含义的变迁,为骈文张

---

① 朱有瓛主编《中国近代学制史料》第 2 辑上册,华东师范大学出版社,1987 年,第 785—787 页。
② 永瑢等《四库全书总目》,中华书局,1965 年,第 1803 页。

目。罗惇曧的《文学源流》泛论文章由简趋繁、由质入文的发展趋势。此类文论既具有"流别"中的文体分类、体制、渊源衍变,也容纳文派、风格、作品批评等内容。传统上附属于总集中的流别论,从以文体为中心发展为形式、内容更为自由的文章源流理论,当然文体的衍变仍是重心所在。

值得注意的是,在大学堂章程中传统的文章流别与文学史的概念进行了对接,"历代文章流别"条注释说"日本有《中国文学史》,可仿其意自行编纂讲授"①,即文章流别的课程可按照日本人编著的《中国文学史》进行讲授。林传甲的《中国文学史》即是一例,其原名《京师大学堂国文讲义》,自叙称始于讲授"历代文章源流"课程,基本按照文学研究法规章编订,参考日本笹川种郎《历朝文学史》②划分时段。笹川种郎的《历朝文学史》将中国古代文学分为九期,以时代为序,综观历朝文学,论及诗、文、词、赋、戏曲、小说以及文学批评等内容。林作虽称仿作,但在内容、观点及体例方面大有不同。第一篇至第六篇总论性质,论文字、音韵、训诂、文学与世运升降、文章之本、作文之法。第七篇至十四篇,分述"群经文体""周秦传记杂史文体""周秦诸子文体""史汉三国四史文体""诸史文体""汉魏文体""南北朝至隋文体""唐宋至今文体",述经、史、子、集的体制、体貌、风格、内容及对后世文体的影响,如称《禹贡》创地志之体,《洪范》为经史之别体,诗序之体,《三百篇》兼备后世古体、近体,《周官》为会典之体,等等。又论"骈散古合今分之渐""骈文又分汉魏六朝唐宋四体之别"等,对于骈文的源流变迁亦未遗漏。作为较早的中国文学史类著作,林著内容虽然较为浅显,体制略显混乱,但是其建立在传统的经史子集分类基础之上,对于传统文学文体、风格以及骈、散文体的关注,是值得肯定的。其所称文体,不

---

① 舒新城编《中国近代教育史资料》中册,人民教育出版社,1981年,第589页。
② 按笹川种郎《历朝文学史》,原为早稻田大学讲义,出版于1898年,1903年由上海中西书局翻译出版,当为最早汉译的外国人所著中国文学史。

仅指文类、体裁,也可指作家、流派、时代的文章风貌,或为一时代文章的总称。以时代为次序叙述文体的产生渊源与新变,文学的时代变迁与文体衍变兼备。这种将传统的辞章学与文学史接轨,也是早期文学史编纂者的共同思路。如黄人《中国文学史》说中国文学"虽如是其重,而独无文学史。所以考文学之源流、种类、正变、沿革者,惟有文学家列传,及目录、选本、批评而已"[①]。黄书重心仍是阐述文学进化的历史及不同历史阶段的基本特点,文学的种类[②],文体体裁的特点以及文字、时代、作家、作品、评论等几个维度。文学的种类、体裁与历代文章概论结合,表现出文章流别与文学史浑融的特色。时代略早的窦警凡所著《历朝文学史》(1906),分文字原始、志经、叙史、叙子、叙集五部分,其中叙集则侧重于古文、骈文、诗、词、曲的历史流变,可算分体文学史。[③]

随着对西式文学观念与文学史体例的熟悉与认同加深,学者逐渐认识到词章学与文学史并不相同,林著文学史就被批评为不知体裁[④]。民国后《教育部公布大学规程》(1913)中规定文学门下国文学类所设科目包括文学研究法、说文解字及音韵学、尔雅学、词章学、中国文学史、中国史、希腊罗马文学史、近代欧洲文学史、言语学概论等。外来的文学史形式在大学课堂中确立,"词章学"与"文学史"并列,可见时人对两者的概念区分较为审慎,前者是有清以来训

---

① 黄人《中国文学史》,苏州大学出版社,2015年,第3页。括号中文字未引。
② 黄人《中国文学史》第三编"文学之种类",说明我国文学史上出现过的各种文体体裁的特点:命、令、制、诏、敕、策、书谕、谕告、玺书、箴铭、颂赞、序引、题跋、注疏、传记、碑碣、祝祷(祝、盟、祝嘏文、祭文)、哀诔、述状(年谱、寿启、哀启)、论说、经义(附八股、经解),其他如青词、步虚词、道情、瑜伽文、偈语、下火文、教坊致语、上梁文、撒帐词等宗教文体,谱录、谶纬、谣谚以及骚赋、诗、词余等。
③ 参见周兴陆《窦警凡〈历朝文学史〉——国人自著的第一部中国文学史》,《古典文学知识》2003年第6期。按:据陈玉堂《中国文学史书目提要》称刘厚滋《中国文学史钞》著录该书,谓脱稿于光绪二十三年(1897),实系国学概论,而非文学史。
④ 郑振铎1922年在《文学旬刊》的《我的一个要求》中批评林著:"名目虽是'中国文学史',内容却不知道是些什么东西!有人说,他都是钞《四库提要》上的话,其实,他是最奇怪——连文学史是什么体裁,他也不曾懂得呢!"郑振铎《郑振铎古典文学论文集》,上海古籍出版社,1984年,第36—37页。

诂辞章范畴中的古代文章、文体体制作法的学问,后者则主要借鉴西式的文学史范式。

早期的文学史虽然借助了新的著述体式,但在内容上无法脱离本土的学术资源。刘永济《十四朝文学要略》是其在东北大学为诸生讲授中国文学史而作的讲义,多从古代文章学论著中寻找文学史的材料,称:"文学之有专史,征之往籍,不少概见。其近似者,则有若仲恰《流别》之俦,公曾《叙录》之类……其仅存者,厥惟彦和舍人《文心雕龙》。"①《文章流别》《文心雕龙》等文章学著作被视为中国独有的文学史。刘师培明确提出文学史应该回归传统的文章流别。②

文章流别是古代文体学研究的重要形式,在早期的学堂教育中,文章流别与文学史的结合,是古代文体研究继续发展的契机。文学史讲授上继承了传统的文章流别观念。以北京大学为例,《北京大学日刊》(1918年5月2日)上刊印的一则"文学教授案"中记载:"文科国文门设有文学史及文学两科,其目的本截然不同,故教授方法不能不有所区别。兹分述其不同与当注意之点如下:习文学史在使学者知各代文学之变迁及其派别;习文学则使学者研寻作文之妙用,有以窥见作者之用心,俾增进其文学之技术。教授文学史所注重者,在述明文章各体之起源及各家之流别,至其变迁。递演因于时地才性政教风俗诸端者,尤当推迹周尽使源委明了。"③可见,文学史兼具文章流别的性质,这里所称的"文学"则相当于词章,偏重具体的文本写作研究。大体而言,清末学校中的文章流别科目讲义虽取法外国文学史,而国人自己编纂的文学史则倾向于从传统的文章学汲取资源,文学史与文章流别逐渐合体,中国古代文体研究在新的载体中有继承亦有新变。

---

① 刘永济《十四朝文学要略》,武汉大学出版社,2013年,第1页。
② 刘师培《中国中古文学史讲义》,上海古籍出版社,2000年,第114页。
③ 林传甲、朱希祖、吴梅《早期北大文学史讲义三种》,北京大学出版社,2005年,第620页。

另一方面,清末民初以来传统的词章源流研究并未中断。尤其在保存国粹的潮流中,词章学研究有了明确的内容,以《国粹学报》1907年登载的一篇《拟设国粹学堂启》中规定的"文章学"内容来看,包括"文学源流考、文章派别考、文章各体、著书法、作文等",基本与早期的文学史体例大同小异。方孝岳仿挚虞编《文章流别今编》序(1924)称"文章之事不可故立宗派,而体裁不可不修",认为文章统于六经,萧选、姚选各有偏至,故其选文八十九篇,以文、笔为二类,分十二类子目,"形各自当,体不相侵"①,这直接继承了《文章流别集》的形式。章太炎亦曾讲文章流别,据诸祖耿记载其讲述文章从无韵到有韵的发展过程,叙事、议论、数典等文体的源始,文章体裁、骈散发展轨迹以及风格的刚柔强弱的变化等内容。② 此外,如林纾《春觉斋论文·流别论》即是文章流别的体现,较为简略,但是力求对某一文体的源流作通代的观察。余锡森著《中国文学源流纂要》,分叙上古周代文学,辞赋、乐府歌辞、五七言诗在历代的发展,汉代以后散文的演变,佛教文学对中国文学的影响,元明散曲,历代戏剧、小说等,实际上就是以文体源流为重心的文学史。词章源流与文学史关系如此紧密,而这似乎又只发生在古代文章学的研究领域之中。

二、晚清民国"文学"学科内涵的演变

晚清时期的本土语境中,传统的"文学"尤以经学为要,辞章则居于末。中国古代文章学中,"宗经""文本于经"的命题正源于此。而在废科举、兴学校的时代潮流下,随着西方学科概念的引进,并参考日本学校分科方法③,时人试图对传统学术进行分科。

---

① 方乘《文章流别新编序》,《学衡》第39期,1925年。
② 《记太炎先生讲文章流别》,《苏中校刊》第69期,1932年11月。
③ 《奏定大学堂章程》(1904)中大学堂分科正是参考日本大学"分经学专修、史学专修、文学专修三类"的分科方式。见舒新城编《中国近代教育史资料》中册,人民教育出版社,1981年,第573页。

"文学"此时面临着一个尴尬的处境:一、在内部,文学与经学如何归类?张之洞提议七科分类,其一曰经学,包括中国经学、文学。张百熙则分出文学科,包括经学、史学、理学、诸子学、掌故学、词章学、外国语言文字学,是将经学隶属于文学科①。总之,晚清时期,所谓"文学"乃指传统学术,它包括"词章""文章"等带有一些现代文学性质的范畴。文学科中"文学研究"的内容也相当广泛,内容丰富庞杂。随着经学科的废止②,学术独立的意识增强,以及国外所著文学史教材的翻译流传,至民国初年,中国文学科逐渐定型为涵盖文学研究法、文字学、音韵学、词章学、中国文学史等类目的学科。③ 其中,文章学大致包括文学源流考、文章派别考、文章各体、著书法、作文等④。早期仿效日本人所著的中国文学史大致亦如此。文学研究法类教材更是延续传统文章学思路,论文体、文心、文派、文品、文弊等⑤。二、从外部来看,随着西方"文学"输入中国,并逐渐取代我国旧有的广义文学观念,"文学"语境至此转关。前期以章太炎为代表,认为文乃"包举一切著于竹帛者而言之,故有成句读之文,有不成句读之文,兼此二事,通谓之文……无韵文中,当有学说、历史、公牍、典章、杂文、小说六科"。簿录、演草、地图列名,"此皆有名身而无句身。若此类者,无以动人之思想,亦无以发人之感情,此不得谓之文辞,而未尝不得谓之文也"。⑥ 按其应用分为"激发感情""比类知原""浚发思想""便俗致用""确尽事状""本隐之显"等类。实际

---

① 王国维也主张如此分科,"由余之意,则可合经学科大学与文学科大学中,而定文学科大学之各科为五:一、经学科,二、理学科,三、史学科,四、国文学科,五、外国文学科",见《东方杂志》1906年第6期。
② 1912年,《大学令》七科定,经学科取消。
③ 见1913年《教育部公布大学规程》,舒新城编《中国近代教育史资料》中册,人民教育出版社,1981年,第645页。
④ 参见《国粹学报》1907年第26期。
⑤ 参见姚永朴编纂《文学研究法》,商务印书馆,1916年;郭象升《文学研究法》,太原中山图书社,1932年。
⑥ 章太炎《讲文学》,1906年9月讲于日本,见章念驰编订《章太炎演讲集》,上海人民出版社,2011年,第25页。

上,章氏所分情感、思想、学说等,亦未尝不是受日本的"主情""主知"的文学分类影响。① 章氏对日本传入的美文学观念批判道:"或其取法泰西,上追希腊,以'美'之一字,横梗结噎于胸中,故其说若是耶？彼论欧洲之文,则自可尔,而复持此以论汉文,吾汉人之不知文者,又取其言以相秭式,则未知汉文之所以为汉文也。"②以章氏在当时的影响力而言,此乃当时的主流观念。然而时移世变,很快,这种广义的杂文学观念便被抛弃了。他的学生朱希祖是这个转变中最好的例证。其自述曰:"文学范围,至为广博,鄙人二年以前,亦持此论,今则深知其未谛。盖前所论者,仍以一切学术皆为文学,不过分为说理、记事、言情三大纲耳。此以言文章则可,言文学则不可。何则,文章为一切学术之公器,文学则与一切学术互相对待,绝非一物,不可误认。"③1920 年,他重编《中国文学史要略》重申这一转变,曰:"盖此编所讲,乃广义之文学。今则主张狭义之文学矣,以为文学必须独立,与哲学、史学及其他科学,可以并立,所谓纯文学也。"④而其所说的"纯文学",即"以情为主,以美为归"⑤,正是其师章太炎所发对的。此后,外来的纯"文学"观念逐渐占据主流⑥,学人自觉不自觉地以新的眼光重新定义、整理、阐释中国文学。正如王汎森所言:"清末民初已经进入'世界在中国'(郭颖颐语)的情形,西方及日本的思想、知识资源大量涌入中国,逐步充填传统躯壳,或是处处与传统的思想资源相争持。"形成思想资源或称概念工

---

① 参见栗永清《知识生产与学科规训——晚清以来的中国文学学科史探微》,中国社会科学出版社,2012 年,第 206 页。
② 章太炎《讲文学》,见见章念驰编订《章太炎演讲集》,上海人民出版社,2011 年,第 33 页。
③ 朱希祖《文学论》,《北京大学月刊》第 1 卷第 1 号,1919 年。
④ 朱希祖《中国文学史要略》,林传甲、朱希祖、吴梅《早期北大文学史讲义三种》,北京大学出版社,2005 年,第 241 页。
⑤ 朱希祖《文学论》,《北京大学月刊》第 1 卷第 1 号,1919 年。
⑥ 参见陈引驰《断裂还是延续:中国文学近现代之变折》,《云南大学学报(社会科学版)》2012 年第 5 期。

具,"人们靠着这些资源来思考、整理构筑他们的生活世界,同时也用它们来诠释过去,设计现在,想像未来。人们受益于思想资源,同时也受限于它们"。① 西方的文学观念进入中国,并逐渐取代了传统的文学观,学人戴上这副"有色眼镜"重新审视传统文学,自然发现了不同的"风景",由此在具体的文学理论批评中表现出新的思维方式。

以上不厌其烦地讨论近现代"文学"观念之转变,正是为了回到当时的语境,以便进一步探讨在变化了的文学语境中,中国文体学的研究所呈现的面貌。文体学是中国传统文章学研究的一个枢纽。自中古时期,《文章流别志论》《文赋》《昭明文选》《文心雕龙》等典籍奠定了文体学研究的基础、研究范式以来,文体在历代都是文章创作、评选和批评的一个重要规范。古人素来重视文章之体制,刘勰曰"设情以位体",宋人说"文章以体制为先,精工次之"②,明人所称"文辞以体制为先"③等,均为重视文体、辨体的意识体现。又如总集、选本中,《文选》开后世总集以体分类的做法,此后,《唐文粹》《宋文鉴》《文苑英华》《元文类》《明文海》等均以体制分类,并且表现出类目细分、辨体更为细致的趋向。文体专著中,以吴讷《文章辨体》、徐师曾《文体明辨》、黄佐《六艺流别》为代表,体制搜罗宏富,辨析精微。在此基础上,文体辨析转向门类之总结归纳。储欣《唐宋八大家类选》划分为六门三十类;姚鼐《古文辞类纂》分为十三类;曾国藩进而归纳为三门十一类:"著述门"(三类)、告语门(四类)、记载门(四类)。古代文体的门类划分逐渐成为一种共识。

本书将通过还原晚清民国的历史语境,研究这一时期的文体形态、文体观念与文体分类学的发展情况及特点;弄清在西风东渐的

---

① 王汎森《中国近代思想与学术的系谱》,河北教育出版社,2001年,第150页。
② 王应麟辑《玉海》卷二○二引倪正父语,江苏古籍出版社,1987年,第3692页。
③ 吴讷《文章辨体凡例》,吴讷、徐师曾《文章辨体序说 文体明辨序说》,人民文学出版社,1962年,第9页。

背景下,传统文体是如何逐渐向现代文体转变的,厘清在这一过程中文体演变与文体学发展经历的过程;研究清末民初文体学与学科教育体系、修辞学、媒介等的互动关系。

第一章"文体分类学的新变"研究在晚清民国这一特殊历史时期,中国古代文体分类学产生的新变化。西风东渐,新兴事物的出现拓展了文体分类学的基础;西学重压,文学总集中文体分类的思维逻辑由注重"辨体"向重视"归类"转变,为五四时期"纯文学"体系建立奠定基础;王葆心、来裕恂、吴曾祺等人在"辨体"基础上更加重视"归类",而在传统文体分类系统中,"抒情文体""俗文体"的地位大大提升;王国维、陈独秀、胡适、刘半农等促进了与西方接轨的文体分类思想的发展。在传统文体分类学的新旧转型中,一直存在"西化"与"化西"的争锋,"辨体"思想继续存在,旧文学传统在"西化"过程中,不断"化西",深刻体现了中国学术的超强适应能力和调整能力。

第二章"骈文观念与骈体理论"聚焦晚清民国时期骈文文体发展。清人对于骈文文体的关注点从庙堂制作和考试文体,延伸到日常社交性文体。骈体文体类目大致与古文相似。在文体阐述上,《文选》与《文心雕龙》成为可资取用的理论资源。六朝骈文理论成为借鉴和效仿的对象。清代的骈文理论,以联翩的辞藻阐述文体功用、渊源、体制、衍变等各方面,兼具理论性与文学性,是清代文体理论研究中不可忽视的部分。民国时期骈文作为古代文学的特色受到重视,骈文理论研究呈现出专门化、专题化趋向。

第三章"桐城后学的古文选本与辞章学教育"以桐城后学诸人为中心,观照从传统书院到新式分科教育体系下的学堂、学校,古文教育的转变,以及文体研究的发展。桐城后学诸人在对姚选、曾选的笺证、评点、阐释中,逐渐将桐城派的文学理论灌输进近代的古文教育领域。

第四章"词学的发展"以晚清民国能引领时尚的词学名家为中

心,对词学学缘、治学方式、观念演变、核心理论建构、潜在评价标准与实际取法对象等方面作综合考察与对比分析,注重明辨传承与创新的关系,揭示同中之异与变中之通,以求更全面深入地把握诸家词学的渊源、特色与影响,进而探讨由此成就的词学风尚及其流变。

第五章"修辞学与文体研究的新变"以清末民初的文法、文典、修辞类书籍为主,考察西方文学观念与文学理论输入中国,对于传统辞章学的影响。尤其是西方修辞学的引入和发展,使文体的概念与内涵发生改变,基于修辞学说的文体分类法产生。

第六章"课程讲义与文体学研究的发展"重点关注晚清民国时期的课堂讲义。以姚华《论文后编》、王葆心《古文辞通义》、施畸《中国文体论》等为代表,梳理文体学研究专门化之历程。

第七章"《国朝文汇》与20世纪初文学史观的互动"聚焦有清一代规模最大的散文总集,挖掘其文体学价值与意义。以"保存国粹"为目的的《国朝文汇》是集体编纂的成果,黄人承担了主要工作。《国朝文汇》"以人叙次"的编选方式继承了《列朝诗集》的体例,又彰显出自有特色。该集编选反映新学新知的文章,使总集面貌一新;以"经世致用"为主导,兼顾选文的审美特质,则表明了较为开阔的视野格局;收录大量边疆史地学文章与乡土文献,恰是颇具自觉性学术史意识的体现。《国朝文汇》考证之文从略、文史之文从重的编选方式,是该集主要编者黄人颇具前瞻性的文学史观潜移默化作用的结果。《国朝文汇》与20世纪初文学史观的关系本质上是"文学结构"与"文学基准"一种充满张力的互动关系。黄人对西欧、日本文学思想的征引与吸纳,使传统文章总集有了接合近代世界文学思潮之可能性,透露出在中西文化冲突交融背景下文章总集编纂的复杂性与多义性,折射出中国古代文体分类学与西方文学碰撞交融后所产生的内生性变化。

第八章"章门师友的文体理论研究"以章太炎、刘师培、黄侃、朱希祖等人为代表,考察桐城派古文研究范式之外新的文体研究视角。章、刘从朴学的立场考察文体的渊源和文体规范,提出新的文体谱系与分类法。章门师友从本土文论中汲取资源,在整理旧有的文章、文体的基础上进行新的总结,总体上表现出浓厚的复古色彩。

第九章"《文章源流》文体论的独创与新变"以高步瀛的《文章源流》为个案进行研究,呈现近代文体学研究的集成与新变特色。此书效仿《文心雕龙》的体系,吸收了自挚虞、刘勰、吴讷、徐师曾、姚鼐、曾国藩等人以来的文体学观念,加以系统化。在具体的文体阐释中,融合了传统的"序题""序目"形式,构建出新的解说方式。体例上,注疏、考证与批评兼备的著述方式亦具有鲜明的特色。

第十章"刘咸炘的文学观与文体观"以刘咸炘最重要的文论著作《文学述林》为考察对象,主要探讨刘氏对文学本体、文学发展流变、白话文运动、文学史上重要的文体与文体著作的认识,以及其中所蕴含的学术理念和方法。

第十一章"晚清课艺中的工艺书写文体"关注课艺文中呈现的西学知识书写方式。晚清考课西学知识的书院中,格致书院的考课最早开始涉及西方机器工艺。从其中的工艺策问,可以管窥社会上下层格物致知,以传统技术文本接引西方机器工业的思维方式。

第十二章"报刊的文体学意义"研究报刊的文体学意义、报刊中文体形态的流变、媒介及其相关制度如何影响文体学新旧转型。近代语境中,报刊与中国传统文学、文体学之间的渊源关系一直受到广泛关注。从传教士取道中国文化所形成的传统到国人自办报刊时期提出的报刊滥觞于《春秋》等颇具传统文体学特色的观点,都诠释了这一点。报刊中关于"报章文体"的言说则是具有文体学价值的理论突破。报刊本身因栏目及其分类受到传统文体学分类方法影响也呈现出鲜明的文体学特征。同时,作为传播新学重要工具的报刊不仅极大地冲击了八股文体,而且孕育了诸多新文体,更重要的是它将以小说、戏剧为代表的俗文体不断推向历史舞台中心,促进了古今文体格局的演变;新兴报刊中包括新闻、新闻评论、通讯、翻译体、编者按、告白或广告、发刊词、小说话、剧评、新书绍介等诸多新文体,其文体形态演变的过程即是中国文学近代化的写照;新兴报刊改变了民众的阅读习惯,带来了新学新知,不仅促进了俗文学尤其是小说的传播,而且为推广白话文起到了重要作用;稿费制度促进了作家的职业化,独立作家的出现为小说文体艺术的探索提供了条件。报刊连载的方式决定了报载小说除去文学性特点之外的营销性特点,影响了作家对于小说情节、悬念、冲突等设置方法的追求,从而使小说文体内部充满了叙事的张力,也不可避免地带来创作媚俗的倾向。

第一章 文体分类学的新变

中国古代文体分类学有着悠久的历史传统,从先秦时期开始,先人就对文体分类进行了诸多实践操作并在此基础上展开持续的理论思辨,进而逐渐形成中国古代文体分类学的雏形。虽然,这时尚不具备清晰的文体意识和分类理论,但是由实践中对具体行为方式及其社会功能的定位衍生而来的文本方式的文体分类奠定了中国古代文体分类学的基础。① 吴承学指出:"分体与归类,是中国古代文体分类学的两种不同路向……《文选》是分体学的代表,而《文章正宗》则开创了归类学的总集传统。"② 晚清民国,西学流行,传统学术遭遇千年变局,传统的文体分类学也呈现了新的时代特征。既有对前代的继承和发扬,也有新的历史条件下催生的新变。

第一节 文体分类学的基础与开拓

考察晚清民国的文体分类学,需要将其置于中国古代文体学分类的发展历史中来看。我们先对中国古代文体分类学发展历程进行一个简单回顾,通过比较,以期能够更好地理解晚清民国文体分类学的特点。

---

① 郭英德将它作为一种中国古代文体分类生成方式,而其生成过程中所参照的方法多少也是一种分类方式。参见郭英德《中国古代文体学论稿》,北京大学出版社,2005年,第29页。

② 吴承学《中国古代文体学研究》(增订本),中华书局,2022年,第551页。

一、文体分类学的基础:"分体""归类"与"分体学""归类学"

中国古代文学的发展一直以来就与中国古代的礼乐制度紧密相连,人们在特定的场合,为了实现交流而采取不同的言说方式,这种特定的言说方式造就特定的言辞表达方式。最后,对言说方式的命名转移到言辞表达方式上来,久而久之约定俗成地生成特定文体,而对这些文体的区分就按照对言说方式的区分来展开,这就是中国古代文体分类学的雏形模式。①《诗经》诞生后,分类的方式有了新的发展,出现了由行为方式向文本方式的过渡。远古时期三位一体的歌、舞、乐交织发展为原始诗歌的诞生准备了条件。文字产生之后保留了许多诗歌,《诗经》即是自西周初至春秋中叶约五百年中所保留下来诗歌精华总集。其编排分类的体例主要是将收录的诗歌分为风、雅、颂三种。同时,《诗经》中既有文体形态之"体"的差异,又有文体功能之"用"的差异,在"体"的差异中,既有文体内容意旨之"义"的差异,也有文体形式风貌之"例"的差异,即"体用不二""义例合一"。后世的总集编纂中,不仅将它作为类分文体的基本依据,而且还将它作为文体排序的参考标准。它成为中国古代文体分类学的要义所在和显著特征。

真正有意识地对文体开始辨析分类应该始于汉代。《汉书·艺文志》记载的《辑略》《六艺略》《诸子略》《诗赋略》《兵书略》《术数略》《方技略》及其所属小类等已经具备相当的逻辑体系。其中《诗赋略》分诗赋为五家,赋为四家,歌诗为一家。这种"六分法"反映的是当时的一种学术思想,体现了一种分类的意识,而且充满层次感,大类下有小类,小类又分各家,且注重"考镜源流",这些特征初步塑造了中国古代文体分类学的基本特征,对其发展走向产生深远影响。特别值得注意的是,东汉王充撰写的《论衡》将文体分为五

---

① 参见郭英德《中国古代文体学论稿》,北京大学出版社,2005年,第29页。

类,具有归类的性质。《论衡·佚文》云:"文王之文,传在孔子。孔子为汉制文,传在汉也。受天之文,文人宜遵《五经》、六艺为文,诸子传书为文,造论著说为文,上书奏记为文,文德之操为文。立五文之世,皆当贤焉。"①这实际上说明了很早在中国的学术系统中就出现了分类与归类两种思维方式。

至魏晋南北朝时期,曹丕在《典论·论文》中将当时流行的文体一分为八,合为四科,提出"四科八体"的分类理论,是中国古代文体分类学的重要成果。此时,分体与归类不仅是两种学术思想,而且还是"中国古代文体分类学的两种不同路向,前者尽可能详尽地把握所有文体的个性,故重在精细化;而后者尽可能归纳出相近文体的共性,故所长在概括性"②。分体与归类也是后来文体分类学的基础。这两种路向发端早而持续久,指引着文体分类学前进的方向。

从集部来看,《文选》开创了"分体学"。作为现存的第一部诗文总集,它分文体为三十九种③。随后历代总集对文体的区分越来越细密,类目愈加繁多。宋李昉等编《文苑英华》虽然分文体三十八种,但在二级类目下又增加了很多文体;宋姚铉《唐文粹》分文体二十二大类,其中一些文体下再分子类,共计二百一十六小类;元苏天爵编纂的《元文类》分文体为四十三类;明吴讷《文章辨体》分为五十九种,徐师曾《文体明辨》分为一百二十七种,贺复徵《文章辨体汇选》则分为一百三十二种,黄佐《六艺流别》则分为一百五十余种。正如徐师曾在《文体明辨序说》中所说:"盖自秦汉而下,文愈盛;文愈盛,故类愈增;类愈增,故体愈众;体愈众,故辨当愈严。"④由于辨体意识越来越强,分体也就越来越繁了。

宋代真德秀《文章正宗》开创了"归类学",它以"辞命、议论、叙

---

① 王充《论衡》,岳麓书社,1991年,第318—319页。
② 吴承学《中国古代文体学研究》(增订本),中华书局,2022年,第551页。
③ 有人将《文选》文体分为三十七种或三十八种,现在学界普遍接受三十九种之说。
④ 吴讷、徐师曾《文章辨体序说 文体明辨序说》,人民文学出版社,1962年,第78页。

事、诗赋"四分文体,开启了归类的总集传统。① 例如《四库全书总目》对不少著述的点评都看到其与《文章正宗》的渊源,说明该书在"归类学"上影响很大。《四库全书总目》评价元刘履《风雅翼》云:"其去取大旨本于真德秀文章正宗。"②又评价明代王心所编《郴州文志》云:"集古今之文为郴而作者,勒成此集,以辅郴志。其以命制、纪载、议论、咏歌四类分编,略仿真德秀《文章正宗》之例。"③当然真德秀的归类应渊源有自,并不是凭空产生的。宋代秦观在《韩愈论》中早就将散文归纳为五类:"夫所谓文者,有论理之文,有论事之文,有叙事之文,有托词之文,有成体之文。"④与秦观同时的吴则礼则将诸多文体概括为叙事、述志、析理、阐道四类。还有同时代的慕容彦逢从文章功用的角度上进一步归类,将文章并为"明道"和"叙事"两大类:"古之人无意于文,或以明道,或以叙事。"⑤与这些文论中的文体归类思想比较起来,真德秀在《文章正宗》中的归类显然是缺乏理论话语的,更大程度上只是一种自然而然的文集编纂实践,尚不具备方法论上的价值和意义,然而这也给后来归类学的理论发展提供了广阔的空间。

在以后漫长的古代文体分类学发展史中,"分体"与"归类"这两条不同的路径一直指导着文体分类学的发展。只不过大部分时间里,"分体"一直占据着主导,而"归类"则一直处于不受重视的地位。

二、文体分类学的拓展:偏重"归类"与"两层分类法"

到了清代,对于"分体"与"归类"两种路径,清人皆有继承,他们

---

① 参见吴承学《中国古代文体学研究》(增订本),中华书局,2022年,第550页。
② 永瑢等《四库全书总目》,中华书局,1965年,第1711页。
③ 同上书,第1749页。
④ 秦观撰,徐培均笺注《淮海集笺注》,上海古籍出版社,1994年,第751页。
⑤ 慕容彦逢《论文书》,《摛文堂集》卷十三,《景印文渊阁四库全书》集部第1123册,台湾商务印书馆,1983—1988年,第450页。

在文体分类方面作了积极的尝试,并对"分类"有了更深层的思考。在"分体"方面,诸如朱彝尊编《曝书亭集》分文体三十四类;王之绩《铁立文起》分体一百零九类;孙星衍《芳茂山八文集》分体为十二部类以统群书;蒋士铨评选改订《四六法海》分体三十五类;李兆洛《骈体文钞》分骈体三十一类;孙梅《四六丛话》分体十八类;庄仲方《南宋文苑》分体五十五类;这些皆属于承继《文选》的传统而来。而"归类"一路亦有拓展,王原《西亭文钞》将文体归类为议论、记载、考证三种;宗稷辰《躬耻斋文钞》分类编次,以论著、奏议、序述、题跋、赠答、碑志、杂记、地志诸门相统摄;尤其是姚鼐的《古文辞类纂》通过对名异实同和名同实异进行辨析,进而将文体归并为十三类,曰论辨类、序跋类、奏议类、书说类、赠序类、诏令类、传状类、碑志类、杂记类、箴铭类、颂赞类、辞赋类、哀祭类。①

1. 姚鼐《古文辞类纂》中的十三类分法

姚鼐的这十三类分法是综合前人分类成果得出的,但比起前代来说大为简化。在大类之下,不再细分,体现了以简驭繁的特点。它跟历代总集文体分类之细琐的特点相较,具有鲜明的时代特色。四库馆臣早就对于"分体"传统而来所造成的总集中文体分类日趋繁杂表示过不满。例如馆臣批评《明文海》:"分类殊为繁碎,又颇错互不伦"②;批评《文体明辨》"忽分忽合,忽彼忽此""千条万绪,无复体例可求"③。对于明末清初的鸿篇巨制《文章辨体汇选》,一方面称赞其"自《文苑英华》以来,总集之博,未有如是者,亦著作之渊海也"④,具有保存文献的巨大价值,另一方面又对其文体细分之烦琐进行了批评,如"其中有一体而两出者,如祝文后既附致语,后复有

---

① 参见姚鼐《〈古文辞类纂〉序目》,姚鼐、王先谦选编《正续古文辞类纂》,浙江古籍出版社,1998年,第5页。
② 永瑢等《四库全书总目》,中华书局,1965年,第1729页。
③ 同上书,第1750页。
④ 永瑢等《四库全书简明目录》,上海古籍出版社,1985年,第860页。

致语一卷是也"①等。这多是分类繁杂以致失察。可见,以《四库全书总目》为代表的官方学术对于文体分类早就作了示范和引导,将以前占据主导地位的"分体"传统转为以"归类"为路径的新方向,在文体分类学上树立一种新的范式。姚鼐的《古文辞类纂》撰成于扬州梅花书院,是姚氏教授古文的教材,为了便于学习写作,对"分类"的重视也是不可避免的,这也是它后来流传广泛、影响深远的一大原因。而后姚氏弟子梅曾亮编选的总集《古文词略》只是增加诗歌一类,其他类别沿袭乃师。来裕恂说:"自姚惜抱《古文辞类纂》分部十三,于是古文之门径,可于文体求之。"②

姚氏的《古文辞类纂》中的归类方法是以"为用"作为标准的③,特别注意到各种文体"名异实同和名同实异"的现象。所谓"名异实同",就是以功用和内容为主,将某些文体加以归并。如"论、辨、议、说"等具有相同功能的文体都归入论辨类之下。又如韩愈的《伯夷颂》历代都收入"颂"体类,而实际上文章内容以论为主,姚氏便将该文收录在论辨类中。姚鼐在《序》中说:"汉以来有表、奏、疏、议、上书、封事之异名,其实一类。"④他将这些相关的文体汇总为"奏议类",避免了文体分类过于繁杂琐碎的弊端,具有以简驭繁的特点,体现了新的学术范式。而"名同实异"就是对同一名称之分体进行仔细辨析,以功用和内容为参照标准对文体进行区分。例如,姚鼐将"赠序"类单列出来,是为一大创见。褚斌杰说:"古代以'序'名篇的文章,有赠序一类,是专门为了送别亲友而写的。在文体分类上,过去把它与序跋合为一类,直到清代姚鼐编《古文辞类纂》,才把它单独列出,称为赠序类。"⑤

---

① 永瑢等《四库全书总目》,中华书局,1965 年,第 1723 页。
② 来裕恂《汉文典文章典》卷三,王水照编《历代文话》第 9 册,复旦大学出版社,2007 年,第 8617 页。
③ 高黛英《〈古文辞类纂〉的文体学贡献》,《文学评论》2005 年第 5 期。
④ 姚鼐编《古文辞类纂》,岳麓书社,1988 年,第 2 页。
⑤ 褚斌杰《中国古代文体概论》(增订本),北京大学出版社,1990 年,第 382 页。

另一方面,《古文辞类纂》以"格、律、声、色、神、理、气、味"为美学标准,衡选文章,并从"为用"的角度划分文类,彰显了实用之文与审美之文的本质差异。① 虽然,姚氏并未给出理论上的答案,但是这种归类实践所采取的取舍标准却启迪后人,而且通过对不同文体的编排处理,勾勒了古文由杂向纯演进的轨迹,对晚清民国文体分类学具有深远影响。更进一步说,以《古文辞类纂》为代表的总集分类方法强调的是归类合并,以简驭繁,在很大程度上改变了自《文选》以来的"分体"分类传统。而且,这种力求简单划分的方法不断得到认同和重视,甚至上升到"定体"的高度。

除去在继承和发展"分体"之法以及对于"归类"的简化之外,清人还将传统的单一层级发展成两层,将"分体"与"归类"合而为一,既以门系类,又条分缕析,体现了归纳和演绎两种思维取向,真正表现了清代的总结集成之气象。作出这种贡献的是清初的储欣,其编选的《唐宋八大家类选》就是合"分体"与"归类"于一体的"两层分类法"的典范。

储欣(1631—1706),字同人,号在陆,宜兴人。自幼好学,精通经史。早年无意仕途,直到晚年,领康熙乡荐,一试礼部不遇,遂闭门著书。② 著有《春秋指掌》三十卷、《在陆草堂集》六卷③。选编《唐宋十大家全集录》五十二卷④、《唐宋八大家类选》十四卷。

作为清初有名的古文家和古文评点家,储欣并不为人所熟悉,他晚年编选的《唐宋八大家类选》一书也长期被人忽视⑤。在《唐宋八大家类选》中储欣写有一篇重要的引言,通过它对于全书的内容

---

① 参见高黛英《〈古文辞类纂〉的文体学贡献》,《文学评论》2005年第5期。
② 《清史稿》未著其传,其传见于储大文《在陆先生传》,《在陆草堂集》,《四库全书存目丛书》集部第259册,齐鲁书社,1997年,第376页。
③ 《四库全书存目丛书》经部第136册,齐鲁书社,1994年,第632页;《四库全书存目丛书》集部第259册,齐鲁书社,1997年,第372页。
④ 《四库全书存目丛书》集部第404册,齐鲁书社,1997年,第236页。
⑤ 关于储欣及其《唐宋八大家类选》的具体研究可以参见常恒畅《储欣及其〈唐宋八大家类选〉》,《学术研究》2013年第4期。此处只涉及该书在文体分类学上的贡献。

可以窥见一斑。引言具体内容如下:

奏疏第一。首奏疏,尊君也。数君子学问文章经济,予于奏疏微窥一斑,而韩欧苏文忠所以批鳞蹈坎,挫辱不畏,尽节致身于所事者,千载下读之,凛凛有生气,未尝不想见其人。曰书、曰疏、曰札子、曰状、曰表、曰四六表,为类六。

论著第二。此诸君子所汲汲立言,以求为法天下而不朽乎?后世者列第二,或曰:"策论科举之文,可谓立言乎?"余曰:"言以适用也。科举文如苏氏,譬则稻粱之于口,丝纩之于体,针艾方药之于疾,其不谓之适用欤?苟适用,奚其朽?"曰原、曰论、曰议、曰辨、曰说、曰解、曰题、曰策,为类八。

书状第三。曰状、曰启、曰书,为类三。

序记第四。文或有意为之,或无意为之,或不得已督促黾勉而为之,书序状记在此三者间。要之,序如韩,记如柳,尽变极妍,神施鬼设,独步千古矣。曰序、曰引、曰记,为类三。

传志第五。子长、孟坚氏不作而史学颓,六朝俳俪,词芜记秽,规矩荡然。韩、欧、王天纵巨手,起衰绍绝,史学中兴。曰传、曰碑、曰志铭、曰墓表,为类五。

词章第六。有韵之文,古人所勒诸金石、盘盂、几杖、户牖者,大都词奥旨深,与诗书相表里。秦汉而后,足观者鲜矣。数公所撰,未尽与古人抗行,然有可采者。曰箴、曰铭、曰哀辞、曰祭文、曰赋,为类五。……①

---

① 储欣《唐宋八大家类选·引言》,《唐宋八大家类选》第1册,光绪元年(1875)湖北崇文书局刻本。

在《唐宋八大家类选》中储欣将文体分成了六门三十类,现结合其篇目分布可得表1-1:

表1-1 《唐宋八大家类选》文体分类表

卷次 (总十四卷)	门类及篇数 (六门二百四十八篇)	文体类别 (三十类)
卷一	奏疏类十篇	书、疏、札子、状、表、四六表
卷二	十二篇	
卷三	论著类二十二篇	原、论、议、辨、解、说、题、策
卷四	二十三篇	
卷五	十六篇	
卷六	十二篇	
卷七	十三篇	
卷八	书状类二十七篇	启、状、书
卷九	十五篇	
卷十	序记类三十一篇	序、引、记
卷十一	二十三篇	
卷十二	十四篇	
卷十三	传志类十七篇	传、碑、志、志铭、墓表
卷十四	词章类十三篇	箴、铭、哀辞、祭文、赋

考察储欣编选的《唐宋八大家类选》的分类情况,我们可以发现其中既有"分体"也有"归类"。在六大门类下分文体为三十类,是"分体",而以门系类,总为六门,是"归类"。六大门的归类,简明清晰,对于矫正文体分类烦琐之弊,使之由博返约具有重要价值,而分为三十类文体则又能使学习古文者把握具体文体的个性,便于揣摩学习,符合其家塾读本的特性。《唐宋八大家类选》实际上是将归纳法和演绎法综合起来运用到文体分类学中,具有浓厚的总结意味,影响也颇为深远。

三、文体分类学的特征及其形成原因

直到晚清民国时期,在西学东渐的历史背景下,由于中国传统学术面临西学的压力,传统文体学也面临发展的重要转折。这一时期的文体分类学既有对清代"分类"思想的继承发扬,也有吸纳部分西学而进行的自我更新,总体上呈现一种继往开来的特点。

从曾国藩到王葆心,无论是通过总集的编纂,还是通过文话讲义的理论总结,其中的文体分类学都体现了对前人思想的继承和发扬,对于"抒情"文体、小说"俗文体"等的日渐重视则具有"开来"的意味。但是,如果没有西方文体分类理论的介入,中国传统文体分类学向现代文学分类的转变就不可能完成。传统中关于"抒情"文体的话语理论是中西联系的桥梁,为后来西方理论改造中国传统文体分类学提供了契机和条件。具体而言,晚清民国的文体分类学有如下特点:

第一,实践操作与理论表述并行,互相借鉴,共同发展,并且理论的自觉性越来越强,体系也越来越完备。从曾国藩《经史八家杂钞》的总集编纂到王葆心的"三种统系",其中有偏重"归类"一路的方法向"两次分类法"的演变,也有"抒情文体"在文体分类学中日渐凸显以及"杂文学"向"纯文学"的转变。

第二,总结抗争与破旧立新并存。王兆芳说:"今者西术与我学争,我若固守专家之师承,而儒道反不振。兆芳以为:学通天地人,而考道于古圣贤,论道于事物,祖述不摇,引申不已,务使我儒道之大,足以括西术之长,而西术之长,不足抗我儒道之大,若是亦善守师承者乎?"①其所作《文章释》就是想通对传统文体学进行总结以对抗西学。1916 年,作为《晦堂丛书》之一种的《古文辞通义》在王葆心的修订之下再版发行,受到海内学人的欢迎,林纾称该书文

---

① 王兆芳《文章释》卷首《遗曲园先生书》,王水照编《历代文话》第 7 册,复旦大学出版社,2007 年,第 6256 页。

"近百年中无此作",王先谦也谓"为今日确不可少之书"。《古文辞通义》是一部集大成的文体学巨著,其中对于传统的文体学进行了总结,并提出了与文体分类学相关的"情、事、理"三分法或"三种统系"说。而陈独秀等一批学人则在借鉴西方理论的基础上提出了"文学之文"与"应用之文"等一系列现代意义上的分类方法,具有破旧立新的意味。

第三,文体分类的思维由不重视"逻辑性"向系统的"二元论"演变。中国传统的文体分类学注重的是"辨体",历代学人都不断强调:"文章以体制为先"①,"先体制而后工拙"②,"论诗文当以文体为先,警策为后"③,"文辞以体制为先"④,"文莫先于辨体"⑤,"凡为古文辞者,必先识古人大体,而文辞工拙又其次焉"⑥。蒙培元说:"传统思维并不重视形式逻辑的无矛盾或同一律(即 A 是 A,不是非 A),却善于发现事物的对立,并在对立中把握统一(即 A 既是 A,又是非 A),以此求得整体系统的动态平衡。"⑦不拘泥于形而上的逻辑学的同一律,而关注社会现象丰富多彩的存在方式,这正是中国传统思维的精要之处⑧,也是中国传统文体分类学的特点。然而,到了晚清民国,特别是在民族危机日益加深的清末,西学的大量涌入客观上促进了中国整个学术体系逻辑性的提升,这对于文体分类学的影响是不言而喻的。从曾国藩偏重归类两层分类到来裕恂合"分体"与"归类"的"两层分类法",从刘半农对西方体系与概念的借

---

① 王应麟《玉海》卷二〇二引倪正父语,江苏古籍出版社,1987年,第3692页。
② 王正德《馀师录》卷二引王安石语,中华书局,1985年,第20页。
③ 张戒《岁寒堂诗话》卷上,中华书局,1985年,第9页。
④ 吴讷、徐师曾《文章辨体序说 文体明辨序说》,人民文学出版社,1962年,第9页。
⑤ 明人陈洪谟语,转引自徐师曾《文体明辨序说·文章纲领》,同上书,第80页。
⑥ 章学诚《古文十弊》,章学诚著,叶瑛校注《文史通义校注》,中华书局,1994年,第504页。
⑦ 蒙培元《中国传统思维方式的基本特征》,张岱年等《中国思维偏向》,中国社会科学出版社,1991年,第22页。
⑧ 郭英德《中国古代文体学论稿》,北京大学出版社,2005年,第209页。

鉴,到方孝岳、陈独秀提出的较为明晰的"纯文学"概念,都体现了逻辑性的增强,体系则是愈加完备。

第四,在文体分类学的演进中,人们关于分类的社会情感因素日益削弱,个体反思的程度则逐步加强。英国学者巴里·巴恩斯等人指出:"当人们进行分类时,人们几乎总是求助于因袭的概念和分类,并且运用这些已经存在的概念去标记他们遭遇到的任何新的对象和实体。在这种意义上,所有对事物的分类都是社会性的。"①晚清民国,诸多学人对于传统文体分类学的总结都是具有重要价值的集成,虽然尚未脱离传统文体分类学的框架,但是其中反思的潮流涌动不息。而后,通过对西方理论的借鉴才实现了中国传统的文体分类学向现代文学分类的演变。涂尔干、莫斯在《原始分类》中说:

> 逻辑分类的观念是久经锤炼才最终形成的。其原因就在于,逻辑分类乃是概念的分类。概念就是历历分明的一组事物的观念,它的界限是明确标定的。而情感恰恰相反,情感在本质上是某种飘游不定、变动不拘[居]的东西。情感的感染力远远超出了它的滥觞之处,会蔓延到所有与其有关的东西上,我们简直无法说出它的传播力量到底在什么地方才能停住。具有情感性质的状态也必然具有相同的特点。我们不可能说出它们从何处开始、在何处结束;它们相互纠结,它们的属性因此也相互混合,以至于无法严格地给它们划定范畴。从另一个角度来说,为了能够标出一个类别的界限,就必须分析出事物究竟是根据什么特征才被认为是汇成一类的,又是根据什么特征才被区分开来的。显然,情感是不听分析的摆布的,至少是分析所难以驾驭的,因为情感太过复杂了。关键在于,只要情感具有集体的起

---

① 〔英〕巴里·巴恩斯等著,邢冬梅、蔡仲译《科学知识:一种社会学的分析》,南京大学出版社,2004年,第57页。

源,它就会蔑视批判的和理性的检验。群体施加在每一个成员身上的压力,不允许个体对社会本身所构筑的观念进行随意评判;社会已经把自身人格的某些东西融入了这些观念。这就构成了相对于个体的神圣。所以,最终的分析表明,科学分类的历史,就是社会情感的要素逐渐削弱,并且一步步地让位于个体反思的历史。①

同样地,在晚清民国文体分类学演进的历程中,逻辑的体系和分类也是要久经锤炼的。至民国初年,陈独秀、刘半农等一批知识分子大量借鉴西方的理论体系,提出"纯文学"的分类,就是个体反思对于社会情感的胜利。

晚清民国文体学的演进归根结底是因为历史的向前发展,是时代使然。其具体的演进原因可以从以下几个方面进行探讨。

首先,文体分类学演进的直接动力来源于文体本身。晚清民国,中国文体经历了巨变。在这一文体剧变过程中,既有诗、文、小说、戏曲诸文体之变,又涉及书写的语言语体之变。新文体的出现与强势导致了文体格局的改变,使文体分类学的对象也随之而变,这样便直接推动了文体分类学的演进发展。

其次,文体分类学是文学观念的一种体现,由于文学观念的激烈交锋,许多学人便通过编纂总集,撰述文话、讲义等,通过对文体的分类来彰显其文学上的主张。文学观念的演进促使文体分类学向前发展。从姚鼐的《古文辞类纂》到曾国藩的《经史百家杂钞》,再到王先谦的《续古文辞类纂》以及黎庶昌的《续古文辞类纂》都体现了这一点。四大总集同属桐城一派,而对于文章的观念已经有了不同看法。曾国藩首提"经济"以补充姚鼐的"义理、考据和辞章",曾国藩、王先谦、黎庶昌不囿门派,综合汉宋,为桐城派古文文脉的延

---

① 〔法〕爱弥尔·涂尔干、〔法〕马塞尔·莫斯著,汲喆译,渠东校《原始分类》,上海人民出版社,2000年,第93—94页。

续不断努力,其总集的文体分类方法的演变也是其文学思想发展的体现。

再次,学术文化氛围、社会思潮等因素对于文体分类学的演变起到至关重要的作用。曾国藩在《〈湖南文征〉序》中说:"乾隆以来,鸿生硕彦,稍厌旧闻,别启涂轨,远搜汉儒之学,因有所谓考据之文。一字之音训,一物之制度,辨论动至数千言。曩所称义理之文,淡远简朴者,或屏弃之,以为空疏不足道,此又习俗趋向之一变已。"①考据学的勃兴促进了考据文体的发展,而考据文体的发展则导致了其在文体分类中的位置凸显,以至于催生出如王昶《湖海文传》这类专收考据文章的总集。这是受到当时考据学风的影响所致。

又次,清末,中国逐步沦为半殖民地半封建社会,列强掀起瓜分中国的狂潮,导致中国的民族危机空前严重,救亡图存、保国保教的社会思潮成为时代的强音,这也对文体分类学产生了影响。来裕恂在《汉文典·文章典》中说:"地球各国学校,皆列国文一科。始也,借以启普通知识,继则进而为专门之学,果何为郑重若斯哉?以文之盛衰,系乎国之存亡,故知保存其文,即能保存其国。"②他便十分重视文学与国运的联系,并且著书立说,身体力行。他在《汉文典》中将小说"俗文体"引入传统的文体分类学就是响应梁启超的小说有功于社会改造的观点。

最后,异域文化的影响。周作人在《中国新文学大系·散文一集·导言》中说:"我相信新散文的发达成功有两重的因缘,一是外援,一是内应。外援即是西洋的科学哲学与文学上的新思想之影响,内应即是历史的言志派文艺运动之复兴。"③这里周作人所说的

---

① 《曾国藩诗文集》,上海古籍出版社,2013年,第412页。
② 来裕恂《文论》,《汉文典·文章典》卷四,王水照编《历代文话》第9册,复旦大学出版社,2007年,第8666页。
③ 周作人编选《中国新文学大系·散文一集》,良友图书印刷公司,1935年,第10页。

外援就是指来自异域的各种观念和理论,而这些观念和理论对于传统的文体学的改变是前所未有,甚至可以说没有西方理论的介入,中国传统文体分类学向现代文学分类的转变就不可能完成。

第二节 总集文体分类的新趋势

总集的称谓最早出现于南朝,是别集大量出现之后的产物。随着社会物质条件的不断成熟,尤其是造纸术、印刷术的进步,总集的发展可谓达到新的高度。早在道光、咸丰时期,诸多总集就承继和开启了文体分类学的新趋势,为晚清民国文体分类学的演进奠定了基础。如王昶辑《湖海文传》七十五卷,以"事功、学问、内行、文词"为类别,每一类中又以作者"科第"为次,统编全书,其编选以讲求实学为主,并且兼顾辞章之美。① 又如姚椿辑《国朝文录》八十二卷,按文体分为十七类,分别是论辨、序跋、奏议、书、赠序、杂记、碑、表、志、铭、传、状、赋、颂、箴、赞、祭文等,这明显是继承了姚鼐《古文辞类纂》的分类方式。姚椿还在自序中说:"讲业余暇,取而类之,汰其繁芜,去其复冗,其意以正大为宗,其辞以雅洁为主,中间小有出入,要必于理无甚悖者,然后辑焉。凡综录之文,一曰明道,一曰纪事,而考古有得与夫辞章之美,固以附见。"②这体现了其文道合一的编选宗旨。沈曰富在《〈国朝文录〉述例》中说:"然既名'文录',则夫言理而涉语录,述事而近稗官,与夫专尚考据,琐屑不复成篇者不得入焉。故四之中又以词美为三者之权衡云。"③这说明了该总集在编纂过程中重视"词美",体现了对文章艺术性的强调。可以说,这种承继清初所确立的"归类"传统,在强调归类简洁的同时也愈加重

---

① 《续修四库全书》第 1668 册,影印清道光十七年(1837)经训堂刻本。
② 《国朝文录》,扫叶山房,1900 年。
③ 同上。

视文章的审美特性,而晚清民国的文体分类又在此基础上继续发展。尤其是文章总集分类还受到了西学的重要影响。

一、曾国藩《经史百家杂钞》中的文体分类

晚清民国的总集中最具代表性的有曾国藩编纂的《经史百家杂钞》,是书共计二十六卷,将文体分为三门十一类,其门类分布为:一、著述门:1.论著类 2.词赋类 3.序跋类。二、告语门:1.诏令类 2.奏议类 3.书牍类 4.哀祭类。三、记载门:1.传志 2.叙记 3.典志 4.杂记。每类之下又分若干文体。例如著述门下分为三类:

> 论著类:著作之无韵者,经如《洪范》《大学》《中庸》《乐记》《孟子》皆是。诸子曰篇、曰训、曰览,古文家曰论、曰辨、曰议、曰说、曰解、曰原皆是。
>
> 词赋类:著作之有韵者。经如诗之赋颂,书之五子作歌皆是。后世曰赋、曰辞、曰骚、曰七、曰设论、曰符命、曰颂、曰箴、曰铭、曰歌皆是。
>
> 序跋类:他人之著作,序述其意者,经如《易》之系辞,《礼记》之冠议、昏议皆是。后世曰序、曰跋、曰引、曰题、曰读、曰传、曰注、曰笺、曰疏、曰说、曰解皆是。①

这种"以门系类"法明显受到了储欣《唐宋八大家类选》分类方法的影响。② 王葆心在《古文辞通义》中引友人李伟的话说:"(《唐宋八大家类选》)分六门三十类,其奏疏书状即曾之告语门,其序记传志即曾之记载门,论著词章即曾之著述门,已几几乎合百成千

---

① 曾国藩《经史百家杂钞·序例》,李翰章编纂,李鸿章校勘《足本曾文正公全集》第6部,吉林人民出版社,1995年,第3187—3188页。
② 《经史百家杂钞》中文体类分受姚鼐《古文辞类纂》影响明显,而"以门系类"则应上溯至储欣《唐宋八大家类选》。

矣。"①这实际道出了二者之间的渊源关系,不过,曾氏之分类与储氏所不同的是,无论是大类还是小类,都侧重于"归类",未涉及明确的"分体"。因为《经史百家杂钞》并不是按照序例中每类之后的文体细目来组织,而这样是不利于窥探和把握文体细目的。反观《唐宋八大家类选》的分类则不然,其合"归类"与"分体"于一体,归纳和演绎并举,大类上提纲挈领,小类上罗列细目,大类之简与小类之繁构筑了一个有机统一的文体体系。

二、两种《续古文辞类纂》与《新古文辞类纂稿本》

光绪年间,王先谦和黎庶昌分别编选了《续古文辞类纂》,也是颇具代表性的总集,其中所用的分类方法以继承前人为主。

王先谦(1842—1917),字益吾,号葵园,湖南长沙人。同治四年(1865)进士及第,改翰林院庶吉士,散馆授编修。历任翰林院侍讲、祭酒、云南乡试副考官、江西乡试正考官、浙江乡试副考官、江苏学政等职。光绪十五年(1889),辞官归里,讲学于岳麓书院。王先谦是清末著名的汉学家,曾主持刊刻《续皇清经解》,且著作等身,有《尚书孔传参正》《三家诗义集疏》《汉书补注》《后汉书集解》《庄子集解》《荀子集解》等汉学名著传世,另有别集《虚受堂诗文集》三十六卷。王先谦作为当时著名的学者十分看重总集的编纂,其所编总集有三部,分别是两部骈文总集《十家四六文钞》和《骈文类纂》以及一部古文选本《续古文辞类纂》。

王先谦的《续古文辞类纂》成于光绪八年(1882),在体例下延续了姚鼐《古文辞类纂》的传统,按文体分类编纂,但与姚编相比,它又有所不同。该书无诏令类,因为王氏认为清人此类并无佳作;也不选奏议,理由是奏议不必讲求古意与美辞,而应该以明切事理为

---

① 王葆心《古文辞通义》卷十三,王水照编《历代文话》第 8 册,复旦大学出版社,2007 年,第 7705 页。

主,并且奏议是专门的应用类型文体;该书也不选辞赋,认为辞赋尚骈俪,有别于古文,且当时社会上该类文章的实际创作并不繁荣。由此看来,王氏的《续古文辞类纂》是恪守桐城义例,沿袭前人的,分类方法上仍然是与姚鼐所主"归类"一路相合。

黎庶昌(1837—1898),字莼斋,贵州遵义人。曾幕于曾国藩府,师从曾氏学习古文,后担任欧洲各国及日本使节,辑有《古逸丛书》,著《拙尊园丛稿》六卷。他所编纂的《续古文辞类纂》成于光绪十五年(1889),全书分为上、中、下三编。上编为经子,中编为史传,下编为方、刘前后之文,前两编为补充姚鼐《古文辞类纂》所阙,后一编则是续姚选而作。在分类上,黎选援引曾国藩《经史百家杂钞》的成例,依据经、子、史各自的文体特征,另外增加了典志和叙记两类。典志为专门记述典章制度之文,如《史记》中八书之类;叙记则为记叙历史大事之文,如赤壁之战等。虽然黎庶昌是曾国藩的弟子,其文学思想深受曾氏的影响,"今所论纂,其品藻次第,一以习闻诸曾氏者,述而录之"[1],但是,仔细比较其与曾氏在总集分类上的做法,还是可以看出明显的不同。其实针对王先谦的《续古文辞类纂》,黎氏也曾说过"命名与余适同而体例甚异"[2],这种"异"实际上也是一种对前人的突破。

1922年,蒋瑞藻编纂了一部名为《新古文辞类纂稿本》的总集,也颇具典型性。蒋选主要收录近世名家之作,篇幅远超王选和黎选。在体例上,"参用姚氏王氏之例"[3],按照"无则阙之"的惯例,不收奏议类和诏令类,其他分类都沿袭姚选。蒋氏身处新旧文化思潮交织和激烈碰撞的时期,新文化运动已经如火如荼,白话文等文学运动广泛开展,尤其1917年,钱玄同提出"桐城谬种"的口号,将桐城派古文彻底否定。在这种情境下,蒋氏仍然编纂桐城古

---

[1] 黎庶昌《续古文辞类纂》"叙",国学整理社,1936年,第2页。
[2] 同上书,第3页。
[3] 蒋瑞藻《新古文辞类纂稿本》"自序",中华书局,1922年石印本。

文作品,其抗争的意味当是不言而喻的。所谓"存当世之文献,资学者之观摩"①就是要搜罗宏富,以存一代之文章。他还说:"至若标榜之诮,则无所虑。盖犬马之齿初未为长,足迹不出里闬,姓名不罣人口,凡所甄录,都无容心。昔《昭明文选》不著生存者一字,此在昭明或不可,在吾则可。"②由此,在新的时代到来之后,由固守传统而汇集一代文章,其分类方法也必定会一仍其旧,此时分类方法已经不是重点考虑所在。当蒋选最终完成之际,也意味着桐城派作为一种文学存在的黯然离场,而实际上蒋选之中所承继的渊源自姚鼐《古文辞类纂》的"归类"传统与新时代鼓荡的西方逻辑体系中重归纳的思维,在一定程度上是具有内在联系的。

1915 年,张相编纂的《古今文综》在主体意识和分类实践两方面都比较成熟。张相认为过去的文章纂汇,或有断代局限,或存门户之见,亟须一部新旧不避、骈散并蓄的汇纂,因辑秦汉至晚清民国各类文章共 2343 篇,编成《古今文综》,凡六部十二类,共分文体四百余种。③ 前者为"归类",后者则是"分体",且所分文体数目庞大,古今无二。显而易见,这也是承继了储欣《唐宋八大家类选》的合"归类"与"分体"为一的"两层分类法"而来。值得注意的是,《古今文综》不仅仅注重分类实践,而且还具有了相当的理论自觉性。

三、总集文体分类的新趋势

通观这些总集中的文体分类,既有对"归类"传统的固守与坚持,也有对储欣《唐宋八大家类选》的"两层分类法"的继承和发扬,强调综合性,将归纳与演绎合为一体,体现出总结集成的特点,并且这种文体分类的综合性所体现出的理论自觉性愈来愈强。

---

① 蒋瑞藻《新古文辞类纂稿本》"自序",中华书局,1922 年石印本。
② 同上。
③ 张相《古今文综评文》,王水照编《历代文话》第 9 册,复旦大学出版社,2007年,第 8763 页。

当然这些总集中所体现的文体分类方法也表现出了鲜明的时代特征,呈现出文体分类的新趋势。

第一,是对"归类"的愈加重视。当时西学对中国的传统学术形成巨大挑战,中国传统文体学也不得不作出相应的调整。在西学注重逻辑、讲究体系的影响下,传统文体分类学对于"归类"方法愈加重视,或者说不得不重视。从曾国藩的《经史百家杂钞》到张相的《古今文综》,其分类意识愈来愈强、分类体系愈加严密系统。不过,当时也有学者对于偏向"归类"的这种"新方法"表示担忧。当时王兆芳就担心"归类"会"无以明学术",对文体细目的把握就难以精确。这实际上从侧面反映了传统文体学家因面临来自西学的压力而被动转向的纠结。

第二,在体现中国传统的"分体"中,一些俗文体进入文体分类学。例如《汉文典》收录了"小说"文体,来裕恂还将"小说"文体分为"传奇"和"演义"二体,专注于"戏曲"和"白话小说"两类,这种小说文体内部的细分与中国传统的小说分类完全不同,实际上是新的时代背景下一种新的尝试。光绪二十八年(1902),梁启超在《小说与群治之关系》中说:

> 欲新一国之民,不可不先新一国之小说。故欲新道德,必新小说;欲新宗教,必新小说;欲新政治,必新小说;欲新风俗,必新小说;欲新学艺,必新小说;乃至欲新人心,欲新人格,必新小说。何以故?小说有不可思议之力支配人道故。[1]

来氏关于小说的新的分类方法正是对于梁启超"小说界革命"的呼应与回响。来裕恂说:"中国之小说,自昔之作,大约事杂鬼神,情钟男女者为多,故往往为世间之戏具,不流行于上流社会。而移风易俗之道,外国泰半得力于小说者,中国反以此而沮风气。推

---

[1] 梁启超《小说与群治之关系》,郭绍虞、罗根泽编《中国近代文论选》,人民文学出版社,1959年,第157页。

其原因,则由于读小说者,不知小说之功用,作小说者,不知小说之关系也。"①来氏之说,以外国小说之功用为参照,其受到西学的影响不言而喻,而这正透露了传统文体学的一种转向和演进。

第三,除去传统的"分体"与"归类"这两条路径,实际上也还有其他路径。在单一文体的总集中有"以事叙次"或"以时为次"的分类方法。由于是单个的文体总集,所以无所谓"分体"和"归类",这样又滋生了新的分类取向,而这些分类取向体现出了鲜明的时代特征,在一定程度上代表了当时人们对分类的思考水平。晚清民国社会处于巨变之中,各种文体不断发展演变,其中奏议文体的稳定性相对而言较强,而奏议总集的编纂体现了在时代转型的节点上杂文学观念的回应与抗争。早在道光九年(1829),萧山朱枟编成《国朝奏疏》四十八卷,分为赓飏、职制、典仪、武备、政教、刑法、赋役、经野等八总纲,次分三十三细目。该总集开启后来奏议总集以事类为纲的先河。光绪二十八年,王延熙、王树敏选取道光以至光绪四朝臣僚奏疏辑成《皇朝道咸同光奏议》六十四卷,分为治法、变法、时务、洋务、吏政、户政、礼政、兵政、刑政、工政等十大类别,次又分六十四小类。这种分类是按照"以事叙次"的方法进行的。实际上,从操作层面讲,以时间为序编排材料是一种简单而高效的编纂方法,对于奏议总集这种单一文体而言更是如此。乾隆年间编纂的《皇清奏议》和《御选明臣奏议》就是以朝代先后为序进行编排的。然而,《皇朝道咸同光奏议》的编排却选择了更为复杂的"以事叙次",需要考虑类目设置的多寡与层级等复杂问题。通过对于该书十大类别的具体考察,可以看出这种"以事叙次"是以吏部、户部、工部、刑部、礼部、兵部六部及其职能为划分类目的基本依据的。王树敏在该书序言中说:"前朝治迹或不宜今,近代治功最切于用,爰将道光以来迄于今兹臣工章奏采其尤者辑为一编。欲知治法,于此览

---

① 来裕恂《汉文典》,王水照编《历代文话》第9册,复旦大学出版社,2007年,第8665页。

观,未必非政学之一助也。"①这说明其目的在于维护和助力皇朝统治。邓广铭在谈到四库馆臣对赵汝愚《宋朝诸臣奏议》体例的评价时认为,"以事叙次"的编纂体例"为经世者计",将其增改成"为经世洎治史者计"则更为周全。② 晚清以后,内忧外患,时代的巨变导致了学术风气的转向,经世致用逐渐成为一种社会思潮,这一时期奏议总集中的"以事叙次"是经世致用的反映,目的在于巩固统治。

第四,在总集编纂过程中,分类思想既有传统的因子,也受到西方文学观念的一定影响。以沈粹芬、黄人、王文儒等辑录的《国朝文汇》③为例,该集成书于宣统年间,按甲、乙、丙、丁分集编纂,甲前集为明末遗民文,甲集为顺治、康熙、雍正三朝文,乙集为乾隆、嘉庆两朝文,丙集收录道光、咸丰两朝文,丁集则搜罗同治、光绪两朝文。该集编纂呈现出兼容并包的宏阔格局,共选文1356家,收录作品5500多篇,成为有清一代规模最宏大的一部文章总集。黄人在序中对有清一代的文章给予了高度赞扬,强调不立宗派的文学观念,他认为近世以来西方、日本思想的输入促进了中国本土学术思想的新变,而《国朝文汇》的意义在于"二百数十年中之政教风尚所以发达变化其学术思想者,循是或可得其大概,而为史氏征文考献者效负弩之役"④。这都表明了《国朝文汇》独特的编选宗旨,在于最广泛、最全面地网罗一代文章,这样用最简单的天干来分类就显得十分必要了。

另一方面,由于《国朝文汇》的主要编纂者黄人受到20世纪初来自西方和日本的文学史观念影响,在编选过程中,他先后引述大田善男的《文学概论》、狄比图松的《字汇》、烹苦斯德的《英吉利文

---

① 王延熙、王树敏辑《皇朝道咸同光奏议》,上海久敬斋石印本,光绪二十八年(1902)。
② 邓广铭《〈宋朝诸臣奏议〉前言》,赵汝愚编《宋朝诸臣奏议》,上海古籍出版社,1999年,第4页。
③ 初刊于清代宣统元年(1909)。由于"国朝"已成历史,故后人改称今名《清文汇》。
④ 黄人《清文汇·序》,沈粹芬等辑《清文汇》,北京出版社,1996年,第3页。

学史》、薄士纳的《比较文学》、朋科斯德的《文学形体论》等理论和说法。黄人曾自称其所撰文学史为"实际上之文学史,而非理想上之文学史"①。以《国朝文汇》为典型代表的总集,诞生在清王朝覆灭的前夜,其依托传统文体分类学知识框架来进行编纂,又吸纳了新兴的西欧、日本文学观念与思想,使传统文章总集有了接合近代世界文学思潮之可能性,从而也透露出在中西文化冲突交融背景下文体分类学的复杂性。

第三节　文话中的文体分类学

总集的编纂是文体分类学的实践,对于总集编纂的考察有利于了解和研究文体分类学,而文论则是关于文体分类理论的具体表达,各种文话收录了诸多关于文体分类的具体看法和观点。晚清民国,文话依然兴盛,其中关于文体分类的理论观点和看法则是晚清民国文体学分类学的直接反映。

一、述情文体地位的提高:"以至简之门类橐括文家之制体"

晚清民国文话中对于文体分类的看法概括起来说,第一个大的特点就是对"归类"愈加重视,并且强调高度概括性和简洁性,用王葆心的一句话说就是"以至简之门类橐括文家之制体"。陈澹然在批评传统文体学分类的繁杂时说:"近世文家,斷斷文体,议、辨、解、说、传、志、碑、铭、叙、记诸体,剖及毫芒,体愈多则文愈剧,文教所由衰也。实则传、志、碑、铭、叙、记,不逾纪述,议、辨、解、说,不出论策之中。故此数者,各取以从其类,而不敢纷。即此,而经世之道得

---

① 黄人《中国文学史》,苏州大学出版社,2015年,第144页。

矣。"①陈氏提倡归类的简化,认为文体分类过度繁复,会使人难以把握,并将当时社会现实所体现的文教之衰归因于此。对于如何简化归类,他也给出了答案,陈澹然在《文宪例言》中说:"古之为文,不外纪事、论事。"②陈氏的文体分类,以纪事、论事相统摄,细分为纪述、典制、策论和书疏四体。他认为:"先通记事之法,论事方有持循。纪述、典制,皆记事也。论策、书疏,皆论事也。诏、令、箴、歌,则出入四者之间,体殊而用则一,大旨归诸经世而已。"③同时期文论家邵作舟《论文八则》云:"文章之体,虽有纪、传、志、状、碑、颂、铭、诔、诏、告、表、疏、序、论、杂体之殊,总其大要,不外纪事、议论两端。"④这种以纪事、议论两种文体高度概括的观点就是"以至简之门类檃括文家之制体"最为典型的代表,且已经得到广泛认同,甚至达到"定体"的高度。王葆心《古文辞通义》引述清初古文家邵长蘅的话说:"文体有二,曰叙事、曰议论,是谓定体。"⑤当然,从这则材料也可以看出以"叙事"和"议论"二分文类的方法并不是晚清民国的创造,清初已经有过具体而微的讨论,而事实上再进一步上溯至宋代,这种高度概括的"归类"取向就已经初具模型。秦观在《韩愈论》中将文体归并为五类:

> 臣闻先王之时,一道德,同风俗,士大夫无意于为文。故六艺之文,事词相称,始终本末,如出一人之手。后世道术为天下裂,士大夫始有意于为文。故自周衰以来,作者班班相望而起,奋其私知,各自名家,然总而论之,未有如韩愈者也。何则?夫所谓文者,有论理之文,有论事之文,有叙事之文,有托词之

---

① 陈澹然《文宪例言》,王水照编《历代文话》第7册,复旦大学出版社,2007年,第6807页。
② 同上书,第6806页。
③ 同上。
④ 邵作舟《论文八则十四法第五》,参见《绩溪文史》第4辑,1996年,第277页。
⑤ 王葆心《古文辞通义》,王水照编《历代文话》第8册,复旦大学出版社,2007年,第7171页。

文,有成体之文。探道德之理,述性命之情,发天人之奥,明死生之变,此论理之文,如列御寇、庄周之所作是也。别白黑阴阳、要其归宿,决其嫌疑,此论事之文,如苏秦、张仪之所作是也。考同异,次旧闻,不虚美,不隐恶,人以为实录,此叙事之文,如司马迁、班固之作是也。原本山川,极命草木,比物属事,骇耳目,变心意,此托词之文,如屈原、宋玉之作是也。钩列、庄之微,挟苏、张之辩,撼班、马之实,猎屈、宋之英,本之以诗书,折之以孔氏,此成体之文,韩愈之所作是也。①

这里秦观将文体划分为论理文、论事文、叙事文、托词文和成体文五大类别,由于最后的成体文是对于前四者的升华,所以五大类别的文体并不是处于合理的逻辑层面上。但是,这种文体分类思路确实是新颖而具创造性的。同时期的吴则礼将文体分为四类:"所谓文者,有曰叙事,有曰述志,有曰析理,有曰阐道。"②这大致与现代文章学说所提出的记叙文、抒情文、议论文和说明文相近。

至晚清民国这种观点就更为成熟了。顾云《盋山谈艺录》曰:"文虽百变,亦曰序曰议而已。大都从子入者,长于议;从史入者,长于序,而序为尤难","议主乎识,苟读书明义理,人人可为,序非老于文事者莫办。一人一事,惟妙惟肖,又动合文章体制,率尔操觚能乎?此传志之文难于论说,而世率弗知"。③ 这里顾云以"序"和"议"两类进行总括,显得更为简单。王葆心引谢应芝《蒙泉子》云:"子家,言理之文也……史家,言事之文也……诗赋家,言情之文也。"④谢氏以理、事、情三者简单概括诸体,并且其"言情"类还专指诗赋。王氏对其大加引用说明也是认同这种划分的。后来邓绎在

---

① 秦观著,徐培均笺注《淮海集笺注》,上海古籍出版社,1994年,第750—751页。
② 吴则礼《〈六一居士集〉跋》,《北湖集》卷五,涵芬楼秘笈本。
③ 顾云《盋山谈艺录》,王水照编《历代文话》第6册,复旦大学出版社,2007年,第5861页。
④ 王葆心《古文辞通义》,王水照编《历代文话》第8册,复旦大学出版社,2007年,第7726页。

《藻川堂谭艺》中将文章也分为简单的三类："是贾、马为叙事纪事之文,董、刘为说理之文,马、枚为述情之文。"①曾国藩《经史百家杂钞》分文体为著述、告语、记载三门,王葆心通过辨析将这三门分别转为"说理""述情"和"纪事"三种文体。杭永年在《〈古文快笔贯通解〉序》中将文体分为情、理、事、词四类,"文体多端,有情焉,有理焉,有事焉,有词焉,每错综以出而呈其机趣"②。梁启超1922年在南开与东南两所暑期学校授课时提出:"文章可大别为三种:一记载之文,二论辩之文,三情感之文。"③由这一路的发展可以看出,晚清民国时对于文体的归纳更加合理,并且十分重视述情文体在文体分类体系中的地位,这是与传统文体学最大的不同。

王葆心曾广引诸家之说,论证以抒情、叙事和议论三体总括文体具有很强的合理性。王氏在《古文辞通义》中还援引国外的文体理论加以阐释:

> 今人《法兰西文学说例》谓法兰西之散文分五种,其中有三种:曰记事,即表中之记载门所属也;曰辩论,即表中著述门所属也;曰书牍,即表中告语门所属也。日本人曾合选记事、论说文为《文范》,其分类有三门中之二门。其《国民作文轨范》一书于记事、论说外增祝贺吊祭文,又有告语门之意,体尤全备矣。此中外文家之同轨者。④

这里他以法国、日本文体分类为例子,指出了抒情、叙事和说理三分法是中外同一的,三者都可以概括诸种文体。而对于三分法与传统的二分法的区别,王葆心分析道:"李次青谓:'文之用有二,曰

---

① 王葆心《古文辞通义》引,王水照编《历代文话》第8册,复旦大学出版社,2007年,第7726页。
② 《四库禁毁书丛刊》集部第34册,北京出版社,1997年,第3页。
③ 梁启超《中学以上作文教学法》,《改造》第4卷第9号,1922年。
④ 王葆心《古文辞通义》,王水照编《历代文话》第8册,复旦大学出版社,2007年,第7718—7719页。

议论,曰叙事。议论以理胜,经与子之流也;叙事以情胜,史之流也。'并三门而两之,合抒情于叙事,亦足见近世抒情之文未能畅于坛苑之由也。"①这就点出了传统的二分法内之所以没有抒情文体的位置乃是由于轻视抒情之文所致。传统的散文多与道结合在一起,而与抒情无缘。早在道光年间,朱琦在《〈研六室文钞〉序》中就说:"文之体不一,散体本与骈体殊科。而散体又各别,有议论之文,揣摩理势,近乎子;有叙述之文,网罗事迹,近乎史。二者每分道扬镳。惟考订之文,名物训诂近乎经,则尤足尚。"②这里提出在传统议论和叙事两分法的基础上,加入考据一体,将散文文体分为议论、叙事和考订三类,这实际上是受到了当时考据学兴盛的学风所致,具有明显的时代性。而后的发展,抒情文体得到普遍重视,并取得了愈来愈高的地位,也是时代使然。不管陈澹然在《文宪例言》中如何固守传统,强调"义归经世,文必雅驯,屏词赋一门"③,而抒情一体还是日渐壮大。刘熙载《艺概·文概》曰:"使情不称文,岂惟人之难感,在己先'不诚无物'矣。"④就是针对散文而言。何一碧《五桥说诗》亦云:"诗与文各别而亦相通,文言理,理生情;诗言情,情准理。但文多畅达,诗多含蓄耳。"⑤强调抒情是诗歌和散文共同的文体功能。另外,清代桐城派多取法归有光,对于"抒情"也十分看重,而且随着西学东渐,学术思潮等的激变,对抒情也愈加重视起来。例如,光绪八年(1882),王先谦编选《续古文辞类纂》,推崇姚鼐,以桐城派古文"义法"为旨归。二十年后,当他编纂《骈文类纂》时则着重强调了文章的抒情功能。

---

① 王葆心《古文辞通义》,王水照编《历代文话》第 8 册,复旦大学出版社,2007 年,第 7717 页。
② 胡培翚《研六室文钞》,《续修四库全书》第 1507 册,经训堂刻本,1837 年,第 351 页。
③ 陈澹然《文宪例言》,王水照编《历代文话》第 6 册,复旦大学出版社,2007 年,第 6808 页。
④ 刘熙载《艺概》,王水照编《历代文话》第 6 册,复旦大学出版社,2007 年,第 5570 页。
⑤ 何一碧《五桥说诗》,清抄本。

> 至于触感无聊,伸纸写臆,屏居生悟,缘虚入实。泛长风而不息,则回恋故巢;望晨星之渐稀,则感伤知己。亦有朋好往还,襟情契结,登降岩壑,兴寄园亭。叹逝者之如斯,抚今欢而易坠。相与招绘事、赋新诗,更挥发以词章,庶昭宣其情绪。一卷之内,陈迹如新;百年之间,古怀若接。皆无假故实,自达胸怀,由耳目以造性灵,驱烟墨以笼宇宙。文之为道,斯其最盛者与。①

王氏认为自然条件与社会条件是作者写作的动力,作者触景而生情,因事而寄感,故成文而抒发个人的情感情绪,也是突出文章的抒情功能。

总之,传统文体学以叙事、议论简洁概括文体的两分法,至晚清民国已经渐渐演变为以抒情、叙事和说理来区分文体的三分法,"抒情"一体的地位得以提升。这与现代文章学通行的将文体划分为抒情、记叙、说明、议论等类别是相通的,因而可以说从文话的分类中我们可以寻觅到古今文体学演变的轨迹。晚清民国对于"归类"的重视,强调归类的简洁,更重要的是在文体分类中对"抒情"文体的重视,这些都暗示了传统文体学向现代文章学的转变演进。

二、"两层分类法"的理论自觉

晚清民国文话中文体分类的另一大特点就是承继储欣《唐宋八大家类选》中的合"归类"与"分体"于一体的"两层分类法",并具备相当的理论自觉性。来裕恂《汉文典·文章典》卷三"文体"部分的分类就是典型的代表:

---

① 王先谦《序例》,《骈文类纂》,浙江古籍出版社,1998 年,第 5 页。

叙记篇

一序跋类(章)：序、引、跋、题、书、读(六节)

二传纪类(章)：传、纪、录、略、述、状、碑、碣、志、铭、表(十一节)

三表志类(章)：图、谱、表、志、记、注(六节)

议论篇

一论说类(章)：辨、原、论、说、解、释、义、书、评、驳、七(十一节)

二奏议类(章)：奏、议、疏、表、章、策、对、状、弹、启、连珠、上书、封事、笺、札子、本(十六节)

三箴归类(章)：箴、规、戒、训、铭、赞、喻(七节)

辞令篇

一诏令类(章)：诏、诰、命、令、制、谕、敕、玺书、策、批答(十节)

二誓告类(章)：誓、告、约、券、盟、祝、颂、册、符命、教、檄、露布、榜、移、牒、判、问、答、问答、答问、启事、书、简、牍、刀笔、帖、谏、祭文、吊文、哀辞(三十节)

三文词类(章)：文、诗、赋、辞、乐府、小说(六节)①

来裕恂以篇、章、节，按照由粗至细的层次建立一个颇具特色的文体体系，其中每一节即为一种文体。看起来是在储欣"两层分类法"的基础上增为"三层"，而实质仍同。第一层的"篇"和第二层的"章"仍是属于"归类"，第三层的"节"则是"分体"。虽然有多达一百零一种文体，但是纲举目张，并不凌乱繁杂。

吴曾祺在《文体刍言》中对于文体的分类也是属于"两层分类法"。他直接采用了姚鼐《古文辞类纂》中所分的十三类文体为总门类，只是将"书说"替换为"书牍"。在十三种门类之下，再细分为

---

① 来裕恂《汉文典》，王水照编《历代文话》第9册，复旦大学出版社，2007年，第8618—8665页。

二百一十三个子目,每目即是一种文体,其具体的文体分类如下①:

论辨类:论、设论、续论、广论、驳、难、辨、义、议、说、策、程文、解、释、考、原、对问、书、喻、言、语、旨、诀、附录;

序跋类:序、后序、序录、序略、表序、跋、引、书后、题后、题词、读、评、述、例言、疏、谱、附录;

奏议类:奏、议、驳议、谥议、册文、疏、上书、上言、章、书、表、贺表、谢表、降表、遗表、策、折、札子、启、笺、对、封事、弹文、讲义、状、谟、露布、附录;

书牍类:书、上书、简、札、帖、札子、奏记、状、笺、启、亲书、移、揭、附录;

赠序类:序、寿序、引、说、附录;

诏令类:诏、即位诏、遗诏、令、遗令、谕、书、玺书、御札、敕、德音、口宣、策问、诰、告词、制、批答、教、册文、谥册、哀册、敕文、檄、牒、符、九锡文、铁券文、判、参评、考语、劝农文、约、榜、示、审单、附录;

传状类:传、家传、小传、别传、外传、补传、行状、合状、述、事略、世家、实录;

碑志类:碑、碑记、神道碑、碑阴、墓志铭、墓志、墓表、灵表、刻文、碣、铭、杂铭、杂志、墓版文、题名、附录;

杂记类:记、后记、笏记、书事、纪、志、录、序、题、述、经、附录;

箴铭类:箴、铭、戒、训、规、令、诰、附录;

颂赞类:颂、赞、雅、符命、乐语;

辞赋类:赋、辞、骚、操、七、连珠、偈、附录;

哀祭类:告天文、告庙文、玉牒文、祭文、谕祭文、哀词、吊

---

① 吴曾祺《文体刍言》总目,《涵芬楼文谈附录》,王水照编《历代文话》第7册,复旦大学出版社,2007年,第6631—6669页。

文、诔、骚、祝、祝香文、上梁文、释奠文、祈、谢、叹道文、斋词、愿文、醮辞、冠辞、祝嘏辞、赛文、赞飨文、告文、盟文、誓文、青词、附录。

当然,这种"两层分类法"仍属于对于前人分类方法的继承和发扬,不同的是其理论自觉意识已经十分突出。吴曾祺在《涵芬楼文谈·叙》中说:"余窃不自揆,尝辑《涵芬楼古今文钞》,又为《文体刍言》一卷列诸卷首,中间一得之见,颇不为海内通儒硕彦所讥。"①无论是来自传统观念的讥讽,又或是西学东渐背景下来自西学的压力,都将成为理论自觉意识萌发和增强的强大动力,这种时代所赋予的推动是储欣《唐宋八大家类选》仅仅因为作为家塾读本而无意识采取"两层分类法"所不可同日而语的。

同时期,王兆芳《文章释》虽侧重的是"分体"的方法,将文体分为一百四十二类,但亦有用比喻的说法将文体归为"解释、考据、记叙、告语、讽赋、议论六体"。在《文章释》卷末跋语回答门人弟子关于文章之体的提问时,王氏解释说:"文章之异体,生从文字,文字之用多,故文章之体亦多,非选家所能括。要皆出于天然,犹生物之异体。不辨其异,宜画龙而兽毛,画虎而禽翼,不诚无物矣。本体百异,不可不辨,虽小品,可不为而不可瞽也。其躯骨有解释、考据、记叙、告语、讽赋、议论六体,象貌有散行、骈偶两体,而以此隶百体,卒无以明学术。"②这里,实际也是一种合"分体"与"归类"于一体的表达,只不过王氏担心"归类"会"无以明学术",这是对"归类"传统的深入思辨,是晚清民国时代使然,从而使这种"两层分类法"具备充分的理论自觉性和思辨深度。

在王兆芳看来,文体需"文章"与"学术"并重,他把中国古代的

---

① 吴曾祺《涵芬楼文谈·叙》,王水照编《历代文话》第 7 册,复旦大学出版社,2007年,第 6563 页。
② 王兆芳《文章释》,同上书,第 6320 页。

文体分为"修学"与"措事"两大类,谓:"而综厥大体,不外修学、措事二科。考道、传道为修学,率道为措事。知其措事,则知文章为有用之具;知其措事之必由修学,则知文章为载道之器",而"凡修学之文章四十有八体""凡措事之文章九十有四体"。① 他还认为其中有些文体兼有修学与措事两种功能,且各种文体之源当出于经学、史学、诸子、杂学、君上臣下之事。全书的分类体系如下②:

释、解、故、传、微、注、笺、义、义疏、申义、口诀义、讲义、衍义、说、论、辨、驳、评、述、叙(后叙、引)、题辞、例、音。(原按:右二十三体源出经学。释、解、注、笺、义、义疏、说、论、辨、评、述、叙、例、音十四体流及各学,余亦可推。)

春秋、记、志(书、意、典、录、说)、录(实录)、谱(牒)、表、纪、史传、别传、自叙(自述)、史论(论赞、某人曰、序、诠、评、议、述、撰、奏、史臣曰)、考、续(绍)(原按:右十三体原出史学。春秋、记、录、谱、表、考、续七体流及各学,志亦可推,续无专体。)

略、诀、鉴、题后(后叙、书后、读某、跋)、细草、原(原始)、难、非(刺)。(原按:右八体源出诸子之学。流及各学)

反、广、补、拟(效、学、法、仿、依、代)(原按:右四体源出杂学。补体流及各学,余亦可推,四者皆无专体)

凡修学之文章四十八体,申义、讲义、辨、难四体兼措事。

教、训、典、法(制、宪、禁)、册、命、令、制、诏、策问、谕、诰、誓、敕、戒(儆)、箴、铭、诔、哀册、哀辞、颂、诗(歌、咏、吟)、乐府、祝、祷(祈)、祠、告神、诅、盟誓(载辞、载书、要言)、契券(判书、傅别、)、符、约、书、版书、刻石(石铭、勒石)、碑(表)、碣。(原按:右三十七体原出君上之事。教、训、典、法、令、谕、诰、

---

① 王兆芳《文章释》,王水照编《历代文话》第 7 册,复旦大学出版社,2007 年,第 6320、6278、6319 页。

② 同上书,第 6259—6321 页。

誓、敕、戒、箴、铭、诔、哀辞、颂、诗、乐府、祝、祷、祠、告神、盟誓、契券、符、约、书、版本、刻石、碑、碣三十体，流及臣下之事，诅亦可推。）

上书（献书）、章、奏、劾（弹）、表、议、驳议、封事、疏、状、笺、启、札牒、札子、奏策、对问、对状、对策、告（白）、奏记、答难、玺书、露布、檄、移书、列辞、序、帖、题署（揭文、榜）、慕文、谒文、飨辞、吊文、祭文、行状、墓志铭、挽歌、赞、赋、乱、辞、操、引、曲（行）、谣、讴、诵、七、九、设论、甲乙论议、连珠、回文、离合诗、集句。（原按：右五十五体源出臣下之事。札牒、札子、告、玺书、檄、移书、题署、飨辞、吊文、赋、辞、操、曲、谣、连珠、回文、离合诗十七体流及君上之事，祭文、赞、乱、引、集句五体亦可推。）

礼辞、联句。（原按：右二体，源流通君上、臣下之事）

凡措事之文章九十有四体。训、典、法、甲乙论议四体兼修学。

大凡文章一百四十有二体。

王兆芳文体体系的特点就是"综为修学、措事二纲，约揭经史诸家之学，君上、臣下之事，明文学相因之大体也"（吴一鹤跋）[①]。这种修学、措事的文体分类法与以经、史、子、君上臣下之事的文体溯源法在很大程度上带有创新性。王兆芳提出的"修学"与"措事"，与现代意义的"理论"和"实践"有一定的相通性。

综上可知，晚清民国文话中文体分类与总集的文体分类有一些共同点，也有自己独特的地方。一方面，对源自储欣《唐宋八大家类选》中的"两层分类法"，总集的编纂有充分体现，而文话中也都加以继承并发扬，更为重要的是在新的时代背景下，以自觉的理论意识为主导进行颇合时代潮流的应对。另一方面，文话中的文体分类重

[①] 王兆芳《文章释》，王水照编《历代文话》第 7 册，复旦大学出版社，2007 年，第 6321 页。

视"抒情"文体,而总集中这一点体现得并不明显,原因可能在于当总集的"分体"数目达到一定规模后,"抒情"一体所占的比重反而不高,不能给人以深刻印象,而文话是一种理论表达,当对"抒情"文体的重视成为一种比较主流的声音时,付诸文体分类学中就显得十分突出且更具理论色彩了。

三、王葆心《古文辞通义》的文体分类

除此之外,王葆心在《古文辞通义》这部文话著作中提出的"三种统系"说彰显了晚清民国文体分类学的新变与新质。

王葆心(1867—1944),字季芗,号晦堂,湖北罗田人。自幼勤奋好学,成年入黄州经心书院读书,府考以经学第一名录取秀才,后入两湖书院深造。1890 年起,先后受聘为潜江传经书院、黄梅调梅书院、罗田义川书院院长。1903 年乡试中第三名举人,拣选知县。1907 年举贡考试名列第一,不久,调往京都任学部总务司行走,兼图书馆编纂,后任学部主事,并被礼部聘为礼学馆纂修。《古文辞通义》是一部著名的文话著作,其实也是一部讲义。该书原名为《高等文学讲义》,出版于光绪三十二年(1906),出版后不久,即被"学部审定作为中学以上各种学堂参考书"。之后,王葆心对原作进行了"重订补充",将原来讲义的四册六卷扩充为十册二十卷,并接受友人建议,定名为《古文辞通义》,于 1916 年 8 月再版。据熊礼汇称,在 20 世纪二三十年代,王葆心就用《古文辞通义》作教材,现存武汉档案馆的教材《文学源流》,即由《古文辞通义》卷十三至卷十六汇编而成。此书在文体理论、文体类目的收集和排列中表现出融汇、总结的特色。

在《总术篇》中王葆心制定了一个《古文门类各家目次异同比较表》,将文体分为三门十五类,名为"异同比较表",实际也是其文体分类学思想的反映。在表格前他就先提出了"以至简之门类檃括文家之制体",他引用友人李伟的话:

姚氏《古文辞类纂》分十三类,始合十成百。曾文正《经史百家杂钞》分三门十一类,始贯百成千。然纲举而目未尽张,虚朒短纽,实不满千。姚氏前储氏《八大家类选》分六门三十类,其奏疏书状即曾之告语门,其序记传志即曾之记载门,论著词章即曾之著述门,已几几乎合百成千矣。惟其所选仅及八家,未足网罗百代。宋真氏《文章正宗》擘分四类而子目不具,则又有千而无百。世无文正,生其后者虽欲以宏纲巨目笼盖往籍,何可得乎?今合真、储、姚、曾四家门目为目次异同比较表,以足满贯一千之数,其三门十五类,本曾氏序目而少增变之,间采姚氏之说以归完备,非后人果胜前人也。势积而备,理固然矣。①

这段话实际交代了《古文门类各家目次异同比较表》中文体分类方法乃是综合了真德秀、储欣、姚鼐、曾国藩四家的方法而来。王葆心对李伟的看法深表认同,他紧接着说:"李君之言如此,吾更区分其十五类所属各体附列下方。其目有本体、附属二者,本体以诠古近文体之正制,附著以归隶通俗文字焉。"该表所分文体十五类的具体情况为:告语门有诏令类、奏议类、书牍类、赠言类、祭告类,记载门有载言类、载笔类、传志类、典志类、杂记类,著述门有论著类、辞赋类、传注类、序跋类。王葆心在综合表格的具体细分之后总结道:"通观右表,绎厥指归,可知告语门者,述情之汇;记载门者,记事之汇;著述门者,说理之汇也。三门之中对于情、事、理三者有时亦各有自相参互之用,而其注重之地与区别之方要可略以情、事、理三者画归而隶属之。"②

王葆心的文体分类理论区别于传统二分法的"情、事、理"三分法,更为重要的是王氏将这种分类理论应用到对古文的研究中,提

---

① 王葆心《总术篇一》,《古文辞通义》卷十三,王水照编《历代文话》第8册,复旦大学出版社,2007年,第7705页。
② 同上书,第7705、7715—7716页。

出了一系列的观点,我们姑且称之为"三种统系"说①。这一学说包括了七大方面:其一,"由完全三种统系可观历代之文派"。他认为"远古之文可以完全三派统之者",如西汉贾、马的叙事、记事之文,董、刘的说理之文,马、枚的述情之文。而唐宋以后,"中古文家亦尚有完全三派之余波","宋逮元、明,文章之变,天下遂常少此一种文,而近古文之三派为不完全矣";其二,"由不完全三种统系可观历代之文派",认为汉、唐、宋为平排时代,唐、宋后为侧注时代。其三,"由完全三种统系统合文家之时代";其四,"由完全三种统系区别文家之家数";其五,"三种统系有归并于一人之时",这里的"一人"指的是韩愈;其六,"三种统系有并见于一朝之局",例如清代先后有唐宋之文盛于康熙、雍正年间,汉魏六朝文举于乾隆、嘉庆年间,而道光、咸丰年间,龚自珍、魏源标举周秦诸子之文;其七,"以三统总概文家之辑述者",例如"以言理为主、通文于讲学者有真西山《文章正宗》、蔡文勤《古文雅正》。以通情为主者有张皋文《七十家赋钞》。以论事为主,合文于政治者有贺耦耕《经世文编》。以文与史合谊则有章实斋《文史通义》。以文与史为表里则有《文纪》、《汉魏六朝三百家集》《唐文粹》《宋文鉴》《南宋文范》《金文雅》《元文类》《明文在》"。②

王氏的"三种统系"说,作为一种文体分类学理论,还运用到古文研究的实际中,既有横向的比照,又有纵向的概括,相对于先前的文体分类学中的"三分法",其逻辑体系空前完备,明显受到了当时西方学术的影响,具有继往开来的意义。

另外,对"传注类"文体的重视,体现了王葆心独到的学术眼光,他引述道"传注类"曰:"他人之著作,疏其词义,溯其源委,经如《诗小序》、《易》《书》中诸序传及《春秋三传》、说经等。后世曰通、

---

① 王葆心《总术篇一》,《古文辞通义》卷十三,王水照编《历代文话》第8册,复旦大学出版社,2007年,第7725—7747页。
② 同上书,第7714页。

故、微、注、疏、笺、解、集解、释考、章句、论说、问难、辨疑、讲义、外传、衍义、类例、表谱、图音、考正、名物、篇章序解、《七纬》、逸经、拟经，凡在经部者皆是"①，并引《经学通诰》中解经体例中诸体。其附属有经义讲章、串解，及五经文、四书文，并学堂之讲义、教科书、教授案等，相当于姚华所说"经义"类，且文体搜罗更加全面。清代以来，考据注疏的风气流衍日久，如曾国藩、刘师培、林纾等均注意到此类学术文体。"解释文之作法"中认为考据文亦在姚鼐作文范围之内，是古文家必经之阶级，"日本人所编之《汉文典》备列小学家之形、声、义三种为文字典，以汉注、唐疏、本朝之考订隶入训诂学。此解释文即近世合形体、音韵、训诂三种以成文之体。专言三种尚不成文，必合此三种附诸经典用之，而此解释文体始成"②。形体、音韵、训诂必须附诸经典之中才是解释文体，否则不能称为文，比较明确地区分了训诂与文体的关系。清人文集中多用自注，王氏对于文中自注的文体现象进行考察，说："凡引用事类，近人为考订文字及著书者多自加小注。如《汉学商兑》《无邪堂答问》等书。其例始于汉人。"③引《九九消夏录》《广川书跋》中相关论述，认为文家自作注释，其来已久，不止著书用之。宋刘荀《明本释》云："昔赵元考与温公论著述之体当以正文举其要，子注尽其详。"总结文中用附注，"一因文气不属而意可互发，必附注之；一因正意之外尚有未尽之余意，因畅及之"。王氏还注意到"今人书札中往往有用旁注者，其体昉自金石文字及说经家。朱氏《经义考》有明朱升《尚书旁注》六卷……书札旁注则以补正文所未备释其意者也。然刊书时则削之，摹手札墨迹者则因之也"。④ 较早对文人别集中自注、附注这种文体形式加以考究。

---

① 王葆心《总术篇一》，《古文辞通义》卷十三，王水照编《历代文话》第8册，复旦大学出版社，2007年，第7714页。
② 王葆心《关系篇二》，《古文辞通义》卷十八，同上书，第8001页。
③ 同上书，第8048页。
④ 同上书，第8049页。

第四节　与西方接轨的文体分类

晚清民国,随着西学在中国的进一步传播,中国学人受西方分类体系影响的程度加深,从而导致传统的文体分类学向现代的"纯文学"分类演变。陈平原认为:"从晚清到'五四',中国人'文学'概念的日渐明晰,是以欧美'文学概论'的输入为契机的,以那个时代如日中天的'西方标准'来衡量,绝大部分中国诗文,都显得很不纯粹,或夹杂教化意味,或追求文以载道,只能称之为'杂文学'。正是在清除'中国文章'中诸多非'文学'成分的过程中,中国学者建构起以诗歌、小说、戏剧为主体,兼及部分散文的'文学'概念,并据此撰写各种类型的中国文学史。"①这里陈平原概括了晚清民国的文化环境的基本特点,也交代了"杂文学"转向"纯文学"的原因。1918年,谢无量在《中国大文学史》中这样定义"文学":"今以文学为施于文章著述之通称。自论语始有文学之科,其余或谓之文,或曰文章。"②这一定义显然是建立在传统文体分类学基础上的"大文学"概念。这反映了当时传统的文体分类学仍然延续着,人们在"大文学"或说"杂文学"的范围内进行着文体的分类,以概括文学的特征,只不过如陈平原所说"杂文学"正在向"纯文学"演进,而文体分类学亦呈现了前所未有的巨变。

1916年,陈独秀在答胡适的通信中首先将文章分成"文学之文"和"应用之文":"其美感与伎俩,所谓文学美术自身独立存在之价值,是否可以轻轻抹杀,岂无研究之余地?"③他认为文学的独立性是

---

① 陈平原《"尝试论丛"总序》,夏晓虹、王风等《文学语言与文章体式:从晚清到"五四"》,安徽教育出版社,2006年,第1—2页。
② 谢无量《中国大文学史》,中华书局,1931年,第1页。
③ 陈独秀《通信》,《新青年》第2卷第2号,1916年10月1日。

文学之文的根本特征，其独立的价值是不容抹杀的。基于这种认识，他把具有应用价值的文字排除在文学的范畴之外。1917年，刘半农在《我之文学改良观》中借助西方的观点，把一切文章分为文字（Language）和文学（Literature）两大类。他说：

> 西文释Language一字曰："Any means of conveying or communicating ideas."是只取其传达意思，不必于传达意思之外，更用何等工夫也。又Language一字，往往可与语言Speech、口语Tongue通用。然明定其各个之训诂，则"LANGUAGE is generic, denoting, in its most extended use, any mode of conveying ideas; SPEECH is the language of sounds; And TONGUE is the Anglo-Saxon term for Language, especially for Spoken Language."是文字之用，本与语言无殊。①

刘半农不认同陈独秀的分类，他认为文学与应用并不是相对的。刘氏强调："凡科学上应用之文字，无论其为实质与否，皆当归入文字范围"，不宜"侵害文学之范围"。他还借用西方的概念把文学规定为"The class of writings distinguished for Beauty of style, as Poetry, essay, history, Faction, or Belles-lettres"。他还对文学的范围作了明确限定，"凡可视为文学上有永久存在之资格与价值者，只诗歌戏曲、小说杂文二种也"。② 在完成这些理论铺垫以后，刘半农对于文字、文学分类的区别作出了界定：

> 文字为无精神之物。非无精神也，精神在其所记之事物，而不在文字之本身也。故作文字如记账，只须应有尽有，将所记之事物，一一记完便了。不必矫揉造作，自为增损。文学为有精神之物，其精神即发生于作者脑海之中。故必须作者能运用其精神，使自己之意识、情感、怀抱，一一藏纳于文中。而后所为之

---

① 刘半农《我之文学改良观》，《新青年》第3卷第3号，1917年5月1日。
② 同上。

文,始有真正之价值,始能稳立于文学界中而不摇。①

刘半农的分类,排除了传统文体分类学中的"非文学"因素,强调的是以西方概念为标准进行分类,而且还对文学的范围作了规定。他将文学之文与应用之文或者说文字与文学相对,带有二元思维的特征,但在"文学"总类的框架内细分出"文学之文"却显得颇为牵强。同时期的章钊忠就认为应该以"文体"来替代"文学",而且他还提出了文体分新旧,新文体又分为"常文"和"美文"两大类②。

至1924年,胡适在《〈国语文学史〉大要》中才对文字与文学作了具体而微的讨论,他说:"文学和文字是没有什么区别的。语言文字是拿来表情达意的,文学也是用来表达情绪的。这两种东西仔细比较起来,却有一个分别,就是文学是语言文字的最好的部分。文学的表情达意要看表得好否,达得妙否;至于普通的语言文字,只要能够表情能够达意就好了,用不着再追问表达得美妙与否。"③在胡适的分类中,"表情达意"是区分的标准,这也是"杂文学"与"纯文学"相区分的标准。1917年,方孝岳发表在《新青年》上的《我之改良文学观》也是主张"纯文学"分类标准的。方孝岳不仅反对"杂文学"分类,认为这会使各种学术丧失价值,并且主张以西方概念界定文学。他说:

> 今日言改良文学,首当知文学以美观为主,知见之事,不当厕入。以文学概各种学术,实为大谬。物各有其所长,分功而功益精,学术亦犹是也。今一纳之于文学,是诸学术皆无价值,必以文学之价值为价值,学与文遂并沉滞,此为其大原因。故着手改良,当定文学之界说。凡单表感想之著作,不关他种学术者,谓之文学。故西文 Literature 之定义曰:All literature Productions except those relating to positive Science or art, usually, confined, however, to

---

① 刘半农《我之文学改良观》,《新青年》第3卷第3号,1917年5月1日。
② 章钊忠《新文体》,《新青年》第6卷第1号,1919年1月15日。
③ 胡适《〈国语文学史〉大要》,欧阳哲生编《胡适文集》第8册,北京大学出版社,1998年,第135页。

the belles-lesttres. Belles-lesttres 者,美文学也。诗文戏曲小说及文学批评等是也。①

方孝岳将文体分为诗文、戏曲、小说以及文学批评等,他把著述、记载、告语等应用性较强的文体全部排除在外,强调文学以美为主。这种文体分类思想也是与其"纯文学"观念互为表里的,而相对于刘半农的分类其逻辑层次更加严谨,因而显得更为合理。

基于"纯文学"观念的分类在随后继续发展完善。1920年2月,陈独秀在《晨报》上发表了《我们为甚么要做白话文?——在武昌文华大学演讲底大纲》,文中他列举了阮元、章太炎、培根、亨特等人的文学界说,提出了文学的规范化准则(standarddicta)为"高尚健全普遍的思想,美的体裁,艺术的结构",而且他还完善了自己的文学界说:"(一)艺术的组织(二)能充分表现真的意思及情(三)在人类心理上有普遍性的美感。"②陈独秀的文体分类建立在对于中国传统文体分类学与西方文体分类学的比照基础之上,与1916年将文章分为"文学之文"和"应用之文"相比,此时的分类已经完全西方化了。同年,胡适在《什么是文学——答钱玄同》中提出了文学的三个要件:"第一要明白清楚,第二要有力能动人,第三要美。"他还说:"我不承认什么'纯文'与'杂文'。无论什么文(纯文与杂文,韵文与非韵文)都可分作'文学的'与'非文学的'两项。"③胡适虽说不承认,其实推奉的是"纯文学"的分类,他的这一观点其实是给"杂文学"与"纯文学"作了明确的划分。

纵观以上关于文体或文学的分类,我们可以明显地感受到西方理论对于中国文体分类学的影响,甚至可以说没有西方理论的介入,中

---

① 方孝岳《我之改良文学观》,《新青年》第3卷第2号,1917年4月1日。
② 陈独秀《我们为甚么要做白话文?——在武昌文华大学演讲底大纲》,《晨报》,1920年2月12日。
③ 胡适《什么是文学——答钱玄同》,胡适编选《中国新文学大系·建设理论集》,良友图书印刷公司,1935年,第214、216页。

国传统文体分类学的框架就不会改变,即使如前所述"抒情"文体在分类中占据的地位日益凸显,也不能从根本上改变传统文体分类上的格局,则"纯文学"的分类就不可能诞生。实际上,1918年傅斯年在《文学革新申义》中就提出:"文学者,群类精神上之出产品,而表以文字者也。"①他认为政治、社会、风俗、学术等群类精神都是变动不居的,因而文学作为群类精神之一种也随之而变。他对于文学或说文体的分类仍然停留在"杂文学"的阶段。1919年,陈达材在《文学之性质》中从文学的功用角度界定文学,他说:"文学者,所以宣示己意而喻于人之普通符号也。……文学殆为传达思想之符号,除所载之思想外,最为无用之物。"②陈氏的观念与傅斯年如出一辙,落实到文学的分类中仍然是属于传统一派,究其原因应该是他们依旧用传统的思路来厘定文学。

---

① 傅斯年《文学革新申义》,《新青年》第4卷第1号,1918年1月15日。
② 陈达材《文学之性质》,《新潮》第1卷第4号,1919年4月。

第二章　骈文观念与骈体理论

骈文是古代的一种特殊文体,自唐古文运动以来,骈文与古文作为对立物而存在。虽然它与韵文、晚清民国所说的散文并不是互不交叉的,但古文与骈文的分界在所难免。明清两代的文学复古风尚中,古文文体备受推崇,以唐宋八家为主的古文在不同的选本与理论阐释下最终成为古代文学中的经典。影响贯穿整个清代乃至民国初年的桐城古文,以《古文辞类纂》与《经史百家杂钞》作为经典选本,其"序目"是清代文体学研究的重要成果。《古文辞类纂》"所选之文,计六百九十二篇,而世所称为唐、宋诸大家之文与乎震川、望溪、海峰之文,凡四百七十六篇,计共得全书三分之二"①,以唐宋及清代桐城家之文为主,不取史传、六朝文章。李兆洛编《骈体文钞》与之角力,主张从六朝文入手学两汉文章,编选先秦、两汉、六朝直至隋代的文章;故而所选文体势必有差异。以王先谦为例,其续编的《续古文辞类纂》与《骈文类纂》,一选古文,一选骈体,文体类目就有不同。另一方面,《古文辞类纂》等系列选本,其文体分类是从选本的角度出发,"立体而选文",有选文的文体具载,也造成部分文体被遗落。与明清两代"假文以辨体"的文体学专著如《文章辨体说》《文体明辨说》《文章辨体汇选》以及《古今图书集成·文学典》中所收的较为客观全面的文体类目相比,局限性显而易见。正如吴承学、何诗海所说,"从文体分类学看,《古文辞类纂》尽管有简明、清晰的优势,但不能全面囊括、体现中国古代的文体谱系"②。骈体、民间日用文体、

---

① 朱东润《古文四象论述评》,《中国文学论集》,中华书局,1983年,第152页。
② 吴承学、何诗海《〈古文辞类纂〉编纂体例之文体学意义》,《北京大学学报(哲学社会科学版)》2015年第3期。

宗教文体等均没有得到反映。因此必须将古文选本与骈文选本中的文体论结合起来，才能更好地反映晚清民初之际的文体学发展状况。

第一节　骈文的文体化

骈文原是中国古代的一种与散体相对的语体，其语言基本特点是四六句式、对偶及用典，是与古文或散文相对而言的。在《文心雕龙》中有文、笔之说，以代有韵、无韵之文，并没有一种文体叫"骈文"之类的。也就是说，任何文体，都可以用散体，也可以用骈体。在唐代还是如此，韩愈对骈文没有特别的反对，他所推崇的古文主要是要高其言、古其意的文章。到了宋代，渐有"四六文"之称，并开始出现专门的骈文理论批评著作，如王铚的《四六话》、谢伋的《四六谈麈》之类，渐渐加以文体化。《四六谈麈》序云："三代、两汉以前，训诰、誓命、诏策、书疏，无骈俪粘缀，温润尔雅。先唐以还，四六始盛，大约取便于宣读……朝廷以此取士，名为博学宏词，而内外两制用之。四六之艺，咸曰大矣！下至往来笺记启状，皆有定式，故谓之应用，四方一律，可不习知？"①四六文因这个特性，广泛应用于朝廷及各级官府。训诰、誓命、诏策、文檄、笺、记、启、状等体均用四六，而尤以诰、制、表、启、上梁文、乐语等体应用最广，清人彭元瑞编《宋四六选》以此六体为主。其他如宋李刘编《四六标准》专选启，《四库全书总目提要》中称："至宋而岁时通候，仕宦迁除，吉凶庆吊，无一事不用启，无一人不用启。其启必以四六，遂于四六之内别有专门。"②宋四六的诞生和兴盛与当时的科举制度关系密切，尤其南宋时四六文地位倍增，作家辈出，风靡一时。北宋绍圣元年以

---

① 谢伋著，彭元瑞批注《四六谈麈》，彭氏知圣道斋抄本，第1页。
② 纪昀总纂《四库全书总目提要》，河北人民出版社，2000年，第4172页。

后,朝廷取士考试中四六体分量较重。另一方面经过唐宋古文运动以后,在古文的挤压下,四六骈文被压缩到应用文的范围内,这也导致其文学色彩的淡化。到了南宋,"散文"概念的出现,预示着古文与骈文的界限已经相当明确。元陈绎在《文章欧冶》中即将古文与四六分而论之,在四六理论上出现两种倾向,"一是推崇经世致用的'王言',二是表现出通俗实用的倾向。'王言'主要应用在朝廷之上,制作多出于王臣之手";而在市井间多用于文人日常交际、戏曲、小说之中。① 明王志坚《四六法海》选录魏晋至宋元骈文,分敕、诏、册文、手书、德音、令、教、策问、表、章、札子、状、弹事、笺、启、书、颂、移文、檄、露布、牒、诗文序、宴集序、赠别序、记、史论、论、碑文、墓志、行状、铭、赞、七、连珠、志、哀册文、吊祭文、判、杂著等三十九类。相比宋代的四六选本,体类增多,一些原本不偏为古文或骈文的文章,也逐渐四六化。四六骈文除了作为科举应试的必备文体,使用范围进一步扩大,因此可见四六选本内容扩大,文体增多,并逐渐超越书启应用之角色,受到重视。

到了清代,以"骈体"或"骈文"为名的骈文集大量出现,在文体批评的学术语境中,骈体文作为一种独立的文类,涵盖了众多文体。清代是骈文独立繁荣的时代,出现了大量关于骈文的理论著作以及选本,当然创作上也有一批名家,根据其崇尚的风格不同形成了各种流派。张之洞《书目答问》"集部总目"之别集中分为明清理学家集、清考订家集、清古文家集、清骈文家集、清诗家集、清词家集。又"总集"之文中,将清朝之文依体分为赋、文、骈文三类。骈文是独立于古文的文类,清代骈文的别集、总集以及理论著作较此前大增,论著如孙梅《四六丛话》、彭元瑞编的《宋四六话》,选本如许梿编《六朝文絜》、彭元瑞编《宋四六选》、吴鼒编《八家四六文钞》、张寿荣编《后八家四六文钞》、李兆洛编《骈体文钞》、陈均编《唐骈体文

---

① 高洪岩《元代文章学》,上海三联书店,2014 年,第 151—152 页。

钞》、曾燠编《国朝骈体正宗》、张鸣珂编《国朝骈体正宗续编》等,都昭示了清代骈文兴盛的局面。骈体甚至作为一代之文受到推崇,汪传懿《骈体南针》咸丰元年(1851)刊行,是从当时邸钞中抄出的,例言曰:"国朝四六章奏远胜前代,而其纂组工丽则自乾隆中年以后益进而日臻于盛。"①直至近现代专论骈文的著作依然为数不少:谢无量《骈文指南》(中华书局,1918),金秬香《骈文概论》(商务印书馆,1933),钱基博《骈文通义》(大华书局,1934),金茂之《四六作法骈文通》(大通书局,1935),瞿兑之《中国骈文概论》(世界书局,1934)、《中国骈文史》(商务印书馆,1936),蒋伯潜、蒋祖怡《骈文与散文》(世界书局,1941)等,基本构建了现代骈文的研究体系。下面将从骈文选本与骈文批评两个方面分别观照清代至民国时期骈文文体的发展历程。

第二节 独立于古文选本系统的骈文选本

清代黄始《听嘤堂四六新书》分启集、表集、诗文序集、文集、疏引集、书集、杂文集、赋集等;《湖南文征》中"骈体"与其他文体相互独立,包括疏、颂、表、箴、铭、赞、启、序引、记九类。康熙时陈廷敬奉命编《皇清文颖》"惟取经进之作、朝廷馆阁之篇",收录了表、论、说、解、序、记、跋、辨、策问、策对、议、疏、碑、赞、对、杂文、颂、赋等十八种文体。李兆洛所编《骈体文钞》辑入先秦至隋的骈文三十余体。姚燮编《皇朝骈文类苑》分典册制诰类、颂扬奏进类、书启类、序类、记类、杂颂赞铭类、论古类、碑记类、墓碑志铭类、哀诔祭文类、赋类、释难文、笺牍类、寿文类、杂体文等十五类。晚清时王先谦编《骈文类纂》基本参照了古文的文体类目,分论说类、序跋类、表奏类、书启类、赠

---

① 汪传懿编《骈体南针》,1866年刻本,第1页。

序类、诏令类、檄移类、传状类、碑志类、杂记类、箴铭类、颂赞类、哀吊类、杂文类、辞赋类。以上略述清代四六文体之大概。

唐宋时期骈文主要是指制诰、表启等应用文体,宋李刘撰《四六标准》按功用分为七十一目,如言时政、贽见、论事、荐举、谢座主、宣赐、被召、进职、转官等,又根据使用对象的身份分师傅、宰相、参政、枢密、中堂、六部、台谏、寺监等。从功用来看,骈文不仅用于庙堂馆阁之间,也用于普通文人的社会交际。元陈绎曾《文章欧冶》中附论四六,目分"台阁""通用""应用"三类,分别包括诏、诰、表、笺、露布、檄;青词、朱表、致语、上梁文、宝瓶文;启、疏、札等体。李兆洛《骈体文钞》分为上、中、下三编:上编包括铭刻、颂、箴、谥诔、诏书、策令、檄移、弹劾等十八体,是所谓"庙堂之制,奏进之篇,垂诸典章,播诸金石者也";中编包括书、论、序、碑记等八体,多属指事述意之作;下编包括设辞、连珠、笺牍、杂文等五体,多属缘情寄兴之作。李氏的三编分类法实际是将骈文分为应用公文、记叙、抒情三种形式,相对于此前凌杂的文体类目,显然更具理论眼光。同时"缘情寄兴"之类则意味着对于骈文中文学特质的重视,这明显超出了此前仅仅将骈文视为考试文体、书启应用、庙堂公文等的观念。

王先谦《骈文类纂》借鉴了古文选本的文体分类范畴,在骈文文体的归类与细分上呈现出较大的特色。他在姚鼐的古文辞分类基础上又以各类之中内容或用途之别细分四十种,如论说类分文论、史论、杂论三种,表奏类分表章、奏驳、上书、状、弹事、札子、奏对、策对、上表等九体。王氏之分类虽然表面上与姚鼐的古文类目相似,实际上在细分各类文体时,收入较多四六文。我们将古文选本与骈文选本略作比较如下①:

《古文辞类纂》:论辩、序跋、奏议、书说、赠序、诏令、传状、碑志、杂记、箴铭、颂赞、辞赋、哀祭(《经史

---

① 按,加粗文字是骈文选本异于古文选本的文体类目。

百家杂钞》多叙记、典志类)

《骈文类纂》:论说、序跋、**表奏**、书启、赠序、诏令、**檄移**、传状、碑志、杂记、箴铭、颂赞、哀吊、杂文、词赋。

《四六丛话》:选、骚、赋、**制敕诏册**、**表**、章疏、**启**、颂、书、碑志、判、序、记、论、铭箴赞、**檄露布**、祭诔、**杂文**(答问、七、连珠、上梁文、乐语、致语、口号、青词、疏语、祝寿文)、谈谐

《骈体文钞》:**无赠序、传状类**

上编:**铭刻类**、**颂类**、**杂扬颂类**、箴类、**谥诔哀策类**、诏书类、**策命类**、告祭类、**教令类**、**策对类**、奏事类、**驳议类**、**劝进类**、贺庆类、**荐达类**、**陈谢类**、**檄移类**、**弹劾类**

中编:书类、论类、序类、杂颂赞箴铭类、碑记类、墓碑类、志状类、诔祭类

下编:**设辞类**、**七类**、**连珠类**、**笺牍类**、**杂文类**

可以看出,清代的骈文选本与古文中文体类目大体相似,但庙堂公文、考试文体、俗文体、骈俪辞赋等是骈文的领地。明代文体学专著《文章辨体》《文体明辨》中已经关注了骈体的发展,认为四六乃古文之变体,基本对之持贬斥的态度。清以来基本沿袭这种观念。清蔡世远编《古文雅正》兼收骈俪之作,四库提要称:"不知散体之变骈体,犹古诗之变律诗,但当论其词义之是非,不必论其格律之今古。"① 清人孙梅《四六丛话》将四六文与国家的政治功能紧密联系起来,故而特别推重,"国家制策表笺,有必不能废此体者","四六为用,表奏为长",章疏"下系民瘼,上关政本",并对四六各体的体制、源始等提要钩玄,辨析甚明。② 李兆洛《骈体文钞》将骈文上溯先秦两汉,意在宣扬骈文与古文同源异流,以复古的方法提升骈文的地

---

① 蔡世远《古文雅正》提要,纪昀总纂《四库全书总目提要》,河北人民出版社,2000年,第5212页。
② 程果《序》,孙梅《四六丛话》,人民文学出版社,2010年,第5、206、207页。

位。郭嵩涛为王先谦《国朝十家四六文钞》作序曰:"(韩愈)创为古文之名,六代文体判分为二。夫诚有涵濡六经之功,斯为美矣,而舍铅华以求倩盼,去纂组而习委它,劳逸差分,丰约殊旨,俗学虚枵,波荡以从之,则矫之于古者,抑亦转而就衰之征乎。"王氏自序也对清代骈散分途重古文轻骈文的现象不满,致力于倡导骈文,说:"骈散二体,厥失维均,而骈之为累尤剧于散……念骈俪一道,作者代出,无恧古人,而标帜弗章,声响将闷,故复采干遗集,求珠时髦。"①王氏《骈文类纂》的序中论清当代的骈文创作说:"昭代右文,材贤踵武。格律研而愈细,风会启而弥新,参义法于古文,洗俳优之俗调。选词之妙,酌秾纤而折中;行气之工,提枢机而内转。故能洸洋自适,清新不穷。俪体如斯,可云绝境。"②提倡骈文取法于古文以提升气格。此后刘师培发挥阮元文笔论,力主骈体为文,史论、诸子文体为笔之说。孙德谦撰《六朝丽指》主张骈散合一,疏通六朝骈文渊源变迁,以六朝骈文为后世骈文模范,认为六朝骈文是后世众多文体的始源。此说对文体学研究有较大发明。民国时期,关于骈文的系统研究呈现了较高的水平,笔者将在后文进行详细论述。

换个角度来看,不管是古文还是骈文选本都是从历代的总集或文人别集中筛选出来的。经典选本诸如《文选》《唐文粹》《文苑英华》《宋文鉴》《金文雅》《元文类》等不仅是各代时期文章之渊府,亦是后世文体名目的重要标准。古文选本自不待言,骈文选本也是如此。王志坚在《四六法海》中称"是编所存,必择其有体裁者",而其收文范围也是取自"《文选》《艺文类聚》《文苑英华》《唐文粹》《宋文鉴》《文章正宗》《元文类》、荆川《文编》广续二文选为主,而参之

---

① 王先谦《国朝十家四六文钞》,长沙王氏刊藏,1889年,第1—3页。
② 王先谦《骈文类纂》,任继愈主编《中华传世文选》,吉林人民出版社,1998年,第8页。

以诸家集及正史、野史所载"。① 由此也就不难理解骈文古文在文体类目上的相似之处了。

第三节 以"序论"为载体的骈体理论阐释

唐宋以来四六选本数量虽多,但大部分以供应用写作的范本,或搜集骈四俪六之句以供采撷的类书形式存在。至明代或附以简略的评点,关于四六文体的理论批评较少。晚明之际产生的大量四六选本中,只有王志坚的《四六法海》在选文之余,兼或考察文体的渊源流变,《四库全书简明目录》曰:"志坚此编,实能溯骈偶之本始。其随事考证,亦皆典核,虽人人习见之坊刻,实四六中第一善本也。"②这是唯一一部为四库全书所著录的明代四六选本。《四六法海》对清代的骈文选本与批评产生了较大的影响,清蒋立昂有《忠雅堂评选四六法海》,王先谦编《骈文类纂》亦曰:"骈文之选,莫善于王闻修《法海》、李申耆《文钞》。"③《四六法海》对于清代的骈文选本与文体理论产生了较大的影响,但是作为一部为举业而编的选本,在文体类目上是有所选择的,故而并不能完全反映出清代骈文的文体发展。此外,选文后加按语的形式比较简略,也并未对各体的源流演变作出充分翔实的阐述。

孙梅的《四六丛话》对于骈文文体的研究达到了较高的理论水平。他采用"序论"的形式,论述了上古至清二十五种四六文的文体渊源、流变,并附加自己的评价。又从断代的角度,将历代骈文分为"文选家""楚辞家""赋家""三国六朝诸家""唐四六诸家""宋四

---

① 王志坚《四六法海·凡例》,《景印文渊阁四库全书本》集部第1394册,台湾商务印书馆,1983—1988年,第2页。
② 永瑢等《四库全书简明目录》,上海古籍出版社,1985年,第857页。
③ 王先谦《骈文类纂·序》,任继愈主编《中华传世文选》,吉林人民出版社,1998年,第1页。

六诸家""元四六诸家",并纂辑资料评论诸家骈文。从所论文体来看,基本以《文选》与《文心雕龙》为参考,并结合唐宋考试制度产生的四六文,加以去取删并,云:"唐设宏词科,试目有十二体,则皆应用之文,今自《选》、《骚》外,分合之为体十八,亦就援引考据所及而存之。其章疏与表,分而为二者,以宣公奏议之类,不可入表故也。碑志与铭,分为二者,碑用者广,志专纳墓,而铭则遇物能名,各有攸当,其余悉入杂文。又列谈谐,皆《雕龙》例也。"①《楚辞》《文选》对后世文学影响至深,孙氏此书首列二类,称"四六者,应用之文章;《文选》者,骈体之统纪。《选》学不亡,则词宗辈出",又称"分区别类,既备之于篇,溯委穷源,复辨之于序",指出《文选》兼具总集与辨体的功能。② 楚骚则是"古文之极致,俪体之先声"③,可见孙氏认为古文与四六虽流别各异而源头相同,表现出联结辞赋与骈文的宽广融通的理论视角。孙梅所列文体与《文心雕龙》的文体类目各有侧重,《文心》详述之处其略之,于《文心》未述之体,则大加发挥。如刘勰在"契券"中附带言判,语简不详,孙梅特立"判"体,详加考证,即使当时科考之中已取消了作判的规定,孙氏因其"小道可观"不予废弃。又如"序"体,刘勰一言带过,孙氏阐述较详。宋时流行的俗文体如青词、上梁文、口号、乐语等归入杂文类,相比《四六法海》所收文体更为全面。孙氏在凡例中称:"其说部内间值全篇,则录之,以征逸也。""凡一条内涉数体者,不复分析,亦更不重见。亦有互见者,其文义稍殊,则并存之。"④相比后世文选类总集不录经史子书的传统,孙氏不仅从史部中选文,还从说部中录入,显然比桐城派古文宽容度高。在文体分类上有总有分,体例相对简洁明了,对于同名异体的文体现象,用"互见"法加以区分,更为合理。

---

① 孙梅《四六丛话》,人民文学出版社,2010 年,第 10 页。
② 同上书,第 1、2 页。
③ 同上书,第 45 页。
④ 同上书,第 11 页。

孙梅不仅在文体名目、归类上效仿《文心雕龙》,在具体的文体辨体上基本以刘勰的文体论部分内容为模范,以骈文的形式为文体源始表末,释名章义,选文定篇,敷理举统,并在内容上超越了明代以来的文体简要的"序目""序题"形式,而扩展为一篇学术与文学兼备的文章。如叙"制敕诏册",统指王言,主要考察文体源始、其中各体之功用异同,以示不同文体的写作要领,曰:"表启之类,宜尚才华;制册之文,先觇器识。为此者必深明乎帝王运世之原,默契乎日昃勤民之旨。宁朴而无华,宁简而无浮,选言于制诰之区,探赜乎皇唐之域。授官命职,备著激扬;闵雨伤农,如传喟息。"①——品评历代名家篇章,区分品次及点出不合轨范之作以为鉴戒。

孙梅对于一种文体在后世的衍变眼光独到,如赠序体在唐宋以来的总集、选本中大都附于序中,而实际两体在形式与内容上迥然不同,《四六法海》中赠别序别为一类,此后姚鼐《古文辞类纂》也把赠序单列为一个独立的文类。孙梅也区分文集序与赠别序:"《兰亭》志流觞曲水之娱,《滕阁》标紫电青霜之警,此宴集序之始也。悲哉秋之为气,黯然别之销魂,此赠别序之始也。今我不乐,烟景笑人,如诗不成,罚酒有数,盖李太白、王摩诘尤擅其胜焉。何以处我?珍重临歧,非曰无人,殷勤赠策,盖王子安、陈伯玉并推厥长焉。其他支流派别,百种千名,抚弦操畅,先箸新声,顾曲徵歌,迭翻雅引,序诚多方矣。"诗文集序、宴集序与赠序互有差异,源流不同,分别论述显然更为科学。孙氏不仅指出序之原始名义,还对早期的序体文进行分类,以见文体之应用。序以《文言》《序卦》为源,"序作者之意者",分为"详家世而陈缘起,新凡例而综全书""因自序而为传""即《骚》赋以叙怀"等类,基本囊括了秦汉之际序体的应用。② 对于文体之间的分别分析入微,辨别序于论之异曰:"序譬之衣裳之有冠冕,而论则绘象之九章也;序比于网罟之有纲维,而论则

---

① 孙梅《四六丛话》,人民文学出版社,2010年,第131页。
② 同上书,第400、399页。

鸟罗之一目也。"①用形象的比拟呈现文体之间的差异,可谓一目了然。

此后王先谦《骈文类纂》"序跋类"分为史家类传之序,诗文集序、金石刻之序以及宴集序,又细分诗文序跋为两类:一是酬应之作,"义主表章,而事缘请属";一是揿张之作,"此以文为本,而情畅其流也",②对这种兼具情感与文采的序跋文给予极高的评价。赠序单独为一类,论赠序产生于唐,寿序出现于明,基本延续姚鼐之说。

启在宋以后的骈文中应用最广,并产生了大量的启类选本,孙梅说:"原夫囊封上达,宫廷披一德之文;尺素遥传,怀袖置三年之字。下达上之谓表,此及彼之谓书。表以明君臣之谊,书以见朋友之悰。泰交之恩洽而表义显;《谷风》之刺兴而书致衰。若乃敬谨之忱,视表为不足;明慎之旨,俾书为有余,则启是也。"③《文章辨体》有奏启类,《文体明辨》将启与书、奏记、简、状、疏归纳为书记类,曰:"启,开也,开陈其意也。"④由于二书均对四六文体存在偏见,故论述简略,并未全面反映宋以来启体的发展。《四六丛话》对此体则有详细论述:

> 昔者藩国臣僚,驰笺霸府;三公掾属,奏记私朝。厥后缇幕芙蓉,殷勤而报聘;春蹊桃李,缱绻而酬知。竞贡长笺,争怀采笔。效颦滋众,继踵尤多。上寿多男,请征杂遝;登庸及第,贺答纷纭。旧馆脱骖,载笔致朋游之雅;相见执雉,挥毫志耿介之思。羁旅悭囊,裁之乞米;美人绣段,持以报琼。则有词林水镜,阆苑羽仪。具只眼以论才,回青眸以待客。簪裾蕆集,三读流声;珠玉纷投,一言改价。高可以俯拾青紫,下不失得利齿牙。⑤

---

① 孙梅《四六丛话》,人民文学出版社,2010年,第399页。
② 《王先谦诗文集》,岳麓书社,2008年,第316页。
③ 孙梅《四六丛话》,人民文学出版社,2010年,第280页。
④ 吴讷、徐师曾《文章辨体序说 文体明辨序说》,人民文学出版社,1962年,第128页。
⑤ 孙梅《四六丛话》,人民文学出版社,2010年,第280页。

由此可见启之应用范围较广，上至官府臣僚之间，下到平民私人交际均用此体。在文采上自然追求藻采，俯拾青紫，最次也要朗朗上口。因此也难免因文失情，或者陷入肤庸俗烂之客套，成为骈体应用文的一大诟病。王若虚《文辨》曰"近世以来，制诰表章，率皆用之。君臣上下之相告语，欲其诚意交孚，而骈俪浮辞，不啻如'俳优之鄙'，无乃失体耶"①，甚至希望在位者禁绝此体。这是文体在应用中滋生的流弊，孙梅曰："是以骈俪之文，其盛也，启之为用最多，其衰也，启之为弊也差广。"②所言较为折中。

古文、骈文各有所宜，骈文讲究比偶，口吻调利以便于宣读，通常不宜于论辩。《文选》有设论、史论、论体三体，《文心雕龙》云论有四品，陈政、释经、论史、诠文，论因所用不同，故多与其他文体羼杂。明吴讷《文章辨体》"论"类，分论为"史论"与"论"（指学士大夫议论古今时世人物，类似杂论）两种，推崇唐宋韩欧之论。孙梅曰："原夫今体之文，尤工笺奏。词林之选，雅善颂铭。占词著刻楮之能，叙事美贯珠之目。质缘文而见巧，情会景以呈奇，尚已！夫文采葩流，枝叶横生，此骈体之长也。师其意而不师其辞，为时似不为恒似，此古文所尚也。若乃命微言以藻思，责奥义于腴词。以妃青媲白之文，求辨博纵横之用。譬之蚁封奔骋，佩玉走趋。"③骈文长在藻思、腴词，故而不善发微言奥义、博辨纵横之用，但《文赋》《诗品》《文心雕龙》《史通》实乃四六论说之代表，孙梅认为其远超古文家之论。在此基础上，王先谦分论为文论、史论、杂论三种。史论发端于司马迁，后日趋偶俪，与古文分途。对于虽名跋尾实同论说的评史，也将其归入史论类。"如称举时美，推核物情。针砭俗流，抽寻往籍"④之论说，统归之杂论。可见所论较孙梅之说更为全面和具体。

---

① 王若虚《文辨》卷四，《滹南遗老集》，商务印书馆，1937年，第235页。
② 孙梅《四六丛话》，人民文学出版社，2010年，第280页。
③ 同上书，第426页。
④ 《王先谦诗文集》，岳麓书社，2008年，第315页。

四库总目中录宋陈日华《谈谐》一书,提要曰"所记皆俳优嘲弄之语",乃小说家之一格。① 魏晋南北朝时期,谐辞、隐语盛行,也就是笑话、谜语,一般用韵文写作,对偶工巧,颇具文采。《文心雕龙》有《谐隐》一篇专论二体。宋郑樵《通志二十略》艺文略小说类中收《晋公谈谐》《取笑箜篌》《善谑集》《林下笑谈》等,均是此类。孙梅亦不废此体,仿刘勰之意,去隐语而设谈谐类,推崇雅郑结合之语,曰:"学者遗其虚,课其实,肆其雅,放其郑。《剖隐》《射覆》,踵嘉文于前;《逐贫》《送穷》,振芳尘于后,庶几谈非复老生之常,而俳不为圣人所禁也哉!"②此类诙谐调笑的小说文体,自然是不被桐城古文派所看重的,而孙梅则对此体提出了雅郑的要求,意在提升其品格并抬高骈文的地位。

总体而言,孙氏的文体叙论相较此前的文体论著,表现出鲜明的特色。首先在体系上以选、骚为源,文体为纲,作家为维,构建了比较完整的骈文的理论系统。理论的落脚点在于散骈肇变之端,重在以骈体点评历代篇章,以见文体之梗概,这种批评范式亦渊源于刘勰。但在具体的文体论中往往辞藻联翩,而不及文体之体制,如其叙杂文类曰:"又若春朝合乐,圣节呼嵩;云龙万品之在庭,'匏竹''钧天'之入梦。又或幕府开樽,台阶弭节,红豆催玲珑之唱,乌丝写幼妇之词。侑以俪词,谐兹雅奏,则有所谓乐语、致语、口号者。象简霓衣,道家之秘箓;贝书梵夹,内典之真文。鸾鹤吹笙,鹿卢引跂;香花盖钵,水田披衣。振法鼓而升众香,传步虚而闻天乐。一诚所感,斋洁遥通,则有所谓青词、疏语者。"③关于乐语、致语、口号、青

---

① 纪昀总纂《四库全书总目提要》,河北人民出版社,2000 年,3711 页。考历代书目记载,明张凤翼撰《谈辂》(《千顷堂书目》小说类著录)多自前代史书及小说中采撷各类杂记传闻和议论;北朝齐阳松玠撰《谈薮》(《隋书·经籍志》小说家著录),多志人小说;题宋旁元英撰《谈薮》(《四库全书》小说类著录),以记叙文人轶事和市井传闻为主。其他诸如《谈言》《谈异》《谈助》等,均为小说类。
② 孙梅《四六丛话》,人民文学出版社,2010 年,第 519—520 页。
③ 同上书,第 483—484 页。

词、疏语之用途则大概得知,而不及体制、作法。对于孙氏的骈语俪词,《续修四库总目提要》中评曰"辞胜于意",以骈体行文自然难免此弊,然考其于骈四俪六之中,论述文体之渊源流变,于具体篇章之中见文体之梗概,虽辞藻纷呈,而意寓其中。

民国时柯劭忞等学者所撰《续修四库全书提要》,收录了清人师范所辑《四六丛话缘起》一书,张寿林为之撰写《四六丛话缘起提要》曰:"大体以《文选》为宗,取古今四六诸体,一一条析之。核其所论,于历代文章体式,颇能概括诸家,推阐精微。品题藻鉴,格取浑成,不斤斤以声律章句分工拙,持论尚称近正。"[1]《四六丛话》的文体叙论部分影响较大,《民国时期总书目》之"中国文学"赋与骈文中载刘铁冷选辑《精选四六丛话》(上海藜青阁,1917)前后凡三版;《四六丛话叙论》(1928),主要选辑《四六丛话》的叙论部分,序曰:"其尤重要者,在于提要钩玄,发凡起例。每篇之先,均冠以序论,详其原委,明其体制。"[2]以《古文辞类纂》《经史百家杂钞》为代表"序目"式文体批评形式影响深远[3],而孙梅继承并发展《文心雕龙》的文体论,在批评领域以叙论形式阐述文体,不仅是对明代以来简短的序题形式的超越,更为清代的文体批评领域注入了新的活力。

骈文选本中的叙录,较具代表性的还有《骈文类苑》《骈体文钞》两种。李兆洛《骈体文钞》以严谨的选文加按语的形式,重在篇章的本事考察、行文结构及风格特征。稍后姚燮编《皇朝骈文类苑》,选清初至当时的诸家骈文,"复承李氏之例略变通之,为类者一十有五"[4]。其中寿文类是比较独特的,明清以来寿序异常流行,作为一种应酬文体原本是不登大雅之堂的,而姚鼐在《古文辞类纂》中将赠送序与寿序归为赠序类,视为一种独立的文体。在骈文选本

---

[1] 《张寿林著作集:续修四库提要稿》,台北"中研院"中国文哲研究所,2009年。
[2] 孙梅著,朴社辑印《四六丛话叙论》"前言",朴社,1928年,第1页。
[3] 吴承学、何诗海《〈古文辞类纂〉编辑体例之文体学意义》,《北京大学学报(哲学社会科学版)》2015年第3期。
[4] 姚燮著,路伟、曹鑫编集《姚燮集》,浙江古籍出版社,2014年,1260页。

中,首列寿序类的当推此书。姚燮曰:"斯体既盛,必欲扫如秽,薙如荛,又吁乎过矣。造格瑰卓,不囿恒范,或宗法史传,文与人符,亦非无善构也。"①持一种较为通达的文体观。其中每类文体的叙录则继承《四六法海》的形式,如书启类叙录曰:

> 刘彦和之言曰:"陈政言事,奏之异条;让爵谢恩,表之别体。"启之大略也。而舒布其言谓之书,布之简牍,取象乎史,贵在明决而已。上之函告乎堂陛,其次吁陈乎公府,其次资画于友朋。肆而肤,详而冗,激而愤,纡而钝,谦而恧缩,傲而倨陵,明达而剿,辨博而遁,断制而歧,是之谓九蔽。然而内酌所歧,外权所受,持筹以相鹄,县蓍以审枢,浴旸在池,始揭其障,否则逾分以为僭,越谋以为妄,伺短以为挟,献可以为矜,往复商榷以为渎,是之为五难。祛九蔽,惩五难,然后有惬乎斯体。或复曲致隐悱,刍导中欢,别以类从,兹无屡述。②

叙录内容涉及文体的功用、类别,重在剖析文章写作中的弊端与难点,可见姚燮更注意其对文章写作的指导与借鉴意义。

以《文心雕龙》为轨范的骈文文体批评,关于文体的源流、衍变、体制等诸方面的阐述实际并不逊于以古文为重心的选本与文体理论。而在古文占据优势的时代背景下,骈文文体往往得不到足够的重视。换个角度来看,以古文为中心的选本与文体理论必然更为成熟,正如骈文欲以与古文同源异流的身份提升地位一样,骈文的文体归类与文体理论亦难免受到其影响,最具代表性的例子便是王先谦所编的《骈文类纂》。

王先谦自言此书"推宾谷正宗之旨,更溯其原;取姬传类纂之名,稍广其例"③,不仅以姚鼐的古文文体分类法为纲目编排骈体,而

---

① 姚燮著,路伟、曹鑫编集《姚燮集》,浙江古籍出版社,2014年,1265页。
② 同上书,1261页。
③ 王先谦《骈文类纂》"序列",任继愈主编《中华传世文选》,吉林人民出版社,1998年,第1页。

且在文体论述上大大扩展了姚氏的序目内容,识见更深。关于每类文体的渊源流变,王氏依仿姚、曾,以叙目的形式加以说明,涵盖了文体渊源、用途、历代变迁、对代表作的评赏、文体作法、篇目列举点评等。刘勰的文体论是其理论的根源所在,曰:"文章之理,本无殊致;奇偶之生,出于自然。丽辞所肇,通变所宜,彦和辨之究矣。引其端绪,尚可略言。"①以"论说类"文体为例,文论第一部分上篇选《文心雕龙》"原道"至"定势"共三十篇,主要是文体论部分;中编选《文心雕龙》"情采"至"序志"二十篇,下编选《史通》及三篇相关的文章论。史论上只选史书中传论,以及后人的相关史论篇章。杂论中多为六朝人的析理精微之论。

姚鼐称"论辨类"源于古之诸子,而其选文不录子类,以唐宋八家文为主。王先谦不废六朝的论体,较囿于古文的识见更为通达明变。檄移是军事活动中使用的文体,王先谦引《文心雕龙》云:"'移檄为用,事兼文武','意用小异,而体义大同。'又云:'檄者,皦也。宣露于外,皦然明白也。''或称露布,播诸视听也'。考文章缘起,马超伐曹操,贾宏为作露布,《雕龙》以为檄之别称,信有征验。魏晋以降,代有檄文,不名露布。彦和身居梁世,尚无殊解。然则露布为献捷专号,必存李唐之初乎? 兹从其后,起分为二流,以同在金革,仍总诸一例。本国伐叛,但云下符。其小征伐,则用移牒。皆檄之流也。稚圭《北山》,意严词正。节壮高隐,义激顽夫。笔阵助其驱除,山灵增其飒爽。虽斯体之附庸,实文人之魁杰矣。甘亭移《牒城隍助驱猫鬼》,幽明一也。"②王志坚《四六法海》中有移文、檄、露布、牒四种,《骈体文钞》归纳为檄移,属于"庙堂之制,奏进之篇",自宋以来,科举考试中试檄、露布,均要求四六。露布专以告捷,始于唐初,唐制门下省"六书",其三为露布。王氏将三种文体归

---

① 《王先谦诗文集》,岳麓书社,2008年,第322页。
② 王先谦《骈文类纂》,任继愈主编《中华传世文选》,吉林人民出版社,1998年,第4页。

为一类,且考证详明,对骈文文体的源流发展研究有着重要的承传作用。孙德谦对王氏此书评价颇高,称:"此书包该古今,首有例言,语极精妙"①,所说不为溢美。

总体来看,虽然古文选本与文体论述占据主流地位,清代的骈文复兴背景之下,选文选本与随之而起的骈文文体理论研究也不可忽视。清人表现出对于骈体的理论自觉性,《四六丛话》序曰:"四六之作,又不一体矣。自来选者,或合一代之作,或聚一体之文。从未有体裁悉备,提要勾玄,集诸家之论说,而成四六之大观者。"②王先谦还编有《国朝十家四六文选》,对于宣扬骈文之美以及指摘弊病均表现出较高的积极性。从上述几种较具代表性的成果来看,清代的骈文文体理论表现出鲜明的特色。一是对于骈文文体的关注点从庙堂制作和考试文体,延伸到日常社交性文体,文体容量大大扩充,这从上文列举的选本文体类目可见。不仅如此,骈体文体类目还借鉴古文选本,可以看出骈文在文体领域致力于与古文并肩的内在思路。二是在文体阐述上,《文选》与《文心雕龙》成为可资取用的理论资源,在文体类目和文体理论阐述方式上,均表现出对于六朝骈文理论的借鉴和效仿。清代的骈文理论,以联翩的辞藻阐述文体功用、渊源、体制、衍变等各方面,兼具理论性与文学性,是清代文体理论研究中不可忽视的部分。

第四节　骈文的文体自觉与专题化的研究

清代骈文的复兴与骈散两派的争论,实际有利于确认骈文文体在中国古代文学中的地位,虽然多数人主张骈散合一,这正是以承认骈

---

①　孙德谦《六朝丽指》,王水照编《历代文话》第9册,复旦大学出版社,2007年,第8434页。

②　孙梅《四六丛话》,人民文学出版社,2010年,第5页。

文、散文各自的独特性为基础的。骈散之分在晚清民国时期基本成为一种共识。民国间著名学者孙学濂撰《文章论》上卷论散文,"辨体"中以姚鼐十三体为主,阐释中加以辨正,并附加姚氏未论之体十七类,如议、考、说、解、旨、引、题辞、评、例、注疏笺、对、檄、移、策、册、约、录等体;下卷论骈文,以《骈体文钞》分类为例,略加阐释,包括文体源流、用途、体制、文体辨析等。① 章太炎《文学总略》亦分为有韵文、无韵文两种,刘师培承续阮元文笔之辨,区分为"言""语",前者指有韵的骈俪之文,后者则指经史诸子之文。又分为"文学"与"文章",大体分别指有韵、无韵之文。杨启高《中国文学体例谈》则从形式上分为韵文、散文、骈文、合文四种,其中合文即指骈散综合的文章。此外,日本学者儿岛献吉郎《中国文学概论》认为在散文、韵文之外,应该还有骈文,讲究对偶、平仄:"既非完全之韵文,亦非完全似诗与散文也;盖介于韵文散文之间,有不即不离之关系,所谓律语,不必限定为骈文,故律语者,乃文章有声律之谓也。骈文者,乃句中有对偶之谓也。"②将中国文章分为古文、骈俪文、时俗文三种。其他如盐谷温《中国文学概论》也是将四六文与散文、韵文分别论述。

  民初官府公文、私人往来尚用骈文,这一时期的骈文类书籍多为指导写作、提供范本等应用目的而编。谢无量编《骈文指南》(1918),序曰:"骈文亦美文之一种","近者公府文移、私家著述间用偶辞,而东施效颦寿陵学步强颜自喜伪体贻讥,得此书而研究之,流弊或可免乎"。③ 此书虽薄薄一册,多次再版,1919年3版,1922年5版,1931年10版,可见需求量之大。李定彝编《当代骈文类纂》(国华书局,1920),分十卷,自言"编中寻常应用文字,大端咸备,足敷临文之助,考镜之资"。仿照《六朝文絜》,以类分文体为赋、

---

① 孙学濂撰《文章二论》,余祖坤编《历代文话续编》中册,凤凰出版社,2013年,第814—825页。
② 〔日〕儿岛献吉郎著,张铭慈译述《中国文学概论》,商务印书馆,1930年,第148页。
③ 谢无量《骈文指南》"序",中华书局,1942年,第1页。

颂、呈、启、笺、书、序、跋、记、铭、诔、祭文等,其中,启又分谢启杂启、征文启两类;序分寿序赠序贺序、诗文集序、小说序、书序杂序四种。可见,骈文在新时期衍生出新的形式,如呈、小说序、征文启等。其他如王文濡《清代骈文评注读本》从选文来看,包括序、书、碑铭、哀辞等体,亦为当代作骈文之典范读本。王承治《骈体文作法》(大东书局,1923),论述骈文起源、变迁、种类、体格、作法等。《历代骈文菁华》(大东书局,1924)分体:赋、记、书后、引、序、书、启、诏、敕、教、表、状、判、赞、铭、碣、祭文、致语、上梁文。金茂之编《四六作法骈文通》(大通图书社,1935)前十一部分介绍骈文的源流、本质、用典、体裁及作法等,第十二部分为骈文名著选读。诸如此类的选本与作文指导书籍在当时的盛行,也可见骈文仍具有应用价值。

孙德谦《六朝丽指》对骈文理论进行了进一步探讨。首先在范畴上,将骈文与四六、时文、书契、律例等区别开,骈文句式灵动、骈散相间,"四六格调"则是通体排偶,习以四六句式相对,亦即书启体。孙德谦力图使骈文与台阁之应用、时文考试文体区别开来,以尊骈文,谓:"骈文与时文、书契、律赋异。"推六朝文为骈文之极则,为之正名曰:"其实六朝文只可名为骈,不得名为四六也",提倡骈散合一乃为骈文正格,"倘一篇之内,始终无散行处,是后世书启体,不足与言骈文矣"。① 文体论述上,重点在于对于六朝文体的推阐发明,如"序录体":

> 夫序录之学,创始刘向,向校中秘,每一书已,辄条其篇目,撮其指意。今《别录》虽不传,而《晏子》《管子》诸书录,即其遗文之幸存者。论者谓曾子固文纯似中垒,以其长于序言也。吾观六朝文人,如昭明序《陶靖节集》、刘孝绰序《昭明太子集》、虞炎序《鲍明远集》,他若《庾子山集》,则有滕王序之,可谓极

---

① 孙德谦《六朝丽指》,王水照编《历代文话》第 9 册,复旦大学出版社,2007 年,第 8426、8497、8451 页。

一时之盛矣。至沈约《宋书》、魏收《魏书》以及郦道元《水经注》、裴松之父子之《史记》《三国志》注,序皆为其自著,文则均以骈体行之。详明条例,而仍成章斐然,为难能也。①

序体始于汉代而六朝为盛,《文选》列"序",选文九篇,而《文心雕龙》则一言带过,《宗经》篇曰:"论说辞序,则易统其首。"《论说》篇曰:"序者次事,引者胤辞。"②将序纳为论体中言之。孙德谦补充了序录体的渊源,指出序体在六朝的发展,实际上隐含着对后世古文选本不选六朝序体的不满。再如赠序体,姚鼐认为赠人以序始于唐初,孙氏说六朝书体亦用于赠别,如梁简文帝《与萧临川书》全是录别,与赠序义同。实际上早期赠人以言、以诗或以书均可,多于赠别诗的序中交代情景,唐以后赠送诗序脱离诗歌别行,逐渐成为赠别的专用文体,从文体发展的角度而言,姚鼐所言较为符合文体发展的实际。诸如此类关于文体的论述,孙德谦之意在于发明某类文体"远宗昭明""出自建安"等,标举六朝文体的独特意义。从文学史发展的长远视角来看,其所言在一味以秦汉、唐宋为宗的古文派,乃至在宗奉唐宋四六的骈文领域中,对于凸显魏晋南北朝的文体具有重要作用。他标举六朝文风以拯救晚清民国古文、骈文写作之弊端,曰:"六朝文之可贵,盖以气韵胜,不必主才气立说也……余尝以六朝骈文譬诸山林之士,超逸不群,别有一种神峰标映、贞静幽闲之致。其品格孤高,尘氛不染,古今亦何易得?"③

其实自清中叶开始即出现一种骈散融合的趋向,古文家或骈文家逐渐倾向于骈散互通的态度。古文派曾国藩即熟习《文选》,梅曾亮、姚梅伯等人都是兼通骈散文的。骈文派李兆洛选《骈体文钞》将

---

① 孙德谦《六朝丽指》,王水照编《历代文话》第9册,复旦大学出版社,2007年,第8489页。
② 刘勰著,范文澜注《文心雕龙注》,人民文学出版社,1958年,第22、326页。
③ 孙德谦《六朝俪指》,王水照编《历代文话》第9册,复旦大学出版社,2007年,第8435页。

骈文上溯先秦两汉之文,寻找一种打通骈散的创作思路。此后王先谦《骈文类纂》融通骈散,谭献、屠寄等常州派文人都持这种骈散不分家之说。① 晚清民国之际,骈文与古文不再是泾渭分明的两派,如桐城古文派后期以林纾为代表,倡古文而不废骈体,《春觉斋论文》中论诏策,称赞唐代出于词臣手笔的诏策,骈四俪六,"其中或纬以深情,或震以武怒,咸真率无伪,斯皆诏敕中之极笔也","宋人制诰,初无散行文字,而四六之中,往往流出趣语","以宋方唐,则唐之骈文郁不入纤,宋之骈文巧不伤雅",②表现出对骈文文体的赞赏性态度。钱基博《骈文通义》说:"晚清诸贤,如刘开、梅曾亮、曾国藩、以至前此之恽敬,皆兼能骈散,其慕韩柳之风而兴者与!"③桐城古文大家实际皆能为骈、散文,骈散相资的观念也是晚清以来骈散合一趋势的重要前提条件。

广义而言,文体之中骈、散兼宜,狭义上则骈散各有施用,金钜香称古文长于理致,而"若夫用之于廊庙,施之于吊祭,则终唐之世,多为骈俪偶对之文"④。骈文以其独特的文体特性,尤其宜于廊庙、庆吊的场合。民国时期骈文作为古代文学的特色受到重视,骈文理论研究呈现出专门化、专题性质。钱基博自述在通览《文选》《骈体文钞》《骈文类纂》《宋四六选》《骈体正宗》《常州骈体文录》以及《全上古三代秦汉三国六朝文》《全唐文》等总集、选本的基础上,于骈体源流、正变深有心得,于是撰为《骈文通义》一书。此书共分"原文""骈散""流变""典型""漫话"五部分,着重论述骈文的渊源、骈文与散文的关系、骈文的历代变迁、代表性作家作品等,尤其对于清代骈文家论述详备。如称:"毛奇龄尚势而不取悦泽,孔广森茂藻而匮于情韵。独洪氏则情固先辞,势实须泽,文体相辉,彪炳可

---

① 曹虹《清嘉道以来不拘骈散论的文学史意义》,《文学评论》1997年第3期。
② 林纾《春觉斋论文》,王水照编《历代文话》第7册,复旦大学出版社,2007年,6353—6354页。
③ 陈耀南《清代骈文通义》,台湾学生书局,1977年,第13页。
④ 金钜香《骈文概论》,商务印书馆,1947年,第85—86页。

玩。汪、洪并称,洪不逮汪之厚,汪不逮洪之奇。洪文权奇,汪文狷洁,邵文秀润,皆可想见为人。"①对于骈文的情韵与辞藻、厚与奇、娟洁、秀润等写作风格上的批评,具有卓识。他发挥孙德谦之说,以六朝文中"潜气内转,上抗下坠"为骈文模范,骈文独具韵味,与散文、四六、律赋不同,标举其文学价值。由此可见骈文的研究也逐渐从此前重应用转向对于文学上的欣赏与创作方法的讲究。

刘麟生《中国文学概论》在骈文的体裁中,列论辩、序跋(赠序)、诏令奏议(公牍)、传状碑志、杂记、小说、联语、八股文、赋、箴铭颂赞、哀祭等十一类。实际上以文体为纲,而将历代骈文纳入体裁之中。此外,刘麟生在《骈文学》《中国骈文史》中建构了颇为完整的骈文研究体系。《骈文学》论骈文的渊源发展、体制、重要的作家作品等专题。对于骈体与四六之分,与孙德谦不同,他认为骈体与四六大同小异,不必刻意抬高骈文地位而别立四六之名。骈文之体裁大纲与散文相似,但从骈文总集来看,列举《文选》《辞学指南》《四六金针》《骈体文钞》等分体,认为骈文应用之体裁,偏于公牍、笺启、铭颂、赋四者。广义而言,骈散固均可施之于文,而狭义而言,骈文有其专门应用,分别论述论说、序跋、公牍、笺启、碑志、传状、杂记、诔文、铭颂、赋、联语等各体中骈散施用所宜。

《中国骈文史》则勾稽自先秦文献至清代的八股、律赋、联语等骈文相关材料,对此后的骈文史撰著及相关研究有重要的作用。书中特别标举"联语"作为骈体之见于日用之间者的代表性文体,称:"联语为吾人每日接触眼帘之物,虽属骈文之余技,而吉凶之礼,酬酢频烦,亦至不可少。"②清梁章钜《楹联丛话》为较早谈论联语之书。刘麟生较为详细地论述了联语文体在清代的变迁,称至清代作者更喜实用才力,"御制应制诸作,则多典重之笔"③。清代作者渐

---

① 钱基博《近百年湖南学风 骈文通义》,上海古籍出版社,2012年,第113页。
② 刘麟生《中国骈文史》,东方出版社,1996年,第122页。
③ 同上书,第125页。

多,如朱彝尊、袁枚、纪昀等所作具有较高的文学价值,曾国藩则是联语兴起的一大功臣。刘麟生谓:"联语作风如此之夥颐,殆亦清代骈文复兴之影响也。"①新文学革命以后,骈文式微,刘麟生力倡不废此体,认为骈文是中国文学的一大特色,至今有其应用之处,甚而可以为作文修辞之用。

总体来看,清至民国时期骈文的创作与研究经历了一个变化的过程。清末《奏定学堂章程·学务纲要》中称:"骈文则遇国家典礼制诰,需用之处甚多,亦不可废。"②这仍是从骈文的应用性角度来说的。晚清民国之际,从对骈文应用性的强调到对骈文文学价值的宣扬,是在以六朝骈文为代表的文学复古思潮中完成的。许梿编《六朝文絜》崇尚简洁,选赋、箴、敕、令、教、策问、表、疏、启、笺、书、移文、序、论、铭、碑、诔、祭文等七十二篇。所选多为言辞优美的应用型骈文,其中庙堂制作应用之文较少,而多是士人往来之间抒写情谊之章。评点之中对于六朝骈文以绮语抒写真情给予充分的肯定,乃至"恍然于三唐奥窔,未有不胎息六朝者,由此上溯汉魏裕如尔"③。从文学源流的视角将六朝骈文与汉魏文、唐文联系起来,凸显六朝骈文的重要性。

大致与之同时的翁同书(1810—1865)评点《宋四六选》,则尤其重在宋代四六作法与审美价值上的点拨。如曰:"天然雅令""自然清稳""天然凑泊""词意激昂""百折不回,语见风骨"等,重在自然、典雅、风骨、气势等。④ 骈文以其典雅的特征,为清代朴学家所好,王闿运为其学生们所辑《八代文粹》作序,推扬汉魏陈隋八代之作,"类分仍夫《萧选》,正副略仿《李钞》,要以截断众流,归之淳雅;

---

① 刘麟生《中国骈文史》,东方出版社,1996年,第132页。
② 璩鑫圭、唐良炎编《学制演变》,上海教育出版社,2007年,第499页。
③ 许梿选《六朝文絜》"叙",东方书局,1935年,第1页。
④ 翁同书评本以曹振镛刻本为底本,翁同龢过录,现藏国家图书馆。参见钟涛、赵宇《翁同书〈宋四六选〉评点考论》,《广西师范学院学报(哲学社会科学版)》2016年第6期。

使词无鄙倍,学有本根……辄为述其本由,使必应于经义"①,推崇八代文章之醇雅,并将骈文与经义联系起来。对于骈文的文学性因素的强调,使清中期以来的骈文批评呈现出崭新的面貌。

民国以后的骈文选本延续了这种思路。如吴虞(1872—1949)编《骈文读本》(成都昌福公司,1915),去取繁简,与别家颇殊。上编上起乐毅下迄庾信,选文105篇。上编所选文章多战国时作品,以合乎孔门政事、言语、文学、德性四科要义。下编所选近贤所作,指事言情贵在明达以用世。选文上不录唐宋元明之作,隋以后直接清文,"深本齐梁,重拾周汉"。吴虞自称与李兆洛《骈体文钞》之旨意相合,称:"以视王志坚《四六法海》之芜杂,许梿《六朝文絜》之纤丽,似微有别裁。昔苏子瞻讥《文选》去取之谬,而张戒则谓子瞻文章长于议论,而乏奇丽;其弊正坐不留意《文选》。共和草创,日不暇给。陆沉聋瞽,滋世诟詈。国华消丧,文献零替。至乃词不达旨,文而无彩;或则竟抚赋律,妄称骈体。流别罕存,雅郑相冒。词章家宋玉、扬雄轨辙,邈难踵武;非词章家如乐毅、庄辛之华藻精蕴,弥弗能望之于伟人政客。此则修饰之美,摇曳之笔,如桐城派古文者,已同凤毛麟角之足宝;而《骈文读本》虽陋,或亦有合于申耆之言者也。"②可见,此选出于民国以来文人文章缺乏藻采,乃至词不达旨之弊。看其所选:卷一《乐毅报燕王书》《淳于髡讽齐威王》、屈原《离骚》《九章》《远游》等六篇、宋玉《九辩》《招魂》《对楚王问》《庄辛说襄王》《楚人以弋说楚王》、李斯《谏逐客书》《琅琊台刻石文》《会稽刻石文》《论督责书》等。与《骈体文钞》相比,所选更为精简,所选《乐毅报燕王书》为《战国策》中文,李选无;再如屈原、宋玉之赋、刘勰《文心雕龙》中《风骨》《情采》《镕裁》《声律》《夸饰》《附会》《物色》《知音》《序志》、葛洪《抱朴子》外篇中《嘉遁》《擢才》《名实》

---

① 王闿运《湘绮楼诗文集》,岳麓书社,1996年,第98页。
② 吴虞《骈文读本自序》,《吴虞文续录·别录》,《民国丛书》第二编96册,上海书店,1990年,第166—167页。

《钧世》《省烦》《尚博》等篇李选中亦无。再如《淳于髡讽齐威王》,姚鼐《古文辞类纂》也将此文选入辞赋类。屈、宋辞赋的大量选入,表现出编者不拘于六朝的视野,乃至于选入古文辞范畴中的文章。《抱朴子》《文心雕龙》中篇章的选入,则显示出选家对于骈文批评和创作理论的关注。联系其选文宗旨,只要能够助美文章的均可入选,那么此举也就不难理解了。整体而言,吴虞更加注重借鉴周秦文章中具有藻采的篇章,不再局限于六朝骈文,且对于骈文的应用性与文学性以及骈文的理论均有关注。

对于六朝骈文藻采与风骨、气韵风格以及六朝文章与秦汉、唐宋关系的重新思考,为清代骈文的复兴与理论的提升输入了新鲜的空气。骈散之争的消融,也使此时的文体研究不再局限于古文,骈文文体的研究大大丰富了中国古代文体研究领域的成果。正如钱锺书所言:"夫文体递变,非必如物体之有新陈代谢,后继则须前仆。譬之六朝俪体大行,取散体而代之,至唐则古文复盛,大手笔多舍骈取散。然俪体曾未中绝,一线绵延,虽极衰于明,而忽盛于清;骈散并峙,各放光明,阳湖、扬州文家,至有倡奇偶错综者。几见彼作则此亡耶。"[①]骈体独立于散体之外,作为一种别具特色的文类,成为民国以来文体研究的一种共识。在西方文学思潮之下,骈文与诗赋、词曲一起成为美文的代表性文体。近几十年来骈文的研究成果颇丰,以莫道才《骈文通论》文代表,他将骈文分为文学型:骈赋、骈体律赋类,诗序、游序、宴序类,杂记类,书类;准文学型:论类,集序类,哀诔、箴铭、碑志类;非文学型:公牍类。又分非应用性、应用性两类:公牍、哀诔、箴铭、碑志为应用性骈文,其他为非应用性骈文。[②] 文学性骈文与公牍骈文的区分,自然是在晚清民国以来西方的文学观念进入中国之后才出现的,这种区分的研究实际上有助于对骈文认识的进一步深化。

---

① 钱锺书《谈艺录》,生活·读书·新知三联书店,2007年,第82页。
② 莫道才《骈文通论》(修订本),齐鲁书社,2010年,第172—211页。

第三章　桐城后学的古文选本与辞章学教育

关于古文的特殊内涵,钱锺书曾解释说:"'古文'是中国文学史上的术语,自唐以来,尤其在明清两代,有特殊而狭隘的涵义。并非文言就算得'古文',同时,在某种条件下,'古文'也不一定和白话文对立。"①在清代,桐城派古文是散文的正宗代表,所谓"天下文章归桐城"。桐城一派,经戴名世奠基,方苞立派,刘大櫆、姚鼐继之,成为清代文坛最大的散文流派,主盟文坛二百余年,其影响波及近代。

桐城文派在清末民初经历了由盛而衰的转变过程。②曾国藩光大桐城派,曾门四大弟子成为晚清古文创作的殿军。其中尤以吴汝纶为中心,形成了一个古文创作、研究和教学的学人群体。刘体智《异辞录》云:"吴挚翁就湘乡曾氏求学,于姚氏为私淑,讲学最久,名重东北,为桐城人物之后劲云。"③"唯吴君为能真传姚氏之法也。"④曾氏说"吾门人可期有成者,惟张(裕钊)、吴(汝纶)两生"⑤。与姚鼐一样,吴氏长期执教杏坛,弟子众多且各有成就,故而影响最大,可称后期桐城文派的中心人物。马其昶、姚永朴、姚永概皆为桐城人,姚永朴"始治古文辞,后乃专志读经",姚永概"诗文才气俊

---

① 钱锺书《林纾的翻译》,《七缀集》,生活·读书·新知三联书店,2002年,第92页。
② 许结《区域与辐射:桐城古文小议》说:"第四阶段在晚清民初,以曾门弟子张裕钊、吴汝纶以及桐城后学马其昶、姚永朴等对桐城古文的反省与重光为标志,堪称桐城派文学的衰变期。"《古典文学知识》2011年第3期。
③ 刘体智《异辞录》,中华书局,1988年,第1页。
④ 包世臣《雩都宋月台维驹古文钞序》,邬国平、黄霖编著《中国文论选·近代卷》,江苏文艺出版社,1996年,第65页。
⑤ 赵尔巽等《清史稿·张裕钊传》,中华书局,1977年,第13442页。

逸,足使辞皆腾踔纸上,虽百钧万斛而运之甚轻也",王树枏"幼从黄子寿学骈体,后与吴冀州(按指吴汝纶)游,顿改古文,洞明义法,其神悟盖由于天授也"。其他如高步瀛、李刚己等。其他未列弟子籍者如"新城王树枏晋卿、通州范当世肯堂、侯官严复几道、林纾琴南四人,皆执贽请业愿居门下,而公谢不敢当,曾公所谓不列弟子籍同时服膺者也"[①]。尤其在京师大学堂时期,桐城后学诸人之间交游较多,形成一个联系紧密的圈子。[②] 桐城派的古文理论与《古文辞类纂》《经史百家杂钞》成为他们共同的依归。

第一节 《古文辞类纂》与《经史百家杂钞》的典范意义

经历了清末民初的变革时期,姚鼐、曾国藩所选的古文辞章依旧有着旺盛的生命力,是有其原因所在的。桐城派古文辞的观念与新式学堂中的国文或称文学教育接轨是其中的一个重要节点。

一、桐城派古文辞观念的承续

方苞在《古文约选》中说:"太史公《自序》'年十岁,诵古文',周以前书皆是也。自魏、晋以后,藻绘之文兴,至唐韩氏起八代之衰,然后学者以先秦盛汉辨理论事质而不芜者为古文,盖六经及孔

[①] 郭立志编《桐城吴先生年谱》,台北,艺文印书馆,1964年,第37页。
[②] 对于林纾是否属于桐城派议论较多,但是他与桐城派诸人关系紧密,可视为桐城学人圈中的一员。林纾《赠桐城马通伯先生序》说:"两先生(按:指吴汝纶、马其昶)声称满天下,吴先生既逝,世之归仰桐城者,必曰是马通伯。当世之能古文者,承方、姚道脉而且见淑于吴公,今乃皆私余。然则余之不以示人者,兹乃大获其偿,不以向者之严闭为狷矣。"又为姚永概《慎宜轩文集》作序称:"今日微言将绝,古文一道,既得通伯,复得叔节,吾道庶几其不孤乎。"见汪中柱编《林纾集》,福建人民出版社,2020年,第130、190页。

子、孟子之书之支流余肄也。"①其所说古文是秦汉时期的文章,质朴而无藻饰,与魏晋以来骈俪之文相对,明确说古文中不应夹杂六朝骈俪文体。姚鼐所称"古文辞"大致与古文含义相同,而与诗歌、四六等文体不同,《惜抱轩诗文集》中有说:"君(侍朝)少孤好学,无师友之助,而于古文辞、诗歌、四六诸体,皆习而能之,始冠得乡举。"②再看其所编《古文辞类纂》,对比宋以来的古文选本,如《古文关键》《文章正宗》《古文约选》等入选辞赋的极少,而姚选中辞赋有70余篇,占全书篇幅的11%。张裕钊《策经心书院诸生》说:"姚姬传氏《古文辞类纂》,特列词赋一门,其识为宋以来言古文者所不及。"③姚氏将辞赋类置于十三类文体的倒数第二位,且以古赋为主,兼及有古意的六朝骈赋,但不取齐、梁以后作品。这种比较融通的古文观念在其弟子中得到继承。

姚鼐之后桐城古文大家当属梅曾亮(1786—1856),他主讲书院时,编有《古文词略》④,"凡例"曰:"姚姬传先生定《古文词类纂》,盖古今之佳文尽于是矣。今复约选之得三百余篇,而增诗歌于终。"⑤这是姚选较早的精简本,所称"古文词"涵盖在姚鼐的十三类文体之中,书说、奏议、词赋类选文较多,另增诗歌一类,录五、七言古诗。姚永朴称"惟梅氏以诗歌入古文辞中,意在得文学之大全"⑥。

---

① 方苞《方望溪全集》,中国书店,1991年,第303页。
② 姚鼐著,刘季高标校《惜抱轩诗文集》,上海古籍出版社,1992年,第181页。
③ 《张裕钊诗文集》,上海古籍出版社,2007年,第246页。
④ 此书在当时颇有影响,目前可见有同治六年(1867)合肥李氏刻本、光绪二十三年(1897)京师大学堂印本、光绪二十四年学部图书局本、光绪二十五年成都志古堂刻本、光绪三十四年陕西公所图书局本等。1903年京师大学堂刊出的各学堂应用书目,词章门中就首列梅曾亮《古文词略》,与姚鼐《古文辞类纂》《今体诗钞》、王士禛《古诗选》等并为当时官方书目。按:当时大学堂编书处规定文章课本:"自秦汉以降,文学繁兴,一以理胜,一以辞胜。其所选择,一以理胜于辞为主。凡十家八家之标名,阳湖、桐城之派别,一空故见,无取苟同。"王建军《中国近代教科书发展研究》,广东教育出版社,1996年,第146—147页。
⑤ 梅曾亮《古文词略》,学部图书局,1908年刻本,第1页。
⑥ 姚永朴著,许结讲评《文学研究法》,凤凰出版社,2009年,第36页。

曾国藩选《经史百家杂钞》，自言附和姚鼐之意，称"论次微有不同，大体不甚相远，后之君子，以参观焉"。即在姚鼐的古文辞义界内有所变更和扩充。他明确表示近人古文选本不录"六经"为不知源流，故其选以六经为发端，且多录史传文，故题目中虽特标"经史"，而其所指仍在古文辞。曾氏所选词赋数量最多，将姚选中的箴铭类、颂赞类合在此类中，并置于众文体的第二位论述，赋体选文包括汉魏赋和六朝骈赋。曾氏在对后辈的教诲中，常常将古文与骈文并提①，尤其对于《文选》中的赋青睐有加，曰："余惟文章可以道古，可以适今者，莫如作赋，汉魏六朝之赋，名篇巨制，具载于《文选》。"②可见在曾氏的观念中，即使文学性较强的辞赋类作品，也是为了道古适今之用。另一方面，骈文作为朝廷公文的必备文体，并且与科举考试密切相关，曾氏将之纳入文学范畴之中，有其现实针对性。此外，曾选增加典志、叙记两类文体，所谓叙记，主要是史书中的纯粹记事之文，"经如《书》之《武成》《金縢》《顾命》，《左传》记大战，记会盟，及全编皆记事之书，通鉴法《左传》，亦记事之书也。后世古文，如《平淮西碑》等是"。典志类"所以记政典也"，如"《史记》之八书，《汉书》之十志及三通，皆典章之书也"。③ 这两类文章是史书中的体例，文学性因素较少，《昭明文选》就以其"不以能文为本"而不予选录。此外，诸如序跋类中的传、注、笺、疏等体，书牍类中的刀笔、帖，传志类中的年谱等，是公文或学术性质的文章，属于广义的杂文学范畴体系。其中，注、笺、疏等均列为文章一体，具有学术导向性质。可见曾氏从学术性与应用性层面充实扩大了桐城

---

① 曾国藩在给弟弟的信中说："每月六课，不必其定作时文也，古文、诗、赋、四六无所不作，行之有常，将来百川分流，同归于海，则通一艺即通众艺。"他还要求儿子也"作四书文，作试帖诗，作律赋，作古今体诗，作古文，作骈体文，数者不可不一一讲求，一一试为之"。《曾国藩全集·家书（一）》，岳麓书社，1985年，第80、406页。
② 同上书，第437页。
③ 李翰章编纂，李鸿章校勘，宁波等校注《足本曾文正公全集》，吉林人民出版社，1995年，第3188页。

派文章的内涵,博及四部,可以兼明典章制度沿革,而不限于文辞之美。

文章外延的扩大,导致选文文体分类的泛化。曾国藩将姚选与李兆洛的选本合一,添加了关于经世致用的文章以及诗歌文体,编成了一种混合性选本。这种选本在当时来看是颇为大胆的,李鸿章编校此书,称:"凡经史之隽妙作品,包罗待[殆]尽,评者以曾公编此书,胆气颇大。"①黎庶昌在《续古文辞类纂》中也说:"循曾氏之说,将尽取儒者之多识、格物、博辨、训诂,一内诸雄奇万变之中,以矫桐城末流虚车之饰。"②肯定曾氏从务实的角度救桐城古文末流之弊。周作人在《中国新文学的源流》中说:"姚鼐不以经书作文学看,所以《古文辞类纂》内没有经书上的文字。曾国藩则将经中文字选入《经史百家杂钞》之内,他已将经书当作文学看了。"③周作人此说只见曾氏选入经史文章,而未分析其只是将经视为古文辞之源,并非把经书当作文学看。

在晚清民国兴起的国学潮流中,曾选以其囊括四部精要的特色被视为精简入门的四库选本,并因此成为国学入门读物之一。如梁启超《国学入门书要目及其读法》,行文中将《经史百家杂钞》与《古文辞类纂》《骈体文钞》并列。方苞、姚鼐所言"古文""古文辞"之界域④,至曾国藩进一步扩大,可以兼备审美与实用功能。王先谦、黎庶昌的续选,分别延续姚鼐、曾国藩之旨意。不过值得注意的是王先谦《续古文辞类纂》中无辞赋类,而另编成一部《骈文类纂》,序例曰:"长游艺林,粗涉文翰。见夫姚氏《古文类纂》,兼收词赋;梅氏《古文词略》,旁录诗歌。以为用意则深,论法为舛。骈文之选,莫善

---

① 李鸿章著,江不平校订《李鸿章家书》,中央书店,1936年,第4页。
② 黎庶昌《续古文辞类纂》,中华书局,1928年,第13页。
③ 周作人《中国新文学的源流》,华东师范大学出版社,第48页。
④ 参见曹虹《异辙合轨:清人赋予"古文辞"概念的混成意趣》,《文学遗产》2015年第4期。

于王闻修《法海》、李申耆《文钞》。倾沥液于群言,合炉冶于千载。"①可见,王氏认为古文与辞赋骈文、诗歌体裁不同,因此对姚鼐、梅曾亮的选本均有微词。

清末,中国的教育面临一次大的转型,在废书院兴学堂的潮流中,西式学堂日兴而中国传统的经史辞章之学遂遭冷遇。外来的文学概念与本土的文学说缠绕不清②,1904年清政府颁布的《奏定大学堂章程》将文学科分为经学科大学、文学科大学,章程中"文学研究要义"明确规定了文学研究的范畴,文学的含义比较宽泛,既包含文字、音韵、训诂学等"文"的学,也有经史诸子类文章,并明确指出"辞赋文体、制举文体、公牍文体、语录文体、释道藏文体、小说文体"与古文文体不同。实际上综观整个章程对于"文学"的规范仍然是以古文为核心的。

对古文文体的严格规范性正是桐城派古文的传统。吴汝纶在《与姚仲实》中说:"说道说经,不易成佳文,道贵正,而文者必以奇胜。经则义疏之流畅,训诂之繁琐,考证之该博,皆于文体有妨。故善为文者,尤慎于此。"③文贵奇,因而说道说经,以及义疏、训诂、考订都不宜施于古文文体。姚永朴《文学研究法》加以阐释,从广义而言,经史子集均为文章,其中"集部遂专为历代文章之总汇"。狭义而言,文学家异于性理家,因其"不甚措意于词章";异于考据家,其"主于训诂名物",在经学者为注疏家,在史学者为典制家,"综其大体,多采掇群书,加以论断,与文学家实分道扬镳";异于政治家,因政治家主于事功,意在适用。如典、谟、诰、命、奏、议、誓、策诸体,后世称为公牍文,丧失文学意味;异于小说家,称小说类文字语词纤佻伤风败俗。这种观点延续姚鼐之说并有所发展,注重文学性特

---

① 《王先谦诗文集》,岳麓书社,2008年,第314—315页。
② 参见栗永清《学科·教育·学术——学科史视野中的中国文学学科》,复旦大学博士学位论文,2010年。
③ 《吴汝纶全集》第3册,黄山书社,2002年,第52页。

征,辞赋、诗歌、词曲都属文学,而将质朴无文的语录、注疏、史论、后世毫无文采的公牍文、小说等划出文学的领域。

陈遵统在《国文学》中对古文辞的概念进行了明确的界定:"文之有韵无韵,皆顺乎音节之自然耳。兹编以诗歌词曲,划于古文之外,而其他有韵之文,则合之为辞,以附于古文,命为古文辞焉。盖亦从姚氏之书所定也。骈、散文皆为文,骈俪之文,在昔与散文本不分也,班固以后用偶特盛,至于六朝,其弊已极,唐人复古,乃谓奇者为古文,然骈俪文无论有韵与否,固皆文也,不当别为类,当合于古文辞中。"①直接继承了姚鼐的古文辞之说,诗歌、词曲体式异于文章,故别为一类,一改梅、曾以来将诗歌混入古文选本的观念。可以说,以姚、曾选本为媒介的古文辞成为晚清文学的内在范畴,它不以有韵、无韵为区分,包含古文、辞赋,而不含诗歌、词曲等体式独立的体裁②,这正是《奏定大学堂章程》中所强调的"古文文体"渊源所在。

二、姚、曾创设的文体文类法

姚、曾选本不仅对近代的文学范畴影响深远,而且在文体学研究中树立了典范。在文体分类上,姚鼐总结为十三类文体,其化繁为简、明于体类辨析的分类法在文体学研究中的意义前人阐发详尽,此处不再赘述。曾氏继而将文章形式上的有韵无韵与文体功能结合进行划分,一类文体中又按照功用分为上下编,概括为三门十一类七十余种文体类目,这是对姚选分类方式的继承,并进一步

---

① 陈遵统《国文学》,福建协和大学出版课,1942年,第3页。
② 关于诗歌文体,《经史百家杂钞》《古文词略》及黎庶昌《续古文辞类纂》均有选录,姚永朴《文学研究法》亦置于著述门下,但明确说:"诗歌亦著述门之一类。但古今作者既众,而境之变化又多,大抵文中或论道,或叙事,或状物态,或抒性情,诗皆有之,兹故不得不别为一篇。"商务印书馆,1933年,第94页。此后高步瀛《文章源流》目录亦有诗歌类而未及论述。姚、黎选本只是把《诗经》部分篇章作为文体较早的形态,并非着眼于诗歌体制,梅氏选本亦只录五、七言古体。大体而言,诗歌与古文体制相差较大,不宜划入古文界域之内。

扩充和具体化。

姚、曾创设的文体文类法,基本成为此后以文体为纲目的选本的范例。在选文上,姚鼐自称不录经、子,而于每类文体序目中必溯源至六经、诸子,正如黎庶昌所言"姚氏纂文之例,首断自《国策》,不复上及六经,以云尊经。然观其目次,每类必溯源经子之所自来,虽不录犹录也"①。曾氏更注重文章的经世致用功能,因此将文章溯源于经、史,选文也以经、史文体为首。如哀祭类,姚选自《九歌·东皇太一》始,序目说:"哀祭类者,《诗》有颂,风有《黄鸟》《二子乘舟》,皆其原也。楚人之辞至工,后世惟退之、介甫而已。"②姚氏于序目中追溯文体源始,选文则从文体较成熟的作品中选择,即更看重作品的文学性。曾氏曰:"哀祭类:人告于鬼神者,经如《诗》之《黄鸟》《二子乘舟》;《书》之《武成》《金縢》祝辞,《左传》荀偃、赵简告辞,皆是。后世曰祭文、曰吊文、曰哀辞、曰诔、曰告祭、曰祝文、曰愿文、曰招魂,皆是。"③选文包括《书·金縢》册祝之辞、《诗·黄鸟》、《左传》魏太子䩄聩祷神之辞、宋玉《招魂》、屈原《吊屈原赋》、汉武帝《悼李夫人赋》等。由此可见,曾氏有着明确的文体源流迁变意识,相较姚氏的对文学性因素的重视,曾选在其基础之上更为符合文体学意义上的选本要求。对于文体学研究来说,这种叙述范式更为贴合中国古代文学实际,与明清时期文体学著作的承传关系更为明显。

总体来看,《古文辞类纂》与《经史百家杂钞》在选文篇目、文体类目、编撰体例等方面对后来的桐城选本产生了极为重要的影响力。曾选无论是基于文体功能概括出的三门十一类七十余种文体,还是在序目中的源流分析,以及选文上的追源溯流意识,均表选

---

① 黎庶昌《续古文辞类纂》"叙",世界书局,1936年,第1页。
② 姚鼐选纂,宋晶如、章荣注释《古文辞类纂》,中国书店,1986年,第25页。
③ 李瀚章编纂,李鸿章校勘,宁波等校注《足本曾文正公全集》,吉林人民出版社,1995年,第3188页。

出更高的文体自觉性。其分类确实比较简明要明了,从学习、揣摩文章写作的角度而言,其说也是取法乎上,有一定的道理。但是从中国古代文体的发生、发展情况而言,将众多文体导源于六经的观点,显然并不符合实际。这个问题又可以追溯到《文选》不录经、史、子的选择,以及传统文学中"文本于经"的命题。① 古代文体渊源于经、史、子的观念有一定合理性。明清以来,黄佐《六艺流别》,以六经统筹文体。章学诚《文史通义》提出文体备于战国,战国文体源于六艺。刘逢禄《八代文苑》序录中说有韵之文源于《诗歌》,不用韵之文源于《尚书》。② 陈衍《石遗室论文》从选本的角度对曾选加以肯定,曰:"选古文辞者,向于各名家集中求之。如《唐文粹》《宋文鉴》《南宋文范》《元文汇》等皆是。姚氏《古文辞类纂》,以六朝前无别集,其秦、汉文见于《汉志》诗赋类与儒家、法家、纵横家之等者,单行本多不传,杂出于《史》《汉》列传及诸子百家中,于是采及《国语》《国策》《史》《汉》各书,然未敢及经也。曾涤生(国藩)《经史百家杂钞》出,乃选及经、史。凡各体文,皆推原其本于某经某篇,甚允当也。学文者于此求之,视姚氏选本突过之矣。"③中国古代文体随着社会的发展而不断新增、衍变,若要一一落实源于某经某篇,反生胶柱鼓瑟之弊。顾荩丞说"曾氏《经史百家杂钞》中所选的文字,若为研究国学的人,作一番穷源尽委的探讨,而兼备一些经济学问的,那是一部'极好的选本'。倘使就各种文体上立论,而以古代文家的作品,做一个印证,那就曾氏的所选,远不及姚氏《古文辞类纂》所选的'纯粹精审'了"④。虽批评其拘泥之病,但也肯定了他

---

① 参见吴承学《中国古代文体学》第五章"对'文本于经'说的文体学考量",中华书局,2022年。
② 刘逢禄《刘礼部集》卷九《八代文苑序录》,清道光十年(1830)思误斋刻本,第10—14页。
③ 陈衍《石遗室论文》,王水照编《历代文话》第7册,复旦大学出版社,2007年,第6675页。
④ 顾荩丞《文体论ABC》,ABC丛书社,1929年,第130—131页。

穷源竟委之功。

朱自清《经典常谈》说："他(按:指曾国藩)选了《经史百家杂钞》,将经史子也收入选本里,让学者知道古文的源流,文统的一贯,眼光便比姚鼐远大得多。"①吕思勉《拟中等学校熟诵文及选读书目》中集类四列《古文辞类纂》《骈体文钞》《经史百家杂钞》,且说:"《类纂》取其义例之善。《经史百家杂钞》取其源流之备。"②实际上,《经史百家杂钞》在民国时期的流行程度远远高于姚选。③而《古文辞类纂》首创义例之功,以及其在书院以及文派之中的莫大影响力,因而注定受到最多关注。古文之学在桐城派诸人的选本与阐释中逐渐定型,并与晚清民国新学制中的文学研究内涵相契合,故而在学堂教育中仍旧有较大的影响力。从文体学研究的角度来看,姚、曾选本的选文,文体分类与序目的内容为此后的文体论研究树立了典范,桐城后学沿续先辈的轨辙,承前启后,为古代文体理论的探索开启新的面貌。

第二节 桐城派古文选本的承续

选本是桐城派文学理论和实践的重要工具。据刘声木《桐城文学撰述考》中桐城家著述表,可以看出几乎每位代表性的人物都会

---

① 朱自清《经典常谈》,生活·读书·新知三联书店,2014年,第153页。
② 吕思勉《文学与文选四种》,译林出版社,2016年,第338页。
③ 据《民国时期总书目》,《经史百家简编》,曾国荃审订,抱恨生标点并注解,上海新文化社,1926年初版,1934年第5版;《(新式标点)经史百家简编》,朱士民标点,朱太忙标阅,上海大达图书供应社,1934年第2版;《经史百家杂钞》,许啸天点注,上海群学社,1928年出版,1930年再版;《经史百家杂钞》,谢璇笺注,上海会文堂新记书局,1935年出版;《(评注)经史百家杂钞》,李鸿章校勘,叶玉麟评注,上海广益书局,1935年再版;《(广注)经史百家杂钞》,宋晶如、章荣注释,上海国学整理社,1936年版,1948年新版;而《古文辞类纂》只有三种出版,以及黎庶昌《续古文辞类纂》,国学整理社,1936年初版。北京图书馆编《民国时期总书目(1911—1949):文学理论·世界文学·中国文学》(下册),书目文献出版社,1992年,第1113页。

编撰选本：方苞《古文约选》，刘大櫆《唐宋八家古文约选》《归震川文集选本》，姚鼐《古文辞类纂》，曾国藩《经史百家杂钞》《经史百家简编》，梅曾亮《古文辞略》（《古文辞类纂》《古诗选》缩减本），王先谦、黎庶昌分别有《续古文辞类纂》，吴汝纶《古文读本》，姚永朴、姚永概兄弟编选《历朝经世文钞》《国文初学读本》，吴闿生《国文教范》，林纾《古文辞类纂选本》，李刚己《古文辞约编》，高步瀛《历朝文举要》等。其中姚选以其精审的选文与圈点成为桐城古文的经典选本，曾选则在此基础上括而大之，参入经、史文章以寄经世之意，亦影响深远。经历了从书院教育向学堂、学校教育的转变，桐城后学诸人继续执教杏坛，选本依旧是他们教学的重要工具。

一、《古文辞类纂》的衍生选本

吴汝纶正处于衰败的王朝试图维新图强，西学盛行，中学日渐受到冷遇的时期。在此境况下，吴氏将姚选作为中国传统辞章的代表置于经典之位。相比西学的技术与实用性，显然吴氏更看重的是"中学之精美"，故而文学性因素较强的姚选成为他心目中的理想选本，不仅亲自加以圈点，且编成《古文辞类纂校勘记二卷评点》一书。曾选以其实用性的色彩也得到吴氏的称赏，曰："姚郎中所选文，似难为继；独曾文正《经史杂抄》能自立一帜；王、黎所续，似皆未善……来示谓《欧洲国史略》似中国所谓长编、纪事本末等比，然则欲译其书，即用曾太傅所称叙记、典志二门，似为得体。此二门，曾公于姚郎中所定诸类外，特建新类，非大手笔不易办也。"①曾选中的史传类文体，可以用来匹配翻译外国史书，吴氏认为这是较姚选高明的地方。此外曾选可以备史书之用途，也是一个因素。吴氏在设想的《学堂书目》中拟定中学堂："史"用曾选《通鉴》诸篇（在叙记门，附《左传》后）；"文"用姚姬传氏所选《古文辞类纂》（先读论辨

---

① 《吴汝纶全集》第3册，黄山书社，2002年，第236页。

类中欧、曾、苏、王诸论及奏议下编两苏诸策,后读贾、马、韩、柳诸论及汉人奏疏对策)。"诗"用王阮亭《古诗选》;大学堂中"文"用《古文辞类纂》(读序跋、书说、赠序、杂记诸门);中学专门学"集"用《文选》《古文辞类纂》(读碑志、词赋、哀祭)、曾文正公《经史百家杂钞》《十八家诗钞》。① 可见在吴汝纶的观念中,姚选代表中国辞章、文学,而曾选则偏于历史的范畴,后者可用来普及基本的中国传统文章常识。其《答廉惠卿》中讨论学堂开设西学后,学西学者普及中学教育用书:"鄙意西学诸生,但读《论语》《孟子》及曾文正《杂钞》中《左传》诸篇,益之以梅伯言《古文词略》,便已足用。"②

吴汝纶教学之中也编选古文读本,《桐城吴氏古文读本》分十三类,选文二百九十余篇。据常堉璋称"尝持以受及门诸子,诸子传习互有异同。兹更取先生手定之本,编校而印行之"③。选文中论辨类十四篇,序跋类三十,奏议类二十四,书说类三十,赠序类十六,诏令类十二,传状类六,碑志类四十七,杂记类二十三,箴铭类十七,颂赞类三,辞赋类四十二,哀祭类二十三。碑志、辞赋、序跋、书说选文较多。吴启孙说常氏刊本"宜名姚选古文简本,乃符事实"④,道出吴氏选本实际仍是姚选的一个简本。

吴氏的门生弟子们大多从事于古文教育。他们基本以姚、曾选本为基础,各有述作。李刚己(1872—1914)有《古文辞约编》⑤,序曰:"历代评选古文辞者多矣。坊间俗本既浅陋无足取,而老师大儒所论述又皆精微高远,非初学所能领悟。今中丞南皮张公病之,乃取周、汉以降辞约义显之文三十六首,属刚己详加评识,杂采旧说,以为中小学堂读本。刚己既不敢辞让,爰请公开陈义例,退而述录先师吴挚甫先生所论为文大指,旁逮旧闻,兼附己意,以缀辑成

---

① 《吴汝纶全集》第3册,黄山书社,2002年,第377—379页。
② 同上书,第206页。
③ 吴汝纶《桐城吴氏古文读本》,文明书局,1903年,第7页。
④ 吴汝纶《古文读本》,河北书局铅印本,1903年,第4页。
⑤ 此书有1925年柏香书屋校印本,序作于1905年。

书,上之于公。公以继此将取历代鸿篇巨制为高等学堂读本,此编实所以启途径、植基础也。"李刚己此选正是绍述吴汝纶的文学思想,所选篇章意在教授中小学堂学生,故而多是浅显易懂的文章。文体上分为论辨类、序跋类、奏议类、书说类、赠序类、诏令类、传状类、碑志类、杂记类、辞赋类、哀祭类十一类,无箴铭类、颂赞类。书后有汉阳刘其标跋云:"是编文由姚《选》选出,惟义例间采曾氏……傅于姚《选》之次,俾习古文辞者,知博观在姚《选》,约取在是编也。"①此书也是姚选的另一种简本。

《国文教范》是吴闿生(1877—1949)为初学者编的一部古文读本,成书于1913年,选文三十六篇,分上下两编。上编"以庄生史公为主而汉以前诸家附之",下编"以韩公为主而自唐以来附之,多录荆公者,入韩之梯径也"。所录古文,除清以外,绝大多数取自《古文辞类纂》。此外,吴闿生评点了徐世昌(1855—1939)编订的《古文典范》②,选文基本上以《左传》《史记》、唐宋八家为主,明清只选桐城诸家,如姚鼐、曾国藩、梅曾亮、张裕钊、吴汝纶、贺涛等人③。文体分三门十类:论说门,包括论辨类、序跋类、书牍类;叙记门,包括传状类、碑铭类、典志类、杂记类;词赋门,包括骚赋类、箴颂类、哀祭类。其类目以曾选为蓝本而有所变化,词赋类独立为一门,记载门替换为叙记门,告语门取消,不录奏议类、诏令类。论说、叙记、辞赋的划分较曾目更为简明赅要。

林纾亦有《古文辞类纂选本》④,乃"但就惜抱所已选者,慎择其

---

① 转引自洪本健《清末民初的中小学堂读本——李刚己的〈古文辞约编〉》,《文史知识》2015年第9期。
② 此书民国年间刻成后并未印行,国家图书馆有钞本目录17页,载此书共25卷。
③ 参见徐世昌《古文典范》,中国书店,2010年。
④ 此书最早版本是商务印书馆1918年版。但据林纾自序,应是为古文讲演之用书,曰:"故趁未朽之年,集合同志,为古文讲演之会。若专编源流正别,溯源于周秦汉唐宋元明清,虽备极详赡,亦但似观剧,不得其曲谱,按节而调以宫商,究竟何益?故先取前辈选本,采其尤佳者,加以详细之评语。"《古文辞类纂选本》,商务印书馆,1922年,第2页。按:林纾于1914年应北京孔教会邀请,到会讲述古文源流、作法及如何学习古文,可以推测此书应作于1914年左右。

尤,加以详评"①。文体上,论说类十五,序跋类十三,章表类八,书说类十九,赠序类三十四,诏策类九,传状类十,箴铭类六十四(包括箴铭、碑志、杂记),辞赋类十九,哀祭类三,共十类,分类基本按照姚选,也有所变化。论辨改为论说,奏议改为章表,诏令改为诏策,碑志、杂记合入箴铭,无颂赞,他称"天子、诸侯所谓令德、计功者,晚近人文集中恒不多见,大抵无德可称而亦称之,神道也,阡表也,墓志也"②,故而不选。箴铭、赠序类、辞赋类选文较多,侧重于应用类文章。此外,林纾还编有《古今文范》,序说:"自余居沪上五年,四方有志之士,间有就商古文之业者。余因取秦汉以来,迄于近代,凡得文七百余篇,名之曰《古今文范》。中多以意谬言昔人悉心营构之迹,一一为疏别其异同而比附其得失,为说甚具。"《古今文范》即所评选的《中学国文教科书》,逆序编选清朝至周秦汉魏文章701篇,初版于光绪三十四年(1908)。虽名为教科书,性质上却属于文选,各册前有例言,概述该册所选时段文章风貌及流变。单篇文章前有评述,上有眉批,阐发文章利病、行文结构等。编选体例方面称"谨附姚氏之意",不及经、子部文章。

京师大学堂时期的古文教育领域,林纾、姚氏兄弟、严复、陈衍等崇尚古文的人联系紧密,时常群居相讨论,陈遵统记载:"曩在民元,与桐城姚仲实、姚叔节、吴辟疆,吾乡严几道、陈石遗、林畏庐诸老,同执教国立北京大学,群居谈论,以为文评之类,至明清而极精,文集之类,待姚、曾而始备。是故昭明之选,彦和之书,在昔号为空前者,即今观之,犹有待于推广。"③言下之意姚、曾所编文选可遥

---

① 慕容真点校《林纾选评古文辞类纂》,浙江古籍出版社,1986年,第3页。
② 同上书,第296页。
③ 陈遵统《国文学》,福建协和大学出版课,1942年,第1页。陈遵统(1878—1969),字易园,福建闽侯县人。毕业于日本早稻田大学,回国后,在福建法政学堂执教,任私立福建国学专修学校校长,在北京大学、福建学院、福建协和大学任教多年,主讲国学和法学。著有《国学概论》《国文学》《中国文学史纲要》《中国民歌文学讲话》,参见卢美松编《福建北大人》,方志出版社,2002年,第276页。

续昭明之后,乃是选本中最为精善的,桐城诸家文论也推阐刘勰所未道者。于此也可见诸人学术的指向标。换个角度来看,选本不仅是桐城派古文传衍的载体,还是桐城文统构建的重要工具。王文濡1915年编成《明清八大家文钞》,自称"夙好所在,辑得是编,存先正之典型,树后学之模范"①,选归、方、刘、姚、梅、曾,以及张裕钊、吴汝纶等的文章,表现出对于桐城派及其支脉的梳理意识。1931年,徐世昌编《明清八家文钞》二十卷,与王文濡所选略有不同的是,八家未入选刘大櫆而另选贺涛,亦是为桐城派张目。

综合而言,清末民初之际,诸人所编选本基本不出姚、曾创立的门类,只是在内容上有所"减损"或"扩充"。黎锦熙曾总结道:"清末(二十世纪开始时)兴学,坊间始依钦定课程编印国文教科书;中学以上,所选大率为'应用的古文'(胡适氏用以称桐城派者)。"②作为教科书的辅助读本,选本自然也不出此范围。由此也可见出,从古文辞到国文,桐城派古文起到了过渡、承续的作用。桐城后学在民初的国文教育领域发挥的仍是桐城派古文之理论,其中最有代表性的是唐文治③。其于文章学,推挹曾国藩,就正吴汝纶④,弟子钱仲联说:"师得古文法于桐城吴挚甫先生(汝纶)。故其课士,经史理学之外,特重古文辞,每就姚氏此书,阐明去取之故与分类之由,经纬贯通,提示文律。"⑤所著《国文经纬贯通大义》基本是对桐城派文论的阐发。

---

① 王文濡选编,赵伯陶导读,李保民、冷时峻整理集评《明清八大家文钞》,上海古籍出版社,2008年,第2页。
② 黎锦熙《三十年来中等学校国文选本书目提要》,《师大学刊》1933年第2期。
③ 唐文治(1865—1954),专心教育,1920年设立无锡国学专修馆,后改名为无锡国学专修学校,担任校长三十年。敷教以"躬行实践,明体达用"为鹄的。所著有《国文阴柔阳刚》《国文经纬贯通》《古人论文》《国文》等。参见陈祥耀《略谈唐文治先生的行谊和学术》,见《学林漫录》十三集,中华书局,1991年,第12—21页。
④ 唐文治《桐城吴挚甫先生〈文评〉手迹跋》,《茹经堂文集》三编卷五,《民国丛书》第五编第95册,上海书店,1992年,第24页。
⑤ 钱仲联《校点评注〈古文辞类纂〉序》,《古籍研究》1995年第1期。

桐城派古文选本的影响在民国仍在继续。吴曾祺所编《涵芬楼古今文钞》，其类目与体系均继承了姚选。张相编《古今文综》文体体系出自姚、曾而进一步细化。其他如王文濡《清文评注读本》、蒋瑞藻《新古文辞类纂稿本》基本依照姚鼐的类目编订。可以说，以《古文辞类纂》与《经史百家杂钞》为代表的桐城派古文选本奠定了此后以文体为纲目的选本范式。即使在白话文成为通用文体之后，曾选的门类依然有借鉴意义。钱基博编《语体文范》将文言与古典白话文体置于一编，仍旧分"著作""告语""记载"三门，每门再分类：第一门"著作"，分作议论、序跋两类；第二门告语，分作告示、演说、写信三类；第三门记载，分作记事、写景两类①，并在附编中增加"里谚门""歌谣门"。古文文体分类在白话文背景下进行了一些自我变化，容纳的文体更为广泛多样。姚、曾选本所代表的古文文体的类目体系，呈现出古人对于古代文章功用与文体的普遍认知，因而具有一定的适用性。

选本是桐城派文学理论和实践的重要工具，选文、序言、序目乃至评点中，都鲜明地反映了桐城派诸人的文学、文统观念以及文学好尚。尤其在清末民初以来的时事与教育的新变中，姚、曾选本逐渐被推置于古文领域的经典，桐城后学以此为基础，继续阐发、补充古文理论，在晚清民初的中国传统辞章教育领域继续发挥作用。当然除了表面的选文与分类的沿袭，桐城后学更多致力于评点内容、笺注文本以及文体理论的归纳总结，更深入地探讨关于文体渊源流变、文体辨析的问题。换言之，桐城后学诸人正是在对姚选、曾选的笺证、评点、阐释中，逐渐将桐城派的文学理论灌输进近代的古文教育领域。

二、古文选本的笺注、评点与近代古文教育萌芽

姚选古文及其衍生选本，不仅可以直接用作中小学课堂的读

---

① 钱基博编著，傅宏星校订《文范四种》，华中师范大学出版社，2012年，第134页。

本,其中选文的评点中所蕴含的理论批评更是近代以来古文教育取之不尽的资源。选本的笺注、评点是桐城派学人推广其文学观念的重要途径①,桐城派诸人不仅评点、批注姚选,其他各类别集编选、评注亦相当丰富②,其中尤以姚选为共同的依归。徐树铮汇辑《诸家评点古文辞类纂》七十四卷,汇录方苞、刘海峰、姚鼐、李兆洛、梅曾亮、张裕钊、吴汝纶、吴闿生以及陈师道、朱熹、真德秀、王守仁、唐顺之、归有光、茅坤、方绩、蔡世远、曾国藩等人的圈点与评识。这种辑评则是关于一书的评点之汇辑,辑评中尤可见出相似的批评意见,累积之下审美品位立见。评点本身就与文学批评紧密相关,评即是一种批评。③ 评点附着于选本,随文批点,简短赅要,意在发明古人用心之所在,钩稽高文之隐旨。自《古文关键》以来,已经形成了关于评点中体式、用意主张、文势规模、纲目关键、警策句法等程式。归有光评点《史记》,指点"若者为全篇结构,若者为逐段精彩,若者为意度波澜,若者为精神气魄"④,以便于拳服揣摩,因其过重文章形式且近于时文见解,受到章学诚的批评。方东树称:"古人著书为文,精神识议固在于语言文字,而其所以成文义用或在于语言文字之外,则又有识精者为之圈点,抹识批评,此所谓筌蹄也。"⑤即评点乃是对于古文创作由表及里的分析,后来者可由此学习古文创作之法,这基本上是桐城派诸人对于评点的共识。林纾称诸家所评姚选

---

① 参见徐雁平《批点本的内部流通与桐城派的发展》,《文学遗产》2012 年第 1 期;邓心强、史修永《桐城派文体学研究》,安徽大学出版社,2012 年。

② 吴汝纶评点之书尤多,其门生吴景濂称:"前人评点,率不过偶于文事有所发明,以资识别,至归、方加善矣,而不能遍及群书,且亦时有未尽精审者,汝纶则整齐百代所有,别白高下而一以贯之,凡所启发,皆密合著书本旨,尽取古人不传之蕴,而昭晰揭示之,以炳诸日星,俾学者易于研求,且以识乎作文之轨范虽万变不穷,而千载如出一辙。"《吴汝纶传》,《吴汝纶全集》第 4 册,黄山书社,2002 年,第 1135 页。

③ 参见吴承学《现存评点第一书——论〈古文关键〉的编选、评点及其影响》,《文学遗产》2003 年第 4 期;龚鹏程《文学批评的视野》一书中《细部批评导论》等文。

④ 章学诚《文史通义》,上海古籍出版社,2015 年,第 87 页。

⑤ 方东树《书归震川史记圈点评例后》,见《考槃集文录》卷五,光绪二十年(1894)刻本,第 342 页。

与"宋明诸老则务求深解,好作高谈,非毁前人,毛举细事,用矜其识"①的批评方式不同,诸人评点上继《典论·论文》《文章流别论》《文心雕龙》诸作,可见其对于评点的文学理论性层面的关注。林纾《韩柳文研究法》(商务印书馆,1914),应是其在京师大学堂教授经文科时所作,虽用研究法之名,实际与学堂章程规定之"文学研究法"并不一致,以评点形式揭示韩、柳古文创作的艺术规律。林纾自称:"仆承乏大学文科讲习,犹兢兢然日取《左》《国》《庄》《骚》《史》《汉》、八家之文,条分缕析,与同学言之。明知其不适于用,然亦所以存国故耳。"②

从《诸家评点古文辞类纂》中的评识归纳来看,基本不出桐城之学所说即义理之学、修辞之学,显示出对于文学创作的理论性总结,内容上大致涉及文章立意,提点文势、段落、意脉,推源各家文章的渊源与流变,文体辨析,气格、神韵、情态、雅洁等文章审美,阴柔、阳刚风格等关于文章创作与艺术层面的分析。诸家关于姚选的评点内容丰富,可以说是桐城派"义法"、"品藻"、神气音节、格律声色等理论的具体体现,涵盖了文章写作与鉴赏的各个方面。此类评点重在字句篇章之法,挖掘文章的美感要素,并不空谈原则,而以实例来点出阅读或者写作的原则。这对古文教育来说,是相当重要的。以评点的体例来说,诸人对于文章理论层面的探讨,如文学的表现理论、社会功能等是无法深入展开的。不过正是基于充分的文本阅读与评点的积累,理论化、体系化的批评著作才有可能出现。清末民初,桐城派后学诸人如林纾、姚永朴、高步瀛等人的学堂讲义,如《春觉斋论文》《文学研究法》《文章源流》中的相关内容与姚选评点的对应关系,可以说不是巧合。

传统辞章学的传授基本是诵读原典与教师讲解、答疑的形式,讲

---

① 徐树铮辑《诸家评点古文辞类纂》,国家图书馆出版社,2012年,第5页。
② 林纾《文科大辞典序》,《畏庐续集》,商务印书馆,1934,第10页。

义则是晚清新学制颁行以来从欧美大学学来的经验,作为课堂资料,由教师编订以便讲授。《奏定大学堂章程》中"历代名家论文要言"课按语称"如《文心雕龙》之类,凡散见子史集部者,由教员搜集编为讲义"①。姚华说:"学校复兴,讲席斯设,主者以其所业,传而布之,使诸生习焉,亦曰讲义……今义说有定界,略似汉人,制成章节,亦类宋注,而反复务尽,新颖独标,又似论著。"②早期的文学科讲义并没有明确的体裁,林纾在京师大学堂时所编讲义《春觉斋论文》③仍是传统的文话式论文。值得注意的是《春觉斋论文》中"流别论"诸条与其《选评古文辞类纂》(下称《选评》)序目内容基本相同。选评之序目如论说类、序跋类、书说类、赠序类、诏策类、传状类、箴铭类、杂记类与"流别论"完全相同;辞赋类,"流别论"分作骚、赋二条言之,内容较《选评》更为丰富,尤其是关于南北朝王赋及齐梁小赋着墨较多。其中关于《离骚》及《楚辞》篇章则大加称赏,《选评》中无;哀祭类亦较《选评》序目内容更为丰富,援引挚虞《文章流别论》,评归震川、韩愈此类文章;"流别论"增颂赞类、檄移类,《选评》无;可见《选评》基本仍较为严格地遵守姚鼐选本的内容和文体类目,但在文体流变上有所补充与扩展。《春觉斋论文》中关于文章写作的"应知八则":意境、识度、气势、声调、筋脉、风趣、情韵、神味;用笔中所谓起笔、伏笔、顿笔、顶笔、插笔、省笔、绕笔、收笔以及用字等理论内容,虽在论述中多引前人文论话语,亦是从选本的阅读与评识中来。

---

① 《奏定大学堂章程》,见璩鑫圭、唐良炎编《学制演变》,上海教育出版社,2007年,第365页。

② 姚华《论文后编》,见《弗堂类稿》,沈云龙主编《近代中国史料丛刊续编》第二辑,台北,文海出版社,1974年,第88页。

③ 林纾在1906—1913年执教京师大学堂。《春觉斋论文》自1913—1916年在《平报》连载,后出单行本。而《选评古文辞类纂》则1918—1921年由商务印书馆刊出。

与此类似的,姚永朴《文学研究法》①是其在京师大学堂担任讲师时所作。虽然其体系架构仿《文心雕龙》而成,但在具体的理论阐述中仍不脱桐城派痕迹。其所说文章之根本在于明道与经世,纲领依旧是桐城义法论,其中"门类"篇即文体论,结合姚、曾选本的序目内容辨析十五类文体的渊源、流别,大致祖述前人旧说。如"论辩类"只引《文心雕龙》与姚、曾序目所言而已,"书说类"全引曾国藩之言,而在"著述"中分别点评了每类文体在各个时代的代表作品与特色,亦多引诸家点评之语为佐证,意在由此指示后学作文之门路。可以明显看出,评点成为文学批评的一大资源,《文学研究法》中论性情、状态、神理、气味、格律、声色、刚柔、奇正、雅俗、繁简、疵瑕、功夫等具体的文章技法和鉴赏论,与诸人评识姚选内容基本可以一一复按。在文体论中,将文体、作品与评点结合论述,则是一种更为巧妙的批评方式。姚永朴将诸人评点姚选(包括姚鼐诗歌选本)中,关于文体流变、体要、风格、文法、义理等语,统归于各类文体之下论述,条理秩然,相比单调的文体体裁论,显然更为适合教学。《教育部审定商务印书馆出版书目》称"是书综经史百家之言,撷其精华以论国文研究之法,其体例悉仿之《文心雕龙》,起上古书契之世,迄于近代,论文要旨,略备于是"②,可以说姚永朴所编讲义正是在章程规定的体系内,阐发桐城派的理论。

此外,如陈遵统著有《国文学》二卷,起于执教京师大学堂时期,与桐城后学诸人群居讨论,故而多发挥桐城派的文论思想,称:"《国文学》之撰,盖本乎前兹所讨论,而南归十载中所取以教吾乡诸大学者,分体为授,证论以例,首起原,次变迁,又次制作法,而终之

---

① 此书虽从《国文学》扩展而来,实际体例大不相同。《国文学》是姚永朴在国立法政学校时所用讲义,是古代文论的单篇文章选读与评点内容,从《〈诗·关雎〉序》以迄《经史百家杂钞·序》四卷,以按语形式阐述中国古代文学理论的相关命题。《文学研究法》则从文论选本的形式发展为更为理论化、体系化的著述。

② 《山西教育公报》1919 年第 2 卷第 45 期。

以模范文,诚欲综众制之长,立一贯之论,揭前贤之秘,作后起之师。"①其论述重心在体制、时代、学术、派别四端。"体制之中,复分为古文辞、诗歌、词曲、小说、新剧、新闻杂志文五者"②,将古文辞明确与诗歌、词曲、小说及新出现的文体区别开来。文类划分基本以曾选门类为参照,将曾氏之诏令类、奏议类改为命令类、陈议类。每类之下又有小类,如论著类中有论、辨、原、说、解、义等。在每门的文体论述中,首先征引曾选序例,结合姚选序目的观点,加以发挥,基本涵盖文体的源流、发展演变、文体作法要领以及代表篇目。序目后继以模范文,以备参考。这种形式正是将选本的选文、文类与序目内容转接入文学讲义中,可以说是从选本过渡到文学讲义的典型例子。

姚选的评注中最为翔实的当推高步瀛的《古文辞类纂笺》,其后高氏任教莲池书院时期所编讲义《文章源流》,关于文章门类部分在姚选、曾选基础上归并为三门十六类。每类文体总叙的内容均引述姚选、曾选序目,各类文体的阐述则继续《笺证》中的考证之风,对于每类文体及其子目归源溯流,旁征博引,至为翔实。《笺证》为姚选作注,故而发挥较少,《文章源流》文体部分虽仿效《文心雕龙》的体例,而具体阐述中,或许正是在《笺证》基础之上的进一步扩充与总结。此外,高步瀛在《文章源流》中将古文创作之法与《文心雕龙》相比附,亦是对于桐城派古文理论的总结、归纳。如论"文章之形式与内容",首先引刘勰《章句》之字句篇章之说,后及古文,则提出首重义法。桐城派的义与法就是其所说的文章内容与形式。论文章的性质即阴柔、阳刚二类,引用张裕钊以十二字配阴阳:"神、气、势、骨、机、理、意、识、脉、声,阳也;味、韵、格、态、情、法、词、度、界、色,阴也。"十二字基本涵盖了诸人评点姚选的用词范畴。作文要义

---

① 陈遵统《国文学讲义》,福建协和大学出版课,1942年,第1页。
② 同上书,第2页。

部分,包括立意、谋篇、造句、炼字、用笔、设色、和声、行气等内容,称"谋篇者,必先统筹全局,某处用正,某处用反,某处只淡淡点缀,某处为全篇精神所聚,算计已定,又须分析段落"①。所引诸例证,正是吴汝纶、真德秀等人的评点。设色、和声则吸收了骈文的技法用之于古文,行气即因声求气,亦是本于姚鼐格律声色说。高步瀛提出作文"必先读文。凡读古人文,每篇必求其主义,而标识之;寻其伦次,而分画之"②,明显是对于姚选、曾选及其衍生读本的圈点、评识的理论上的肯定。

　　桐城后学诸人在大学堂教授辞章学的讲义在体例、内容上明显可见与姚选及其评点的渊源。从姚、曾选本到文学讲义的变迁正是追寻桐城派古文理论融入近代教育的关键线索所在。桐城派古文选本及诸人的评点,基本上奠定了中国古代辞章学的研究范式和理论水平。这种将选文、序目以及文学批评相结合的形式,并非空谈原则,而是以实例来点出阅读、鉴赏、写作的原则。桐城派后学诸人在新的教育形式下,将桐城派的古文理论转化进课堂讲义之中,既是总结,同时也意味着开始理论的体系化构建。另一方面,文学讲义中直接袭用了选文、类目、评点的旧式,也体现出这一时期古文教育的延续性特征。同时期的如王葆心《高等文学讲义》③作为当时学部审定的中学堂以上各学堂参考书,初版后,"分科大学文学科诸君多辗转购求",并且得到古文家如马其昶、姚永朴、陈衍等称美。此书基本与大学章程中文学研究要义相符,虽是辑录性质,与《文学研

---

① 高步瀛《文章源流》,见余祖坤编《历代文话续编》下册,凤凰出版社,2013年,第1321页。
② 同上书,第1295页。
③ 《高等文学讲义》1906年10月出版,即被学部审定为中学以上各种学堂参考书。之后进行了大幅度的修订补充,由四册六卷扩充为十册二十卷,改名《古文辞通义》,1916年再版发行。在20世纪二三十年代,王葆心就用《通义》作教材,现存武汉档案馆,"国立武汉大学印""王葆心存""中国文学系一年级用"的教材《文学源流》,即由《通义》卷十三至十六"总术篇"汇编而成。《古文辞通义》"前言",武汉大学出版社,2008年,第40页。

究法》相比,两书在古文文体、功用、派别、作法等层面有不谋而合之处,可以看出当时古文理论教育的概观。

第三节 桐城后学的辞章学教育发微

一、从书院到学堂:辞章教育之变

从传统书院到学堂的转换中,词章教育的比重变化是一条重要线索。清代书院基本有三种类型:讲求理学、时文考课、博习经史词章。① 书院课程与科举考试密切相关,清代科举考试中三场分别以四书文、五经文、论体文及诏、诰、表、判等公牍文体,经史时务策为范围。书院课习多以此为主,章学诚说:"自康熙中年,学者专攻制义,间有讲求经史,撰述词章之类,老师宿儒,皆名之曰杂学。"② 清中后期的书院除了课制义之类外,尚有倡导经史、词章之学的古学。所谓词章之学,主要是诗、赋、古文,间及骈文。③ 张之洞设广雅书院之初,习经、史、理学、词章四门。后变为经、史、理学、经济,规定"各门皆令兼习词章,以资著述,而便考校"④。冯煦提倡书院中以程端礼的《读书分年日程》为模范的读书法,认为"当读之书莫备于程氏

---

① 参见盛朗西《中国书院制度》,中华书局,1934年,第154页。
② 章学诚著,仓修良编《文史通义新编》,上海古籍出版社,1993年,第667页。
③ 如钟山书院,清乾隆年间,杨绳武《钟山书院规约》首以先励志、务立品、慎交游、勤学业,次要求穷经学、通史学、论古文源流。姚鼐主钟山书院,以古文相倡。道光十二年(1832),胡培翚入主钟山书院,教导诸生"本之经传注疏、宋儒理学之书,参之子史百家之说,以究其理,以赡其辞;熟读汉、唐、宋古文,以充其气;熟读前辈时艺之佳者,以习其法ព"。《钟山书院课艺序》,见《研六室文钞》卷六。刘熙载主龙门书院,课程包括经史、辞章、杂学。诂经精舍也兼治诗古文辞等。以诂经精舍、学海堂为代表的书院也习骈文。另参见陈曙雯《经古学与19世纪书院骈文的发展》,《中山大学学报(社会科学版)》2017年第3期。
④ 张之洞《创建广雅书院折》(1887),见赵德馨主编《张之洞全集》,武汉出版社,2009年,第556—668页。《广雅书院学规》(1889),见刘伯骥《广东书院制度沿革》,商务印书馆,1939年,第146页。

《分年日程》","以一日为十四分,一分读经,三分治经,二分学书,二分治史,二分治词章,二分治举业,二分录一日读书所得,五日一作(杂文二,赋一,古今体诗三,制艺亦三,试帖如制艺之数,月六日)",其中词章分四类:古文、四六文、赋、古今体诗。① 词章之学在此类书院中占一定的比重。

戊戌变法中书院改为兼习中西之学校,但是改制成效甚微,"其所聘中文教习,多属学究帖括之流;其所定中文功课,不过循例呫唔之事。故学生之视此学,亦同赘疣,义理之学全不讲究,经史掌故未尝厝心"②。此后清政府提倡实学,改书院为学堂,规定学堂中以四书五经为主,历代史鉴及中外政治艺学为辅。③ 八股文改为策论并举行经济特科④,《经世文编》及其续编选文关系世教,迅速成为仕学模范,"经世文编,都人士莫不家置一编"⑤。如桐城陈澹然所选《文鉴》⑥,意在经世,实际是"示学人策论径途"⑦。

改书院为学堂后,吴汝纶表示中学仍应讲求辞章,认为主持者欲以"荟萃经、子、史,取精华去渣滓,勒为一书,颁发各学堂等语,皆仿日本而失之"⑧。八股文改策论后,士人求应试之法,吴汝纶称策论

---

① 冯煦《答祁生师曾书》,见《蒿庵类稿》癸丑(1912)刊本卷十四,第 24 页。
② 《筹议京师大学堂章程》(1898),朱有瓛主编《中国近代学制史料》第一辑上册,华东师范大学出版社,1983 年,第 602 页。
③ 《上谕:人才为政事之本》,朱寿朋编《光绪朝东华录》第 4 册,中华书局,1958 年,第 4719 页。
④ 《上谕:科举为抡才大典》中规定乡试、会试,头场试中国政治、史事论五篇;二场试各国政治、艺学策五道;三场试四书义、五经义。《光绪朝东华录》第 4 册,中华书局,1958 年,第 4607 页。
⑤ 何良栋辑《皇朝经世文四编》,文海出版社,1966 年,第 1 页。
⑥ 陈澹然(1860—1930),桐城人,光绪间举人,师事方宗诚,与同邑马抱润、姚蜕私、姚慎宜等诸先生交游,为文不守桐城义法,1910 年于京师大学著《晦堂文论》。
⑦ 纪健生主编《晦堂书录》,《安徽文献研究集刊》第 2 卷,黄山书社,2006 年,第 204 页。
⑧ 吴汝纶《与李季皋》,《吴汝纶全集》第 3 册,黄山书社,2002 年,第 201 页。按:此说乃针对总理衙门《筹议京师大学堂章程》(1898)中规定各学堂功课书由上海开办译书局,专门纂译,"其言中学者,荟萃经子史之精要,及与时务相关者编成之,取其精华,弃其糟粕"。

之学以文笔为先,依旧可以姚选为资,说:"倘熟读姚选《古文》中《国策》数十篇、苏氏策论数十篇外,益以《文献通考·小序》,似足应敌。"①其余为浏览之学,可读报章以广其识。以袁世凯《奏办山东大学堂折》(1901)为例,备斋两年课程要求修习古文,内容即是作中文策论,四书义、五经义②,每日课程以八点钟为限,其中五点钟习西学,两点钟习中学,一点钟习体操。备斋、正斋学生,每月均作策论一篇、经义一篇。《奏定高等学堂章程》(1904)中文学课也仅以作文为主。③ 而专讲格致、西艺学堂自然不重词章学,西学日盛,士人日骛于新,经史、词章之学日益式微。

科举废除前后,不讲词章导致士人写作能力严重不足。④《新定学务纲要》鉴于日本学堂保存国粹之法以及士人公牍、文章写作的现实需求,特地强调:"学堂不得废弃中国文辞,以便读古来经籍。中国各体文辞,各有所用。"⑤从实用角度出发,不废弃古文辞,但尽可能节约时间精力,中小学堂古文辞教育只贵明通,大学堂以上渐求敷畅即可。同时规定戒袭外国无谓名词以存国文端士风,则可以看出在外来词汇压力下,重申古文辞教育的必要性。事实上中学课堂中国文课形同虚设,《广益丛报》载:"现查京中各公立中学堂办实科者日以英文为事,即办文科者亦无不皆然。独国文一科均毫不注

---

① 吴汝纶《答贺心铭》,《吴汝纶全集》第3册,黄山书社,2002年,第203页。
② 袁世凯《奏办山东大学堂折》,璩鑫圭、唐良炎编《学制演变》,上海教育出版社,2007年,第59—60页。
③ 《奏定高等学堂章程》规定各省城设置一所高等学堂。分三类,第一类预备入经学科、政学科、文学科、商科;第二类预备入格致科、工农科;第三类预备入医科。其中均习中国经学、文学。课业表,第一类合计36学时:中国文学要求练习各体文字,第一年每星期5点钟(经学2点钟,英语9点钟),第二年(文学同前年,4点钟),第三年,文学同前年,兼究历代文章流派,4点钟。第二、三类,基本同第一类,课程逐年减少维持在2点钟左右。
④ 《伤送国文专修科学生》一文指出:"自科举停废,士竞科学,熏染欧化,弁髦国文,晋宋不知,乌焉误写,求一普通书记之才,绝不可得。"《四川教育官报》1909年第5期。
⑤ 《新定学务纲要》,《东方杂志》1904年第3期。

意。"①各公立中学堂忽视国文课之态度可见一斑。《奏定大学堂章程》中明确设定经、文两科,并规定了文学研究内容与课程,但是实际情况并不乐观。陈石遗《请大学经文两科学生由各省保送议》说:"大学为各高等学堂卒业生升入之地。惟经文两科皆旧学。揆诸今日情形。非变通办法。必至有学科,无学生。"②

学生与师资缺乏是一个关键问题,张之洞率先改武昌经心书院为存古学堂③,此后湖北、安徽、江苏、陕西、广东、四川、甘肃、山东等相继效仿创办存古学堂。存古学堂之设在于为各学堂提供经学、国文、历史的师资,并为储备升入大学经文科的人才。清末学部参照湖北存古学堂的课程设置,对各省存古学堂制定了新的规章,《学部修订存古学堂章程》中规定学堂分经、史、词章三科,经学科、史学科除主修经学、史学各书以外,兼修词章,中等科词章授《古文辞类纂》,高等科授《文选》,参观选学各书;词章学,中等科五年,先纵览历朝总集之详博大雅者,使知历代文章之流别。次点阅讲读古人有名总集,兼练习作诗文;高等科讲读研究词章诸名家专集,第三年兼考经部、史部、子部之可以发明词章要旨者,并考古今词章之有益世用者,并要求以能自作为实际。④ 姚选与《文选》成为词章学的必修课。

另外,安徽省所办存古学堂⑤值得注意,安徽省作为桐城派学术重地,沈增植认为"科学宜用西国相沿教法,古学宜用我国相沿教

---

① 《此之谓保存国粹》,《广益丛报》1910 年第 7 期。
② 《陈石遗集》,福建人民出版社,2001 年,第 481 页。
③ 张之洞《两湖总督张札设存古学堂文》,《东方杂志》1905 年第 1 期。
④ 《学部修订存古学堂章程》,《教育杂志》1911 年第 5 期。
⑤ 安徽存古学堂,倡议于 1905 年,后因兵变未及实现,1908 年由沈增植命姚永概、吴季白等草拟章程,直,聘请朱孔彰、姚永概、李详、胡元吉分任经学、词章学、史学兼文选学、理学教员。分经、史、文、理四门。习文者以《说文》为必修课,修习富哲学性之诸子及富文学性质楚辞、《文选》等书及汉魏以来之诗文集为二科。参见高正芳《安徽存古学堂——清末安徽新教育中之一节》,《学风》1933 年第 3 期。

法,书院日程,渊源有自"①。姚永概任文学教员、马其昶参与筹谋,两人已在此地讲论文学。其后严复主京师大学堂,设置经文科,他在《与熊纯如书》中说:"比者,欲将大学经、文两科合并为一,以为完全讲治旧学之区,用以保持吾国四、五千载圣圣相传之纲纪彝伦道德文章于不坠……故今立斯科,窃欲尽从吾旧,而勿杂以新。"②这正是仿效存古学堂的办法。存古学堂作为新式教育体系的补充,在晚清民初教育转关之时是一种有益的尝试,对中国辞章学的传授而言也不失为一种过渡的阶梯。

传统书院教育中的词章学以及新式学堂中,词章学比重渐少,不得不另立学堂专门教授。清代文坛本以桐城派为正宗,晚清以来的辞章学教育中桐城派古文依旧声势显盛。③姚选《古文辞类纂》作为桐城派的经典选本,成为后学诸人赖以为用的资源,在新旧教育转换古文存续的关头焕发新的生命力。

二、以文为教与国族精神的延续

晚清新式学堂虽兼习中西,实际以西学、经世为主而中学却日趋没落,辞章学亦因其"无用"而备受冷落。《国粹学报》1907年载文称"乃维今之人,不尚有旧,自外域之学输入,举世风靡。既见彼学足以致富强,虽消国学而无用"④。时人所鹜在时务之学,经史辞章学不仅被消无用且无暇顾及。而伴随着外来政艺思想传入的还有来自东西方的词语、文法,这与传统的古文格调截然不同。

以时兴的报章文体来说,"自报章兴,吾国之文体,为之一变。汪洋恣肆,畅所欲言,所谓宗派家法,无复问者。夫宗派家法,固不

---

① 沈曾植《致缪荃孙》,钱伯城、郭群一整理,顾廷龙校阅《艺风堂友朋书札》,上海古籍出版社,2018年,第219页。
② 王栻主编《严复集》,中华书局,1986年,第605页。
③ 参见刘声木《桐城文学渊源考 桐城文学撰述考》,黄山书社,1989年。
④ 《拟设国粹学堂启》,《国粹学报》1907年第1期。

足言,然藩篱既决,而芜杂鄙俗之弊,亦因之而起"①。"自日本移译之新名词流入中土,年少自喜者,辄以之相夸,开口便是,下笔即来,实文章之革命军也。"②叶德辉批评《时务报》《知新报》中"异学之诐词、西文之俚语"各种新名词触目皆是,认为"不得谓之词章"。③ 林纾《选评古文辞类纂》一方面对于朴学一派的考据文章不满,另一方面也对新文体提出批评:"所苦英俊之士,为报馆文字所误,而时时复挟入东人之新名词……惟刺目之字,一见之字里行间,便觉不韵。"④西学涌入带来的语言、文字之变,与清代崇尚的清真雅郑文风严重背离。除了翻译之外,小说译创也盛极一时,1897年维新派创办的《国闻报》倡导由翻译以通中外治故,连载《本馆附印说部缘起》,极力抬高小说的地位,意图以流传广泛的小说承载社会教化与启蒙的任务。古文不讲家法、派别的现象乃至以小说为教,使吴汝纶忧虑重重:

> 西学既行,又患吾国文学废绝。近来谈西学议政策者,多欲弃中国高文改用俚言俗说,后生才力有限,势难中西并进,中文非专心致志,得有途辙,则不能通其微妙,而见谓无足重轻,西学畅行,谁复留心经史旧业,立见吾周孔遗教,与希腊、巴比伦文学等量而同归渐灭,尤可痛也。⑤

> 今议者谓西人之学,多吾所未闻,欲瀹民智,莫善于译书。吾则以谓今西书之流入吾国,适当吾文学靡敝之时,士大夫相矜尚以为学者,时文耳,公牍耳,说部耳,舍此三者,几无所为书。而是三者,固不足与于文学之事。⑥

---

① 梁启超《中国各报存佚表》,《清议报》1901年第100期。
② 徐珂编撰《清稗类钞》第13册,商务印书馆,1918年,第227页。
③ 叶德辉《〈长兴学记〉驳义》,见苏舆编《翼教丛编》,上海书店出版社,2002年,第103、104页。
④ 慕容真点校《林纾选评古文辞类纂》,浙江古籍出版社,1986年,第2页。
⑤ 吴汝纶《答方伦叔》,《吴汝纶全集》第3册,黄山书社,2002年,第381页。
⑥ 吴汝纶《天演论序》,《吴汝纶全集》第1册,黄山书社,2002年,第148页。

对他而言,时文、公牍、小说均非文学,固守桐城派古文的严格规范,认为以俚俗为教,则西学行而中学废。实际上,举国维新、图谋富强之际,桐城派空谈义理、标榜文统,专研辞章并不合时宜。倡导西学与经世致用的冯桂芬批评桐城派义法"举凡典章制度、名物象数,无一非道之所寄,即无不可著之于文","操觚者以义法为古文,而古文卑"①,实际反映了对于扩大古文的思想内容以及打破形式拘束的内在要求。古文面临着前所未有的冲击,桐城诸人的危机感由此而生。吴汝纶《与林琴南》请其代校《古文四象》,称"方在振兴西学之时,而下走区区传播此书,可谓背戾时趋。然古文绝续之交,正不宜弁髦视之"②。

桐城诸人致力于古代辞章传习,以应对西学传入后的语言文字之变,更深一层则是出于保存国族精神的需求。吴汝纶以姚选为学堂必用书,称:"姚选《古文》,即西学堂中亦不能弃去不习,不习,则中学绝矣!世人乃欲编造俚文以便初学;此废弃中学之渐,某所私忧而大恐者也!"③吴氏强调姚选作为中学的入门基础,反对以俚俗之文教初学,更是为了使周孔遗文绵延不绝。

在桐城派诸人看来,古文代表的不仅仅是传统的辞章之学,更是国族精神与命脉的象征。王金绶为吴闿生《国文教范》作序称:"一国民族有一国民族之精神,一国民族之精神皆由数百千年神圣贤人之精神递相陶铸而成,精神亡,虽土地山川无恙而民非其民,国非其国矣。吾国民族之精神,自《诗》《书》《易》《春秋》诸圣人之文出,而群受圣范。自《老》《庄》《荀》《墨》《管》《韩》诸子之文出,而再受圣范。汉唐以还,自扬、刘、马、班、韩、欧、曾、王以及归、方、姚、曾之文出,原本六经诸子,冶道德政治于一炉,而吾民又深受其范。而精神遂卓立而不可摇矣。且吾非专崇吾国之精神,摈绝他国以阻

---

① 冯桂芬《复庄卫生书》,《显志堂稿》卷五,光绪二年(1876)校邠庐刊本。
② 《吴汝纶全集》第3册,黄山书社,2002年,第422—423页。
③ 吴汝纶《答严几道书》,同上书,第234—235页。

我民族进化之机也,正谓欲收彼学之长,宜先精研吾国雅文之传以植基而增融化之力,而后彼学之美皆为供我进步之资粮。"①故主张选评文章使后人沿流溯源,上探古人精神,以资演进。中国传统学术、文学成为他们心中应对西潮冲击、保存国族精神的资源。姚永朴说:"盖文字之于国,上可以溯诸古昔而知建立所由来,中可以合大群而激发其爱国之念,下可以贻万世而宣其德化政治于无穷……夫武卫者,保国之形式也;文教者,保国之精神也。故不知方者不可与言有勇","欲教育之普及,必以文学为先;欲教育之有精神,尤必以文学为要"。② 在国人唯新是谋之际,他们致力于宣扬中国词章的精神,自觉承担起保存旧学的责任,希望由此进阶,吸收外国新学求得进步。正如林纾所说"文运之盛衰,关国运也"③,诸人视古文为关乎一国之精神与存亡的关键所在。此时,姚、曾选本已经不是单纯的古文选本,所选文章乃是熔铸六经、诸子而成,汇集了古文的精华,成为后世选本的标准与模范,是寄托国运与民族精神的载体,也是宣扬爱国意识的辅助工具。④

相比西学的技术与实用性,吴汝纶认为中学之根本在"文",其主莲池书院期间,增开东、西文两学堂,保存旧学之际亦重视西学,"其为教也,一主乎文",另一方面"以为欧美之学,号为文明,明有余而文则不足;吾国周孔之教,独亦文胜。后世失治,由君相不文,不知往昔圣哲精神所寄,无由化裁通变以为民用"⑤,认为中国之文承载周孔圣哲的精神,以此为基础,融汇西学以求富强。故而文学性因素较强的姚选成为他心目中的理想选本,他不仅亲自加以圈

---

① 吴闿生评解,高步瀛集笺《国文教范》,京师国群铸一社石印本,1913 年。
② 姚永朴著,许结讲评《文学研究法》,凤凰出版社,2009 年,第 10 页。
③ 慕容真点校《林纾选评古文辞类纂》,浙江古籍出版社,1986 年,第 1 页。
④ 袁世凯任职直隶总督时,提倡发展文教,重建在战火中被焚毁的莲池书院,称"欲存国粹。而国粹之大者,莫如词章。故欲取成学之士,聚之馆中,专讲求古文义法"。另外尚有政坛枢要徐世昌为之鼓吹。
⑤ 李景濂《吴挚甫先生传》,《吴汝纶全集》第 4 册,黄山书社,2002 年,第 1131 页。

点,且编成《古文辞类纂校勘记》二卷评点一卷附诸家评识一卷。吴汝纶《答廉惠卿》中讨论学堂开设西学后,学西学者普及中学教育用书称:"鄙意西学诸生,但读《论语》《孟子》及曾文正《杂钞》中《左传》诸篇,益之以梅伯言《古文词略》,便已足用。"①《古文词略》是姚选的简本,可见上述诸书代表的正是吴氏所认定的经、史、辞章之学的入门基础。吴汝纶在教学之中编选《桐城吴氏古文读本》、吴闿生为保定两江学堂编《桐城吴氏文法教科书》(1904)②、《国文教范》(1913)、李刚己选评《古文辞约编》,乃至林纾编《浅深递进国文读本》《中学国文教科书》等,都是以姚、曾选本为基础删减或扩充而成。清末民初桐城派的古文读本及其教授的古文技法,在中小学堂辞章教育乃至民初国文教育中引领风骚③,这也与当时的教育章程相符。④

桐城后学诸人正处于晚清国势日衰、外侮频至、国人力崇实学以救亡图存的特殊时代背景中。西学传入,中国本土的经史辞章之学渐受冷落,而新的思想以及随之而来的新词汇大量涌现,给本土的文章观念造成强烈的冲击。以吴汝纶为中心的桐城派诸人凭借其独特的政治、学术际遇延续桐城派之文学。诸人坚持以文为教,认为保存国粹,莫要于辞章。⑤ 以姚选为代表的古文选本,被赋予保存本国语言文字乃至代表国族精神之使命。经历了从书院到新式学校的变革,姚选及其衍生的选本,在中小学乃至大学课堂中继续发

---

① 《吴汝纶全集》第3册,黄山书社,2002年,第206页。
② 贺葆真记载此书是吴闿生在保定任学务处编译事兼充校士馆(即莲池书院)教员时所编,称:"此书阐明吾国文字之妙用,借文字以上窥作者之意旨,诚教科书中未有之善本也。"徐雁平整理《贺葆真日记》,凤凰出版社,2014年,第106页。
③ 参见吴微《桐城文章与教育》第一章,安徽大学出版社,2012年。
④ 《学部第一次审定中学堂初级师范学堂暂用书目凡例》中规定,中国文学应遵《奏定章程》择读《御选古文渊鉴》。此外如蔡选《古文雅正》,唐选《古文翼》,姚选《古文辞类纂》,黎选、王选《续类纂》,梅选《古文词略》,曾选《经史百家杂钞》,贺选《经世文编》,皆可选读,不复列入书目。《教育杂志》1910年第9期。
⑤ 赵衡《贺先生行状》,见《贺先生文集》,徐世昌刻本,1914年。

挥影响力,可称传统古文之学到近代国文教育过渡中的关键一环。桐城后学诸人或直接以姚选精简本作为讲义,或在编撰的讲义中承袭选本的体例,以选文、评点、序题为内容。姚选的序目与评点经过系统化整理,转化为大学堂中的文学讲义的理论核心。此类讲义以指导文章的鉴赏与写作为目的,以文体为中心,将品藻义法、文体辨析与辞章源流融为一体。在这一历程中,诸人不拘拘于古文,坚持无门派而有门径,以观照整个辞章学的教育。

三、桐城派古文之余晖

文体是文学创作的前提,对应的文体研究也是文学发展的一种理论成果。进入分科大学以后的中国传统文学研究日益走向考据化、系统化,却与当时的文学创作渐行渐远。在20世纪20年代的整理国故浪潮中,对传统文学的整理研究也基本着眼于经史子学,以及语言、文字、音韵等文章学研究,而不甚注意古文辞的欣赏与创作。学校课程中"文章源流"逐渐被"文学史"取代,古文创作研究与写作练习让位于分时代的文学史知识的介绍。断代文学史、白话文学史、通俗文学史等各类书籍风行一时,古代文学理论、文体理论研究成为少数人从事的专门研究领域。胡先骕在《中国文学改良论》中说:"实则近年来文学之日衰,教育之日敝,皆司教育之职者之过。而非文学有以致之也。"[①]教育法规制定者的国语政策导向,确实在中国古代文学的发展走向中起着重要的作用,这也反映了面对西学与实学的冲击,传统辞章学日渐失落的事实。张玮序《文学研究法》云:"今或谓西文艺学可质言之,无取于文,一切品藻义法之谈,有相与厌弃而不屑道者。"[②]在这种背景下,桐城后学所坚守的以指导鉴赏与写作的古文研究思路便显得弥足珍贵。

民初之际,与桐城派角力并最终取而代之的正是以章太炎、刘师

---

① 《胡先骕文存》上卷,江西高校出版社,1995年,第2页。
② 张玮《序》,姚永朴《文学研究法》,黄山书社,1989年,第1页。

培、黄侃诸人为代表的师友学人圈,他们以汉学家的朴学方法进行古代经典的研究。以一切文字著于竹帛者为文学说的泛文学观一时风靡北大,推崇《文选》与六朝骈俪文,显然与桐城派古文辞之说相对立。章门师友提倡《文心雕龙》与六朝文学理论,全然不提明清以来的文学批评,尤其是姚、曾以来的选本理论,分明是针对桐城派另立一说。相较桐城派丰富的文法、文理、文义的理论阐释,他们更偏向文字、音韵、训诂学的考据研究。章门师友所推崇的魏晋骈文终究不适用,其风头也只持续一时,新文学倡导者又取而代之。在新文化运动与文学改革中,桐城派古文成为众矢之的,与桐城派古文的命运一样,姚、曾选本也日渐受到冷落。钱基博说:"顾晚近以来,或以昭明总集之眉目而相震惊;又捶桐城已死之虎,寻响捕风,崇《萧选》而薄《姚纂》,以为不足与斯文。"①

实际上,新文学倡导的通俗、适用的白话文,势必继续取法桐城文风。姚永朴说:"昔在京中,林琴南与陈独秀争,吾固不直琴南也,若吾子言,桐城固白话文学之先驱矣。"②林纾虽然极力反对白话文,实际上他翻译的文言小说正是古文向通俗白话文过渡的一种载体,钱锺书指出:"林纾并没有用'古文'译小说……林纾译书所用文体是他心目中认为较通俗、较随便、富于弹性的文言。它虽然保留若干'古文'成分,但比'古文'自由得多;在词汇和句法上,规矩不严密,收容量很宽大。"③他的翻译反而有助于白话的通行,譬如早期提倡新文学时鼓励学习白话就要从读小说开始,典雅的文言也成为白话的学习楷模。章太炎讲文学的派别时认为桐城派有可取之处,"我们所以推重桐城派,也因为学习他们底气度格律,明白他们

---

① 钱基博《国学要籍解题及其读法》,上海古籍出版社,2012年,第162页。
② 吴孟复《书姚仲实先生〈文学研究法〉后》,姚永朴《文学研究法》,黄山书社,1989年,第191页。
③ 钱锺书《林纾的翻译》,《七缀集》,生活·读书·新知三联书店,2002年,第94—95页。

底公式禁忌,或者免除那台阁派和七子派底习气罢了"①,"大意叫我们学文章,还是从桐城派下手,因为桐城派是高等白话文"②。1924年章太炎拟定了一份《中学国文书目》,其中集部选定《古文辞类纂》《续古文辞类纂》《古诗源》《唐诗别裁》四种,说:"陈说事义,非文不宜;抒写情性,非诗不达。……今于别集悉置不录,总集如《文选》,亦不宜于始学。只取四种,使知辞尚体要,诗归正则,则止矣。"③桐城派的《古文辞类纂》有多种续选本、简编本,《经史百家杂钞》亦有曾氏自订的简编本,后学的注校勘、笺注、阐发,使之得以发扬光大。桐城派的选本成为古文以及白话文萌芽期的学习范本。正如周作人所说,"因为教古文,只须从古文中选出百来篇形式不同格调不同的作为标本,让学生去熟读即可。有如学唱歌,只须多记住几种曲谱……这种办法,并非我自己想出的,以前的作古文的,的确就是应用这办法的,清末文人也曾公然地这样主张过"④。

桐城派的古文以其清通流畅、适于实用的特点依然具有现实作用,早期的新文学倡导者也是在学习桐城派古文的基础上成长起来的,周作人对此有比较公正的论述:"到吴汝纶,严复,林纾诸人起来,一方面介绍西洋文学,一方面介绍科学思想,于是经曾国藩放大范围后的桐城派,慢慢便与新要兴起的文学接近起来了。后来参加新文学运动的,如胡适之,陈独秀,梁任公诸人,都受过他们的影响很大。所以我们可以说,今次文学运动的开端,实际还是被桐城派中的人物引起来的。"⑤因此,从学术导向和文学典范的层面而言,在20世纪的最初二十年左右,桐城后学在中国古代文学领域依旧发挥着重要的作用。对于这一历史过程,徐复观总结说:"同、光之际,即使是很服膺姚惜抱的人,也对姚氏所选的《古文辞类纂》感到有所不

---

① 章炳麟《国学概论 外一种:国学讲演录》,岳麓书社,2010年,第51页。
② 徐复观《偶思与随笔》,九州出版社,2014年,第411页。
③ 章太炎《中学国文书目》,《华国》第2期,1924年,第8页。
④ 周作人《中国新文学的源流》,河北教育出版社,2002年,第57—58页。
⑤ 同上书,第44页。

足。但他们不能了解这是时代对文学有了新的要求,而只是想从学术性的文章方面去加以充实扩大;曾国藩的《经史百家杂抄》、黎庶昌的《续古文辞类纂》,正是代表此一倾向。此一倾向,再加上乾嘉的考据学风,对以后的大学中文系,发生了重大的影响。自有大学的中文系以来,虽列有纯文学的课程;但主要的方向,是走向旧式的语言学;其次,则想在学术性的文章上找出路。肯站在文学欣赏的立场来讲大学国文的,数十年来,恐怕有如凤毛麟角。"①这段话正道出桐城派在晚清民国时期古文教育领域的作用与影响力。

当然姚、曾及其后学的诸种选本也有其历史局限性。相比于明清时期的文体学研究成果,如《文章辨体》《文体明辨》《文章辨体汇选》乃至《文章释》搜集的众多文体资料,经过姚、曾的拣择之后,只保留了符合古文家趣味的文章文体,以及文体诠释方式。宗教文体、俗文学文体、时文文体等通通在删刈之列。换个角度来看,20世纪初古代文学批评的学术转型,既可以表现为提出新的研究课题,也可以是在旧课题中注入新的思路。词曲、小说、八股文、白话文学文体等的研究在桐城后学的学术视野中几乎是空白的,而借助白话的提倡,新的文体研究出现高潮。如胡适《白话文学史》(1921)对于白话散文、词、语录、白话小说的研究。北京大学的歌谣研究会专门收集歌谣。随着俗文学的提倡,一些通俗文学文体受到注意,如郑振铎《中国俗文学史》(1938)从体裁上将俗文学分为五大类:诗歌(包括民歌、民谣、初期的词曲等)、小说、戏曲、讲唱文学(弹词、变文、诸宫调、宝卷、鼓词等)、游戏文学;注重俗文学各种文体的演变与所受到的影响。杨荫深《中国民间文学概说》(1930),将民间文学分为三类:故事(神话、传说、趣话、唱本)、歌谣(童谣、山歌、时调、谜语)、唱本(唱词、唱本)。其他如词曲、宋词、散曲、骈文、小说、八股文等研究等一时兴起,这些文体在传统的集

---

① 徐复观《论文学》,九州出版社,2014年,第37页。

部文学中是居于末位的,桐城派学人亦甚少注意于此,表现出一定的局限性。

  桐城派在有清一代的影响力毋庸置疑,即使在新文学的浪潮中作为旧文学的靶子受到冲击,但是桐城派在清末民初新旧过渡之际的特殊地位并不能因此被抹杀。他们所倡导的中国文学观念,对中国古代文学传统的坚守,具体而微的文学鉴赏与文体理论阐释都是无法被取代的。1924年王文濡在《续古文观止序》中如是说:"今虽国体革更,故文凋落,而遗老耆宿羁旅他乡,支离斗室,风潇雨晦,鸡鸣不已,相与吮墨濡毫于举世不为之日,而毅然为千钧一发之系,信乎,其难能可贵者欤!"①

---

① 王文濡《续古文观止》,长春市古籍书店,1985年,第1页。

第四章　词学的发展

晚清民国是传统词学结穴与古今词学转型的关键时期，久成扞格的浙西词派与常州词派词学趋向合流，辨体与尊体并重的文体观念和学科意识得到强化，这既是词学发展的必然，也与关键人物的倡导、引领、交锋与融合密切相关。

就词体与世运而言，渐趋衰乱的时势，使得词体在哀婉寄兴、宣郁畅情上的独到优势得到普遍关注与推重，被赋予沉重拙大的意格与功用，而不再被贬为导欲增悲的小道卑格。无论是处于常州派师承谱系中，占据词坛主流的端木埰、陈廷焯、朱祖谋、况周颐等名家，还是独树一帜，与主流词学针锋相对，引入近代新风的王国维，在词体论中都注重强调宏约深悲之美。此种时尚有助于尊体，对辨体而言却是双刃剑，因词体本是偏向轻婉小巧的，对沉重拙大意格的承载，虽能以相反相成的巧妙方式发挥其体性，却是有限度且非必要的。就学缘而言，在此前常州词派领袖周济《宋四家词选目录序论》所倡学词门径"问涂碧山，历梦窗、稼轩，以还清真之浑化"①的强势影响下，王沂孙（碧山）与吴文英（梦窗）成为晚清最受青睐的宗法对象。一方面，因二家同属南宋清雅派后劲，从而使得偏宗南宋清雅派的风尚再度占据词坛主流，更易与同样偏宗此派的浙西派词学融合，却也更易滋生取径过狭的流弊。为了挽救时弊、调剂审美与拓宽门径，唐末花间鼻祖温庭筠、南唐词宗李煜、北宋宏壮词宗苏轼、总北开南的词调大宗周邦彦，成为二家外最受青睐与瞩目的取法对象，由此引发了对学词门径的思辨与论争，也促成了

---

① 周济辑《宋四家词选》，商务印书馆，1940年，第3页。

词学风尚的融合与转向。另一方面,因清雅派代表名家间词风存在差异、对立与交锋之处,如姜夔与吴文英有疏密之别,王沂孙与吴文英有常奇之别,故实际取法重心的差异,往往能更直观、精准地体现出论者的词学好尚。清雅派中最特立杰出、密丽精奇、集成尽变的吴文英词成为呼声最高的宗法对象,推动传统词学进入尾声高潮;而迥别于吴文英词的李煜、苏轼词渐成主流,又是近代词学新风袭来的标志。就词学家而言,因个性与学养的矛盾、理论与实践的差距、师承的多元化、审美的多样性、作法的灵活性,词学观念往往复杂多变,明流与暗流交织,求同与立异并存。就词学建构的方式而言,集大成的词话贡献最大,词话体本具有感悟性、即时性、随意性的特质,此时论者通过精心编排结构,使其系统性更强,理论核心更突出,初步具备了现代学术品格,故在探讨时既应重视其中包含的现代性,也不能忽视词话体特有的局限与专长。流行词籍选本与得到长足发展的词籍校勘,也值得重视,能体现古今词学研究法的接轨,有效促进词学门径与审美风尚的普及与推广。

有鉴于此,本章以晚清民国能引领时尚的词学名家为中心,对词学学缘、治学方式、观念演变、核心理论建构、潜在评价标准与实际取法对象等方面作综合考察与对比分析,注重明辨传承与创新的关系,揭示同中之异与变中之通,以求更全面深入地把握诸家词学的渊源、特色与影响,进而探讨由此成就的词学风尚及其流变。

第一节　端木埰与晚清"重拙大"词学思想溯源

端木埰堪称晚清民国词学的一个重要源头,即就晚清影响一时的"重拙大"词说而言,学界多从王鹏运、况周颐二人溯其源流。实则王、况二人并师从江宁端木埰氏,而端氏又借《宋词赏心录》及相关评点,已揭出"重拙大"大半要义,王鹏运、况周颐只是光大其说而已。

晚清词学勃兴,不仅词人辈出,词论日新,而且选本频出。正如舍之所说:"晚清词人,颇喜选录,以寄其论词宗尚。各矜手眼,比类观之,亦可见当时词坛趋向。"①其荦荦大者,前此如周济的《宋四家词选》、戈载的《宋七家词选》,后来如朱祖谋的《宋词三百首》、陈匪石的《宋词举》等,都曾领一时风骚。它们不仅在推广和普及词学上厥功甚伟,而且在带动词学风尚的转变方面,起着不可替代的作用。本节即在详细勘察《宋词赏心录》选本的基础上,揭出其隐含的"重拙大"理念及其对此后词学及选本如《宋词三百首》②的影响,借此弥补晚清词学的重要一环。

端木埰(1816—1892?),字子畴,江苏江宁(今南京)人,是晚清词学的引领人物,"晚清四大家"王鹏运、朱祖谋、况周颐、郑文焯大都受其影响。邵瑞彭说:"词学复古之机,始于康邑老辈,至半塘而成功,畴、鹤二老,则半塘之前马也。"③陈匪石在跋语中也说:"近数十年来,词风大振,半塘老人遍历两宋大家门户,以成拙重大之诣,实为之宗,论者谓为清之《片玉》。然词境虽愈夐愈进,而启之者则子畴先生。"唐圭璋也认为,晚近词之复兴,王鹏运与朱祖谋贡献尤巨,然"端正二人学词之趋向,端木埰实亦有力"④。诸家所论,堪为征实之言。光绪十六年(1890),彭瑟轩、王鹏运辑《薇省同声集》刊行,合端木埰、许玉瑑、王鹏运、况周颐"四中书"词,都为一集,即以端木埰《碧瀣词》居首,不独以行辈相尊,实有开导风气之誉。

《宋词赏心录》是端木埰晚年编选的一本词选,后转赠王鹏运清

---

① 舍之《历代词选集叙录》(六)之《微云榭词选》,《词学》第 6 辑,华东师范大学出版社,1988 年,第 221 页。

② 参见彭玉平《朱祖谋〈宋词三百首〉探论》,《学术研究》2002 年第 10 期。

③ 端木埰选,何广棪校评《宋词赏心录校评》(以下简称《校评》)附录"原跋",台北正中书局,1975 年,第 110 页。本章所引"跋语",除特别注明外,均出自该书所附"原跋",第 109—112 页。

④ 唐圭璋《朱祖谋治词经历及其影响》,《词学论丛》,上海古籍出版社,1986 年,第 1021 页。

玩。其编辑的具体时间已难以确考,抄本末有"幼霞仁棣清玩,端木埰"题款,题款时间是戊子(1888)正日,当为端木埰的赠书时间。则当在《薇省同声集》编成之前即已编定。此选旧藏王鹏运四印斋,鲜为人知。民国二十二年(1933),教授开封的卢前从王鹏运侄孙婿亦为当时门人的无颐修手中以十五金购回此书,书前有王鹏运题签。卢前遂携至上海,与友人夏丏尊谋为付印,并易名《宋词十九首》。一时题者甚众,前有胡光炜、邵软室二人题辞,末附王瀣、吴梅、柳诒徵、邵瑞彭、陈匪石、唐圭璋等跋语,众人皆大力扬誉。有开明书店影印本。乙巳孟夏,鹤山何广棪于书肆得夏、卢当年所刊影印本,在曾与卢前、邵软公在河南大学共事两年的涂公遂鼓励下,以数月之时间,一方面对所选词作校讹正误,一方面附以各家小传及诸家评笺,成《宋词赏心录校评》一书,由台北正中书局1975年出版。何广棪的校评本在校勘和引录之外,每首之下,加以按语,对诸家评说和创作时地时加裁定,是目前最为详备的读本。

今本《宋词赏心录》所存词恰合十九首之数,其家数、词牌、序列如下:范仲淹《苏幕遮》(碧云天)、欧阳修《临江仙》(柳外轻雷池上雨),苏轼《水调歌头》(明月几时有)、《念奴娇》(大江东去),秦观《满庭芳》(山抹微云),周邦彦《齐天乐》(绿芜凋尽台城路),岳飞《小重山》(昨夜寒蛩不住鸣),辛弃疾《百字令》(野塘花落),陆游《沁园春》(孤鹤归飞),李清照《凤凰台上忆吹箫》,姜夔《暗香》(旧时月色)、《疏影》(苔枝缀玉),史达祖《寿楼春》(裁春衫寻芳),高观国《金缕曲》(月冷霜袍拥),吴文英《满江红》(云气楼台分一派),周密《玉京秋》(烟水阔),陈允平《绮罗香》(雁宇苍寒),王沂孙《齐天乐》(一襟余恨宫魂断),张炎《高阳台》(接叶巢莺)。其中范仲淹、欧阳修、秦观、李清照、姜夔、王沂孙、张炎七人入选的八首词,也同时为张惠言《词选》所选。

端木埰选录《宋词赏心录》的版本依据,很可能来源于《知不足斋丛书》。他在《碧瀣词》自序中曾提到"家有《知不足斋丛书》,乃悉取碧山、草窗、蜕岩、君衡诸公集,熟读之"之事①,则其取精用闳,成《宋词赏心录》之编,显然是可能以此为主要版本来源的。当然,后来他支持王鹏运校刻词集,所见既广,则从中裁略取舍,也是有可能的,只是我们难以迹求而已。

端木埰以此持赠王鹏运,除了两人友情深笃,也不无嘱其传承衣脉之意。王瀣跋语说:"(端木埰)以与半塘同官,道术相劘切最久,故以相诒。"《碧瀣词》中与王鹏运唱和及叙写彼此交游的词正复不少,开篇《疏影》即为"和幼霞"之作。检王鹏运《四印斋所刻词》,端木埰所作序有《四印斋重刊〈漱玉词〉序》②,此为王鹏运大规模校刻词集之始,可以看出端木埰对王鹏运的支持。刊刻于光绪戊子(1888)的《东坡词》,也是由端木埰担任覆校工作的。而王鹏运为王沂孙《花外集》所写跋语,更是将端木埰诠释王沂孙《齐天乐·咏蝉》的一节文字完整引录,并认为"其论与张、周两先生适合,详录于后,以资学者之隅反焉"③。二人交谊之厚及词学观念相契之深,于此可见。而据端木埰《碧瀣词》自叙称:"幼霞尤痴耆拙词,见即怀之。"④而且正是这种"见即怀之",使得王鹏运在彭瑟轩嘱为增补《碧瀣词》时,能从容完成这一工作。端木埰在自序中流露出来的对王鹏运的赏识以及彼此词学观念的相通,实际上都可以视为端木埰持赠批点本张惠言《词选》和自编选本《宋词赏心录》的交谊背景和学术背景。

《宋词赏心录》所选寥寥十七家词人十九首词作,不仅昭示其词学取法所在,而且不无以此绍继《古诗十九首》而成词坛星宿海之意。十七家中,北宋仅范仲淹、欧阳修、苏轼、秦观、周邦彦五家,不足入选家数的三分之一;词作六首,也不到入选词作的三分之一。

---

① 端木埰《碧瀣词》,陈乃乾辑《清名家词》第9册,上海书店,1982年,第1页。
② 此序作于光绪七年(1881),王鹏运辑《四印斋所刻词》,上海古籍出版社,1989年,第251页。
③ 王鹏运《四印斋所刻词》,上海古籍出版社,1989年,第246页。
④ 端木埰《碧瀣词》,陈乃乾辑《清名家词》第9册,上海书店,1982年,第2页。

南宋则在词人词作方面占有绝对优势,这与戈载《宋七家词选》和周济《宋四家词选》于北宋仅选周邦彦一家、其余均为南宋词人的编选倾向颇为一致,则其崇尚南宋的趣尚是显而易见的。在词人的具体择录方面,尤可注意的是戈载和周济的选本中入选的词人都在《宋词十九首》中占有一席之地,而且陈允平一家,原也在戈载选目中,后斟酌之下,才加删略。则其总的词学倾向,与周、戈之选尚无多大的变化。唐圭璋说端木埰"其所以教王氏(即王鹏运)者,亦是止庵一派"①,揭出其词学与周济词学的渊源关系,是大体切合事实的。但在具体入选词作方面,则别具识见,不附和时俗。特别是辛弃疾、陆游、史达祖、吴文英诸家,如稼轩词不选"更能消几番风雨"而选"野棠花落"一首,梦窗词不录《唐多令》《忆旧游》而选《满江红》(云气楼台)一首,草窗词不录《曲游春》《大圣乐》而选《玉京秋》(烟水阔)一首,即已表现出不同凡响之处。吴梅的跋语因此而称颂端木埰"胸中别具炉锤,不随声附和",洵为知言。

  值得注意的是,端木埰在寥寥十九首词中选录苏轼和姜夔各两首,可见他对这两位词人有特加垂青之意。姜夔原是浙西词派的膜拜人物,朱彝尊曾盛称其词是南宋词"极工极变"的最杰出的代表,清代前中期词坛更因此形成了"家白石而户玉田"的局面。但自从常州词派兴起以后,因为他们以唐五代北宋词为正鹄,转奉温庭筠和周邦彦为词学宗师,遂将白石冷出词坛,端木埰深受其先君"酷好白石"的影响,对于平衡两宋词学关系,显然具有调整词学格局的意义。而苏轼入选的两首,也是素被认为开创豪放旷达词风的《水调歌头》(明月几时有)和《念奴娇》(大江东去),则对清代四库馆臣视苏轼词为别调,无疑是一种有力的反拨。晚清文廷式偏尊苏轼,虽然未必是受到端木埰的直接影响,但他的言论既然如此深厚地影响到晚清四大家,特别是朱祖谋不仅自觉以苏轼之清雄济梦窗

---

① 唐圭璋《端木子畴与近代词坛》,《词学论丛》,上海古籍出版社,1986年,第629页。

之密实,而且为东坡词编年,努力扩大苏轼词的影响,则文廷式因此而受感染,以苏轼为旗帜而别具一格,自然也可从中窥见端倪。

"重拙大"是近代词论中的重要命题,自况周颐在《蕙风词话》中揭以为"作词三要"后,影响日深。然此三字金针实从王鹏运而来,况周颐在《餐樱词自序》中说:"己丑薄游京师,与半塘共晨夕……于余词多所规诫……所谓重、拙、大,所谓自然从追琢中出。"①况周颐在其《蕙风词话》中也曾直接引录王鹏运论"拙"之语②,以示其渊源所自。不过王鹏运的词学也有源头,此点学界殊少追踪。实际上王鹏运、况周颐与端木埰在光绪甲申(1884)以后既曾有"同直薇省"的经历,又曾合刻《薇省同声集》以记其盛谊,则其词学之互相影响也属情理中事。特别是端木埰对王鹏运词学思想的影响,乃是显见的事实,即端木埰《碧瀣词自序》也曾提及王鹏运"尤痂耆拙词"的偏好。《碧瀣词》凡一百又一首,其中赋赠和寄怀王鹏运的就有十九首之多。则端木埰与王鹏运之间词学情谊之深,盖不待详言而可知也。而端木埰与况周颐之交接,也有不少文字记录,《碧瀣词》中即有题赠和酬唱况周颐的词作五首。况周颐也自述曾以所作《绮罗香》请益,端木埰对其过拍"东风吹尽柳绵矣"一句以虚字"矣"叶韵"甚不谓然,申诫至再",而况周颐也自称"余词至今不复敢叶虚字"③,则况周颐对端木埰教诲的重视也可见一斑。又如况周颐曾作七夕词,涉灵匹星期语,也曾受到端木埰的批评,后来端木埰作《齐天乐》(一从雅幽陈民事),在小序中特别指出:关于牛郎织女之事,"六朝以来,多写作儿女情态,慢神甚矣"。况周颐在《玉栖述雅》的开篇就提及此事,并认为端木埰序中所言"即诫余之

---

① 况周颐著,孙克强辑考《蕙风词话 广蕙风词话》,中州古籍出版社,2003年,第443页。
② 况周颐《蕙风词话》卷一云:"半塘云:'宋人拙处不可及,国初诸老拙处亦不可及。'"况周颐撰,屈兴国辑注《蕙风词话辑注》,江西人民出版社,2000年,第7页。
③ 同上书,第38页。

指也"①。两人之间,一人谆谆教诲,一人谦谦聆教,宛然程门立雪之意。则端木埰词学思想对王鹏运和况周颐的影响自然是无可怀疑的了。即"重拙大"之旨而言,三人之间,既有年齿的级差,其词学传承之迹也是清晰可见的。

端木埰既在生前将《宋词赏心录》一书持赠王鹏运,而《宋词赏心录》又屡被学界誉为"获拙、重、大之旨"②,则端木埰对"重拙大"理论的贡献似乎已呼之欲出。陈匪石在《宋词赏心录跋》中说:"近数十年,词风大振,半塘老人遍历两宋大家门户,以成拙重大之旨,实为之宗,论者谓为清之片玉。然词境虽愈夐愈进,而启之者,则子畴先生。"以此而言,以"重拙大"三字来考察《宋词赏心录》,才能切中肯綮。况周颐对"重拙大"的感悟是从对南宋词的研究中提炼出来的,他说:"作词有三要,曰:重、拙、大。南渡诸贤不可及处在是。"③所以解读重拙大之旨,就必须立足于南宋词人。况周颐虽在"重拙大"理论的提出上明承王鹏运,暗接端木埰,但实际上是在调整和修改中丰富着它的内涵。端木埰的《宋词赏心录》被誉为饶有重拙大之旨,在南宋词人的选录方面与周济、戈载大体近似,但在北宋词人方面,则打破了周济、戈载仅标周邦彦一家的传统,扩大到范仲淹、欧阳修、苏轼、秦观、周邦彦五家,显示其理论的取材范围相对广泛。即王鹏运论"拙",也是涵盖整个宋代以及清代初年的。王鹏运甚至把"重"与"大"的评价放在对晚唐五代《花间》词人的品评上,如评欧阳炯《浣溪沙》词句"兰麝细香闻喘息,绮罗纤缕见肌肤。此时还恨薄情无"为"奚翅艳而已?直是大且重"。④ 至况周颐则限定在"南渡诸贤",则"重拙大"三字貌虽袭之,而内涵则在悄悄地发生着变化。在况周颐看来,重拙大其实是相对于词境而

---

① 唐圭璋编《词话丛编》第 5 册,中华书局,1986 年,第 4605 页。
② 参见何广棪《宋词赏心录校评自序》、陈匪石《宋词赏心录跋》、唐圭璋《宋词赏心录跋》。
③ 况周颐撰,屈兴国辑注《蕙风词话辑注》,江西人民出版社,2000 年,第 6 页。
④ 同上书,第 56 页。

言的,是从创作方法的角度提出的。他把"重"解释为"沉着",表现在全篇的"气格"上。也是词人创作从妥帖、停匀到和雅、深秀再到精稳,最后才能到达沉着的境界。沉着的境界其实也就是周济《介存斋论词杂著》中提出的"精力弥满"的境界,即指词在内容上充实深刻,在表现形式上"纯任自然,不假锤炼"的境界。它是在词人平时养护性情、观通书卷,从而在创作时"情真理足"、笔力包举的基础上形成的。"拙"作为词之一境,有其特殊的审美价值。就艺术表现来看,是指直率而朴厚的一种词的气质,是"至真之情由性灵肺腑中流出"①而形成的一种词的特殊风貌。况周颐同时也认为,词的这种拙质也是词人思想品格高尚的一种表现。"大"主要是词境在气象、托旨方面呈现出来的开阔深远的艺术风貌。气象之"大"是指词人具"大气真力"而带来的笔法上的生动,在转、接、提、顿等用笔上不犯浅露。托旨之"大"则是遥接常州词派的"寄托说",要求从细小的题材中体现出生活的本质,亦即司马迁在《史记·屈原贾生列传》中评论屈原作品"其称文小而其指极大"之意。② 综合况周颐的这些具体分析,我们可以认为:重拙大作为一个整体的理论命题,彼此之间虽各有意蕴,但它们是建立在常州派特别是周济"寄托说"这一共同的学术基础上的,它们强调词人在学养、性情、人品、经历等方面的锤炼与厚积,强调词作思想内容方面的充实深刻和艺术境界的开阔博大以及表现手法的自然真率,是总体上对常州词派寄托说的丰富和提高。不过这种丰富和提高,我们可以从端木埰那里寻得端倪。

中国古代文论素有"文品出于人品"之说,端木埰的词学宗师祁寯藻即以"学粹品端,忠清亮直"③闻名一时。端木埰的人品也受到

---

① 况周颐著,孙克强辑考《蕙风词话 广蕙风词话》,中州古籍出版社,2003年,第20页。
② 关于况周颐"重拙大"词论的解说,可参考邱世友《况周颐词论管窥》一文,夏承焘等主编《词学》第4辑,华东师范大学出版社,1986年,第21—34页。
③ 《祁寯藻传》,《清史列传》,中华书局,1987年,第3622页引谕。

同人的称颂,王鹏运即称其"堂堂忠孝大节,丛残文字里,谁证孤抱?"①端木埰评论词人也颇重视词人的品格,这正是他的词论与况周颐"重拙大"说陈仓暗度的地方。他评论严廷中《麝麈集》云:"天分甚高,下笔有镌镂造物之致,而瑕瑜互见。想见其傲岸自雄,不受切磋处。"②即大体遵循这一评论思路。在《宋词赏心录》所选各家中,范仲淹和岳飞的入选多少得益于其人品的严正。端木埰在批注董毅《续词选》时曾特别指出:"希文、君实两文正,尤宋名臣中极纯正者。"③唐圭璋在跋语中说:"究其所录,大抵伤怀念远、感深君国之作。……十七家中,录及文正、武穆,尤见孤臣危涕之微意,千古如出一辙。"这与端木埰"性极严正,嫉恶如仇"④的性格不无关系。范仲淹的《苏幕遮》(碧云天)作为《宋词赏心录》的开篇,尤其值得关注。此词旧评大体从"情语入妙"⑤着眼。但清代中期以来,评论的视角发生了明显的变化,张惠言《词选》评曰:"此去国之情。"⑥谭献《谭评词辨》称之曰:"大笔振迅。"⑦黄蓼园《蓼园词选》说得更为详细:

> 按文正一生并非怀土之士,所为乡魂旅思以及愁肠思泪等语,似沾沾作儿女想,何也?观前阕可以想其寄托。开首四句,不过借秋色苍茫以隐抒其忧国之意;"山映斜阳"三句,隐隐见世道不甚清明,而小人更为得意之象;"芳草"喻小人,唐人已

---

① 王鹏运《齐天乐·读〈金陵诗文征〉所录畴丈遗著感赋》,《半塘定稿》,陈乃乾辑《清名家词》第 10 册,上海书店,1985 年,第 19 页。
② 况周颐《蕙风词话续编》卷二引,唐圭璋编《词话丛编》第 5 册,中华书局,1986 年,第 4560 页。
③ 唐圭璋编《词话丛编》第 2 册,中华书局,1986 年,第 1622 页。
④ 《张惠言〈词选〉夏仁虎识》,唐圭璋《词学论丛》,上海古籍出版社,1986 年,第 1059 页。
⑤ 《历代诗余》引《词苑》评此词云:"范文正公《苏幕遮》'碧云天'云云,公之正气塞天地,而情语入妙至此。"转引自端木埰选录,何广棪校评《宋词赏心录校评》,台北正中书局,1975 年,第 2 页。
⑥ 张惠言《词选》,唐圭璋编《词话丛编》第 2 册,中华书局,1986 年,第 1613 页。
⑦ 谭献《复堂词话》,唐圭璋编《词话丛编》第 4 册,中华书局,1986 年,第 3993 页。

多用之也。……文正当宋仁宗之时,扬历中外,身肩一国之安危。虽其时不无小人,究系隆盛之日,而文正乃忧愁若此,此其所以先天下之忧而忧矣。①

显然,诸家对此词的解读都是从"重拙大"角度出发的。端木埰以之开篇,得无意乎？岳飞的《小重山》(昨夜寒蛩不住鸣),陈郁《藏一话腴》即看出词中"欲将心事付瑶筝,知音少,弦断有谁听"几句"盖指和议之非也"②。张綎《草堂诗余别录》也说:"《小重山》托物寓怀,悠然有余味,得风人讽咏之义焉。"③对岳飞其人的敬仰,似乎是端木埰当时同游诸人的共识。端木埰《满江红·岳忠武王书出师表和幼霞》即直言"想儒将风流洒落","对崇祠古墨想英姿"。④王鹏运《满江红·朱仙镇谒岳鄂王祠敬赋》也对岳飞满怀敬意,其词下片云:"黄龙指,金牌亚。旌旆影,沧桑话。对苍烟落日,似闻叱咤。"⑤缪钺《论词》更由人及词说:"岳飞抱痛饮黄龙之志,力斥和议之非,愤当时群小误国,己志莫明。……此三公者,光明俊伟,千载如生,其壮怀精忠,苦心孤诣,均借要眇蕴藉之词体曲折达出,深婉沉挚,无叫嚣偾张之气。"⑥这种以人品来观照词品、注重托旨深远、表达自然蕴藉的理念,正是况周颐"重拙大"词说的基本理论内核。端木埰当然未必有后来况周颐这种自觉的理论,但潜在的理论感觉还是脉息可闻的。《宋词赏心录》中入选的其他作品也具有"重拙大"的词境特点,如秦观的《满庭芳》(山抹微云)即被周济《宋四家词选》评为"将身世之感打并入艳情"⑦。周邦彦的《齐

---

① 黄蓼园《蓼园词选》,唐圭璋编《词话丛编》第4册,中华书局,1986年,第3054页。
② 转引自龙榆生编选《唐宋名家词选》,古典文学出版社,1956年,第229页。
③ 张綎《草堂诗余别录》卷二,朱崇才编纂《词话丛编续编》,人民文学出版社,2010年,第91页。
④ 端木埰《碧瀣词》,陈乃乾辑《清名家词》第9册,上海书店,1982年,第10页。
⑤ 王鹏运《半塘定稿》,陈乃乾辑《清名家词》第10册,上海书店,1982年,第44页。
⑥ 缪钺《冰茧庵词说·论词》,《缪钺全集》第3卷,河北教育出版社,2004年,第9—10页。
⑦ 周济《宋四家词选》,唐圭璋编《词话丛编》第2册,中华书局,1986年,第1652页。

天乐》(绿芜凋尽台城路),俞平伯《清真词释》即对其"特用重笔"的特点析之周详。① 姜夔的《暗香》《疏影》二词,宋元旧评多依其小序,誉为咏梅之佳构,然清人则自出机杼,张惠言《词选》称《疏影》一阕"以二帝之愤发之"②,周济《介存斋论词杂著》则评论二词"寄意题外,包蕴无穷"③。稍后于端木埰的郑文焯也在《郑校白石道人歌曲》中说:"此盖伤心二帝蒙尘,诸后妃相从北辕,沦落胡地,故以昭君托喻,发言哀断。"④张、周、郑的这些评论虽不无可商之处,但也可见一时评论之特点。作为生活于这种评论氛围中的端木埰,想来也应该有类似的体会吧。

以上是从《宋词赏心录》入选作品在清代以来被评论的取向,来揭示端木埰择录标准中的成为主流的"重拙大"意识。端木埰还曾批点张惠言《词选》、董毅《续词选》二书⑤,言语之间,其实已将"重拙大"的内涵夫子自道了。如他评王沂孙的《齐天乐》(一襟余恨宫魂断)说:

> 详味词意,殆亦碧山黍离之悲也。首句"宫魂"字点出命意。"乍咽""还移",慨播迁也。"西窗"三句伤敌骑暂退,宴安如故也。"镜暗妆残",残破满眼。"为谁"句指当日修容饰貌,侧媚依然;衰世臣主,全无心肝,真千古一辙也。"铜仙"三句伤宗器重宝均被迁夺北去也。"病翼"三句更是痛哭流涕,大声疾呼,言海徼栖流,断不能久也。"余音"三句遗臣孤愤,哀怨难论也。"谩想薰风,柳丝千万缕",责诸臣当此,尚安

---

① 俞平伯《清真词释》,《俞平伯全集》第4卷,花山文艺出版社,1997年,第123—124页。
② 张惠言《词选》,唐圭璋编《词话丛编》第2册,中华书局,1986年,第1615页。
③ 周济《介存斋论词杂著》,同上书,第1634页。
④ 郑文焯《大鹤山人词话》,南开大学出版社,2009年,第101页。
⑤ 相关评语,参见唐圭璋《端木子畴批注张惠言〈词选〉跋》附录一,《词学论丛》,上海古籍出版社,1986年,第1055—1059页。

危利灾,视若全盛也。语意明显,凄惋至不忍卒读。①

又如评张炎《高阳台》(接叶巢莺)说:"词意凄咽,兴寄显然,疑亦黍离之感。"②端木埰这些评论,当然未必是定评,甚至他对王沂孙《齐天乐》的批注还被胡适的《词选》讥为"白日见鬼",但他的评论思路正是着力揭示词中"重拙大"的词境的。特别是对王沂孙《齐天乐》词的批注,因得王鹏运《四印斋所刻词》在刊刻王沂孙《花外集》时所作跋语的完整引录而传播入口。王鹏运显然不仅自己完全认同端木埰的解读思路,而且认为可以"以资学者之隅反",即可以作为解读词作的典范理念去解读其他类似词作。作为曾亲接端木埰和王鹏运教诲并深相敬服的况周颐来说,承袭、发扬光大这种理念并上升为理论形态,真是水到渠成的事。王沂孙和张炎的这两首词同时入选了端木埰的《宋词赏心录》,则端木埰在批注《词选》时显示的词学理念,正可以视为《宋词赏心录》的编选理念,而且端木埰批注《词选》与编选《宋词赏心录》时间相近,大致在 1885 年以后,则两者的联系自然就更为密切。端木埰这种对具有"重拙大"特性词的偏爱,甚至影响到后来王鹏运的词集刊刻理念。光绪十八年(1892),王鹏运将赵鼎《得全居士词》、李光《李庄简词》、李纲《梁溪词》、胡铨《澹庵长短句》合刊为"南宋四名臣词"③,并在跋语中称赞他们"当变风之时,自托乎小雅之才,而词作焉。其思若怨悱而情弥哀,颢号幽明,剖通精诚,又不欲以为名也,于是则摧刚藏棱蔽遏掩抑所为整顿缔造之意,而送之以馨香芬芳之言与激昂怨慕不能自殊之音声。……故其词深微浑雄而情独多"④。王鹏运并直言自己"尝

---

① 唐圭璋《词学论丛》,上海古籍出版社,1986 年,第 1056—1057 页。
② 同上书,1986 年,第 1057 页。
③ 王鹏运原拟辑赵鼎、李纲、胡铨三家词为"炎兴三贤词",以其三人曾同朝为官,合为一集,便于后人知人论世,后李慈铭为补其先人李光《李庄简词》,合为四家,并易为"南宋四名臣词"。参见李慈铭《与王鹏运书》,载王鹏运辑《四印斋所刻词》,上海古籍出版社,1989 年,第 428 页。
④ 同上书,第 446 页。

持此旨以盱衡今古之词人",从中自然可以看到端木埰词学思想的影响。

唐圭璋在《端木子畴与近代词坛》一文中说:"吾乡端木子畴先生,年辈又长于王氏,而其所以教王氏者,亦是止庵一派。止庵教人学词,自碧山入手。先生之词曰《碧瀍词》,即笃嗜碧山者。王氏之词,亦导源于碧山。"①从周济到端木埰再到王鹏运和况周颐,这绵延一线的词学可以说是在继承中发展,在发展中继承。而作为承上启下的关键人物,端木埰对常州派理论所作的修正,正是后来浙西、常州两派词学融合的重要契机。作为一个反映时代词学审美观念的选本,端木埰的《宋词赏心录》以其"平生取法所在"集为此编,其鲜明的倾向性,在部分词人群体中形成了一定的学术影响,并直接影响到后来的一些选本如朱祖谋的《宋词三百首》等。但在两宋三百余年中,仅选词人十七家词作十九首,取义不免过苛,且重南轻北,对于宋词流变未免意识不足,兼之作者并没有对编选的动机及体例加以说明,遂使得它的流传受到很多的限制。这大概是虽然在理论上,它与后来朱祖谋的《宋词三百首》"消息相通,一脉绵延",但《宋词三百首》却能借唐圭璋的笺注而影响整个20世纪的词坛,而《宋词赏心录》却只能成为一种精致的记忆,停留在历史之中。其间幸与不幸,真是足有深思者在焉。

第二节　陈廷焯沉郁顿挫词学之解析

陈廷焯以《白雨斋词话》(下文有时简称《词话》)蜚声近代词坛,人皆知其"沉郁顿挫"说与况周颐"重拙大"说及王国维之"境界"说为近代词论三宗,此固然是不易之论。陈廷焯的词学经历了

---

① 唐圭璋《端木子畴与近代词坛》,《词学论丛》,上海古籍出版社,1986年,第629页。

前后期的转变过程,他早期倾慕浙西词派,所作《词坛丛话》,所选《云韶集》等,在词人、词作的入选和评论等方面都表现出比较明确的追随浙西词派的理论倾向,但由于陈廷焯忧郁的性格、积极的入世精神等方面的影响,陈廷焯前期词学在词的特质、对两宋词的态度、对苏辛的接纳以及初步成型的沉郁词说,都使得其前期词学与浙西词派之间其实是一种若即若离的关系。而这种微妙的关系在经过庄棫的一番引导后,陈廷焯很快走出浙西词派的藩篱,并由庄棫而上接以张惠言、周济为代表的常州派词学,这种词学转境在清代具有一定的典型意义。沉郁顿挫词说是陈廷焯最高的审美标准,兼及思想情感的规范性和艺术作法的特殊性。

陈廷焯(1853—1892),原名世焜,字耀先,一字亦峰,镇江丹徒人。光绪十四年(1888)举人。一生以读书、著述、授徒为务,年仅四十下世。陈氏一生著述较富,据笔者考索,约有八种,即《词则》《白雨斋词话》《白雨斋词存》《白雨斋诗抄》《云韶集》《词坛丛话》《骚坛精选录》《希声集》等。这些著述反映了陈氏治学所取得的成就,也体现了他的词学观和填词创作的历史变迁。

《白雨斋词话》是陈氏后期重要的词学著作,体现了其词学的最高成就。白雨,古训为大雨、暴雨,陈廷焯取为斋名,或含深意。《白雨斋词话》自序云:"萧斋岑寂,撰《词话》十卷。"[①]则"白雨斋"意即"萧斋",亦即岑寂之斋。杜甫《寄柏学士林居》诗有"青山万重静散地,白雨一洗空垂萝。乱代飘零予到此,古今成败子如何"[②]。"白雨"一词,略含怅惘之情,亦峰斋名,或出于此。在《白雨斋词存》《白雨斋诗抄》中曾有三次涉及雨,一是《摸鱼儿》之"留君少住,愿剪烛西窗,一杯相属,同听夜深雨"[③],一是《路出靖江怀亡友王竹

---

① 陈廷焯著,彭玉平导读《白雨斋词话》,上海古籍出版社,2009年,第4页。
② 杜甫著,杨伦笺注《杜诗镜铨》,上海古籍出版社,1962年,第846页。
③ 陈廷焯《白雨斋词存》,《清代诗文集汇编》,上海古籍出版社,2010年,第48页。

庵》之"黄芦苦竹秋萧瑟,肠断江楼暮雨天"①,一是《过伍子祠》之"斜日西陵路,临江故址存。悲风怨种蠡,苦雨泣兰荪"②。无论是"夜深雨""暮雨""苦雨",总之,雨给亦峰的感觉是沉重的、愁苦的,他在岑寂的白雨斋中观雨、听雨,引发感慨,营构其词学理论体系。所以以"白雨"名斋名书,其中应寓有深意。《白雨斋词话》的理论核心是沉郁说。自序尝称《词话》曰:"本诸《风》《骚》,正其情性,温厚以为体,沉郁以为用,引以千端,衷诸一是。"③可以说,一部《白雨斋词话》就是沉郁说的理论阐述和批评实践的结合。沉,《说文》解作"陵上滈水也";段注以为湛没之"湛"即其假借,意为"没也"。④ 郁,《说文》释为"木丛者";段注引毛笺《秦风》"郁彼北林"曰:"郁,积也。"又引郑司农注《考工记》等,说郁即"宛",段注并曰:"宛与蕴、蕴与郁,声义相通。"可引申为宛曲、宛转之义。⑤ 陈氏沉郁说含义虽丰,而要义不出于此。《词话》云:"沉则不浮,郁则不薄。"⑥则"沉"关乎词的思想的深厚,"郁"关乎艺术韵味的悠长,合论之,则沉郁是陈氏对词的总体的审美规范,它的基本内容有情感与作法两大部分,下面试分论之。

陈氏《词话·自序》曾称,论词而本诸《风》《骚》是为了"正其情性",而沉郁的作用之一就是要"见性情之厚",因此,沉郁正是情性的艺术外观。性关乎天分,又系于学养,"性动为情","性"最终是以"情"的形式出现的,所以本节只讨论沉郁与情感的关系。

情感是文学的生命,也是作品得以诞生的原动力。陈氏说:"情有所感,不能无所寄,意有所郁,不能无所泄。古之为词者,自抒其

---

① 陈廷焯《白雨斋诗钞》,《清代诗文集汇编》,上海古籍出版社,2010年,第60页。
② 同上书,第62页。
③ 陈廷焯著,彭玉平导读《白雨斋词话》,上海古籍出版社,2009年,第4页。
④ 许慎撰,段玉裁注《说文解字注》,上海古籍出版社,1981年,第558页。
⑤ 同上书,第271页。
⑥ 陈廷焯著,彭玉平导读《白雨斋词话》,上海古籍出版社,2009年,第6页。

性情,所以悦己也。"①所以,词之所作,缘于情感,而词之所造,亦是表现情感。陈氏释"沉郁",其实对情感即已大体规定。他说:"所谓沉郁者,意在笔先,神余言外。写怨夫思妇之怀,寓孽子孤臣之感。凡交情之冷淡,身世之飘零,皆可于一草一木发之。"②这种对愁怨情感的青睐,其实也体现了陈氏对词体的看法。沉郁说首先要求作者性情忠厚,要"思无邪",所以陈氏上溯风骚,以屈原忠君爱国、忍辱负重为榜样,将一己之感情受约于政治、伦理、道德之下。因此,陈氏沉郁说的情感有着种种的规范。

1. 以"诚"为基础

陈氏认为,诚是情感的基础,不独于词,其他文学样式也如此。《词话》云:"无论诗古文词,推到极处,总以一诚为主。杜诗韩文,所以大过人者在此。求之于词,其惟碧山乎?"③"诚"是一种真挚的感情,所以诚也就是真。历来论词者,也多把真当成文学的生命。王国维说:"能写真景物、真感情者,谓之有境界。"④陈氏论诚,包括两个方面的含义,其一就是词人所描写的事物,所抒发的感情,必须是实在的、具体的。其二就是这种对事物的体认及词人情绪的感发必须是自然的,而不是搔首弄姿、故作姿态的。陈氏于古今词人,叹赏至极者唯碧山、中白二人。韩文杜诗,"大过人者"在诚;碧山、中白,"大段不可及处"也在诚。《词话》并区别王、庄"诚"之不同曰:"碧山有大段不可及处,在恳挚中寓温雅;蒿庵有大段不可及处,在怨悱中寓忠厚;而出以沉郁顿挫则一也,皆古今绝特之诣。"⑤碧山词的"恳挚中寓温雅",中白词的"怨悱中寓忠厚",都可视为"诚"的注脚,所以,"诚"既是一种作词的态度,又是对词中作者情感的一种检验,可见"诚"是沉郁说的感情起点。

---

① 陈廷焯著,彭玉平导读《白雨斋词话》,上海古籍出版社,2009年,第247页。
② 同上书,第8页。
③ 同上书,第247页。
④ 彭玉平《人间词话疏证》,中华书局,2011年,第409页。
⑤ 陈廷焯著,彭玉平导读《白雨斋词话》,上海古籍出版社,2009年,第247页。

2. 以"厚"为旨归

诚或真,只是情感的原始质素,作为沉郁之同,还必须以"厚"为旨归。厚即忠厚、温厚。《词话》云:"温厚和平,诗教之正,亦词之根本也。"①厚,既是指思想感情的深度,也是对情感的规范,它具体表现在意境的生成上。《词话》评元代张翥词《水龙吟·广陵送客》云:"系以感慨,意增便厚。"②因此作者寓于词中的感慨愈深,则词所表现的意境便愈厚,意境既厚,则词之意味亦长。陈氏评樊榭《谒金门·凭画槛》曰:"中有怨情,意味便厚。"③因厚而使词耐人寻绎,因而性情之厚也实能影响及词的艺术韵味。但是词之忠厚,不在直接道出,而是在沉郁中见忠厚。亦峰曰:"作词贵于悲郁中见忠厚,悲怨而激烈,其人非穷则夭。"④因此,由性情之厚达成作品之厚必须通过一定的艺术手段,这个手段是"沉郁"二字。《词则》评张惠言《水调歌头》词曰:"无处不咽住,咽则郁,郁则厚矣。"⑤又评东坡《浣溪沙》云:"'谁道人生难再少,君看流水尚能西,休将白发唱黄鸡。'愈悲郁,愈豪放,愈忠厚,令我神往。"⑥因此,造成作品之厚,须具备三个方面的条件:本原、命意和语言。本原之厚须从《风》《骚》而来,《词话》评中白《蝶恋花》三章曰:"怨慕之深,却又深信而不疑。想其中或有谗人间之,故无怨当局之语。然非深于《风》《骚》者,不能如此忠厚。"⑦从这里我们可以看到,陈氏论词喜推诸《风》《骚》,除了寻溯本原的用意之外,更有意于让人去揣度、模仿屈原的忠君爱国、忍辱负重精神。迦陵不能如此,所以为陈氏所不

---

① 陈廷焯著,彭玉平导读《白雨斋词话》,上海古籍出版社,2009 年,第 215 页。
② 同上书,第 59 页。
③ 同上书,第 94 页。
④ 同上书,第 96 页。
⑤ 《词则辑评·大雅集》卷六,陈廷焯撰,孙克强主编,孙克强等辑校《白雨斋词话全编》,中华书局,2013 年,第 791 页。
⑥ 陈廷焯著,彭玉平导读《白雨斋词话》,上海古籍出版社,2009 年,第 183 页。
⑦ 同上书,第 130 页。

许。《词话》云:"迦陵力量,不减稼轩,而卒不能步武者,本原未厚也。"①命意之厚是为了增强作品的艺术魅力,所谓"命意未厚,不耐久讽"②即是。至于语言之厚,则一须措词雅正,《词话》云:"樊谢措词最雅,学者循是以求深厚,则去姜、史不远矣。"③二须托喻渊深,"托喻不深,树义不厚"④。这是陈氏谈比兴时反复论述过的。

陈氏尚忠厚的主张是特定时代造成的。虽然他恪守的是儒家君君臣臣的伦理道德思想和温柔敦厚的诗教,但对陈氏来说,对历史和现实的双重规范,仍有其一定的审美价值和认识价值。

3. 以"怨"为核心

"沉郁"二字,"沉"偏重情感,"郁"则偏重艺术。陈氏认为情感之沉,无过于悲怨,所以沉郁有时也径称悲郁,怨是通向沉郁的必由之路。词可以怨是词的一种特质。璞函送春词曰:"青子绿阴空自好,年年总被东风误。"亦峰评曰:"意味极厚,词之可以怨者。"⑤其实,在亦峰看来,词不仅"可以怨",也应该怨,只是这种怨是由作者性情之怨而行于词意之怨的。陈氏评史位存《谒金门》词就集中阐述了这一思想。他说:"'团扇先秋生薄怨,小池风不断',神似温、韦语。然非其中真有怨情,不能如此沉至,故知沉郁二字,不可强求也。"⑥陈氏论沉郁之情感而强调以怨为核心,这和他对文学本质的认识密不可分。中国文学从来就有一条与"怨"并行的创作道路,屈原忧愁幽思而作《离骚》,司马迁穷困委顿愤作《史记》,等等,都以创作实践证明了"怨"给文学带来的巨大生命力。而唐以后对怨与文学的关系并作了理论上的总结。韩愈曰:"欢愉之辞难工,而穷苦之言易好。"欧阳修曰:"诗穷而后工。"这些都能意识到来自作者怨

---

① 陈廷焯著,彭玉平导读《白雨斋词话》,上海古籍出版社,2009年,第189页。
② 同上书,第191页。
③ 同上书,第93页。
④ 同上书,第190页。
⑤ 同上书,第203—204页。
⑥ 同上书,第101页。

的情感和作品艺术价值的高低。陈氏踵论前贤,移之论词曰:"诗以穷而后工,倚声亦然,故仙词不如鬼词,哀则幽郁,乐则浅显也。"①陈氏论怨亦含三个方面:

一是怨必由身世之感而来,心中有泪,笔下才会呜咽。如王沂孙咏物诸词,俱含有一掬亡国之泪,借物以咏写其哀。陈廷焯说:"咏物词至王碧山,可谓空绝古今。然亦身世之感使然,后人不能强求也。"②碧山词中的身世之感、君国之忧都是他自己亲身经历的,在碧山六十余首词中,咏物词近四十首。其忧患和感慨很多都是通过咏物词表达出来的。

二是怨行之于文必以吞吐出之。怨情感物而动,发自内心,表达却可以有不同形式,可以是"投畀豺虎"式的直截指陈,而在"要眇宜修"的词中,情感的表达却必须是温厚的、有度的,即使是怨情,也必须运意高远,吐韵妍和。所以怨的表现还有个方式与程度问题。陈廷焯认为,有感慨,亦须暗说,譬如碧山虽对社稷沦亡心存块垒,而作词则托意于物,叙写、征典都囿于所写物的范围。这是为了寄托遥深,以便情感传达更为充分,更有余韵,所以陈氏说:"《黍离》《麦秀》之悲,暗说则深,明说则浅。"③周济欣赏碧山词,除了碧山"意能尊体",词多感慨,一个重要的原因也就是碧山的传导手段比较高超,这种高超在陈廷焯那儿也就是能沉郁,陈氏尝谓:"作词……血脉要贯通,而发挥忌刻露。"④周济亦云:"碧山胸次恬淡,故黍离、麦秀之感,只以唱叹出之,无剑拔弩张习气。"⑤就是说明怨在艺术创作中的有节度表现能更多地带来作品的艺术魅力。

三是从鉴赏的角度看,含有怨情的作品容易引发读者的情绪。

---

① 陈廷焯著,彭玉平导读《白雨斋词话》,上海古籍出版社,2009年,第233页。
② 同上书,第212页。
③ 同上书,第199页。
④ 同上书,第229—230页。
⑤ 周济《宋四家词选目录序论》,唐圭璋编《词话丛编》第2册,中华书局,1986年,第1644页。

陈氏认为词的欣赏应该是投入式的、沉潜式的,他曾自道其欣赏板桥词曰:"余每读板桥词,案头必置酒瓶二、巨觥一、锤一、剑一,击桌高唱,为之浮白,为之起舞,必至觥飞瓶碎而后已。"①这当然是欣赏豪放词的特例。板桥词铁戈横飞,故亦峰动情如此。但从此我们可以体会陈氏赏词的投入方式。这对于含怨的作品来说,尤其如此。《词话·自序》云:"夫人心不能无所感……不能感其所不感。"②因此,沉郁说的宗旨是既感其所感也感其所不感,是从读者体悟之广而言的。本以这样的目的,加以"怨夫思妇之怀""孽子孤臣之感",以及交情冷淡、身世飘零之苦。上述三点是我们对陈氏沉郁词说在情感规范上的一个总体的体认。

沉郁说,是陈廷焯总的创作原则,因而它在情感规范之外,也有对表现这种情感的方法规范。沉郁究竟何指?现代研究者多认为是指词的总体风格,这一说法自蕴其理,我们拟于下文详为论证。但是,如果我们探索到沉郁说的理论深处,则风格一说,殊嫌牵强。"沉郁"一词,一般认为是从杜甫《进雕赋表》中而来。杜文云:"臣之述作,虽不足以鼓吹六经,先鸣数子,至于沉郁顿挫,随时敏捷,扬雄、枚皋之流,庶可跂及也。"③杜甫在这里自评其述作"沉郁顿挫"而未明其义,使人难以索解。参照《词话》,则评杜诗沉郁者,常及乎"意境"二字,卷九云:"诗至杜陵而圣,亦诗至杜陵而变。顾其力量充满,意境沉郁,嗣后为诗者,举不能出其范围。"④则杜氏"沉郁"似与意境相关,非指风格显乎其然。《词话》评稼轩词亦可为证,其云:"辛稼轩,词中之龙也,气魄极雄大,意境却极沉郁。"⑤如果我们要寻找沉郁非风格的内证,则也极为容易。卷一自述撰《词话》之旨在

---

① 《云韶集辑评》卷十九,陈廷焯撰,孙克强主编,孙克强等辑校《白雨斋词话全编》,中华书局,2013年,第463页。
② 陈廷焯著,彭玉平导读《白雨斋词话》,上海古籍出版社,2009年,第3—4页。
③ 杜甫著,杨伦笺注《杜诗镜铨》,上海古籍出版社,1962年,第1041页。
④ 陈廷焯著,彭玉平导读《白雨斋词话》,上海古籍出版社,2009年,第217页。
⑤ 同上书,第22页。

"洞悉本原,直揭三昧"①,卷十分辨唐宋词派也云:"唐宋名家流派不同,本原则一。"②而"本原"何谓呢?卷四在评江昉《练溪渔唱》时云:"句琢字炼,归于纯雅,只是不能深厚。盖知深南宋,而不得其本原。"陈氏于此"本原"后小缀数语:"本原何在?沉郁之谓也。不本诸《风》《骚》,焉得沉郁!"③直示本原在沉郁,故推诸风骚,为得沉郁,亦复为得本原,本原、沉郁是密不可分的。明乎此,我们自然不能把唐宋名家词的整体风格都说成是沉郁。流派的归类,大旨以风格为准,把不同的风格都建筑在同一本原上,其实是指某些创作群体在作法上的某种一致性。笔者研绎《白雨斋词话》,认为沉郁是陈氏最高的也是审美的艺术规范,因为"词则舍沉郁之外,更无以为词"④。沉郁必须体现在词中,所以与词的作法有密切联系,也就是说,词的作法也必须有相应的规范。卷一云:"作词之法,首贵沉郁,沉则不浮,郁则不薄。顾沉郁未易强求,不根柢于《风》《骚》,乌能沉郁?十三国变风,二十五篇《楚词》,忠厚之至,亦沉郁之至,词之源也。"⑤而陈氏释"沉郁",除了在寄托、情感的弃浮薄上有特定要求外,对词之作法也有相应的规定,所谓"意在笔先,神余言外",所谓"若隐若现,欲露不露",所谓"终不许一语道破",等等,和历久相沿的比兴之义极为相合。卷八释"兴",语言也并无多异,"所谓兴者,意在笔先,神余言外,极虚极活,极沉极郁,若远若近,可喻不可喻,反复缠绵,都归忠厚"⑥。可见,沉郁是借诸比兴来实现的,它与作法有着天然的联系。

唐五代词不必说,"不可及处正在沉郁"。陈氏于两宋词家,誉为"未有不沉郁者"凡六家,即北宋之张先、秦观、周邦彦,南宋之姜

---

① 陈廷焯著,彭玉平导读《白雨斋词话》,上海古籍出版社,2009年,第5页。
② 同上书,第240页。
③ 同上书,第100页。
④ 同上书,第7页。
⑤ 同上书,第6页。
⑥ 同上书,第190页。

夔、王沂孙、史达祖。如果我们结合《白雨斋词话》的批评实践,则会发现,陈氏推许的每一首词几乎都是从作法起解的。卷八言:"周、秦词以理法胜,姜、张词以骨韵胜,碧山词以意境胜,要皆负绝世才,而又以沉郁出之,所以卓绝千古也。"①这种作法,陈氏冠以总名曰"顿挫"。沉郁顿挫本是合成词,陈氏在《词话》中则一分为二,以顿挫达到沉郁。所以在某些场合,陈氏以顿挫置于沉郁之前。如卷七评周、秦之异同曰:"大抵北宋之词,周、秦两家皆极顿挫沉郁之妙,而少游托兴尤深,美成规模较大,此周、秦之异同也。"②卷九更曰:"沉郁之中,运以顿挫,方是词中最上乘。"③因此,沉郁之作法,也是指顿挫之法。从《白雨斋词话》中,这种顿挫方法,约得八种,试例以明之。

1. 颠倒法

颠倒法,又名正反法,即于一词一语中正反共存,互有其义,陈氏亦称为"风人章法",是言彼物之欢戚,以道自家之甘苦,因其面目错综,故不易觉察,有沉郁之致。如飞卿《更漏子》首章云:"惊塞雁,起城乌,画屏金鹧鸪。"塞雁、城乌之惊起,与屏上鹧鸪之漠然适成对照。陈氏评曰:"此言苦者自苦,乐者自乐。"④又评次章"兰露重,柳风斜。满庭堆落花"云:"此又言盛者自盛,衰者自衰。亦即上章苦乐之意。颠倒言之,纯是风人章法。"⑤这种作法往往将不同甚至是相反的事物、情感置于一阕词中,而把创作意图寄寓互文之中。因此,只有仔细品味,才能洞晓词人之意。后人赏析飞卿此类词,常常只看到造语工整的一面,而不及其互文的意图,所以造成种种歧义和误解。而事实上,这类词却是富有沉郁之美的。

---

① 陈廷焯著,彭玉平导读《白雨斋词话》,上海古籍出版社,2009年,第180页。
② 同上书,第157页。
③ 同上书,第220页。
④ 同上书,第9页。
⑤ 同上。

2. 直婉法

直婉法,或称表里分割法。"直"指语词,"婉"指意旨,就是指语言上绝无含蓄,而思致却闲婉的作法。亦峰评韦庄词曰:"似直而纡,似达而郁,最为词中胜境。"①又评其《菩萨蛮》四章曰:"惓惓故国之思,而意婉词直,一变飞卿面目,然消息正自相通。"②我们择录一首,以看其究竟。"如今却忆江南乐,当时年少春衫薄。骑马倚斜桥,满楼红袖招。　翠屏金屈曲,醉入花丛宿。此度见花枝,白头誓不归。"这是韦庄《菩萨蛮》组词第三首,陈氏曰:"风流自赏,决绝语正是凄楚语。"③词为韦庄北归后忆江南游冶之乐而作。语如同口出,游乐之盛与发誓不归之意都直截说出,但北方故乡兵戈之苦也从中委婉传出。因此韦词以云直婉,实指其自然无饰如词家之《古诗十九首》④。陈氏亦云:"词至端己,语渐疏,情意却深厚。"并拟之屈子《九章》之遗。⑤ 综合论之,直婉法,貌、实须分开。其表须直而达,其里须纡而曲,所谓"沉郁",正从此生。

3. 虚字法

张炎尝谓,词与诗不同,合用虚字呼唤。虚字法,或可名虚唱法,指在词中不多作铺叙,只用几个虚字斡旋其中,使事明而意深。方回之作,尤备此方。如《踏莎行》"断无蜂蝶慕幽香,红衣脱尽芳心苦"之"断无",《浣溪沙》"记得西楼凝醉眼,昔年风物似而今,只无人与共登临"之"只无"等,其艺术效果恰如亦峰所云:"只用数虚字盘旋唱叹,而情事毕现,神乎技矣。"⑥可见,虚字在填词创作中确有不可估量的功用。它既使情事毕现,又哀怨无端,笔也因之动宕得

---

① 陈廷焯著,彭玉平导读《白雨斋词话》,上海古籍出版社,2009年,第10页。
② 同上。
③ 《云韶集辑评》卷一,陈廷焯撰,孙克强主编,孙克强等辑校《白雨斋词话全编》,中华书局,2013年,第33页。
④ 谭献《复堂词话》,唐圭璋编《词话丛编》第4册,中华书局,1986年,第3989页。
⑤ 《词则辑评·大雅集》卷一,陈廷焯撰,孙克强主编,孙克强等辑校《白雨斋词话全编》,中华书局,2013年,第706页。
⑥ 陈廷焯著,彭玉平导读《白雨斋词话》,上海古籍出版社,2009年,第17页。

奇。沈祥龙《论词随笔》对虚字的妙用也极为称赏,他说:"词中虚字,犹曲中衬字,前呼后应,仰承俯注,全赖虚字灵活,其词始妥溜而不板实。"①虚字的位置有句首,也有句中。前引方回的《踏莎行》和《浣溪沙》即是句首之例。而白石词"庾郎先自吟愁赋,凄凄更闻私语"(《齐天乐·蟋蟀》)之"更闻"就是句中之例。不过不论是句首、句中,虚字的出现都有个呼应问题,如白石之"更闻"即与上句之"先自"仰承,这种前后之间的承注,对于词意的完满表达有一种传递作用,不可轻视。然则,虚字法何以为沉郁之一法。检《词话》卷一评方回词曰:"极沉郁,而笔势却又飞舞,变化无端,不可方物。"②方回词虚字盘旋,神乎其技,能使其笔势飞舞,变化不测,在陈氏看来,这是通往沉郁之境的另一途径。

4. 蓄势法

蓄势法,又谓操纵法,即前段故作琐碎之笔,若轻若闲,而末段则蓄势在后,飘风骤雨,情至语极。老杜所谓"意惬关飞动,篇终接混茫"(《寄彭州高三十五使君适、虢州岑二十七长史参三十韵》)③,大率近是。以词例之,如美成商调《浪淘沙》一阕云:"昼阴重,霜凋岸草,雾隐城堞。南陌脂车待发,东门帐饮乍阕。正拂面垂杨堪缆结。掩红泪、玉手亲折。念汉浦离鸿去何许,经时信音绝。 情切。望中地远天阔。向露冷风清,无人处、耿耿寒漏咽。嗟万事难忘,唯是轻别。翠尊未竭。凭断云留取西楼残月。罗带光销纹衾叠,连环解、旧香顿歇。怨歌永、琼壶敲尽缺。恨春去、不与人期,弄夜色,空余满地梨花雪。"④前段"掩红泪、玉手亲折"等句,琐碎闲散至极,从追述往事到别时情景到别后怅望,语语道来,而末段自"罗带光销纹衾叠"至结,光销、衾叠、香歇、壶缺层层深入。空际写怨而

---

① 沈祥龙《论词随笔》,唐圭璋编《词话丛编》第 5 册,中华书局,1986 年,第 4052 页。
② 陈廷焯著,彭玉平导读《白雨斋词话》,上海古籍出版社,2009 年,第 17 页。
③ 杜甫著,杨伦笺注《杜诗镜铨》,上海古籍出版社,1962 年,第 271—272 页。
④ 唐圭璋编《全宋词》,中华书局,1965 年,第 598—599 页。

先以"恨春去"句动荡之。则诚如亦峰所言:"歌至曲终,觉万汇哀鸣,天地变色。"①词的魄力至结尾绝大。白石《翠楼吟·武昌安远楼成》后半阕,其操纵之妙亦如美成。这种作法在慢词的创作中比较多见。

5. 虚无法

虚无法即词本有寄托,而极言他事,感慨尽在虚处,无迹可寻,而以意逆志,则慨叹宛然。白石词作,多具此法。如其著名的《暗香》《疏影》,原旨为"发二帝之幽愤,伤在位之无人也"②,而写作则极言梅事,或拉杂使典,无一语明白逗出,而其旨则不为所掩,张惠言、蒋敦复、郑文焯以时事附之,固不为无由。宋翔风曰:"其(白石)流落江湖,不忘君国,皆借托比兴,于长短句寄之。"③因此,虚无的背后仍是实在。陈氏谓"白石词以清虚为体","气体之超妙,则白石独有千古","白石则如白云在空,随风变灭"④,等等,正言其似有若无的艺术特色。试举例以明,白石于孝宗淳熙十四年(1187)冬过吴淞江作有《点绛唇》一首,词云:"燕雁无心,太湖西畔随云去。数峰清苦,商略黄昏雨。　第四桥边,拟共天随住。今何许?凭阑怀古,残柳参差舞。"此词通首写景,颇见词人幽渺之思。起写燕雁随云,继状清苦数峰,又接写桥边思绪,至结才道出怀古的主题,清虚秀逸,而感时伤事,竟只以"残柳参差舞"五字了结,抑谓古今多少感慨,而垂柳漠漠,犹临风而舞,殊可叹惜。陈氏云:"'凭栏怀古'下,仅以'残柳'五字咏叹了之,无穷哀感,都在虚处。"⑤洵为知言。

6. 进深法

进深法,就是在写作时,辞、意俱转进一层,有深情远韵。进深之法,内分三种:(1)透过。谭献《青门引》上片云:"人去阑干静,杨

---

① 陈廷焯著,彭玉平导读《白雨斋词话》,上海古籍出版社,2009年,第20—21页。
② 同上书,第29页。
③ 宋翔风《乐府馀论》,唐圭璋编《词话丛编》第3册,中华书局,1986年,第2503页。
④ 陈廷焯著,彭玉平导读《白雨斋词话》,上海古籍出版社,2009年,第30页。
⑤ 同上书,第31页。

柳晚风初定。芳春此后莫重来,一分春少,减却一分病。"意是祈春早至,而词则极言遣春,即"相见争如不见"之意,陈氏评曰:"透过一层说,更深。"①(2)翻转。如"若说愁随春至,可怜冤煞东风",词明白说愁,而语却转说东风之冤,意正翻过一层。又如稼轩词"是他春带愁来,春归何处,却不解、带将愁去",玉田词"东风且伴蔷薇住,到蔷薇、春已堪怜"。下句都从上句转出,而意更深远。刘熙载云:"一转一深,一深一妙,此骚人三昧,倚声家得之,便自超出常境。"②(3)折进。蒿庵《丑奴儿慢》云:"飞来燕燕,惊破绿窗残梦。看多少、花昏柳暝,云暗烟浓。望帝春心,枝头曾否解啼红。阑干曲曲,柔丝细细,愁杀游蜂。　长记那时,成蹊桃李,一样鲜秾。到此际风风雨雨,谁写春容。迢递仙源,何人寻约到山中,蛾眉休说,入门时候,妒恨偏工。"此词前段是情景性的描绘和渲染,从燕飞惊梦到云暗烟浓,渲染了作者对外界情景意向性的感受,隐约流露出词人不平静的情感,下接写枝头、阑干、柔丝,种种的自然与惘然,引发了词人游蜂般的哀愁,上片至此,词人的愁绪层层拈出,基调大体已定。换头处,又将往者鲜秾与现时风雨对照写来,使愁的程度不觉增生。结自"蛾眉休说",则愁转而成愤,情烈炙人。陈氏评曰:"结更深一层说,骨高味古,几欲突过中仙。"③对中白词折进的特色是有所认知的。

7. 交错法

所谓交错,是指情、景二者,在描写中似断若连,如接不接,极迷离之致。陈氏评张皋文曰:"皋文《水调歌头》五章,既沉郁,又疏快,最是高境,陈、朱虽工词,究曾到此地步否?"④下列五章词,尾评

---

① 陈廷焯著,彭玉平导读《白雨斋词话》,上海古籍出版社,2009年,第125页。
② 刘熙载《艺概·词曲概》,唐圭璋编《词话丛编》第4册,中华书局,1986年,第3699页。
③ 陈廷焯著,彭玉平导读《白雨斋词话》,上海古籍出版社,2009年,第135页。
④ 同上书,第113页。

曰:"热肠郁思,若断仍连,全是风、骚变相。"①《词则》也评四章云:"忽言情,忽写景,若断若连,似接不接,沉郁顿挫,至斯已极。无处不咽住,咽则郁,郁则厚矣。"②我们试看第四章:"今日非昨日,明日复何如?揭来真悔何事,不读十年书,为问东风吹老,几度枫江兰径,千里转平芜。寂寞斜阳外,渺渺正愁予! 千古意,君知否?只斯须。名山料理身后,也算古人愚。一夜庭前绿遍,三月雨中红透,天地入吾庐。容易众芳歇,莫听子规呼。"这首词,张惠言题词曰:"春日赋示杨生子掞。"可见是有为而发。这首词的主题是感叹年华易逝,起笔两句直写块垒,三、四句拈出慨叹的内容:时光流失固属无奈之事,而"不读十年书",则何其悔也。至此,作者略显沉痛的心情已宛转入词。接下来宕开一笔叙景,直至上片结束,都以景寓情,而景不铺张,情也随之。东风吹老、枫江兰径、千里平芜、寂寞斜阳,其中既横贯了意向性的空间观念,又融注了情绪性的时间意识,寂寞之斜阳,几度之东风,无一不昭示了作者在时空上的萧瑟之感,而这种萧瑟和艳丽的春色又是那么的不协调。换头呼应起笔,只是由对时光易逝之感叹转为对时光的通脱,和苏轼的"盖将自其变者而观之,则天地曾不能以一瞬"(《前赤壁赋》)隐约意近。千古既如斯须,那么身后之名山也就没有什么意义可言了。下又继写景,由于词人的蓦然通脱,写景也不觉带有亮色。这种来自生命的实在的亮色,使词人获得了与天地精神相往来的暂时愉悦,这种愉悦又以颓废的及时行乐思想煞尾,"歌罢且更酌,与子绕花间"。整首词情感三折,而每一层折之间都以景衬写,情景交错中,既使情得以深入,又使景得以着情,从艺术表现看,确实是一首佳作。但情感上由低沉转为颓废,却是不可取的。

---

① 陈廷焯著,彭玉平导读《白雨斋词话》,上海古籍出版社,2009年,第114页。
② 《词则辑评·大雅集》卷六,陈廷焯撰,孙克强主编,孙克强等辑校《白雨斋词话全编》,中华书局,2013年,第791页。

8. 结醒法

结醒法是一种化实为虚,工于结句的作法。陈廷焯评贺铸词,就注意到这种特色。《词话》云:"贺老小词工于结句,往往有通首煊染,至结处一笔叫醒,遂使全篇实处皆虚,最属胜境。"①为了把问题说具体些,我们引贺铸《减字浣溪沙》为例:"闲把琵琶旧谱寻,四弦声怨却沉吟,燕飞人静画堂深。　　欹枕有时成雨梦,隔帘无处说春心,一从灯夜到如今。"这是陈氏推为"妙处全在结句"的范作,我们试着来看一看结句妙在何处。这是一首抒发落寞无奈心情的词,起以"闲"着笔,隐约拈出无聊之意,由"闲"而去寻"旧谱",为遣愁也,所以四弦声怨,是词人有怨;四弦沉吟,是词人怨而无奈。这样一种忧郁的情绪,又是置身于深静的画堂,则情绪之感发也是极自然之事。下片由直接情绪、环境的渲染,转又以"雨梦"来传达,梦而曰雨,盖梦也如"无边丝雨细如愁",这样一种怨,这么一层愁,是如此地追随着词人,这到底是一种什么样的愁呢?"隔帘无处说春心",是一种婉转的自白,而婉转关情。《宋史·文苑传》曾载贺铸"竟以尚气使酒,不得美官,悒悒不得志"②。他晚年退隐苏州横塘,便始终不能摆脱抑郁之怀,所作诗词,时或透露愁苦心思。他的名作《青玉案》据沈祖棻推断,当作于退隐以后,词中名句"一川烟草,满城风絮,梅子黄时雨"即以形容闲愁妥帖著称。因此,从这一背景上我们去探寻"春心"的含义,也许要更切合实际一些。结句"一从灯夜到如今",是被称作"一笔叫醒"的。这"一笔叫醒"有两层含义,一是从雨梦又回归于现实,一是极言闲愁之长,唤醒主题。从结句回溯,则前面尽管渲染深夜闲愁十分着力,而真正的主旨——一种对寂寞往日的痛苦追忆和对蹭蹬情绪的茫然遐想,是只有到结句才实现的。有此结句,则前面的种种描写都化实为虚,也就是陈

---

① 陈廷焯著,彭玉平导读《白雨斋词话》,上海古籍出版社,2009 年,第 250 页。
② 脱脱等《宋史》,中华书局,1977 年,第 13104 页。

氏《词则》所说的"方回词,一语抵人千百"。① 这种作法和白居易作诗"卒章显其志"有某种程度的契合处,只是虚、实变化,词不同于诗罢了。

上列八法,是从《白雨斋词话》被评作沉郁的词人词作中概括而来,这种概括只是一种大致的归类,且标目也未必恰当。可以肯定,陈廷焯对顿挫之法的阐释比上列八法一定更为精微、全面,因此这里至多是撮其要而已。但不管这种作法是如何纷繁,都是在比兴的统摄下从千姿百态的词作中总结出不同顿挫的方法,殊途同归,而归之于沉郁。

布封曾有"风格即人"之说,布封的比拟,引起了现代文艺学在研究风格理论时对"人"的关注。确实,风格的生命在个性,而个性的兑现正依赖于一个个活生生的各具特色的人,将这种生命个性流注入创作之中,也就有了艺术个性。不过,布封的风格理论与陈廷焯的"沉郁"词说并不相类。中国传统的风格论,重在归类性的审美规范(如婉约、豪放之分),带有群体性,与西方重在言个性特色有所不同。陈氏的沉郁说是对词的整体的审美的规范,与传统的风格论并非毫无关联,所以前人有以沉郁论风格的。《栩庄漫记》云:"鹿太保词不多见,其在《花间集》中者约有二种风格,一为沉痛苍凉之词,一为秀美疏朗之词,不惟人品之高,其词格亦高。"②鹿太保即五代的鹿虔扆,在张璋、黄畲编的《全唐五代词》中存词六首,算不得名流。但就是这个后蜀的落魄进士,年幼就有"周公辅成王"之志,后蜀的匆匆灭亡,他如丧考妣,矢志不仕而寄情倚声,所以词中感喟沉至,不乏深情苦调,词以《临江仙》为胜,"烟月不知人事改,夜阑还照深宫",论者以为可比美李白"只今惟有西江月,曾照吴王宫

---

① 《词则辑评·别调集》卷一,陈廷焯撰,孙克强主编,孙克强等辑校《白雨斋词话全编》,中华书局,2013年,第1049页。

② 李冰若评注《花间集评注》引,浙江古籍出版社,2018年,第216页。

里人"诗,而沉痛过之。① 可见梄庄以沉郁相评,是指鹿词中两种风格的一种。这里的风格,和词格相联系,带有群体性,与现代意义上的风格一词仍有区别。

而陈氏的沉郁说,语义上更与风格迥然有异,这在《词话·自序》中就约略点明。自序称,陈氏撰述《词话》"本诸《风》《骚》,正其情性,温厚以为体,沉郁以为用"②。可以见得他推溯《风》《骚》的初旨是塑造"合格"的情性。这种合格的标志就是温厚、符合封建礼教的需要,而沉郁就是把这种温厚的"正"的情性艺术地表现于词中,这是一条指导创作的原则。陈氏认为,无论是情性之正,还是沉郁与否,《楚辞》都堪为典范。《词话》云:"十三国变风,二十五篇《楚词》,忠厚之至,亦沉郁之至,词之源也。"③可见得风骚的沉郁,根子还是在性情忠厚上,直接地讲,沉郁与风格中间还隔着一层。然而,陈氏虽则为倡言沉郁而极言《风》《骚》,实则《风》《骚》并非篇篇忠厚,即忠厚也未必是沉郁的,譬如十三国风,其中就有些是锋芒毕露的,如"投畀豺虎"之类,有何沉郁?二十五篇楚辞,不说篇数有误,在二十五篇之中,就颇有一些不够沉郁的,譬如《九章》,虽也是自叙生平,自抒情感,而直说的地方居多,一概以沉郁视之,恐失之偏颇。我认为《离骚》倒可以当得起"沉郁"二字。太史公曰:"离骚者,犹离忧也。"④因此是抒写悲哀的文章,这种悲愤的情绪笼罩在全文之中,而且十分地激切与强烈,太史公说:"其存君兴国而欲反覆之,一篇之中三致志焉。"⑤屈原在谪放湖南期间,虽然有悲观的情绪,"宁溘死以流亡兮,余不忍为此态也","伏清白以死直兮,固前圣之所厚",但他一刻也没有丧失为君王"导夫先路"的期

---

① 李冰若评注《花间集评注》引,浙江古籍出版社,2018年,第217页。
② 陈廷焯著,彭玉平导读《白雨斋词话》,上海古籍出版社,2009年,第4页。
③ 同上书,第6页。
④ 司马迁《史记》,中华书局,2003年,第1933页。
⑤ 同上书,第2485页。

望,①他刻刻期待着怀王、襄王的觉悟,所以一种矛盾的情感相持其中,这种矛盾的归结点在忠厚、在性情之正。同时在郁的表现上,《离骚》也足称楷模,比如文中的回环复沓,也就是前引太史公的"一篇之中三致志",这种方式,并非只是纯粹的技巧,而是情深之故。屈原本身的心情就充满着矛盾,僵持与超脱,自杀与隐遁,贯穿于《离骚》始终。这种在思想艺术上的特征,也就是陈氏沉郁词说的最初范本与来源,是本于创作的美学规范。可见得它与风格有着不同的背景。明乎此,我们自然不能把仅仅有联系的事物进而指实,这不独有悖于陈氏原意,也有碍于常理。

然而,沉郁说毕竟是关乎词体内外的艺术规范,由于这种规范的普遍意义,形诸作品,也就自然地呈现出某种共同的倾向,这种倾向有助于风格的构成。陈氏认为,诗词一理,因为他们同本《风》《骚》,但是诗之沉郁,可纳之于古朴、冲淡、巨丽、雄苍四者之中。而"词则舍沉郁之外更无以词",沉郁是词的最高也是唯一的审美准则。如评梦窗词"超逸中见沉郁",苏轼词"超旷中见沉郁",等等,实质上是说明以沉郁为原质而构成的不同风格。由于词的风格以沉郁为原质,所以陈氏把传统的豪放、婉约词风都归之于沉郁的推衍。《词话》云:"诚能本诸忠厚,而出以沉郁,豪放亦可,婉约亦可,否则豪放嫌其粗鲁,婉约又病其纤弱矣。"②因此,对于词之风格,陈氏另有他独特的体认,他的沉郁是所有理想风格得以构成的必要条件,所以,词人借此可以调和不同的风格而成就一种新的涵盖面更广的风格。拿张先的例子来说吧,张先是北宋"未有不沉郁者"三家之一,他的词就具备两种风格,有含蓄处,也就有婉约的风格;有发越处,也就有豪放的风格。大概张先处于词之初、盛相交时期,前此如温、韦、晏、欧,体段虽具,而声色未开,后此如秦、柳、苏、

---

① 洪兴祖《楚辞补注》,中华书局,2015年,第2—12页。
② 陈廷焯著,彭玉平导读《白雨斋词话》,上海古籍出版社,2009年,第16页。

辛、美成、白石发扬蹈厉,气局一新,而"古意渐失"。子野适得其中,故气格近古而手段翻新,有他的长处。陈氏称之为"古今一大转移",就词史而言,委实如此。所以沉郁虽可铸成不同之风格,而其自身却非别为一种新的风格。

但是,有一点也毋庸否认,本诸沉郁的风格大致偏向于婉约。两宋词人,全部沉郁者凡六家,即北宋之子野、少游、美成,南宋之白石、碧山、梅溪,全部是婉约之格律派词人,审美倾向十分明显,其他如对东坡、稼轩、方回、梦窗、玉田等,虽也时或以沉郁相称,而为其所赏者,则也并非大声铿锵者。如《词话》评稼轩《满江红·送李正之提刑入蜀》曰:"龙吟虎啸之中,却有多少和缓。"①稼轩此词即是比较温厚的。所以沉郁的风格指向虽然是宽广的,而深契于陈氏审美观的却又是有限的。当然,这种局限是因为他在伦理原则上的迂腐、保守与落后,他反对在"要眇宜修"的词中直截、激切地表现情感,这一方面体现了他对词体的独特认识,另一方面也反映了他审美情趣的偏执。

陈廷焯倡沉郁说而推诸《风》《骚》,其中包含有对本于忠厚性情而产生的悲凉情绪的张扬,而这也是他对悲剧艺术的审美规范。中国的悲剧理论一向没有得到很好的发展,但富于悲剧意味的创作却是古已有之了。《诗·泉水》曰:"驾言出游,以写我忧。"《庄子·山木》市南僚进言于鲁侯曰:"游于无人之野""大莫之国",则可以"去君之累,除君之忧"②等等,都是早期作家忧患意识的文学折射。《离骚》就更是这样的杰作,颜师古曰:"忧动曰骚。"③李白诗"哀怨起骚人"(《古风》第一)。则《离骚》的哀怨情调是历来为人们所共识的,《离骚》中"三复致志"的也正是一种深厚的忧虑。陈廷焯和常州派词人洞察其中奥妙,亟命风骚者,也是想在词学中肯定和渲染

---

① 陈廷焯著,彭玉平导读《白雨斋词话》,上海古籍出版社,2009年,第182页。
② 郭庆藩《庄子集释》,中华书局,1985年,第671—675页。
③ 洪兴祖《楚辞补注》,中华书局,2015年,第2页。

这一种情调,因此,沉郁说与悲剧美有着十分紧密的联系,或者说,沉郁说就是以悲剧美为宗旨的。

悲剧美以忧患意识为核心,中国古典文学的创作实践无不昭示了这一点。庾信有《愁赋》,李煜、李清照、辛弃疾等的词都有一种浓重的悲怨情绪绕行其中。如辛弃疾词,黄梨庄云:"辛稼轩当弱宋末造,负管、乐之才,不能尽展其用,一腔忠愤,无处发泄;观其与陈同父抵掌谈论,是何等人物!故其悲歌慷慨抑郁无聊之气,一寄之于词。"[1]陈氏是重视词的悲剧情调的,如史位存有送春词"青子绿阴空自好,年年总被东风误",便被认为是"词可以怨"的例子,冯正中《蝶恋花》四阕也为陈氏评曰:"情词悱恻,可群可怨。"[2]陈廷焯沉郁说的情感基调以怨为核心,正是体现了这一点。当然,从"词可以怨"到进而形成悲剧美,这中间还有一个过程,这个过程也就是沉郁的表现过程。所以我们说沉郁说是浸透着悲剧艺术精神的。

"悲剧将人生的有价值的东西毁灭给人看。"[3]这是鲁迅在《再论雷峰塔的倒掉》中给悲剧下的定义。这种有价值的东西在沉郁词说中也就是指独立的人格与美好的理想。浙派词人既把词看作晏嬉太平的佐料,所以多在清空骚雅上下功夫,常州派自张惠言开始,伴随着对词体的尊崇,要求词中有我,表现人生理想的思想开始侵入词人心中。陈廷焯的沉郁说正是继承了这一传统,但是,对人格、理想的表现由于现实世界的阻挠,往往从对困境的怨愤中曲折地表达出来。如周邦彦《满庭花·夏日溧水无想山作》上半片自"人静鸟鸢自乐"到"拟泛九江船",写的是游乐心情,而下片转由年年社燕之漂流,联想到自己乃一副憔悴之江南倦客,终于不堪听那急管繁弦,这种情绪的压抑转变,从词的艺术性讲,避免了一泻无余的作法,使词转有余味;从悲剧意义讲,这种情绪的转变,体现了词人的寂寞悲愁

---

[1] 徐釚编著,王百里校笺《词苑丛谈校笺》,人民文学出版社,1998年,第250页。
[2] 陈廷焯著,彭玉平导读《白雨斋词话》,上海古籍出版社,2009年,第11页。
[3] 《鲁迅全集》第1卷,人民文学出版社,1973年,第178页。

与欢乐游兴的丧失,也即是理想的丧失。当然,是什么原因促使了这种转变,词中没有说,恐也说不出。陈廷焯则认为,恰是这种顿挫,才体现出词的沉郁风味,他说:"此中有多少说不出处:或是依人之苦,或有患失之心。"①总之是理想(泛船逐流)破灭了,只有从这种破灭中,我们才可以依稀辨出它有价值的东西。当然像周邦彦这类词,在表现一己之曲折情感上固然婉转入妙,而在表现一种家国之忧的境界上,则相对较弱,而这,却正是姜白石、王沂孙、辛弃疾等人的长处。我们都熟知王沂孙的词风,张惠言云:"碧山咏物诸篇,固是君国之忧。"②所以,读碧山词,是不能不兼时而言的。如他的《眉妩·新月》上片是对清瑟新月的情景性描写,下片以"千古盈亏休问"提起,视野顿时拉长,略带愤激心情,下接云"叹漫磨玉斧,难补金镜",为全词罩上一派灰色情调,最后以"看云外山河,还老桂花旧影"结束,使词在哀伤之中复以无奈煞尾,陈氏评曰:"一片热肠,无穷哀感。小雅怨诽不乱,诸词有焉。"③"诸词"是指《眉妩》《高阳台》《庆清朝》三篇。《眉妩》词中的"一片热肠",即《词选》所评之"此喜君有恢复之志",而"无穷哀感"则由"惜无贤臣"④所引起,全词在唏嘘唱叹中把作者的美好愿望在冷酷的现实面前粉碎了。这种表现主观愿望和客观现实之间的冲突,使我们不禁想起古希腊悲剧在结构上的同一性,如埃斯库罗斯的著名悲剧《被缚的普罗米修斯》就表现了为把光明和幸福带给人类的普罗米修斯和奥林匹斯山主神宙斯的矛盾,在这样一种尖锐的矛盾中,美好与丑恶,光明与黑夜,展开了一系列较量,这种正反结构和中国古典诗词中的描写是如出一辙的。只是古希腊悲剧的抒情是为了叙事,而中国古典诗词,即使有叙事,如某些长调词,也是为抒情服务,这是中西悲

---

① 陈廷焯著,彭玉平导读《白雨斋词话》,上海古籍出版社,2009年,第19页。
② 同上书,第43页。
③ 同上书,第45页。
④ 同上书,第44—45页。

剧之不同。

沉郁说对词人提出了怨而不怒的要求,沉郁的含义事实上也包含这一点。然而如果追求中国古典悲剧理论的萌芽,则孔子"诗可以怨"(《论语·阳货》)就对诗的悲剧美已经有了朦胧的体悟,然而,诗之"可怨"的特质,内含"刺"的成分,孔安国就释"诗可以怨"为"刺上政也"。《诗经》中也确乎有这样的例子,如《伐檀》《硕鼠》诸篇,但是这种"刺"的内涵在后来的诗论中不断得以修正,《诗大序》就倡论"主文而谲谏"①说,试图以文饰使怨情委婉上达。这种"谲谏"的方式到了西汉又演化为"郁结"说,所以从怨情的直刺到谲谏再到郁结,正是从怨的外泄到内收的过程。太史公对此有精到的论述,他在历数了自西伯至韩非均因困顿而述作后,进而说及《诗经》,他说:"诗三百篇,大抵贤圣发愤之所为作也。此人皆意有所郁结,不得通其道也,故述往事,思来者。"②太史公认为怨应郁结而外射并衍化为一种积极情绪,他的"发愤著书"说因合乎文学的发展规律而成为一条重要的创作原则。怨生,不仅给创作者以强大的推动力,而且给文学注入内在的生命力和外在的感人力量。怨生,发而为诗、文、词,既可怨而不怒,也可怨而必怒。就怨而必怒说,在中国文学中虽然发展得不够充分,但是代有传人,生生不息。《诗经》中"投畀豺虎"之类即是创作中的例证,此后自秦汉以迄唐宋,由于儒家温柔敦厚的诗教的影响,而未能充分发展。但是,由于怨是一种极易导向怒的情绪,《说文》云:"愠,怨也;恚,怒也。"③所以,怨而至于怒的思想也就会于罅缝中获得喘息的机会。韩愈便是其中出色的一位,他从"物不得其平则鸣"这一普遍现象,推及言、歌、哭等,认为:"凡出乎口而为声者,其皆有弗平者乎?"(《送孟东野序》)④"弗

---

① 毛亨传,郑玄笺,陆德明音义《毛诗传笺》,中华书局,2018年,第1页。
② 司马迁《史记》,中华书局,2003年,第3000页。
③ 许慎撰,段玉裁注《说文解字注》,上海古籍出版社,1981年,第511页。
④ 马其昶校注《韩昌黎文集校注》,上海古籍出版社,1986年,第233页。

平"既是创作的动因,也是创作时的情绪,而文学,也就似乎是为了张扬这种"弗平"的。显然,韩愈在此并未有意将之纳入温柔敦厚的范围,这从下面的"能鸣"与"善鸣"的对举中,似可窥出端倪。当然,韩愈对怨而至怒的情感导向的论述,还是隐约的,不清晰的。只有到了明代,随着资本主义因素的潜入和商品经济的发展,这种饱含反封建的激情才得以长鸣于天下,李贽便是这股潮流中锐不可当的一面旗帜。《焚书·伯夷传》在论及伯夷之"怨"时说:"何以怨?怨以暴之易暴。"①强调把怨置于冲锋陷阵的前沿,以无畏的姿态对以暴易暴的思想予以肯定的阐述,光大了文学的战斗意义。李贽而后,黄宗羲、王夫之等对"怨而必怒"均有不同角度的论述。但是,我们在承认"怨而必怒"的价值取向的同时,也必须认识到,由于封建专制的重重影响,给文学创作带来的并非轻松的氛围,历史上屡次发生的文字狱即是一种观念的体现。同时,由于文学作品除了表达某种情感以外,兼有艺术性的要求,而怨而至怒的作品往往是一种激情的毫无遮拦的文字反映,缺少艺术韵味。所以从整个文学史的角度看,左右创作更多的是怨而不怒的创作理论和创作实践,并影响到人们的审美意识。

古代文论中怨而不怒的思想来源于孔子的中庸之道和儒家温柔敦厚的诗教,中庸之道是对人格、处世的规范,温柔敦厚则是对作者情性和创作的规范,注重儒家心性的培养。而沉郁说则是由对情性的规范进而对作品内容和艺术表现进行规范,因此,沉郁说是受诗教的影响的。论者常言,怨而必怒,能成悲剧;怨而不怒,则有悲剧之美。此论似有所偏。但诗词不同于散文、小说和戏曲,词又有别于诗,词有含蓄、委婉的艺术传统,审美价值取向上应有其特殊性。沉郁说在这点上正体现了词的悲剧美。《词话》卷四曰:"作词贵于悲郁中见忠厚。悲怨而激烈,其人非穷则夭。"②虽然还有明哲保身

---

① 李贽著,陈仁仁校释《焚书·续焚书校释》,岳麓书社,2019年,第345页。
② 陈廷焯著,彭玉平导读《白雨斋词话》,上海古籍出版社,2009年,第96页。

的狭隘之处,但要求词能见出忠厚之性,悲怨而不激烈,却正是陈氏对词的悲剧美的自然体悟。这也是中国古典悲剧艺术精神与陈氏词学理论的自然契合。所以陈氏评骘历代词作,虽然重在怨情的感发,而对能体现忠厚情性和怨而不怨的词作则尤为欣赏。譬如东坡有《浣溪沙》词曰:"谁道人生难再少,君看流水尚能西,休将白发唱黄鸡。"这是元丰五年(1082)东坡被贬黄州时所作。时于黄州东南三十里沙湖置田,因往"相田得疾",这是病愈后与医师庞安常同游清泉寺所作,此时的苏轼政治上既蹭蹬,身体因坎坷而多病,但词中则用乐观的积极的精神去涵盖这种种固有的怨情,因此词中看不到任何对自己命运的自艾自怜,在怨而不怨之中表现了其超旷的人生态度,也体现了他"终是爱君"的情怀,既具忠厚情性,又具沉郁之妙,与陈氏的审美观正相投合,所以亟赏如此。

总之,陈氏沉郁说是个审美范畴,悲剧美则是它的内核,也可以说是中国传统诗学中悲剧美的升华,虽然陈氏并未用现代美学的词汇。

第三节　况周颐论词的"纤"与雅正

况周颐的词学理论以"词心词境""重拙大"说为著名,但况周颐对"纤"范畴的关注与分析,也很有特色。

在历代词话中,"纤"是一个重要的概念。它在词体演变过程中,曾扮演诗词分疆和词曲分界的双重角色。因此,能否根据词体发展的需要,把握其具体范畴,对维护词体"上不似诗,下不类曲"①的独立性有着特殊的意义。

《说文解字》云:"纤,细也。"历代词话中"纤"的含义即由此引

---

① 李渔《窥词管见》,唐圭璋编《词话丛编》第1册,中华书局,1986年,第549页。

申发展而来,大体上可分为两种。

一是以"纤"为词体特点。以先源文体为参照,词别于诗、文的特征多与"细"相关——情细则柔、质细则轻、文细则小、径细则窄、旨细则隐、刻画细则巧,故可总括为"纤"。如陈子龙论词云:"其为体也纤弱,明珠翠羽,犹嫌其重,何况龙鸾。"①最早用"纤"评词的是南宋《碧鸡漫志》,王灼引用唐李戡斥责"元白诗纤艳不逞,非庄士雅人"的话,间接评价"曲折尽人意,轻巧尖新"的李易安词②。"纤"字用于诗评,指诗气格细弱,流靡不振,是贬义的。但诗、词的体制不同,"词中语用之于诗,便近纤巧"③。反之,在诗中为疵病的"纤",在词则为合色。王灼对易安词的评价是"本朝妇人,当推词采第一"④,就肯定了"纤"在词艺上的价值。词话中这个意义的"纤"常与艳、丽、秀、新、巧等特征连用,表示其有细致的特点,展现出有别于诗的"当行本色"。

词话对这种"纤"的评价,褒贬不一:肯定词体独立价值的词评者认为"纤"有助于词摆脱对诗的依附,自成风格,值得肯定。如杜文澜主张:"词以纤秀为佳,凡使气使才,矜奇矜僻,皆不可一犯笔端。"⑤但主张诗流为词,诗变失其"正"的词评者则认为"纤"导致词无法像诗一样言志明理,有乖雅正之道,因此不应肯定。如顾有孝云:"诗词同源而异流……故论诗家至以填词为戒,恐其以纤弱为胜场,以软美为入格,乐而流于淫,哀而失之伤,而不知止也。"⑥

二是以"纤"为损害词格的弊病。以后继文体为参照,诗过细则

---

① 转引自冯煦《蒿庵论词》,唐圭璋编《词话丛编》第4册,中华书局,1986年,第3588页。
② 王灼《碧鸡漫志》卷二,唐圭璋编《词话丛编》第1册,中华书局,1986年,第88页。
③ 李佳《左庵词话》卷上,唐圭璋编《词话丛编》第4册,中华书局,1986年,第3131页。
④ 王灼《碧鸡漫志》卷二,唐圭璋编《词话丛编》第1册,中华书局,1986年,第88页。
⑤ 杜文澜《憩园词话》卷一,唐圭璋编《词话丛编》第3册,中华书局,1986年,第2860页。
⑥ 顾有孝《松陵绝妙词选序》,施蛰存主编《词籍序跋萃编》,中国社会科学出版社,1994年,第817页。

近词,词过细则近曲,就本体而言,都是疵病。由于这种弊病的根源在"细"——气过细则弱、情过细则靡、质过细则薄、旨过细则卑,故可归结为"纤"。如蒋敦复云:"词之一道,易流于纤丽空滑,欲反其弊,往往变为质木,或过作谨严,味同嚼蜡矣。"①在词话中,这个意义的"纤"常与弱、俗、佻、僻、淫、亵、薄等贬义词连用,凸显其词弊的含义。也常与艳、丽、冶、巧、小等特征连用,表示这些特征细得太过,出现了近曲的弊病。

以诗为词、以曲为词都会削弱词体独立性。但对词体发展而言,以诗为词是功过参半,虽不合词体,却有助于拓展词境、提升词格;而以曲为词为害更甚,不但损体,而且伤格,会让词流靡委弱,难于振起。因此,词话对这种"纤"的评价有贬无褒。元代以后,词受曲浮靡浅俗风格的影响,这类"纤"的弊端日益明显,致使词格衰微,词风不振,因而尤为推崇词格的词论者所诟病。

由此可见,"纤"在词学中是一种不易把握的范畴——不及则近诗,太过则近曲。由于其含义本身就有分歧,"过"与"不及"之间的界线就更加模糊。历代词话对"纤"的阐述,多是二义并存,指向不明,褒贬失据:时而将其作为词体特色来称赏,时而又将其作为疵病来批评,称赏时放任太过,乃致流入曲体;批评时又限制过严,逾越词体界限,直以风雅正源为准则,无法别于诗体。真正能将"纤"的内涵限定在明确范畴内的,是清末民初的况周颐。他综合前人理论,权衡时势需求,明确将"纤"界定在词弊的范畴,对"纤"的弊病及防治方法进行了系统的阐释,使得"纤"的内涵更加明朗,在维护词雅正传统的同时,兼顾了词体特色。

在况周颐词论中,与"纤"成词的有纤新、纤佻、纤弱、尖纤、纤巧、纤庸、纤滞、纤艳、纤妍、纤丽。其中,只有纤新一词是中性的,而

---

① 蒋敦复《芬陀利室词话序》,唐圭璋编《词话丛编》第4册,中华书局,1986年,第3627页。

此词仅见于《织余琐述》中的"山中白云咏物词"条①,其余的"纤"及相关词组都属贬义,专指词弊。分而论之,则纤佻指词轻薄浮滑,绵软不稳健;纤庸指词轻率平庸;尖纤指词刻意追求新颖曲折,突兀造作;纤艳、纤妍、纤丽指词粉饰太过,软媚无骨;纤滞指词境界狭小,呆板少灵气;纤弱指词细弱无骨,纤靡指词情致卑弱。以上诸弊,或因求"轻"太过,而显得气格平弱;或因求"巧"太过,而显得矫揉造作、气质卑下;或因求"小"太过,而显得气象狭小。总之,词中与"细"相关的特征超出了词体的界限,则为"纤"。

况周颐将"纤"界定为词弊,避免了在词论中出现褒贬不一的状况。其词论对"纤"态度鲜明,批评尖锐。再三强调"纤"是元代后词风流靡失正的主因,不但有乖雅正之旨,而且易导致门径之误:词"上通雅乐",而"后人言情之作,辄蹈纤佻,甚弗率其初祖矣"。"词衰于元,当时名人词论……适足启晚近纤妍之习。""明以后词,纤庸少骨……初学抉择未精,切忌看之。""康熙中,有所谓《倚声集》者……词格纤靡,实始于斯。自时厥后,有若浙西六家,是其流弊所极。轻薄为文,每况愈下。于斯时也,以谓词学中绝可也。"②

况周颐对"纤"的谴责也间接体现在其对"厚、雅、重、拙、大"的提倡上。其论词云:"大要曰雅,曰厚,曰重、拙、大。厚与雅,相因而成者也,薄则俗矣。轻者重之反,巧者拙之反,纤者大之反,当知所戒矣。"论"俗"云:"不俗之道,第一不纤。"可见"纤"和"厚与雅"相对。夏敬观《蕙风词话诠评》论"重、拙、大"云"析言为三名辞,实则一贯之道也",与之相对的"轻、巧、纤"亦然。③词论中所提到的"轻""巧""小""尖"等词都有"细"之义,但这些词兼有词弊和词体特色双重含义,而"纤"的含义则相对固定,专指词弊。因此在论词

---

① 况周颐著,孙克强辑考《蕙风词话 广蕙风词话》,中州古籍出版社,2003年,第175页。
② 同上书,第406、31、13、152页。
③ 同上书,第151、5、454页。

时,它们取代了"纤"原有的词体特色含义,而当它们所代表的双重含义需要同时出现时,"纤"便取代了其词弊含义:所谓"小而不纤""巧而不纤""新而不纤""刻画以不涉纤为佳"等等都属此类。况周颐词论以"大气真力"与"小惠之笔"相对,即是以"大气真力"来诠释"大",以"小惠之笔"来诠释"纤"。而"大气真力"明显包含有"重、大"双重含义。"小惠之笔"则多指词中巧新造琢的伎俩,综合来看,"纤"实是与"重、拙、大"相对,而不只局限在"大"。况周颐论词力主"厚、雅、重、拙、大",而与之相对的"纤",可谓冒词作之大不韪,理所当然成为诟病的重点。

鉴于"纤"对词体发展的危害甚大,如何在词作中避免"纤"的弊病,就成为况周颐词论需要探讨的重要问题。其词论对防治"纤"的各种方法进行了系统的阐释,包括针对初学者的防"纤"捷径和从根本上纠正"纤"的治本之法。

"纤"是细之太过的词弊,而对初学者来说,"过"与"不过"的界限不易把握。故况周颐词论中最明显易学的防"纤"捷径是从与"纤"相对的"厚、雅、重、拙、大"入手,将易涉纤的"轻、巧、小"等特征都排除在外。

就门径论,主张学词须"取法乎上":宜"重、拙、大",不宜"轻、巧、小"。

(1)不宜学轻倩词。况周颐认为"厚与雅,相因而成者也,薄则俗矣"。过轻则薄,因此主张"填词先求凝重。凝重中有神韵,去成就不远矣。所谓神韵,即事外远致也。即神韵未佳而过存之,其足为疵病者亦仅,盖气格较胜矣。若从轻倩入手,至于有神韵,亦自成就,特降于出自凝重者一格。若并无神韵而过存之,则不为疵病者亦仅矣"。① 轻倩词重空灵流丽,学之不当,易写成浮滑无气格的轻薄为文之词,出现"纤"的弊病。

---

① 况周颐著,孙克强辑考《蕙风词话 广蕙风词话》,中州古籍出版社,2003年,第151、5页。

最不宜学的轻倩词是用笔轻率,涉浅俚或近诙谐的词。因这类词随意近曲,极易出现轻薄、浮滑、浅俗等纤佻不雅的弊病,故不宜学。《蓼园词选序》云:"晚近轻佻纤巧,饾饤嘾嚣诸失,皆门径之误中之……惟《草堂诗余》……较为醇雅……学之虽不能至,即亦绝无流弊……《蓼园词选》者,取材于《草堂》,而汰其近俳近俚者也。"即是此意。其次,不宜学苏、辛一类的率意词。所谓"苏、辛词皆极厚,然不易学,或不能得其万一而转滋流弊,如粗率、叫嚣、澜浪之类"。① 此类词貌似易学,实则难工。因其不假修饰,没有可以直接模拟的技巧,极易出现粗率、叫嚣、澜浪之类纤庸的弊病,故不宜学。

(2)不宜学尖巧词。况周颐认为"近人填词以雕琢为工,尖巧相尚,不能风骨骞举,上追唐音"。因此主张"巧不如拙,尖不如秃"。"凡人学词,功候有浅深,即浅亦非疵,功力未到而已。不安于浅而致饰焉,不恤颦眉、龋齿,楚楚作态,乃是大疵,最宜切忌。"②尖巧词重刻画雕饰,初学者功力未到,极易写成逞新弄巧无气质的小慧侧艳之词,出现"纤"的弊病。

最不宜学的尖巧词是唐五代词。所谓"唐五代词并不易学。五代词尤不必学……晚近某词派,其地与时,并距常州派近。为之倡者,揭橥《花间》,自附高格,涂饰金粉,绝无内心……亦足贻误初学。尝求其故,盖天事绌、性情少者所为,曷如不为之为愈也"。"《花间》至不易学。其蔽也,袭其貌似,其中空空如也。所谓麒麟楦也……以尖为新,以纤为艳,词之风格日靡,真意尽漓,反不如国初名家本色语,或犹近于沉著、浓厚也。"③由上两条可知,唐五代词,尤其是五代花间词妙处难学,功力不到者,不易领会其性灵、风度,只

---

① 况周颐著,孙克强辑考《蕙风词话 广蕙风词话》,中州古籍出版社,2003年,第449、249页。
② 同上书,第208、91、5页。
③ 同上书,第11—12、16页。

为其艳情、藻饰等皮相所吸引。于是刻意追求艳词丽句,反因格调不高而涉纤巧,刻意追求曲折新奇,反因粉饰太过而堕尖纤,"反不如"退而求其次,宁可先学国初名家本色语,如此虽不能到花间佳境,亦可得沉着、浓厚。

（3）不宜学衰飒词。此类词情致软媚、词笔流丽、取材精细,集轻、巧、小于一身,过于绵软,气象狭小,气骨难振,最易涉"纤"。如陈善《满江红》对句,"虽出自宋人,亦断不可学,学之易涉纤佻,于格调非宜也"。又如"'离愁分付残春雨,花外泣黄昏。'此等句虽名家之作,亦不可学,嫌近纤近衰飒"。况周颐认为"词衰于元"的重要原因,就是时人推崇这类词笔流丽,但格调近曲的词。如赵汝芜词,词旨既小,又滥用轻浮字,故而只得新巧,而无气格。①

就技法论,主张用形式技巧上的"重、拙、大"来避免"轻、巧、小":

（1）慎用字。须少用轻浮生新字,所谓"词用虚字叶韵最难。稍欠斟酌,非近滑,即近佻。忆二十岁时作《绮罗香》,过拍云:'东风吹尽柳绵矣。'端木子畴(埰)前辈见之,甚不谓然,申诫至再。余词至今不复敢叶虚字。又如'赚'字、'偷'字之类,亦宜慎用,并易涉纤。'儿'字尤难用之至……若于此等难用之字,笔健能扶之使竖,意精能炼之使稳,庶极专家能事矣。斯境未易臻,仍以不用为是"。虚字无实义,涉浅俚,近轻浮,难以压住韵脚。如"矣"字轻滑,"赚""偷"字尖新,"儿"字俚俗,极易出现"纤"的弊病。如"陈坦之《沁园春》云:'愁无际,被东风吹去,绿黯芳洲。'此警句有神韵,赵汝芜《恋绣衾》云:'怪别来胭脂慵傅,被东风偷在杏梢。'命意略同,彼何其纤也"。② 相比之下,可知赵词病"纤",因其滥用"偷"字,语近俚俗,尖新浮滑,不及陈词自然蕴藉。

---

① 况周颐著,孙克强辑考《蕙风词话 广蕙风词话》,中州古籍出版社,2003年,第42、31页。

② 同上书,第11、186页。

还可适当采用重字。虽重字"入词不易合色",但"字无不可用,在乎善用之耳"。如"'草际露垂虫响遍'。写出目前幽静之境,小而不纤,妙在'垂'字、'响'字,此二字不可易"。"垂""响"质重,用于小词中,可以振气格,不涉纤。①

(2)刻画不宜太精巧。况周颐认为"作词最忌一'矜'字"。"语纤致巧",不得谓工。其评沈约之"如梦令云:'忺睡,忺睡。窗在芭蕉叶底。'《念奴娇》云:'醉态天真,半羞微敛,未肯都开了。'刻画而不涉纤,所以为佳"。② 两句都是用写意的笔法刻画清景柔情,而非用工笔精雕细琢,故不涉纤。

(3)用语须含蓄蕴藉。况周颐认为词语当俊媚,但用语太直则显空滑粗率,如张玉田《水龙吟》词:"待相逢说与相思,想亦在、相思里。"言情太直露则近轻浮,如王之璧赠妓、别妓诸词,都嫌伤格。填词须如陆宏定词"清隽高浑,与明词纤庸少骨者不同"。何善词"流丽浑雅",方为正格。③

(4)句法须凝练紧凑。况周颐认为"词贵意多,无意便薄也"。句法太松则近曲,有率意轻浮之弊,初学不宜。如"'可恨狂风空自恶。晓来一阵,晚来一阵,难道都吹落'云云,那堕元词藩篱。再稍纤弱,即成曲矣"。故"改词须知挪移法……或两意缩成一意,再添一意,更显厚。此等倚声浅诀,若名手意笔兼到,愈平易,愈浑成,无庸临时掉弄也"。④

以上诸法,主要从防范入手,防范对象只停留在题材、技法、风格上,这些特征严格来说不是弊病,只是在形式上易涉"纤"。况周颐对元明以来词出现的种种"纤"的现象痛心疾首,为革除时弊,维护词雅正传统,故提出上述方法,有矫枉不妨过正之义。它的好处

---

① 况周颐著,孙克强辑考《蕙风词话 广蕙风词话》,中州古籍出版社,2003年,第42、116—117页。
② 同上书,第5、33页。
③ 同上书,第29、424、315页。
④ 同上书,第336、63、10页。

在于泾渭分明,便于初学。但由于各人天分、学养不同,各词调、题材的体性各异,如何入门,入门后如何发展难以强求。如况周颐本人学词从侧艳轻倩入手,就属于门径不正的类型;而入门后如不知变通,亦会胶柱鼓瑟,难以成就独立的风格。故况周颐论门径云:"当其致力之初,门径诚不可误。然必择定一家,奉为金科玉律,亦步亦趋,不敢稍有逾越。填词智者之事,而顾认筌执象若是乎?……欲得人之似,先失己之真。得其似矣,即已落斯人后,吾词格不稍降乎。"①又因词本来就具有"上不似诗,下不类曲"的艺术特点,只是一味地推崇"重、拙、大",易使细美幽约之律尽变为铁板铜琶之音,不利于维护词体特色。因此,它们只是避免"纤"的辅助之法,在实际运用中要与治本之法相结合,标本兼治,才能正本清源。

由于"纤"是词中与"细"相关的特征超出了词体界限而出现的词弊,因而针对"纤"的治本之法是辨明"纤"和词体特色之间的区别——二者一为得体,一为流弊,差之毫厘,谬以千里。

要鉴别"纤"与词体特色,关键在把握"细"的限度。而要把握"细"的限度,关键在"气"。涉"纤"词细得太过,气格卑弱,气象狭小,气质卑下,风骨不振。本色词细得恰到好处,气即能蕴蓄于中,使神不外散;又能绵延于外,得事外远致。况周颐认为"词学极盛于两宋。读宋人词,当于体格、神致间求之。而体格尤重于神致,以浑成之一境,为学人必赴之程境。更有进于浑成者,要非可躐而至,此关系学力者也。神致由性灵出,即体格之至美,积发而为清晖芳气而不可掩者也。近世以小慧侧艳为词,致斯道为之不尊,往往涂抹半生,未窥宋贤门径,何论堂奥!"②所谓体格,重在气格,有气格则沉着,发见于外则为浑厚。其间至美者为气质,积发而为气象,即神韵。小慧之词三者全无,故涉纤。具体而言:

---

① 况周颐著,孙克强辑考《蕙风词话 广蕙风词话》,中州古籍出版社,2003年,第11页。
② 同上书,第448页。

（1）况周颐以质地轻婉为词体特色，认为词体"轻清婉约，妙造自然，尤能传出诗中不尽之意"，其所求"重者，沉着之谓。在气格，不在字句"。况周颐论梦窗词"沉挚之思，灏瀚之气，挟之以流转……其中之所存者厚"。①刘永济评曰："梦窗之难及者，词内之清气，魄力也。"②赵尊岳评曰："词知雅入而厚出，则思已过半……不雅入，其失在表；不厚出，其纤在骨，尤犯大忌。"③三家互相发明，可知词涉纤，根源在无气格。有气格，虽轻不涉纤。所谓"婉曲而近沉著，新颖而不穿凿，于词为正宗中之上乘"。如论灵飞词"尤清婉可诵，气格渐近沉著，不涉绮纨纤靡之习"。字句流丽轻婉，而气韵厚，则可于本色中见凝重。所谓"以性灵语咏物，以沉着之笔达出，斯为无上上乘"。④

词要有气格，则须谙真气贯注，潜气内转之法。所谓"作词须知'暗'字诀。凡暗转、暗接、暗提、暗顿，必须有大气真力，斡运其间，非时流小惠之笔能胜任也"。"大气真力"可避免因软媚而显平弱，"暗"字诀可避免因直露而显轻浮，从而达到浑成的境界。况周颐主张轻倩词不宜学，是因为纤佻一派推重轻灵，而忽视神骨，轻而无骨，则堕轻浮油滑。但所谓"笔健能扶之使竖，意精能炼之使稳"。"昔人情语艳语，大都靡曼为工……繁弦促柱间有劲气暗转，愈转愈深。"⑤笔端有真气贯注，便可使轻者稳而不浮，得刚健含婀娜之效。如东山词："归卧文园犹带酒。柳花飞度画堂阴。只凭双燕话春心。"此词一句明写人，二句明写花，由第三句绾合，则是人是花已无

---

① 况周颐著，孙克强辑考《蕙风词话 广蕙风词话》，中州古籍出版社，2003年，第250、34页。

② 刘永济《诵帚词筏》，转引自况周颐撰，屈兴国辑注《蕙风词话辑注》，江西人民出版社，2000年，第40页。

③ 赵尊岳《填词丛话》卷一，《词学》第3辑，华东师范大学出版社，1985年，第169—170页。

④ 况周颐著，孙克强辑考《蕙风词话 广蕙风词话》，中州古籍出版社，2003年，第27、168、100页。

⑤ 同上书，第8、11、412页。

迹可寻,春景春情合而为一,丰神收束无痕,情致绵延无尽。深得潜气内转之壶奥。其字面上轻倩灵动只是表象,含浑空灵、无迹可寻的寄托才是精髓。故况周颐评曰:"融景入情,丰神独绝。近来纤佻一派,误认轻灵,此等处何曾梦见。"又如评"'斜日笼明,团扇风轻,一径杨花不避人。'……新稳不纤,前段尤极神回气合之妙"。此词取材轻小,但善于运气,便稳而不浮。上面提到,况周颐主张初学者应学句法凝练的词,因"'松'字最不易做到",词太松则神散意浮,易涉纤。但词中如有劲健之气贯注,便能收束丰神,形散而神不散,所谓"以松秀之笔,达清劲之气,倚声家精诣也"。①

况周颐认为潜气内转之法最难把握,但如能运用得法,则最能于本色中见凝重。上引东山词就是一例,又如"石曼卿《燕归梁》……后段前四句一意相承,说到第四句几无可再说。倘结句无力,或涉薄、涉纤。得'更斜日,凭危楼'句,便厚、便大、便觉竟体空灵,含意无尽,此中消息可参"②。所谓此中消息,即是指潜气内转之法。此例中前四句都在言愁,词意越转越深细,易因过衰飒而涉纤,但得结句"斜日""危楼"本身颇为壮丽,以"更""凭"字转入,尤显笔力千钧。

(2)况周颐以修辞尚巧为词体特色,主张"欲造平淡,当自组丽中来,即倚声家言自然从追琢中出也"。其所求的"拙"是拙质,而不是技法上的拙劣。有气质,虽巧不涉纤。词中字句新颖巧慧,而气质真率朴厚,则可于本色中见拙质。如:"'绮窗幽梦乱如柳,罗袖泪痕凝似饧。'……'可奈薄情如此黫,寄书浑不答。''饧''黫'叶韵虽新……其不失之尖纤者,以其尚近质拙也。"又如:"'试将花蕊数层层,犹比长年不尽。'……'侧听称觞新语,一滴愿增一岁,门外酒如川。'并巧语不涉纤。"况周颐很欣赏满心而发、肆口而成的词,不嫌

---

① 况周颐著,孙克强辑考《蕙风词话 广蕙风词话》,中州古籍出版社,2003年,19、324、43页。
② 同上书,第235—236页。

尖巧轻率,反见质拙朴厚。如党承旨《鹧鸪天》"尤妙在上句'窥窗'二字……意之曲折,由字里生出,不同矫揉钩致,不堕尖纤之失"。"'贫得今年无月看,留滞江城。'……此等句以肆口而成为佳。若有意为之,则纤矣。"刻意为新、曲易涉纤,但有真情真景,不须造作,自能深细曲折。况周颐认为"填词第一要襟抱。惟此事不可强,并非学力所能到"。"填词如何乃有风度?答:由养出,非由学出。问:如何乃为有养?答:自善葆吾本有之清气始。"①襟抱即风度,气质高华清俊,则有襟抱,非但见拙质,还可融重大于拙之中,达到"顽"的高境界。

  词要有气质,则须返璞归真。所谓"清气如何善葆?答:花中疏梅、文杏,亦复托根尘世,甚且断井、颓垣,乃至摧残为红雨,犹香"。清气即与生俱来,尘世难污,至死不渝的品质,本真不改,则清气可葆。况周颐认为"真字是词骨",词有骨干,自能凝神养气。若造琢求巧,丧失真气,则软媚无骨——"盖非深于情者无气节可言也"。"真"则得雅之本:"至真至正之情,有合风人之旨。即词境词格,亦与之俱高";"真"则得厚之源:"愈朴愈厚,愈厚愈雅,至真之情,由性灵肺腑中流出,不妨说尽而愈无尽";"真"则得"重、拙、大"之神:"'顽'字云何诠?释曰:'拙不可及,融重与大于拙之中……犹有一言蔽之,若赤子之笑啼然。'"故而词得真字,可谓一好百般宜。况周颐认为词易涉纤,只因以轻率为真率,以造琢为工巧,忽略了真纯这一雅正之本。若巧质、曲直各依其性情,则不唯不纤,更见其真;唐五代词有以精巧曲折胜者,善学者得其沉挚,则比本色词更胜一筹;苏、辛词以率逸自成一家,"其秀在骨,其厚在神……不经意处,是真率,非粗率也";太白清平乐质句,直接古乐府朴厚之风,周、姜词中质句"惟有学之不能到耳",②可见"词以含蓄为佳,亦有不妨

---

  ① 况周颐著,孙克强辑考《蕙风词话 广蕙风词话》,中州古籍出版社,2003年,第123、35、23、43、60、21、7页。
  ② 同上书,第7、5、228、86、20、99、13、20页。

说尽者","情至语不嫌说尽","愈质愈厚"。① 不但不会因直率涉纤,还可救治纤,匡正门径。

（3）况周颐以题材细小,取径狭窄为词体特色,常以"小词""小道""小焉者"称词而绝无贬损之意。主张"词虽小道,可以窥显晦之故"。其所求的"大"主要是气象上的宏大开阔,气质上的真纯空灵。有气象,虽小不涉纤。形象上的大固然可以出气象,但如果词有神韵,即可见近及远,见微知著,同样可以出大气象。其论咏物词云:"未易言佳,先勿涉呆……题中之精蕴佳,题外之远致尤佳。"又认为词宜间以涩调,要有真气贯注。因"涩之中有味、有韵、有境界"。同是不流畅,呆与涩不同,涩真气贯注,可防浮滑涉纤,如梦窗词。而呆气格平弱,会因板滞涉纤。要避免呆,则词须有神韵。情事细小,而气象宏大,情味深永,则虽小不涉纤。如欧阳炯词"宛风如舞透香肌","宛风"二字未经人道,形容绝新,字句、取材都极轻小新艳,易涉纤。但"'宛'字绝妙,能传出如舞之神,无一字可以易之。此等字用得的当,便新而不纤不尖"。更进一层,不但有气象,而且有气质,则可于本色中见大。如"邵复孺词'鱼吹翠浪柳花行'……刘桂隐《满庭芳·赋萍》云:'乳鸳行破,一瞬沦漪。'非胸次无一点尘,此景未易会得。静深中生明妙矣。邵句小而不纤,最有生气,却稍不逮,桂隐近于精诣入神"。邵词题材小却有生气,故不嫌纤弱。而刘词更进一层,旨趣即高,境界便出,气韵绵邈无尽。又如"'斜斜叶。钗头常带,一秋风月。'……赋物上乘,可药纤滞之失"。② 见微知著,气象甚大。再如"《蜕岩词》……'吴娃小艇应偷采,一道绿萍犹碎。'……'绿阴阴尚有,绛跗痕凝。'并是真实情景,寓于忘言之顷,至静之中……新而不纤,虽浅语,却有深致。倚声家于小处规模

---

① 况周颐著,孙克强辑考《蕙风词话 广蕙风词话》,中州古籍出版社,2003年,第407、88、64页。
② 同上书,第26、99、100、410、61、24页。

古人,此等句即金针之度矣"。① 两词襟抱俱佳,堂庑、气象大,将无尽情思收束于极细的萍痕、跌痕中,神不散而意无穷。

词要有气象,就作者而言,要有襟抱。就技法而言,词笔须善于变化:须于大小间变化,所谓"'大者含元气,细者入无间',略可喻词笔之变化"。能细则不失本色,能大则不涉纤。而要在大与细间自由往来,则须真气贯注。如李庭词云:"侧听称觞新语,一滴愿增一岁。门外酒如川。"前二句细小新巧,而末句气象开阔,故"并巧语不涉纤"。又如沈约之《谒金门》在细致生动的刻画中间以"独倚危阑""竹鸣风似雨"一类气象开阔的语句,故况周颐评曰:"刻画而不涉纤,所以为佳。"②还须于疏密虚实间变化,即所谓"疏密相间之法"。赵尊岳诠释此法云:"词之通体,最要在疏密得宜,情事停匀……至融景入情之语,故非高手莫属。"③景中有情,便无空泛勾勒之失,情中有景,便无轻率浮滑之弊。情景交融可使层次变深,境界变大,情感变凝重,不涉纤。此法极见功力,必须有大气真力斡旋其中,情景间的融合才不显得生涩造作,才能达到涵浑无迹。如石孝友所存目"各阕或寓情于景,或融景入情,有清新疏俊之长,而无软媚纤佻之失"。④

综上所述,况周颐在词论中,以"气"为标准,明确了"纤"与词体特色之间的区别,使"纤"的概念不但有了独立的含义,还有了相对明确的范畴。于是,"纤"就可以作为一个"及则太过"的界限,来界定各种与"细"相关的特征:凡涉纤的词,都超出了词体的范畴,属于细得太过的词弊;若不涉纤,则不为弊,为得体。若体格细的词在气格、气质、气象上能渐近为重、拙、大,则为词中具有雅正之风的上

---

① 况周颐著,孙克强辑考《蕙风词话 广蕙风词话》,中州古籍出版社,2003年,第62页。
② 同上书,第35、23、33页。
③ 赵尊岳《填词丛话》卷四,《词学》第5辑,华东师范大学出版社,1986年,第220页。
④ 况周颐著,孙克强辑考《蕙风词话 广蕙风词话》,中州古籍出版社,2003年,第342页。

品。这个界限的形成,一可以避免词出现细之太过的词弊,维护词的雅正传统,二可以避免矫枉过正,兼顾了词体的特色。

况周颐论"填词要天资,要学力,平日之阅历,目前之境界,亦与有关系"①。词论是积累而成的,相对填词而言要稳定,因此受前人理论影响多于目前之境界,但其他因素的影响却与填词同。况周颐词论对"纤"的态度和阐释,就是在这多种因素的影响下形成的。

从天资上看,况周颐天分显然不错,而性情偏于轻倩侧艳的本色一路。尝自述填词经历:"余自壬申、癸酉间即学填词,所作多性灵语,有今日万不能道者,而尖艳之讥,在所不免。己丑薄游京师,与半塘共晨夕,半塘于词夙尚体格,于余词多所规诫……余自是得阅词学门径。所谓重、拙、大,所谓自然从追琢中出,积心领而神会之,而体格为之一变。"结合经历,下面这段论述,就很有现身说法的意味了:填词"若从轻倩入手,至于有神韵,亦自成就,特降于出自凝重者一格……或中年以后,读书多,学力日进,所作渐近凝重,犹不免时露轻倩本色,则凡轻倩处,即是伤格处,即为疵病矣。天分聪明人最宜学凝重一路,却最易趋轻倩一路。苦于不自知,又无师友指导之耳"。初学无指点,门径未必正,性情却必定真。所谓"信是慧业词人,其少作未能入格,却有不可思议,不可方物之性灵语,流露于不自知。斯语也,即使其人中年深造,晚岁成就以后,刻意为之,不复克办。盖纯乎天事也"。此条可做前二条补注。后来他受王鹏运等人的影响,渐转向"重、拙、大",言辞间颇有自悔少作之意,正如赵岳尊《蕙风词史》所言:"先生少颖悟,矜才绝艳……而词笔流露,往往似为之谶。先生辄以举示,谓不知其何以至此也。"②因此在论词时以己为鉴,特别注重门径,主张门径须正,才能避免画鹄不成终类鹜。而易产生流弊的门径,前人虽有佳作,功力不到,宁可

---

① 况周颐著,孙克强辑考《蕙风词话 广蕙风词话》,中州古籍出版社,2003年,第4页。
② 同上书,第443、5、99、469页。

不学,以防画虎不成反类犬。故对于"轻倩"词,态度则十分微妙——用其后来接受的雅正标准来衡量,不得不理智地将其摒弃,但在潜意识中对这种不受约束、纯任自然的性灵语仍是心向往之。即使在"重、拙、大"成为其词论核心后,这种对词"细"之特色的爱好仍"不免流露",因此,其词论具有比其他重视雅正的词评者更为鲜明的本色倾向。他对"纤"与词体特征间区别的特别关注和精确把握就体现了这一点。

从学力上看,况周颐认为"性灵关天分,书卷关学力"。其《存悔词序》自述云:"戊子入都后,获睹古今名作,复就正子畴、鹤巢、幼遐三前辈,寝馈其间者五年。"①可见其学力是在博览群书后,在师友有倾向性的指导中形成的。博览群书,有助于对词弊、词体有全面的认识,这是界定"纤"范畴的基础。至于师友指导的倾向,从上段所引的自述可知,是偏重雅正一路的。要提倡"雅、厚、重、拙、大",对其反面"纤"当然就十分关注,谴责也十分强烈了。

从平日之阅历上看,其时国运衰微,与"无复中兴之望"的南宋颇为相似,客观上需要用诗法开拓词境。故况周颐虽知词本色"能为悱恻,而不能为激昂",更欣赏在凄恻中寄寓家国之感的词人之词,但面对"余生薇葛,歌啸都非"的时势,难免有"安得尺寸干净土,著我铁拨铜琶"的感慨,②对可振志气的诗人之词持同情理解的态度,并不完全苛求其合乎本色。而词坛衰靡之风泛滥,又使以曲为词成为众矢之的,故况周颐认为"词衰于元","设令元贤继起者,不为词变为曲风会所转移,俾肆力于倚声,以语南渡名家,何遽多让"对以曲为词造成的纤俗风气深恶痛绝,强调"词涉曲笔,其为伤格",③将纠正"纤"的弊病,归复雅正列为词论的重点,对词体特

---

① 况周颐著,孙克强辑考《蕙风词话 广蕙风词话》,中州古籍出版社,2003年,第6、442页。
② 同上书,第58页。
③ 同上书,第59、153页。

色的关注则退居次要地位。

综上所述,如何在维护雅正的前提下,兼顾词体特色,以成就词体特有的"风流高格调",是况周颐词论关注的首要问题。而词体特色与雅正的最大矛盾,就是"纤"——本色词易涉"纤",涉"纤"则俗,与雅正相背离。这种矛盾,通过对"纤"与词体特色之别的探讨,在理论建构上虽可缓解,在创作指导中仍难消除。对况周颐而言,鉴于时势、强调雅正,必要时舍弃本色,在所难免。但本于性情,要放弃本色,又实属不易。其对闺秀词的评述,集中体现了这种矛盾。受身份限制,闺秀词很少承载社会内容,轻小巧慧的本色特征——易涉纤的特征就尤为明显。在理论上,况周颐明确主张:"丽而不俗,闺词正宗。"以兼本色、雅正之美者为理想的闺秀词。但在具体鉴赏时,却难以兼顾:一方面,不主张用寻常"重、拙、大"的标准评闺秀词,所谓"评闺秀词,固属别用一种眼光"。"盖论闺秀词,与论宋元人词不同,与论明以后词亦有间。即如此等巧对入闺秀词,但当赏其慧,勿容责其纤。"另一方面,又不可避免地使用"一种眼光",所谓"夫词之为体,易涉纤佻,闺人以小慧为词,欲求其深稳沉著,殆百无一二焉"。认为闺秀词合本色者虽自成就,但就"重、拙、大"而言仍是等而下之。而对能"渐近沉着"的闺秀词尤为激赏,推为上品。如顾太清词"深稳沉着,不琢不率,极合倚声消息……故能不烦洗伐,绝无一豪纤艳涉其笔端"。熊商珍词"清疏之笔,雅正之音,自是专家格调。视小慧为词者,何止上下楼之别"。①况周颐词论以雅正为最高旨归,对词体本色欲爱不能、欲罢不甘的态度,就集中体现在这看似矛盾的双重标准中,其目的是在特定的时代社会背景下,维护词"自有元音,上通雅乐,别黑白而定一尊、亘

---

① 况周颐著,孙克强辑考《蕙风词话 广蕙风词话》,中州古籍出版社,2003年,第161、163、158、441、193、166页。

古今而不敝"的本体内涵。①

第四节　王国维的词学范畴及体系

在20世纪学术史上,王国维的名字堪称如雷贯耳,而他的《人间词话》更是作为20世纪的文论经典而享有盛誉。从1908年《国粹学报》首次发表《人间词话》至今,已经超过了一百年,而关于《人间词话》的各种增补本、注释本、导读本、注评本、译注本、汇评本等,无虑数十种,相关的研究著作、学位论文、研究论文的总数也极为惊人。这种繁盛的传播和研究情况可能是王国维生前没有料到的,但在俞平伯作于王国维生前的《重印〈人间词话〉序》却分明是有所预料的。其语云:"(《人间词话》)虽只薄薄的三十页,而此中所蓄几全是深辨甘苦愜心贵当之言,固非胸罗万卷者不能道。读者宜深加玩味,不以少而忽之。其实书中所暗示的端绪,如引而申之,正可成一庞然巨帙。"②现在"庞然巨帙"的各种文本和研究论著已然具备,俞平伯所言诚然不虚。

王国维(1877—1927),初名德桢,字静安,又字伯隅,号观堂,又有人间、礼堂、永观等号,浙江海宁人。著有《静安文集》《观堂集林》等,其遗著由罗振玉编为《海宁王忠悫公遗书》,由王国华、赵万里编为《海宁王静安先生遗书》等。

《人间词话》的理论价值主要表现在其"境界"说,已成为20世纪文论学术史的热点话题,在中西学术传统中追源溯流,在古今流变中考虑其内涵,成为学术史的核心内容。王国维以"境界"为核心,构建了一个境界说的范畴体系:有我之境与无我之境、造境与写

---

① 况周颐著,孙克强辑考《蕙风词话　广蕙风词话》,中州古籍出版社,2003年,第3页。
② 《俞平伯全集》第2卷,花山文艺出版社,1997年,第101页。

境、隔与不隔、大境与小境、常人之境界与诗人之境界等等。王国维以境界说及其范畴体系梳理词史,裁断词人词作优劣,所以全书的体系性颇强。晚清词话如陈廷焯《白雨斋词话》以"沉郁顿挫"为核心建立理论评判词史,况周颐《蕙风词话》以"词心词境""重拙大"之说检释词体之体性,并以此考量词史高下。王国维《人间词话》与其相比,不仅拈出境界为理论核心,而且由此建构了一个错综有度的范畴体系,体现出现代词学的若干特征,因而更具理论气度;同时,王国维词学虽然在话语上推崇唐五代北宋,似乎带有明显的复古风气,但其所针砭的是当时词坛流行的师法南宋之词,以精心结构、组织文采为表象的词风,所以其词学具有救弊的时代意义,带有以复古为革新的意味,而非斤斤于传达一己之词学观念。

"境界"一词本非王国维独创,无论是作为地理上的"疆域""界限"意义,还是作为佛学中感官所感知的范围意义,以及诗学中用以形容创作所达到的高度和所具有的格调。其使用之例颇为广泛,而且其使用历史堪称悠久。但其基本意义——作为一种认知或审美的高度、深度和范围,并没有从根本上改变。王国维的贡献在于将"境界"作为其理论体系的核心和评判词史的基本标准,并将境界与格调联系起来,而在境界的表现形态上则更多地倾向于"句"。如此,便有了初刊本的第一则:

> 词以境界为最上。有境界则自成高格,自有名句。五代、北宋之词所以独绝者在此。[①]

这一则虽然是大体在外围上解说"境界",但起码有三点要义值得注意:第一,"境界"是王国维悬格甚高的一种对词体的审美标准,所以用"最上"来形容;第二,"境界"必须内蕴格调,外有名句;第三,"境界"是五代北宋之词区别于其他朝代之词的重要特征,换言之,王国维的"境界"说是从对五代北宋词的体会中提炼出来

---

① 彭玉平《人间词话疏证》,中华书局,2011年,第407页。

的,并以此作为词的基本体性。然则,"境界"的具体内涵是什么呢?请看如下四组论词条目:

> 境非独谓景物也,喜怒哀乐,亦人心中之一境界。故能写真景物、真感情者,谓之有境界;否则谓之无境界。(初刊本第六则)
>
> 词人者,不失其赤子之心者也。故生于深宫之中,长于妇人之手,是后主为人君所短处,亦即为词人所长处。(初刊本第十六则)
>
> "红杏枝头春意闹",著一"闹"字,而境界全出。"云破月来花弄影",著一"弄"字,而境界全出矣。(初刊本第七则)
>
> 人知和靖《点绛唇》、舜俞《苏幕遮》、永叔《少年游》三阕为咏春草绝调。不知先有正中"细雨湿流光"五字,皆能摄春草之魂者也。(初刊本第二十三则)
>
> 南唐中主词"菡萏香销翠叶残,西风愁起绿波间",大有众芳芜秽、美人迟暮之感。(初刊本第十三则)
>
> 词至李后主而眼界始大,感慨遂深,遂变伶工之词而为士大夫之词。(初刊本第十五则)
>
> 古今词人格调之高,无如白石。惜不于意境上用力,故觉无言外之味,弦外之响,终不能与于第一流之作者也。(初刊本第四十二则)
>
> 冯正中词虽不失五代风格,而堂庑特大,开北宋一代风气。(初刊本第十九则)
>
> 纳兰容若以自然之眼观物,以自然之舌言情。此由初入中原,未染汉人风气,故能真切如此。(初刊本第五十二则)
>
> 大家之作,其言情也必沁人心脾,其写景也必豁人耳目,其辞脱口而出,无矫揉妆束之态。以其所见者真,所知者深也。诗

词皆然。持此以衡古今之作者,可无大误也。(初刊本第五十六则)①

第一组两则说明:境界乃是从情与景二者关系而言,词人拥有赤子之心,才能将真感情、真景物表现出来;第二组两则说明:有境界的作品要能表达出景物的动态和神韵;第三组四则说明:有境界的作品往往通过寄兴的方式使作品包含着深广的感发空间,词人的眼界须开阔,寄托的意旨须深远,从中体现出词人的高格调;第四组两则说明:情景之真和感慨之深要通过自然真切的语言来加以表现。虽然历来关于境界说的解释众说纷纭,但以上四组十则词话所透露出来的境界内涵应该是比较清晰的。约而言之,所谓境界,是指词人在拥有真率朴素之心的基础上,通过寄兴的方式,用自然真切的语言,表达出外物的神韵和作者的深沉感慨,从而体现出广阔的感发空间和深长的艺术韵味。自然、真切、深沉、韵味堪称境界说的"四要素"。

言及境界问题,同样不能回避如下一则:

> 沧浪所谓兴趣,阮亭所谓神韵,犹不过道其面目,不若鄙人拈出"境界"二字,为探其本也。(初刊本第九则)②

显然,王国维是在对严羽的"兴趣"说、王士禛的"神韵"说经过认真研究之后,提出"境界"说的,所以比较兴趣、神韵和境界三说的异同,自然是不可缺少的。唐圭璋《评〈人间词话〉》一文明确指出:王国维在权衡三说之后得出的本末之论是缺少学理依据的,因为严羽、王士禛和王国维三人"各执一说,未能会通"③,彼此入主出奴,其实是没有意义的。但王国维以境界为探本之论,乃就文艺之本质而言。兴趣、神韵之说更多着眼于已完成的作品所传达出来的一种

---

① 彭玉平《人间词话疏证》,中华书局,2011年,第409—422页。
② 同上书,第409页。
③ 唐圭璋《词学论丛》,上海古籍出版社,1986年,第1029页。

言外之意,而境界是从作者角度切入创作过程和作品特点的一种理论。从对创作本原的探讨而言,王国维说境界是探本,兴趣、神韵是面目,其实是符合文学理论实际的。顾随在《"境界"说我见》一文中把兴趣和神韵的意义要点理解为"无迹可求""言有尽而意无穷"两个方面,他认为兴趣是诗前的事,神韵是诗后的事,境界才是诗本身的事。又打比方说:兴趣为米,境界是饭,神韵是饭之香味。他说:"若兴趣为米,诗则为饭……神韵由诗生。饭有饭香而饭香非饭。……严之兴趣,乃诗之成因,在诗前;王渔洋之神韵,乃诗之结果,在诗后,皆非诗之本体。诗之本体当以静安所说为是……'境界'二字,以其能同于兴趣,通于神韵,而又较兴趣、神韵为具体。"①顾随对于三说之间的本末关系,是赞同王国维之说的。不过将兴趣、境界、神韵视为创作过程的三个阶段,似乎有强为分段的嫌疑了。

造境与写境,是王国维提出的第一组境界范畴。初刊本云:

> 有造境,有写境,此理想与写实二派之所由分。然二者颇难分别。因大诗人所造之境,必合乎自然,所写之境,亦必邻于理想故也。(第二则)

> 自然中之物,互相关系,互相限制。然其写之于文学及美术中也,必遗其关系、限制之处。故虽写实家,亦理想家也。又虽如何虚构之境,其材料必求之于自然,而其构造,亦必从自然之法则。故虽理想家,亦写实家也。(第五则)②

从这两则来看,造境与写境涉及作者身份、创作方式与创作流派三层内涵:从作者身份而言是指理想家与写实家,从创作方式而言是指虚构与写实,从创作流派而言是指理想派与写实派。而作者身份与创作流派都是根据创作方式的特点来进行划分的,所以造境与

---

① 《顾随全集》第 6 卷,河北教育出版社,2014 年,第 131—134 页。
② 彭玉平《人间词话疏证》,中华书局,2011 年,第 407—408 页。

写境的根本在创作方式上。造境固然侧重于虚构,但并非凭空想象,而是需要遵循自然之法则去表现自然之材料;写境虽然以写实为主,但也要超越自然之物中的互相关系和限制之处,从纯粹审美的角度来观察和表现外物的审美意义。从王国维的表述来看,其实造境和写境是很难分辨的,因为无论写实与虚构都是相互交叉,难分彼此的。之所以强分出造境与写境,不过是为了理论表述的方便。所以王国维在阐述这一理论时,几乎没有用多少笔墨去分辨二者之差异,而是主要强调二者之联系。

"有我之境"与"无我之境"是《人间词话》中最受关注而且争议最大的一对范畴。但对其理论意义的认识轩轾极大,有认为其命名失当者,有认为分类无理者。当然,更多是以同情之了解的心态去领会王国维的用意所在。而要领悟王国维的用心其实需要把相关论词条目整合重组之后,才能看出其中端倪所在。下列六条,我认为对于理解王国维"有我之境"与"无我之境"的具体内涵至关重要。

  有有我之境,有无我之境。"泪眼问花花不语,乱红飞过秋千去"、"可堪孤馆闭春寒,杜鹃声里斜阳暮",有我之境也;"采菊东篱下,悠然见南山"、"寒波澹澹起,白鸟悠悠下",无我之境也。有我之境,以我观物,故物皆著我之色彩;无我之境,以物观物,故不知何者为我,何者为物。古人为词,写有我之境者为多,然未始不能写无我之境,此在豪杰之士能自树立耳。(初刊本第三则)

  夫境界之呈于吾心而见于外物者,皆须臾之物。惟诗人能以此须臾之物,镌诸不朽之文字,使读者自得之。遂觉诗人之言,字字为我心中所欲言,而又非我之所能自言,此大诗人之秘妙也。境界有二:有诗人之境界,有常人之境界。诗人之境界,惟诗人能感之而能写之,故读其诗者,亦高举远慕,有遗世之意。而亦有得有不得,且得之者亦各有深浅焉。若夫悲欢离合、羁旅行役之感,常人皆能感之,而惟诗人能写之。故其入于

人者至深,而行于世也尤广。("王国维词论汇录"第十六则)

尼采谓:一切文学,余爱以血书者。后主之词,真所谓以血书者也。宋道君皇帝《燕山亭》词亦略似之。然道君不过自道身世之戚,后主则俨有释迦、基督担荷人类罪恶之意,其大小固不同矣。(初刊本第十八则)

无我之境,人惟于静中得之。有我之境,于由动之静时得之。故一优美,一宏壮也。(初刊本第四则)

诗人对宇宙人生,须入乎其内,又须出乎其外。入乎其内,故能写之;出乎其外,故能观之。入乎其内,故有生气;出乎其外,故有高致。(初刊本第六十则)

诗人必有轻视外物之意,故能以奴仆命风月;又必有重视外物之意,故能与花鸟共忧乐。(初刊本第六十一则)①

之所以将这六条材料分为两组,是因为第一组重点阐释有我与无我之境的理论形态,而第二组则是从创作角度来分析此二境的区别与联系。从第一组的条目,大概可以得出如下结论:一、无论是有我之境,还是无我之境,都是针对物我关系而言的。二、有我之境是一般诗人都可以表现的,而无我之境则对诗人的心胸和眼界提出了更高的要求,两境之间有高下之别。三、有我之境与常人之境、小境相近,而无我之境与诗人之境、大境相近。四、有我之境强化了审美主体的地位,而弱化了审美客体的地位,相对泯灭了审美客体自身的物性,而主要承载审美主体的认知和感情。这样的作品因其情感真切具体,带有个性化色彩,所以对常人影响亦深,行世也广。如冯延巳、秦观、赵佶、周邦彦等人的相关作品,终究是带着其个人化的印记。五、无我之境中的物与我互为审美主体,或者说互为审美客体,物与我之间是完全对等的关系。因为物我关系可以互换,所以难以分清审美主体与审美客体的区别。在这种审美状态之下,能够

---

① 彭玉平《人间词话疏证》,中华书局,2011年,第408—439页。

最大程度地超越具体的审美主体的"我性"和审美客体的"物性",从而最大程度地表现出我性与物性的普遍性。相应地,其认知和感情因为脱离了"我"和"物"的具体或个体形态而更趋深广,所以带有普适性。如陶渊明、元好问、李煜等人的相关作品,则说出了人类共有的感情。

从第二组的条目,也可以得出如下结论:一、有我之境与无我之境其实是我与物交融后处于不同阶段的产物。二、因为重视外物,所以对于宇宙人生要深入体验,感受花鸟的忧乐,才能表达出花鸟的生气,在这种体验趋于结束之时用作品来加以表现,就能呈现出宏壮的有我之境。三、因为不能被具体的外物所限制,所以诗人要有轻视外物之意,从而超越宇宙人生的具体形态,从更高远的境界来观察,在一种沉静的审美状态中表现出优美的无我之境。

王国维的有我之境与无我之境之说因为融入了其独特的思考,所以颇具理论价值。但令人困惑的是:1915年初,王国维在《盛京时报》上再度刊发其重编本《人间词话》之时,则将这些条目尽数删除。是因为有我之境与无我之境本身难以区别,还是因为王国维觉得自己的思考尚欠成熟,还是出于其他考虑?现在已经无法起王国维以问了。但就王国维的词论来综合考察,有我之境与无我之境的区别是客观存在的,王国维的相关阐述也是比较清晰的,其理论价值也因此值得充分估量。

"隔与不隔"也是王国维备受瞩目的理论之一。俞平伯在《重印〈人间词话〉序》中即已对这一理论予以高度评价。但追溯相关的学术史,隔与不隔其实是最容易被简化甚至被曲解的一个话题。其实在初刊本中,王国维就在隔与不隔之间提出了一个"稍隔"的概念,并列举了颜延之、黄庭坚、韦应物、柳宗元等以作代表。那么,何谓"稍隔"呢?学界对此似乎一直颇为忽略。我认为要理解王国维的隔与不隔之说,要参考王国维的最终定本——《人间词话》重编本才能予以更准确的把握。试看如下二则:

> 白石写景之作,如"二十四桥仍在,波心荡、冷月无声"、"数峰清苦,商略黄昏雨"、"高树晚蝉,说西风消息",虽格韵高绝,然如雾里看花,终隔一层。梅溪、梦窗诸家写景之病,皆在一"隔"字。(初刊本第三十九则)
>
> 问"隔"与"不隔"之别。曰:"生年不满百,常怀千岁忧。昼短苦夜长,何不秉烛游。""服食求神仙,多为药所误。不如饮美酒,被服纨与素。"写情如此,方为不隔。"采菊东篱下,悠然见南山。山气日夕佳,飞鸟相与还。""天似穹庐,笼盖四野。天苍苍。野茫茫。风吹草低见牛羊。"写景如此,方为不隔。词亦如之。如欧阳公《少年游》咏春草云:"阑干十二独凭春,晴碧远连云。二月三月,千里万里,行色苦愁人。"语语皆在目前,便是不隔;至换头云:"谢家池上,江淹浦畔,吟魄与离魂。"使用故事,便不如前半精彩。然欧词前既实写,故至此不能不拓开。若通体如此,则成笑柄。南宋人词则不免通体皆是"谢家池上"矣。(重编本第二十六则)①

解读隔与不隔的具体内涵确实是简单的。所谓隔主要表现为写景不够明晰,或者在写景中融入了太多的情感因素,导致景物的特征不鲜明,不灵动;当然,虚假、模糊的情感也属于"隔"的范畴。所谓不隔主要表现在写情、写景的真切、透彻、自然方面,能够让读者自如地深入作品的情景中去,而了无障碍。比较难理解的是初刊本提出的介于隔与不隔之间的"稍隔"概念。初刊本只是列举,未能解说"稍隔"的内涵。重编本没有再提"稍隔"二字,却在事实上阐释了"稍隔"的主要意思。王国维以欧阳修《少年游》为例,说明了上阕"阑干"数句是实写春景,语语都在目前,是典型的不隔。但换头用谢灵运和江淹的典故,就与上阕的风格不尽一致了。但从结构上来说,一阕词中,上阕自然不隔,下阕却不妨稍隔的,所以王国维说

---

① 彭玉平《人间词话疏证》,中华书局,2011年,第417、432页。

"欧词前既实写,故至此不能不拓开",显然是从结构意义上包容用典的。王国维反对的其实是通篇用典的情况,所以用典与"隔"之间并非存在着必然的关系,在一定的结构空间,这种自然与用典的结合,不仅是可以接受的,甚至具备某种必要性。对这种结构特征,姑且以"不隔之隔"来形容。

在结构意义之外,"稍隔"还有另外一层意义是就用典本身的艺术效果而言的。试看以下二则:

> "西风吹渭水,落日满长安。"美成以之入词,白仁甫以之入曲,此借古人之境界为我之境界者也。然非自有境界,古人亦不为我用。(未刊手稿第四十八则)

> 稼轩《贺新郎》词"送茂嘉十二弟",章法绝妙,且语语有境界,此能品而几于神者。然非有意为之,故后人不能学也。(未刊手稿第五十七则)①

王国维提出的"借古人之境界为我之境界"一语,不啻为典故(包括故事、故实、成句等)的合理化使用开辟了通途。王国维将周邦彦在词中、白朴在曲中化用贾岛的"秋风吹渭水,落叶满长安"(按:王国维原引诗有误)二句,认为是化用成句的典范,因为是自己先具境界,然后才将贾岛成句融入自我境界中,若非考索源流,几乎让人察觉不到化用的痕迹。辛弃疾的《贺新郎·送茂嘉十二弟》用典更是繁多,除了开头和结尾是一般性的叙情写景,中间主体部分都以王昭君、荆轲等典故连缀而成。而且因为是送别,所取典故也多为怨事,以此将悲怨之情感用典故的方式连绵而下,所以王国维说是"章法绝妙"。而所谓"语语有境界",则主要是针对其用典如同己出的艺术效果而言的,也就是这些典故的原始语境在辛弃疾的词中已经退居其后,整体融入辛弃疾自我的境界之中了。刘熙载《艺概》曾说:"善文者满纸用事,未尝不空诸所有。"其对于用典的

---

① 王国维《〈人间词〉〈人间词话〉手稿》,浙江古籍出版社,2005年,第69、71页。

态度与王国维是一致的。所以用典固然容易造成"隔"的可能,但在"善文者"笔下,完全可以形成"不隔"的艺术效果。因姑且以"隔之不隔"来形容这样一种用典方式。

综上可见,王国维以"境界"作为《人间词话》的理论灵魂,在此基础上,从物我关系的层面提出有我之境与无我之境,从创作方式的层面提出造境与写境,从结构特征和艺术效果的层面提出隔与不隔。其范畴体系涵盖了创作的全过程,因而初具词学的现代特征。另外,需要指出的是,王国维用范畴对举的方式来展开自己的词学架构,如造境与写境、有我之境与无我之境、理想与写实、主观与客观、大境与小境、动与静、出与入、轻视外物与重视外物等等。这主要是从立说鲜明的角度来说的,其实在对每一对概念或范畴的解释中,都对介乎其中的中间形态予以了足够的关注。换言之,两极往往是王国维制定的标点,而其论说的范围是游离在两极之间的。在《古雅之在美学上之位置》中,王国维即在优美与宏壮的对举中,加入了"古雅"的概念,并将古雅拟之为"低度之优美"或"低度之宏壮",认为其兼有优美与宏壮二者之性质。其理念与此也是一致的。

除了以上几组范畴,王国维在《人间词话》中还提出了诸如"忠实""要眇宜修"等概念或范畴,也颇具创意,因篇幅所限,不再一一分析。至于在境界说及其所辖范畴体系之下对词史、词人、词作的评论与裁断,也散布在词话各处,读者若能领会其基本理论,则对这种评论与裁断自可各有会心,这里也不再赘述。

(本章由彭玉平执笔)

第五章 修辞学与文体研究的新变

清末以来随着西方文学理论的传入,本土的文类、文体观念也难免受到影响。尤其是修辞学的引入和发展,西方写作修辞理论影响了汉语文章学,为文体学研究提供了新的思路。从早期古文写作方法与修辞学的模糊化到修辞、文法的各自独立,修辞学的成熟带来了新的研究内容和方法,从而很大程度上促进了文体学研究的转向。

第一节 早期文典、作文法与修辞学的混沌不分

20世纪初开始从日本间接介绍来的欧洲修辞学与文法书日多,国内也相继出现一批以"修辞"或"修辞学"命名的书籍,此类著作大多参考了外来的修辞类书籍。

日本人佐佐政一《修辞法》(1896)乃是翻译哈佛大学教授希尔(Adams S. Hill)所著《修辞学原理》(*The Principles of Rhetoric*)而成,分为三编:文法之纯正、修辞的洗练、文体各论。文体各论中分记述文、说话文、说明文、议论文四体。

汪馥泉译岛村抱月所著《修辞学底变迁》一文梳理了西洋、中国的修辞学发展概况,认为西洋的修辞学史分为希腊时代、罗马时代、中世和近世。早期的修辞主要是一种辨析究理之术,凭借辩说的劝说法。后来修辞学一度被解作人格修养之学,与道德接近。近世修辞学成为一种形式独立的学科,从对演说术的探讨转向对作文和文艺批评的关注,"修辞学显示了应站在文学的园地上为主的道理,显

示了修辞学也可以叫作文章学的倾向"①。可见其对于西洋修辞学的理解是落脚于文章学上的。故而其论中国修辞学,则从诗的六义开始,解六义为诗的种类和措辞法,视《文心雕龙》为中国第一部完全的修辞书。他所说修辞主要是关于文章形体的研究。如举元代陈绎曾的《文筌》论列文的法、式、制、体、格等方面;明代高琦的《文章一贯》,以立意、气象、篇法、章法、句法、字法为文的六法;徐师曾《文体明辨》中的分类法、变迁论以及清代唐彪《读书作文谱》均归入修辞学领域。他所说的修辞论由辞藻论与文体论组成。岛村抱月认为中国虽无系统的修辞学,但中国文论中的修辞材料可以补足西洋古代修辞书的缺点。这篇文章实际是其《新美辞学》(1902)中的部分内容。

其他如武岛又次郎的《修辞学》(1898),参考了 Adanms S. Hill、John F. Genung 等英美人的修辞学著作,分为"体制""构想"两编,主要阐释文章之构成,将文章分为记事文、叙事文、解释文和议论文四种。② 五十岚力《新文章讲话》(1909)分绪论、文章基础论、文章修饰论、文章组织论、文章精神论、文章种类及文体、文章思想的变迁、国文沿革的概要、文章的品味及结论等九部分。此类著作等均着眼于文章作法。

汤振常的《修辞学教科书》应是中国最早的修辞学著作,大致仿照武岛又次郎之作,称"修辞学之范围,不外二种。一体制,二构想。体制者,法在明其言语之使用,与句节章段之配列;构想者,法在明其结构与润饰","修词学所本之学科有二,一文典(言语无误本之),一论理学(思想无误本之)"。③ 故他说的体制主要是文字、句节、段落、篇章四节。"构想"即文章整体的结构,沿用武岛又次郎之

---

① 〔日〕岛村抱月著,汪馥泉译《修辞学底变迁》,《青年界》1932 年第 2 卷第 4 期。
② 参见郑子瑜《日本明治时代的修辞学研究》,《当代修辞学》1988 年第 4 期。
③ 参见宗廷虎《我国第一本现代修辞学专著——评汤振常的〈修辞学教科书〉》,《锦州师范学院学报(哲学社会科学版)》1988 年第 2 期。

说分为记事文、叙事文、解释文、议论文四类。

另外一派则从中国传统的文章学出发,加以归纳和分析以当作中国的修辞学。胡怀琛所著《修辞学要略》(大东书局,1925)自述草创于1917年,是较早的修辞学论著。将传统的文章作法论搬进修辞学。主要是文言文修辞,上编论文章之结构,从用字、造句、措辞等方面来讲述;下编论文章之精神,结合古文例,以声色、格律、神理、气味八字来分析。董鲁安《修辞学讲义》也明显带有传统辞章学的特色。看其章节安排,"曰体性论,探章句之本氏;曰文格论,详体变之异同,曰批评论,判文事之妍媸,曰余论,规读书之门径"①,文格论中首标明体,认为挚虞以来的文体分类说已是历史的分类法,根据文章的说理、记事、抒情三种功用分为四种体相:论辨文、疏证文、叙记文、描写文,并论述各体作法。

从以上几例可知,早期的修辞学实际上与作文法存在着重合之处,尤其在日本修辞学论著的影响之下,中国传统的文章作法理论可当作修辞论。早期如龙伯纯《文字发凡》不仅借鉴了武岛又次郎《修辞学》、岛村抱月《新美辞学》,还多取于池田芦洲的《文法独案内》一书中关于中国文章学的内容。② 其有感于"西国文法,著有专书,师以是教,弟以是习,有迹可循,有效可期",而"我国作文诸法,向无专书",因而编为"中学文法教科书",指导学生学习作文、修辞之法。他认为"修辞学,盖集句成段,集段成章诸法也",将修辞学与文字、音韵、语法学联系起来,分为正字学、词性学、修辞学三个部分。③ 与此类似的还有王梦曾《中华中学文法要略(修辞编)》(中华书局,1921),卷首说:"本书原分二编,前编为文典编,专论词性、词位等种种异同,为练习文法之初步。本编专论修辞,详于文章之构

---

① 董鲁安《修辞学讲义》,北京文化学社,1926年,第2页。
② 参见陆胤《清末西洋修辞学的引进与近代文章学的翻新》,《文学遗产》2015年第3期。
③ 龙伯纯《文字发凡》"叙",广智书局,1905年。

造,而略于词性之研究。"① 论述章法、篇法、句法、字法、命意法、用事法等,即是作文法。

　　文典、作文法与修辞学的区分在早期不甚明确。章士钊云:"文典者,文之典则也,或曰文法。"② 而文法书中或可包含修辞学的内容。文典实际上来源于"语法"一词,是学习一种语言的基础,故而多注重文字、音韵、字句。早期的文典类著作也受到了日本人著作的影响,如1906年商务印书馆出版《中国文典》为初级师范教科书,即多译自儿岛献吉郎的《汉文典》。日本人和田万吉编、李澄译《中学日本文法教科书》(文明书局,1907)其实就是一部日本文典,分音韵论、单语论、文章论。文章论即是从句法组成来分析句子的成分与句子组织、种类。松本龟次郎著《汉译日本文典》分品词与文章两部分。所谓的文章,也是指句子的构成,称:"结合单语,而表一个完全思想者,谓之文。又谓之文章。"③ 芳贺矢一《日本文典》1907年出版,1928年出第九版,论品词、文之要素、文之构造、文之性质。值得注意的是,文在性质上分为平叙体、疑问体、命令体、感动体,这是从句子的角度来定义性质。东京东海堂发行《独逸新文典》(1910),分字、句、词、文章。其中文章的种类分叙说文章、疑问文章、希望文章、命令文章、感呼文章。④ 文章的分类基本可与句子的分类一一对应。

　　陈望道《文法简论》中说"着眼于谓语的性质,也就是从谓语的表现境界来分,句子可分为:叙述句、描写句、诠释句和评议句",这几个名词与《作文法讲义》中所说记载文、纪叙文、解释文、论辨文、诱导文存在着一定的对应关系。霍四通称《修辞学发凡》中将句子的种类与文体的种类混合,或许是受日语语感的影响或启发。日语

---

① 王梦曾《中华中学文法要略(修辞编)》,中华书局,1921年,第1页。
② 章士钊《中等国文典》,商务印书馆,1925年,第2页。
③ 〔日〕松本龟次郎《汉译日本文典》,东京国文堂书局,1913年,第15页。
④ 参见〔日〕三潴信三、〔日〕多久安美《独逸新文典》,东京筑地活版制造所,1912年,第78—79页。

中"文"就是"句子",故而日语著作中"文体""文章法"也大多与句子有关。①而文体四分法,最早也源于《作文法》之类书籍,如陈望道《修辞学讲义》说:"对象或方式上的分类,旧的如《文心雕龙》分为骚、赋、颂赞、祝盟……等等,新的如《作文法》分为描写、叙述、诠释、评议等等,都属于这一分类。"②陈道望《作文法讲义》③认为以前的文体分类法因其阶级性和凌杂的缺陷不再适用于国语教学,在"文章底体制"上分为记载文、纪叙文、解释文、论辨文、诱导文。其所说五类分法"在确立文章修词界限(如解释文重明晰,论辨文重统一之类)与习练程序(即先练习记载文,次练习纪叙文,又次练习解释文、论辨文和诱导文)的两点上,都有采用这种分类法底必需"④。并且明确说:"我们这一种文体分类法,是作文法上的分类法,并不是文章作品上的分类法。"⑤

再如高语罕《国文作法》⑥全书分通论、文体两编。文体篇中说姚选以来的分类法:"(一)对于古今文字的分类浩繁,不适于普通作文法的研究;(二)止分文体,不说明文体的功用和他组织的方法,也不适于普通作文法的研究。"⑦故而分类上分为叙述文、描写文、疏解文(或称解说文)、论辨文。可以说,现代修辞学中的文体分类,乃是从文法学而来,从句子的分析与写作角度,进一步概括修辞学上文体的分类,也即是辞白的体类。夏丏尊、刘熏宇《文章作法》分记事文、叙事文、说明文、议论文、小品文,章衣萍《作文讲话》分记事文、

---

① 参见霍四通《中国现代修辞学的建立:以陈望道〈修辞学发凡〉考释为中心》,上海人民出版社,2012年,第224页。
② 转引自同上书,第220—221页。
③ 《作文法讲义》,1921年9月26日至1922年2月13日在《民国日报》副刊《觉悟》连载;1922年3月由上海民智书局出版。
④ 陈望道《作文法讲义》(第七版),民智书局,1928年,第114页。
⑤ 同上书,第115页
⑥ 该书由上海亚东书局初版于1922年,受到广大师生的欢迎,至1927年五年间出版七版。
⑦ 高语罕《国文作法》,亚东图书馆,1932年,第157页。

叙事文、解说文、议论文,均是如此。另一方面,体性论、风格论则是修辞的另一个重点;归结而言,这种模式其实源自对语体文的研究与写作,它或许取材于早期的文学理论著作,但二者的语境、思路、系统已完全不同。

第二节　修辞学与文法学的独立

随着中国修辞学的发展,早期以文法混作修辞学的观念逐渐受到批判,而直接取法欧美修辞学的著作渐多,修辞学脱离文法学自成面目。这一时期学者论修辞学多参考吉能(Genung)的《实用修辞学原理》(*The Practical Elements of Rhetoric*)一书。在此书中,修辞学是一种使话语适应听、读者的要求,以求和题旨、情境相谐的艺术。作者并"将修辞学分为文体(style)和创作(invention)两部分:the principles of Rhetoric therefore group themselves naturally around two main topics: style, which deals with the expression of discourse, and invention, which deals with the thought. (参考译文:修辞学的原理自然地集中于两大主题:一为跟话语表达相关的文体,一为跟思维相关的发明创作。)"[1]文体部分包括文体总论、用词、辞格、作文。将好的文体定义为具备明晰、有力和美三种属性。龚自知《文章学初编》参考吉能之说,定义文章学为"研究文章如何以其题材及体制适应其读者之科学",定义文章为"以约定俗成之文字,形成一种适当的艺术的组织,借以传达吾人之思想感情"。[2] 根据文章之偏于知或偏于意或偏于情而分为明确的、警健的、优美的三种体式。龚自知所说的文章学,实际就是修辞论。

---

[1]　参见霍四通《中国现代修辞学的建立:以陈望道〈修辞学发凡〉考释为中心》,上海人民出版社,2012年,第294页。
[2]　龚自知《文章学初编》,商务印书馆,1926年,第1页。

何爵三在《中国修辞学上的几个根本问题》中综合中外各种说法,定义修辞学为研究用文字传达思想感情之最有效的方法,重心转向对于作者、读者和媒介的阐述,重视心理学的作用。① 郑业建《修辞学提要》将修辞学定义为"研究语言文字的组织,使说者或作者知道运用语言文字的技巧,以期获得听者或读者的同情及美感的科学。质言之,即研究增美语言文字的方法论,所以又名美辞学"②。他将修辞分为理智方面的客观的修辞、情感方面主观的修辞。修辞学研究的重心在于修饰词句之法,比如唐钺《修辞格》从理论上归纳词句修辞的种类;杨树达《中国修辞学》特地指出修辞学与文法学不同,此书只讲修饰词句的方法、种类。

近代的文体观念与当时文法、修辞观念有着密切的关系。在外来的修辞学与文典的影响之下,传统的体制、文体观念悄然改变。汤振常所说的"体制""构想"分别对应的是 style、invention,"体制"的概念与我国古代不同。他说:"体制者,谓从文字之媒介,以表白感情思想者,故为选择言语、由句节而构成篇章之法也。"将文章的体制分为三种:"即智的、情的及美的是。质言之,不外理性、感情及嗜好而已。诉理性者称明晰,诉感情者称势力,诉嗜好者称优丽。"③这一分类应来源于美国吉能的善良风格三要素说,实际落脚于文章的风格。国人译法国居友《文体论》:"文体的理论我们可以言语的传达思想感情给别人的显著的社会性为原则",是一种数学的和力学的概念,一方面能迅速吸引人注意,即义体是引人兴趣和使内容安放得宜的技巧;另一方面即指向各种修辞技巧,文体"即是语调,即是社交的媒体",有表现的文体、暗示的文体。④ 文体有思想、感情,并有一定的韵味,还涉及心理的法则、社会的法则。在这

---

① 何爵三《中国修辞学上的几个根本问题》,《努力学报》1929 年创刊号。
② 郑业建《修辞学提要》,立达书局,1933 年,第 2 页。
③ 汤振常《修词学教科书》,见霍四通《中国近现代修辞学要籍选编》,上海教育出版社,2019 年,第 53—54 页。
④ 〔法〕居友著,萧石君译《文体论》,《华胥社文艺论集》,中华书局,1931 年,第 1、7 页。

种理论性阐述中,文体是作者与读者之间的中介,是一种创作的技巧,并考虑到其所达到的效果。

与中国传统的文体含义不同,文体实际上可代指文章的修辞,但又不仅限于修辞。章锡琛翻译的本间久雄所著《文学概论》中说:"文体这名词,也正与文学这名词是同样的暧昧的名词,亨德对于这个解释为两种的意义。其一是遣词用句即'措辞'(Diction),其一组织语句以表示有条理的思想即所谓'文章'(Sentence)的意义。"引英国文学者司威孚德(Swift,1667—1745)对于文体的定义,是"适当的词置于适当的处所"(the right word in the right place)。在此基础上他推断:"照这意义说起来,所谓文体,便是文的体制。而文的体制,是以措辞为基础,所以文体论同时便是措辞论了。"[1]他理解的文体,便是"词句的遣使法,文章的组织法",而这是依作家的人格而异的,故而有"文体是人"的说法。又称"文体也有种种分别。依普通西洋的修辞学,以内容与文体的均衡为中心的,分为简洁体、蔓衍体;依文体的强弱分为刚健体、优柔体;依文章修饰的多寡,分为干燥体、平明体、清楚体、高雅体、华丽体等"。[2]

第三节　晚清民国修辞学著作中的文体与文类

早在1905年,龙伯纯在其修辞学著作《文字发凡》中提出了自己的文体分类学思想,他试图结合中国传统的文体分类方法与西方现代文体分类方法对文体进行分类。

龙氏在《文法图说》部分的"体制"篇中,把文章分为四类:叙事体、议论体、辞令体和诗赋。同时他还借鉴西方文学理论,在"修辞学"部分的"构思"篇中,把文体分为四类:记事文、叙事文、解释文和

---

[1] 〔日〕本间久雄著,章锡琛译《文学概论》,开明书店,1937年,第79—80页。
[2] 同上书,第81页。

议论文。他说:"记事文者,记人记物者也。记事文之目的,是记者欲将其人其物之面目精神,仿佛现于读者之眼前也。"对于记事文,他又分为科学的记事文和美术的记事文两种。所谓科学的记事文,"其记载诸物,在能将诸物分拆,详其部分,显其全体,明白了然",它能将事物之"形状精神全盘托出,以益人之智识",美术的记事文则不同,"科学的贵于明晰,美术的在于含蓄。科学的贵于条举,美术的举其著明之特点而已"。龙伯纯试图用西方叙事的概念和原则来界定叙事文,"叙事文者,历叙连续之事实、行动之变化也"。又把叙事文与记事文作了严格的区分,"叙事文与记事文不同。记事者,说其事而已;叙事文者,是依言语之性质,次第表出之。如对人说话然,说话要有整然不紊之次第,叙事文亦然"。①

他这种对于西方叙事概念的套用是不精确的,而其分类方式受到传统文体分类学的影响也是很明显的。后来的唐钺在《国故新探》一书中将文体直接分为散文和非散文,并且指出这是"专指形式的分类,不关机能(如分为论辨书说即是机能的分类)",他还认为在散文与韵文之间存在中间体制的文类,而"骈文就是这类中立文体之一"。唐氏提出从形式和机能的角度来划分文体是具有识见的,彰显了其西学方面的素养,但是从其对于散文、韵文和骈文等的关系界定来看,他的文体分类学思想仍然不出传统的路径。

王易《修辞学》认为中国本修辞学之名,但在文典中或有论述,修辞学积极讲述表现文章内美之理法,以达修辞圆满之效果,称之为文学之本基,美学之邻疆。又说:"文体乃修辞现象之归趣;有各自目的之多数词藻再须被终极之目的所统一。"②文体有主观、客观之别:主观文体即指风格,随作家之风格、作家之兴会而变。客观文体,出于思想之目的有五类:记叙、议论、讲释、告语、歌咏;言语之

---

① 龙伯纯《文字发凡·修辞学》,见霍四通《中国近现代修辞学要籍选编》,上海教育出版社,2019年,第124—125页。
② 王易《修辞学》,商务印书馆,1932年,第32页。

特征分为四类:散体、骈体、韵文、语体。

1934年,章衣萍《修辞学讲话》文体部分引亚里士多德《修辞学》说"文体是讲述事物的一种艺术"、英国诗人华滋华斯说"文体是思想的化身",又引伏尔泰、歌德、叔本华等人言论,总结认为,文体就是文章的姿态,是文章的风韵、趣味、形态、风格。① 故而文体的分类,又是从修辞学上来说,如简洁与华衍、刚健与柔和、平淡与艳丽、幽默与讽刺等八种。这是从主观来看;客观上便是文类,斟酌欧洲的文章分类法定为五种:记事文、叙事文、说明文、议论文、韵文。

修辞学视角下的文体和文类显然与传统中"文各有体"的体裁说不同,文体概念比较偏向于《文心雕龙》中的体性论,而文类实际上是作文法范畴下的文章分类。

郭绍虞说:"古无修辞之学,所以文体分类之学会占这样重要的地位,文体分类学在以前是有示范与举统作用,所以最与修辞学相近。"②可见修辞学与传统的文体学实际上有千丝万缕的联系。日本学者五十岚力的《文章讲话》中就讨论过文体的分类,他认为文体分类必须考虑同国、同时代等因素,且可因"用语的多寡"等标准而分文体为简洁体和蔓衍体、刚健体和优柔体、干燥体和华丽体等。

1932年,陈望道在《修辞学发凡》中系统介绍的"四组八种"分类就是承继此说而来的:

(1)组——由内容和形式的比例,分为简约,繁丰;
(2)组——由气象的刚强与柔和,分为刚健,柔婉;
(3)组——由于话里辞藻的多少,分为平淡,绚烂;
(4)组——由于检点工夫的多少,分为严谨,疏放。

陈望道的分类偏向的是体性上的分类,或者说是辞体的分类。

---

① 章衣萍《修辞学讲话》,天马书店,1934年,第111—112页。
② 郭绍虞《提倡一些文体分类学》,《复旦学报(社会科学版)》1981年第1期。

不过,陈望道在1922年撰写的《作文法讲义》中对于文体作了如下分类:

  一、记载文:这一种是记载一切存在空间的景象情状的文章。

  二、纪叙文:这一种是纪叙一切经历时间、事物变化历程的文章。

  三、解释文:这一种是陈述意象思想,使读者领悟某种意义的文章。

  四、论辩文:这一种是条陈是非曲直,树立自己主张的文章。

  五、诱导文:这一种是诱导别人行为上起了某种变化的文章。

这种文体分类显然受到日本修辞学的影响,属于中外杂糅,表明了当时学人希望借由外来文化推进传统向现代转变。与陈望道偏向域外、注重修辞学相比,另一些修辞学的前辈对于中国传统的文体分类仍有坚持。

《修辞学发凡》初版第十一篇篇名为"语文的体类";1945年渝初版称"辞白的体类";1954年新版改为"语文的体式",后又改为"文体或辞体"。从名词的改动可以看出陈望道试图在对传统"体式"概念把握的基础上,重新定义这种与文章学体裁有关但又性质不同的"言语结构方式",他认为"辞体就是语文的类型",语体被用作白话文的代称,文体又是辨体者津津乐道的,为了避免混淆,便用体类来指称文章的类别,也简称词类。词类既有时代、地域、对象、目的上的分类,也有语言特征上的分类、语言的排列声律上的分类、表现上的分类、依说者个人的分类等等。书中单指体性上的分类,如简约繁丰、刚健柔婉、平淡绚烂、严谨疏放等。① 陈望道的体类论应是受到岛村抱月等人修辞学著作的影响;在文类上又分描写、

---

① 陈望道《修辞学发凡》,大江书铺,1932年,第445—447页。

叙述、诠释、评议四类,则源于四方修辞学的文体分类①。《修辞学发凡》作为当时中国修辞学的代表性著作,其所说的体类论基本为此后的修辞类书籍所沿用。

修辞学在中国的兴起其实是为语体文的研究、学习和写作服务的,与传统的古文文章学不同,故而基本不取古文写作的模式。而修辞又是与现代的文学观念一致的,文学是一种表现人生的艺术,修辞学便是这种表现的艺术,是属于美的一种,故而重心在于修辞格与文体(style),这种文体观念的重心在于体性或曰风格。这与《文心雕龙》中的体性论相似,而与明清以来的文体辨析与归类的思路大相径庭。

关于中国文体观念的混淆现象,徐复观认为:"文学中的形相,在英国、法国,一般称之为 Style,而在中国则称之为文体。体即是形体、形相。文体虽与语言及思想感情,并列成为文学的三大要素之一,但语言和思想感情必须表现而成为文体时,才能成为文学的作品。一切艺术,必须是复杂性的统一,多样性的均调。均调与统一是艺术的生命,也是文学的生命;而文体正是表征一个作品的均调统一的。从作者说是他创作的效果,从读者说是从作品所得的印象,读者只有通过这种印象始能接触到作者,因此,文体是作者与读者互相交通的桥梁。"②文学内涵的变化意味着我们必须以新的视角重新理解传统的文体理论。文学的艺术性在于体制、体要、体貌的统一性,将艺术性归结到文体之上,明显带有西方文学理论的色彩,或者说中国的文论文本,某种程度上也吸收了西方文论的内容。

---

① 参见霍四通《中国现代修辞学的建立:以陈望道〈修辞学发凡〉考释为中心》,上海人民出版社,2012年,第221页。
② 徐复观《中国文学精神》,上海书店出版社,2006年,第146—147页。

第四节　修辞学影响下的文体阐释方式

修辞学研究带来的新的内容与方法,不可避免地对传统的文体学研究产生一定的影响。龙伯纯的《文字发凡》是杂糅了西方与日本的修辞学著作而成的,因此在文体内涵上较为混乱而无法统一。他认为体制即 style,"文体者直表其人之性质之物也",体制之美质为明晰、势力、优丽。重点也在文体之风格上。此外,基于思想之性质文体分为记事文、叙事文、解释文、议论文四种,又基于表示感情思想者分主观之文体、客观之文体:

> 主观的文体:见于外形者(简洁体、蔓衍体)、见于著书者(个人风格)、见于时与处者(文章的时代与地域)
> 客观的文体:基于思想之文体,包括实用文体(记录文、说明文)、美文体(诗歌、小说、戏文)、实用的美文(议论文、劝诫文、庆吊文);基于言语之文体可分为国土之文体(如汉文体、日本文体)、时代之文体(如古语文体、今语文体)、阶级之文体(如上流语、下流语、雅文体、俗文体)等。①

对于古代文体则分叙事类(叙、记、传、纪、录、志、碑、志、铭、述、碣、表、状、谱、注、引)、议论类(议、论、说、解、辨、义、赞、箴、戒、规、喻、题、跋、奏、弹、表、状、札、书、对、连珠、原、笺释)、辞令类(诏、诰、册、榜、教、誓、启、简、檄、露布、祝、盟)、诗语类(诗、辞、赋、风、雅、颂)等。可见他以两种标准分类古今、近代文体,显得混乱无法统一。蒋祖怡称:"欲博而失之繁碎,欲面面俱到而失之不伦。"②而

---

① 龙伯纯《文字发凡·修辞卷》,霍四通《中国近现代修辞学要籍选编》,上海教育出版社,2019 年,第 168—170 页。
② 蒋祖怡《文体综合的研究》,世界书局,出版年份不详,第 42 页。

这也是近代以来中国文体研究面临的共同问题,蒋祖怡谈到近代文体分类说:"自欧洲的学说,传入我国以后,我国的文章分类方面,也很受它底影响。骈散文的分类法既不合时宜,而以用途来分之,项目名词,亦颇有可讥之处。于是文体分类之方法,一换以前的面目。"① 早期文章、文体理论著作或多或少都受到外来文学理论的影响,而表现出新旧混合的特色。

梅光迪《文学概论讲义》"文学之体裁"称:"姚姬传氏分古文为十三类,曾涤生损益之为十一类。然照西洋方法言之,不过论说、辩论、描写、记述四大类而已。论说与辩论为说理之文,描写与记述为言情之文。"论说是"界说定义","辩论有两方面,即解释自己之意与推翻他人之说也","描写与记述不同,描写为空间的,记述为时间的……古文如杂记、祭文、赞颂之类,多数为描写"。"小说戏曲皆为记述体"。② 此外,修辞学中的四分法无法完全容纳中国的文体,故而各家论述之时又采取了权宜之计,呈现出一种修辞学与文学概论中文体概念混合的现象。比如谭正璧《文章体例》(大东书局印行)中分为讲解记叙文、说明文、抒情文、议论文,并附录应用文:序文、发刊词、日记、书信、演说辞、祝辞、告书、启事、公牍、章程、说明书、广告等。汪馥泉《文章概论》中论文章的体制为描写文、纪叙文、发抒文、议论文、说明文,附应用文(公牍、书启、庆吊文、联语)等。③

从文体分类来看,多元化的视角下中国文体归类方式也更加多样。刊登在1930年的《图书展望》杂志中子超编译的《文章底分类》④参考了日本的文类说,进行了总结:1. 以文章形式为标准:五十岚力分散文(如历史、传记、小说)、律文(如诗歌)两类;服部嘉香《现代作文新讲》先分普通文、特殊文两种。其中普通文包括记事

---

① 蒋祖怡《文体综合的研究》,世界书局,出版年份不详,第41页。
② 中华梅氏文化研究会编《梅光迪文存》,华中师范大学出版社,2011年,第83—84页。
③ 汪馥泉《文章概论》,《民国丛书》第4编第51册,上海书店,1992年,第305、367页。
④ 子超编译《文章底分类》,《图书展望》1936年第10期。

文、叙事文、解说文(说明文)、议论文、抒情文、感想文;特殊文指音律文、书简文、公用文、仪式文、广告文、电报文。2.以文章内容为标准,分知的文(记事文、叙事文、说明文、议论文)、情的文(诗歌、小说、戏剧)。3.以文章目的分记事文、叙事文、说明文、议论文。4.以文章性质分为杂文(如记事文、叙事文、说明文、议论文、诱导文)、纯文(诗歌、小说、戏剧)。5.以文章材料分为客观的文章,如记事文、叙事文、说明文;主观的文章,如议论文、抒情文、感想文。以上几种分类法正是新的文学观念与修辞理论下的产物。从中国传统的类目繁多的文体情况来看,这种新的文学分类法并不适用。也有部分学者适当变通之后,采取一种中西结合的文体归类法。

戴克敦编《国文典》(商务印书馆,1912)为师范讲习社的课堂讲义。"修词篇"中的"篇章之分类"即属于文体分类研究,延续姚鼐的十三类之说,略加阐释。每类文体中,基本按照文类之功用网罗众多文体,但失之于泛滥,往往将不是一类的文体纳入一类之中,如令、诰纳入"箴铭类",而非"诏令类",符命、雅、乐语归入"颂赞"类,盟文、释文入"哀祭类"等,都显得龃龉不合。如"杂记类"包括十一体:记、后记、笏记、书事、纪、志、录、序、题、述、经,归类显得非常随意。俞明谦《新体国文典讲义》(商务印书馆,1918)"篇之体裁"中分为智的文字、意的文字、情的文字三种:

  智的文字:以分析道理为主者(论辨类)、以申述道理为主者(序跋类)

  意的文字:达上之意于下者(诏令类)、达下之意于上者(奏议类)、达彼此赠答之意者(书牍类)、达彼此规戒之意(箴铭类)

  情的文字:对于人表纪念之情(赠序类、传状类、碑志类)、对于人表钦慕之情(颂赞类)、对于事物表纪念之情(杂记类)、辞赋类、哀祭类直接将传统的文体类目隶属于新的分类法之中,虽然兼顾了历史上的部分文体,但是较为生硬、片面,无法反映出中国传统文体的丰富复杂性。

文典类著作中较具本土特色的代表性著作是来裕恂的《汉文典》。来裕恂自序称因外国文典书之启发,"外国文字,有文典专书,凡一切字法、词法,部分类别,以表章之。故学者循声按谱,一览而知。汉文无文典,凡文章之成也,运用之妙,悉在一心,故勤苦而难成"。而当时的汉文典类著作,《马氏文通》"不合教科",日本文家著作则不明中国文字之性质,以日文之品词强加于汉文,浅近多舛,不合实用。实际上汉文之文法、音韵、文字、文体、文选无一不有,故来氏将其融为一书,以示汉文典之精美。① 另一方面,此书的编撰还带有明显的保存国学的意识,来氏说:"地球各国学校,皆列国文一科。始也,借以启普通知识,继则进而为专门之学。果何为郑重若斯哉?以文之盛衰,系乎国之存亡,故知保存其文,即能保存其国。"②此书分为文字典、文章典两部分,基本是从传统的文字、音韵、文章学的角度出发。"文体篇"中文体即取姚、曾以来的分类法加以调整,如下:

  叙记篇:序跋类:序、引、跋、题、书
    传记类:传、纪、录、略、述、状、碑、碣、志、铭、表
    表志类:图、谱、表、志、记、注
  议论篇:论说类:辨、原、论、说、解、释、义、书、评、驳、七
    奏议类:奏、议、疏、表、章、策、对、状、弹、启、连珠、
      上书、封事、笺、札子、本
    箴规类:箴、规、戒、训、铭、赞、喻
  辞令篇:诏令类:诏、诰、命、令、制、谕、敕、玺书、策、批答

---

① 来裕恂《汉文典序》,《汉文典注释》,南开大学出版社,1993年,第1—2页。
② 同上书,第374—375页。

誓告类:誓、告、约、券、盟、祝、颂、册、符命、教、檄、露布、榜、移、牒、判、问、答、问答、答问、启事、书、简、牍、刀笔、帖、诔、祭文、吊文、哀辞

文词类:文、诗、赋、辞、乐府、小说

三个层级的文体分类方式,纲举目张,文体涵盖较为全面而类目亦较为清晰明了。相比曾国藩《经史百家杂钞》中的三门十一类文体,来氏打乱了其文体分类进行了重新排列。叙记篇相当于曾氏之记载门、著述门之序跋类,新增"表志类"。辞令类对应曾氏之告语门、著述门辞赋类;议论篇相当于曾氏之著述门论著类、告语门奏议类以及著述门辞赋类。如此来看,来氏文体分类标准比较模糊,叙记、议论是以性质分,而辞令又以功用分。奏议类似应为辞令篇,却入议论篇。文词类看似将文学性较强的文体包括在内,实际上却将中国古代众多具有文学性的其他文体排除在外,如颂、赞、箴、铭、杂文等,可以看出多少受到了西方纯文学观念的影响。当然,对于辞令篇、表志类等古代独有的文体类目的关注,可以看出其保存中国特色的文学的意识。祝、盟作为早期的文体,《文心雕龙》有《祝盟》篇,徐师曾《文体明辨》有盟,来氏论盟体基本源于二者,而对于祝体则别有见解:

祝者,天人相与之事也。为神权主义,乃人群初进化时代之所有事也。祝有二:一司祝之祝,一司历之祝。祝之有辞,始于伊耆之蜡祭,而舜之祠田,汤之告天继之。盖古者,司祝之祝,主代表人民,以达之于天,而祈福禳祸者也。周代太祝一职,神祇人鬼,六祝之辞乃有专司。后世郊祠之词;报赛之歌,因之而作。司历之祝,主本天象以应用于人事者也。《春秋》灾异之书,梓慎禆灶,休咎占验,犹存专职,当时雩、禜之文、祈禳之辞犹有存者。故《大戴礼》"庶物群生,各得其所",祈天之祝辞载之。"明光上下,勤施四方",迎日之祝辞载之。《仪

礼》"小心畏忌,不惰其身",祔庙之祝辞载之。"多福无疆,于汝孝孙",馈食之祝辞载之。他若宜社、类祃,皆有祝文。视币陈牲,亦用祝语,极至美轮美奂,成室颂祷,然当时犹有敬天畏人之意,于人群进化未甚发达之时,不无裨益。其末流也,卒成巫觋之俗,而民智愈塞。后世祈晴有文,祷雨有文,求病有表,告灾有符,谄渎鬼神,文体滥矣。①

将祝文分为司祝之祝与司历之祝,显然受到当时历史学的影响,如梁启超:"一曰祝,掌天事者也。凡人群初进之时,政教不分,主神事者其权最重……祝之分职亦有二:一曰司祀之祝,主代表人民之思想,以达之于天,而祈福祉者也……二曰司历之祝,主揣摩天之思想,以应用于人事者也。"②祝文之流于巫觋,文体遂随用途而变化,虽称文体之讹变,但侧面也反映出古代人与鬼神的关系,是古代文体研究不可或缺的一类。

在文体的辨析上,来氏总结前人论述并加以概括,如论"连珠"体曰:"连珠者,假喻达情,臣下婉转以告君者也。体始于汉章之世,班固、贾逵、傅毅受诏作之,其文丽,其言约,其旨远,欲览者悟于微也。合于古诗风、兴之义,欲使累累如贯珠,易看而可悦者也。"③基本摘录傅玄《叙连珠》之论④及徐师曾《文体明辨序说》中对于连珠的定义⑤。来氏根据连珠体的早期功用,将其归入奏议类,表现了独到的见识。

此外,来裕恂还从不同的角度对于文章种类进行细分:属于体裁

---

① 来裕恂《汉文典注释》,南开大学出版社,1993年,第329—330页。
② 梁启超《新史学》,商务印书馆,2014年,第135页。
③ 来裕恂《汉文典注释》,南开大学出版社,1993年,第318页。
④ 陆机《演连珠》,引晋傅玄《叙连珠》曰:"所谓连珠者,兴于汉章之世,班固、贾逵、傅毅三子,受诏作之。其文体辞丽而言约,不指说事情,必假物以达其旨,而览者微悟,合于古诗讽兴之义。欲使历历如贯珠,易看而可悦,故谓之连珠。"萧统编,李善注《文选》,上海古籍出版社,1986年,第2383页。
⑤ 徐师曾《文体明辨序说》:"连珠者,假物陈义以通讽喻之词也。"吴讷、徐师曾《文章辨体序说 文体明辨序说》,人民文学出版社,1962年,第139页。

之种类分撰著之文与集录之文,显然是从章学诚之说;从格律上分韵文、骈文、四六文、散文;从学术上分儒家之文、道家之文、阴阳家之文、法家之文、名家之文、纵横家之文、杂家之文;从世用上分名世之文、寿世之文、经世之文、酬世之文;从性质上分理胜之文、情胜之文、才胜之文、辞盛之文;通俗文有公移之文、柬牍之文、语录之文、小说之文。可见来氏的学说是以传统学术的资源为出发点的,故在新文学浪潮中受到了非议。如胡适1916年4月9日日记读来裕恂《汉文典》评价曰:"此书眼光甚狭,殊不足取。"[①]但是现在来看我们并不能认同。来氏之著虽然在当时略显保守,有新瓶装旧酒之嫌,但其保存旧学的想法并不能一笔抹杀,而其将传统的文体学置于文典研究之下的尝试也具有一定的借鉴意义。

综上来看,修辞学中的文体说,是从句法、语法延伸到篇章,实际上更为形式化。讲究修辞之美,正与新的文学观相呼应。胡适在谈论文学时,其实是从修辞学的角度来定义文学:"语言文字都是人类达意表情的工具;达意达的好,表情表的妙,便是文学","文学有三个要件:第一要清楚明白,第二要有力能动人,第三要美"。[②] 修辞中的文体过于形式化也带来一定的弊病,朱光潜在《谈文学》中认为体裁只是一种形式,如法国人所说 genres,英国人所说 kinds。由于历来大家都喜欢破体成文,故而他主张体裁如同服装,可以随意变换。更推重风格,即"每一个作者在他的许多作品中,也有与他的个性不能分开的共同特性"[③]。实际上,他并没有完全理解中国古代的文体理论,中国的文体论不仅指形式,文体的风格是与体裁密切相关的。这一时期的修辞学也大多从修辞技巧上来谈风格,忽略文体体裁的约定性与作者的个人因素,带有较大的局限性。

[①] 胡适《胡适留学日记》,上海三联书店,2014年,第971页。
[②] 胡适《什么是文学——答钱玄同》,欧阳哲生编《胡适文集》第2册,北京大学出版社,1998年,第149页。
[③] 朱光潜《谈文学》,北京大学出版社,2013年,第159页。

第六章　课程讲义与文体学研究的发展

关于讲义,吴曾祺在《文体刍言》中有过梳理界定:"人君于听政之暇,使词臣入侍经筵,分日进讲。其所讲之书,恐不能详尽,皆预先撰拟,名曰讲义。宋以来始有之。其私家所作,非以奏御者,不在此例。"①这里的讲义作为一种文体,用于臣下向君上进讲。这种为讲课而预先撰拟的讲义,类似现在的教案或讲稿。如今讲义已成为"系统讲解某一学科要义的文字,同教科书相类"(金振邦《文章体裁辞典》),而晚清民国的讲义实际也是这一类。这一时期讲义佳作迭出,层出不穷。既有官方推定的教科书,也有私家撰述的讲义,尤其是后者其目标受众群体的知识水平高,体例完备,具有理论总结的意味。其中有些讲义如王葆心《古文辞通义》中的文体分类、姚永朴《文学研究法》中的古文文体批评特征等,都有所论及,兹从文章源流论的角度对晚清民国讲义中的一些个案进行分析。

第一节　传统文章学视野下的文体论

朱希祖称:"惟梁刘勰《文心雕龙》,叙文章之源流,钟嵘《诗品》(《隋·志》作《诗评》),述诗人之流别,言文学者,皆奉之以为鉴。"②《文心雕龙》以其体大思精的特色成为晚清民国以来古典文章研究的典范。

---

① 吴曾祺《文体刍言》,《涵芬楼文谈》"附录",商务印书馆,1933年,第17页。
② 朱希祖《中国史学通论》,上海古籍出版社,2013年,第37页。

姚永朴的《文学研究法》是较早的"文学研究法"课程讲义,是在其任教京师法政学堂所编《国文学》基础上编纂而成。后者辑录了二十篇古人论文之作,属于"古今文家论文之异同"的范畴。《文学研究法》则开创了此时期模仿《文心雕龙》论文体系的先例,在辑录的基础上加以剖析、综合,从内涵、功用、文体体类、风格、作法诸方面入手。整体而言,此书仍旧属于传统的植根于经史子集的文章学体系。"门类"部分结合曾氏《经史百家杂钞》,对姚鼐的十三类文体名义加以阐述,重在对著述、告语、记载三门的创作法的分析。此部分可参见前文的详细论述。

与之同时,郭象升(1881—1941)亦著有《文学研究法》,包括文体篇、文心篇、文派篇、文选篇、文品篇、文弊篇,附录新名辞平议、白话文平议等章节,在刘勰的基础上增添历代文选、文派的论述。"文体篇"纂集《古文辞类纂》《经史百家杂钞》《骈体文钞》叙例为主,按语中补充近世文体,或分辨同名异体。如书说类后曰:"后世通讯之文,有尺牍、笺、启、简、札,种种名目,俗谓之信。"[①]注意辨析文体之源流。

郭象升还辑有《五朝古文类案叙例》,参考姚鼐、曾国藩之体例而有所修改,分为论著类、序辨类、诏教类、奏议类、书牍类、赠言类、传状类、表志类、碑记类、杂记类、辞赋类、箴铭颂赞类、祭吊类十三类文体。以文体为目,论述古文发展流变、体制要领,实乃古文文学批评的一种形式,并非文体考辨。如论著类:"诚欲复古之论说者,当并其形式而复之。言古文者,知浮慕庄周、韩非矣,顾昧昧于老子、孙武;即有讽诵笃好者,然举笔属词,不敢效之,以为呼应操纵之法不具,徒有其句焉耳。夫论说之道,期于简而当理,苟一二语所能推明,即奚取于繁词也?然则古文家所谓论说,与子书异道久矣。"标明古文正统所在,斥责沾染时文流弊者,不录子书。"表志

---

① 郭象升《文学研究法》,余祖坤编《历代文话续编》下册,凤凰出版社,2013年,第1933页。

类"乃历叙元明清金石文字兴衰、利弊,而非考释金石文体式、规格。侧重在文体源流变迁,如诏教、奏议类至明清以来多为应用性公牍文字,与古文渐行渐远:"明世士大夫号为敢言,然奏议自有体式,不在古文绳尺中。清代途辄益判,礼从俗,事从宜,势固有不容强合者,况所采诸家,集中十九无此哉?"①

可见,此书是以唐以后古文文体为纲所作的古文批评史。当然,细致的文体辨析与文类考量也必不可少。如序辨类,论尺牍与书、跋尾与书后之区别,"窃谓说、解、考、辨,其事邻于问学者,当以入序跋,不当以入论著。昔之人谓古文不当作考据体者,疑其施之论说为未当也。论说以出自胸臆,翻空凿险为奇,以考据入之,累其气矣。若归之序跋,正得贾、孔、杜、马之意,即考据何嫌耶?今易其题曰'序辨',庶乎文质相扶,一雪古文家空疏之耻"②。清代朴学考据风气盛行,清人文集序跋常常作考证文字,这也是序跋文体在清代的一个变化,桐城古文家则严守古文的界限,如姚永朴等就严格区分古文家与考据家,郭氏则先破后立,序辨之说是较为通达的。

姚华(1876—1930)所著《论文后编》③应是其在清华学堂主讲国文时的讲义,首标"源流第一",侧重于文章源流的论述,对于文体源流正变多有独到的见解。姚华发挥章学诚《文史通义》重史之说,论述文源于史:"《诗》《书》史也,故皆为文,有韵无韵,体犹未分,周秦诸子,其兴也勃,时作韵语,亦袭其旧耳。屈、宋相继,衍为辞赋,始独占文坛。无韵之作,随其所志,各自成名,大抵公牍、私著

---

① 郭象升《五朝古文类案叙例》,余祖坤编《历代文话续编》下册,凤凰出版社,2013年,第1905、1908页。
② 同上书,第1906—1907页。
③ 姚华曾主讲贵州笔山书院,戊戌之际留学日本,归国后定居北京。在其寓所讲学诸子百家、文字源流,北京各大学学生常来听讲,后郑天挺等编《弗堂弟子记》即弟子记述讲学内容。其关于戏曲、金石、绘画方面的论著较为人知。1930年,由其门人王伯群整理其遗著《弗堂类稿》30卷。1911年,姚华任教清华学堂,主讲国文。1914年担任北京女子师范学校校长。参见邓见宽《莲花庵茫父——姚华生平及创作》,《贵州文史资料选辑》第29辑,1990年,第32—56页。

两别而已。公牍变于《尚书》,私著畅于诸子。迄乎汉世,作者弥盛,文笔界画,壁垒相望。"认为后世文章源于《诗经》《尚书》、诸子,后世才有有韵、无韵的区分,至晚清以无韵之笔为古文,而将诗歌、辞赋拒斥门外,姚氏称此是不明源流之见。在具体的文体系统上:以《诗》为源,有赋、骚、歌、乐府、颂、赞、诔、哀策、悲文、哀辞、挽辞、祭文、祝文、铭、碑碣等,均为有韵文之属;以《书》为源,有典、谟、誓、诰,四者纲纪众体,"典生纪传,谟开集议;贡附典而肇记志,范媵谟以启奏对;誓诰分行,诏令托体:于是纪传、记志与诏令、奏议,如雁行也。集议必于朝,私议则于家,议犹是也,而为论著,说辨相益,遂成鼎足";以诸子为源,"诸子者,史之别派,集之先河也。其辞常郛众说,总为论著"。进一步将无韵之文归纳为传记类、书牍类、论著类,此三类在后世衍生出众多文体,"传记之属溢为序录、为图谱,书牍之属,溢为檄移,论著之属,溢为解、为训、为释、为注者,皆汉魏以前,制作已繁",此皆为无韵之作。① 有韵类,以《诗》为源:形式上有四言、五言、七言、古风、近体、截句等体式;《诗》之赋流为赋体;《诗》之乐流为乐府、曲词、歌谣等;《诗》之颂流为颂、赞、诔、哀策、悲文、挽歌、铭文、碑、箴等。以《诗》《书》、诸子为源,分有韵、无韵两种,姚氏所述体系仍然不出文本于经的思路,但是关注到诸子文章对文体的影响。

姚氏对文体名义、流变进行阐述,如论词与曲曰:"夫词意内而言外,意所不蓄,言所不宣,文章不得而呈,口舌不得而著者,词弗能及,而声律存焉,既非无物,是以谓之曲。曲之由来也远,自宋、金以前,凡夫出之于口,被之于文,如诗、骚、乐府之属皆谓之辞,亦谓之词,反是皆曲也。故曲非一时一体之名。及其末也,后起诸调,既在长短句以外,欲与词别名,更无余地,于是声之与文,通以曲称矣。"②论楹联:"古有桃符,其制不闻,故事虽多,文章为显。自'余

---

① 姚华《论文后编》,《弗堂类稿·论著甲》,中华书局,1930年,第2、6、8、10页。
② 同上书,第39—40页。

庆''长春',始见制作。有宋以来,渐有继续。明、清递嬗,五百年间,殆遍神州,蔚为大国,几于户披其文,人习其事。考厥所由,盖署书之余,铭识之裔,既浸淫于萧何,亦泛滥于李尤,可谓六代俪语之佚文,三唐近体之摘句也。"①对于传统中不受重视的词曲、楹联等通俗文体的源流、体制、作法的关注,超越了清代以来囿于古文、骈文的文体偏见。再如"讲义":

> 讲义古只以义名,自七十子丧而大义乖,两汉以来,《小戴》七篇,最显于世,此外许君《异义》,康成《驳义》,皆有传本,不止朱云、匡鼎散见史册而已。汉、魏故事,并重讲经,往籍所录,其说具在,皆讲义之先河也。迄于六代,流风少替,至两宋诸臣进讲说书,斯事复盛。熙宁中王安石创立经义,以为取士之格,明复仿之,更变其式,不惟陈义,并尚代言,体用排偶,谓之八比,通称制艺,亦名举业。自明及清五百余年,复除旧格,退明宗宋,则曰讲义,未几而科举罢,经义废矣。
>
> 溯经义所自始,虽流衍于传记,实萌芽于对策,排比为八,则变于试帖,开端为颇,又本之律赋……
>
> 学校复兴,讲席斯设,主者以其所业,传而布之,使诸生习焉,亦曰讲义。故讲义同时,并见废兴,顾其渊源,多来自海外,或与中土殊科,然校之汉义,经生之所传,博士之所授,详略繁简,若或不同,要其志则一,古今之变,可得而悉也。今义说有定界,略似汉人,制成章节,亦类宋注,而反复务尽,新颖独标,又似论著,其体括于诸子,非因经以立义,不辅传而为言,若法制所关,逐条解释,则犹仿汉、宋之遗也。综其大要,略标六目,或学人授受之所传,或诸家异同之所说,或臣工进讲而留草,或士人应试而成章,或缘儒门而释子衍其支,或原九流而百

---

① 姚华《论文后编》,《弗堂类稿·论著甲》,中华书局,1930年,第41—42页。

科宏其道。①

讲义、策论、八股等文体在此前的文体论述中,较少被提及。徐师曾《文体明辨》有"义"体,即关于经义,其论止于明。桐城古文派更是对时文这种功令文字非议颇多。姚氏以讲义文体贯通两汉以来释经之作,宋代经义、明代八股文以至民国间学校授课讲义,源流本末,具体而微。民初时课堂讲义仿效日本、欧美学校制度,大学堂讲义基本由教师编订,如早期的文学史讲义,即与经义、八股等毫无关系,姚氏附会于本土的学术传统,较为牵强。此外,图、谱、录原本属于学术范畴,章太炎在《文学论略》中较早将此三种纳入文学体系中,姚氏则继而加以详细阐述:"录始刘向校雠中秘书而著之,录今存十篇,《说苑》一篇并称叙录,则二体之合也。其后赵岐有《三辅决录》。图始图谶,纬书《春秋孔演图》,为汉儒之辞,后有《三辅黄图》,屡引旧图,知其所本必更先矣。图之为言度也,盖其品度也。图之始著,仅以文字尽其品度,及益以形状、绘画,遂代文字,而图别为之记,或为之说,又其变耳。谱不详其始,郑玄已有《丧服谱注》一卷。谱为何人之作,疑不能也。玄又注《毛诗谱》,又有目录,遂为后世谱录之学所自出,而《史记》三代世表有不可得而谱之辞,其起源必在子长以前。谱,布也,布列见其事也。"②图、谱、录作为古代别具特色的文体形式,刘勰在《文心雕龙》中就已将谱、录纳入其文体论述范围,其后自南宋《遂初堂书目》列谱录一类,则大多收器物、食谱、草木虫鱼、杂物类,故而往往被视为无关要道。实际上,谱录中有关书目之类的书籍,"为读一切经史子集之途径"③。其他的诸如文谱、诗谱类著作更是中国特有的文学批评形式。章太炎把图书、表谱、簿录、算草等归为无句读文,王葆心《古文辞通义》中"传注类"文体即包含表谱、图音等。姚华对于图、谱文体的考辨,是对明

---

① 姚华《论文后编》,《弗堂类稿·论著甲》,中华书局,1930年,第40—43页。
② 同上书,第11—12页。
③ 张之洞《书目答问二种》,中西书局,2012年,第110页。

清以来文体学研究的重要补充,显示出其独到的眼光。

姚华所构建的文体谱系及文体辨析,在继承传统文体学资源的基础上有所发展通变,古文、骈文、文学、学术乃至通俗文体均纳入其中,带有总结性而且较为全面。其门人俞士镇称:"至若论文之旨,谈经之说,破今古门户之私,除骈散甲乙之见,则甄陶德胜,孕育班杨,宏百家而取裁,总六艺而探颐。"①这是比较贴切的。尤其在文章源流上,姚氏说:"文体变迁纯出自然,古人偶创,后争效之,众体竞作,群目乃生。"②这种通变的文体观正是其将后世文体一视同仁的前提。张舜徽《清人文集别录》说:"至于《论著甲》所载《论文后篇》,条述文章流别,备论各类体例,斟酌古今,语皆有本。尤非贯穿群籍,洞明著作原委者不能为。"③

第二节 《古文辞通义》中的文体通变观

王葆心所撰《古文辞通义》,内容上虽然掺杂了西方的文学观念和理论,本质上仍属于传统的文章学,其"三种统系"的文体分类观念在前文已论及,兹略。

大学堂章程中对于"文学研究法"的规定中,有"文出于经传、古子、四史者能名家,出于文集者不能名家"之说,因此王氏首先总结文学批评史上经、史、子、集与文学的关系,对《文心雕龙》《玉海》《余冬叙录》《全上古三代秦汉三国六朝文》等论及文与经之关系者摘录排列,论述经与文源流分合之大概,经之体、用对于文学影响甚大。其次,论文总以史,史可资文,史传可入文,诗文集也可充史料,称"记载有正、变,为史之体;告语有上、下,为史之用;著述有有

---

① 俞士镇《姚重光夫子五十寿序》,《学衡》1931年第73期。
② 姚华《论文后编》,《弗堂类稿·论著甲》,中华书局,1930年,第3页。
③ 张舜徽《清人文集别录》,华中师范大学出版社,2004年,第612页。

韵、无韵,为史之华与实",将文之体制均纳于史。此外,论文总于诸子,称诸子百家源于六艺,诸子著述风格影响于后世文风,并一一分析历代名家为文所受古代典籍之影响,实属于文章源流论,所论亦更为细致确实。

王氏认为文以致用为重,持一种通变的文体观念,"文字施于用之范围必日广博,主宰于内者,言、文之混杂体日出以相耴,则简字之一种通俗文体将出;输于外者,东西之混杂体日趋于胜势,则译文之一种增新文体又将出,有非前此文家所可域之者"①。在这种变通的观念下,此书对于文体类目基本搜罗殆尽,古体、近体、正体、俗体、宗教文体,乃至当时使用的文体全部收入,而纲目清晰,门、类、本体、附属的区分,也无碎杂之弊端。门类下细分:

告语门:诏令类、奏议类、书牍类、赠言类、祭告类
记载门:载言类、载笔类、传志类、典志类、杂记类
著述门:论著类、诗歌类、辞赋类、传注类、序跋类

所列文体类目在姚、曾基础上,划分更为细致,包罗更为宏富,在旧的文体范畴内尽量融入新的文体,俗文学文体、翻译文体、公牍文体以及其他比较细微的应用文体,均在罗列之中。如论著类中,附录"原论、原理、总论、各论、汛论、绪论、小论、竑议、平议、著议"等翻译用的白话文体。诗歌类包含词、南北曲、俚曲、弹词、院本、榲语、唱歌等体。书牍类中附属有"近世曰咨文,曰照会,曰移文,曰关文,曰牒文,曰移会。其他,古有过所,近有路引、关批。又古有零丁,今有招帖。又有广告。释氏有募缘疏"②,几乎穷尽相关的文体名目。类目之外,又从文的本质总括为述情、记事、说理三种;作文法中又分为告语、记载、解释、议论四种,似又受到外来文学分类的影响。实际上,王氏融合本国与外来的文学文体观念,将之

---

① 王葆心编《古文辞通义》,武汉大学出版社,2008年,第66页。
② 同上书,第519页。

与本国之文体观念对照,如谈及言文合一,以宋人的语录、讲义、小说为例,并说:"法人文体中有论辨一种,或以口说,或以文载,其别有三,曰演说,曰辩护,曰论证,此西人之与宋人文派有同轨者。东人宫川氏有《通俗文章学》,又东人与宋派之同旨者。"①采取的是引用外来的材料以证本土学术的作法。"议论文"之说,"日本人之《修词学》,言:'议论文有论理之区别,曰演绎之议论法,曰归纳之议论法。'吾观前人有立此说,而用意适与兹谊合者,夙有二家:一陈骙《文则》曰:'文有上下相接如继踵然,其体有三:一曰叙积小至大,二曰叙由精及粗,三曰叙自源及流。'二朱氏《涌幢小品》谓:'古文作文,纳大而小;今之作文,推小而大'"②,均是如此,是一种试图沟通中西学术的尝试。

在文体源流上,注重对文体的正、变区分,正体和俗体的区分。这直接继承明代的文章辨体观念,如《文章辨体》《文体明辨》均严格区分正体、俗体。王葆心所制"文体名义表"中,大量引用朱荃宰《文通》③中的文体论内容。此书搜辑文论相关的资料并附加作者个人见解,卷一至卷三总论经、史、诸子百家之学,卷四至卷一九论文体,所列文体共一百六十余种,论述文体名称、源流、特点、作法及代表作品,搜辑资料相当丰富、完备。王氏作《古文辞通义》体例上或许有意效仿朱书。其不仅从总集、文体论专著中汲取资源,尤其善征引文人别集中关于文体的论述,如摘录李氏辑姚文田《邃雅堂文录》,有《与孙云浦书》曰:"文之为体博矣,然要皆有所自来。诏诰训戒,原于《尚书》,叙事论断昉于《左氏》,疏解考注,本于《戴

---

① 王葆心编《古文辞通义》,武汉大学出版社,2008年,第85页。
② 同上书,第793页。
③ 此书流通较少,郑振铎云:"以其无甚独见。初不欲收。后念明人诗文评传世者不多,姑留之。然欲攘之去者竟不止数人。可见此书之罕见。"又云:"'是编考证经史子集制义两藏文章源流体格。'体例略类史通。"郑振铎《西谛书话》,生活·读书·新知三联书店,1998年,第219页。"大要导源于雕龙、史通,近接渔仲、端临。"傅增湘《藏园群书经眼录》,中华书局,1983年,第1589页。

记》,诵说泛滥,沿于诸子。"又如摘朱锦琮《治经堂集》中《碑版例考》一文,以明碑版源流、体例变迁,认为其文简略而意颇能圆活、变通;晖敬《与陈笠帆书》,论所作《戴文端神道碑铭》,言记载文有前实后虚、虚前实后二法。文人别集中的文体论资料相当丰富,但是相对于总集、选本及专著中的内容显得零碎而缺乏系统,王氏搜集于一书之中,补充丰富了文体学的内容。

王氏关于文章源流部分的论述基本不出此类著作的范围,但更为详细具体,更不少新见。事实上《古文辞通义》一书比较符合分科学校对文学课的要求,兼具论理、国文典、文学史三种体裁,兼论文章源流与作法。虽然内容以桐城古文法为主,但以新为参考,以新证古。多罗列前人之说,最后归为一己之见解。其文学观仍属于传统的杂文学范畴,"凡学术中须主文字以讲之者,皆可隶入文学。日本图书馆著录义例,凡吾国旧日经部之小学、史部之目录、子部之小说,均隶文学"。王葆心既有较好的中学素养,又对西方传入的文章学、修辞学有大致的了解,"近今文学家,称文学中须有种种之综合,而其用始完备。如欲思诣无误,须明论理学;欲言语无误,须有国文典;欲得文学之沿革,须有文学史。是编本在三者之外,然于三者之要旨,均已阐发。而在近世文学书中,实推广东西人所称修词学之作,而拓充用之",更是欲融贯中西学术而为己用。[①] 此书在清末流通较广,"如提学孔少霑师祥霖重印于河南学务处,札行各学校……采用于广西高等各学堂……分科大学文科诸君多展转购求以去。其辽东、沪上学校闻之,索函者不可枚数……是冬,上海商务印书馆闻此书亦来商售板权"[②]。可见此书在当时新旧交汇的教育背景下,有其特殊的影响力。

对于文章源流的关注,在此类讲义中比比皆是,诸如唐恩溥撰《文章学》(1910)上编讲"文章源流",下编"学文绪论",其中"文章

---

① 王葆心编《古文辞通义》"例目",武汉大学出版社,2008年,第13、16页。
② 同上书,"识语",第1—2页。

体制"简略论述了十六类文体。林纾《春觉斋论文》中"文章流别论"部分,论骚、赋、颂赞、铭箴、诔碑等十五类文体。刘师培《中古文学史讲义》(1917),基本围绕文体来谈,对于魏晋南北朝时期文体著作如挚虞《文章流别》、《文心雕龙》倍加推崇,"文学辨体"论古今文笔之辨,"文备东汉说""文体代变"等属于传统文体学研究的议题。吴梅任教北大期间编有《中国文学史》,"文学总论"分为文、诗、词、史、小说、缁徒文学等六个分支;"宋元文学总论"分为文、诗、词、曲、史、语录、小说、时文八目;"明文学总论"分为文、诗、词曲、道学、制艺、小说等六目。① 时代之中以文体为目论次,而小说、语录、道学、制义等均在文体论述之列,也表现出较为通达的文学史眼光。所谓"文章之运与世运递迁,一代体制,有因有创,道在自然",故而说"汉代辞赋,上承骚辨,而其体不相袭也。诗歌之作,本于风雅,而河梁赋别,柏梁侍宴,论其制裁亦为创见"。② 清代以来一代有一代之文学说成为一种共识,国家政教与学术沿革作用于文体,因此代有因创。吴梅对于每一时代的新生文体的关注,将文体之变迁衍生与时代之风尚结合,这正是文学史的视角下文体研究的思路。古今文体体制与流变在此类著作中是相当重要的部分。

综合来看,上述各种文学讲义实际上仍是文字、音韵、训诂以及词章流别的混合体。文体论作为文章源流中的核心内容在此类著作中也占有较大的比重。魏晋南北朝以至明清时期的文体理论、文章总集、选本,仍是此时期的文体分类、辨析以及文体系统构建的重要资源。相比清以前的文章源流论,此类著作在文体类目以及文体论的内容上都有很大的扩充。不再拘于骈散之分,经学文体、史学文体、学术文体、八股、讲义、戏曲、小说、弹词等都进入文体研究的

---

① 参见林传甲、朱希祖、吴梅著,陈平原辑《早期北大文学史讲义三种》,附录《不该被遗忘的"文学史"——关于法兰西学院汉学研究所藏吴梅〈中国文学史〉》,北京大学出版社,2005年,第617页。
② 吴梅《中国文学史》,同上书,第318页。

范围。具体的文体论述中梳理源流、构建文体发展演变的体系,呈现出对传统文章学理论总结、归纳的特色。而随着文学鼎革,西方文学观念的输入,以及国内文学革命与新文化运动的发生,传统的文学观的裂变显而易见。文学与经学、史学以及其他应用型文字区别开来,容纳经史子集的泛文学观让位给纯文学观念。文学史书写的内容也随之发生了改变。

第三节　应对新潮:成为专门之学的文体论

施畸(1889—1973)所著《中国文体论》是民国以后较早的关于中国传统文体学理论的专著。当时国文教学空疏,学生国文水平日趋下降,施氏意在呼吁改革大学国文教学,"大学国文教学之最大错误,在不知类。不知类则无以言系统。无系统则无以求义例"[1],提高的途径在于研习文体论以知类。

首先对于中国文章与文体的界定,参考西方文论,界定中国文章,说"凡连属中国文字,以表现一完整心象者,谓之中国文章。探讨中国文章之原理及定律者,谓之中国文章学"[2],那么章太炎所说的无句读文,不属于文学。也不再区分纯文学、杂文学以及古今雅俗。文体是指"文词已构成体者尔",文体的产生,"一曰由于持态之差,二曰由于心象之异,三曰由于表现之全",即身份地位的差等、德性(或者可说是文章表现出来的德业)以及表现形式的完整。"故知文体之生,生于人类精神之自然的发展",则是从文体使用场合及功用、文章的风格以及表现方法角度解释文体产生的原因,以一种新的文学理论眼光审视传统文体。[3]

---

[1]　施畸《中国文体论》,立达书局,1933年,第197页。
[2]　同上书,第125页。
[3]　同上书,第2—4页。

施畸对传统文体学研究进行了梳理与评价。对《文选》《文心雕龙》之文体分类均作辨析,阐述其优、缺点,称:"及清末叶,东西洋修词之说,传入中国。论文之士,每欲得一中国名作以与之抗。于是此埋没千年之名作品,始得应时需而大现其光华。首倡此义者,为汤氏若常、龙氏伯纯。当此之时,余杭章氏继李申耆提倡骈散混一说,以魏晋为归。义与《文心雕龙》合若符节。"①《文选》《文心雕龙》文体论部分的价值重现光华确是在清末民初之际,中国传统文章学向本土寻找资源以与西式文学理论相抗衡的时期。《古文辞类纂》的文体分类与序目中的文体理论,成为此后文体研究的典范。施畸较早对于此书的文体理论内涵进行了细致分析,指出姚选与《唐文粹》之渊源,"其改《唐文粹》之次序,而以论辨为首,实散文派精神所在,乃一极大进步";在文体的合并归类上超越姚铉、储欣诸人;文体命名允恰,可观其名识其义,无碎杂可笑之弊;对于姚选文体次序及上下编的断制别有心得,说:"其总纲已隐于排列次序之内。略如论辨与序跋成一组。奏议至诏令成一组。传状以下三类成一组。余四类为一组。"可分别对应真德秀的议论、辞令、叙事、诗赋四类。中国古代文体次序之排列其实隐含一种文体尊卑之次序,也反映出编纂者独特的文体认知,施氏所言的为确见。其列出姚选之失:不录诗歌、无子目、未立总纲、取材命名有未周者。后来补缺者如《涵芬楼古今文钞》,特别注重文体源流之辨析;《经史百家杂钞》破散文派宗法唐宋至说,真正归之于三代两汉,与骈散混一派相辉映。但是缺点有二:一源流不清,分合乖理;二德业不明,是以门类失序。认为辞赋、序跋与论著绝然不同,不应合于一门。"哀祭之属,其业固在告鬼神。然其质德,则全本于情念。与诏令,书牍等之本乎理智者,绝然不同。且考其发源与流变,亦显然有别。"②可见,施氏的文体分类观念,是兼顾其功用、性质与流变而言的。当

---

① 施畸《中国文体论》,立达书局,1933年,第35页。
② 同上书,第86页。

然，其持情感理智的区分，未尝不是受外来文学理论的影响。

再从大的视角来看，散文派有功于古代文体之汇类，但是门户之见较深。"不特小说，戏曲，骈俪之作，在排弃之列，即传注，疏证，笺牍，亦不认为文章。"①而以章太炎为代表的骈散混一派，也存在纲目纷杂、系统烦乱之弊。此外，还有宗法西洋的文体分类，如龙伯纯《文字发凡》、汤若常《修词学教科书》均直接受到日本影响。"日本人以诗歌、小说、戏曲，并称，乃极普遍的事实。例如坪内锐雄之《文学研究法》，以抒情诗，脚本，小说并例。东京帝国大学之《文学概论》统小说戏曲诗歌三者为纯文学。其论文，史传等则谓之杂文学。皆人所共知之事实也。"②其他如《法兰西文学说例》等。施氏总结为间接取法日本与直接取法欧美两种，并说"前者风行于清末。后者盛倡于近二十年间。若其蔽于外而不知内，骛于浅而忘其深，则有同感焉"③。对于外来的与本土的文体学说有着明确的区分意识，但在整理传统的文体类目时仍不免受到影响。其列标准为"材料之周备、方法之谨严、内涵之分析、流别之考证、命名之审慎"，依次分类如下：

意志：理智：论理文：发于辨惑之论评：议论文、批评文
　　　　　　　　　发于解疑之疏证：传注文、义疏文、序例文、图谱文、索隐文、考订文、札记文
　　　　　　　　　发于劝告之告语：教命文、书说文、笺牍文、赠序文
　　　　记事文：发于传信之史乘：传状文、典志文、序录文
　　　　　　　　发于虚构之小说：志怪小说、人情小说
恬念：抒情文：发于对比之舞歌：乐府文、词令文、戏曲文

---

① 施畸《中国文体论》，立达书局，1933 年，第 88—89 页。
② 同上书，第 114 页。
③ 同上书，第 115 页。

发于自我之徒歌:古今体诗、古今谣谚

发于对比之咏歌:哀祭文、箴铭文、赞颂文

发于对比之诵歌:骚赋文

将文学视为人的意志的产物,一出于理智的论理、记事,一出于惦念的抒情,其理论体系的出发点即"人的文学",这也是新文学思潮在古代文体学研究中留下的印迹。当然其体系也并非对传统文体包括无遗,如早期的盟、誓、祝、祷、判文、经义等均不见于体系中。但是其对于传统文体的认识仍是值得注意的。如古代谱录之作,"考图谱之作,义皆归于显示疑惑。远之如兵图,乐谱;近之如解经,考史,工程之说明,科学之表解;凡属此类者,心之所指,莫不在解疑辨惑"①。郑樵《通志二十略·图谱略》明其用为十六门。再如"索隐","凡抉索微言,综陈大义者,谓之索隐",与传注、序例、札记、义疏为一类。

文体论在施畸这里成为一种专门之学,他说:"文体论者学也。学,所以探讨原理。故文体论以求知文体所以然之故,为最高价值。而汇类乃所以求知之术。"②指出文体论对于指导文章之创作与文章之教学的重要意义。施氏此书是对于古代文体理论的系统梳理和总结,其构建的体系也为此后的文体理论研究奠定了基础。

顾荩丞编《文体论 ABC》是专为大中学教学参考而作。例言曰:"本编的目的,在叙述吾国从古代到现代所有各种文章的体别,作一有系统的研究。先推溯它的来源,次论列它的体要,再辨别它的异同;使一般喜欢探讨国学的人,读了本编以后,对于吾国历来的一切文体,可以一目了然。"③内容上,多依据姚鼐《古文辞类纂》的分类,并参考任昉、刘勰、王应麟、吴讷、徐师曾等,有所增补。薛凤昌撰《文体论》(1934)直接道明是为不明文体造成的作文体例混乱的现象而作。书中分"文体的概观",即论文体名义与起源,及先贤文体研究成

---

① 施畸《中国文体论》,立达书局,1933 年,第 151 页。
② 同上书,第 191—192 页。
③ 顾荩丞《文体论 ABC》,ABC 丛书社,1929 年,第 1 页。

果;"文体的纵观"是以时代论各代文体;文体的分别,按姚、曾的文体分类。此书汇集诸家之说,基本以辑录为主,较少创见。

杨启高《中国文学体例谈》(1930)也试图将所有文体作以综合的梳理和系统的构建,自序云:"专治中国文学,必先明其体例。盖游心文苑,有应通之门三:一为原理,二为学史,三为艺术。而学史则为三者之中心……文体为文学史乘之枢纽,岂可不网罗周遍哉?"他所说中国文学分狭义、广义,前者为文艺,重"情感与艺术之酝郁";后者有二:一文辞,"感情微薄而理智与艺术具备者";二文评,评论文艺者。① 因而体例上即分为纯文学,以情为重;杂文学,偏于知;介于中间的文学评论。以形式分类具体如下:

韵文 ⎡讴谣韵文:语言、音乐、舞蹈
　　 ⎨歌咏韵文:雅诗、风诗、颂诗、诗、歌、词、曲
　　 ⎣宣诵韵文:辞赋、箴铭、颂赞

散文:记载、论著、告语

骈文:叙述、述意、缘情

合文:韵散综合、散骈综合、韵散骈合

文评:通评、专评、别评

一改此前的韵文、散文两分法,把骈文从韵文中分离出来,并以"合文"来概括韵散骈结合的文章,对文体形式的区分更为严格。此外,"文评"独立于其他文类,纳入文章体系之中,对于文学与文学理论的区分更为明确。又以作家的态度分为客观的、主观的、客观的主观、主观的客观四种,明显受到外来文法的影响。

蒋伯潜②《文体论纂要》(1942)是其在学校讲授国文的讲义,他

---

① 杨启高《中国文学体例谈》"自序",南京书店,1930年,第1—3页。
② 蒋伯潜(1892—1956),1920年毕业于北京大学,早年师承张相(献之),在北大期间师承钱玄同、黄侃。先后在浙江省立二中、省立一师、省立女中、杭州师范、上海大夏大学、无锡国学专修学校任教。参见蒋祖怡《先严蒋伯潜传略》,《富阳文史资料》第2辑,1988年,第3—16页。

说"我自民国八年五四以后,在旧制新制的中学师范教授国文,已二十年"①,因此对于传统的文体学理论以及外来传入的文学理论均有相当的了解,试图在整理旧的文体分类基础上,对现代的文章提出新的分类标准,以此来贯通古今文体。首先他认为实用文、美术文或纯文学、杂文学的说法不适于中国文体的实际,提出了"文章"与"文学"的区分,"实用文或杂文,便是我所谓狭义的文章;美术文或纯文学便是我所谓文学"②。即以文章代表古代杂文学观念中的文章学体系,而以文学指近代以来纯文学观念下的文类理论。在此基础上,他将文体研究分作旧派与新派,其中旧派有:骈文派,以《文选》为代表;骈散兼综派,以《文心雕龙》及近人章炳麟为代表;散文派,以姚铉、姚鼐、曾国藩为代表,新派如龙伯纯、高语罕、梁启超③、蔡元培、刘永济等。

旧派是以文章的程式、用途为分类标准,而新派则以文章的作法与心象为其分类标准。④ 他主张以文章的程式与用途分类,因此接近于传统的文体分类,而对其中的不合理之处进行了修正。在分类上,狭义的文章包括:关于学识义理的著述(论说、箴铭、注疏、颂赞、序跋、考订附札记);关于世事应酬的告语(赠序、书牍附广告柬启、契约、公文、哀祭、对联);关于人事文化的记载(传状、碑志、叙记附日记表谱、典志附法规仪注)。文学则以形式分籀写的(辞赋附寓言)、咏歌的(诗歌)、记述的(小说)、表演的(戏剧)等几种。

可见,他对传统的杂文学范畴中文学与非文学体类进行了区分,传统的文章体类从现代的文学范畴中剥离出来。这种意识实际自黄侃等人以来已逐渐萌芽。

在文体辨析上,也在前人的基础上多有辨正。他将文体的形式、

---

① 蒋伯潜《中学国文教学法》"自序",中华书局,1941年,第3页。
② 蒋伯潜《文体论纂要》,正中书局,1946年,第77页。
③ 梁启超作文法中分三类:记载文、论辩文、情感文。梁启超《中学以上作文教学法》,中华书局,1932年,第4页。
④ 蒋伯潜《文体论纂要》,正中书局,1946年,第219页。

内容、性质三者结合作为文体分类的依据。如颂赞与箴铭,都是以学养、识见、义理为根据,以韵语为多,体制相近,但是功用不同,"这两种文辞,以形式之简练及叶韵言,它们未常[尝]没有'共相';以内含的情意及用途言,又各有其'异相'",颂赞、箴铭与辞赋类相比,则内容、形式、作法、用途,都显然不同。因为前者的内容以情感与理智为重,与属于"文学"的辞赋,绝不能混为一谈。因此他对于曾氏将箴铭、颂赞归为词赋类,认为"实在是错误的"。① 显然蒋氏所持文类标准与曾国藩有较大的差异,而这也是民国以来文体分类的一种趋势。再看序跋类,蒋氏称"姚曾二氏所举之《易·系辞》,按之实际,非'序跋',亦非'注疏'……所以无论是议论,是说明,凡是旨在阐发微言大义,而不拘拘于某书之义例作意,某篇之字句解析的,便应归入'论说',而不当入之'序跋''注疏'",所以如戴震之《孟子字义疏证》,书名虽似注疏,其实是发挥他自己底'情感哲学'底主张的,决不当把它们归入'注疏'类中②,亦是从内容上分辨体制,以内含的情感及用途与文体名称结合,使文体类目的名实之辨析更加细致化。

  对于早期奏议、诏令等应用文体,纳入"公文"类,并根据当时现行的公文程式,分公文为上行、平行、下行三大类。上行公文有六种:令、训令、指令、任命状、布告、批;上行公文一概曰呈;平行公文有咨、公函两种。其他如命令、报告、宣言等。其将早期的公文文体与现代普通公文程式归入一类,似是民国以后的普遍做法。其他还论及八股文、对联(贺联、寿联、挽联、门联、书室联等等)在叙记中附论"日记"文体,相比其他预备给人看的文章,日记则仅预备留给自己看,当然,也有为打算出版而写的书牍及日记,往往有衷情流露的文章。有些日记,还有关于学术、文艺、掌故、修养等等的记录,如李慈铭《越缦堂日记》、谭献《复堂日记》、《曾国藩日记》等。日记体纳

---

① 蒋伯潜《文体论纂要》,正中书局,1946年,第95—96页。
② 同上书,第106页。

入文体系中,是比较恰当的。①

　　文体辨析之外,蒋氏也关注到文体的风格。从文辞、笔法、章句、格律、意境几个层面来辨别文章风格,继承了桐城古文家所说声调、色味、神态、气象等文章理论。蒋氏此书总体上是从文体论与风格论两个层面,对于传统的与新生的文体进行梳理辨析,整体上属于传统的文体学研究范围。

　　与之类似的,其子蒋祖怡也编有《文体综合的研究》,从文体之发生演变及其功用、古代文体之分类法、骈文文体之分类、古文文体之分类、近代文体之分类、文体与作风等几个部分,整合传统的文体分类与辨体理论。逐一分析此前的代表性选本如《文选》《唐文粹》《明文衡》《文章正宗》《古文辞类纂》《唐宋十全家类选》《经史百家杂钞》《涵芬楼古今文钞》以及《文心雕龙》等著作中的文体分类方式。其他如"文体综合十例"总结古代文体的特殊现象,如一文中常常有叙事、议论、抒情各体并用的现象。"文体变化十例"探讨文体衍变的规律,如叙事诗—叙事文—剧曲的文体转变等。他总结中西、新旧的文体分类,重新加以简单分类,形式上有韵文(民歌、诗、词、曲、俗曲)、散文(散文、骈文、语体文)两种;又以作法分为记叙文、描写文、议论文、抒情文。

　　吴忠匡《文体小识》于《国文月刊》1944年第27期至32期连载,也是作为授课讲义的一部分,自序说:"文章之道,辨体为难……余教授诸校,讲说文事,辨析体类,稍以意更次为十二类:曰论说、序跋、书牍、赠序、杂记、传状、碑志、箴铭、颂赞、哀祭、骚赋、诗词。分门别类,使知文体之正变,而总论其作法。"内容大致包释名章义、原始要终、体式作法等。诸如此类的还有朱子范《文体正变论》(又名《文章作法》,1946年刊行)等,体例、内容相似,不再赘论。

　　上述几种文体论专著大多是从中国传统的文体研究范式出

---

① 蒋伯潜《文体论纂要》,正中书局,1946年,第155页。

发,加以系统地归纳总结,并试图构建出中国文体论的体系。但是,在外来的文学观念以及修辞学的影响下,不可避免地带有新旧参半的色彩。传统的文体学研究对新的方法和思路的吸纳,进一步丰富了自身的体系。文体作为一种载体,其形态是随应用而变化的,新的社会思潮、传播媒介的变化也带来了文体的迁变。

此外,民国时期公文类应用文体的研究逐渐成为一项新的内容。早期的公文书多称文牍或公牍,专门研究此类文体的著作较少,清人王先谦明确表示,公牍体有专行,不入古文辞中。民国之际论述渐多。较早的有外国人所编《中国文体举例》,应是为外国人了解中国社会情况而撰,内容全部是公文类应用文,目录包括公文公函节略照会申呈类、谕旨类、命令通告预算类、商务邮政类、法律章程类、论说类等文章,基本录自各报刊。①

公文研究的代表性论著应是徐望之《公牍通论》与许同莘《公牍学史》。《公牍通论》是徐望之在河北省训政学院授课时,依据公文程式所编课本。据汪鸿孙序称:"民国肇建,毅然行考试制度。而于亲民之官;尤注重政治,法律等科。拔真才而崇实学;一洗从前学非所用之弊……近岁施行训政,萃新进之士,设院训练。务使通达治体;练习公文,蔚为党治人才。"②这是培养党政人才的一项内容。公文的分类,从等级上分为上行、平行、下行三种;从政治上分为行政、司法等;从名称上则颇为多样,公文类文体代有变迁,徐氏寻流讨源,据古证今,分时代一一论述文体源流。如论公文名称始于三代,前者有典、谟、训、诰、誓、命、教、令、方、简、契、判、符、玺书、上书、檄、移等;并依次论列始于秦、汉、魏晋、六朝、隋、唐、宋、元、明、清、民国的公文。收罗丰富,所论亦基本参考前人旧说,引证颇多,尤其留心于文体体式。除此之外,还着重论述现行文体的体例、

---

① 〔德〕F. 额尔德、〔美〕K. E. 约旦编《中国文体举例》,商务印书馆,1916 年,第 1—4 页。
② 徐望之《公牍通论》"序三",商务印书馆,1943 年,第 1 页。

程式以及写作中的结构、用语、学养储备等方面。总体而言这是一部较为翔实的公文文体论著。

《公牍学史》乃是许同莘常年从事文书工作的经验总结,以传统的文话体编著,意在"沟通政事、学术、公牍、文章",对于数千年来的公牍发展、演变进行了系统的研究。前八卷叙历代文书及其制度嬗递变迁之梗概,第九、十卷"辞命"部分罗列各代外交辞令范文。此书虽论公文文体,却能推本经史源流、学术正变,而将公牍与学术、政事相连,"用以究古今之流变,观政学之会通"①。对于公文文体之渊源、体制、风格论述颇详。

从公牍学的角度研究历代的文书类文体,此二书算是比较系统而翔实的著作。体例虽有新旧之分,但都立足于现行公文文体而不至数典忘祖,也是对历代文章源流观念的一种贯彻。

另外,日常生活中使用的通俗文体也受到关注。钱基博编有《酬世文范》一书,即专门论述通俗应用文文体。自序称:"博之所谓酬世文者,不过一时人事酬酢之作耳。湘乡曾国藩《经史百家杂钞》,综古今文章为著述、告语、记载三门;而博是书之辑,分为四门:曰庆贺,曰通启,曰尺牍,用于民人者也;曰祝祭,用于鬼神者也。究其实,不过曾氏告语一门耳。"②选文中尤其注意典、显、浅的文学宗旨,以贴合日常生活中通俗、便利的需求。此类公牍文、应酬文章,虽然在传统的文体系统中居于末位,但是在日常交际中又是不可或缺的。清末民初以来的学术分科一定程度使此类文体受到关注,这有助于古代文体理论研究的进一步完善。

---

① 许同莘《公牍学史》"杨寿楠序",商务印书馆,1947年,第1页。
② 钱基博编《酬世文范》,《文范四种》,华中师范大学出版社,2012年,第3页。

第七章 《国朝文汇》与20世纪初文学史观的互动

如前面相关章节所述,关于总集编选,清末民初之际,诸人所编选本大部分都不出姚鼐、曾国藩创立的门类,只是在内容上有所"减损"或"扩充",前者的典型代表有李刚己的《古文辞约编》,后者的代表有张相的《古今文综》。张相的《古今文综》分为"六部十二类,曰论著序录,推阐发明是其帜志,为第一部。曰书牍赠序,所以敦伦好,寄情愫,为第二部。曰碑文墓铭,伐石镌辞,垂诸不朽。体则异,恉则同,为第三部。曰传状志记,表章人物,亦碑文墓铭类也,为第四部。曰诏令表奏,庙堂之制,高文典册,别成一体,为第五部。曰辞赋杂文,揿张之作,统纪于此,为第六部"①。该书根据文体的功能与形式归纳概括为六部,每部之下又细分为类、体,如书牍赠序之属,分书牍、赠序两大类。书牍类又分叙事之书、达情之书,其他如笺、启、帖、简、奏记、状、札、疏、引等。此外还从内容上细分,如赠序类,分仕宦、督师、出使、佐幕、致仕、宁亲、答人、留别、合送数人、送特别人等。这种分类法是在姚、曾选本基础上进一步归纳而成的,不仅囊括了古今各种文体,还包括文体的源流、体式、内容乃至作法的分析,可以说是一部系统的文体作法教科书。

与这两种典型的类别有所不同的是成书于1910年的《国朝文汇》,该书作为有清一代规模宏大的文章总集,其"以人叙次"的编选方式继承了钱谦益《列朝诗集》的体例,又呈现出新特色。其不仅编选反映新学新知的文章,使总集呈现出一派崭新气象,而且以"经世

---

① 张相《古今文综》"缀言",中华书局,1936年,第1页。

致用"为文章编选标准,亦看重选文的审美特质。该集收录了大量边疆史地学文章与乡土文献,体现了一种较为开阔的视野格局和颇为自觉的学术史意识。尤其值得研究的是,《国朝文汇》的主要编者黄人接受了大量西方、日本文学观念,从而为总集编选与文学史观念的互动提供了可能,反映了中西文化冲突交融背景下总集编纂的复杂性和多义性。

第一节 《国朝文汇》诞生的背景及其编纂者

《国朝文汇》今名《清文汇》,该集发轫于光绪三十四年(1908)春,成书于宣统二年(1910)秋,诞生于清朝覆亡的前夜。彼时西学东渐已经从器物层面推进至制度层面,西化的倾向已经蔓延开来,给中国社会和中国文化带来深刻影响。首先,西学东渐所造成的文化旋涡给中国传统典籍带来灾难性的后果。据当时学者张南祴的回忆:

> 当丧乱之后,士大夫若梦初醒,汲汲谈新学、倡学堂,窃喜墨守之习之由是而化也。入琉璃厂书肆,向者古籍菁英之所萃,则散亡零落,大非旧观,闻悉为联军搜刮去,日本人取之尤多。而我国人漠然无恤焉,以为是陈年故纸,今而后固不适于用者也,心又悲之。迨乙巳返里,幽忧索居,南中开通早,士多习于舍己从人之便利,日为卤莽浮剽之词,填塞耳目,欲求一国初以前之书于书肆,几几不可得。比来海上风会所至,乃益灿然。①

由此可见,国人在大谈新学的同时,逐渐丧失了对于传统文化典籍的保护意识,甚至这种现象还十分普遍,以至于出现当时书肆中清代以前的古籍已经被外国人搜刮殆尽,一书难求的可悲境况。

---

① 张南祴《张南祴辑印佚丛自序》,《国学萃编》,1909年,第6页。

另一方面,伴随着中国传统典籍失落的则是传播西学知识著述的风行。1901年,清廷再次废除八股,改试策论。在备考阶段,登载西学的报刊都被考生们奉为瑰宝。

此外,最高统治者在西学重压之下也作出了一系列调整。光绪二十四年五月(1898年7月),由梁启超起草的《筹议京师大学堂章程》由总理衙门上呈。该《章程》声明"略依泰西、日本通行学校功课之种类,参以中学",指导"功课"分级递进,并将"溥通学"分为十门:

> 经学第一,理学第二,中外掌故第三,诸子学第四,逐级算学第五,初级格致学第六,初级政治学第七,初级地理学第八,文学第九,体操学第十。

不难看出,这是一个"重西轻中"的知识体系,"文学"在这个分类标准里被边缘化了。在梁启超看来"词章不能谓之学","文"应该在"致用"的指导下,成为"学"的辅佐工具,但"文"却不是"学",没有独立的价值。①

随后的光绪二十八年七月(1902年8月),由京师大学堂总教习吴汝纶重新规划,并专访东洋,仔细调研,并由管学大臣张百熙等在此基础上拟定起草了《京师大学堂章程》和《考选入学章程》,获慈禧接纳后,以"钦定"名义颁行。这也是中国历史上第一次以政府名义颁布规定的完整学制。《京师大学堂章程》的"功课"一章声明:"今略仿日本例,定为大纲,分列如下:政治科第一,文学科第二,格致科第三,农业科第四,工艺科第五,商务科第六,医术科第七。"②此时,文学科排在第二的位置,而政治科仍然先行。而后由张之洞主导的《奏定大学堂章程》在分科问题上,基本沿袭这一模式,只在原

---

① 梁启超著,夏晓虹辑《〈饮冰室合集〉集外文》,北京大学出版社,2005年,第35页。
② 璩鑫圭、唐良炎编《学制演变》,上海教育出版社,2007年,第245页。

来七科的基础上,增加了"经学"一科。这应与张氏"尊经"观念的根深蒂固有关,是他一向主张的"中体西用"的内核所在,亦是出于维护王权伦理纲常的通盘考虑。

要而言之,在西学的重压之下,传统知识体系遭受了全面而严峻的挑战,救亡图存之声不绝如缕,而在文化上的执着坚守成为一代学人共有的理想与夙愿。《国朝文汇》的编纂者在序言中就以对时代脉搏的精准把握和极强的责任感表达了"保存国粹"的心声:"近者日文挽入,欧学输来,先正典型,飘摇欲坠,后生迷信,抶摸奚由。濡等杞忧在抱,国粹廑裹,权为旧学之商,借作歧途之导,略窥门径,谬主抁捎,积以岁时,成以众力。"①就是在这样的社会时代背景下,《国朝文汇》应运而生。

《国朝文汇》虽然署名沈粹芬等辑,但是实际上是由上海国学扶轮社沈粹芬、王文濡、黄人等联合编纂而成。关于其编纂的具体情况,应略加辨析。

沈粹芬,字芝芳,后改知方,号粹芬阁主人,1882 年 11 月 28 日生于浙江山阴,为晚清民国出版业巨擘。其曾祖一代为清代著名藏书家沈复璨昆仲,《沈霞西墓表》载:"乾隆中,东南收缴禁书,吾越相戒无藏箧,士竞趋举子业,故科目盛而学术微。其以余力读古书者,百不一二焉。独沈氏三昆隐于书肆,反得究心于学。"②由此可见沈氏家族藏书读书传统由来已久,此后世代以书为业。家道中落后,1897 年,16 岁的沈粹芬被父亲送至绍兴旧书坊奎照楼当学徒,后入上海广益书局。1902 年前后,进入商务印书馆从事发行工作,"于此时期发行所的业务也渐渐发达起来"③;也是在这一年沈粹芬与王文濡、黄人、刘师培等创办了国学扶轮社。该社以刊行中国

---

① 沈粹芬等辑《清文汇》"序三",北京出版社,1995 年,第 3 页。
② 沈复璨编《鸣野山房书目》,古典文学出版社,1958 年,第 5 页。
③ 宋原放主编,汪家熔辑注《中国出版史料(近代部分)》第 3 卷,湖北教育出版社,2004 年,第 52 页。

第七章 《国朝文汇》与20世纪初文学史观的互动　239

传统文化读物为主,出版了一些颇受好评的大部头书籍,如《列朝诗集》《国朝文汇》《古今说部丛书》《香艳丛书》《适园丛书》《说库》《明清八大家文钞》《续古文辞类纂》《普通百科新大辞典》等。

沈粹芬为国学扶轮社主事,《国朝文汇》的编纂便是由他开启的。沈氏在《国朝文汇》序言中提及了祖父沈玉书未尽之遗愿:"先祖于学无所不窥,而尤笃嗜古文辞。……拟征同人,编成总集,而有志未逮,遽赴修文。伟业存诸悬想,遗训俟诸后人,噫!可恸也。"①祖父的遗憾成为沈粹芬策划出版《国朝文汇》的家学动因。加之他敏锐地洞察到当时市面上选本"自矜门户,动遗筌蹄,颇为学子所诟病"的现状,沈氏萌发编纂《国朝文汇》的想法:

> 粹芬拘瞀之质,失学少日,夙夜惴惴,常以未绩先志为恨。稽固海上,偶与当代贤达汤蛰仙、郑苏戡、缪小山诸先生纵谈及此,共切赞成,老友王君均卿尤欣然引为己任。②

由此可见,在前期策划中汤寿潜、郑孝胥、缪荃孙等当时知名学者也可能提供了参考建议。汤寿潜后来还为《国朝文汇》作了序,他坦言自己本想编一部类似的书稿,但是"迫于路役,此事遂废",因此对"里人沈粹芬创为国学扶轮社,鼓合群彦,辑为《国朝文汇》"的工作十分感慨。

随后,沈粹芬交代了编纂的资料来源、编纂方针等情况:

> ……因出先人所藏,兵燹未尽者若干种,补购者若干种,友人赠遗者若干种,商定体例,次以时代,不立宗派,用箴前人最录一二家(如宋牧仲编《侯魏汪三家文》是),或专主一派(如姚氏《古文辞类纂》于八家,震川后专录望溪、海峰是)之陋,悉心甄录,得一千三百余家,文一万余篇。卷帙之巨,视《皇清文颖》《国朝文录》《湖海文传》《国朝古文汇钞》等数倍之。③

---

① 沈粹芬等辑《清文汇》"序四",北京出版社,1995年,第4页。
② 同上。
③ 同上。

在这种编纂方针的指导下,《国朝文汇》呈现出兼容并包的宏阔格局,共选文 1356 家,收录作品 5500 多篇,成为有清一代规模最宏大的一部文章总集。汤寿潜对此也是赞誉有加,该集"又独不取宗派之说,欲以备一代之典要,而观其会通,其书之高出于播芳文粹,盖可预言"①。

第二位编者王文濡,字均卿,别署学界闲民,又号新旧废物,浙江吴兴人。关于他的生平资料不多,结合石继昌《春明旧事》和郑逸梅《南社丛谈》中的相关记载可知。1883 年,王氏考中秀才,因家贫而在当地以教书为业。1900 年,受聘主持南浔高等小学校务。随后,因为通晓新学,又主持浔溪书院。1902 年,因在教育界颇有声誉,经人举荐,受聘担任毓元学堂总教习。后因为教学问题被迫辗转上海,进入出版界,主持进步书局、国学扶轮社辑政有年。"后又为中华、文明二书局编刊各家诗文集及楹联尺牍甚多。尤以所刊《说库》《笔记小说大观》《香艳丛书》,考订周详,并加提要,费力更大"②。他还先后编注了《晚唐诗选》《清代骈文评注读本》《明清八大家文钞》《历代十大家诗钞》《历代诗评注读本》《音注古文辞类纂》等。王文濡与其他编者拥有共同的文化观念与理想,将《国朝文汇》的编纂工作"欣然引为己任"的他主动承担了沈粹芬计划出版《国朝文汇》的任务,在参与编纂工作的同时,极有可能成了该项目的具体执行人。

第三位编者黄人,原名黄振元,字慕庵,一作慕韩,中年以后改名黄人,字摩西,别署蛮、野蛮、野黄、梦闇、诗虎,江苏常熟人。光绪二十六年(1900),与庞树松、庞树柏兄弟在苏州创立"三千剑气文社",后率社员集体加入南社。光绪二十七年农历二月,被新创办的教会学校东吴大学聘请为教授,受命编订出版了《中国文学史》《中国哲学史》《东亚文化史》等大学教材,后被沈粹芬聘为国学扶轮社

---

① 沈粹芬等辑《清文汇》"序一",北京出版社,1995 年,第 1 页。
② 郑逸梅《南社丛谈》,上海人民出版社,1981 年,第 100 页。

核心作者。《国朝文汇》的大部分编纂任务大概是由黄人主要负责的。他在《国朝文汇·序二》中说"句梳字栉,书眉乙尾,引绳墨,立模型"①,十分辛苦。另外,与沈粹芬、王文濡的序言落款时间不同,黄人的序言撰成于宣统元年(1909 年)七月,比沈粹芬的"宣统二年九月"与王文濡的"宣统二年十月"早了一年多时间,盖其编纂最力,稿即成而序遂先。值得一提的是,后来沈粹芬又聘请黄人编订了《普通百科新大辞典》,于 1911 年 5 月出版,至 7 月就加印至第三版,风行一时。严复在该书序言中说:"国学扶轮社主人,保存国粹之帜志,其所为书,已为海内承学之士所宝贵矣。"②在很大程度上,显示了包括沈、黄二人在内的国学扶轮社当时的士林声誉。黄人生前拟修订其所著《中国文学史》而未果,好友兼同事王文濡在 1926 年终于完成了黄人的遗愿,将该书完善修改得合于体式,并正式出版。③

综上,同为国学扶轮社的沈粹芬、王文濡、黄人的三人构成了一个出版与学术共同体,《国朝文汇》就是他们集体编纂的成果,而其中沈粹芬的角色定位很可能偏重这一项目的策划运营者,王文濡是项目的统筹执行者,而黄人则应该承担了大部分的编纂工作。④

第二节 《国朝文汇》的编选体例与特色

《国朝文汇》选文 1356 家,收录作品 5500 多篇,是一部搜罗广博、篇幅宏大的清代古文总集,被钱仲联推为"一代完整的选本"⑤。

---

① 沈粹芬等辑《清文汇》"序二",北京出版社,1995 年,第 2 页。
② 黄人《普通百科新大辞典》,国学扶轮社,1911 年。
③ 朱栋霖、范培松主编《中国雅俗文学研究》第 1 辑,上海三联书店,2007 年,第 13—19 页。
④ 黄人既负责前期编纂工作,后期的校对也颇费心力,根据《国朝文汇跋》的记载可知,嘉定人金聿修负责该集的总校对,可见《国朝文汇》是一个集体工程,但黄人在编纂工作中的重要地位仍是不可撼动的。
⑤ 钱仲联《梦苕庵论集》,中华书局,1993 年,第 169—170 页。

关于其编纂体例,《国朝文汇·例言》云:

> 兹编仿牧斋《明代诗选》例,分甲、乙、丙、丁为五集。遗民入甲前集,顺、康、雍三朝入甲集;乾、嘉两朝入乙集;道、咸两朝入丙集;同、光两朝入丁集。惟宸章巍焕暨天潢巨制,侨野见闻既隘,未敢仰赞高深,且躬处承平,与桑海之后有间,故乾集从阙。至于方外、名媛著作及东西译集,自当周咨博采,再编闰集。①

由此可见,《国朝文汇》的编纂体例便是承钱谦益的《列朝诗集》而来。事实上,钱氏《列朝诗集》亦承继元好问《中州集》之编纂体例而来。元氏《中州集》以十天干为序,即分甲、乙、丙、丁、戊、己、庚、辛、壬、癸十集。钱氏《列朝诗集》则分乾、甲、乙、丙、丁、闰六集,而实际乾、闰二集在分类中并未算入,即谓始于甲集,而终于丁集。对于这种编排,钱氏在《江田陈氏家集序》中解释道:"余近辑《列朝诗集》,厘为甲乙丙丁四部,而为之序曰:'遗山《中州集》止于癸,癸者,归也。余辑列朝诗止于丁,丁者,万物皆丁状成实,大盛于丁也。'盖余窃取删《诗》之义,顾异于遗山者如此。"②在《列朝诗集序》中,钱氏给出了更详尽的说明:"'元氏之集,自甲迄癸。今止于丁者何居?'曰:'癸,归也。于卦为归藏,时为冬令。月在癸曰极丁,丁状成实也。岁曰强圉。'"③在钱谦益看来,"癸"具有"回归"的意思,是季节中的冬季,象征终点或结束,而"丁"则象征成熟收获的季节。因此,《列朝诗集》须以"丁"集为结。后来清人李慈铭颇领会其意:"阅《列朝诗集小传》……其编次皆有寓意,而列明诸帝王后妃于乾集,列元季遗老于甲前集,自嘉靖至明末皆列丁集,分上、中、下,以见明运中否,方有兴者,其文亦纯为本朝臣子之辞,一似身未

---

① 沈粹芬等辑《清文汇》"例言",北京出版社,1995年,第1页。
② 钱谦益《牧斋有学集》,上海古籍出版社,1996年,第771—772页。
③ 同上书,第679页。

降志者,其不逊如此。"①陈寅恪也表达了类似的观点,认为《列朝诗集》"虽仿《中州集》,然不依《中州集》迄于癸之例,而止于丁,实寓期望明室中兴之意"②。可见,"丁集"在总集编纂中还具有寄托遥深之旨,而《国朝文汇》则继承了这一传统。

《国朝文汇》以集分部,上起顺康,下迄同光,网罗有清一代之文。全书二百卷,因乾集从阙,实分五集,其中甲前集二十卷,收录明末遗民之文;甲集六十卷,收录顺治、康熙、雍正三朝文人之作;乙集七十卷,收乾隆、嘉庆两朝人作品;丙集三十卷,收道光、咸丰两朝人作品;丁集二十卷,收录同治、光绪两朝人之作。原本拟续编女性著作、译著等为闰集,惜未完成。

从具体编选内容看,《国朝文汇》编选"以人叙次",即以作家为序,各体作品系之作家名下,同时也包含了"以时叙次"的方式,即按照时代、作家与各体文章的次序来进行排列。例如,丁集卷一分别收录了方濬、张之洞、黄体芳等十二家之文。不同作家名下文章数量不一,其中王韬选文最多,有《任将相说》《日本杂事诗序》《跋冈鹿门送西吉甫游俄文后》《复赵晋斋书》《答贾布政问积主书》共五篇。③ 又如卷九,全卷只收吴汝纶的文章,共计二十八篇,涉及论、说、序、书、记、传、碑、铭、表九种文体。④ 另外,在每个作家下面系极简小传,录字号、籍贯、功名、官职、著述等信息。如甲前集卷二,王夫之名下小传云:"字而农,号姜斋,湖广衡阳人。前明举人,入本朝不仕。"⑤又如丁集卷一,蒋山名下系小传:"字静轩,四川仪陇人,同治二年进士,官安徽太平县知县,有铁峰居遗稿。"⑥由此可见,《国朝文汇》这种"以人叙次"的文集编纂方式旨在以文存人,以文证史。

---

① 李慈铭《越缦堂读书记》,中华书局,1963年,第608页。
② 陈寅恪《柳如是别传》,生活·读书·新知三联书店,2009年,第1007页。
③ 同上书,第2834页。
④ 同上书,第2943页。
⑤ 同上书,第18页。
⑥ 沈粹芬等辑《清文汇》,北京出版社,1995年,第2834页。

吴承学对此有过分析:"以人叙次的关注点从文体转移到不同时代与作家的创作个性上。这种总集给人们的印象不是某一文体,而是在具体时代背景下某一作家的个性与成就。各种文体的重要性已经被淡化,并被时代与作家的个性所掩盖。以人叙次和以时叙次的结合,具体地体现出编纂者的文学史观。"①也正是这样一种文学史观的主导,使《国朝文汇》的编选呈现出独有特色。

首先,《国朝文汇》的一大特色是收罗广博,汇集全备。沈粹芬在该集例言中说:"兹集不拘成格,意在兼收,最录一千三百五十六家,在总集中,此为大观。"②字里行间透露出了相当的自信。兼收并蓄是总集的基本特点,只不过《国朝文汇》搜罗宏富,收录了5500余篇文章,超过了一般总集的篇幅,从而在广博这一点亦显出自己的特色来。

其次,《国朝文汇》编选特色还反映在编选了大量反映当时新学新知的文章。主要有三个方面:其一,编选报刊文和译体文,开中国古代文体分类学史之先河。如丁集卷十二,全卷只收录唐才常文章十二篇,其中《史学论略》《各国政教公理总论》《公法通议》《湘报叙》《各国种类考自叙》均为首发于《湘学报》。又如卷十六,全卷只收录严复文章十篇,其中《孟德斯鸠列传》《斯密亚丹传》则属于翻译文体,且也是首发于报章杂志。其二,收录一些学术论文。比如丁集卷五,录入著名数学家华蘅芳的《微积溯源序》《代数术序》与《象数一原跋》三篇数学学术论文,反映了清末最新的数学研究成果。③ 其三,选录反映当时热点问题的文章。如同集卷十,共收录五位作家④,其中收录了马建忠的《拟设翻译书院议》与《法国海军职要叙》,都很好地反映了当时对于加强翻译人才培

---

① 吴承学《中国古代文体学研究》(增订本),中华书局,2022年,第548页。
② 沈粹芬等辑《清文汇》"例言",北京出版社,1995年,第1页。
③ 同上书,第2943页。
④ 同上书,第2956页。

养与建设海军的需要;同卷收录闵萃祥《观车利尼马戏记》一文,是对当时从意大利传入上海的马戏之较早介绍。此类选文虽占全书比重不大,但是反映了时代发展风貌,使所编总集呈现出一种崭新气象。

再次,《国朝文汇》的编选以"经世致用"为主导,兼顾选文的审美特质,体现了一种较为开阔的视野格局。从各文体收文数量与比例来看,《国朝文汇》号称收文10000多篇,实际收文5500多篇。其中序跋类约1127篇,杂记类约1122篇,论辨类约1109篇,传状类约900篇,碑志类约480篇,书牍类约260篇,赠序类约160篇,奏议类约115篇,哀祭类46篇,颂赞类20篇,寿序10篇,辞赋5篇,其中实用性文体占据了压倒性优势,而诸如传记、书序、吊祭等富含审美特质的文体所占比重也很高,只是前者对于后者有一定的规定性。《例言》中提出:"本集所录多传记、书序、吊祭等文,征文考献,用资裨助。至如奏议之语多直叙,寿文之义近献谀,亦复登载一二,聊备体格。"① 这里传记、书序、吊祭等文体本更具文学色彩,然而选入《国朝文汇》此类文体的文章则作了"征文考献"的功能界定,更偏重文章的纪实性,其内容体现出一种史学化倾向。例如游记这一文体,所收文章主体内容一方面侧重于对历史沿革、山川地形、风物民俗等的描述,带有一种方志文献史料学的意味;另一方面也描摹风光,抒情寄怀,体现了对文学审美的要求。乙集沈彤《游包山记》在简洁优美的文字中描述了峰峦叠嶂的地形地貌,解说了仙山洞天的历史沿革。又如廖燕《游碧落洞记》《游潮水岩记》《九曜石记》《品全亭记》则对广东地区的岩壑奇绝、民俗风土、历史沿革等情况作了精彩描述和细致介绍。

最后,《国朝文汇》的编选体现了编纂者自觉的学术史意识。《国朝文汇》收录了不少关心中华民族生存与发展的边疆史地学文

---

① 沈粹芬等辑《清文汇》"例言",北京出版社,1995年,第1页。

章,在"以考古的精神推及与边徼,浸假更推及于域外"的清代史地学发展进程中,《国朝文汇》受到浸染而使文章编选呈现一种学术化、史学化的倾向。例如丙集卷二十六收录黄楙材《西域图说》,该文通过中亚、西亚地图对该区域内边陲及邻国的历史沿革、地理风貌作了详尽的解说。又如刘可毅《答从弟葆良书》一文则对南洋北洋的地理形势进行了详细考辨。还有丁集收录的黄遵宪《日本国志序》、梁启超《日本国志后序》等文章都是对晚清域外史地学方兴未艾的反映。汤寿潜在《国朝文汇》的序中称该书"独不取宗派之说,欲以备一代之典要而观其会通",又谓"后之学者将以考先正之遗文,进窥学术盛衰之故而世变亦见焉,其必有取于是书也夫"。① 关注与收录大量边疆史地学文章,可见《国朝文汇》在编选上对于学术史的注重,从而使该集成为学术盛衰与世道变易之见证。另外,该集还十分重视对乡土文献的编选收录,所选作家多为编者的乡邦之人。据学者研究,江苏、浙江两省作家以单传单篇存文之人占了总数的一半以上。在晚清时期,"以人叙次"对于选录不同时代作家个性的看重,一定程度上赋予了在遴选作家时,偏向乡邦一脉的合理性。因为正是这种偏重乡邦作家,选录"一乡之文",才能传达出整体文化观念下的地域文化意识,从而形成一种"一代之文与国史相为表里,一乡之文与邑志相为表里"②的文化史格局。

通观以上特点,《国朝文汇》在编选过程中,无论是对于新文体的推崇与传播,还是对新知的关注与倾心;无论是表现出开阔的视野格局,还是具有自觉的学术史意识,这些都统一于"以人叙次"主体框架下,并呈现出一种史学化的总体特征。沈粹芬在序言中说:"自开国以迄今日,鸿章巨制,网罗丰富,抉择请严,作国朝实录观也

---

① 沈粹芬等辑《清文汇》"序一",北京出版社,1995年,第1页。
② 同上书,第2767页。

可,作国朝学案读也可。"①黄人也在序言中表示,《国朝文汇》的意义在于"二百数十年中之政教风尚,所以发达变化其学术思想者,循是或可得其大概,而为史氏征文考献者效负弩之役"②。这表明我们既可把它作像实录一样的当代史看待,也可视为一代之学术史。值得指出的是,近代著名学者刘咸炘曾评价《国朝文汇》曰:"近出《文汇》,则多录史论、游记,反略考证之文,不足明一代之学。"③刘氏的评价一针见血地指向了《国朝文汇》忽视考证,而重视史学、文学的特征。这既是其不足之处,更是其特色所在,而之所以形成这样的特点,归根结底是与《国朝文汇》编纂者的文学思想与观念息息相关的。

第三节　黄人的文学史观与《国朝文汇》之关系

19世纪末20世纪初,随着西方知识的大量涌入,原有的知识系统出现了重大调整,文学方面也不例外。这一时期,窦警凡《历朝文学史》、林传甲《中国文学史》与黄人《中国文学史》相继撰成问世,自此中国诞生了国人自编的文学史著作。在这三部最早的文学史著作中,编著者的文学史观各不相同,甚至可以说是大相径庭。窦著抨击"有韵之文",追求文学的实用功能:"兹录集部以奏议为冠,然强半已入史部;曰散文,其切实有用者与经史子同;曰骈文,曰诗词,若妃青俪白之工,揣摩应举之作,乃文学之蠹,儒林之害也,急荡涤而摧廓之。"④这恰恰是窦著在积极响应当时学制改革需要而采用的立论,基本体现了该著追求实用的主张和救亡图存的初衷。而

---

① 沈粹芬等辑《清文汇》"序四",北京出版社,1995年,第4页。
② 同上书,"序二",第3页。
③ 刘咸炘著,黄曙辉编校《刘咸炘学术论集·文学讲义编》,广西师范大学出版社,2007年,第256页。
④ 窦警凡《历朝文学史》,1906年铅印本,第56页。

林著作为京师大学堂的国文讲义,可视为晚清学制改革的直接产物,与窦著的观点颇为接近,历来评价不高。黄人的《中国文学史》,它与前面两部著作截然不同。

黄人的《中国文学史》是他受聘东吴大学期间撰写的,该书"从文字之肇始,以至极盛时代、华离时代、暧昧时代,无所不详。草创十万言,欲有所修饰,未就而卒"①。同在东吴大学任教的汉文教习徐允修《东吴六志》记载:"光绪三十年,西历一千九百又四年,孙校长以本校仪式上之布置,略有就绪,急应厘订各科学课本;而西学课本尽可择优取用,唯国学方面,既一向未有学校之设立,何来合适课本,不得不自谋编著。因商之黄摩西先生,请其担承编辑主任,别延嵇绍周、吴瞿庵两先生分任其事。……如是者三年,约计所费已达银元五六千,所编《东亚文化史》《中国文学史》《中国哲学史》等五六种。"②由此可知,黄人《中国文学史》的编纂亦是出于教学之需,编著过程中既凝聚了黄人个人的艰辛努力,也得到了嵇绍周、吴梅、金叔远等学者襄助。该书应成稿于1907年,在《国朝文汇》编纂前一年。不妨推之,黄人的文学史观念在不断建构形成过程中应或多或少地对《国朝文汇》的编纂也产生影响。当然这种影响难以量化,但我们通过对《中国文学史》中主要观点的挖掘,尤其是对关于"文"与"史"的关系、文学史的概念与效用、文学的性质等进行阐发,联系比照《国朝文汇》的编选特色,尝试钩索二书之间隐秘的思想关联应该具有一定的合理性和可操作性。

在这部较早的文学史著作中,黄人旁征博引,眼界极为开阔,体现了极具前瞻性的文学思想与文学史观。他第一次系统地从"文"与"史"的关系、文学史的效用、文学的目的等方面,为文学和文学史作了全新界定。③

---

① 《黄人集》,上海文化出版社,2001年,365页。
② 徐允修《东吴六志》,利苏印书社,1926年,第96页。
③ 陈广宏《中国文学史之成立》,上海古籍出版社,2016年,第194页。

首先,黄人对"文"与"史"的关系展开了论述,这为《国朝文汇》编纂的"史学化"提供了可能的理论依据。黄人认为:

> 以体制论,历史与文学,亦不能组织。然历史所注重者,在事实不在词藻,界限要自分明。惟史之成分,实多含文学性质,即如《六经》皆史也,而《书》为政府之文学,《诗》为社会之文学,《易》为宗教之文学,《礼》与《春秋》似乎纯为史载,而附属之传记,仍表以文学。班、马以下,类别渐繁,登录文学亦綦详。盖一代政治之盛衰,人事之得失,有文学以为之证佐,则情实愈显,故曰文胜则史①。

黄氏认为,虽然"文"与"史"有本质不同,一重事实,一重词藻,但两者不可分割,史中含文,文中有史,文学可作为政治、人世佐证,具有史的意义。最后,黄人总结道:"凡诗歌、历史、小说、评论等,皆包括于文学中。"②黄人即言:"保存文学,实无异保存一切国粹,而文学史之能动人爱国保种之感情,亦无异于国史焉"③。由此观之,联系《国朝文汇》的体例,我们不难发现这种"文史互通"的理念对《国朝文汇》编纂历史化的影响。

其次,黄人对于"文学史"提出了自己独到的见解,为《国朝文汇》的编选提供了史学化的可能方向。黄人指出:

> 然文学虽如是其重,而独无文学史。所以考文学之源流、种类、正变、沿革者,惟有文学家列传(如文苑传,而稍讲考据、性理者,尚入别传),及目录(如艺文志类)、选本(如以时、地、流派选合者)、批评(如《文心雕龙》、《诗品》、诗话之类)而已。而所持者又甚狭,既失先河后海之旨,更多朝三暮四之弊,故虽终身隶属于文学界者,亦各守畛域而不能交通。④

---

① 《黄人集》,上海文化出版社,2001年,第324页。
② 同上书,第354页。
③ 沈粹芬等辑《清文汇》"序二",北京出版社,1995年,第2页。
④ 《黄人集》,上海文化出版社,2001年,第324—325页。

黄氏提倡要打破界限,将"文"与"史"结合起来,这样"史"的文学或文学史才有可能成立。在《国朝文汇·序二》中黄人即表达了基本相同的观念,序言开篇即云:"有一代之政教风尚,则有一代之学术思想。蜕故孳新,瞬息不可复省,而有为之摄影者曰史,而有为之留声者曰文。"①这里的"史"与"文"好比摄影机、留声机,结合而成,是对一代政教风尚与学术思想的最好记录。

最后,黄人对文学的目的作了具有审美意义的界定,这在很大程度上为《国朝文汇》的纯文学理念编选标准提供了想象生发的空间。黄人在《中国文学史》"总论"中开宗明义地提出:

> 人生有三大目的:曰真,曰善,曰美。……文学则属于美之一部分。然三者皆互有关系。……语云"文质相宜。"又云"修辞立其诚。"则知远乎真者,其文学必颇。又云:"文以载道。""立言必有关风教。"则知反乎善者,其文学亦褻。且文学之范围力量,尤较大于他学。……故从文学之狭义观之,不过与图画、雕刻、音乐等;自广义观之,则实为代表文明之要具,达审美之目的,而并以达求诚明善之目的者也。吾非谓重视文学,即可置一切学于不问也。文学之责任愈重,则所以达此文学之目的者,愈见其难。……不能求诚明善,而但以文学为文学者,亦终不能达其最大之目的也。②

这段论述了真、善、美三者之间的关系,也可视为对于文学目的之论述,即对于文学性质的界定,那便是从"真、善、美"出发。首先,将文学置于"美"的统领之下,所以才说"从文学之狭义观之,不过与图画、雕刻、音乐等",属于"美术"的一部分;同时肯定它须兼有"真、善"之目的,以为"远乎真者,其文学必颇","反乎善者,其文学亦褻",所以"自广义观之,则实为代表文明之要具,达审美之目

---

① 沈粹芬等辑《清文汇》"序二",北京出版社,1995年,第2页。
② 《黄人集》,上海文化出版社,2001年,第323—324页。

的,而并以达求诚明善之目的者也"。实际上,这是对文学史的批评标准提出了自己的意见,即文学要以审美为旨归,因而具有极重要的意义和价值。

1911年5月,也就是《中国文学史》成书四年之后,《国朝文汇》定稿近一年以后,黄人在新出版的《普通百科新大辞典》中对"文学"又作了这样的阐释:

> (文,Literature)我国文学之名,始于孔门设科,然意平列,盖以六艺为文,笃行为学。后世虽有文学之科目,然性质与今略殊。汉魏以下,始以工辞赋者为文学家,见于史则称文苑,始与今日世界所称文学者相合。叙艺文者,并容小说传奇(如《水浒》《琵琶》)。兹列欧美各国文学界说于后,以供参考。以广义言,则能以言语表出思想感情者,皆为文学。然注重在动读者之感情,必当使寻常皆可会解,是名纯文学。而欲动人感情,其文词不可不美。故文学虽与人之知意上皆有关系,而大端在美,所以美文学亦为美术之一。惟各国国民之性情思想,各因习惯,其言语之形式亦异。故各国文学,各有特色。以外形分,则有散文、韵文之别。而抒情诗、叙事诗、剧诗等(以上皆于我国风骚及传奇小说为近),于希腊时代,虽亦随外形为区别,而今则全从性质上分类。要之我国文学,注重在体格辞藻,故所谓高文者,往往不易猝解,若稍通俗随时,则不甚许以文学之价值,故文学之影响于社会者甚少,此则与欧美各国相异之点也。以源流研究文学者曰文学史。或以种族,或以国俗,或以时代,种类甚多,颇有益于文学。而我国则仅有文论、文评及文苑传而已。①

在这段近五百字的词条中,黄人以历时的史学眼光对"文学"作了清晰的定位。不仅简要描述了中国文学的特性、风格、体式,还涉

---

① 黄人《普通百科新大辞典》,国学扶轮社,1911年,第106页。

及中西方文学的比较,体现了宏阔的视野和"文学史"的意味。从《中国文学史》到《国朝文汇》,再到《普通百科新大辞典》,黄人对于"文学"的认识应在不断的深化之中,这是一个连贯的逻辑思维过程。可以说,《国朝文汇》的运思与编纂当受惠于黄人在《中国文学史》中所作出的充满创新性与超越性的文学思考。

当然,《国朝文汇》规模宏富,编者众多,黄人的文学史观不可能全面落实到具体的总集编纂中去。然而,我们应该可以说《国朝文汇》的编选特色在一定程度上折射了黄人具有前瞻性的文学史观。

不仅如此,黄人的文学史观也得到了世界近代文学思潮的滋养,其所撰《中国文学史》是近代以来在中国涌现的最早的几部《中国文学史》中唯一一部可称为"在世界的文学视野中"建构起来的文学史著作。[①] 在该书撰写过程中,他先后引述大田善男的《文学概论》、狄比图松的《字汇》、烹苦斯德的《英吉利文学史》、薄士纳的《比较文学》、朋科斯德的《文学形体论》等理论和说法。黄人曾自称其所撰文学史为"实际上之文学史,而非理想上之文学史"。一方面,他从形制体格入手,将命、令、制、诏、策、论说、谱录、谶纬、谣谚、骚赋等七十余种文体纳入文体分类体系,表明对于中国文学自身传统与复杂情况的理解与尊重。另一方面,他遍览各国文学史教程,借鉴英国、日本近代文学思潮中的纯文学观念,从文学性质上对文体加以分类。这与《国朝文汇》中既强调"经世致用"又兼顾审美特质,在某种程度上具有异曲同工之妙。《国朝文汇》的编纂是依托既有文体分类学知识框架来进行的,虽然它永远也跳脱不出当时的历史文化语境,但其编纂者对于新兴的西欧、日本文学思想的征引与吸纳,使传统文章总集有了接合近代世界文学思潮之可能性,从而也透露出在中西文化冲突交融背景下文章总集编纂的复杂性与

---

① 戴燕《文学史的权力》,北京大学出版社,2018年,第57页。

多义性。

布拉格学派的代表人物伏迪契卡在《文学史：其问题与工作》中将文学的演化区分为两个演化系统：一是文学结构的演化，另一个是文学基准的演化。在他看来，"文学结构"是"作为文学创作的所有可能性的详目而存在于文学作品的背后"的非物质整体。文学作品与文学创作方法都受到文学结构的制约，其意义也必须在整个结构之中才能显现。① 文学结构是在特定历史时空中由不同要素和力量形成的脆弱的均衡状态，任何要素的变动都会打破这种均衡，从而引发结构内部各项因素作出一定调整，以达到一种新的均衡状态。而维护文学结构处于均衡状态的重要力量之一就是来自文学传统本身的自发力量(immanent and self-propelled forces)。"文学基准"则是指整个时代对于文学现象的具有历史普遍性意义的意见。他说：

> 二者之间存有一明显的平行而互为影响的关系。因为基准的生成与新的文学实体(即作品)的生成两种情况源出于同一基础，同出自二者都想超越的文学传统。不过这两个系统却不能并合为一，因为"文学作品的生命"的所有变化都是从作品与基准之间的动态张力而茁生的。②

借用这一理论，我们不妨这样理解。在19世纪末20世纪初，代表中国传统文章总集的《国朝文汇》所隶属的中国古代文体学体系作为一种旧的"文学结构"正面临均衡状态即将被打破的局面，中国古代文体学传统在直面西学挑战的历史关口，其"自发力量"也已经大大地削弱，彼时的"文学基准"尚未形成，而黄人前瞻性的文学史观作为一种"文学基准"的先声与传统文体学的"文学结构"形成了

---

① 转引自陈国球《文学史书写形态与文化政治》，北京大学出版社，2004年，第338页。

② 同上。

一种颇具张力的互动。本质上说,《国朝文汇》与20世初中国文学史观的关系是一种"文学结构"与"文学基准"的充满张力的互动关系。正是这种张力持续不断地积蓄,为后来中国文学现代化的发生提供了动能。

第八章　章门师友的文体理论研究

清末民初,在诸子学兴盛的学术思潮与学校分科教育的背景下,中国传统辞章教育发生了巨大的变革。此时桐城派"义法说"走向没落,国外的文学理论尚未普及,章太炎、刘师培诸人从本土文论中汲取资源,在整理旧有的文章、文体的基础上进行新的总结,总体上表现出浓厚的复古色彩。章门师友所构成的学人圈以其巨大的学术影响力,在近现代的传统文学与文体研究中起到了承前启后的作用。

第一节　章门之兴起

所谓"章门师友",除了章太炎(1869—1936)及其弟子之外,还要加上刘师培。刘师培(1884—1919)比章太炎年轻,但两人交往较多。刘师培稍长于黄侃(1886—1935),两人的关系亦师亦友。① 钱玄同(1887—1939)也视刘师培为朋友。② 章门学派在北大的兴

---

① 杨伯峻《黄季刚先生杂忆》记黄侃说:"我和刘申叔,本在师友之间,若和太炎师(章炳麟)在一起,三人无所不谈。"其后黄侃正式拜刘师培为师,学其经学。见程千帆、唐文编《量守庐学记:黄侃的生平和学术》,生活·读书·新知三联书店,2006年,第147页。

② 1938年钱玄同在致郑裕孚的信中说:"弟与申叔,朋友也,非师生也,亦非前辈后学也。少读其文,固尝受其影响。"《钱玄同文集·第六卷·书信》,中国人民大学出版社,2000年,第299页。钱氏整理《刘申叔遗书》,参见郑师渠《钱玄同与〈刘申叔遗书〉》,《北京师范大学学报(社会科学版)》2003年第6期。

起,其实是取桐城派学风而代之。① 随着林纾、姚永朴、姚永概相继辞去教职(姚永朴后复入北大,但不久离开),1914年以后,章门逐渐占据北大文科教学教习。② 钱基博在《现代中国文学史》中说:"既而民国兴,章炳麟实为革命先觉;又能识别古书真伪,不如桐城学者之以空文号天下!于是章氏之学兴,而林纾之学熸!纾、其昶、永概咸去大学;而章氏之徒代之。"③所谓"章氏之徒",自然是太炎及其门下的几大弟子,《章太炎年谱长编》"宣统二年"条云:"弟子成就者,蕲(按:此处或漏"春"字)黄侃季刚,归安钱夏季中,海盐朱希祖逖先。季刚、季中皆明小学,季刚尤善音韵文辞。逖先博览,能知条理。其他修士甚众,不备书也。"④据《朱希祖先生年谱长编》记载,鲁迅、周作人、朱希祖等早在日本期间就同受业太炎先生门下。

"章门师友"之间虽然存在不少差异,但大致有比较类似的学术背景和学术旨趣。他们基本都有朴学的训练,经学、小学功力较深。章太炎、刘师培、黄侃等人在清代乾嘉考据学的学术氛围中成长,于经史考证之学浸淫颇深,经学与音韵、文字、训诂等小学是其兴趣所在。这个群体之间的关系主要发生在经学、小学方面的古典学术探讨。章太炎、刘师培等受章学诚的影响显而易见。他们的思想源于朴学却又超越了烦琐的考据学风。

章门的兴起,其实是从政治、学术两方面压倒桐城派学者,占据上风。学术上来说,主要表现在经史小学方面严谨扎实的学风。因此目前学术界所说之章黄学派,亦主要针对其在文字、音韵、训诂等

---

① 据《北京大学校史1898—1949》载:"在此之前,姚永概任文科教务长,桐城派的学风在北大文科居于优势……夏锡祺代替姚永概主持北大文科后,引进了章太炎一派的学者……他们注重考据训诂,以治学严谨见称。这种学风以后逐渐成为北大文史科教学与科研中的主流。"萧超然等编《北京大学校史1898—1949》,上海教育出版社,1981年,第37页。
② 《朱希祖日记》1917年11月5日载:"桐城姚君仲实,闽侯陈君石遗主散文,世所谓桐城派者也。今姚、陈二君已辞职矣。"中华书局,2012年,第1389—1390页。
③ 钱基博《现代中国文学史》,岳麓书社,1986年,第194页。
④ 汤志钧编《章太炎年谱长编》,中华书局,1979年,第317页。

领域而言。实际上,五四前后涌现的一些思想界、学术界人物,大都出自章太炎门下,如鲁迅、周作人、钱玄同、朱希祖等。① 考察章门师友所倡导的文学观念与文学研究的变迁历程,可以明确看出当时的学者对中国传统文化的传承与革新的思考过程。魏晋南北朝时期产生的众多文论思想,奠定了中国传统文论的基础,沾溉后世,衣被数代。对《文赋》《文心雕龙》《文选》等经典的重视与阐释,是此时期章门师友的一个共性。在西潮冲击下,六朝文论与文学观成为一种思想资源,他们或坚守传统,或以复古为革新,或力求新变,各执一说。纵观这一历史阶段中章门文学思想的变迁,太炎及其弟子表现出明显的"弃旧求新"倾向。除了因政治思想的不同而"谢本师"②,学术上,太炎的弟子们并不盲从师说。如鲁迅对老师宽泛的文学定义表示不甚赞成,据许寿裳回忆:"鲁迅默然不服,退而和我说:'先生诠释文学,范围过于宽泛,把有句读的和无句读的悉数归入文学。'"③朱希祖编写的《中国文学史要略》在叙中明确表达了在文学观念上对其师说的变更,对此笔者将在后文详细述及。从奉守传统文字训诂学说,到整理国故之"复古",再到倡导新文学观念,章门师友都是其中身先力行的重要参与者。④

---

① 参见日本学者岛田虔次《章太炎的事业及其与鲁迅的关系》,章念慈编选《章太炎生平与思想研究文选》,浙江人民出版社,1986年,第188页。

② 比如,章太炎与其师俞樾的思想分歧,最终导致章太炎写《谢本师》公开与其决裂,但是在情感上两人并没有到水火不容的地步。见《民报》第9号,1906年11月。其后周作人之所以写《谢本师》批评章太炎,也是认为章氏思想已落伍,见《语丝》,1926年8月。

③ 许寿裳《亡友鲁迅印象记》,陈平原、杜玲玲编《追忆章太炎》(增订本),生活·读书·新知三联书店,2009年,第207页。

④ 参见刘克敌《文人门派传承与中国近现代文学变革》(《中国社会科学》2011年第5期),其中对章门的交往、影响有简略勾勒;卢毅《试析章门弟子的内部分化》(《东方论坛》2007年第6期),分析黄侃、汪东、吴承仕、鲁迅、钱玄同等人之间的纠葛;卢毅《章门弟子与近代文化》(广西师范大学出版社,2009年),论章门的复古努力与激进言论、内部分化(守旧派、开新派、中间派)、与白话文运动、与新青年的合营等等的关系;陈以爱《中国现代学术研究机构的兴起——以北大研究所国学门为中心的探讨》(江西教育出版社,2002年)对章门与桐城派、与考证学风、与整理国故的关系渊源梳理。

章门师友也非常重视文体之学。章太炎《文学论略》开篇即说："何以谓之文学？以有文字，著于竹帛，故谓之文；论其法式，谓之文学。"①所谓"法式"，主要就是文体之学。他们从传统文论汲取资源，构建新的文章体系，强调经、子在文体溯源中的重要影响，致力于对魏晋六朝文体论经典的研究，在文体阐释、著述方式、文体体系构建等方面呈现出新的元素，也是《文心雕龙》成为20世纪显学的主要功臣。晚清以来，随着文学观念变迁，作为中国古代文学研究枢纽的文体学也随之发生了改变。本章拟从章门师友的角度，以章太炎、刘师培、黄侃、朱希祖等人为代表，研究中国古代文学与文体学新旧转关之线索。

第二节　文字学与"文"之内涵

所谓文体，首先是文。章门师友多从文字、训诂之学入手，阐释"文"之概念。有趣的是，入手路径虽相同，而所得似乎大相径庭。章太炎与刘师培的不同阐释，典型地反映出对于"文"的广义与狭义的理解。

侯外庐说，章太炎的文字学"建立由文字孳乳以明历史发展的根据"，"又建立由文字起源以明思维发展的理论"。章太炎融合文字学和东西名学成为一种"以分析名相始"的朴学，其泛文学观正是建立在朴学基础之上的。②1902年他在《文学说例》中说："文学之始，盖权舆于言语……世有精练小学拙于文辞者矣，未有不知小学而可言文者也。"③他从训诂入手，考察文章的本源与差异。《国故论

---

① 章太炎《文学论略》，山西人民出版社，2014年，第1页。
② 侯外庐《近代中国思想学说史》(下)，生活书店，1947年，第813—814、819页。
③ 章太炎《文学说例》，舒芜等编选《近代文论选》(下)，人民文学出版社，1959年，第403页。

衡·文学总略》说:"文学者,以有文字著于竹帛,故谓之文;论其法式,谓之文学。凡文理、文字、文辞,皆言文。言其采色发扬,谓之彣。以作乐有阕,施之笔札,谓之章。《说文》云:'文,错画也。象交文。''章,乐竟为一章。''彣,馘也。''彰,文彰也。'或谓文章当作彣彰,则异议自此起。《传》曰:'博学于文',不可作彣。《雅》曰:'出言有章',不可作彰。古之言文章者,不专在竹帛讽诵之间。孔子称尧舜'焕乎其有文章',盖君臣朝廷尊卑贵贱之序,车舆衣服宫室饮食嫁娶丧祭之分,谓之文。八风从律,百度得数,谓之章。文章者,礼乐之殊称矣。其后转移施于篇什……今欲改文章为彣彰者,恶乎冲淡之辞,而好华叶之语,违书契记事之本矣……夫命其形质曰文,状其华美曰彣,指其起止曰章,道其素绚曰彰。凡彣者必皆成文,凡成文者不皆彣。是故榷论文学,以文字为准,不以彣彰为准。"①章氏在《文学总略》中从训诂、文笔之辨、文辞与学说、集部与文学等角度,辨析"文"的含义与范围。他所说的"文学"是指广义的文字之学,是相对于《文选》以降局限于集部的文学观而言的,而且是基于应用的。"然则文字本以代言,其用则有独至,凡无句读文,皆文字所专属也,以是为主。故论文学者,不得以兴会神旨为上。"②在文字基础上谈文学,"既知文有无句读、有句读之分,而后文学之归趣可得言矣。无句读者,纯得文称,文字、(语言)之不共性也;有句读者,文而兼得辞称,文字、语言之共性也。论文学者,虽多就共性言,而必以不共性为其素质"③。把无句读文纳入文学的范畴,是章氏的创举。

刘师培与章太炎之学术渊源及根底有一定差异。钱基博曾评论刘师培:"论小学为文章之始基,以骈文实文体之正宗,本于阮元者

---

① 章太炎著,庞俊、郭诚永疏证《国故论衡疏证》,中华书局,2008年,第247—250页。
② 同上书,第269页。
③ 章太炎《文学论略》,张昭军编《章太炎讲国学》,东方出版社,2007年,第31页。

也。论文章流别同于诸子,推诗赋根源本于纵横,出之章学诚者也。阮氏之学,本衍《文选》。章氏蕲向,乃在《史通》。而师培融裁萧、刘,出入章、阮,旁推交勘以观会通;此其柢也。"①刘师培《文章源始》曾说:"积字成句,积句成文,欲溯文章之缘起,先穷造字之源流。"②刘师培论文亦以文字训诂解释文的含义,征引《易大传》《论语》《说文解字》《释名》等典籍,认为偶词俪语乃得称文。《论文杂记》卷十:"盖'文'训为'饰',乃英华发外,秩然有章之谓也。故道之发现于外者为文,事之条理秩然者为文,而言词之有缘饰者,亦莫不称之为文。"③笔与文相对,"盖笔从'聿'声,古名'不聿','聿''述'谊同。故其为体,惟以直质为工,据事直书,弗尚藻彩"④。由此他认定"夫文字之训,既专属于文章,则循名责实,惟韵语俪词之作,稍与缘饰之训相符。故汉、魏、六朝之世,悉以有韵偶行者为文,而昭明编辑《文选》,亦以沉思翰藻者为文。文章之界,至此而大明矣"⑤。刘师培虽然与章太炎一样从文字训诂入手,但他从阮元之说,重《文选》,主骈文。他的结论是:"骈文一体,实为文体之正宗。"⑥萧统《文选序》以"事出于沉思,义归乎翰藻"为文,不取六艺、史传、诸子文章。阮元延续六朝文笔之辨,以韵偶为文,散体为笔,以沉思翰藻为文,单行质言为笔,曰:"凡说经讲学皆经派也,传志记事皆史派也,立意为宗皆子派也。惟沉思翰藻乃可名之为文也。"⑦刘师培亦曰:"是则文也者,乃经史诸子之外,别为一体者也。"⑧强调文、笔之辨:"偶语韵词谓之文,凡非偶语韵词概谓之笔。

---

① 钱基博《现代中国文学史》,岳麓书社,1986年,第123页。
② 刘师培《文章原始》,《刘申叔遗书》,江苏古籍出版社,1997年,第1644页。
③ 刘师培《论文杂记》,同上书,第715页。
④ 刘师培《中国中古文学史讲义》,同上书,第2366页。
⑤ 刘师培《论文杂记》,同上书,第715页。
⑥ 刘师培《文章原始》,同上书,第1646页。
⑦ 阮元《书梁昭明太子〈文选序〉后》,《揅经室集》,中华书局,1993年,第609页。
⑧ 刘师培《文章原始》,《刘申叔遗书》,江苏古籍出版社,1997年,第1646页。

盖文以韵词为主，无韵而偶，亦得称文。"①刘氏说本于昭明、阮元，从集部角度而言，刘师培分析了汉魏六朝唐宋以来书志目录中文集之源流后，认为有韵之文实有别于他体，而唐宋之后文集名实淆乱，后人承之而不察，只有阮元之说贴合古义，因此总结说："昭明此序，别篇章于经、史、子书而外，所以明文学别为一部，乃后世选文家之准的也。"②阮元《揅经室集》分说经、记事、言理及杂文、有韵之文、骈体之文及古今体诗，是从经、史、子、集的角度分类的，集部特指有韵文、骈体文及古今体诗。其所说的集部正是刘师培文学观的范畴。

　　章太炎与刘师培皆从文字训诂入手，引经据典。两人在"文"的观念上的差异，还引发了讨论。③ 章太炎以"包举一切著于竹帛者而言之"为"文"，认为其含义宽泛，凡文理、文字、文辞都可称为文。而刘师培则认为偶词俪语乃得称文，并以骈文为正宗。他认为形式上韵偶，文采灿然，能动人感情的才算作"文学"。刘氏把经史诸子之文列入"文章"，以之和"文"相对应。朱希祖（1879—1944）也有此论，曰："文章为一切学术之公器，文学则与一切学术互相对待，绝非一物，不可误认。"④学说、杂文、历史、公牍、典章、韵文、小说等均称之为"文章"，而文学专指诗赋、词曲、小说、杂文。虽然章门师友之间对于"文学"的理解不同，但站在文章学的角度，其实只是广义与

---

①　刘师培《中国中古文学史讲义》，《刘申叔遗书》，江苏古籍出版社，1997 年，第 2365 页。

②　同上书，第 2406 页。

③　刘师培曾在《国粹学报》上发表《论文杂记》《文说》等文章，提出骈文是文章的正宗的说法，而章太炎随后在《国粹学报》上发表的文章针对这一说法展开了批评。《文说·耀采》（《国粹学报》第 14 期，1906 年 3 月 14 日）提出"是则文也者，乃英华发外，秩然有章之谓也"，"循名责实，则经史诸子，体与文殊，惟偶语韵词，体与文合"。章绛《文学论略》（《国粹学报》第 21、22、23 期，1906 年 10 月 7 日、11 月 6 日、12 月 5 日），王风说，"此前这一栏目基本是骈文派的阵地，章文的发表构成了事实上的回应"，参见陈平原主编《中国文学研究现代化进程二编》，北京大学出版社，2002 年，第 17 页。刘师培重申"文章之必以弢彰为主焉"，《广阮氏文言说》，《刘申叔遗书》，江苏古籍出版社，1997 年，第 1284 页。郭象升评"此驳章太炎之说也"，《左盦集笺》，《辛勤庐丛刻》第 1 辑，1942 年铃印本，第 26 页。

④　朱希祖《文学论》，朱文玖选编《朱希祖文存》，上海古籍出版社，2006 年，第 47 页。

狭义之区分。正如黄侃所言,广义上来说,"经史子集一概皆名为文",而狭义上"则文实有专美"。① 从这个角度看,章门师友之间关于文的观点看似不同,其实并没有什么矛盾。若是从文章学的角度来看,他们所推荐的理想文章,则是相同的。相较桐城派古文"上攀秦汉,下法唐宋,中间不取魏晋六朝"②的作法,刘师培以骈文为正宗,自然以魏晋六朝文为榜样。而章太炎虽然对"文"的理解非常宽泛,但说到理想的文章,其实也是以魏晋文章为至美的。章氏的文章经历了从学唐宋文到学魏晋文的变化,他自言:"余少已好文辞,本治小学,故慕退之造词之则……三十四岁以后,欲以清和流美自化,读三国两晋文辞,以为至美,由是体裁初变。"③从文宗唐宋到文宗魏晋六朝,可以说这正是章门师友与桐城派在审美理想上的差别。

除此之外,章氏针对日本传入的美文学观念亦批判得毫不留情:"吾观日本之论文者,多以兴会神味为主,曾不论其雅俗。或其取法泰西,上追希腊,以'美'之一字,横梗结噎于胸中,故其说若是耶?彼论欧洲之文,则自可尔,而复持此以论汉文,吾汉人之不知文者,又取其言以相矜式,则未知汉文之所以为汉文也。"④认为日本人所读汉籍,仅中唐以后之书,不通文字训诂,不读周秦、六朝之文,所学仅为中国唐宋以后平庸之文。而日本吸收欧西的美文学观后以之对待汉文,实为削足适履。在外来文学思潮的冲击之下,中国本土学者也纷纷比附,以有情感的韵文为文学,小说、戏曲、诗歌等成为中国文学的代表样式。对此,章氏持复古的观点,以周秦至六朝文学为典范,力辨文学范围广大,不当以情感为主:

---

① 黄侃《文心雕龙札记》,上海古籍出版社,2006年,第8、6页。
② 章太炎《文学略说》,《章太炎国学讲演录》,中华书局,2013年,第287页。此次演讲作于1936年,载《章氏国学讲习会讲演记录》第9期,章氏国学讲习会1936年2月印行。
③ 章太炎《菿汉三言》,上海书店出版社,2011,第197页。
④ 章念驰编订《章太炎全集·演讲集》,上海人民出版社,2015年,第45页。

然则谓文辞之妙,惟在能动感情者,在韵文已不能限,而况无韵之文乎?彼专以杂文、小说之能事,概一切文辞者,是真知其一而不知其二也。或云壮美,或云优美,学究点文之法,村妇评典之辞,庸陋鄙俚,无足挂齿。而以是为论文之轨,不亦过乎?吾今为二语曰:一切文辞(兼学说在内),体裁各异,以激发感情为要者,箴、铭、哀、诔、诗、赋、词、曲、杂文、小说之类是也;以浚发思想为要者,学说是也;以确尽事状为要者,历史是也;以比类知原为要者,典章是也;以便俗致用为要者,公牍是也;以本隐之显为要者,占繇是也。其体各异,故其工拙,亦因之而异,其为文辞则一也。①

　　将文学各体使用功效分为"激发感情""比类知原""浚发思想""确尽事状""便俗致用""本隐之显"等六类,基本涵盖了文字应用的各个方面。这种分类是建立在对古代文体的认识之上的,以一种新的视角重新审视自古以来产生的文体。从汉魏六朝文体出发,章氏参考陆机《文赋》、刘勰《文心雕龙》之说,尝试对古代文体进行新的梳理。

第三节　文体之分类与谱系

　　文体分类学是文体学的核心内容。章太炎非常重视文体分类体例。早在1897年,他在《文例杂论》中提出"类例"之说:"古之作述,非闳览博观,无以得其条例。惟杜预之《善文》,挚虞之《文章流别》,今各散亡,耗矣!矩则同异,或时时见于群籍。凌杂取之,固不能成类例,亦庶几捃摭秘逸之道也。"②在确定了广义的文章范畴之

---

① 章太炎《讲文学》,章念驰编订《章太炎全集·演讲集》,上海人民出版社,2015年,第37页。
② 《章太炎全集·太炎文录初编》,上海人民出版社,2014年,第39—40页。

后，章氏以一种新的眼光看待传统的经史子集四分法。经书不再是儒家经典的名称，"诸教令符号谓之经""兵书为经""法律为经""教令为经""经之名广矣"①。经部与史部密切相关，不仅"六经皆史"，且说"史之所记，大者为《春秋》，细者为小说"②。诸子内涵尤其广泛，"儒家，道家，同为哲学；墨家，阴阳家，同为宗教；似亦不须分立矣"。争议最大的乃是集部，章氏认为集部内容丛杂，体例不一。经、史、子、集的命名与界限并不十分合理，四部之中的文体也时相混杂：

> 唐代收书，乃于经史、子之外，别立集名。夫集部，本不能独立，以其不经不史不子，而姑立集名，以网之耳。集部中，如箴、铭、诔、赞，固难以子、史相绳，然论辨之文，有时似经，有时类子、传、状、碑志，则纯为史矣。又如汪容甫《述学》一书类子，其中又多论经之语，盖其名称难于论定也如此。大抵后人以书之为三代以上人所著，则谓之经；为周秦人所著，则谓之子；至若两汉以后著录之书，其文成条贯者，则谓之史；其篇章零杂者，则谓之集。经部之中，不乏类史之书，（如《尚书》《春秋》则类史。）子部之文，岂无名经之作，（如《老子》《庄子》《离骚》，皆名经之类。）此中封域，原不可截然分也。章实斋谓：宋人笔记及近人考订诸书，可入集部，其说甚是。近人书由本人撰者为子，由后人编辑者为集，其说亦不尽然。如《管子》及《晏子春秋》，皆为后人所纂，何以不名为集？盖子、集之名，亦无一定标准。凡论文之书，范围必广，无论集部之文宜论之，即经、史、诸子，亦无不宜论，如《文心雕龙》是也。凡选文之书，范围必狭，选文之书，古谓之总集。总集者，虑文章之溃散，故粹其精者，归于一编，经典成文之不虞溃散者，则不入选。如《文选》即

---

① 章太炎著，庞俊、郭诚永疏证《国故论衡疏证》，中华书局，2008年，第276—277页。
② 同上书，第313页。

遵此例而作也。(如《周官》中《考工记》,选文者可以不选,而论文章体例则不能遗之。)①

可见,章氏讨论文学与文体,立足点在对经、史、子、集的传统学术分类的形成与辨析上。论文之术的著作与选文的总集在对文学作文的筛选势必不同,故有广义、狭义之区分。章氏首先将文分为无句读文、有句读文两种。又分为十六科:图画、表谱、簿录、算草、赋颂、哀诔、箴铭、占繇、古今体诗、词曲、学说、历史、公牍、典章、杂文、小说。② 科之下又设类。章太炎建构了独特的文体谱系:

无句读文:图画、表谱、簿录、算草四科

有句读文:有韵、无韵两类

有韵文:赋颂、哀诔、箴铭、占繇、古今体诗、词曲

无韵文:学说:诸子、疏证、平议

历史:纪传、编年、纪事本末、国别史、地志、姓氏书、行状、别传、杂事、款识、目录、学案

公牍:诏诰、奏议、文移、批判、告示、诉状、录供、履历、契约

典章:书志、官礼、律例、公法、仪注

杂文:符命、论说、对策、杂记、述序、书札

小说

他在广义的文章范畴之中,将经、史、子、集中的文体重新排列、整合,重构文体分类体系。经书散入各科,"如《周易》者,占繇科也;如《诗》者,赋颂科也;如《尚书》,历史科之纪传类,纪事本末类,公牍之诏诰类,奏议类,告示类也;如《周礼》者,典章科之官礼类也。如《仪礼》者,典章科之仪注类也;(乐经已亡,无由判别。)如《礼记》者,典章科之仪注类,书志类,学说科之诸子类,疏证类,历史科之纪

---

① 章念驰编订《章太炎演讲集》,上海人民出版社,2011年,第141—142页。
② 章太炎《文学论略》,山西人民出版社,2014年,第21页。

传类也;《春秋》者,历史科之编年类;《世本》,则表谱科;《国语》则历史科之国别史类;二《传》,则学说科之疏证类也;《论语》《孝经》者,学说科之诸子类也;《尔雅》《说文》者,学说科之疏证类也"①。诸子中,文体类目较多,儒家、道家、墨家、阴阳家之外,"其他散入历史、公牍、典章、小说、疏证等类中"。史部"纪传,则历史科之纪传类也;书志,则典章科之书志类也;年表人表,则表谱科也;若百官公卿表,则又典章科之官礼类也;宰相世系表,则又历史科之姓氏书类也。于书志中有艺文经籍等志,则又历史科之目录类也"。集部纳入杂文科中,以与学问、历史、典章等区分,"文人所作总集别集之属,大抵多在杂文科中"。② 如此,完成了对四部典籍中文体的重新划分归类。

1922 年章氏在上海讲国学,其中《文学之派别》以《文选》以来的集部文学为界,将无韵的文分为"集内文"与"集外文":集内文,指偏于沉思翰藻的文章,包括记事文(传、状、行述、事略、书事、记、碑、墓志、碣、表)、议论文(论、说、辨、奏议、封事、序、跋、书);集外文,包括子、史、经、数典文(官制、仪注、刑法、乐律、书目)、习艺文(算数、工程、农事、医书、地志)。③ 分类显得随意,"记事文""议论文""习艺文"之分,也不同于此前的说法。1935 年以后在苏州讲学时的讲稿《文学略说》中,以陆机《文赋》中的十类之分为基础,略述诗、赋、碑、诔、铭、箴、颂、论、奏、说、祭文、传状、序录、游记等文体,且说"姚鼐《古文辞类纂》分十三类,大旨不谬"④。这是对于传统集部分类的一种肯定了。

其实,自古以来有两种不同的文体谱系,一种是纯理论建构,一种是集部编选的具体操作。纯理论建构,与文章总集编选不同,不必考虑具体的可行性操作。所以其谱系更为自由,更无拘

---

① 章太炎《文学论略》,山西人民出版社,2014 年,第 21—22 页。
② 同上书,第 22—23 页。
③ 张昭军编《章太炎讲国学》,东方出版社,2007 年,第 105 页。
④ 同上书,第 353 页。

束,甚至可以包罗万象、巨细无遗。《文心雕龙》与《文选》正反映出两者的差异。章太炎对四部典籍文体重新划分的文体谱系,是一种超出集部的纯理论建构,所以,可以包罗万象。如"学说""历史""典章"数科,这是集部所不收的学术分类与文体。在章氏的文体谱系中,无韵文中首先列"学说"类以示重视。

对疏证文的关注,显现了章氏朴学家的兴趣所在。经学家以训诂为文,以笺疏为文,认为文莫重于注经,极其重视注疏、笺证之文。章氏曰:"或自成一家,或依附旧籍,而皆以实事求是为归者,则通名为疏证。上自经说,下至近世之札记,此皆疏证类也","此类与历史公牍典章杂文小说诸科皆相涉入者也",并称"若不知世有无句读文,则必不知文之贵者在乎书志疏证;若不知书志疏证之法,可施于一切文辞,则必以因物骋辞,情灵无拥,为文辞之根极"。① 可以说,极大地抬高了书志、疏证文的地位,与推崇情感的美的文学观形成鲜明对比。对此,刘师培的看法完全不同。他批评说:"至近儒立考据之名,然后以注疏为文而文无性灵……以注疏为文可笔于书而不可宣之于口,以其无抗堕抑扬也。综此二派咸不可目之为文。"②认为考据与著作不同科,不能算作文。注、疏实乃经学术语,自清代朴学、考据之风盛行,注疏的运用扩展至经、史、子、集著作,逐渐演变成将文字校勘、资料笺证、理论阐释相结合的新式研究方法。民国大学教育中一些课程也以注、疏的形式讲授③,前人文体论中亦关注到此类文体,但并未重点论述④。自章氏后,注疏文体渐受重视,高步瀛在《文章源流》中将注疏文独立为一类。注疏文虽不

---

① 章太炎《文学论略》,山西人民出版社,2014年,第24、35页。
② 刘师培《论近世文学之变迁》,《刘申叔遗书》,江苏古籍出版社,1997年,第1647页。
③ 如黄侃《诗品讲疏》、范文澜《文心雕龙讲疏》、顾实《〈汉书·艺文志〉讲疏》《〈庄子·天下篇〉讲疏》等。
④ 如曾国藩《经史百家杂钞》中"序跋类"下有传、注、笺、疏等体。王葆心《古文辞通义》有"传注类",胪列各体。

合于纯文学的性质,但作为中国传统学术的一种重要文体,章氏在文体谱系中标出学说科疏证类,正是对清以来训诂考据学风下新的文体发展趋向的敏锐把握。此外,对于典章、疏证的强调,亦可以看出章氏非常重视实用文体,甚至于指出以这两种体裁的写法作为一切文辞写作的典范。他说:"故凡有句读文以典章为最善,而学说科之疏证类亦往往附居其列。文皆质实,而远浮华,辞尚直截,而无蕴藉,此于无句读文最为临近。""以典章科之书志,学说科之疏证,施之于一切文辞。"①总体来说,章氏的文体谱系之构建,实乃在新的学科观念下,对传统文体的又一次重新整合,既有对传统文体体类观念的沿袭,又有所创辟。

刘师培的学术分类思想受外来的影响较大。他在《周末学术史序》中运用西方学术体系分类来阐述先秦学术,分为心理学、伦理学、论理学、社会学、宗教学、政法学、计学、兵学、教育学、理科学、哲理学、术数学、文字学、工艺学、法律学、文章学等学科。他的文体学也从西方文学得到启发。对于中国古代文体由韵至散的发展趋势,刘师培从国外文学发展中找到同类的证据,曰:"昔罗马文学之兴也,韵文完备,乃有散文;史诗既工,乃生戏曲。而中土文学之秩序,适与相符,乃事物进化之公例,亦文体必经之阶级也。"②以时兴的进化论对待中国文学的发展历程。刘氏《论文杂记》第一条即借印度佛书分类阐述对中国文章分类的观念:"印度佛书,区分三类,一曰经,二曰论,三曰律。而中国古代书籍,亦大抵分此三类:一曰文言。藻绘成文,复杂以骈语韵文,以便记诵。如《易经》六十四卦及《书》《诗》两经是也;是即佛书之经类。一曰语,或为记事之文,或为论难之文,用单行之语,而不杂以骈俪之词,如《春秋》《论语》及诸子之书是也;是即佛书之论类。一曰例,明法布令,语简事赅,以便民庶之遵行。如《周礼》《仪礼》《礼记》是也;是即佛书之律

---

① 章太炎《文学论略》,山西人民出版社,2014年,第25—26、27页。
② 刘师培《文章原始》,《刘申叔遗书》,江苏古籍出版社,1997年,第1646页。

类。后世以降,排偶之文,皆经类也;单行之文,皆论类也;会典、律例诸书,皆律类也。"他借用佛经的分类,认为"经、论、律三类,可以该古今文体之全"。①

具体而言,刘氏分别"文学"与"文章"为两种,形式上韵偶、文采灿然、能动人感情的才算作"文学",而单行无文的经史诸子之文,则称之为"文章"。《论义杂记》第七条说论辩、书说、奏议、敕令、传、记、箴、铭诸体源出六艺、诸子,曰:"是今人之所谓文者,皆探源于六经诸子者也……若诗赋诸体,则为古人有韵之文,源于古代之文言,故别于六艺九流之外;亦足以证古人有韵之文,另为一体,不与他体相杂。"②既分诗赋与其他文体为两类,那么有韵文中又如何分类呢?《汉书·艺文志》叙诗赋为五种,其中赋体以作家、作品分为四类,刘氏认为"客主赋以下十二家,皆汉代之总集类",其余可分三类:"有写怀之赋,(即所谓言深思远,以达一己之中情者也。)有骋辞之赋,(即所谓纵笔所如,以才藻擅长者也。)有阐理之赋。(即所谓分析事物,以形容其精微者也。)"③可见,他是从赋的思想内容进行分类的,大致相当于抒情、描写、析理三类。整体来看,《论文杂记》显然是针对他所说的"文学"而言,论述诗、赋、乐府、词、小说、戏曲、谣谚等文体。而对于诗赋之外的"文章",刘师培则从功用上来说,"文章之用有三:一在辩理,一在论事,一在叙事。文章之体亦有三:一为诗赋以外之韵文,碑铭、箴颂、赞诔是也;一为析理议事之文,论说、辨议是也;一为据事直书之文,记传、行状是也"④。《论文杂记》中直接提出了三分法,"近世以来,正名之义久湮。由是,于古今人之著作,合记事、析理、抒情三体,咸目为'古文辞'"⑤。并以此

---

① 刘师培《论文杂记》,《刘申叔遗书》,江苏古籍出版社,1997年,第711页。
② 同上书,第713页。
③ 同上书,第714页。
④ 刘师培《汉魏六朝专家文研究》,万仕国辑校《刘申叔遗书补遗》,广陵书社,2008年,第1517页。
⑤ 刘师培《论文杂记》,《刘申叔遗书》,江苏古籍出版社,1997年,第722页。

区别南北文学之差异,认为北方文学"不外记事、析理二端",南方文学"或为言志、抒情之体"。①

第四节　文体史源学与辨体

中国古代文论中有"文本于经"之说②,影响深远,如明代黄佐编《六艺流别》即以六经为文章各体之渊源。曾国藩在《经史百家杂钞》中于每类之中特标明经书为源。③ 此外,先秦诸子、史传文章也被作为后世文章渊薮。后世选本如姚鼐《古文辞类纂》序目中溯文体之源流,也是直接将文体之源初归于子、史、经书,如曰:"论辨类者,盖原于古之诸子""诏令类者,原于《尚书》之誓诰""传状类者,虽原于史氏"云云。④ 相较于"文本于经"的传统观念,章太炎更加重视王官、诸子对于文体发生所起的作用。⑤ 在他看来,许多经书就是王官之书,而诸子与王官之学关系相当密切。⑥ 他说:"周代《诗》《书》《礼》《乐》皆官书。《春秋》史官所掌,《易》藏太卜,亦官书。"⑦《国故论衡·论式》中说:"文章之部行于当官者,其原各有所受:奏、疏、议、驳近论,诏、册、表、檄、弹文近诗。近论故无取纷纶之辞,近诗故好为扬厉之语……大氐近论者取于名,近诗者取于纵横。

---

① 刘师培《南北学派不同论·南北文学不同论》,《刘申叔遗书》,江苏古籍出版社,1997年,第560页。
② 参见吴承学《中国古代文体学研究》(增订本)第五章"对'文本于经'说的文体学考量",中华书局,2022年,第137页。
③ 李翰章编纂,李鸿章校勘《足本曾文正公全集》第六部《经史百家杂抄·序例》,吉林人民出版社,1995年,第3187—3188页。
④ 姚鼐选纂,宋晶如、章荣注释《古文辞类纂》,中国书店,1986年,第1、13、14页。
⑤ 关于章氏论文章各体源于诸子,可参考罗岗主编《现代国家想象与20世纪中国文学》,上海人民出版社,2014年,第17—54页。
⑥ 可参考李春青《从王官之学到诸子之学》,《人文杂志》2011年第5期。
⑦ 张昭军编《章太炎讲国学》,东方出版社,2007年,第212页。

其当官奋笔一也,而风流所自有殊。"①将早期的官书文体风格溯源于名家、纵横家。

对于文体之源,刘师培提出"文学出于巫祝之官说",认为很多文体出于古代巫祝之官,进一步论述官师、史臣的职能与早期文体的渊源关系,打破传统的文本于经的说法。他运用训诂,辨析"巫"与"祝"的原始意义,认为"巫祝之职,文词特工。今即《周礼》祝官职掌考之,若六祝六祠之属,文章各体,多出于斯。又颂以成功告神明,铭以功烈扬先祖,亦与祠祀相联。是则韵语之文,虽匪一体,综其大要,恒由祀礼而生。欲考文章流别者,曷溯源于清庙之守乎!"②认为早期韵语之文,大多由祭祀之礼产生,具体来说:"吾观成周之制,宗伯掌邦礼,于宗庙鬼神之典,叙述尤详;而礼官协辅宗伯者,于祭祀之典,咸有专司,如巫、史、祝、卜是也。试观《周礼》太祝掌六祈以司鬼神,即后世祭文之祖也。殷史辛甲作虞箴以箴王缺,即后世官箴之祖也。又太祝所掌六祠,命居其次,诔殿其终也者,后世哀册之祖也。诔也者后世行状、诔文之祖也。颂列六义之一,'以成功告于神明',屈平《九歌》其遗制也;铭为勒器之词,以称扬先祖功烈,汉、魏墓铭,其变体也。且古重卜筮,咸有繇词,遂启《易林》《太玄》之体。古重盟诅,咸有誓诰,遂开《绝秦》《诅楚》之先。况古代祝宗之官,类能辨姓氏之源,以率遵旧典,由是后世有传志、叙记之文;德刑礼义记于史官,由是后世有典志之文。文章流别,夫岂无征?"③巫史祝卜中使用的六祝六祈,是后世祭文、箴、诔文、哀册、行状、墓铭、誓诰、传志叙记、典志等文体之源头。

由此进一步延伸,刘师培认为墨家、纵横家乃后世文章之渊薮。

---

① 章太炎著,庞俊、郭诚永疏证《国故论衡疏证》,中华书局,2008年,第405、410页。
② 刘师培《文学出于巫祝之官说》,《刘申叔遗书》,江苏古籍出版社,1997年,第1283页。
③ 刘师培《周末学术史序》之"文章学史序",同上书,第526—527页。

《诗经·鄘风·定之方中》毛传有"君子九能"之说,刘师培引用后加按语曰:

> 此乃后世文章之祖也,建邦能命龟,所以作卜筮之繇词也。田能施命,所以为国家作命令也。若夫作器能铭,为后世铭词之祖。使能造命,为后世国书之祖。升高能赋,为后世诗赋之祖。师旅能誓,为后世军檄之祖。山川能说,为后世地志、图说之祖;丧记能诔,祭祀能语,为后世哀诔、祭文之祖。毛公此说,必周、秦以前古说,即此语观之,足证文章各体出于墨家、纵横家两派矣。①

"君子九能"涉及当时占卜、田猎、外交、军事、丧礼、地理、祭祀等各个方面的内容,其核心精神在于强调大夫应该具有多方面修养与能力,能在不同场合适应不同的需求。②刘氏说:"墨家出于清庙之守,则工于祷祈;纵横家出于行人之官,则工于辞令","若阴阳、儒、道、名、法,其学术咸出史官,与墨家同归殊途,虽文体各自成家,然悉奉史官为矩蠖。后世文章之士,亦取法各殊,然溯文体之起源,则皆墨家、纵横家之派别也"。③虽然刘氏将文体之源归于墨家与纵横家的说法未必精确,但是,他从宗教与制度角度考察文体的发生,确为特见。

刘师培与章太炎一样,其文体溯源之学是以诸子出于王官为理论基础的。张舜徽说:"清儒如章学诚、汪中、龚自珍,近代若章炳麟、刘师培,皆推阐刘《略》班《志》之意而引申说明之。以为古者学在官府,私门无著述文字。自官学既衰,散在四方,而后有诸子之学。"④刘师培也很重视经学、子学的学术思想与文章的关系。他在《论文杂记》中说:"观班《志》之叙艺文也,仅序诗赋为五种,而未及

---

① 刘师培《论文杂记》,《刘申叔遗书》,江苏古籍出版社,1997年,第719页。
② 参见吴承学《"九能"综释》,载《文学遗产》2016年第3期。
③ 《周末学术史序》,《刘申叔遗书》,江苏古籍出版社,1997年,第526、528页。
④ 周国林编《张舜徽学术文化随笔》,中国青年出版社,2001年,第100—101页。

杂文;诚以古人不立文名,偶有撰著,皆出入六经、诸子之中,非六经、诸子而外,别有古文一体也。"①刘氏将经学作为一种学说看待,认为"一时代有一时代流行之学说,而流行之学说影响于文学者至巨"。经、子作为历史上影响较大的学说,对文学影响最大,因此"欲揅各家文学之渊源,仍须推本于经。汉人之文,能融化经书以为己用","研究各家不独应推本于经,亦应穷源于子……战国之时,诸子争鸣,九流歧出,蔚为极盛。周、秦以后,各家互为消长,而文运之升降系焉"。②子学流为集部,因此刘师培更注重将文体之渊源上溯至经书、诸子。从文体角度而言,他认为论说体"实出于儒家",书说之体"实出于纵横家","奏议之体,《汉志》附列于六经;敕令之体,《汉志》附列于儒家。又如传记箴铭,亦文章之一体,然据班《志》观之,则传体附于《春秋》,记体近于古礼,箴体附于儒家,铭体附于道家",由此观之,刘氏曰:"是今人之所谓文者,皆探源于六经诸子者也"。③

中国文体发展至何时而齐备,历来有各种说法。④章学诚《文史通义》有曰:"后世之文,其体皆备于战国,何谓也?曰子史衰而文集之体盛,著作衰而辞章之学兴……至战国而文章之变尽,至战国而后世之文体备。"⑤受到这种影响,章太炎提出"文章大体备于七国"说:"春秋时文体未备,综其所作,记事、叙言多而单篇论说少。七国时文体完备,但无碑版一体……概而论之,文章大体备于七国;若其细碎,则在六朝。六朝之后,亦有新体,如墓志,本为不许立碑者设;后世碑与墓志并用,其在六朝,墓志不为正式文章也。又如寿序,宋

---

① 刘师培《论文杂记》,《刘申叔遗书》,江苏古籍出版社,1997年,第713页。
② 刘师培《汉魏六朝专家文研究》,万仕国辑校《刘申叔遗书补遗》,广陵书社,2008年,第1534、1535页。
③ 刘师培《论文杂记》,《刘申叔遗书》,江苏古籍出版社,1997年,第713页。
④ 参见何诗海《"文体备于战国"说平议》,载《文学评论》2010年第6期。
⑤ 章学诚著,吕思勉评《文史通义》,上海古籍出版社2008年,第20—21页。

以前犹未著。然论文学之盛衰,固不拘于文体之损益。"①章太炎认为战国是中国古代文体形成的关键时段。古代文体在战国已基本完备,但六朝之后,又出现"细碎"的文体,也出现一些新体。因此在文体溯源中特别重视诸子与六朝的文章。他批评姚氏《古文辞类纂》"所见甚近,以唐宋直接周秦诸子、《史》《汉》,置东汉、六朝于不论,一若文至西汉即斩焉中绝,昌黎之出真似石破天惊者也,天下安有是事耶(桐城所说源流不明,不知昌黎亦有师承)?余所论者,似较姚氏明白"②。从文学源流上来说较桐城古文派更为通达。

刘师培则提出"文备东汉"说:"文章各体,至东汉而大备。汉魏之际,文家承其体式,故辨别文体,其说不淆。"③此前,包世臣认为,"文体莫备于汉"④。胡朴安曾说:"文之缘起当溯源于两汉之世。"⑤又说:"文章体裁至西京备矣。"⑥刘师培提出"文备东汉"之说,较近于文体史实际。在范晔《后汉书》列传中,有四十八篇传记著录了传主的著述情况,共著录了四十四种文体:诗、赋、碑、诔、颂、铭、赞、箴、答、吊、哀辞、祝文、注、章、表、奏、笺、记、论、议、教、令、策、书、文、檄、谒文、辩疑、诫述、志、说、书记说、官录说、自序、连珠、酒令、六言、七言、琴歌、别字、歌诗、嘲、遗令、杂文。⑦可以看出,后世的常用文体,到东汉确已大体具备。

章太炎"文章大体备于七国"与刘师培"文备东汉"两种说法看起来差异比较大,但未必有很大的矛盾。因为两人所指文体的内涵并不一样。章太炎所说的文体是指具有后代的文体之用,而不是具

---

① 章太炎《文学略说》,《章太炎国学讲演录》,中华书局,2013年,第291页。
② 同上书,第302页。
③ 刘师培《中国中古文学史讲义》,《刘申叔遗书》,江苏古籍出版社,1997年,第2372页。
④ 包世臣《复李迈堂祖陶书》,《艺舟双楫》,世界书局,1936年,第54页。
⑤ 胡朴安《论文杂记》,王水照编《历代文话》第9册,复旦大学出版社,2007年,第9115页。
⑥ 胡朴安《读汉文纪》,同上书,第9077页。
⑦ 参见郭英德《中国古代文体学论稿》,北京大学出版社,2005年,第73—74页。

体的文体之名。刘师培所说的文体,是比较具体的,大致是后代集部的文体。

刘师培秉持《文心雕龙》中的辨体观念,曰:"文章既立各体之名,即各有其界说,各有其范围,句法可以变化,而文体不能迁讹,倘逾其界畔,以采他体,犹之于一字本义及引申以外曲为之解,其免于穿凿附会者几希矣。"又曰:"至于文章之体裁,本有公式,不能变化。如叙记本以叙述事实为主,若加空论,即为失体。《水经注》及《洛阳伽蓝记》华彩虽多,而与词赋之体不同。议论之文,与叙记相差尤远,盖论说以发明己意为主,或驳时人,或辨古说,与叙记就事直书之体迥殊。"①认为汉魏六朝文学大多合体,鲜有出辙,批评唐以后文章讹变失体:"杜牧《阿房宫赋》,及苏轼之前、后《赤壁赋》是也。此二篇非骚非赋,非论非记,全乖文体,难资楷模。"唐宋之际,涌现出众多新文体,旧文体亦有新的衍变。如韩愈、柳宗元、苏轼等大家往往任笔直书,不拘束于传统文体的格式。刘师培对此表示非议,比如针对诔文的变化说:"唐以后之作诔者,尽弃事实,专叙自己,甚至作墓志铭,亦但叙自己之友谊而不及死者之生平,其违体之甚,彦和将谓之何也?"②如韩愈以传体作墓铭,甚至掺杂小说笔法,虽然较具文学性,但不合墓志铭之传统体例。因此,基于对文体早期形态的判断,刘氏认为应主要取法两汉魏晋六朝之文,曰:

> 大抵析理议礼之文应以魏、晋以迄齐、梁为法……论事之文应以两汉之敷畅为法,而魏晋之局面廓张,亦堪楷式。叙事之文(包括纪传、行状而言)应以《史》《汉》为宗,范晔、沈约盖其次选。诸史而外,则《水经注》《洛阳伽蓝记》之类固可旁及,即唐

---

① 刘师培《汉魏六朝专家文研究》,万仕国辑校《刘申叔遗书补遗》,广陵书社,2008年,第1541页。
② 同上。

宋八家亦不可偏废。①

总体而言,刘氏大致以魏晋六朝的文体观为标准,认为研究文体应该"断自五代以前",一切以六朝以前文体为正宗,为模范,轻视后世衍变、新生的文体类型。

第五节　文体学之学术史

清末民初时期,魏晋南北朝之际的文论经典受到了新的关注,学者们纷纷以朴学的治经方法整理、阐释《诗品》《文赋》《文心雕龙》《文选》等著作。魏晋六朝的文学与文论,成为一种应对西潮冲击的思想资源与理论工具。章太炎、刘师培、黄侃等人明显表现出对魏晋六朝时期文体理论的强烈兴趣,并取得了具有代表性的成就。

章太炎的文体学受魏晋六朝文学理论影响甚大。其泛文学观显然得力于《文心雕龙》论文序笔的理论构架。朱希祖说:"章先生之论文学,大氏宗法刘氏。刘氏之论文体,靡所不包,凡有文字著于竹帛者,皆论之矣。"②在文体分类上,章太炎认为"士衡《文赋》,区分十类,虽有不足,然语语确切,可作准绳"③。他就陆机所论的十类文体,略述文体之源流正变,并对同类文体加以辨析。大体来说,对诗、赋、碑、诔、铭、箴、颂等体论述较简略,论、奏、说则较详细。他注重补充文体在东汉、六朝的发展演变,指明韩文得力之所在,对后世效法唐宋之作导致的文体讹变正本清源。如曰:"作碑文者,东汉始盛……魏晋不许立碑;北朝碑文,体制近于汉碑;中唐以前之碑,体制亦未变也。独孤及、梁肃始为散文,然犹不直叙也。韩昌黎作《南

---

① 刘师培《汉魏六朝专家文研究》,万仕国辑校《刘申叔遗书补遗》,广陵书社,2008年,第1517页。
② 朱希祖著,周文玖选编《朱希祖文存》,上海古籍出版社,2006年,第48页。
③ 《章太炎国学讲演录》,中华书局,2013年,第298页。

海神庙碑》,纯依汉碑之体;作《曹成王碑》,用字瑰奇,以此作碑则可,作传即不可。桐城诸贤不知此,以昌黎之碑为独创,不知本袭旧例也(昌黎犹知文体,宋以后渐不然)。"①十类之外,章氏补充了《文赋》中没有的家传、行状、游记、序录等体。比如:"游记一项,古人视同小说,不以入文苑。东汉初,马第伯作《封禅仪记》,偶然乘兴之笔。后则游记渐挚,士衡时尚无是也。序录一项,古人皆自著书而自为序。刘向为各家之书作序,此乃在官之作;后世为私家著述作序者,古人无是也。"②皆有创见。

除了对《文赋》的研究外,章太炎亦曾讲授《文心雕龙》③。据诸祖耿所作《记太炎先生讲文章流别》,开首第一句便说:"向来论文,有《文心雕龙》一类的书,今天,可以不必依照他们去讲。"④章氏其实是在刘勰的基础上,有所辨正。如:

铭箴第十一 "夫箴诵于官(述己之官守,所以戒其主也),铭题于器。"是也,铭、碑、颂三者实同。汉碑多有称颂、称铭者。唯铭、碑必题于器,颂则可不必也。

诔碑第十二 诔与碑实异,如秦世所勒之碑概称扬己之功德。"叙事如传"为诔之正体。古言诔,今言行状,唯有韵与无韵之父耳。"其序则传,其文则铭。"碑据彦和所言,正与后世之家传相似,唯碑则兼称扬,有异于家传耳。"若夫殷臣诔汤"至"盖诗人之则也"六句,皆颂体非诔也。

史传第十六 传,即专,即六寸簿,所以记事者也。即孟子

---

① 《章太炎国学讲演录》,中华书局,2013年,第299页。
② 同上书,第298页。
③ 章氏在日本时讲《文心雕龙》,1909年3月11日开讲,至4月8日讲完。听讲者有朱希祖、钱玄同、黄侃、沈尹默、张卓身等,学生们各有记录稿,见朱元曙、朱乐川《朱希祖先生年谱长编》,中华书局,2013年,第35页。参见周兴陆《章太炎讲解〈文心雕龙〉辨释》,《复旦学报(社会科学版)》2003年第6期。后据徐复所言,章氏在苏州的国学讲习会亦讲《文心雕龙》,见童岭《章太炎先生〈文心雕龙〉讲录两种》,《南齐时代的文学与思想》,中华书局,2013年,第135页。
④ 《章太炎国学讲演录》,中华书局,2013年,第43页。

"于传有之"之传。《史记》列传,传之正体也。若《左传》《毛诗故训传》皆注疏类,传之变体也。①

可知,章氏较重视文体之间的辨析,根据文体的内容、形式、功用、载体等辨析异同,并关注到文体在后世的衍变。对刘勰的文体论加以辩证,如碑体,刘勰曰:"其本则传,其文则铭",章氏认为碑兼颂扬,与家传不同。又如论体:"论说以明晰事理为贵,故文字不厌其繁。彦和务简之说非也。"②此外,章氏从文字训诂中,溯源文体的本来面目,如刘勰合"赞""颂"而论,章氏从文字学角度,认为赞之本义"与相谊,同为助",但"颂有褒无贬,赞则兼有之"。以之考察汉代赞、颂文,更符合二体的实际情况。

刘师培最推崇汉魏晋六朝的文体学。他说:"汉魏之际,文家承其体式,故辨别文体,其说不淆。""晋代名贤于文章各体研核至精,固非后世所能及也。"③刘师培的文体研究,首先是基于其骈文派的立场,他认为就文学而言,骈体为各"文类之正宗"。刘师培特别标举《文心雕龙》曰:"《雕龙》一书,溯各体之起源,明立言之有当,体各为篇,聚必以类,诚文学之津筏也。"④同时,刘师培也对刘勰所说有所辨正。如《文心雕龙·杂文》分七发、对问、设论、连珠四体,刘师培将之归纳为三种:"答问,始于宋玉,(《答楚王问》),盖纵横家之流亚也";"七发,始于枚乘,盖《楚词》《九歌》《九辩》之流亚也";"连珠,始于汉、魏,盖荀子演《成相》之流亚也。首用喻言,近于诗人之比兴;继陈往事,类于史传之赞辞,而俪语韵文,不沿奇语,亦俪体中之别成一派者也"。"三者而外,新体实繁。有所谓上梁文者矣,(出于《诗·斯干》篇。)有所谓祝寿文者矣,(始于华封人

---

① 童岭《章太炎〈文心雕龙〉讲录两种》,《南齐时代的文学与思想》,中华书局,2013年,第132—133页。
② 同上书,第134页。
③ 刘师培《中国中古文学史讲义》,《刘申叔遗书》,江苏古籍出版社,1997年,第2372、2392页。
④ 刘师培《文说序》,同上书,第700页。

之《祝尧》)。"①注意于文体的起源出处,兼及文体的体式内容。又论"赋"体,从功用上分为三类:"写怀之赋""骋辞之赋""阐理之赋",分别源出于《诗经》、纵横家、儒道两家。在随文注解中继承刘勰"选文定篇"的体例,分别列举每类的代表之作。

黄侃的《文心雕龙札记》是全面拓展《文心雕龙》研究的代表性著作。②《文心雕龙札记》是其在教学过程中积累而成,零星见于报章,如《国故》《新中国》《华国》等。③《文心雕龙札记》包括《原道》至《辨骚》五篇枢纽论,《明诗》《乐府》《诠赋》《颂赞》《议对》《书记》等六篇文体论,及《神思》至《总术》等十九篇写作论,还有《序志》篇,共计三十一篇。"札记"作为学术著作的一种形式,黄侃自言:"今为讲说计,自宜依用刘氏成书,加之诠释;引申触类,既任学者之自为,曲畅旁推,亦缘版业而散见……自愧迂谨,不敢肆为论文之言,用是依傍旧文,聊资启发,虽无卓尔之美,庶几以弗畔为贤。"④即除了诠释刘氏成书以外,更有引申触类、曲畅旁通的理论阐释。全书重心由注疏、训诂,转向文学理论的探讨,融章句训诂、考证订误的文献研究与文学批评、文论阐释于一体。⑤该书大量征引前人之说,如黄叔琳的注评、纪昀的《文心雕龙》评点、李详的《文心雕龙黄注补正》等,或佐证己说,或加以辨正、补充。如《辨骚》篇简述"赋"的渊源,辨析骚、赋体制之同异。《诠赋》篇则是历代赋论。《乐府》篇以学术考辨的写法论证歌诗合一至歌诗分离的过程,较早提出词乃乐府之流变,准确把握了词的音乐性特征。《书记》篇,黄

---

① 刘师培《论文杂记》,《刘申叔遗书》,江苏古籍出版社,1997年,第713页。
② 自1914年起,黄侃相继任教于北京大学、武昌高等师范学校、北京师范大学、东北大学、中央大学、金陵大学等南北学校,其学术著作多产生于教学过程之中。《文心雕龙札记》是其在北京大学讲授"文章作法"(1914—1919)时的授课讲义。
③ 李平、金玉声《〈文心雕龙札记〉成书及版本述略》,《〈文心雕龙〉与21世纪文论研究国际学术研讨会论文集》,2008年。
④ 黄侃《文心雕龙札记》,上海古籍出版社,2000年,第3页。
⑤ 参见贺根民《〈文心雕龙札记〉——古代文论研究现代转型的一个典型文本》,《北京科技大学学报(社会科学版)》2013年第4期。

侃认为古代凡箸简策者,皆书之类,包括札、尺牍、笺记、列、票、签、吊、谚、掌珠等体,称:

> 案箸之竹帛谓之书,故《说文》曰:"箸也。(隶部)"传其言语谓之书,故《说文》曰:"如也。"(序)是则古代之文,一皆称之曰书;故外史称三皇五帝之书;又小史以书叙昭穆之俎簋。又小行人及其万民之利害为一书;其礼俗政事教治刑禁之逆顺为一书;其悖逆暴乱作慝犹(与欲同)犯顺者为一书;其札丧凶荒厄贫为一书;其康乐和亲安平为一书。据此诸文,知古代凡箸简策者,皆书之类。又记者,疏也。(《说文》言部)疋,记也。(《说文》疋部)知记之名,亦缘有文字箸之竹帛,不限于告人,故书记之科,所包至广。彦和谓书记广大,衣被事体,笔札杂名,古今多品,是真能悉文章之原者。纪氏乃欲删其繁文,是则有意狭小文辞之封域,乌足与知舍人之妙谊哉?①

从文字训诂的角度解释书、记,并从古代典籍中书体之应用,归纳其内涵。故同意刘勰之说"书记广大"。《文心雕龙·书记》篇后还包括谱、籍、簿、录等二十四种笔札,"文藻条流,托在笔札"②大致指公文类文章。而纪昀认为此二十四体,乃是附于"书记"中的杂文:"此种皆系杂文,缘第十四先列《杂文》,不能更标此目,故附之《书记》之末,以备其目。"③认为这些笔札不符合"文"的标准,应该删掉。黄侃认为纪说缩小了文辞范围,不合刘勰原意。近代学者李曰刚《文心雕龙斠诠》亦从师说,谓《杂文》篇"为文体论中所谓'论文'部分《明诗》以下至《谐隐》等九类以外其他有韵之文而设,其性质与为'叙笔'部分《史传》以下至《议对》等九类以外其他无韵之笔

---

① 黄侃《文心雕龙札记》,上海古籍出版社,2006年,第72页。
② 刘勰著,范文澜注《文心雕龙注》,人民文学出版社,1958年,第460页。
③ 转引自刘勰著,詹锳义证《文心雕龙义证》中册,上海古籍出版社,1989年,第942—943页。

而设之《书记》相当"①。考察《文心雕龙》中《杂文》篇、《书记》篇,确有"文""笔"之差异,黄侃所说是较为切合刘勰之意旨的。

《文心雕龙札记·颂赞》篇曰:"详夫文体多名,难可拘滞,有沿古以为号,有随宜以立称,有因旧名而质与古异,有创新号而实与古同,此唯推迹其本原,诊求其旨趣,然后不为名实玄纽所惑,而收以简驭繁之功。"②文体是随着社会发展和用途上的需求而不断新生、衍变的,新的文体产生,或另立新名,或在旧名基础上有所变化,其中不乏同一文体而名称不同,以及使用不同文体却沿用旧名的现象。黄侃主张在文体溯源、辨析的基础上,分辨名实之异同,以简驭繁把握古代文体。另一方面,文体作为文章写作的一个关键因素,文体研究最终要落实到写作上,《定势》篇中说:"明文势随体变迁,苟以效奇为能,是使体束于势,势虽若奇,而体因之弊,不可为训也……为文者信喻乎此,则知定势之要,在乎随体。"③谓文势亦随体而变,比较准确地把握到刘勰的文体中心论。总体而言,《文心雕龙札记》将文字校勘、笺证、理论阐释结合,在疏证基础上的分体研究与理论总结,不仅充实了《文心雕龙》的文体理论内涵,而且成为后来的文体学研究的一种典范。

黄侃亦非常重视《文选》的研究,其所著《文选平点》虽属注疏而非理论研究,但他所提倡将《文选》与《文心雕龙》互相参照的研究思路影响较大,曰:"读《文选》者,必须于《文心雕龙》所说能信受奉行,持观此书,乃有真解。"④可谓治批评史学术之金针。

黄侃的弟子们延续其治学思路,专研《文心雕龙》《文选》诸书。骆鸿凯(1892—1955)是黄侃弟子,也曾向章太炎与刘师培问学。其《文选学》认定《文选》与《文心雕龙》在文体分类大体上的一致性。

---

① 转引自张少康等《文心雕龙研究史》,北京大学出版社,2001年,第519页。
② 黄侃《文心雕龙札记》,上海古籍出版社,2006年,第62页。
③ 同上书,第96页。
④ 黄侃《文选平点》,上海古籍出版社,1985年,第1页。

《文选学·体式第四》开篇曰:"《文选》分体凡三十有八,七代文体,甄录略备,而持校《文心》,篇目虽小有出入,大体实适相符合。"①此书体例上,从文史、文体、文述等方面为研读《文选》者导之津梁。其所附录的"分体研究之示范",从文体定义、性质、学术流变、问题诸方面作考察,是文体学入门之径。以书笺为例,首先释名义与作法,引《文心雕龙·书记》篇之释义;分别作者与时代;辨别文章体性(如壮丽、雄健、繁缛、优柔等风格,又分阴柔阳刚);统观众篇之粹美;析观各篇作法(笔法、章法、修辞、造句);《文选》书笺类诸篇比观;《文选》书笺类所遗之篇(与《文心雕龙》相比)。② 骆鸿凯的这种研究方法为古代文体学研究提供了一种范例。

范文澜(1893—1969)曾师从刘师培、黄侃,其《文心雕龙注》就是在黄侃《文心雕龙札记》基础之上,体例更为系统化,注疏更为细致翔实,并加以理论阐释。如《原道》篇注后中将《文心雕龙》所述众文体归纳为文类、笔类与文笔杂类三种,对刘勰所论各文体的详细疏证,以及列出篇目的体例,为《文心雕龙》文体学研究奠定了坚实基础。

总体来说,章门师友论述的重心仍在于晋宋以前的文章与文体,如章太炎所说:"晋宋以前之文,类皆衔华而佩实,固不仅孔子一人也。至齐梁以后,渐偏于华矣。"③故在《文学总略·论式》中提出以魏晋为法。魏晋时期,实乃文体大变的节点,《文心雕龙·序志》篇曰:"去圣久远,文体解散,辞人爱奇,言贵浮诡,饰羽尚画,文绣鞶悦,离本弥甚,将遂讹滥。"④故刘勰文体论建立在魏晋时期文体发展新变的基础上,而章氏论文体则更多地从朴学的立场考察文体的渊源和文体规范,因此,对《文心雕龙》的文体论,章太炎时有辨

---

① 骆鸿凯《文选学》,中华书局,1989年,第124页。
② 同上书,第487—512页。
③ 童岭《章太炎〈文心雕龙〉讲录两种》,《南齐时代的文学与思想》,中华书局,2013年,第129页。
④ 刘勰著,范文澜注《文心雕龙注》,人民文学出版社,1958年,第726页。

正。相比章氏重文体论之校注,刘师培对六朝文学理论的关注,其弟子黄侃承续师说并加以发挥,更重视创作论上的理论阐释。可以说章门师友的文体学史研究,比较集中在魏晋六朝,而其中成就与影响最大的是《文心雕龙》研究。章门《文心雕龙》研究的影响甚至远及海外。①

第六节 章门师友文体学的意义与命运

章门师友的文体研究,是在晚清民国时期学术转关之际,在西方科学兴盛的学术思潮与学校分科教育的背景下发展起来的。章太炎、刘师培等人在整理国故的运动中对中国传统学术进行了新的探索。早在1919年,刘师培、黄侃就协助学生在北大成立国故社,并创办《国故》月刊,提出"昌明中国固有之学术"的宗旨。②《北大整理国学计划书》(1920)明确说:"吾国固有之学术,率有混沌紊乱之景象……自乾嘉诸老出,而后古之学术略有条理系统之可得……当时谓之朴学。其整理之法,颇有近于近世科学之方法……今日科学昌明之际,使取乾嘉诸老之成法而益以科学之方法……则吾国固有之学术,必能由阐扬而有所发明。"③章太炎及其弟子们,如朱希祖、钱玄同、周作人等都投入了这场学术运动中。毛准《国故和科学的精神》中明确说:"近时出版的讲国故学的书籍,章太炎先生的《文始》《检论》和《国故论衡》……朱逖先先生所编的《中国古代文学史》等,皆是用科学的精神研究国故的结果。"④用科学的方法整理和

---

① 如黄侃弟子李曰刚在台湾地区讲授《文心雕龙》,著有《文心雕龙斠诠》等。
② 《国故月刊社成立会纪事》,《北京大学日刊》1919年1月28日。
③ 《国立北京大学整理国学计划书》,《北京大学日刊》1920年10月19日。转引自陈以爱《中国现代学术研究机构的兴起——以北大研究所国学门为中心的探讨》,江西教育出版社,2002年,第170—171页。
④ 《新潮》1919年第1卷第5号。

研究国故,实际是将清代朴学方法,与近世输入的西学中的科学方法结合,分门别类整理中国旧学,以为当时及其后的学校分科教育奠定基础。① 章氏所著《国故论衡》正是整理国故的代表性成果。黄侃也曾讲过"科学"和"证据",曰:"所谓科学方法,一曰不忽细微,一曰善于解剖,一曰必有证据。"② 其所著《文心雕龙札记》正是这种方法的精妙呈现。

章太炎是传统泛文学观的坚守者,对偏执于主情的美文学观嗤之以鼻。在西方文学观念传入而迅速流行并占据主流地位的时期,章太炎的文体思想往往被认为是复古和保守的,此需略加辨正。当时的学术界,大多数学者是以被动的姿态接受西方文化的,章太炎的目的是"昌明中国固有之学术",也就是坚守中国文化本位立场,并顽强地从本土文化自身事实,去寻找与西方式的"纯文学"体系所不同的独特性。中国文学与西方文学的重要差异,在某种程度上就是不同文体体系的差异。中国文学其实是"文章"体系,它是基于礼乐制度、政治制度与实用性的基础之上形成与发展起来的,迥异于西方式的"纯文学"体系。章太炎之意在突破中国古代文章学文体体系,自创为文体形态谱系,成为中国文体学中的独特体系。透过复古的外表,这种体系是有其合理性与深度内涵的。首先,章太炎的文体学研究从文字训诂入手的,这是合乎学理的。中国文体是建立在中国文字的基础之上,以之为存在方式的。中国文体乃至中国文学的特殊性与文字的特殊性是密切相关的。顺理成章,研究文体与文体观念的产生和发展,也有必要从文字溯源开始。其次,他把"无句读文"列入文体谱系之中,似乎使"文"的内涵显得漫无边际。但他的"文"不是一般的文章与文学,他的目的并不是建立

---

① 参见陈以爱《中国现代学术研究机构的兴起——以北大研究所国学门为中心的探讨》,江西教育出版社,2002年。
② 张晖编《量守庐学记续编:黄侃的生平和学术》,生活·读书·新知三联书店,2006年,第4页。

文章或文学的文体体系,而是建立以文字为存在方式的中国著述文体形态体系。其中如"图书"指的是河图洛书、图谶、图画等。这类"图书"的确是中国文化的特殊部分,确可以拓展文学研究。把图像纳入"文"之研究中,是21世纪的学术新潮,而章太炎所提出的谱系,早就把图像包括在研究对象之中了。又如表谱、谱录,也是中国文学批评的重要形式。孔颖达《诗谱序》疏:"谱者,普也。注序世数,事得周普,故史记谓之谱牒是也。"郑玄《诗谱序》:"欲知源流清浊之所处,则循其上下而省之;欲知风化芳臭气泽之所及,则傍行而观之,此诗之大纲也。举一纲而万目张,解一卷而众篇明,于力则鲜,于思则寡,其诸君子亦有乐于是与。"①谱牒之学与古代文学批评方式是一个值得深入研究的题目。《文章缘起》之类的大量书籍其实就是谱录类。谱录类诗文评形式上具有鲜明的特点:它减省掉文字的论证过程,只展示最简要、形象、直观、明确的结论。它的内在精神是重视渊源流变、嫡庶远近、正宗旁门,有中国宗族文化的影子。总之,章太炎所建构的以文字为存在方式的中国著述文体形态体系是超越一般的文章学体系的,应该放到文化学层次去深入理解和体会,不要轻易以复古或保守视之并加以否定。

相较章太炎,刘师培更多地吸收西方学术。诚如刘跃进所言:"刘师培的学术研究有两个非常鲜明的特点,一是对传统文化的坚守,二是对西方文明的吸收。"②但刘师培的立足点与学术理想与章太炎一样,同样是为了"昌明中国固有之学"。与章太炎广义的"文"相对,刘师培认为偶词俪语乃得称文,并以骈文为正宗。刘氏严格区分文、笔,这种复古观念恰与当时受东西方主情与美的纯文学思想暗合,表现出复古而又趋新的有趣现象。在新式的"文学史"教学中,刘氏选择回归中古早期的文章学研究范式中去,其所著《搜

---

① 毛公传,郑玄笺,孔颖达等正义《毛诗正义》,上海古籍出版社,1990年,第6页。
② 刘跃进《刘师培及其汉魏六朝文学研究引论》,《文学遗产》2010年第4期。

集文章志材料方法》明确道出这一思路:"文学史者,所以考历代文学之变迁也。古代之书,莫备于晋之挚虞。虞之所作,一曰《文章志》,一曰《文章流别》。志者,以人为纲者也;流别者,以文体为纲者也。今挚氏之书久亡,而文学史又无完善课本,宜仿挚氏之例,编纂文章志、文章流别二书,以为全国文学史课本,兼为通史文学传之资。"①其所著《中古文学史讲义》《论文杂记》《汉魏六朝专家文研究》《文章原始》等论著中对汉魏六朝文体,乃至后世剧曲、小说都有论及。作家与文体是刘师培文章学研究的关键,在文各有体的基础上,阐述文体之起源、文体与时代、文体与作家、文体写作等各个层面,可以说是在传统文体论基础上的一次升华。他不仅从六朝文论中汲取资源,也重视从史乘群书中发掘材料(如《魏志》《世要论》),更吸收了清代浙东史家章学诚的史学思想,而成一家之言。

在文学观念上,章太炎顽强地坚持本土的文化资源与立场,采取与西方截然不同的泛文学观念。刘师培为了缓解中国传统语境中的"文学"与欧美等外来的"文学"观念之偏差,提出用"文章"一词作为传统文学的概念,以示区分。此后,在西方纯文学思潮的冲击之下,中国本土学者也纷纷比附,以有情感的韵文为文学,而小说、戏曲、诗歌等成为中国文学的代表性文体。章门弟子也概莫能外。以朱希祖为例,在其早期所著《中国文学史要略》中,"文学"仍是一个广义的概念,包括经史、辞赋、古今体诗等。而朱氏早期讲义中的文学观念实际上来源于章太炎、黄侃等人。《朱希祖年谱》引金毓黻《静晤室日记》:"先生膺北京大学聘授中国文学史,撰《总论》二十首,每一首成,必以呈章先生,盖不经章先生点定,则不即付油印。"②又据朱祖延记载:"季刚与朱希祖同门友善。希祖勤于记诵,然拙于为文。尝撰《中国文学史要略》未就,季刚为厘定而足成

---

① 刘师培《搜集文章志材料方法》,《刘申叔遗书》,江苏古籍出版社,1997年,第1655页。
② 金毓黻《静晤室日记》,辽沈书社,1993年,第5599页。

之。书出,洛阳纸贵,朱氏之名噪甚,殊不知季刚实捉刀者也。"①可见朱希祖早期的文学思想之渊源所在。1920年重印文学史时,朱希祖转而提倡纯文学。他对英国学者培根、日本学者太田善男的文学理论有深入的研究,试图以外来的眼光重新审视本土文学,筛选文体,试图为本土文学的发展指明道路:"日本太田善男《文学概论》,亦以诗为主情之文,以历史哲理为主知之文,惟称主情文为纯文学,主知文为杂文学,其弊与吾国以一切学术皆为文学相同,兹所不取……今世之所谓文学,即 Bacon 所谓文学,太田善男所谓纯文学,吾国所谓诗赋、词曲、小说、杂文而已。"②朱希祖此说在当时较具代表性。相较于章太炎、刘师培、黄侃等对传统文学、文体思想的坚守,朱希祖、钱玄同、鲁迅、周作人等,转而提倡作为美术的纯文学观③,转向诗歌、小说、杂文等纯文学文体的创作与研究④。这在当时,是一种历史的大趋势。

在文章定义上,周作人认为西人文论中"非以文章为一切学问通名,即为专主娱乐之事",只有美国宏德(Hunt)《文章论》得其折中,曰:"文章者,人生思想之形现,出自意象、感情、风味(taste),笔为文书,脱离学术,遍及都凡,皆得领解(intelligible),又生兴趣(interesting)者也。"他认为:"文章者必非学术者也……故如历史一物,不称文章。传记(亦有入文者。此第指纪叠事实者言)编年亦然。他如一切教本,以及表解、统计、方术图谱之属亦不言文,以过于专业,偏而不溥也。又如泛言科学范围,其中本亦容文章,第及科学实地,又便非是。"⑤从这种艺术性的文学观来看,传统文论以文章

---

① 《朱祖延集》,崇文书局,2011年,第592页。
② 朱希祖著,周文玖选编《朱希祖文存》,上海古籍出版社,2006年,第50页。
③ 1908年刘师培主编的《河南》上,周氏兄弟发表一系列论文,论文章、美术、纯文学的概念与范畴。
④ 朱希祖、钱玄同、周作人诸人在新文化运动中转变思想,积极趋新。参见朱希祖《非"折中"的文学》、钱玄同《对于朱我农君两信的意见》、周作人《我的复古经验》。
⑤ 周作人《论文章之意义暨其使命因及中国近来论文之失》,任访秋主编《中国近代文学大系·散文集四》,上海书店,1993年,第774—775页。

为经世之业,倡征圣宗经之说自然显得陈旧落伍,他指出刘勰《文心雕龙》"正吾国论文之最胜者。特终沉溺前说,发端原道,次以征圣宗经,终以大易之数"①。鲁迅的观点与之相仿,《摩罗诗力说》曰:"由纯文学上言之,则以一切美术之本质,皆在使观听之人,为之兴感怡悦。文章为美术之一,质当亦然。"②在西方纯文学思想影响之下,美术成为文学艺术的重要标志,诗赋、词曲、小说、杂文等文体成为此后文体创作与研究的主流,而早期产生于社会礼仪制度下的文体与后世生活中衍生的实用文体,逐渐淡出此时期多数文学研究者的视野。

放到清末民初这个特殊的时代背景来看,章门师友的选择去取正是在立足本土文化与接受西学的矛盾和潮流中一个典型的个案。在西学的冲击下,新的知识、技术、学术成为趋之若鹜的新潮流。面对传统辞章教育的衰落,部分学人转而提倡本土文化,以之作为抗衡西学的一种资源。陶曾佑《中国文学之概观》(1900)分论战国以迄明清的文学样式,明显是提倡中国传统文学以对抗西学。他告诫同胞说:"慎毋数典忘祖,徒迎皙种之唾余,舍己芸人,尽捐弃神州之特质……力挽文澜,保存国学……凡吾同胞,其有哀文学之流亡,斯文之隳堕者乎,请速竞争文界,排击文魔,拔剑啸天而起舞。"③文体学是传统文学的一大枢纽,在提倡国学、国故或国粹中,对传统文体理论的阐释是其中一个重要方面。如1906年《国粹学报》载王闿运《湘绮楼论诗文体法》对陆机《文赋》八体加以阐释。王葆心《古文辞通义》(1906)认为文章本质乃附体制以达诸群用,"其三门十五类,本曾氏《序目》,而少增变之,间采姚氏之说,以归完备"。再如吴曾祺《涵芬楼文谈》(1910)基本沿袭姚鼐的文类划分,并且效仿

---

① 周作人《论文章之意义暨其使命因及中国近来论文之失》,任访秋主编《中国近代文学大系·散文集四》,上海书店,1993年,第783页。
② 赵瑞蕻《鲁迅〈摩罗诗力说〉注释·今译·解说》,天津人民出版社,1982年,第57页。
③ 陶曾佑《中国文学之概观》,《著作林》1900年第13期。

黎庶昌、王先谦等细分文体子目的作法,共分二百余子目,仿照《文心雕龙》的阐释方式,从释名、选文、原始、敷理几个方面论述文体。姚永朴著《文学研究法》(1914),发凡起例仿之《文心雕龙》,"门类"结合曾氏《经史百家杂钞》,阐述姚鼐十三类的分法。该书"在新、旧学术交替之际试图以桐城派古文的'义法'说,重新阐释文学的原理,以适应时代的需求,而且植根于经史传统之学,从语义、语用及篇章结构、风格等方面,对作为'杂文学'特征的中国文章学体系的建构作出了有益的探讨与贡献"①。从纯粹的文体理论阐述与选本中的文体分类实践两个层面来看,《文心雕龙》的文体理论与姚、曾的选本成为主要的资源与方法。章门师友则主要集中于对六朝文论的阐发,尤其着力于《文心雕龙》。

　　随着东西方文学理论的传入,中国的文体理论不免也受到影响。较早的林传甲著《中国文学史》,乃仿日本人的《中国文学史》撰成,文体上分治事文、纪事文、论事文三类。1905年汤振常编《修词学教科书》,取之于武岛又次郎的《修辞学》,较早将文体分为记事文、叙事文、解释文、议论文四种。清末龙伯纯的《文字发凡》(1905)取法于日本②,于"体制"一节中将文体分为叙事体、议论体、辞令体和诗赋体四大类③。又基于思想之性质分为记事文、叙事文、解释文、议论文四类。蒋祖怡批评曰:"欲博而失之繁碎,欲面面俱到而失之不伦,前面依近代之说分类,后来又以旧说来分类。"④其实是混合旧说而加以改变,是新旧两说的过渡产物。

---

① 姚永朴著,许结讲评《文学研究法》,凤凰出版社,2009年,第1页。
② 龙伯纯论文体基本源于日本人所著《文法独案内》的"体制"和"文体要解"等节。参见宗廷虎、李金苓《中国修辞学通史·近现代卷》,吉林教育出版社,1998年,第159页。据其所说,《文法独案内》,〔日〕池田芦洲编,大约出版于1887年。绝大部分是编纂中国古代文章学内容,分句法、章法、篇法、文法图说、文家秘诀、文体要解、文法杂则、古文辨品等。龙作目录与之大体相合。
③ 叙事体包括叙、记、传、纪等共十五种,议论体包括议、论、说、解等二十六种,辞令类包括诏、诰、册、榜等十二种,诗赋类包括诗、辞、赋、风、雅、颂等六种。
④ 蒋祖怡《文体综合的研究》,世界书局,出版时间不详,第42页。

在传统文体研究上,外来的四分法与本土的文体分类法结合,使这一时期的文体分类表现出新旧过渡的特色。早在叶燮《原诗》中已提出天地万物发为文章,"曰理、曰事、曰情,此三者足以穷尽万有之变态"①,王葆心则进一步发挥此说,用述情、记事、说理三者统筹文体。姚永朴《文学研究法》将文章分为说理、述情、叙事等三类十六种文体。刘师培所说记事、析理、抒情三分,代表了当时文类划分的一种共识。这与修辞学中引入的四分法有所不同。② 章太炎晚年亦用记事文、议论文、数典文、习艺文的名称,表现出对于外来文学分类法的吸收。总体而言,"文章"与"文学"逐渐成为杂文学与纯文学的代名词,周作人说:"夫文章一语,虽总括文、诗,而其间实分两部。一为纯文章,或名之曰诗,而又分之为二:曰吟式诗,中含诗赋、词曲、传奇、韵文也;曰读式诗,为说部之类,散文也。其他书记论状诸属,自为一别,皆杂文章耳。"③将纯文学与杂文学明确区别开来。章太炎以文字为基础的文章体系虽然不合时宜,但其不分骈散,诗、文、词曲、小说兼收的文体观影响较大。刘云孙《文体之分类》在文章界说上,折中于章太炎的广义文学论与《文选》狭义文学观,曰:"既不能并图表、谱谍、科条、簿录、兼容并包;亦不能拘泥于均文偶语","言文章者,当综四部骈散,兼收并蓄"。④ 从功用上分

---

① 叶燮《原诗·内篇》,王夫之等《清诗话》,上海古籍出版社,1978 年,第 579 页。
② 外来文学分类法的接受其实主要在新文学领域,是为了适应白话文写作上的需要。20 世纪初美国的希尔(Hill)《修辞学原理》传入中国,把文体分为描写文、记叙文、说明文、议论文。1919 年傅斯年《怎样做白话文》(《新潮》1919 年第 1 卷第 2 期)中自觉以欧化来促进白话文的发展,提出借重西洋语法,认为散文的样式有"形状的文""记叙的文""辩议的文""解论的文"。沈维钧《做白话文的秘诀》(世界书局,1921)大致分论事文、记述文、书翰文、白话诗等几种,是指当时的新文学类型。
③ 周作人《论文章之意义暨其使命因及中国近来论文之失》,任访秋主编《中国近代文学大系·散文集四》,上海书店,1993 年,第 788 页。
④ 《北京女子高等师范文艺会刊》1919 年第 3 期。

纪事、抒情、言理三类。① 把章太炎的科类谱系转换成事、理、情的三分范畴。

总体来说,在清末民初之际,西学大举进入中国,从坚守本土文化资源与文化立场,到逐渐接受西学,在当时是学术界的普遍现象。其中,章门师友的文体学研究是一个重要的个案。

---

① 《北京女子高等师范文艺会刊》1919 年第 3 期。纪事,包括典章(表、志、图、谱、律令)、历史(纪传、编年)、杂记(如述、略、状、记之类);抒情,包括词章(诗、歌、词、赋、哀诔)、公牍(奏、议、誓、诰)、书札(书、启、简札);言理,包括学说(论、辨、叙、说)、疏证(注、解、释、义)、评议。

第九章 《文章源流》文体论的独创与新变

高步瀛的《文章源流》是一部效仿《文心雕龙》而作的文体学著作。此书不仅吸收了自挚虞、刘勰、吴讷、徐师曾、姚鼐、曾国藩等人的文体学观念,而且在此基础上又有新变。将曾氏三门十一类的文体类别,变更为"论议门""记载门""词章门"涵盖下的十六类文体。其中,传注类文体的独立,显示出独到的文体视角。在具体的文体阐释中,融合了传统的"序题""序目"形式,构建出新的解说方式。体例上,注疏、考证与批评兼备的著述方式亦具有鲜明的特色。在清末民初新的时代与学术思潮下,此书对古文文体的研究极具意义与价值。

高步瀛,1873年生于河北霸县(今霸州市)。1894年,考中甲午科举人。先后师从黄秉钧、吴汝伦两位大师,受到扎实的经、史、文字训诂等方面的训练。[①] 吴汝伦长于解经,由训诂以通文辞[②],高步瀛延续师法,重训诂,并点勘、注释古籍数种。如《吴氏〈孟子文法读本〉笺注》《国文教范笺注》《古近体诗约选笺注》《古文辞类纂笺》《文选李注义疏》等。此外,还有《赋学举要》《三礼举要》《文选李注义疏》,并以时代编纂选本,选自周秦至明清时期的文章附以笺注。高步瀛自1901年以后历任直隶高等学堂及优级师范学堂、国立北京高等师范学堂、奉天萃升书院、莲池书院等学校教习。[③] 其著述多

---

① 参见程金造《高步瀛传略》,《中国现代社会科学家传略》第7辑,山西人民出版社,1985年,第339、345页。聂石樵《古经史学家高步瀛》,《励耘学刊》第5辑,学苑出版社,2007年,第261页。
② 见张舜徽《清人文集别录》,华中师范大学出版社,2004年,第526页。
③ 卞孝萱、唐文权《民国人物碑传集》,凤凰出版社,2011年,第666—667页。

源于学堂讲授之需要。由此亦可见其学术兴趣范围非常广泛,时代上从先秦两汉延续到明清乃至民初,内容上对诗、文、文选学、史学、文体学都有研究,可称学术与文章兼通。这也为《文章源流》体大思深的结构打下了坚实的基础。高氏对历代文体源流的准确辨析、相关礼制沿革的缜密考证、面面俱到的文体论述、独具眼光的选文和评点等,从中我们可以很明显地看出其深厚的学养功力。

《文章源流》是高步瀛讲学北平师范大学、莲池书院期间的讲义。据程金造《高步瀛传略及传略后记》记载:"先生论文,无骈散,应先辨体。韩退之直追迁固,而文体多所破。述文章流变体制正讹,为文章流别新论上下两卷。"①董璠《高步瀛先生(1873—1940)事略》亦载"《文章流别新论》二卷"②。程文作于高氏逝世后第二年,董文亦载于当时报刊,二人所言《文章流别新论》应是此书本名,后来研究者所说《文章源流》或为高氏于莲池书院讲学期间所改定后的版本(1928年以后)。《文章源流》有北平和平印书局铅印《莲池书院讲义》本、民国北平师范大学铅印本。北平师范大学铅印本书名为《散文源流》,稍后的《莲池书院讲义》本,改名为《文章源流》。此书虽包含骈文辞赋,但并未涉及诗歌、词体、小说、戏曲等文体,从这个角度来说,原名较贴切。尚秉和说此书"为时势所限,未能终篇",或许可以推测,书名的改定乃由于计划扩大文章论述范围亦未可知,惜乎其未能终篇也。《莲池书院讲义》本不但在体例上增加了引文出处和原文,而且内容上增加两节——《作文之要义》《本讲义之门类》,使本书体例更为完善,内容亦较丰富。

---

① 程金造《高步瀛传略及传略后记》,《晋阳学刊》1983年第4期。
② 董璠,1917年左右就读高等师范学校,程金造1934年毕业于北平师范大学国文系。据此,此书大概著于1917—1934年间。又据《燕京学报》1940年第28期《悼高步瀛先生》载"民国二十六年(1934)春,保定设莲池讲学院,当局敦聘先生赴保讲学……先生勉允于师大课暇……成史记举要一卷,文章流别新论二卷"。可知此书刊成于1934年。参见燕京研究院编《燕京大学人物志》第1辑,北京大学出版社,2001年,第244页。汝信、易克信主编《当代中国社会科学手册》,社会科学文献出版社,1989年。

《古文辞类纂笺》在体例上表现出鲜明的特色,"贯串古今,穷源竟委。其注解在形式上虽附于某篇某句之下,实则是独立的一首考证文字"①。值得注意的是,《文章源流》是在《古文辞类纂笺》之后出的,高步瀛自 1912 年开始笺注《古文辞类纂》,据贺葆真日记载,1917 年 9 月 24 日"余问阆仙近著何书,曰:《注古文辞类纂》粗成,尚未详校"②。《古文辞类纂笺》中除了文句的疏证外,对于姚鼐所分的十三种文体也有相当详细的阐释,对比《文章源流》中每类文体的题解,可以看出明显的继承关系。以"论辨类"为例,《文章源流》论辨类的题解基本与《古文辞类纂笺》中完全一致,只是在文体的细分与阐述上更为翔实。其他各类文体的阐述基本也是如此。可见,高步瀛此书也是在姚、曾选本基础上,结合两书中的文体论而扩充为更为翔实的文体理论。

目前学界对高步瀛的相关研究仍停留在对其身世、交游、著述的考辨③,聚焦于其所著《文选李注义疏》《古文辞类纂笺》之上,而对《文章源流》这部异常重要的文体学论著缺乏足够的关注。在高氏的传记、事略、评传、年谱等研究中④,此书或未被提及,或一带而过,只有零星的论述散见于关于民国讲义或者文学史研究的相关论文之中。本章拟就这部久被忽视的文体学专著加以分析,对其时代背景、编写体例、文体论特色、影响以及局限性进行研究,以进一步探究民国时期学术界的文学观念、文体观念。

---

① 程金造《高步瀛传略及传略后记》,《晋阳学刊》1983 年第 4 期。
② 贺葆真著,徐雁平整理《贺葆真日记》,凤凰出版社,2014 年,第 428 页。
③ 赵成杰《高步瀛交游新证》,见《牡丹江师范学院学报(哲学社会科学版)》2013 年第 2 期;《高步瀛著述考略》,《重庆科技学院学报(社会科学版)》2013 年第 7 期。其他如马菲《高步瀛〈文选李注义疏〉诠释研究》,山东大学硕士论文,2014 年;郑凯歌《高步瀛〈唐宋文举要〉研究》,广西大学硕士论文,2012 年。
④ 参见姚渔湘《高步瀛的思想与著作》、董璠《高步瀛先生(1873—1940)事略》,见《大陆杂志语文丛书》第 1 辑第 4 册,台湾:大陆杂志社,1963 年,第 232—234 页。王森然《近代名家评传二集》,生活·读书·新知三联书店,1998 年,第 281 页。尚秉和《高阆仙先生传》,卞孝萱、唐文权编《民国人物碑传集》,团结出版社,1995 年,第 769—770 页。

第一节 《文章源流》产生的时代背景

在西方思潮涌入、中西思想碰撞的大时代背景下,学习西方与保存国粹之间发生了激烈争论。在这个"世变大异,旧学浸微,家肄右行之书,人诩专门之选,新词怪义,柴口耳而滥简编"的形势下,古文辞的存在甚至受到了怀疑,有曰:"三十年以往,吾国之古文辞,殆无嗣音者矣。"①尤其新式学堂兴,古文辞教育明显受到轻视。陈澹然《文宪例言》中载"今学堂之兴,辄本东西文为教育,甚乃请罢六经四子,专事东西。嗜古之儒,又或别启一堂,毅然取昔时训诂、性命、词章,尊为国粹。新旧殊绝,靡所折中"②。在此背景下,一批学者选择坚守传统,融贯西学,以传统文论中的经世致用思想,回应新的时代思潮。陈氏即其中一员,其书中选文摒弃辞章,只选经史之文。重视经世与学行,文体中重纪述、典制度,延续曾国藩以来重文章经世思想。又如,姚永朴提倡"明道""经世"、鼓吹义法论、自觉的辨体意识。③鉴于传统文体的衰微,亦有人起而捍卫之。吕思勉曰:"近人选本凡例,有谓诏令奏议,体制与现今政体不符,故概不录入。又有谓碑铭传状,乃酬应之作,非实用所急,故均不选授者,此真耳食之谈。不知奏议文字,多明畅锐达,其势力之雄厚,他种文字,莫与为比。说理论事之文,可以傭启初学者,无过于此。志铭传状之类,其叙事亦多可法,若概以体制不合而弃之,则今日之诏令呈

---

① 严复《涵芬楼古今文钞序》,吴曾祺编纂《涵芬楼古今文钞》,商务印书馆,1910年,第1页。
② 陈澹然《文宪例言》,王水照编《历代文话》第7册,复旦大学出版社,2007年,第6804页。
③ 如姚氏曰:"欲学文章,必先辨门类。"《文学研究法》,王水照编《历代文话》第7册,复旦大学出版社,2007年,第6862页。其他如唐恩溥《文章学》中曰"为文宜先知体制",王水照编《历代文话》第9册,复旦大学出版社,2007年,第8737页。

文,前此竟何所有？将悉授以民国以来之公牍乎？抑译诸法美瑞士而后授之乎？志铭传状之叙事,皆不可法,则作叙事文者将何所法？其悉授以史传之宏篇乎？抑竟授以分章分节新体之传记邪？"①明确反对摈弃古文文体的作法,认为传统的文章即使在体制上不合时宜,但是仍具有可资借鉴之处。在这种新旧争流的时代背景下,涌现出一批新的研究古典文辞的专著。如来裕恂《汉文典》(1904—1906年写成)、王葆心《古文辞通义》(1906)、吴曾祺《涵芬楼古今文钞》(1910)、周祺《国文述要》(1914)、姚永朴《文学研究法》(1914)、张相《古今文综》(1916)等等。一时形成一股合力,使中国古文辞及其研究放射出别样的光芒。高氏身处此时代思潮之中,其文章、文体观念难免亦受到同时期学人的影响,表现出一定的共性。

此时期的大部分古文论著作延续《文心雕龙》以来传统文论中文学史、文学批评、选文、文体论以及文章写法融汇于一体的形式。作为中国古典文学和文体学研究的基石,《文心雕龙》在体例上,自《原道》至《辨骚》是全书的总纲,探讨文学的本源,要求宗经、酌骚,以达到奇正相参、华实并茂的风格。从《明诗》到《书记》二十篇,通常被称为文体论,即各体文章写作指导,"阐明写作各体文章的基本要求","论文叙笔",体现出早期广义的杂文学观念。从《神思》到《总术》十九篇,乃"写作方法统论"②。自《时序》以下,附论关于写作的其他修养。这种"体大思精"的构架,对此后的古代文论著作影响深远。如周祺所撰《国文述要》就完全包括以上所言的各个部分;《汉文典》则较特殊,受到日本文法书的影响,包括"文字典"与"文章典"两部分。前一部分属于语言文字学,后一部分则包

---

① 《吕思勉论学丛稿》,上海古籍出版社,2006年,第519页。此文见《拟中等学校熟诵文及选读书目》,1923年作于江苏省立第一师范学校专修科。
② 王运熙《文心雕龙探索》(增补本),上海古籍出版社,2005年,第8、11、16页。

括"文法""文诀""文体""文论"(包含作文的具体途径)。①《古文辞通义》分"解蔽""究指""识途""总术""关系""义例"六篇论述文章之事。文体论部分则较简略,散布于《历代国文述要》《文体辨要》《诗体辨要》《学文述要》等小节中。② 姚永朴《文学研究法》,包括文学起源、根本、范围、纲领、门类、功效、运会、派别、著述、告语等部分。《古今文综》分六部十二类,每类之中分论文体体制、作法。高氏的《文章源流》明显可见对《文心雕龙》的沿袭。此书大致分为三部分:第一部分总论文章的内涵,包括文章的名义、起原、类别、形式内容、性质功用、学文功夫。约略相当于《文心雕龙》前五篇的总论。第二部分则是论述文章门类,探讨各文体之起源与变迁。正与《文心雕龙》文体论部分相对应。"作文要义"中,列出"立意""谋篇""造句""炼字""用笔""设色""和声""行气"等理论,与《文心雕龙》"写作方法统论"部分照应。文学本原、文章性质功用、分类、文法、文体、作文要义等面面俱到。值得注意的是,占全书最大分量的文体论部分,呈现出以文体贯通文学史的新视角。

中国古代文学素来重视文章之体制,"文章以体制为先,精工次之"③"文辞以体制为先"④。《文选》开后世总集、选本以体分类的先河。自姚鼐《古文辞类纂》开始将文体分为十三类,曾国藩进而归纳为三门十一类:"著述门"(三类)、告语门(四类)、记载门(四类)。古代文体的门类划分逐渐成为一种共识。另一方面,挚虞《文章流别》、刘勰《文心雕龙》则为后世文体辨析类著作树立了模范。如明代有吴讷《文章辨体》、徐师曾《文体明辨》、黄佐《六艺流别》等;清

---

① 来裕恂《汉文典》,王水照编《历代文话》第 9 册,复旦大学出版社,2007 年,第 8504 页。
② 周祺《国述要》,余祖坤编《历代文话续编》中册,凤凰出版社,2013 年,第 919 页。
③ 王应麟《玉海》卷二百二引倪正父语,《景印文渊阁四库全书》本第 948 册,台湾商务印书馆,1983—1988 年,第 294 页。
④ 吴讷《文章辨体凡例》,吴讷、徐师曾《文章辨体序说 文体明辨序说》,人民文学出版社,1962 年,第 9 页。

末,王兆芳著《文章释》;民初,吴曾祺编《涵芬楼古今文钞》中特别附加《文体刍言》一篇论述文体。高氏此书第二部分大体延续姚、曾的分类方法,以及《文心雕龙》以来文体辨析的思路,论述文体源流演变。文体分类上,高氏归纳为三门十六类。相较《涵芬楼古今文钞》(十三类,二百一十三子目)、《古今文综》(六部十二类,四百余子目)数目庞大的文体细目,高氏更接近于《古文辞通义》(三门十五类)、《文学研究法》(三类十六种)中的归类法。实际上,高步瀛在文体辨析基础上总结归类,以简驭繁的作法,更适合学堂教授之简便明晰的需要。其中详细的源流论述、考辨,更体现出总结和新创的高度。

1903年清政府颁布的《奏定大学堂章程》对普通中学课程有明确规定:

> 凡学为文之次第:一曰文义;文者积字而成,用字必有来历……二曰文法;文法备于古人之文,故求文法者必自讲读始,先使读经子史集中平易雅驯之文……并为讲解其义法。次则近代有关系之文亦可流览,不必熟读。三曰作文;以清真雅正为主……次讲中国古今文章流别、文风盛衰之要略,及文章于政事身世关系处。①

《奏定大学堂章程》还包括在"文学科大学"里专设"中国文学门",主要课程有"文学研究法""《说文》学""音韵学""历代文章流别""古人论文要言""周秦至今文章名家"等十六种。② 清末以至民国阶段,出现了一批"文章流别"类著作。如章太炎有《文章溯源》,其演讲集中亦有《文章流别》③;《国粹学报》连载田北湖《论文

---

① 吕达《中国近代课程史论》,人民教育出版社,1994年,第161页。
② 《奏定大学堂章程》,见舒新城编《中国近代教育史资料》中册,人民教育出版社,1981年,第582、587、588页。
③ 章念驰编订《章太炎演讲集》,上海人民出版社,2011年,第334页。

章源流》①;罗惇曧作《文学源流》②;刘师培讲"汉魏六朝专家文研究"课程中,有"文章变化与文体迁讹"③。高步瀛《文章源流》"述文章流变、体制正讹",亦在这种思潮下应运而生。

第二节 文体分类学上的创新

总集、选本作为中国古代文体观念、文学观念的载体,具有重要的价值。继《文选》以来,后代综合性的大部分选本,延续了"以体叙次"编选体例,《文选》分文体为赋、诗、骚、七、诏、册、令三十九种。《唐文粹》只选古体,分古赋、乐章、歌诗、赞颂、碑铭、文论、箴议、表奏、传录、书序;《宋文鉴》录北宋一代诗文,分为六十一体。宋人真德秀《文章正宗》概括为辞命、议论、叙事、诗赋四大类,启发后代"以类编次"的思路。清人储欣《唐宋八大家类选》将八大家古文分为六类三十体;姚鼐《古文辞类纂》分为十三类;曾国藩分为三门十一类。可以看出,古代文体分类学的"分类与归类"特征。④

高氏批评《文选》中"诗赋体既不一,又以类分者也";《文苑英华》"各类之中分目甚繁";《唐文粹》《宋文鉴》"失于烦琐";《文章正宗》"有纲无目,又失之广莫";储欣《唐宋八大家类选》"纲目悉张……但限于唐宋八家";《古文辞类纂》"有目无纲";《经史百家杂钞》标列门类"若网在纲,有条不紊……然著述、告语范围太廓,分界为难;而以词赋入著述门,尤多龃龉;其记载门增入叙记、典志二

---

① 《国粹学报》,1905 年第 2、3、4、5、6 期。
② 郭绍虞、罗根泽编《中国近代文论选》,人民文学出版社,1959 年,第 620—647 页。
③ 参见刘师培《中国中古文学史讲义》,上海古籍出版社,2011 年,第 148—149 页。
④ 参见吴承学、何诗海《文章总集与文体学研究》,《古典文学知识》2013 年第 4 期。吴承学《中国古代文体学研究》下编第五章"宋代文章总集的文体学意义",人民出版社,2011 年,第 338 页。

类,则曾氏之卓识,超越前人矣"。① 其论述源流、利病堪称明辨中肯。在斟酌诸家之后,高氏提出将文体析为十六类,以"论理""记载""词章"三门总括:

> 论议门(七类):论辩类、传注类、序跋类、赠序类、诏令类、奏议类、书说类
> 记载门(四类):传状类、碑志类、叙记类、典志类
> 词章门(五类):词赋类、箴铭类、颂赞类、哀祭类、诗歌类

文体分类明显地以文体内在的体性来划分,如论议门中的七类涵盖了曾氏列为"告语门"中的诏令、奏议、书牍,"著述门"中的序跋;替换了曾氏"著述""告语"之间的混合模糊地带,文类显得更为清晰明确;与储欣将奏疏、序记、论著各自为类相比,亦更具概括力。记载门延续曾国藩的思想,增加"叙记""典志",可见高步瀛对文章经世作用的重视。又,词章门的单独归类,既是对储欣分类法的继承,也可见其对文学性质的准确体认。值得注意的是,由于此书尚未全部完书,其词章门中虽有"诗歌"类,然书中并未有此部分内容。但是相较储氏、姚氏、曾氏书来说,"诗歌"类入目,词章门的独立,使其体系更为全面完善。

中国古代文体分类具有复杂性,在"体"与"用"之间,常常有所变化。其深层原因,即刘勰在《文心雕龙·通变》篇中所言:"夫设文之体有常,变文之数无方,何以明其然耶?凡诗赋书记,名理相因,此有常之体也;文辞气力,通变则久,此无方之数也。"②正所谓"定体则无,大体须有"③。古代文体的"辨体"与"破体"总是相伴相随,相反相成。④ 往往一体有多名,或者名同而体异的现象。以"书"

---

① 高步瀛《文章源流》,余祖坤编《历代文话续编》下册,凤凰出版社,2013 年,第 1354 页。
② 刘勰著,范文澜注《文心雕龙注》,人民文学出版社,1958 年,第 519 页。
③ 王若虚《滹南遗老集》,《四部丛刊初编》,商务印书馆,1936 年,第 189 页。
④ 参见吴承学《中国古代文体学研究》上编第六章"辨体与破体",人民出版社,2011 年,第 112 页。

体为例,宋人题跋类文章,有直接名为"书某"的,如林希《书郑玄传》;有策书、制书、玺书,以及上书等朝廷文书;更多的是往还书信类文章。吴讷《文章辨体》有"书"体,曰:"昔臣僚敷奏,朋旧往复,皆总曰书。近世臣僚上言,名为表奏;惟朋旧之间,则曰书而已。"①意识到"书"有臣僚上书之"书",以及用于朋友往还之书信。徐师曾细分为"上书"、"书记"(包括书、奏记、启、简、状、疏)、"书"②。姚鼐《古文辞类纂》中,分"上书"(属奏议类)、"书说类"("或面相告语,或为书相遗"③)。曾国藩沿袭姚氏,有"书"(属告语门奏议类)、"书"(书牍类)。高氏按照文体的不同功用,将"书"分别隶属于"序跋类""诏令类""奏议类""书说类"中。

古代文体命名,多源于功用。不同的身份、地位使用的文体名称亦有区分。又,古代文体自身具备延展性,可灵活变化,以适用于不同的场合。再如"解",于经传中,相当于注、释,于文章中相当于论、辨。高氏将"解"分别隶属于论辩类、传注类、奏议类。如此区分,势必造成文体类目的数量增多,同一名称的文体出现在不同的门类之中。但站在整理、研究古代文体的视角来看,在纲目清晰的前提下,辨析细致入微,符合中国古代文体的特殊性。

中国古代还有名同而体异的现象,即文章名为某体,实则以别的文体做成,造成体裁与文章名称不符。如墓志本以叙述墓主生平、爵里、亲族、行治等,韩愈《试大理评事王君墓志铭》则以小说体作成。记体,本以叙事,宋欧阳修《醉翁亭记》,则用铺陈的手法抒情言志,此乃"铺采摛文,体物写志"的赋体作法。高氏对此类现象加以仔细分辨。如"箴"体,曰:

> 他如韩退之《守戒》,当属论辩;柳子厚《三戒》当属叙记;至于曹大家《七诫》、郑康成《戒子书》、王子渊《酒训》,当属诏令。

---

① 吴讷、徐师曾《文章辨体序说 文体明辨序说》,人民文学出版社,1962年,第41页。
② 同上书,第121、128、138页。
③ 姚鼐选纂《古文辞类纂》"目录",中国书店,1986年,第6、8页。

选文者或入铭箴类,则昧于文之体制矣。①

这种细致的文体辨正,正源于对文体本身体性的明了与尊重。

高氏在文体辨析中,还涉及当世通行文体。如"诏令类"题解,叙述历代沿革之大略后,接着说:

> 民国既建,制诰概无所用,而下行之文:一曰令,公布法律条例,或其他法规预算、任免官员,及有所指挥时用之;二曰训令,上级机关对于下级机关,有所谕饬或差委时用之;三曰指令,上级机关对于所属下级机关,因呈请而有所指示时用之;四曰布告,宣布事件或有所劝诫时用之;五曰任命状,任命官员时用之;(民国十七年六月颁行《公文程式条例》。)又官署对于人民之请求,或驳或准,则有批示,皆下行所用者也。②

可见其文体研究不仅着眼于古代,亦立足于当今。对古老文体在当下的存废加以说明。如曰:"民国既建,上行公文,惟有呈而已。""民国建,谕之名遂不复见矣","至官署对人民陈请,或准或驳,则有批示,亦省曰批,至今用之"。文体论述亦侧重于当时行用文体,"今国体既更,则所谓哀策者,仅成历史上之陈迹,故于哀辞后类及之,不复列其目焉"。对某些新出现的文体,考察其历史上的渊源,如曰:"民国以后,官吏莅任,皆有宣誓,考之于古,韦殷卿《誓文》,颇能相合。"考虑到"现行文书体式,自有专书",因此高氏只是简略言之。③ 但相比此前文体著作而言,不仅限于对昔日旧文体的追溯,对民国时所用文体的关注,显得更为全面。

---

① 高步瀛《文章源流》,余祖坤编《历代文话续编》下册,凤凰出版社,2013年,第1586页。
② 同上书,第1424页。
③ 同上书,第1442、1431、1602、1607页。

第三节　传注类文体的独立

晚清至民国,朴学研究由经学转而为诸子,再转为集部,包括诗文评、总集、别集。以黄侃《文心雕龙札记》为代表的诗文评研究的兴起,为当时的学术研究开启了新的范式。黄侃弟子李曰刚云:"民国鼎革以前,清代学士大夫多以读经之法读《文心》,大则不外校勘、评解二途……黄氏《札记》适完稿于人文荟萃之北大,复于中西文化剧烈交绥之时,因此《札记》初出,即震惊文坛,从而令学术思想界对《文心雕龙》之实用价值,研究角度,均作革命性之调整。"①《文龙雕龙札记》"突破以笺注、评点为主的传统读经之法,综合'选学'派重视文采和朴学派注重考据的因子,开创'龙学'界文字校勘、资料笺证、理论阐释三结合的研究新法。"②此种融汇文字校勘、资料笺证、理论阐释的研究范式,一时成为热点。20世纪二三十年代,高校教师教授古典著作,往往以"讲疏"命名。如黄侃《诗品讲疏》、范文澜《文心雕龙讲疏》、顾实《〈汉书·艺文志〉讲疏》《〈庄子·天下篇〉讲疏》等,均可归属于此类型的研究。

高步瀛一方面延续乃师吴汝纶重考据的朴学趣味,另一方面明显吸收了新式的研究范式。如其历朝文举要、《古文辞类纂笺》等,正是将文字校勘、资料笺证、理论阐释结合以研究集部文学。《文章源流》专注于理论阐释,也是在资料札记、笺证的基础上完成其理论梳理的。

高氏新增"传注类"文体,正是这一特定学术思潮下的产物。曾

---

① 转引自牟世金《"龙学"七十年概观》,中国文心雕龙学会编《文心雕龙研究荟萃》,上海书店,1992年,第19页。
② 贺根民《〈文心雕龙札记〉——古代文论研究现代转型的一个典型文本》,《北京科技大学学报(社会科学版)》2013年第4期。

氏《经史百家杂钞》中将传、注、笺、疏、说、解等文体,归入序跋类,对注疏类文体,开始关注。王葆心《古文辞通义》著述门下有"传注"类,曰"他人之著作,疏其词义,溯其源委",列经类二十九体。高氏将传注类单独列出,于"传注"下题解:

> 传注类者,其源出于《十翼》之释《易》,左氏、公、穀、邹、夹五家之释《春秋》,历代相沿,其用益广。萌芽于经,旋及子史,而后施于集焉。王仲任(充)曰:"著作者为文儒,说经者为世儒,世儒当世虽尊,不遭文儒之书,其迹不传。《诗》家鲁申公,《书》家千乘欧阳、公孙,不遭太史公,世人不闻。"(《论衡·书解篇》)盖以文章、传注判而为二,与后世以为经学、古文不能合为一途者,同一见解。故古来选文者,皆不设传注一类。然以广义言之,传注者亦文章之一体,安得置之不论?且即以文论,《春秋》三传已为文家所则效;而王辅嗣(弼)之注《易》、郭子玄(象)之注《庄》,亦往往驰骋其词,发抒其论;郦善长(道元)之《水经注》,模山范水,后世文人为游记者,有时摹仿而叹弗及焉。夫文家虽不设传注一类,而曾氏《杂钞》于序跋类数之,曰传、曰注、曰笺、曰疏、曰说、曰解,已开文家之门户,而径纳之矣。窃谓此等类目,不数则已,如数之,实非序跋类所能该,必别建一类而后安。王氏《古文辞通义》因就曾氏著述门中加入此类,用意甚善;然举目太繁,仍不能备;而七、纬、拟经亦入此类,似嫌蛇足。今括以十目:曰传、曰记、曰说、曰解、曰注、曰笺、曰疏、曰议、曰考、曰校。①

各类之下兼及类似文体,均加以详细论述。如"解"体,经解、诂、训、集解四种。相似文体有释、微、大义、通义、要义、隐义、例、谱等。对"传"体的阐释,溯古考今,引经据典,阐明"传"体乃"从释经而推及子集

---

① 高步瀛《文章源流》,余祖坤编《历代文话续编》下册,凤凰出版社,2013年,第1372页。

者"。接着对"传"与章句、训诂比对差异,"章句不离经而空发,传则有异","传之体广大,亦可包故训于其中"。①并将汉代至清代"传"体之衍变,文体体制亦一一辨明。在对体裁明晰的理解基础上,作出准确的学术判断,如曰:"程正叔(颐)《易传》,发明义理,以人事为主,实胜汉《易》之支离;而胡康侯(安国)《春秋传》,多借寓论时事,非解经本旨,而明代列于学官,用代'三传',陋矣。"②学术线索清晰明了,判断亦理据充分。当然这也归功于其深厚的经学素养。

从另一个角度而言,在有清以来考据、词章、经济泾渭分明,古文、经学异途的历史背景下,其将考据类学术文章亦纳入文学范畴,可谓独具胆识。据程金造记载:"先生注疏,多属诗文。或谓何不诂经?先生曰:吾国自清代乾、嘉而后,搜采经传遗文,补苴古训,鲜有余遗。今学者致力,约有二端,或本诸家已就之书,从而萃辑,如长沙王氏两汉书补注集解者,此将风行,亦省日力。至如李善之文选,王逸之楚辞,皆应视若经子引申评注,俾成大观,是则应为倡导者也。"③可见,自清代以来,朴学重视经、子的学术趋向发生转移,开始对此前略受冷落的集部著作发生兴趣,高氏则表现出这种学术思潮转移的自觉性。

第四节 文体阐释形态的新变

自《文心雕龙》以来,后代文体阐释多延续其"原始以表末,释名以章义,选文以定篇,敷理以举统"④的思路。明代作为文体辨析的一次高潮,"序题"成为新的形式,如吴讷《文章辨体》、徐师曾《文体

---

① 高步瀛《文章源流》,余祖坤编《历代文话续编》下册,凤凰出版社,2013年,第1374—1375页。
② 同上书,第1376页。
③ 程金造《高步瀛传略及传略后记》,《晋阳学刊》1983年第4期。
④ 刘勰著,范文澜注《文心雕龙注》,人民文学出版社,1958年,第727页。

明辨》等,简略的文体叙述,"假文以辨体"的形式,对其后的文体著作产生很大的影响。① 举例言之,如"论"体曰:"按韵书:'论者,议也。'梁昭明《文选》所载,论有二体:一曰史论,乃史臣于传末作论议,以断其人之善恶,若司马迁之论项籍、商鞅是也;二曰论,则学士大夫议论古今时世人物,或评经史之言,正其诋谬,如贾生之论秦过,江统之论徙戎,柳子厚之论守道、守官是也。唐宋取士,用以出题。然求其辞精义粹、卓然名世者,亦惟韩、欧为然。刘勰云:'圣哲彝训曰经,述经叙理曰论。'故凡'陈政则与议说合契;释经则与传注参体;辨史则与赞评齐行;铨文则与序引共纪。'信夫!"②先释名,然后选文定体,略述文体发展,标举模范。再看清代影响最大的古文选本,《古文辞类纂》在序言之后,目录之前,对于十三类文体均有一段"序目"③,如论辨类,曰:"论辨类者,盖原于古之诸子,各以所学、著书诏后世。孔孟之道与文至矣。自老庄以降,道有是非,文有工拙。今悉以子家不录,录自贾生始。盖退之著论,取于六经、《孟子》,子厚取于韩非、贾生,明允杂以苏、张之流,子瞻兼及于《庄子》。学之至善者,神合焉;善而不至者,貌存焉。惜乎!子厚之才,可以为其至,而不及至者,年为之也。"④直接叙述一类文体的渊源,因其是文选性质,标明选文缘由,对选目作一简单说明,其重心在于文章。

高氏选择性吸收了《文心雕龙》的思路,融合"序题"、姚氏"序目"两种形式,并增加了很多新的内容。取其"论"以作比较。先引《释名》释"论",引《文心雕龙·论说》,加按语曰:

《论语》之外诸子,以论名篇者,《庄子》有《齐物论》,《吕氏

---

① 参见吴承学《中国古代文体学研究》下编第八章第二节"序题:一种流行的批评方式",人民出版社,2011年,第374页。
② 吴讷、徐师曾《文章辨体序说 文体明辨序说》,人民文学出版社,1962年,第43页。
③ 参见吴承学、何诗海《〈古文辞类纂〉编纂体例之文体学意义》,《北京大学学报(哲学社会科学版)》2015年第3期。
④ 姚鼐选纂《古文辞类纂》,中国书店,1986年,第1页。

春秋》有《开春》《慎行》《贵直》《不苟》《似顺》《士容》六论,凡三十六篇;《荀子》亦有《礼论》《乐论》等篇。而桓君山(谭)之《新论》、王仲任(充)之《论衡》、王节信(符)之《潜夫论》、徐伟长(幹)之《中论》等,且以名其书矣。惟贾子(谊)《过秦》本无"论"字,而《吴志·阚泽传》始目为论,左太冲《咏史诗》因之,《昭明文选》遂题为《过秦论》矣。

论虽一体,析言则繁。西汉之论《石渠》,东京之论《白虎》,郑康成(玄)之《六艺》,王子雍(肃)之《圣证》,此属于经论者也。曹子建(植)之论汉二祖,张世伟(辅)之论魏武帝、刘玄德,夏侯太初(玄)之论乐毅,何平叔(晏)之论白起,此属于史论者也。裴逸民(颐)之《崇有论》、范子真(缜)之《神灭论》,则宗乎儒术。何平叔之《无为论》,阮嗣宗(籍)之《达庄论》,则主乎道家。沈休文(约)之《形神论》,傅事宜(縡)之《明道论》,则归乎释氏。王景兴(朗)之《相论》,李退叔(华)之《卜论》,且及于术数矣。若夫虞世龙(耸)之《穹天论》,祖景烁(暅)之《浑天论》,则关乎天算。何平叔之《九州论》,卢子蒙(毓)之《冀州论》,则属乎地舆。曹子建之《食恶鸟论》,元次山(结)之《化虎论》,且推及物类。若夫刘子房(智)之《丧服释疑论》,李永和(谧)之《明堂制堂论》,则究心于礼制。江应元(统)之《徙戎论》,何承天之《安边论》,则留意于边防。至于崔子真(寔)之《论政》,陈元方(实)之《论刑》,皆主复肉刑者也。自丁彦靖、夏侯太初之论出,而其议寂矣。曹元首(囧)之《六代》、陆士衡(机)之《五等》,皆主行封建者也。自李重规、柳子厚(宗元)之论出,而其说熄矣。且也读魏文帝(曹丕)之《典论·论文》,而知文章之所以重;读裴几原(子野)《雕虫论》而知文笔之所以分;观杨遵彦(愔)《文德论》,而知有文无行之足戒。他若吾丘子赣(寿王)之《骠骑论功》、王子渊(褒)之《四子讲德》,则主乎颂扬。韦宏嗣(曜)之《博弈》、鲁元道(褒)之《钱神》、刘孝标

(峻)之《广绝交》、韩退之(愈)之《论诤臣》,则主乎讽刺。然此特言其大要,一一数之,实更仆不能终也。

以上所举,其篇有完缺,词有工拙,不暇悉论。要之贾生《过秦》,雄骏闳肆,可为后世之矩矱;班叔皮(彪)《王命论》,浑原朴茂,尚有西京风味,然视贾生则夐乎远矣。自此以后,文采渐缛,气亦闡缓。李萧远(康)《运命论》,沛乎有余,亦时见精光,但亦稍失之繁。《六代论》气雄词骏,追步西京,故后人或疑思王所作,然子建诸论,反不逮焉。陆士衡之《辨亡》上下、干令升之《晋纪总论》,摹拟《过秦》,微嫌未化,然亦一时之雄作也。由是文笔分途,笔或枯澹而不华,文或藻缛而害意,然齐梁骈俪之论,亦颇有佳制,以别有专科,故不复论……元明清诸家文,亦不待一一枚举矣。①

首先,释名章义,引刘勰之说辨明文体。其次,将《文心雕龙》中的简单论述进行扩充。刘勰只说论始于经书《论语》,高氏补充诸子里的论。刘勰分论为四品:"陈政,则与议说合契;释经,则与传注参体;辨史,则与赞评齐行;铨文,则与叙引共纪。"②又,徐师曾《文体明辨》将论分为八品:"一曰理论,二曰政论,三曰经论,四曰史论,五曰文论,六曰讽论,七曰寓论,八曰设论"③,则兼内容与笔法而论之。高氏在两人基础上,详细区分为有关经、史、儒术、道家、释氏、术数、地舆、物类、礼制、边防、刑法、政治、文章、颂扬、讽刺等类。

除了整体上总论文类外,对每一种文体的具体解说,往往征引繁复,穷尽源流,辨析翔实。如论"考"体,在释名章义后,论证"考"体发端于王应麟《诗考》,以至有清诸儒,提倡汉学,考据治学异常兴盛。并对清代考据学深表推崇,列出其中重要著作,"有功地理者"

---

① 高步瀛《文章源流》,余祖坤编《历代文话续编》下册,凤凰出版社,2013年,第1362—1365页。
② 刘勰著,范文澜注《文心雕龙注》,人民文学出版社,1958年,第326页。
③ 吴讷,徐师曾《文章辨体序说 文体明辨序说》,人民文学出版社,1962年,第131页。

"有功典礼者""有功书录者"等。追其始源,高氏指出明代学术虽多失之陋,但梅鷟、陈第等人的考证为清代学术发端。"考据之学,虽号至精者,亦不免千虑之失。是当博览深思"①云云,确为有识之见。又如"校"体,实乃校雠学之简要概述;记载门"志"体中以表格列出自汉至明诸史志之目,崖略显豁可知。这种形式更像现代学术意义上的专篇论文,正是在明代盛行的简明扼要的"序题"形式以及《古文辞类纂》式的"序目"基础上的新变。

最后,延续刘勰以来"选文以定篇"的传统,以及《古文辞类纂》"序目"中列出目录的思路,高氏于每一文体之中列出佳作。如"论"体举出贾谊、班固、李萧等人作品的典范意义。《古文辞类纂》风行后,各种评注本相继出现。民国间,有《百大家批评新体注释古文辞类纂》《林纾选评古文辞类纂》《古文辞类纂诸家评识》等书,一时汇聚了众多评点。《文章源流》多选录吴闿生所辑《古文辞类纂诸家评识》等书中的评点,如曰"昌黎《争臣论》一篇,姚氏评其风格出于《左》《国》;柳子厚《封建论》,真西山评其间架宏阔,辩论雄骏,真可为作文之法"云云。又如"序"体中,"刘子政录《战国策序》一篇,且评云:'冲溶浑厚,无意为文,而自能尽意……'王介甫《三经义序》,方氏谓其辞气芳洁,风采邈然……至韩退之《张中丞传后叙》,方望溪谓其'生气奋动处,与《史记》相近'"。②

综上,高氏吸收了《文心雕龙》文体辨析的思路,以及"序题""序目"的批评方式,并加以扩充,使每类文体流别、内容更加详细、具体。

第五节　注疏、考证与文体学结合

章太炎《国故论衡·明解故上》辨析古书校注体例,论述校雠中

---

① 高步瀛《文章源流》,余祖坤编《历代文话续编》下册,凤凰出版社,2013年,第1399页。
② 同上书,第1407页。

"校""故""传""解"四种文体,"传"作为注解之一体,其曰:"是故有通论,有驸经,有序录,有略例。"①所谓"驸经",即"当句为释者",也就是随文注释。"传"体本用于释经而推广于子、集。"注者,著也,言为之解说,使其义著明也。"②大体上"传""注"同用。"疏",《汉书·杜周传》颜师古注曰:"疏,谓分条也。""取于疏通分析"。③

有着深厚朴学根底的高步瀛,把传统训诂学中的注疏,运用于集部。高氏此书多条列前人观点,并于随文中加以注释。如"论"体中,引《文心雕龙·论说》,并对刘勰所说"自《论语》以前,经无'论'字"加注释曰:

> 《书·周官》:"论道经邦。"乃伪古文。《考工记》:"坐而论道。"《乐记》:"论伦无患。"亦出《论语》后。然《诗·灵台》:"于论鼓钟。"《毛传》训"论"为"思"。《易·屯》象传:"君子以经纶。"《释文》据郑注本作"经论",是《论语》前非无"论"字。彦和之意,特谓《论语》前未尝以"论"字名所著之书耳。④

诸如此类的随文注疏随处可见。或注释引文语句,见上所举例子;或补充前人言论,见于何书何卷,如"状"体,引刘彦和曰"状者,貌也"云云,注明"《文心雕龙·书记》篇"⑤;或对征引观点进行阐释,或对自己的按语加以补充,如"疏"体中"传者惟黄侃《论语义疏》最为完全"句下,补充曰:"《八佾》篇'夷狄有君'章,清四库本改窜原文,然《知不足斋丛书》第七集初印本尚未经改窜,与今日本本合。"⑥是乃补充版本。这类注疏,通常以小字夹注于文中。除此之

---

① 章太炎《国故论衡》,岳麓书社,2013年,第109页。
② 阮元校刻《十三经注疏·毛诗正义》,中华书局,1980年,第269页。
③ 高步瀛《文章源流》,余祖坤编《历代文话续编》下册,凤凰出版社,2013年,第1387页。
④ 同上书,第1362页。
⑤ 同上书,第1477页。
⑥ 同上书,第1387—1388页。

外,此书第一部分的理论论述中,征引了许多他人观点,高氏统一在一节的末尾注明出处。这种著述方式可谓其一大特色。

中国古代文体多源于特殊的差等秩序下产生的复杂的礼仪、制度,高氏凭借其深厚的学养,对某些文体所涉及的制度、礼仪加以翔实考证。如"奏议"中,据《唐六典》《新唐书·百官志》《明史·职官志》《清会典事例》等史书,考证自唐以后下级达于上级所用文体,虽统括为奏议,而实际各朝代之中,不同身份、地位所用文体各有不同:

> 刘彦和谓七国"言事于主,皆称上书;秦初定制,改书曰奏。"……吴敏德曰:"……或曰上疏,或曰上书,或曰奏札,或曰奏状"……唐代下之通于上者,其制有六:一曰奏钞,二曰奏弹,三曰露布,四曰议,五曰表,六曰状。露布以上,由门下省审之……尚书省所司,凡下之所以达上,其制亦有六:曰表、状、笺、启、辞、牒。表上于天子,其近臣亦为状。笺、启上于皇太子……宋沿唐制,奏议之体,大致相同。明制:下之达上,曰题、曰奏、曰讲章、曰书状、曰文册、曰揭帖、曰制对、曰露布、曰译……(清)奏折尤为通行……纂修书籍告成,则用表;国有庆典,亦有贺表。以上皆达于皇帝者也。人民上达官署,则有呈。属吏进言于长官,或用条陈,或用说帖。①

奏议在历朝的使用情况,在不同的使用对象、场合下的变化,一目了然。这种注疏与考证结合的论著方式,在高氏其他著作中亦有此鲜明的体现。如《唐宋文举要》中自言:"今约取唐、宋文若干首,加以笺释,分为甲乙编,用备学者习肄。"②体例上,选文与笺释并重,笺释中疏通源流,考证后加以按断。高氏的这种特色,其实源于

---

① 高步瀛《文章源流》,余祖坤编《历代文话续编》下册,凤凰出版社,2013年,第1441—1442页。
② 高步瀛选注《唐宋文举要》,上海古籍出版社,1982年,第1页。

《文选》李善注中所谓"诸引文证,皆举先以明后,以示作者必有所祖述也"①的文学注释原则与方法。此方法在《文章源流》中运用得更为得心应手。对文体之源流本末,一一疏通辨明,使此时期的文体论著作表现出新的特征,臻于新的高度。

高氏不仅对各文体作史的梳理,更进一步作为其文学批评的载体。如词章门"赋"体,详述自汉至清赋体之变迁,实乃一部赋的文学史以及批评史。高氏罗列了《毛诗序》、班固《两都赋序》、挚虞《文章流别论》、皇甫谧《三都赋序》至《文心雕龙·诠赋》中论赋诸说,"自汉魏以迄六朝,论赋之词,虽迭相沿袭,而趋向实有不同"。又大篇幅引王芑孙《读赋卮言》、张惠言《七十家赋钞·序》后加按语,曰:

(王惕甫)不过就班孟坚之言而申衍之,无甚精意。张皋文评衡诸家,洞中肯綮……顾皋文以汉赋为主,故于魏晋以后赋,时有不满之词。然时运所趋,不当执一格以绳,即如齐梁之赋,故不免轻浮,而其骨秀,其神远,其词艳而清,其味隽而永,生香活色,亦他代所无,不得概以淫荡目之。故习六朝者,或目汉赋为堆砌,皆一偏之论也。②

其对汉赋及六朝赋可谓独具只眼,以通融的视角,作比较全面的评价。这种学术视野正是此前文体学著作所缺乏的。学术判断继之以重要作家作品点评。唐代律赋"要为齐梁之余响,而非汉魏之流风也";并重点论述宋代古赋,而略提明清赋。结尾处概括曰:"有明之赋,古律杂糅,罕能入古,付之邻下可也。有清词赋,实胜明代,然规模魏晋六朝者,尚不乏人。"③然清代辞赋中兴,名家众多,高氏一笔带过,稍显不足。

---

① 萧统选,李善注《文选》,商务印书馆,1936年,第1页。
② 高步瀛《文章源流》,余祖坤编《历代文话续编》下册,凤凰出版社,2013年,第1543页。
③ 同上书,第1546页。

比较此前的文体论，文体之源流、辨析，举出名篇佳作，是其所同。排列篇章、概括每类文体的主题内容、附加评点等，是其所独有。作为一本学堂讲义，这么编纂的目的在于使"学者诚能熟读深思，则看前人文字，自有权衡"①。《文章源流》的文体论是全书的重心和精华，在文体门类划分、文体辨析以及写作体例上，表现出在前人基础上融会贯通，推陈出新的特色。当然，其文体论亦非完美无缺的。诗歌、词、小说、戏曲、散曲等体裁在书中的缺席，亦不可不提及。排除作者认为诗歌、词、曲别有专科教授，故而从略的考量外，对小说文体的忽略，也可以看出传统上视小说为小道、不予重视的痕迹。

综上所述，《文章源流》作为一部以文体论为主的文学讲义，不管是其庞大且相对完善的体例，纲目清晰的文体类别划分，具体而微的文体论述，还是颇具现代学术规范的论证方式，此书都表现出在清末民初学术新思潮下，对传统文体论著作的辨正吸收、综合融汇、继往开来、传承创新的特色。然而，新思潮涌入，旧学渐趋衰落，正如马炯章所言"近数十年来，欧学输入，众流争鸣……当夫学术迁变绝续之交"②，晚清民国作为一个过渡时期，伴随着国体更张、制度改换、文学分科等现代化步伐，文体学研究在这一时期呈现的辉煌光环慢慢消去。

---

① 高步瀛《文章源流》，余祖坤编《历代文话续编》下册，凤凰出版社，2013年，第1365页。
② 马迥章《效学楼述文内篇》，同上书，2013年，第1839页。

第十章　刘咸炘的文学观与文体观

刘咸炘(1896—1932),字鉴泉,号宥斋,四川双流人。幼承家学,博通群籍,学贯中西,著书二百三十五部,四百七十五卷,总为"推十书",涵覆经学、史学、哲学(子学)、文学及校雠学、目录学等。其著述之宏富,学问之渊博,识见之卓特,乃至享年之不永,皆与仪征刘师培相近,可并称为近代学术史上的两大奇观。张孟劬读其著作,叹为"目光四射,如珠走盘,自成一家",蒙文通称"其识骎骎度骝骅前,为一代之雄,数百年来一人而已"。① 然而,由于刘咸炘以课塾授徒终老,平生足迹未出巴蜀,再加英年早逝,故其著述传布不广,声名湮晦。直到20世纪末兴起百年学术回顾、反思,成都古籍书店影印出版《推十书》,其人其学方逐渐为学界所知。作为现代学术史上少有的天才,刘咸炘的文学学术成就与其经学、史学、子学成就一样,很少受到学界关注。但是刘咸炘的文学观、文体观体现了研治旧学的一代学人面对社会形态剧变和西学浪潮冲击所持的文化立场与应对策略,以及文学学术从传统走向现代的嬗变轨迹。本章拟以刘咸炘最重要的文论著作《文学述林》②为考察对象,主要探讨他对文学本体、文学发展流变、白话文运动、文学史上重要的文体与文体著作的认识,以及其中所蕴含的学术理念和方法。

---

① 刘咸炘著,黄曙辉编校《刘咸炘学术论集·文学讲义编》,广西师范大学出版社,2007年,第358页。
② 《文学述林》凡四卷,收入黄曙辉编校《刘咸炘学术论集·文学讲义编》。又王水照编《历代文话》第10册收其前二卷。本章所引,皆从黄曙辉本,不一一出注。

第一节 "文"的界定及其与文体的关系

　　研究文学,首先必须明确其研究对象,即何者为"文"。这不仅体现了研究者对文学根本问题的看法,也会深刻影响其文体谱系的构建和文体观念的形成。在《文学述林》中,作者以《文学正名》开卷,表现了对这一问题的高度重视。刘咸炘认为,先秦文章、学术杂糅,"文"乃"统言册籍",其后学术分科,经历四次重大变化:齐梁时期主文笔之辨,有韵藻者文,无韵藻者笔;至韵藻偏弊,复古反质,遂兴起古文,然"子史皆入""未尝定其疆畛",某种意义上又返回杂文学观念;到了近世,偏质又弊,阮元等复申文笔之说,章太炎正阮之偏,谓"凡著于竹帛皆谓之文,有无句读、有句读之别",其说最为庞杂;今人受西学影响,"以抒情感人有艺术者为主,诗歌、戏曲、小说为纯文学,史传、论文为杂文学"。① 这四种观念显然都包含着文体辨析的内容和方法,刘咸炘认为四说各有利弊,并试图折中各说提出新的看法。

　　刘咸炘将文分为"内实"和"外形"两大要素。"内实"相当于内容,包括事、理、情。"外形"相当于形式,又可纵剖为字、句、节、章、篇五个语言层次,横剖为体性、规式、格调三要素。体性即"客观之文体",由内实而定,内实不同,表现手法便有差异,从而产生不同文体。事则叙述,理则论辨,情则抒写,"叙事者谓之传或记等,史部所容也;论理者谓之论或辨等,子部所容也。抒情者谓之诗或赋等,古之集部所容也"。② 当然,这只是大致的区分,在实际文章写作中,不管是文体功能还是表现手法,都时有交错渗透,"如石刻辞本以所托

---

① 刘咸炘著,黄曙辉编校《刘咸炘学术论集·文学讲义编》,广西师范大学出版社,2007年,第3页。
② 同上书,第4页。

之物为名,故虽源起叙事,而亦可以论理,抒情曲本以合乐为名,故亦可抒情,亦可叙事,又有告语之文,则本三种皆有,无所专属"①。规式指语言形式特征,亦与文体密切相关,"如诗之五七言,以字数分也,文之骈散,以句列分也,以及韵文之韵律,词曲之谱调,一切形式成为规律,一文体中多以此而成小别,如诗之歌行、绝句是也"②。三为格调,即"主观之文体",近似于体貌风格。同样的内容,同样的文体,在不同作家笔下,却千姿百态,各有其美,"如书家之书势,乐家之乐调,同一点画波磔而诸家之殊,同一宫商角徵而有诸调之异"。造成这种差异的原因,主要有四点:一为次,指表达的次序、程度等;二为声,有高下疏密;三为色,有浓淡;四为势,有疾徐长短。在刘咸炘看来,"体性、规式乃众人所同,惟此四者则随作者而各不同,艺术之高下由此定,历史之派别由此成"。换言之,由次、声、色、势构成的格调是形成作家创作个性最重要的因素,"譬之书字,体性则篆、分、真、行之定体也,字群、句群则点画也,篇中之规式则点画之方位也,而格调之变则所谓各家之笔意也。或肥或瘦,或平或崛,或如山,或如水,或如云,或如鸟,态各不同,而其字体、点画、方位同则也。又譬如人焉,次则其坐立行止之步骤也,声音采色则其血气肌骨也,势则其动作之状态也"。③

　　刘咸炘论文,重形式甚于内容,盖"学文以求工也,所谓工者,工于形式也。事期于真,理、情期于真、善,此内实之工,功在文外矣"。文章内容之真善与否,取决于人生境界、道德修养,与文之工否无内在联系,这与传统文论中"有德者必有言""道胜者文不难自至"等观点大相径庭。至于形式之工,"则字期于当,训诂之学也;字群、句群期于顺,文法之学也;体性期于合,文体之论也",这三者作为表现

---

① 刘咸炘著,黄曙辉编校《刘咸炘学术论集·文学讲义编》,广西师范大学出版社,2007年,第4页。
② 同上书,第4—5页。
③ 同上书,第5页。

"内实"真与善的要素,具有客观性,并非文学的根本特征。① 文学的根本特征,表现为规式、格调,盖此二者"别加美为目的,规式本以美之标准而定,格调变化随人而要以动人为的,皆期于主观之美者也","具此美者,乃谓之工文,其期于真、善、者,无美丑派别之可言,非文学专科之所求也"。至于其审美旨趣,则标以厚、雅、和,此"狭而严之准";后又益以切、达、成家,"此三言则平而通之准也"。② 换言之,前者是近现代意义的狭义的文学,后者是适合中国文章实际的广义的文学。刘咸炘以真、善、美论文而重视文学的审美特征,显然是受了西方文论的影响;他把"能否形成独特风格"作为判断作家成就高低的主要依据,这不但与传统儒家文论有本质区别,即使与五四前后把文学作为社会改良或革命工具的主流论调,也有天壤之别。

以上述标准衡量历史上的四种文学观,则各见其弊。文笔说重在规式,古文说轻华藻而偏于质,章氏之说杂而近乎滥,乃广义之文学,西人之说最近文学本质,然唯重诗歌、小说、戏曲,包容性太小,与中国古代文体实际有很大差异。唯体性、规式、格调三者兼具者方可称"文",唯综合探讨体性、规式、格调者方可称"文学"。这个界定,既吸收了西方现代文学观念,又结合中国文学自身的特性,多层次、多角度地考察文学现象,表现了融通而卓特的识见。尤其值得注意的是,同为研治传统学术,刘咸炘不像秉承乾嘉小学传统的章太炎、刘师培那样,从文字、训诂入手,通过考证字源标举文之宗旨③,而是以文艺学原理直切本题,这表明刘咸炘在学术理念和方法上,已更有现代意识了。

---

① 刘咸炘著,黄曙辉编校《刘咸炘学术论集·文学讲义编》,广西师范大学出版社,2007年,第5页。
② 同上书,第5—6页。
③ 详参章太炎《文学总略》,《国故论衡》卷中,上海古籍出版社,2003年;刘师培《广阮氏文言说》,《左盦集》卷八,中国书店,2008年;《文章源始》,《国粹学报》1905年第1期等。

第二节　文学正变观与文体演进

自《毛诗序》提出变风、变雅说,"正变论"便成为文学批评史上的重要内容和批评方法。其中"正"与"变"尽管有价值判断上的高下,但无疑都有其合理性,从而同为后世文学的复古思潮与变革呼声提供了理论依据。复古者守源之正,创新者重流之变,两者既对立,又统一,既斗争,又交融,共同推动着文学的发展。到了五四时期,文学革命成为时代最强音,一切保守与复古思想遭受了无情的涤荡。刘咸炘赞同变革,称誉焦循、王国维文学一代有一代之盛的观点,认为"世间有此文,则文中有此品,文体固无所谓尊卑也",并批评《四库全书》"不收曲词、时文而鄙弃明人小品,斯为隘矣"。刘咸炘又认为,一种新文体的兴起,并不意味着旧文体的消亡,譬如赋之为诗,诗之为词,词之为曲,"其变也乃移也,非代也","盖诗虽兴,而赋体自在也,铺陈物色固有宜赋不宜诗者矣。词虽兴,而诗体自在也,叙事显明固有宜诗不宜词者矣。曲可述情,而述情之晦者不如词,故词虽衰于元而近日复兴起"。① 可见,新旧之间既有矛盾,又有互补,并非总是处在尖锐对立之中。

正因如此,刘咸炘一方面赞同革新,一方面不反对复古,认为文学正是在复古与革新的矛盾运动中不断前进的,许多时候,复古对当代来说,本是革新的策略。《文变论》以文体形态的发展演变为例,具体描述了这种矛盾运动的轨迹:"凡一文体之初兴,必洁净谨约以自成其体,而不与他体相混,其后则内容日充,凡他体之可载者悉载之,异调日众,凡他体之所有者悉有之,于是乃极能事而成大观。庄子曰:'其作始也简,其将毕也必巨。'盖始严终宽,固事物之

---

① 刘咸炘著,黄曙辉编校《刘咸炘学术论集·文学讲义编》,广西师范大学出版社,2007年,第20页。

常也。"可见,文体的演变,符合事物发展变化的一般规律,文体史上的演变实例,如"诗词之初本以道情,而后乃记事说理矣碑铭之初本浑略,而后乃详实如传记矣。词之初本通俗,而后乃典丽似骈文律诗矣。五言诗如磬,而亦可作笳鼓之雄音。游记本地志之流,而亦作小说之隽语"等,验证了这种规律。① 盖一种成熟的文体,必有体现其本质特征的体制规范。符合这种规范的为"正体",突破规范而有所创新的为"变体"。当新变超过规范之"度"而走向滥泆,"于是有识者持复古之说,绳之以正体",李白谓"自从建安来,绮丽不足珍",韩退之谓"齐梁及陈隋,众作等蝉噪",何景明谓"诗坏于陶",刘壎谓"宋诗止是四六、策论之有韵者",王世贞谓"元无文",论曲者以本色为尚等,"凡若此类,皆复古守正之说也",即主张回到原来的文体规范中。然复古太甚,守正过严,"则其弊拘隘,于是有识者持顺变之说,扩之以容流",刘开谓文体至八家始备,韩之赠序,欧之集序,皆古所无;陈衍谓开元、元和、元祐,皆辟土启疆,若守骚、选、盛唐,唯"日蹙国百里",彭绍升谓"论者执成化、弘治之一概以量列朝,亦通人之蔽"等,"凡若此类,皆通变之说也"。如此看来,复古与革新都是文学发展中不可或缺的一环,"夫守源正者之根据在于文体,其执以非顺变者,谓其忘本而破体也。顺流变者之根据在于文质,其执以非守正者,谓其遏新而轻质也。故主源正者辨体甚精,顺流变者言本甚透",各有其独特地位和价值。然而,自明代以来,两派交锋,往往势不两立,此实门户之见。今人则多是新变而非复古,于明人之模拟尤多诟病。刘咸炘以为,"词格固不能无模拟,今岂能人创一格邪?徒摹词而无质固不可,若摹词而不害其质,岂得为病乎?""何、李、王、李诸人之作,岂得谓皆无质乎?"一概否定复古、模拟,显然不是科学的态度。在很多时候,复古其实是树立理想的文体典范,表现了正其源、尊其体的立场,是对文学传统的

---

① 刘咸炘著,黄曙辉编校《刘咸炘学术论集·文学讲义编》,广西师范大学出版社,2007年,第16页。

继承,也是文学发展的基础。破体、新变固不可废,然"变须不失其体","变而失体,则类型混乱",难免走向乖张讹滥。①

> 异调固当容,内实固可充,而文之大体则不可逾越,诗固不当限于绮靡,而过于质直则不可以为诗,诗固可以叙事说理,而叙事说理之文要不可以为诗,是故诗之多隶事者可容而曲之多隶事者则不可容也。废宋诗者非而贱明曲则是,何也?体异也。《小雅》亦有绞直之句,而《诗》以柔厚为体,则不可诬也,何也?大体不以小变而没也。谓诗坏于陶者过,而以韩之赠序、欧之集序为宗则妄。②

强调"文之大体则不可逾越",即强调破体必须遵守一定的度,一旦超过"度",就失去了这种文体的特色,实际上等于取消了这种文体的独立存在价值。尊体与破体,就这样既互相制约,又互相促进,共同推动了文体形态的演进。刘咸炘能把这种演进放在守正与通变、复古与创新等对立思潮的矛盾运动中来考察,表现了他对文学发展演变规律深刻而独到的认识。

第三节 对白话文运动的态度

文学是语言的艺术,语言形式和特征,即通常所谓"语体",是形成文体特征的重要因素。诗之语体不同于文之语体,骈文语体不同于散文语体,文言体不同于白话体。文学史上的"文笔之辨""骈散之争"等,都是从语体出发而具备丰富的文体学内涵。不过,在传统文论中,不管语体如何千姿百态,其差异主要是文言文体系内部的

---

① 刘咸炘著,黄曙辉编校《刘咸炘学术论集·文学讲义编》,广西师范大学出版社,2007年,第16—18、78页。
② 同上书,第18页。

自我调整和变化,其基本形式和特征一直非常稳定,没有发生剧烈的变革。这种书面语言形式,也会吸收当代口语,但总体来说,与口语保持着较大距离,并且随着历史发展和社会生活的变迁,其距离越来越大。教育程度低的人,要学习和掌握这种语言,难度也非常大。正因如此,晚清改良主义思想家黄遵宪、裘廷梁、梁启超等,为了唤醒民众,启发民智,主张"言文合一","欲令天下之农工商贾妇女幼稚皆能通文字之用"[1],甚至喊出"崇白话而废文言"[2]的口号,掀起了近代白话文运动。时隔不久,新文化运动领袖胡适、陈独秀、钱玄同、周作人等倡导文学革命,对文言文发起了更为持久、猛烈的攻击,终于使白话取代文言占据了汉语书面语的主导地位,传统文体形态也因此起了根本变化。在此过程中,一些思想保守的士人,则不断发起抵抗,捍卫文言文的正统地位。新旧之争,一时势如水火,其功过是非,难以遽断。

语言是社会生活的反映,其发展变化一方面受外在社会生活的影响,一方面又受语言自身内在规律的制约。白话文运动是由社会变革、思想变革引发的语言革命,是外在压力造成的,而非语言自然发展的结果。新文化运动的倡导者有意无意忽视了这一点,从语言自身出发,倡白话,废文言,缺乏语言科学依据,因而在与保守派的论战中,虽有道义上的优胜,却难免学理上的困窘。正因如此,五四之后,依然有"甲寅派""学衡派"等掀起复古思潮,倡言"吾之国性群德,悉存文言,国苟不亡,理不可弃"[3],"欲求文体之活泼,乃莫善于用文言"[4],"创造新文学,必以古文学为根基"[5],批判白话文"以鄙俗妄为之笔、窃高文美艺之名,以就下走圹之狂,毁载道行远

---

[1] 黄遵宪《日本国志》,上海古籍出版社,2001年,第346页。
[2] 裘廷梁《论白话为维新之本》,《清议报全编》卷二十六。
[3] 章士钊《评新文学运动》,《甲寅周刊》第1卷第14号,1925年10月。
[4] 瞿宣颖《文体说》,《甲寅周刊》第1卷第6号,1925年8月。
[5] 胡先骕《中国文学改良论》,《东方杂志》第16卷第3号,1919年3月。

之业","欲进而反退,求文而得野,陷青年于大阱,颓国本于无形"①,公开提出取消"白话文学"这一名称。刘咸炘没有参与这场激烈论战,因此能更为客观地判断双方的得失,并于1928年撰成《语文平议》,全面表述他对白话文的看法。文章认为论战双方各有其是非,而重点分析了革新派的理论缺陷。革新派倡白话,主要有三个理由:通俗、顺变、尚质。刘咸炘认为,"通俗"一条,从教化民众、启发民智着眼,其意甚善,无可非议,他本人就写过《该吃陈饭》《瞽瞍杀人》《孟子齐宣王说话》等白话作品,并汇编成集,题为《说好话》,以收宣传教育之效。然而,"通俗"只是对普通民众言,至于士人,则无此需要。一概废除文言,必然降低作为文化精英的士人的文化修养,长此以往,也必然导致整个社会的文化倒退,本为开启民智,终却降低民智,岂非南辕北辙?再从文化遗产看,古代典籍主要以文言文记载与传播,若废除文言,将来无通古书者,岂非抛弃了泱泱大国数千年文明?可见,执"通俗"之义,可说明白话文的价值,却不能据以否定文言文。至于"顺变",自是不可抗拒的潮流,然"所谓变者止是更开一境,非遂取前者而代之,如诗、词、曲虽同为乐辞,以入乐言,似若相代,然三者各成其体,各有其美,故曲既兴,词虽不入乐,而词仍存,词既兴,诗虽不入乐而仍存也",以此推论,"语文虽自成体,自有其美,安能遂代文言耶?"从文化的积累、传承规律上根本否定了废除文言说。至于"尚质",更非废文言之据。文言可以写得质朴,白话也可写得华丽。传统文论倡"文质彬彬",文过则救以质,质过则救以文,是古代文学发展的基本规律,文论史上的文、质之争,"其所争皆在文言,不闻主张语体,盖文质之辨本非语文之辨也"。②可见,革新派从文化、语言自身角度来废除文言,几乎没有坚确不拔的学理依据。

---

① 章士钊《评新文化运动》,《甲寅周刊》第1卷第9号,1925年9月。
② 刘咸炘著,黄曙辉编校《刘咸炘学术论集·文学讲义编》,广西师范大学出版社,2007年,第78页。

如果说，白话文运动在当时的社会变革实践中具有不可抗拒的合理性，因而取得了成功，那么，当革新派试图从文学史中为白话文寻找依据时，立见其捉襟见肘的困境。1921年，胡适作《国语文学史》，作为教育部国语讲习所"国语文学史"的讲义，后屡经修改，于1927年4月公开出版。此书旨在以文学史的演进证明"这二千年的文人所做的文学都是死的，都是用已经死了的语言文字做的，死文字决不能产出活文学"①，强调"白话文学之为中国文学之正宗"②，巩固文学革命的胜利成果。刘咸炘评此书"其谬有三"，"一曰文语混杂，二曰诗词牵滥，三曰妄立名目"，并一一作具体分析。首先，"文、语二者本不易分，此之文言，彼犹俗语，古之俗语，今已文言"，有一个古今演变的问题。因此，"今所谓语，自是就今日言之，固不可推论于古"，因为"古之俗语已多不可考见，文、俗之分尤不可知"。从现存文献看，"唐以前俗语著文者亦本稀少，惟中唐之禅家语录、元之曲剧乃显与文言不同，欲述语文源流，当自此始"。而作者必欲上溯，遂至谬滥百出。如王褒《僮约》虽杂俚言，而非语体；任昉《奏弹刘整》中的诉讼内容，"乃当时官牍文字，皆合雅诂，非同俚俗"；白居易《祭弟文》"则当时简牍之体"，"官书、简牍之文历代皆有，自成一体，异代或有难通，但终是文言，难遽称为语体"。③这些文人辞章尽管深浅不同，雅俗有别，但就今人来看，无疑都属文言系统，强牵为语体，正示其文献之不足。至于诗歌，虽有浓淡华朴之别，但其整齐的句式、和谐的韵律，乃至工整的对仗等，与口语距离更远。胡适独以汉诗中的《上山采蘼芜》《十五从军征》，乐府中的《孤儿行》《陌上桑》《焦仲卿妻诗》为语体，意为同代时其他诗歌皆为文言，不免进退失据。至盛唐诗人独取李、杜、王、孟，中

---

① 胡适《建设的文学革命论》，《新青年》第4卷第4号，1918年4月。
② 胡适《文学改良刍议》，《新青年》第2卷第5号，1917年1月。
③ 刘咸炘著，黄曙辉编校《刘咸炘学术论集·文学讲义编》，广西师范大学出版社，2007年，第79页。

唐独取白居易、元稹、刘禹锡,"徒以中有一二俚言,遂以为国语文盛之证","如斯牵引,非以今揆古,所见无非窃铁乎?"所取晚唐诗,唯寒山、拾得数首是语体,此外皆诗之常体,而牵入语体,"则不知何者乃为文言诗矣"。宋诗轻格律,反拘隘,尚新变,是审美风尚的变化,与语体上的文言、口语嬗变毫无关系,"今悉以宋诗为话化,则无惑乎黄山谷之艰涩,永嘉四灵之幽峭,悉皆见取,而独存西昆一体为文言之标矣"。胡适论词、曲,也有类似的毛病,"欲述语文源流,反使文言滥入",可谓自乱其例。① 胡适又以文言为死的、贵族的文体,俗语为活的、平民的文体。刘咸炘以为"死活二义本不可通",文言和白话,都有一个发生、发展、变化的过程,都面临着死、活问题。若以使用情况论,文言在政府公文、学人日记、著述、书启、碑志等文体中还被广泛运用;即使在白话文中,许多文言词汇和语素仍相当活跃,正说明其生命力。至于平民、贵族,本用以划分阶级,与文体更无干涉。若以雅俗华朴论,贵族之文多有质朴通俗者,平民之文多有藻丽雕饰乃至典奥艰涩者,此中难分楚河汉界。且既为文学,自有其审美性,必以通俗为文之贵,非通方之论,盖"烝民鉴赏之力,绝不齐同。周作人尝言:'文学本带有贵族性。'此觉悟之言也"。周作人作为白话文运动的领袖之一,五四之后逐渐认识到革命派在提倡文学革命时所用策略的简单粗暴,以及其激进态度对传统文化造成的伤害,从而不断调整自己的思想文化立场。"文学本带有贵族性"这一与文学革命精神紧张对立的论断,即其不断反思的结果,故刘咸炘誉之为"觉悟之言"。②

　　从以上分析可以看出,刘咸炘认为白话文体应社会变革需要而生,自有其积极意义,不必一概而拒;但他反对为提倡白话而废除文言,因为这不符合语言发展的自身规律,同时对传统文化造成了严

---

① 刘咸炘著,黄曙辉编校《刘咸炘学术论集·文学讲义编》,广西师范大学出版社,2007年,第80页。
② 同上书,第80—81页。

重破坏。新文化运动领导者不从语言所代表的思想内涵着手,而仅以区分其语体形式为手段来发动文学革命,显然不得要领,因此在论战中时时暴露其学理缺陷与逻辑混乱。远离新文化运动中心的刘咸炘,对这些缺陷洞若观火,并提出了中肯的批评。

第四节 对《文选序》文体学思想的阐发

《文选》是现存最早的文章总集,也是一部文体学著作。在传统学术中,除阮元、章学诚等少数学者外,选学研究主要集中于版本、目录、校勘、训诂、疏证、名物考据等,鲜有文艺学的研究。刘咸炘于1920年撰成《文选序说》,这是现代学者从文艺学,尤其是文体学角度研究《文选》较早的一篇专论。

刘咸炘首先从目录学角度描述集部的确立,并且指出,隋以前但凡收入集部的文章,皆专指"篇翰之出于《诗》教者",包括诗赋、由诗赋演变而出的颂、赞、箴、铭、设词、连珠,以及一切告语之文等。"经说、史传各为成书,子家别为专门,故诗赋之流专称为集,非后世杂编为集之例也","诗之流藻韵之作专称为文,非著述统号为文之名也"。《文选》作为文章总集,也是如此,"此义不明,则六艺源流混而文体不可复别"。① 后世诟病《文选》者,如苏轼讥其无识,姚鼐讥其破碎可笑等,皆因不明其本旨所致,非《文选》之陋。大体既明,接着阐发《文选序》中文体论的内在理路。先标举《诗》六义,次论赋,盖赋体皆源六义,次论骚,骚为赋祖也。此下诗、颂、赞、箴、戒、铭、诔等,皆诗赋正传,唯"箴上铭下杂入论体",似为不伦,刘咸炘推测"殆以箴、戒言理而连及之"。此下告语之文,盖告语单独成篇,与经说、史传、子家殊途,而近于集部之辞章。诏告教令,上告下

---

① 刘咸炘著,黄曙辉编校《刘咸炘学术论集·文学讲义编》,广西师范大学出版社,2007年,第21页。

也;表奏笺记,下告上也;书誓符檄,告敌情也;吊祭悲哀,告鬼神也,类聚区分,条理井然。最后泛举"答客指事之制,三言八字之文"等,引出对文体发展"众制锋起,源流间出"盛况的概括,作为文体论的结束。① 这一段序文,通常只视为萧统对《文选》所收文体的简单介绍,并无其他深意;刘咸炘却阐发了其中蕴含着文体源流演变、析类归类的内在思路,这对研究萧统的文体学思想,颇有启示意义。

《文选序》在文体论之后,阐发全书的选文体例和标准,这是历来争论较多的问题。刘咸炘认为其标准可从两方面理解。一是文学的独立。随着辞章创作的繁荣和文学观念的自觉,源于《诗》教的辞章,已从学术著作中剥离出来,获得了独立的学术地位。辞章重藻采、"以能文为本"的性质,迥异于经、史、子著作,既为"文选",自不能从著作中采择。二是文集编纂体例。东汉以来,所谓文人辞章,一般指独立成篇的制作,其内容独立,结构完整,体制短小灵活;文集的编纂一般也只收录这类辞章,成部的著作则归入经、史、子各部,不再割裂入文集。② 正因如此,萧统称经书"日月俱悬,鬼神争奥,岂可芟夷剪截",虽有宗经的因素,更是体例的要求;至记事之史,系年之书,"方之篇翰,亦已不同";辨士说辞"事美一时,语流千载","虽传之简牍,而事异篇章"③,因而也都不选,盖其出于成部著作,"非《诗》教一流单篇抒采之比也"。后人不明此例,肆意讥评,如曾国藩谓文本于经,经非不可选,遂遍选之。刘咸炘驳曰:"夫《诗》本单篇,列之赋颂吊哀犹可也,《尚书》,因事名篇之史也,而割分于典志传状诏令论著,《礼记》,记也,而割分于典志序跋,黎庶昌沿之,竟以《尧典》入于传状,此岂复可与考文体乎?"深斥其强割著作入文集之非。然而,《文选》中也有一些出于经、史、子著作的文

---

① 萧统编,李善注《文选》"序",上海古籍出版社,1986年,第2页。
② 吴承学、何诗海《从章句之学到文章之学》,《文学评论》2008年第5期。
③ 萧统编,李善注《文选》"序",上海古籍出版社,1986年,第1—3页。

章,如贾谊《新书·过秦》、曹丕《典论·论文》,以及《汉书》《后汉书》中的论赞等。这是什么原因呢?刘咸炘认为,一方面,这些作品综辑辞采,错比文华,事出沉思,义归翰藻,符合文的审美特征;另一方面,这些文章多"抑扬咏叹原出风雅者","合于《诗》教",精神上与辞章相通,故其入选并非自乱体例。总之,《文选》选文宗旨与体例是明确而一贯的,未悉其本末源流,不可轻加诋毁。①

当然,《文选》作为一部文章总集,在选文编排、文体立目、分类方面,也有一些不妥之处,刘咸炘论其"未安者三端,一曰序次倒,二曰立目碎,三曰选录误"。序次倒者,如赋、诗、骚之后列诏、册、令、教等告语文,又继以对问、设论、辞、颂、赞等出于诗赋者,又继以史论,论之旁出子史者,又继以连珠、箴铭等出于诗赋者,"忽此忽彼,杂乱无序"。立目碎者,如"游览一目可并于纪行","骚、七不当别为一目","《秋风辞》,诗也;《归去来》,赋类也;宋玉《对楚王问》,设词也;辞与对问二目皆可省也"。选录误者,如"《难蜀父老》乃设词颂德,非檄也,附于檄末,不安也;《圣主得贤臣颂》《四子讲德论》皆扬颂之文,《封禅》《典引》之类,而归于颂、论,与四言之颂、树义之论同列","此皆泥名而忘实也"。尽管有这些不足,刘咸炘依然认为"其全书大体疆畛固甚明白,固非不知源流者所得毛举以相讥矣",足见他对《文选》一书的推重。②

《文选》是六朝骈俪文风的代表,在文学史上有重要的地位和影响,封建士人习作辞章,很少有不受其沾溉的。然而,在五四文学革命中,它却成为胡适、陈独秀等所批判的腐朽、僵化的贵族文学的代表。胡适在《新青年》发表《文学改良刍议》后,钱玄同即致信陈独秀说:"惟选学妖孽所尊崇之六朝文,桐城谬种所尊崇之唐宋文,则

---

① 刘咸炘著,黄曙辉编校《刘咸炘学术论集·文学讲义编》,广西师范大学出版社,2007年,第22—23页。
② 同上书,第23—24页。

实在不必选读。"①《文选》所代表的骈文遂与桐城古文一样,成为文学革命的主要对象,"选学妖孽,桐城谬种"自此布在人口,成为当时反对旧文学的流行用语。在这种时代思潮下,刘咸炘著文讨论《文选》,并给予高度评价,其坚守传统的文化立场是不言而喻的,尽管他从没有直接参与新旧两派的论战。

第五节 论传状、戏曲、八股等文体

《文学述林》中又有《传状论》《曲论》《四书文论》等专题论文,可视为文体形态的个案研究,从中可以看出刘咸炘对这些文体的独到认识。

《传状论》主要探讨文集中的单篇传记文体,如杂传、别传、家传、行状等。刘咸炘认为这类作品有别于史著中的列传,盖"史记一代之事,以全书为一体,有集散交互之法,列传特全书之一篇,全体之一部,不为一人备始末也","杂传、别传则主于传一人,其体独立,是以详肖者杂传、别传之准,而不可以责于列传"。② 关于传记的起源,刘咸炘以为先秦"《管子》有《三匡》,已具别传之体,《晏子》名《春秋》,已具轶事之体,惟尚承惇史、《国语》之体,详于言而略于行耳"。传记定型、繁荣于东汉。盖朝廷选人用察举制,郡国须上士人行状,以供朝廷采择;光武崇尚名节,更使人物品评蔚为风气,"碑赞传状由是而繁","《隋志》所载《百官名》《海内士品》,《世说》注所引《永嘉流人名》,皆是其类,虽未及详肖,而畸行细事不关国祚官政为史所不书者由是而彰矣"。唐代传记,多奢淫玩情之传奇。宋世风俗初淳朴而后高洁,与东汉并称,于是传状又盛。宋后佳构罕

---

① 《通信》,《新青年》第3卷第5号,1917年7月。
② 刘咸炘著、黄曙辉编校《刘咸炘学术论集·文学讲义编》,广西师范大学出版社,2007年,第54页。

睹,多陈腔滥调,内容单薄,此不可独咎作者,盖传主家所具材料太略,无事可录所致,"其所以略者由二失焉,一则弊于习见,以琐事为不足称;一则不知记录,久而忘之也"。刘咸炘认为,凡人皆有可称,所以"为子孙者当以详肖之笔写家伦之事,不避琐碎,不讳偏短,以具传记之裁,有心世道者更资借此以为立教之书,通俗之语,使理因事明,常以变显","是天地间至平至常至神至奇之大文也",表达了对传记复兴的期望。①

《曲论》认为曲体既包括抒写性灵、缘情绮靡、体近诗词的小令、套数,也包括敷衍故事、连篇累牍的传奇、杂剧,《四库提要》但论传奇、杂剧,是为疏漏。且诗、词、曲"三者之原固递嬗而成,然至今三者并立,则各有其妙而不能相并,不可相易。不独杂剧、传奇显与诗、词殊,套数之长非词所有,即小令亦与词之小令有别"。其别何在? 刘咸炘概括为"诗、词之体温柔敦厚,而曲体则广博易良也"。所谓广博易良,指曲体在内容上较诗词为广博,人情物态,靡不毕现;在风格上,极流畅憨恣之致,易近人情,不似诗词曲折隐晦。唯广博易良,故"其义则家常,其文则本色,家常本色则其感人深,其移风易俗易,元曲之佳即在于是"。② 明代以来之戏曲,逐渐雅化、案头化,如南戏之类,多为诗、词之变相,以诗、词法作曲,以诗、词论曲,虽未至大乖,而已离其根本。关于戏剧之结构,刘咸炘倡"宁精而短,不宜冗长",盖"叙事文不贵排比而贵变化,不贵缕陈终始而贵拣择精要,此史家小说与曲之所同","必择可写而写之,又必善删省,多追叙补叙之法,最忌头绪太多"。③ 关于戏曲语言,昔人多标"妥溜"二字,刘咸炘以为尚当加以"切隽"。其论曰:"本色而妥,固已难矣,然妥而涩而不宜于口,故必溜;妥溜矣,而词皆陈陈相因,彼

---

① 刘咸炘著,黄曙辉编校《刘咸炘学术论集·文学讲义编》,广西师范大学出版社,2007年,第54—58页。
② 同上书,第58、59页。
③ 同上书,第63页。

此可易,复何取乎?故必切。切矣而言无精采,则不堪回味,不足动人,故尤必隽。隽者由切生,警淡而不厌,其至者沁人心脾,非徒巧言趣语,清词丽句","徒尚清词丽句,将远于本色,专主巧言趣语,亦将流于谑浪"。晚唐诗人多得隽字之妙,"以杜荀鹤为最,元曲中语多类之,今俗所诵《增广贤文》即多取晚唐诗与元曲,在诗为卑,而在曲为高"。① 杜荀鹤诗不为论者所推,而为流俗传诵,正在于其体虽律绝,而语多切隽,与戏曲一样有广博易良之效。

《四书文论》之作,盖因八股久为学者所贱,"校雠著录者与曲剧、平话同屏不录,编文集者偶存之,必别为外集,乃至其序,亦以为不雅而当删,科举既废,更弃置无人道",心中"不平之甚",故作此文以纠时论之偏。其偏有三。一曰文体卑下。刘咸炘认为,文各有体,本无高下,"为古文者斥下时文,恐乱其体可也,而时文不以是贱也。彼为古诗者固斥下律诗,为律诗者固斥下词,为词者固斥下曲,律诗、词、曲岂以是贱哉?"二曰干禄之具。刘咸炘认为唐之律诗、律赋、判词,宋之经义、论策、四六,都是干禄之具,"今论策盛传于异代,律诗、判词皆编在别集,律赋且有总集,韩退之之试论在《昌黎集》,张才叔之经义入《宋文鉴》,曲剧、平话今皆有专家考论,列于文学之林,而独于制艺则掩鼻过之,是得为平乎?"②三曰代人立言,言之无物。刘咸炘以为,制艺之足为知言论世之资,固同于策论,齐于诗词,其尤足上拟诸子,则远非律诗、律赋、四六所能及;言之有物与否不在体制,譬如子部亦多剽窃之作,"制诏亦有诚恳之言,策论自抒其意,而钞纂盛行,曲剧止如其事,而襟抱可见":大凡作者有深造自得,任何文体皆可为立言之体;反之,则任何文体都可能空洞无物。此中关键,在于作者修养,不在于文体自身。可见诋

---

① 刘咸炘著,黄曙辉编校《刘咸炘学术论集·文学讲义编》,广西师范大学出版社,2007年,第64—65页。
② 同上书,第69页。

毁八股者所论皆不足据。① 刘咸炘通过考察明代八股初、盛、中、晚的分期，以为其发展轨迹与理学之晦庵派、阳明派的消长息息相关。就论世资史言，四书文亦为明代重要文体，譬之唐诗可以观唐史，明文可以观明史，时文虽代言，而语简意广，无所不至，如赵南星之《非其鬼而祭之谄也》《如有周公之美材》《鄙夫可与事君》等，皆刺张居正为相时事；黄淳耀坐馆时，阅邸报，见朝政得失，辄作制艺以抒愤。诸如此类，譬之杜诗称"诗史"，皆可称"时文史"。可见，八股作为文之一种，"亦本出于心，亦自成体"，有其不可替代的价值，应与其他文体一样受到重视。这在新文化运动前后，无疑是卓异绝俗的警世之言。

综上所述，刘咸炘的文学思想立足传统文化，涵化旧学新知，体现了社会、文化急剧转型时期的鲜明时代特征。一方面，他接受了西学的影响，以发展变化的眼光看待文学，决不抱残守缺，故步自封；另一方面，他又能坚守中国文化本位立场，平正通达地对待一切文学遗产，从而避免了文学革命派普遍存在的民族文化虚无主义及全盘西化、横扫一切的偏激，真正做到"外之既不后于世界之思潮，内之仍弗失固有之血脉，取今复古，别立新宗"②。这从他对文学本体的界定，对白话文、八股文、《文选》的态度等都可以明显看出来。在治学方法上，刘咸炘深受章学诚影响，注重概念的确定和严谨，论证条理化、逻辑化，力求"推微而知著，会偏而得全"③，已基本摆脱清儒藩篱，具备了现代学术的特征。蒙文通称其"《史学述林》《文学述林》两著持论每出人意表，为治汉学者所不及知"④，正是评价他对传统学术的超越。尤为难能可贵的是，刘咸炘在考察文学问题时，始终与文体学紧密结合，把文体形态的发展演变作为文学史

---

① 刘咸炘著，黄曙辉编校《刘咸炘学术论集·文学讲义编》，广西师范大学出版社，2007年，第70页。
② 《鲁迅全集》第1卷，人民文学出版社，2005年，第57页。
③ 章学诚著，仓修良编《文史通义新编》，上海古籍出版社，1993年，第373页。
④ 蒙文通《评〈学史散篇〉》，《图书季刊》第2卷第2期，1935年6月。

演变的主要原因和内在线索,通过对文体发展规律及具体文体形态、文体著作的探讨,更为切实地理解和把握古代文学的发展历程及其内在动力。反省五四以来中国文学学术多维衍变的轨迹,刘咸炘的《文学述林》显然是其中重要的研究成果和承启环节,应该引起学界更多的关注。

(本章由何诗海执笔)

第十一章　晚清课艺中的工艺书写文体

晚清随着国门打开,国人逐渐了解西方世界的各种知识。在洋务运动过程中,西方器艺技术率先被接受并得到积极提倡。官方主导的江南制造局翻译馆开始大规模翻译西方有关"制器"类的书籍。出于实用目的,"因制造而译书"[①],翻译工作由外国人与华人合作,华人笔述并进行文法的修改、润色[②]。其中徐寿、徐建寅父子在工艺方面译作较多。[③] 这一时期大量翻译的西方格致学,"以制器为纲领"[④],极大地扩展了中国传统工艺科技的范围。

借助翻译输入的西方格致器艺,对于多数埋首制义的读书人来说"俱非所习",并不感兴趣。[⑤] 如何鼓励、引导社会中的读书人认识和理解西学?傅兰雅、王韬提出以"艺文"的形式,利用中国士人擅长写文章的特点,"即文字以发挥格致之理"[⑥]。自1886年王韬主持格致书院开始,延请当道大员,仿照策问体裁,"以洋务为主,旁及富国、强兵、制械、筹饷之类"[⑦]为主题,命题课士,实行每年考课,春夏秋冬各有一次正课考试,从1889年至1893年,每年举行两次由南北洋大臣出题的特课考试。面向社会各界人士征文,选中的优秀文

---

① 冯焌光、郑藻如《拟开办学馆事宜章程十六条》,王扬宗编校《近代科学在中国的传播》,山东教育出版社,2007年,第482页。
② 傅兰雅《江南制造总局翻译西书事略》,同上书,第494页。
③ 徐寿翻译诸如《汽机发轫》《西艺知新》《宝藏兴焉》《化学鉴原》《化学考质》等。徐建寅翻译《运规约指》《汽机必以》《汽机新制》《艺器记珠》等。
④ 徐寿《格致汇编序》,〔英〕傅兰雅辑《格致汇编》1876年春季第1卷。
⑤ 王韬《格致书院戊子课艺序》,上海图书馆编《格致书院课艺》第1册,上海科学技术文献出版社,2016年,第271页。
⑥ 王韬《格致书院课艺序言》,同上书,第5页。
⑦ 《格致书院拟以艺文考试章程》,《申报》1886年2月13日。

章除给予奖赏外,还选登在《申报》上。王韬、赵元益将1886—1894年历次考课题目、命题人、优胜者及其答卷汇集刊印,即为《格致书院课艺》。该书中还有王韬、李鸿章、薛福成等作的文上眉批和文末评语,体现出部分上层人士对于西学的价值判断,以及书写导向作用。早期考课西学知识的书院中,格致书院的考课最早涉及西方机器工艺。从其中的工艺策问,可以管窥社会上下层格物致知,以传统技术文本接引西方机器工业的思维方式。

第一节 《格致书院课艺》中的工艺策问

格致书院课试西洋工艺,往往依据《考工记》命题,如1892年江海关官员聂仲芳廉访春季课题之一:

> 《周礼·考工记》攻木之工七,攻金之工六,攻皮之工五,设色之工五,刮摩之工五,抟埴之工二,各有分职,厥类惟详。古之工作多以人力,今之工作间用机器,目今制造钢船、钢炮为防海之利器,亦格致家所宜及也。诸生讨论有素,其一一参校而详说焉。①

第一名杨辉毓的开篇即言"今夫制造之功,以算学为体,以化学为用,非点线面体以相求,无以深明底蕴,非形色气质之分合,无以剖析毫芒,此皆制造家所宜讲者也。我中国古时制造,莫详于《考工记》一书",随之列举《考工记》"六工"名目,古代已经利用木材、金属、犀革之材,讲究绘画彰施之美,切磋琢磨之效,认为"《考工记》固开制造之先声"。② 在以古比西的思路下,指出古今风气不同,古之

---

① 上海图书馆编《格致书院课艺》第3册,上海科学技术文献出版社,2016年,第324页。
② 同上书,第439页。

工求精不求速,只用人力,今之工则求精求速,运用算学、化学等知识。今之工在于机器制造。王韬评:"于《考工记》所设诸工未曾细为诠解,而即以古法通于今法。"① 可见对此文是有所批评的,不过因所论钢船钢炮,精细详明,可裨实用亦置于头等。

第二名胡家鼎,不仅考察中西之工异同,行文也颇有《考工记》文字之法,譬如对古代中国之轮与近代西方之轮原理异同的比较:

> 古者轮人为轮,斩三材必以其时,三材既具,巧者和之。毂也者以为利转也,辐也者以为直指也,牙也者以为固抱也。故轮欲其幌尔而下迆。幌尔谓圆广貌。辐欲其掣尔而纤。掣尔谓杀小貌。毂欲其引,取其突出也。绠欲其蚤之正,蚤即辐之入于牙中者,取其无偏也。

> 按西人重学之器七,其二即为轮轴。轮轴之制,作一圆柱形体,二端有枢,枢靠于枕,可以转动圆柱,是谓之轴。轴上有交连之杆为辐,辐周廓联为轮。轮与轴合为一体,而自能圜转不穷。实古者轮毂之遗义。又有齿轮者,以此轮之齿与彼轮之齿凹凸相间,而自能转动,殆即古之所谓牙与?

> 惟古之轮毂仅施之车,西人之轮轴则无物不可用,且古之轮毂多用木,西人之轮轴则多用铁,而亦有以木为之者,此攻木之工,制同而质异也。②

以《考工记》"轮人"为车作轮与西式机器中的轮轴对比,认为中西制作原理相通,而用材及用途各有不同。除了比较中西制轮工艺,作者还以《考工记》之中的其他工艺与西方工艺分别作比较,"冶氏为杀矢戈戟""桃氏为剑"与西人炼钢铁之法对比,得出"攻金之工,材同而器异也";古代治皮各有专职,作甲作鼓各有其人,西人虽

---

① 上海图书馆编《格致书院课艺》第 3 册,上海科学技术文献出版社,2016 年,第 455 页。
② 同上书,第 458—459 页。

无专职,却有皮管、皮条之用,"攻皮之工,貌同而实异也";古代画缋之工讲究四时五色之分配,西人国旗形色各异,机器上的胶漆也五色具备,此因五洲各国风气好尚不同,"设色之工,文同而用异也";古代刮摩之工施于玉石骨角,西人还用于金银铜铁,使用车床进行操作,"刮摩之工,功同而用异也";西人制作钢器,必须使用玻璃,玻璃即古代抟埴之工所作,"抟埴之工,理同而物异也"。如此分析完毕,归结于"古之工作实开今之工作,而今之工作即本古之工作,如是而中西一贯,亦何所异同哉"。① 最后申明中国重道轻艺,西人重艺轻道,世道兴衰在于道之隆污,而不在艺之巧拙。如今应学习西方器艺之长,以道为经,以艺为纬。从作者的分析中可以看出,其对于西方的器艺了解不多,比如古代的皮革制品,与近代以橡胶为原料的工艺完全不同,作者仅仅从字面上理解、附会,其实质即认为西人之工艺源于中国,不过在西人制作更为精巧,所以应取西人之所长,中西一贯。命题人聂仲芳评"以今证古,源源本本",王韬也称"条对详明,于古今源流了了然"。②

本题录取的超等第四名陶师韩论轮,也是以中西各工对比阐述:

> 一曰轮,轮人为轮为盖,轮盖皆圆体也。泰西马车、火车,轮盖皆所不废,即花样翻新,终属大同小异,惟易以铜、钢、铁三种,推而施之于钟表机轴,有齿轮为之配合,即有转轮为之盘旋。而钢船之尾有轮,取其暗不取其明,钢炮之盘有轮,使其环不使其滞。模而范之,熔而铸之,刨而平之,车而光之,其器虽殊,其法则一。妙乎轮之用,仍不离乎轮之体也。③

作者同样秉持西方工艺与中国大同小异的观点,用中国传统的制作工艺术语表述西方的轮、枪制作。作轮,"模而范之,熔而铸

---

① 上海图书馆编《格致书院课艺》第3册,上海科学技术文献出版社,2016年,第459—461页。
② 同上书,第473页。
③ 同上书,第488页。

之,刨而平之,车而光之",制枪"蒸以汽而储之,由锯而削而车而钻而剜而锉",即与《考工记》中"巟氏涷丝"有"清其灰而盝之,而挥之,而沃之,而盝之,而涂之,而宿之"①句法相似。在具体论述上,由舆人、车人延伸及西方的战车、战船,由古之弓人、庐人延伸至西方作枪炮,由匠人延伸到西人营建房舍,由梓人延伸及西人造船,等等。呈现由古及今,以中比西的思维方式。具体工艺制作中,其所说"其材宜燥不宜湿,宜直不宜曲,其质宜韧不宜脆,宜轻不宜重,其纹宜细不宜粗,宜斜不宜径……"对于选材的质地、干湿、曲直、轻重、文理等的叙述,也是《考工记》中"审曲面势,以饬五材"思想的具体阐述。王韬评曰:"由今以溯古,由古以通今,诘题精确,疏解详明,具此学识,不特于西人制造局中别开精义,而于中国诠解群经者亦可别参一席。"②不仅高度肯定了作者博通古今中外的学识,更从经学阐释的角度,盛赞其对古今工艺精准明白的辨析,可以作为《考工记》的当代疏解。

西方的科学技术是迥异中国传统的异域知识,学其机器制造,必要先明其理。早在明代利玛窦已将西方学校中的自然科学与中国传统的儒者之学联系起来,称之为"格物穷理之法"③。近代早期的洋务派人士在和保守势力的论战中即提出"匠人习其事,儒者明其理,理明而用宏焉。今日之学,学其理也,乃儒者格物致知之事,并非强学士大夫以亲执艺事"④。格者,即物穷理,格物致知在这里指一种考证、研究的方法。"格致"一词还用来指代西学科技。晚清士人认为中西格致精神一致而侧重不同,"中国之所谓格致,所以诚正治平也;外国之所谓格致,所以变化制造也。中国之格致功近于

---

① 闻人军译注《考工记译注》,上海古籍出版社,2008年,第75页。
② 上海图书馆编《格致书院课艺》第3册,上海科学技术文献出版社,2016年,第507页。
③ 〔意〕利玛窦述,徐光启译《几何原本》,上海古籍出版社,2011年,第6页。
④ 《奏请京师同文馆添设天文算学馆疏》,张静庐辑注《中国近代出版史料初编》,中华书局,1957年,第6页。

虚,虚则常伪;外国之格致功征诸实,实则皆真也"①。洋务派科学家徐寿明确说格致是指西学中天文、地理、算数、几何、力艺、制器、化学、地学、金矿、武备等有益于社会的实用科学及技术。②格物致知成为认识和理解西学的重要方法。③王韬说:"惟是世之欲明格致者都畏其难于入门而不知无难也。在乎专心致志,触类旁通,即文字以发挥格致之理。"④格致书院主持者主张由文字以通格致,探究物理,由浅入深,由粗及精,由本及末,穷流溯源,辨析西学格致与中国传统知识的异同。正是在这个层面上,《考工记》成为士人格物致知,认识西方机械制造的参考。

格致书院课艺命题征文面向整个社会,采用策问的方式引导士人认识和理解西学知识,通过上下的互动,将洋务思想灌输给士人,不仅发挥思想风气的导向作用⑤,而且蕴含着对文章的审美要求。在思想上,明显表现出以中学为根本,偏向于能够考证经史、会通古今中外、不务虚文、有裨实用的文章。出题者虽然强调对于西学、实学的渊博知识,但是重点又不在于对近代西方工艺技术的科学、准确的认识,而落脚于由古及今考核详明,有些答题者也就流于似是而非的比较。这不能不说是在考古思维下格物穷理的一个偏差结果。课艺以策问的形式命题,也暗含了文字上雅的标准。《格致书院拟以艺文考试章程》中即表明"只论文字优劣,不问官阶崇卑",王韬也说"所以萃多士之心思才力而校其文艺之优劣也"⑥。

---

① 《拟创建格致书院论》,《申报》1874年3月16日。
② 徐寿《格致汇编序》,〔英〕傅兰雅辑《格致汇编》1876年春季第1卷。
③ 樊洪业《从"格致"到"科学"》,《自然辩证法通讯》1988年第3期。
④ 王韬《格致书院课艺序言》,上海图书馆编《格致书院课艺》第1册,上海科学技术文献出版社,2016年,第5页。
⑤ 在甲午战前,《格致书院课艺》的逐年刊行,既有利于宣传变法思想,又为维新运动提供了丰富的文化资源。"《格致书院课艺》在晚清思想文化史上,竟然充当了西学知识与变法思想的蓄水池……甲午战争以前的西学知识、变法思考,都汇集到这里,此后的西学知识、变法思考,又多从这里流出。"参见《格致书院课艺·导论》,同上书,第74页。
⑥ 王韬《格致书院甲午课艺弁言》,上海图书馆编《格致书院课艺》第4册,上海科学技术文献出版社,2016年,第379页。

评者的眼光仍是从文章学的角度出发,要求符合策问体裁的题旨要求,看重解经的详明与否及对古今源流的考辨功夫。具赡学识的学人文章受到称赏,而俚俗的文体受到批评。①

傅兰雅在1888年发表的《中国文学与西方科学——格致课艺报告》中,表示对于课艺的效果很满意,使用中国人擅长的命题作文的文体形式,向中国的士人阶层输入西学知识,产生了超出预期的效果。②《格致书院课艺》中的工艺策论,引导士人以格物致知的思维方式认识理解西方的机械制造。既传承了中国古代策试文章的体式,将其经世致用的功能应用于对先进技艺的接受;又表现出时人对中国传统考工之文的认识和重构。《考工记》的工艺内涵及其特别的文笔,提供了一种理解和书写西学的范本。应试者在工艺书写中,对《考工记》的文学追溯,背后具有深厚的中国经学与文章学传统。

第二节 《考工记》与传统工艺书写

传统的"工艺"内涵比较复杂。从词源学角度来看,《说文》工部中,"工,巧饰也"。杨树达认为"工"是指器物③,后世沿袭了工为巧饰之技的内涵。艺由"种"引申为技艺、才能,《周礼》以六艺为教,包括礼、乐、射、御、书、数。唐封演《封氏闻见记》列举诸人"兼

---

① 如《论事物各有消长试求其正变公例》,1890年,超等第一名孙廷璋文,以清朝皖商兴衰系于人事举例浅显,文上批注"此本齐东野人之言,语欠斟酌""字句亦俗"。上海图书馆编《格致书院课艺》第2册,上海科学技术文献出版社,2016年,第467页。文后升任广西臬司胡芸楣廉访评,"文笔亦过俗,言之无文行之不远,有志于学者亦宜稍加功力";王韬也评"未能练字练句,一归律切"。同上书,第476页。

② 〔美〕戴吉礼主编《傅兰雅档案》第2卷,广西师范大学出版社,2010年,第125—131页。

③ 杨树达《积微居小学述林》,中华书局,1983年,第58页。

擅工艺"①,是指擅长绘画的技能。《太平预览》"工艺部",指的是射、书、画、巧、围棋、投壶等游戏。具体的手工业一般以"工"代指,其中具有巧思的创制在后代也逐渐冠以"工艺"之名。史书中或列"术艺""方技""艺术"传,记录了相当多的从事技术工作、创作新奇器械的人物和故事。如《元史》"方技"传中附"工艺",记制器有巧思而得以贵显之人。古代的工艺观念偏向指手工艺的机巧、巧思,具有实用或审美价值的技艺。"工"也被包融在"艺"的范畴中,《清史稿》列传"艺术类",称"夫艺之所赅,博矣众矣,古以礼、乐、射、御、书、数为六艺,士所常肄,而百工所执,皆艺事也"②。古代手工业在造兵器、制车、营造建筑、造纸、印刷、造船、造瓷器、纺织、制漆等方面都取得了较高的成就。但是因其"艺"的性质,是匠人之事,儒者不屑为之。《四库全书简明目录》中说:"至于百工之事,率皆艺术,亦不足以称令典,故今惟录其司于官者,而他不及焉。"③对于民间的工艺制造表现出一种轻视的态度。

《考工记》是现存最早的记载先秦官营手工业的专著。"考工"本为古代职官名,主管制作兵器、弓弩、织绶诸工。④《礼记·曲礼下》记载:"天子之六工,曰土工、金工、石工、木工、兽工、草工,典制六材。"⑤官府手工匠掌握熟练技艺,并且世代相传,《荀子·儒效》中所说"工匠之子莫不继事"。《考工记》以"国有六职,百工居其一焉""百工之事,皆圣人之作也"为纲领,记载了百工的行业结构、制造体系及其流程、具体制作工艺、营建制度体系、管理制度等。其中包括六大类三十余类工种体系:攻木之工,轮、舆、弓、庐、匠、车、梓;攻金之工,筑、冶、凫、栗、段、桃;攻皮之工,函、鲍、𫘧、韦、裘;设

---

① 封演《封氏闻见记》,中华书局,1985年,第66页。
② 赵尔巽等《清史稿》,中华书局,1977年,第13865—13866页。
③ 永瑢等《四库全书简明目录》,上海古籍出版社,1985年,第319页。
④ 《汉书·百官公卿表》记少府属官有考工。颜师古注引臣瓒曰:"冬官为考工,主作器械也。"班固《汉书》,中华书局,1962年,第732页。
⑤ 郑玄注,孔颖达正义《礼记正义》,上海古籍出版社,2008年,第171页。

色之工,画、缋、钟、筐、㡛;刮摩之工,玉、榔、雕、矢、磬;抟埴之工,陶、瓬。涵盖木工、青铜锻造工、皮革工、染色绘画工、玉石工、陶工等工匠工作。林希逸称"名以考工者,考试百工之事而记之也"①。《考工记》记载的是一套用以指导、监督和评价官府手工业生产工作的技术制度。② 文本呈现出记叙与条文混合的形式。全书结构可分为一个综述,六个分论。总论部分先论国家的六种分工,工匠为六职之一。继而叙述各地特产:"粤无镈,燕无函,秦无庐,胡无弓车。粤之无镈也,非无镈也,夫人而能为镈也;燕之无函也,非无函也,夫人而能为函也;秦之无庐也,非无庐也,夫人而能为庐也;胡之无弓车也,非无弓车也,夫人而能为弓车也。"③指出百工器械各随土地所宜。智者创物,巧者述之,工匠世守相传。以天时、地气、材美、工巧总领制器之道,分别铺叙解说,然后分言各工之事。此可算"序"。综述之外,分论每类工作或有小序以总领,对于各工的硬性规定文字多冠以"凡"字。

如首先讲作车之事,论述木构马车有六等及其尺寸规格。再分论轮人、舆人、辀人之工作。以"轮人为轮"为例:"斩三材必以其时。三材既具,巧者和之。毂也者,以为利转也。辐也者,以为直指也。牙也者,以为固抱也。轮敝,三材不失职,谓之完。望而视其轮,欲其帱尔而下迤也。进而视之,欲其微至也。无所取之,取诸圜也。望其辐,欲其掣尔而纤也。进而视之,欲其肉称也。无所取之,取诸易直也。望其毂,欲其眼也,进而视之,欲其帱之廉也。无所取之,取诸急也……"④记述轮构件毂、辐、牙的制作要求,检验轮、幅、毂的方法。其中记录生产规范与质量检验都具有很强的实用目的以及可操作性。记述工作之事原本最为机械和无情,但是文字中工

---

① 林希逸《鬳斋考工记解》,《景印文渊阁四库全书》经部第95册,台湾商务印书馆,1983—1988年,第2页。
② 戴吾三《考工记图说》,山东画报出版社,2003年,第2页。
③ 闻人军译注《考工记译注》,上海古籍出版社,2008年,第1页。
④ 同上书,第17页。

人之行为,跃然纸上,以简尽而形象化的语言记述复杂的技术,具有流畅、生动、切实的特色,陈柱称之为"情文俱至"[1]。

西汉时,《周官》"冬官"篇佚缺,河间献王便取《考工记》补入。《汉书·艺文志》著录的《周官经》六篇,即有《冬官考工记》。周礼六官,只有冬官体制独特,自为一体。清四库馆臣指出是"经与记合为一书"[2]。在宗经的传统之下,《考工记》便一跃而有至高的地位。《考工记》记载具体工艺使用古字奥义,而且历时久远,其制度规格也难以索解。自两汉至明清关于《考工记》的整理、研究不断发展。[3] 宋代林希逸著《考工记解》,较早指出"《考工记》不特为周制也,尽纪古百工之事"[4],认为此书是记三代以来的百工之事,为之注解并附图,明白浅显,受到学者青睐。明代传教士来华,带来的西方奇器,引起了时人研究本土科技的兴趣。徐光启著《考工记解》,据茅兆海跋文称徐光启"于器用舟车、水火木金之属,资于庙算世务者率皆精究形象……逆流寻源,皆以《考工记》为星宿海,江淮河汉,分道而驰,即云梦不足吞,而沧溟难为委"[5],将《考工记》的科技价值提高到前所未有的高度。清代的考据学思潮下,除了名物制度的训诂、考证、疏解之外,清人开始考究《考工记》中器物的制作,如戴震《考工记图》、程瑶田《考工创物小记》、阮元《考工记车制图解》、郑珍《考工轮舆私笺》等。

到了晚清,在工艺学领域,《考工记》中的百工之职被认为是中国制造的源头。薛福成说"《周礼》冬官虽缺,而《考工》一记,精密

---

[1] 陈柱《陈柱中国散文史》,吉林人民出版社,2016年,第24页。
[2] 林希逸《鬳斋考工记解》,《景印文渊阁四库全书》经部第95册,台湾商务印书馆,1983—1988年,第1页。
[3] 闻人军《考工记导读》,中国国际广播出版社,2008年,第107—125页。
[4] 林希逸《鬳斋考工记解》,《景印文渊阁四库全书》经部第95册,台湾商务印书馆,1983—1988年,第3页。
[5] 王星光、符奎《徐光启〈考工记解〉探析》,《复旦学报(社会科学版)》2011年第4期。

周详,足见三代盛时工艺之不苟"①,进而把中国传统的工艺创造与西方近代技术革命带动的工业体系相提并论。《格致书院课艺》中,士人认为中国传统工作中已经蕴含了近代西学的因子,称《考工记》虽不言格致,而暗合格致之理,"西人窃其余绪,加意研求,遂易人力为机器,而其格致乃精"②。出题者要求以《考工记》"六工"对比近代西方机器制造工艺,杨毓辉在其文章中指出:"今夫制造之功,以算学为体,以化学为用,非点线面体以相求无以深明底蕴,非形色气质之分合无以剖析毫芒,此皆制造家所宜讲者也。"③其实已经指出了西方工艺是以近代的科学知识为基础的生产方式。答题者从《考工记》"六工"的分工——比对西方的近代工业生产,从原材料、制作方法、工作原理、用途等层面进行对比,得出异同。其中不少见解虽然不脱西学中源的痕迹,但对于引导士人格物穷理,认知西学,最终超越器物技术,探究西学学理,具有重要意义。这些课艺文章在当时引起了广泛的社会反响。杨毓辉的《古今工程异同说》《中外化学名物异同考》被收录到《皇朝经世文三编》工政、制造类中,成为当时工艺书写的重要文本。

另一方面,《考工记》的语言,简洁精练,追求严谨、周密、精确的科技文献的特征之外,也蕴含着文学的美感。宋元以来,中国古代文章学继续发展,大量的经部文献被吸纳到文章经典之中,作为经部文献的《考工记》,成为后世工艺书写的标杆。宋人陈骙著《文则》说:"大抵文士题命篇章,悉有所本。自孔子为《书》作序,文遂有序……自有《考工记》《学记》之类,文遂有记","《考工记》之文,权而论之,盖有三美:一曰雄健而雅,二曰宛曲而峻,三曰整齐而醇"。陈骙从文体渊源上,将《考工记》作为记体文的源头,并且较早

---

① 薛福成《振百工说》,《薛福成选集》,上海人民出版社,1987年,第482页。
② 上海图书馆编《格致书院课艺》第3册,上海科学技术文献出版社,2016年,第475页。
③ 同上书,第439页。

从文章学角度,分析《考工记》风格、文法、字句。① 宋林希逸撰《考工记解》,也注意于章法、句法、字法。② 元人陈绎曾《文筌》称"《考工记》善序事,句法变化,字样古雅"③。明清文人以文学的眼光重新解释经典,《考工记》也成为文士评点的经书之一。明人林兆珂作《考工记述注》、旧题郭正域撰《批点考工记》、徐昭庆撰《考工记通》、程明哲《考工记纂注》等,极力称扬《考工记》善于文理变化,分析其字句章法。明徐光启撰《考工记解》,对于《考工记》文法有多处眉批标注研究写法。④ 清方以智《文章薪火》也称:"《考工》《檀弓》《仪礼》叙事状物,俱以简尽。"⑤明清的文章选本也选录了《考工记》。贺复徵《文章辨体汇选》选六条,"今录其多半为作记之祖"⑥。明人屠隆编《钜文》以文格归类文章,《考工记》即选入"奇古"类。⑦ 清曾国藩编撰《经史百家杂钞》,本着经世致用的思想,多选经、子、史类文章,"杂记类"即选取《周礼》中"梓人""匠人""轮人""舆人""鲍人""弓人""矢人"等篇,一方面是将文体溯源于经,另一方面也表现出对于古代工匠技艺文体的重视。

综合来看,《考工记》以记体而列于经部,本身就具有复杂性。在文本于经的文学传统中,《考工记》被追认为记体文的源头。在具体的修辞学研究中,《考工记》以奇古、简尽、善于变化的记事叙物风

---

① 陈骙《文则》,陈骙、李涂《文则 文章精义》,人民文学出版社,1960 年,第 9、28 页。
② 林希逸《鬳斋考工记解》,如注"天有时,地有气,材有美,工有巧"段,曰"以下将沿工匠之事,先如此总叙以起语",分析文句说"前后错综,文字自佳",《〈考工记〉研究文献辑刊》第 6 册,国家图书馆出版社,2015 年,第 5、6 页。
③ 陈绎曾《文章欧冶(文筌)》,王水照编《历代文话》第 2 册,复旦大学出版社,2007 年,第 1299 页。
④ 王星光、符奎《徐光启〈考工记解〉探析》,《复旦学报(社会科学版)》2011 年第 4 期。
⑤ 方以智《文章薪火》,王水照编《历代文话》第 4 册,复旦大学出版社,2007 年,第 3211 页。
⑥ 贺复徵编撰《文章辨体汇选》,《景印文渊阁四库全书》集部第 1409 册,台湾商务印书馆,1983—1988 年,第 2 页。
⑦ 《古今图书集成》第 621 册,中华书局影印,1934 年,第 51 页。

格受到推崇。记体始于记事,属于应用文字,记体源于《考工记》抑或《禹贡》《学记》,前人各持其说。清人恽敬《与王广信书》中说:"记之体,始于《禹贡》,记地之名也;《考工记》,记工作之法也。"其说较为融通,并明确将《考工记》归于为记工作之事,"其体当辞简而意之曲折能尽之"。① 从文学审美上明确了这一类文章的记事风格。《考工记》的工艺学内涵及其独特的记体书写方式,在经学以及文章学领域得到广泛的承认和宣扬,后人在记工艺的文章中自觉或不自觉地模仿其风格。

《格致书院课艺》中,选评者对于善于以中国文法讲西学的文章非常欣赏,如1890年李鸿章所出的特课命题之一,问化学原质名称及中译问题,引导士人思考西学化学原质与中国本有之物之关系,考察中西体用差别。第一名杨毓辉答云:"钾养淡养,即中国之火硝也,使中国亦化而分之,即可得钾于硝之内,是中国虽无钾而实亦有钾也。钙于中国向无独生者……"一段连用八个"也"字,即模仿《考工记》中"粤无镈"段连用十二个也字。此段文上注评曰:"笔最醒豁,仿佛如读《考工记》粤无镈一篇。"②第二名王辅才条分缕析——指认西方化学元素为中国已有之物,文上注评称其"得以廉悍之笔以讲西学无难事矣",李鸿章文后评"笔力直追《考工记》,于彼学亦寝馈甚深"③。可见,上层主考者对于士人以《考工记》文法书写西学格致表示非常赞赏。

《考工记》记载工作的体例,也为书写外国工艺技术提供了可资借鉴的文本资源,甚至有翻译的西学工艺书籍直接命名为《考工记要》。④ 记载外国工艺的文章也模仿《考工记》的文法、句法。如《岭

---

① 恽敬《与王广信书》,《大云山房文稿》,国学整理社,1937年,第230页。
② 上海图书馆编《格致书院课艺》第2册,上海科学技术文献出版社,2016年,第338页。
③ 同上书,第414页。
④ 冯立升主编《江南制造局科技译著集成·机械工程卷》第3分册,中国科学技术大学出版社,2017年。

学报》1898年第6期载《瑞士国工艺说略》,文中有曰:"其取水也,布之喉,引之而注之池,而鼓之,而激之,激之而轮动,轮动而机动,复排比众机而附之,而络之,一机动而众机皆动。"①《考工记》有"慌氏湅丝……清其灰而盝之,而挥之,而沃之,而盝之,而涂之,而宿之"②之语,此处明显模仿其行文风格,叙述精练而善于变化。《考工记》记载工作的文体体例,也引发了时人的理论思考。孙殿起《贩书偶记》著录了清人章震福撰《考工记论文》(光绪二十四年[1898]铅印本)。其从文章学的角度批注《考工记》,将行文之法附注句下,分析章句安排,"先列论说,后讲制度""前后总说,中间分说""先叙制度后列论说""夹叙夹议法""先叙述后置论语,参用韵语,自是古书本色"。③ 章震福对于《考工记》的分析,不仅是对于记体文作法的理论归纳,也是对记工艺文体的方法总结,为文学书写提供了新的角度。

中国古代传统中轻视工匠技艺,相关的技术类文献传世较少,《四库全书》史部政书类考工之属仅记载了《营造法式》《钦定武英殿聚珍版程式》两种,存目六种。在新的时代背景下,学习西方之器及其理,不得不溯源至经部的《考工记》,既是宗经的思想惯性,也体现出传统技术文本的匮乏。《考工记》作为中国早期工艺文献的典范,既有官办手工业生产管理的制度章程性质,在具体的记载中,又具有文学艺术的美感因素。其创立的记工作体例,不仅是后世的文体模范,也是近代国人理解外来机器工艺的知识基础。近代开始大规模翻译输入西方器艺类书籍,译述者从传统工艺文本中汲取资源又超越传统,在这一历程中产生了新的技艺专家和新的工艺书写方式。

---

① 《瑞士国工艺说略》,《岭学报》1898年第6期。
② 闻人军译注《考工记译注》,上海古籍出版社,2008年,第75页。
③ 章震福《考工记论文》,《〈考工记〉研究文献辑刊》第6册,国家图书馆出版社,2015年,第493、497、498、509、540页。

第三节　近代工艺文体书写：
从文章之学到专门之学

晚清工艺学的兴起从洋务运动时期的工艺书籍翻译开始。西方机器工业与中国传统的工匠技术之间存在着巨大隔阂，因此翻译中首先采用"华文已有之名"，从中国已有的技术书籍以及明清时传教士所著的格致书中选择译名。① 徐寿在《汽机命名说》中自述"船外行轮悉借古名，曰牙曰辐，惟辐辏之毂异制，亦名毂盘，其划水之板，名曰轮翼，若暗轮则旋转于水中，线法尽合螺丝，可名曰螺翼矣"②，其语言策略即采用假借古代的器械术语，指事会意，事不可指意不能会则用象形。《考工记》"轮人"中"毂也者，以为利转也。辐也者，以为直指也。牙也者，以为固抱也"③，毂、辐、牙被借用来指代蒸汽轮船的部件名称，以便于理解。徐寿父子参与翻译的《运规约指》《汽机发轫》《汽机必以》等，被评为"精深微妙，无美不臻，而笔而述之者又复斟酌尽善，字字皆戥上称过者，以之作为工师之规矩，儒生之图籍"④。这些译述者用古文书写西艺，吸取了传统的工艺术语，精准而不失雅正之美，工师与儒生均可学习领会，在当时颇获好评。

相比传统工匠重构造、流程的经验性文本，晚清翻译的工艺书籍中涉及了"物"背后的物理、化学知识。比如《汽机发轫》中首先论"汽机公理"，即蒸汽机的原理知识，对汽、水、热的性质及涨缩变化

---

① 〔英〕傅兰雅《江南制造总局翻译西书事略》，王扬宗编校《近代科学在中国的传播》，山东教育出版社，2007年，第493页。
② 徐寿《汽机命名说》，〔英〕傅兰雅编《格致汇编》1876年第1卷，第6—8页。
③ 闻人军译注《考工记译注》，上海古籍出版社，2008年，第17页。
④ 《拟制造局新刻西学书十三种总序》，《申报》1872年8月1日。

的原理分析。如关于冷热变化，"物质加热更变有三，曰涨，曰熔，曰化。其减热而更变亦有三，曰缩，曰结，曰凝，适于加热相反也"。又有解释水的性质，"水为杂体，而非原质。化学家业经实测，乃轻养二气化合者也。其理以分合之法征之。可用金类电器分水为二气，又可再将二气同盛一器以电器复合为水。惟二气之体积，轻气倍大于养气，始得分合之率"。① 虽然在翻译中略去了分合试验的具体试验步骤，而仅记录其方法。② 但是其译文呈现出近代科技文章的新特色，使用专有的名词、术语，简洁而具体的操作程序叙述，说明对象的性质和特征，试验的设备及其原理等。语言精确、严密、简明、平实。徐建寅译述《汽机必以》，其中部分内容已经有近代科普文的雏形。卷首"论造机公法"，讲汽机分类、真空功用、重物坠行之速与行动之重力、诸心力、摆与汽制球、助力器、面阻力等。论述蒸汽机相关的热力学、机械原理及其应用等。比如蒸汽机利用真空的力，解释真空的含义：

> 清虚无物谓之空，一切气质俱无者即谓真空，真空之力与空气压力相较而生，非真空自能有力也。空气能压气内之物即如水能压水内之物，设鞲鞴之二面皆有水，则上面之水不能压鞲鞴向下，因上下抵力相等，如天平之两端等重也。取去此端之重，则彼端之重立显其力而下坠。同于去鞲鞴下面之水，而上面之水始显抵力也。故鞲鞴之一面进汽，而一面去其汽，则抵力亦显，去其汽即真空也。真空所显之力并非自有之力，乃因彼面有实力，此面无有对力所生也，所以真空不能自动汽机。③

---

① 〔英〕美以纳、〔英〕白劳那合撰，〔英〕伟烈口译，徐寿笔述《汽机发轫》，冯立升主编《江南制造局科技译著集成·机械工程卷》第1分册，中国科学技术大学出版社，2017年，第7页。
② 孙磊《江南制造局蒸汽机译著研究》，中国科学技术大学硕士学位论文，2011年。
③ 〔英〕蒲而捺著，〔英〕傅兰雅口译，徐建寅笔述《汽机必以》，冯立升主编《江南制造局科技译著集成·机械工程卷》第1分册，中国科学技术大学出版社，2017年，第172页。

由传统的"空"之内涵引申出真空的概念,真空的产生原理,以有形可见的水之力类比空气的力,更容易让读者理解。与水的力相比,真空的力并非自有的,相对的力作用下才产生真空。作者采用了下定义、举例子、比较等方法诠释真空这一抽象概念,语言准确,条理明晰,论述严密,已经具备了近代科学说明文的诸要素。

早期翻译的工艺书籍在此后的西学浪潮中受到肯定,梁启超搜辑西学译书,提及《汽机发轫》《汽机必以》《汽机新制》等,称"《发轫》详于理,下二书详于法"①。钱基博称"国人皆知制器尚象之学,其端盖自寿实启之"②,可以说晚清徐寿等人翻译的西方工艺书籍,奠定了近代科学工艺书写的文体形态。他们从传统中汲取资源,又超越传统,形成专业化的科技文体形态。科技文体与文学语体不同,具有科学性、实用性、程式性,有别于普通的文体。③《考工记》奇古简尽的文风,在书写近代的机器工艺及其背后的科学知识时,不再适用。《考工记》中所蕴含的天人合一、尊崇自然的观念,"观象制器"的原则,以及严格的礼仪与等级制度,这在近代的西方机器工艺书写中已不可见。专业化科技文体经由翻译产生,在近代发展成为一种专门学科知识。晚清丁立中编《八千卷楼书目》中"艺术类杂技之属"④、《清朝续文献通考》"政书类考工"类⑤,著录了相当多近代翻译的西方工艺书籍。

甲午之后,部分人士对于近代翻译西方科技工艺书籍的历史进

---

① 梁启超《读西学书法》,王扬宗编校《近代科学在中国的传播》,山东教育出版社,2007年,第646页。
② 钱基博《徐寿传子建寅附》,闵尔昌《碑传集补》,燕京大学国学研究所,1923年,第2364页。
③ 胡学富《科技文体的辨析及其它》,《四川师范学院学报(哲学社会科学版)》1994年第4期。
④ 《八千卷楼书目》,如《格致启蒙》《格致汇编》《格致入门》《化学鉴原》《化学指南》《御风要术》《航海简法》《器象显真》《金石识别》《汽机发轫》《汽机新制》《冶金录》《光学》《声学》《开煤要法》《电学十卷》《电报新编》《地学浅释》《西艺知新》等。
⑤ 收录《钦定工部则例》《星轺考辙》《东国凿井法》《钟表图法》《江南制造局记》《考工记要》《汽机发轫》《新式工程机器图说》《艺器记珠》等关于机器图说类译述之著。

行反思,认为所译之书"或仅为一事一艺之用,未有将其政令治教之本原条贯译为成书"①,认为只重工艺制造并不足够。对于"西译中述"的翻译模式也予以批评,批评翻译者不通洋文,汉文不精,译文俗恶,乃至完全否定这一时期的翻译。② 这种过激的言论,当然是对现实的挫败有感而发,但对于早期工艺启蒙的作用也是缺乏理解的。清末以《万国公报》为代表的西学刊物,转向对自然科学的介绍,涉及天文、地理、医药、卫生、声光化电等多种学科,20世纪初则以社会科学为主。③ 知识分子更加关注西方的具体政制、学术文化。如今来看,早期的工艺启蒙和书写在一定程度上受到了遮蔽。

《清史稿》云:"中叶后,海禁大开,泰西艺学诸书,灌输中国,议者以工业为强国根本,于是研格致,营制造者,乘时而起。或由旧学以扩新知,或抒心得以济实用,世乃愈以艺事为重。"④洋务运动时期,社会上下对于西方工艺的理解认知过程,深刻地诠释了"由旧学以扩新知"这句话。晚清西学东渐的时代背景之下,时人通过追溯《考工记》重叙本土的科技、工艺制造传统,由此进一步接纳西方近代工业及其知识体系,《考工记》的中介作用相当重要。清末的工艺话语,正是在传统文献中寻找思想资源,并且与近代工业进行概念置换。维新派宋育仁《时务论》中说:"外洋之富,在工者四。凡一都会,率有工作厂,一区以至数区,或官督而工作,或民集股为公司。其出入一听于主厂会计,而百工服事受值焉。此《周官·考工》之事也。"⑤以《考工记》中工作分工、生产、监管体系附会西方的工厂生产。张之洞《劝学篇》中说:"工有二道:一曰工师,专以讲明机器学

---

① 马建忠《拟设翻译书院议》,《采西学议:冯桂芬 马建忠集》,辽宁人民出版社,1994年,第225页。
② 同上书,第225—226页。
③ 史革新《十九世纪六十至九十年代西学在中国的传播》,《北京师范大学学报(人文社会科学版)》1985年第5期。
④ 赵尔巽等《清史稿》,中华书局,1977年,第13866页。
⑤ 宋育仁《泰西各国采风记》,岳麓书社,2016年,第148页。

理化学为事,悟新理,变新式,非读书士人不能为,所谓智者创物也。一曰匠首,习其器,守其法,心能解,目能明,指能运,所谓巧者述之也。"①引申《考工记》"智者创物""巧者述之"的内涵,定义工师、匠人,近代工业体系需要掌握科学知识的工师与技术型的工匠合作,对于中国师徒相传的工匠传统表示批评。可以说,《考工记》成为回溯中国工艺学传统的思想资源,古时的官工之职被置换为近代的工业生产。近代独立的工学知识体系逐渐成形。清末科举改制,改八股为策论,旁及泰西艺学。后议开经济特科,其中就包括"考工","凡考求名物、象数、制造、工程者隶之"②。后来京师大学堂七科分学,工艺科包括土木工学、机器工学、造船学、造兵器学、电气工学、建筑工学、应用化学、采矿冶金学等,形成专门的学科体系。

总体而言,江南制造局翻译馆徐寿、徐建寅等人与外国人合作翻译的西艺书籍,开启了近代科技工艺的译述历程。《格致书院课艺》中的工艺策问,引导士人格物致知,探究物理。将以《考工记》代表的中国传统手工艺技术与西方的机器工艺比较认知,发现异同,会通中西。《考工记》以其经学地位和文章学价值,成为近代士人理解、书写近代西方机器工艺的重要资源。从文学发展史的角度来看,中国传统的应用技术类文章不仅仅是一种史料,更有其独特的文体特色和时代适应性。在晚清社会的现实需求推动下,传统的工艺书写,重新焕发生机活力。早期的译述者取法传统而又超越传统,开创了近代专业的工艺书写体例,对中国近代文学演进的意义,值得给予足够的肯定。

---

① 张之洞著,李忠兴评注《劝学篇》,中州古籍出版社,1998年,第145页。
② 经济特科,所试内容:以六事为一科,内政、外交、理财、经武、格物(凡考求中西算学、声、光、化、电者隶之)、考工(凡考求名物、象数、制造、工程者隶之)。后变法失败,经济正科并未举行。特科延迟至1903年举行。考试两场,均试以论一篇、策一道。复试题目论为"周礼农工商诸政各有专官论"。参见张希清等主编《中国科举制度通史·清代卷》,上海人民出版社,2015年,第646—647页。

第十二章　报刊的文体学意义

近代以来,报刊经过西方传教士的引介而进入大众的视野,到晚清民国时期已经成为传播新思想的重要利器。在当时的历史语境中,报刊这种新兴的媒介与中国传统文学、文体学之间的渊源关系受到广泛关注。最初传教士取道中国文化形成了一定的办报传统,至国人自办报刊时期又提出了报刊滥觞于《春秋》等颇具传统文体学特色的观点。另一方面,报刊中发布了诸多关于"报章文体"的言说,这是极具文体学价值的理论突破,并且报刊本身因栏目及其分类受到传统文体学分类方法影响也呈现出鲜明的文体学特征。晚清民国的报刊作为传播新学的重要工具还极大地冲击了八股文体,孕育了诸多新文体,更重要的是有些报刊将以小说戏剧为代表的俗文体不断推向历史舞台中心,促进了古今文体格局的演变。

第一节　历史语境中"报刊"

"报刊"是报纸和期刊杂志的合称,现今这种"报"与"刊"的区别已显而易见,然而在近代中国则是统称,二者并无严格界限。即使到19世纪下半叶,日报出现以后,"报"与"刊"也没有完全分离。有学者说:"由于历史环境,我们不能以今日的眼光,依据刊期的条件,来分别十九世纪时代的报纸与杂志。例如,林乐知因为得到李鸿章的优容,他在万国公报上所刊载关于日俄战争的消息,许多日报都瞠乎其后,故我们只能用'报刊'一词,用以包括日报、三日刊、周刊甚至月刊。"①姚福申在研究古代的邸报时说:"假定今天看到了邸报,也只以为是普通的公文手抄本。……即使邸报放在面前,我们也是有眼不识泰山的。"②方汉奇也说:"带着今天报纸的框框去研究古代报纸,其结果,不是过分拔高,把它们描述得过于现代化,就是要求过高,连一份报纸也找不到。"③因此,还原晚清民国报刊的真实语境就显得十分必要。

　　报刊发展之初传教士起到了重要的引介作用。当时传教士苦于中国政府对于传教的禁令,于是另辟蹊径取道中国文化,经历从最初的海外办报到后来登陆中国本部办报,试图通过报刊的形式来为传教事业服务。在这一过程中,传教士在深入学习中文的基础上,广泛地借鉴中国传统文学、文体学方面的知识以及中国式的言说方式等因素进行报刊编辑。他们大量采用中国古典小说的章回体以及一些套语,在文章的结尾处常常使用"欲知后事如何,且看下回分解",以契合中国人的阅读习惯。例如1823年《特选撮要每月统记传》从创刊号开始用章回体的形式刊载《咬嘴吧总论》,全面介绍印尼的爪哇岛。④ 还有的利用中国古代诗歌的形制来传播信息,如1834年《东西洋考每月统记传》刊登了《兰敦十咏》,以五律介绍伦敦的宗教、民俗、气候等情况。⑤ 在报刊的首页封面上则多引中国传统语录,如"人无远虑必有近忧""皇天无亲惟德是依""德者性之端也,艺者德之华也"等等。⑥ 传教士们是想通过这些方式来拉近与中国民众的距离,促进传教事业的发展,而报刊就是实现这一目的的重要工具。德国传教士花之安在《新闻纸论》说:

---

　　① 潘贤模《近代中国报史初篇》,《新闻研究资料》第2辑,新华出版社,1981年,第302页。
　　② 姚福申《有关邸报的几个问题的探索》,《新闻研究资料》第4辑,新华出版社,1981年,第112—113页。
　　③ 方汉奇《报史与报人》,新华出版社,1991年,第90页。
　　④ 《咬嘴吧总论第一回》,《特选撮要选集》卷一,中国国家图书馆缩微胶卷。
　　⑤ 爱汉者等编,黄时鉴整理《东西洋考每月统记传》,中华书局,1997年,第77页。
　　⑥ 同上书,第1、21、41页。

> 今夫奇书广览则耳目日新,古史纵观则见闻日广。即在书史之外,而凡类于书史有益于身心者,吾人皆常博览,以增识见,以开智慧,则新闻纸之设此其选矣。盖新闻纸之文,上自朝廷百官,下及商贾庶民,其讲理则表扬忠孝节义,有关于世道人心;其言数则天文地舆,以至器物草木昆虫,莫不载理而论,皆有卓识,方敢笔之于书。其雅者则学士文人彰其才德,其俗者即街谈巷议莫不搜罗。即今日之时势,今人之是非无不可畅谈,不必趋避。此皆有益于身心,可与书史并观者也,而闻见岂有不日新哉?①

花之安认为"可与书史并观"的新闻纸在增广见闻、启迪心智方面具有不可比拟的作用,这一观念当时普遍流行,发展至国人自办报刊时期则有了进一步的演变,许多知识分子将报刊与"诗教"比照,强调报刊上通下达的功能,努力建构报刊与传统文学、文体学的联系。

早期王韬认为报刊有一定的劝惩作用:"其睹一善政也,则忭舞,形诸笔墨,传布遐方;其或未尽善也,则陈古讽今,考镜得失,蔼然忠爱之诚,故言之者无罪,而闻之者足以戒,由是言之,即新报亦未尝无益也。"②1897年,吴恒炜在《知新报缘起》中也说:"先王知其然也,遒人徇路,木铎有权。太史采风,辕轩远使,《诗》之风雅,审民俗之情;《周官》诵方,察四国之慝。唐宋以降,滥觞于邸抄,嘉庆以来,创始为报馆。"③这实际上强调了报刊与诗教的联系。而梁启超创办的《国风报》,其命名就是袭用《诗经·国风》而来,取"赋""比""兴"之意,欲以"忠告""向导""浸润"以开启国之新风。正如梁启超所说:"抑诗序又曰:'上以风化下,下以风刺上,主文而谲

---

① 花之安《新闻纸论》,李天纲编校《万国公报文选》,中西书局,2012年,第87页。
② 王韬《论各省会城宜设新报馆》,《申报》(四十册),台湾学生书局,1965年,第14158页。
③ 吴恒炜《知新报缘起》,郑振铎编《晚清文选》,上海书店,1987年,第587页。

谏,言之者无罪,闻之者足以戒,故曰风。……本报同人,学谫能薄,岂敢比于曾文正所谓腾为口说而播为声气者,顾窃自附于风人之旨,矢志必洁,而称物惟芳,托体虽卑,而择言近雅,此则本报命名之意也。"①这种认识也得到了官方的肯定。戊戌变法期间,光绪帝曾颁布上谕:"报馆之设,义在发明国是,宣达民情,原与古者陈诗观风之制相同。"②1898年何启、胡礼垣在《新政真诠》中还提出了"以日报为滥觞于孔子之《春秋》"的命题,他们认为报刊之效能与《春秋》等同:"今外国定好恶,卜人心,在上者不敢倒行逆施,在下者不敢作奸犯法,皆日报之功,即《春秋》之法也。"③当时谭嗣同还提出了著名的"报纸民史说"。谭氏认为:"报纸即民史也。彼夫二十四家之撰述,宁不烂焉,极其指归,要不过一姓之谱牒焉耳。……不有报纸以彰民史,其将长此汶汶暗暗以穷天,而终古为喑哑之民乎?"④1907年,留日学生陈家鼎等主编的《汉帜》发文《满政府之取缔报馆》云:"中国古无所谓书与报之别,今日之报,即昔日之书也。考孔子以匹夫修春秋,附于古者右史纪事之列。周秦诸子,各以百家杂鸣,是春秋与百家诸书,即古者之新闻杂志也。"⑤这里将报刊与书籍放到对等的地位,进一步加强了报刊的独特地位,使报刊渊源传统的逻辑性更为合理。通览以上言论无一例外地都是将晚清民国报刊与中国传统文化系统相联系,取道借鉴,比照附会,在相当大的程度上不断强化晚清民国报刊与中国传统文学、文体学系统的渊源关系。

不仅如此,当时的知识分子对于报刊的评判具有浓厚的文学或文体学意味。以当时风行的《时务报》为例,很多名流学者对其发表了自己的评价。安徽巡抚邓华熙谓:"现中国关心时势之人,于上海

---

① 梁启超《说国风(下)》,《国风报》第1年第1期,1910年。
② 转引自戈公振《中国报学史》,生活·读书·新知三联书店,1955年,第45页。
③ 何启、胡礼垣《新政真诠:何启 胡礼垣集》,辽宁人民出版社,1994年,第313页。
④ 谭嗣同《〈湘报〉后叙(下)》,《谭嗣同全集》,中华书局,1981年,第419页。
⑤ 陈家鼎、景定成、仇式匡主编《汉帜》,1907年1月25日。

创立时务报商务报,修辞有要,陈义甚高,并从各国报中,译登一切新事,慎选博纪,皆关中外机宜,足以浚发灵明,考镜得失。"①张之洞也说:"该报识见正大,议论切要,足以增广见闻,激发志气。凡所采录,皆系有关宏纲,无取琐闻。"②浙江巡抚廖寿丰亦谓:"议论切要,采择谨严……旁搜博纪,尤足以广见闻而资治理。"③彰卫怀道尹岑春煊谓:"上海设有时务报馆,敷陈剀切,采择谨严……凡地球各国政治之得失,兵机之强弱,学校之兴废,物产之盛衰,以及风土民情,山川险要,无不备载。识华彝之时势,达中外之情形。间有论出纵横,语多愤激,阅者勿以辞而害意,当略迹而原心,洵足以推广见闻,增长智识也。"④而作为执当时学术界牛耳的王先谦的评价则更具典型性:"查近今上海刻有时务报,议论精审,体裁雅饬,并随时恭录谕旨,暨奏疏西报,尤切要者,洵足开广见闻,启发志意,为目前不可不看之书。"⑤其直接以"书"名《时务报》可谓体现了当时知识分子观念中的报刊乃是与书籍无异的,而其评价"体裁雅饬"无疑带有文体学的眼光。梁启超曾评价《译书汇编》说:"至今尚存,能输入文明思想,为吾国放一大光明,良可珍诵。然实不过丛书之体,不可谓报。"⑥梁氏的批评实际上也点出了当时许多学人虽兼任报人却仍然深受传统语境的影响。

如果说晚清民国语境中构建报刊与传统之间的联系是一种以退为进的策略,其目的在于提高报刊的地位,促进报刊的发展,那么晚清民国报刊中屡屡出现的关于报刊文体的论述则可以看成是一种

---

① 《皖抚邓饬支应局购〈时务报〉发各州县书院札》,《强学报·时务报》,中华书局,1991年,第2506页。
② 《鄂督张饬行全省官销〈时务报〉札》,同上书,第357页。
③ 《浙抚廖分派各府县〈时务报〉札》,同上书,第1193页。
④ 《河南彰卫怀道岑观察谕河朔书院致用精舍肄业诸生阅〈时务报〉示》,同上书,第3202页。
⑤ 本馆《岳麓院长王益梧祭酒购〈时务报〉发给诸生公阅手谕》,同上书,第1194页。
⑥ 梁启超《本馆第一百册祝辞并论报馆之责任及本馆之经历》,《清议报》1901年12月21日。

极具价值的理论创新。

1872年4月30日《申报》创刊于上海,其创刊号"本馆告白"里首次提出了"新闻之作"的概念。文中首先批评了过去文章艰涩难懂,不能雅俗共赏,主张学习西方新闻文体,"求其纪述当今时事,文则质而不俚,事则简而能详","务求其真实无妄,使观者明白易晓,不为浮夸之辞,不述荒唐之语"。① 这实际就是对新闻文体提出了具体而微的要求,是对于当时桐城派文章理论的一种颠覆。胡适也说:"《申报》出世的一年(1872),便是曾国藩死的一年……曾国藩一死之后,古文的运命又渐渐衰微下去了。"②后来王韬在《弢园文录外编》序言中表达了自己的报刊文体观:"知文章所贵在乎纪事述情,自抒胸臆,俾人人知其命意之所在而一如我怀之所欲吐,斯即佳文。"③他在报刊政论文章中大力践行这一观念,极大地推动了报刊文体的发展。

1897年6月10日至21日,《时务报》连载了谭嗣同的著名文章《报章文体说》。④ 谭嗣同十分推崇"报章文体",而当时社会对于报刊文体的发展的认同度并不高。他认识到"居今之世,吾辈力量所能为者,要无能过撰文登报之善矣。而遇乡党拘墟之士,辄谓报章体裁,古所无有,时时以文例绳之"⑤。为了反击这种讥诮与束缚,他写下这篇文章专门阐述报章文体问题。谭嗣同开篇即阐述了古代传统文体发展的轨迹,无论是史书,还是文选,都存在范围狭窄、内容空泛等弊端,而报章文体则吸收了古今文化的精髓,弥补了传统文体之不足,是当时文体发展过程中出现的完美文体表现形式。他

---

① 《本馆告白》,《申报》(四十册),台湾学生书局,1965年,第1页。
② 胡适《五十年来中国之文学》,欧阳哲生编《胡适文集》第3册,北京大学出版社,1998年,第200页。
③ 王韬《自序》,《弢园文录外编》,上海书店出版社,2002年,第1页。
④ 谭嗣同《报章文体说》,《强学报·时务报》,中华书局,1991年,第1988页。另见《谭嗣同全集》,中华书局,1981年,第375页,文章名为《报章总宇宙之文说》。
⑤ 谭嗣同《致汪康年书》,同上书,第493页。

在文章中对天下除去"词赋诸不切民用者"的"文章体例"作了归纳总结:"区体为十,括以三类:曰名类,曰形类,曰法类。"其各类所系文体如下:

名类:纪、志、论说、子注
形类:图、表、谱
法类:叙例、章程、计

除此之外,报刊"编幅纡余,又以及于诗赋、词曲、骈联、俪句、歌谣、戏剧、舆诵、农谚、里谈、儿语、告白、招帖之属,盖无不有焉"。最后,他总结道:"自生民以来,书契所纪,文献所征,参之于史既如彼,伍之于选又如此。其文则选,其事则史;亦史亦选,史全选全。"谭氏的观点既具有鲜明的时代特征,这种总结揭示了报刊在新旧交替历史时期所具有的重要价值和意义,其"体裁之博硕,纲领之汇萃"①,将各种古代文体悉数拢于其下,为文体的互动和演变创造了条件②。同年11月24日,汪荣宝在《实学报》发表了《论新报文体》,倡导文章"当平易其议,切明其词,大雅宏达"③,这是对《申报》"新闻之作"观点的继承和发扬。

1901年,梁启超在《本馆第一百册祝辞并论报馆之责任及本馆之经历》中大力称赞《清议报》报馆事业:"故报馆者,能纳一切,能吐一切,能生一切,能灭一切。西谚云,报馆者,国家之耳目也,喉舌也,人群之镜也,文坛之王也,将来之灯也,现在之粮也。"④其中所论不免过于夸张,但报刊为"文坛之王"说与其当时提倡的"文界革命"相得益彰,对于报刊文体的发展是有推动作用的。至1902年2

---

① 谭嗣同《报章总宇宙之文说》,《谭嗣同全集》,中华书局,1981年,第375、377页。
② 陈平原说:"报章上不同文体的对话,构成了二十世纪中国文学形式演进的一大动力"。参见陈平原《文学的周边》,新世界出版社,2004年,第114页。
③ 汪荣宝《论新报文体》,《实学报》,1897年10月。
④ 梁启超《本馆第一百册祝辞并论报馆之责任及本馆之经历》,《清议报》1901年12月21日。

月8日梁启超在日本横滨创办《新民丛报》时,"新民体"就应运而出了。梁氏曾自述:"启超夙不喜桐城派古文,幼年为文,学晚汉魏晋,颇尚矜炼,至是自解放,务为平易畅达,时杂以俚语韵语及外国语法,纵笔所至不检束,学者竞效之,号新文体。老辈则痛恨,诋为野狐。然其文条理明晰,笔锋常带情感,对于读者,别有一种魔力焉。"①这种"平易畅达,时杂以俚语韵语及外国语法"的"新文体"在内容和形式上都发生了巨大的转变,成为"文界革命"最重要的成果之一,引领报刊文体持续发展。梁启超的"新民体"这一称谓本身也体现了传统文体学中所说的"辨体"意识。当时黄遵宪还提出更鲜明的辨体观,他将文章分为"文集之文"和"报馆之文"②,而他基于"言文合一"思想的"变一文体为适用于今、通行于俗者"③的观点也正是建立在对报刊的文体学评判基础之上。

第二节 报刊的文体学分类特色

除去对具体语境的考察之外,晚清民国报刊本身一定程度上也体现了文体学的特色。这主要表现为报刊的内部形式,即报刊中的栏目及其分类。晚清民国报刊中的栏目及其分类受到了中国文体学与文体分类方法的影响,其栏目中出现诸多文体,表明了报刊与文体学的渊源。

最初传教士所办中文报刊就是有栏目分类的。例如《察世俗每月统记传》中有"神理""年终诗""年终论"等栏目。后来《东西洋考每月统记传》的栏目就更为细分,包括了"序""东西史记和合""地

---

① 梁启超《清代学术概论》,上海古籍出版社,1998年,第85—86页。
② 黄遵宪《致汪康年书 二十七》,上海图书馆编《汪康年师友书札》,上海古籍出版社,1987年,第2351页。
③ 黄遵宪《日本国志》,富文斋刻本,1890年,第7页。

理""新闻""东南洋并南洋图"。① 在此基础之上,栏目分类在国人自己所办报刊中更为普遍,而且栏目的类型更丰富,很多报纸的栏目分类类似或趋同,比如清代的官报基本都有"上谕""宫门抄""折奏""论说""本地新闻""外省新闻"等,这些栏目在各大报刊中也有出现,即使是月刊、旬刊亦然。② 这些栏目的命名直接以文体命名的比较多,有些报刊的栏目还模仿古代文体学理论著作的体式结构,例如《刍言报》把报纸分为"内编"和"外编"两大部分。"内编"有"敬闻""宜知""说明""献疑""记怪""直论""杂辩"等,而"外编"则有"闻见杂录""谈故"等。③ 这种结构与中国传统子书的形制何其相似。④ 创刊于1903年的《广益丛报》则分"上编""下编""外编""附编"四大部分。其"上编"有"谕旨""奏疏""政纪""国闻""盟约""瀛谈",都是以文体来命名栏目,而它的这种编排和分类无疑受到了古代文体学分类方法"以体叙次"的影响⑤;"下编"则是融汇了西学的元素,分"学派""历史""教育""格致"。另外,"外编"收录一些杂闻趣事,"附编"则刊载丛书。可以说,晚清民国报刊的栏目分类事实上带有鲜明的文体学分类色彩。

从晚清民国报刊的栏目分类情况可以看出,其分类特点为文体分类与事物分类相杂糅,其中的文体分类就是"求助于因袭的概念和分类"⑥,是受到了文体学分类方法的影响。晚清民国报刊中出现了论说、记事、报告、公牍、章奏、谕旨、宫门抄等各种明确的文体,也包含了诸如译丛、交通沿革、专件、法制、经费报销、事由单、学界记事等很难纳入原先分类系统中的新鲜名目。造成这种分类混乱的

---

① 爱汉者等编,黄时鉴整理《东西洋考每月统记传》,中华书局,1997年,第37页。
② 例如《扬子江》(1904)有"半月大事记"栏目将本地及各省新闻进行汇总。
③ 《刍言报》1910年第2、80号。
④ 例如《庄子》全书就分为内编、外编。
⑤ 以体叙次即以文体为优先关注点,并作为编纂之纲。参见吴承学《中国古代文体学研究》(增订本),中华书局,2022年,第548页。
⑥ 〔英〕巴恩斯等著,邢冬梅、蔡仲译《科学知识:一种社会学的分析》,南京大学出版社,2004年,第57页。

根本原因是社会时代的发展所导致的事物的复杂程度加深,特别是西学东渐带来了新变。新近报道的很多事物无法从原有的分类体系中找到适当的对应表述,只能命之以新名,从而造成了类别的增多。这些分类虽不合适,但也只能如此。梁启超曾说:"于今日泰西通行诸学科中,为中国所固有者,惟史学。"①这其实揭示的是中西学科衔接的一种困境,在两大学术体系交汇的历史时刻,如何将西学与中学有机融合,对于广大学者而言十分棘手。然而,晚清民国报人则没有这样的顾虑。他们以文体学分类思维为主导,辅以事物分类等其他方法进行栏目分类。

晚清民国报刊的栏目分类并不是一直不变的,有时候根据实际情况栏目分类会作适当调整。以《新民丛报》为例,从光绪二十八年(1902)一月一日出版,至光绪三十三年(1907)十月十五日停刊,其栏目分类每年都有变化:

1902年:图书、论说、学说、学术、政治、兵事、生计、地理、教育、宗教、法律、实业、史传、小说、文苑、青年思想、时局、国闻短评、中国近事、谈丛、舆论一般、杂俎、答问、海外汇报、余录等二十五类。

1903年:图书、论说、学术、学说、哲理、政治、生计、法律、科学、历史、地理、教育、军事、实业、传记、小说、文苑、谈丛、译丛、时评、专件、杂评、日俄战争等二十三类。

1904年:图书、论说、学术、学说、哲理、政治、生计、法律、伦理、军事、教育、宗教、科学、历史、地理、实业、小说、传记、文苑、译丛、杂俎、时局、专件、谈丛、纪事、国闻杂评、新刊介绍、日俄战争等二十八类。

1905年:图书、论著、记载、批评、文艺、杂录、杂俎、杂纂、译述等九类。

不难看出这种变化主要是由繁杂趋向简明,栏目分类逐渐由博

---

① 梁启超《新史学》,《饮冰室合集》文集之九(第1册),中华书局,1989年,第1页。

返约,最后的栏目多与文体相契合,甚至以文体直接命名。出现这种情况,应该说是"以体叙次"的文体学分类方法导致的必然结果,凸显了报刊与文体学的渊源关系。特别是不少报刊因为刊载内容的缺乏,不得不借助各种"文体"以填充版面。

1909年,程明超在《交通官报发刊辞》中写道:

> 近者宪政馆有《政治官报》之设重要法令,借以宣布,为公示方法之一大革新。然政治进行未速,成文法为数尚简,故所附译书一门已侵入学报范围。农工商部之商务官报学部之学报所登学术资料尤为繁重,良以新设各部成立时日尚浅,内部组织未完,故指挥命令简单特甚,无以供官报资料,况虑始为黎民所思,徒法不能以自行。邮传部所管事业如船政、路政、电政、邮政皆属输入,匪我固有。经营甫及,谣诼相随,又无私家杂志能资利导,则《交通官报》于条教号令之中,寓学问劝诱之意,良亦不能已已。世有知言之士,或同情于斯志也乎?关于交通之学会,必当次第成立。较技术,则格致工艺有专修理事务,则法政商业有特识著作,纷起以分斯报,灌输学问之责。抱智能者委其身,挟母财者投其资,在官者,着眼于世界竞争,毋□夺商人以为利。经商者宅心于国家主义,毋牺牲公益以图私。上下一心,共策交通之进步,以致国家于文明,不徒使斯报可放弃所兼营学报之任务,且将由月刊而进于日刊,由一部之公示机关化身为各司局之多数之公示机关。①

程氏在此解释了《政治官报》因"成文法为数尚简",所以补充"译书"栏目;《交通官报》的"寓学问劝诱之意"则是因为"经营甫及,谣诼相随,又无私家杂志能资利导"。这里揭示出了晚清民国报刊经常出现的断稿现象。晚清著名报人、小说家孙玉声说:"当日犹轮轨未通,交通迟滞,各埠访函之来,远道者十数日,或数十日不

---

① 程明超《交通官报发刊辞》,《交通官报》1909年第1期。

等,即近如苏杭,亦须二三日始达,电报则仅上谕可传外,其余无只字,故主政者于每日报中材料,颇感困难。一届冬令封河,京津各道消息不通,岁除各官署封印以后,未至开印,公牍俱无,致巧媳尤难作无米之炊。"①当报刊实际内容不足,报刊的编辑们则从中国文学、文体学中选取相关内容进行填补。诸如《广东教育官报》开设"附篇"连载《文体刍言》即转录自《涵芬楼古今文钞》,有填充版面之目的;《循环日报》因"消息不足"而刊登传奇志怪之作以资补白②;《新新小说》作为小说专刊亦登载杂录,其中包括翻译作品、戏曲,奇文杂记、歌谣、游戏、灯谜、酒令与诗话等。

第三节　报刊对文体演进的影响

虽然晚清民国报刊所具有的文体学特点表明了其与传统无法割裂的渊源,但是从时代发展的动向来看,它更多的是被人们赋予一种具有鲜明时代性的特质。"频年坐拥书城"的孙宝瑄说:"报纸为今日一种大学问,无论何人皆当寓目。"③晚清民国报刊充当了与旧学对立的新学角色,成为时人获取新学新知的源泉,它不仅推动了新学的发展,而且对文体演进也产生重要影响。

首先,作为"报章文体"之荟萃的晚清民国报刊影响了科举,在传播新学新知的同时,"报章文体""新民体"的风行极大地打击了八股文体,使科举策论的文章写作呈现出新的时代特征。

当时,"报"已经被当成与八股对立的"实学"而成为当时人们观念中的常识了,很多应试的考生以报刊备考。山西考生刘大鹏在日

---

① 孙玉声《新闻报三十年来之回顾》,《新闻报馆三十年纪念册·纪念文》,新闻报馆,1922年,第6页。
② 方汉奇《中国新闻事业编年史》上册,福建人民出版社,2000年,第55页。
③ 孙宝瑄《忘山庐日记》下册,上海古籍出版社,1983年,第917页。孙日记中记其藏书不下两万卷,故自云"频年坐拥书城"。

记中记录:"当此之时,中国之人竟以洋务为先,士子学西学以求胜人,此亦时势之使然也,于人乎何尤?"①士子们正是通过报刊来学习新学新知,以求能在科考中脱颖而出。至1901年清廷再次废除八股,改试策论,报刊作为获取新学的重要途径,其地位得到进一步巩固和加强,报刊文体也极度风行,成为考生科场策论的典范。例如,当时梁启超的报刊文章就成为士子科考策论的范本。时人有记载:"梁氏之《新民丛报》,考生奉为秘册,务为新语,以动主司。"②而各大书局也竞相摘录《时务报》《清议报》《新民丛报》等大报的相关论说文章作为"课艺"兜售给广大应试的考生。新民译印书局出版的《时务清议报汇编》中就有名为"乡试必携时务清议丛报汇编"的广告,其内容如下:

> (梁启超)以锐利之笔锋与横绝之眼光,激而为谠言高论,洋洋数千百万言,不特为学堂中爆烈之灵药,即乡试一端亦允称投时之利器,万万不可不备者也。③

直到1917年姚公鹤还回忆起清末报刊对于科举策论的影响:

> 当戊戌四、五间,朝旨废八股改试经义策论……而所谓时务策论,主试者以报纸为蓝本,而命题不外乎是。应试者以报纸为兔园册子,而服习不外乎是。书贾坊刻,亦间就各报分类摘抄刊售以俾利。盖巨剪之业,在今日用之办报以与名山分席者,而在昔日则名山事业且无过于剪报学问也。④

时务策论出题者以"报纸为蓝本",应试者复习所用的"兔园册子"竟是报纸,由此可见当时的报刊对策论的影响。

其次,晚清民国报刊促进了文体格局的演变。1901年,梁启超

---

① 刘大鹏遗著,乔志强标注《退想斋日记》,山西人民出版社,1990年,第72页。
② 柴萼《梵天庐丛录》,中华书局,1926年,第12页。
③ "乡试必携时务清议丛报汇编"广告,《中外日报》,1903年8月17日。
④ 姚公鹤《上海报纸小史》,杨光辉等编《中国近代报刊发展概况》,新华出版社,1986年,第266页。

在《清议报》上写下了颇具历史眼光的名言"自报章兴,吾国之文体,为之一变"①,道出了晚清民国报章之崛起对文体变革所产生的决定性影响。在这一文体剧变过程中,既有诗、文、小说、戏曲诸文体之变,又涉及书写的语言语体之变。② 以对戏曲的影响为例,当时的戏曲作家大多从事报刊编辑、书籍出版等工作,常将其作品发布在报刊之上,这就促成了很多戏曲作品在传播方式上的转变。从其文体形态演进上看,报章体对传奇杂剧大量渗透,通过结构嵌入、论题蹈用、文风沿袭、情韵牵移和语言化用等多方面对戏曲文体的发展起了极大的推进作用。③ 作为新兴媒介的报刊大量传播小说、戏曲,扩大了俗文体的受众群体,为文体格局的演变提供了条件。梁启超曾说:"词章乃娱魂调性之具,偶一为之可也;若以为业,则玩物丧志,与声色之累无异。"④严复也说过:"凡宋学汉学,词章小道,皆宜且束高阁也。"因为"一言以蔽之,曰:无用。……非今日救弱救贫之切用也"。⑤ 在他们看来,传统的诗文对于时局的作用实在太小,而以小说、戏曲为代表的俗文体则可以携带大量信息,通过在报刊上发表传播,产生极大的社会效应。这对于后来小说戏剧最终成为文学的正宗影响深远。

此外,报刊因传播新的内容带来了新的文体,其中包括了新闻、新闻评论、通讯、翻译体、编者按、告白或广告、发刊词、小说话、剧评、新书介绍等。

上述文体中的前几类应该可以算作新闻文体⑥,而后几类带有一定的文学批评性。例如,1902 年《新小说》征文广告:"小说为文

---

① 梁启超《中国各报存佚表》,《清议报》,中华书局,第 6400 页。
② 有研究者专门讨论报刊对"诗界革命"等的影响,此处从简。参见张天星《报刊与晚清文学现代化的发生》,凤凰出版社,2011 年,第 274 页。
③ 田根胜《报章体的渗透与近代传奇杂剧创作》,《艺术百家》2002 年第 3 期。
④ 梁启超《林旭传》,《清议报》,中华书局,第 456 页。
⑤ 严复《救亡决论》,《严复集》第 1 册,中华书局,1986 年,第 44 页。
⑥ 参见李良荣《中国报纸文体发展概要》,福建人民出版社,1985 年。

学之上乘,于社会之风气关系最巨。本社为提倡新学……惟必须写儿女之情而寓爱国之意者乃为有益时局,又如《儒林外史》之例,描写现今社会情状,借以警醒时流,矫正弊俗。"①这些征文广告不仅对作者的创作提出了要求,而且还具有文学批评的指导意义,对规范文学创作发展起到了促进作用,属于一种新兴的批评文体。又如小说话是梁启超首次提出的。他在主编《新小说》时开设了"小说丛话"专栏,以连载的形式发表了数十位小说批评家的小说专论,这就是小说话。其形式类似传统的诗话、词话,带有随笔批评的特点,篇幅可长可短,内容可深可浅,形式可繁可简。在20世纪初的一二十年间,各种报刊上的小说话"触处可见"②。发展到后来,一些小说话诸如管达如的《说小说》、吕思勉的《小说丛话》已经逐渐发展为小说理论批评的长篇论著。中国小说理论批评从传统的评点体向近现代极富理论色彩的长篇论著演变的过程中,报刊中的"小说话"起了过渡的作用。关于剧评,它与小说话形制比较相近,只是针对不同文体展开批评,而与传统戏曲批评的不同之处在于其高度的时效性,经常就最新的戏曲演出发表评论等。新书绍介是对新近出版的书刊进行介绍推广,它对文学书籍的介绍具有一定的文学批评特征。例如《新民丛报》第二十号对"《新小说》第一号"的介绍中提出的"五难说"就具备典型的文学批评特征。

纵观这几种新兴的批评文体,基本都与时效性有关,这当然是报刊的媒介特点所赋予的。美国传播学者沃尔特·福克斯说:"每个时代的报纸读者都总是认为,他们在报上看到的那种文章就代表了报纸的文体,这种文体从一代记者传刊另一代记者而丝毫未变。这种认识显然不对。"③报刊中的文体会随着媒介技术的进步而演

---

① 《新小说社征文启》,《新民丛报》第19号,1902年10月。
② 黄霖《清末民初小说话中的几个理论热点》,《复旦学报(社会科学版)》2009年第1期。
③ 〔美〕沃尔特·福克斯著,广陵译《科技进步与报章文体的演变》,《国际新闻界》1998年第1期。

进,而报刊版面本身作为一个诸多文体荟萃的场所,当它呈现在读者面前时,必然会让读者对各种文体作出选择。受众的这种选择反作用于媒介从而导致受读者喜欢的文体日益勃兴,而那些遭遇冷落的文体则不断退出报刊的版面,进而退出人们的视线。从这个思考角度来理解以小说、戏剧为代表的俗文体最终登上并站稳历史舞台的中心而改变古今文体格局,应该是合适的。

结　语

　　1901 年,梁启超在《清议报》发表《过渡时代论》曰:"今日之中国,过渡时代之中国也。……中国自今以往,日益进入于过渡之界线,离故步日以远,冲盘涡日以急,望彼岸日以亲,是则事势所必至,而丝毫不容疑义者也。"①梁启超敏锐地预见了自己所身处的时代在历史进程中的重要价值和意义。近代史家王尔敏也说:"自中日甲午战争以后以至民国初十年间,中国之思想动向与文学风气,自成一重要段落,并不同于前代;虽为后期渊源,然亦不同于后世。"②毋庸置疑,晚清民国就是这样一个具有过渡性的重要时段,而这一时期的文体学发展也自然呈现出过渡性特征,总体上表现为"总结性""系统化""学术化"与"审美化"。

一、经世致用思潮下的文体形态的集成与总结

　　清代的文体与辨体的批评,也延续了明代吴讷、徐师曾、许学夷等人的辨体说。清乾隆年间,程崟在吴讷《文章辨体》基础上编成《文章辨体式》一书,重刊自序说:"此书(《文章辨体》)晦蚀已久,欲广其传,而原编颇汗漫,恐有望洋之叹。又所重在体之辨,而不惟其文之富。兹于各体缘起之下,精择若干篇为之式。"在原书各体缘起的后面,附加若干他自己精选的篇章。此书民国时有王正己校点本,尤炳圻序称:"近代外国的文章概论和原理,尤不足以说明过去中国的文章。此理甚明。但我国现在许多批评,和文学史家,都似

---

① 梁启超《过渡时代论》,《清议报》第 83 册,中华书局,1991 年,第 5209、5213 页。
② 王尔敏《近代文化生态及其变迁》,百花洲文艺出版社,2002 年,第 197 页。

乎忽视了这点。"①正是基于对本土传统文学与文体的独特性的考虑,故而此书刊行后备受好评。专著方面,如清张炘辑《古文辨体》,据《贩书偶记》载有孝昌屠之申注,道光二年(1822)刊本,《古文辨体序》中说"遂城张藜阁先生,知名士也。淹贯六经,博通诸子,一时学者多之。乾隆丁未,余兄弟从先生学。先生为讨论古作,推溯源流,尝辑《古文辨体》二卷。上搜汉魏以降诸书,下逮近世文人之论,间有未备,则参己意补之"②,似是搜辑古文文体的相关理论而成书。由此可见辨体之学的延续。其他如陆绍明《文谱》,连载于《国粹学报》,称"古今文体,骈俪为宗",感慨骈文坠地,"因著文谱,评论文章,发挥义例,嗟嗟斯文其在兹乎"。③ 目录为:制诰之文、戒敕之文、诏策之文、奏议之文、章表之文、弹事之文、启事之文、符命之文、奏记之文、檄移之文、露布之文、射策之文、对问之文、述赞之文、颂扬之文、书记之文、谶纬之文、设论之文、论议之文、序跋之文、诗赋之文、词曲之文、歌谣之文、七篇之文、连珠之文、骈体之文、四六之文、讲义之文、铭箴之文、哀诔之文、哀吊之文、碑碣之文、行状之文、墓志之文、经史之文、释道之文、小说之文、八比之文。显然骈俪文占据较大的分量,但在具体的文体阐述中则兼骈散而论,如论制诰之文,"制诰之体,典雅为尚,根据学问,敷陈义理。命则谓制,教则谓诰,又制书载制度之文,训诰记告谕之辞。唐用制于大赏大罚,宋为诰兼四六散文。夫制始于秦而盛于汉;诰作于商而备于周……"④分时代叙文体体格变化、评论篇章。且多引前人之说,每句自为注疏,条引前人著作之出处。

  陈澹然《文宪例言》乃选经史百家之文八十卷,以示学者学文门径,与桐城诸家异,惜卷帙庞大未刊行,现只存例言部分。观其"选

---

① 程釜《文章辨体式》,人文书店,1935年,第1、4页。
② 湖北省人民政府文史研究馆、湖北博物馆整理《湖北文征》第9卷,湖北人民出版社,2014年,第307页。
③ 《国粹学报》第15期,1906年。
④ 同上。

例章"说:"今所选义归经世,文必雅驯,屏词赋一门,尽刊浮藻,约其目,曰纪述,曰典制,曰策论,曰书疏,而以诏、令、箴、歌广其术。"①再总以纪论事二种,"惟所取皆菽帛之言,一切空谈性命、训诂、词章不录",有明确的选文目的,只选有关经世致用、学行类的文章。故而所分文体只是选文的纲目,并非求其源流变迁与体制要旨,而是以此为纲领,使学者由类求体,知经世之道。如"论策章",论多主理,策多主事,"所以明经世之谟也";"书疏章",实际上包括问对、书说、奏议等,"所以明经世之用也";"诏令章",是"经世之道";"箴歌章",是"经世之术"。②陈澹然以经世致用的眼光看待文体,是有其现实针对性的。

在文体专著中,王兆芳著《文章释》所倡导的修学与措事也同样表现出这样的倾向。王兆芳编此书,意在通过对传统学术的"祖述""引申"来发扬儒道,以抵抗西术之长。对于前代的集部范畴中的选本,他认为应该重新审视。他一方面从学术思想的渊源角度,对修学类文体进行溯源,另一方面又从文体功用的角度来溯源措事类的文体,这可以说是他的一种独创。在文体阐释上也比较注意考察文体的含义、体要、源起与流变。对于文体的作法、评赏等很少涉及。如吴承学所说,王兆芳所说的文体不是一般的文章体裁,而是文章形态,因此他所列的文体很多是前代的文体类书籍中未曾关注过的,如论及"例""音""鉴"等类的学术著作类型,以及义、义疏、申义、口决议、讲义、衍义等体,显示出对于学术类文章的关注。③"修学""措事"也并非泾渭分明的,这两个标准的混杂也在所难免,如源于君上臣下之事的一些文体,即记载于经书,又可说是源于经的。此书在清末的新学思潮中湮没无闻,但是其中萌生的关于古代文体

---

① 陈澹然《文宪例言》,王水照编《历代文话》第 7 册,复旦大学出版社,2007 年,第 6806 页。
② 曾枣庄《中国古代文体学——附卷 5,近现代文体资料集成》,上海人民出版社,2012 年,第 60—64 页。
③ 吴承学《中国古代文体学研究》(增订本),中华书局,2022 年,第 715—718 页。

的新思考极具时代特色,是有其独特的价值的。

把《文章释》与章太炎的文体体系对照来看,呈现出一个鲜明的特征:文体的研究不再局限于古文、骈文的界域,甚至不限于文体的体裁,而倾向于对传统的文章形态的总结与归类。这是晚清民国文体学研究值得注意的一点。

二、文章选本与文体辨析的系统化

民国以后的文体论述,基本也延续姚、曾之说,重视辨体。如张振镛《张氏文通》论文之体裁曰:"文章莫要乎辨体。体立而后经以周密之意思,贯以冲和之神气,饰以雅健之词章,实以渊博之学问,济以弘通之识见,然后文质彬彬,各得其所。若体之不辨,犹皮之不存,毛将焉傅……大凡辨体之要,于最先者当识其所由来,于稍后者当知其所由变。故有名异而实则同,名同而实则异。或古有而今无,或古无而今有者。"①

在文体分类与辨析上仍以姚选为依归,称:"近数年来,提倡新文学者,动辄诟詈古人,间列姚氏于荒伧,以为不足齿数。此则时髦之士之所为肆舌自豪,要非予之所敢知也。夫文体既定,则行文之得失,自当依体为断。每体各有一定格律,凛然不可侵犯。"②故书中按姚氏之分类,增加诗歌、小说二类,以补姚选所未及。吴瀛《中国国文法》(商务印书馆,1930)将文章分散文、骈文两种,文类别为二十种:书、序、论、辨、议、解、说、传、行状、记、箴、颂、赞、铭、哀吊文、歌、诗、骚、赋、小说等。可见,基于本土文学与文法研究的著作仍旧延续了古代文体分类与辨析的思路。

再从选本来看,文体辨析向来与选本关系密切。以清末民初的两个比较有代表性的选本——《涵芬楼古今文钞》《古今文综》为例,《涵芬楼古今文钞》中包括选文、论列文体的《文体刍言》以及阐

---

① 张振镛《张氏文通》下册,世界书局,1927年,第76页。
② 同上书,第82页。

发文学理论的《涵芬楼文谈》,文选、文体与理论融于一书。《涵芬楼文谈》作于1910年,次年由商务印书馆出版,到1933年,已出到了第十三版。目分:宗经、治史、读子、颂骚、研许、辨体、辟派、明法、称量、涉趣、属对等篇。其中,"辨体"称"作文之法,首在辨体。人之一身,目主视而耳主听,手职持而足职行,数者不能相假。惟文亦然。固有精语名言,而不足以为吾文重者,体敝故也"。推举姚选之精粹,"然姚氏之书,第举其纲,而未详其目。余不自揆,始著《涵芬楼古今文钞》凡百卷。于各类之中,各加以子目,或数种,或十余种,或数十种。虽附丽之法,不敢谓毫无疑义,而其所遗者,固已少矣"。① 即沿用姚选文体类目而加以细分,《文体刍言》则是对文体类目源流的简要论述。张相《古今文综》也是一部兼收古今文章的选本,他称:"总集、别集,流传夥矣。要其泾渭,析为两事。一曰历史之属,一曰实用之属。曷谓历史?古之所有,今之所废者也。曷谓实用,古今不废者也。约以今名,前者曰陈文,后者曰生文。生文所以示其效,陈文亦以博其趣。兹书标名古今,两事并录,特所畸重,在于实用。分目详略,依斯为准。论著序录、书牍赠序、碑文墓铭、传状志记……此四部,标举法式,不厌烦细。诏令表奏,限于时代,此陈文也。词气堂皇,多大手笔,两汉之文,此尤翘楚。多闻善识,聊博其趣而已。辞赋之才,古称君子,今匪急务,特示一斑。颂赞箴铭,祭吊哀诔,亦生文也。备陈流变,借资采择。至于杂文之属,略同辞赋,钩其诡异,以终吾篇。"② 骈散兼收,古今并存,而以实用为其导向。文体分类参考刘勰、姚鼐、曾国藩、姚华诸人,分为六部十二类。

张相说:"近世研治科学,析类之事,目为至要……兹书以部统编,以编统章,每章之中,先为甲乙,次为一二,次为子丑,次为金石,次为

---

① 吴曾祺《涵芬楼文谈》,商务印书馆,1926年,第12—13页。
② 张相《古今文综》"缀言",中华书局,1936年,第1—2页。

一二,取彼习熟,以为符记。自我作古,大雅或呵。"①可知其体系受到了当时科学、析类观念的影响。近代以来,"科学"的提倡,正是外来文化对于中国学术影响的一个方面。较早的王国维《欧罗巴通史序》(1901)说:"凡学问之事,其可称科学以上者,必不可无系统。系统者何? 立一系以分类是已。分类之法,以系统而异,有人种学上之分类,有地理学上之分类,有历史上之分类。"②系统地归纳、分类成为整理旧学的一种思路。刘永济《文学论》,在新文学的视角下,分析文学创作的基本原理,以文学原质进行体裁的分类,体系如表J-1③:

表J-1 刘永济《文学论》中的文学体裁分类

	属于学识之文	属于感化之文
描写	史传、碑志、水经、地志、典制、制造	纪游纪事之诗歌、辞赋、乐府、词曲及小说
表演	彼此告语之信札、布告群众之文字	舞曲、戏剧、传奇
反射	解析玄义、辨论事理、研究物质	抒情写志之诗歌、辞赋、乐府及哀祭、颂赞、箴铭

学识之文、感化之文明显是来自外来文学理论中"知的文""情的文"的说法,文学原质,直接袭用了西人毛尔登(Moulton)之说。以原质之不同来进行文章的归类,迥异于传统的文章体系。其他如高步瀛的《文章源流》就是对古代文学、文体理论的归纳与整理。王葆心的《古文辞通义》也力图以至简之门类,檠栝文家之体制,将古代文体统归于述情、记事、说理三种系统之中。范文澜的《文心雕龙注》在注中呈现出系统性整理思考的倾向,如他的文体分类图表,韩经太称:"但刘勰原著并没有具体交代下篇各篇在其整体理论结构中的位置。这就为后来的阐释者留下了'问题'。范文澜紧紧抓住

---

① 张相《古今文综》"缀言",中华书局,1936年,第2页。
② 《王国维全集》第14卷,浙江教育出版社,2010年,第3页。
③ 刘永济《文学论》,太平洋印刷公司,1924年,第27页。

了这个问题,以自己的理解给出了一个具体的答案。且先不论这样一种关于系统性结构的说明是否符合刘勰原意,至少在范文澜这里,它首先体现了阐释者致力于系统理论思考的意愿。毫无疑问,这一意愿恰恰是中国学者在接受西方学术思想以后所作出的积极回应。"①中国古代文体名目繁多,虽然自清代以来即有归类与析类的意识,但是,在具体操作中文体的类目总会出现一些龃龉不合的情况。

关于文体与文类之别,是文体辨析中的一个重要问题。如《文选》作为较早的划分文体的总集,其类目即受到后人非议。章学诚《文史通义·诗教篇》曰:"赋先于诗,骚别于赋。赋有问答发端,误为赋序,前人之议《文选》,犹其显然者也。若夫《封禅》《美新》《典引》,皆颂也。称符命以颂功德,而别类其体为'符命',则王子渊以圣主得贤臣而颂嘉会,亦当别类其体为'主臣'矣。班固次韵,乃《汉书》之自序也。其云'述《高帝纪》第一'、'述《陈项传》第一'者,所以自序撰书之本意,史迁有作于先,故己退居于述尔。今于史论之外,别出一体为'史述赞'……汉武诏策贤良,即策问也。今以出于帝制,遂于'策问'之外,别名曰'诏'。然则制策之对,当离诸策而别名为'表'矣。贾谊《过秦》,盖《贾子》之篇目也。因陆机《辨亡》之论,规仿《过秦》,遂援左思'著论准《过秦》'之说,而标体为'论'矣。魏文《典论》,盖犹桓子《新论》、王充《论衡》之以论名书耳,《论文》其篇目也……《七林》之文,皆设问也。今以枚生发问有七,而遂标为'七',则《九歌》《九章》《九辨》,亦可标为'九'乎?《难蜀父老》,亦设问也。今以篇题为难,而别为'难'体,则《客难》当与同编,而《解嘲》当别为'嘲'体,《宾戏》当别为'戏'体矣。"②批评《文选》"淆乱芜秽,不可殚诘"③。实际上,早期的文体类目划分淆

---

① 韩经太《中国文学批评史研究》,福建人民出版社,2006年,第86页。
② 章学诚撰,吕思勉评《文史通义》,上海古籍出版社,2008年,第25—26页。
③ 同上书,第26页。

乱,类目繁杂,名体不一。一方面文体命名标准不一,因使用场合和对象而出新名,造成同体异名;另一方面,名体之初的讹误,也源于古人由篇名而定体,出现不同选本中同一篇文章文体名称不同的情况。细按章学诚之意,体指创作表现出来的形式,类指向完成后的以内容功用为导向的归类划分。他对于《文选》中类目的非议,其实也提出了中国古代文体归类与析类的一个问题。

三、民国时期文体学的学术化

20世纪初,学界虽然还没有形成明确的文体学研究意识,但是很多学者在研究一些文学现象的时候,已经比较注重从文体角度进行辨析与梳理。

早在1922年,胡适为纪念《申报》五十周年所撰的《五十年来中国之文学》一文中就文体等问题,提出了很多创见。他首次指出黄遵宪以文为诗的诗歌创作特点,一语道破了晚清民国诗歌文体走向自由化的必然趋势。他还肯定了严复、林纾的译体文学对文学发展的作用。"严复用古文译书,正如前清官僚戴着红顶子演说,很能抬高译书的身价。"① 这是对晚清民国文学史上出现的翻译文学这种独特文体的评价。胡适很推崇林译小说,评价《巴黎茶花女遗事》的译文"自有古文以来,从不曾有这样长篇的叙事写情的文章。《茶花女》的成绩,遂替古文开辟一个新殖民地"②。更为重要的是,胡适从历史背景、继承融汇、发展创新等多层面对文体展开了全方位的诠释,并不是简单肯定或否定。他把梁启超的"新文体"放到甲午战争后民族危机与变法图强的语境中进行理解,指出了文体与时代的互动,说明"新文体"乃是古代散文在新时代的发展。1928年,陈子展在其讲义《中国近代文学之变迁》及后来在此基础上扩展深入的《最

---

① 胡适《五十年来中国之文学》,《胡适文集》第3册,北京大学出版社,1998年,第212页。
② 同上书,第213页。

近三十年中国文学史》中,也作了相应的文体学研究。他紧扣晚清民国文学"变迁"这一特点,揭示了晚清民国文学转型的各种表现,比如列举"文学剧变"的七大方面,同时也不忘对旧派文学的观照;分别对代表诗、文、词三种文体的宋诗派、桐城派,以及晚清四大家的词作和词论作了论述,提出了不少创见。他还敏锐地看到桐城派后学薛福成、黎庶昌、郭嵩焘的域外散文已经突破了桐城"义法"的限制,表现出中西文化交融的特质,开启了晚清民国新体散文的先声。随后,1933年出版的钱基博《现代中国文学史》以作家为单位进行论述,偏重"古文学"的研究,其中对于晚清民国的文体学有相当篇幅的论述,认为新文学中文体革新要上溯到康有为,指出梁启超之新民体与康氏渊源有自:"或者以桐城家目纾,斯亦皮相之谈矣。"①他认为林纾虽与桐城派人士多有交往,但并非桐城派,这是颇为独到的见解。1933年3月1日《青鹤》发表了徐英的《论近代国学》,作者深感"薄古爱今,好奇尚异"的当世学风使国学沦丧殆尽,对于以梁启超为代表的"新民体"采取了敌视的态度,其"薄今爱古"又似乎过之。不过,其所论时人的"趋易畏难""而谬欲假政权以废文章,斯又昧于势而不知量己"②等现象,对于理解文体学与时代风气的关系不无裨益。涉足这一时期文体学研究领域的学者还有郑振铎,他不仅以选本的方式编选了《晚清文选》,为后人的研究打下坚实的文献基础,而且他对很多晚清民国的作家的文体学思想有过深入分析和探讨,写作了《林琴南先生》《梁任公先生》等文章。另外,他首次指出文坛重镇发生转移的事实,即"渐渐的由北京的学士大夫们而转移到上海的报馆记者们与和报馆有密切关系的文人们,像王韬、吴沃尧辈之手"③。这充分地说明了晚清民国时期中国

---

① 钱基博《现代中国文学史》,岳麓书社,1986年,第197页。
② 《青鹤》第1卷第8期,1933年3月1日。徐英曾于1936年4月1日在《安大季刊》第1卷第2期发表了《诗话学发凡》一文,正式提出了"诗话学"一词。
③ 郑振铎《插图本中国文学史》第4册,人民文学出版社,1975年,第834页。

作家的职业化倾向,对于理解雅俗文体之分离具有启示作用。在其《插图本中国文学史》中,他还对变文、戏文、诸宫调、散曲、民歌以及宝卷、弹词、鼓词等诸多俗文学文体进行了研究,这是同时代其他著述中所未论及的。20世纪上半期,鲁迅、周作人、阿英、吴文祺、杨世骥、范烟桥等人的相关研究也涉及文体和文体学的内容,有的侧重于小说文体的专门研究,如周氏兄弟和阿英;有的侧重文艺思潮观念与文体学思想的论述,如吴文祺①。

四、传统文体学向现代文学转型:文学的审美化发展

一批受西学影响至深的学人通过引介西方理论给中国文章观念的演进带来全新的内容,从而导致文学观念呈现出审美的趋向,这也意味着传统文体学正在向现代文学一步步转型。具体来说这种审美趋向表现为两个方面。

第一,在中国传统文体学的话语体系中,对文章的认识与定位有一个经典的说法,即文章是"经国之大业"。曹丕在《典论》中说:"文章,经国之大业,不朽之盛事。"这是一种对文学的高度认定,成为历代不少学人的信条。直至晚清民国,这种观念的影响仍然很大。特别是在民族危机日益深重的历史时刻,这种文章观念与国家命运相联系,在启蒙思想家那里尤其得到重视和推崇。梁启超就说:"夫国之存亡,非谓夫社稷宗庙之兴废也,非谓夫正朔服色之存替也。盖有所谓国民性者,国民性而丧,虽社稷宗庙正朔服色俨然,君子谓之未始有国也。反是则虽微社稷宗庙正朔服色,岂害为有国。国民性何物?一国之人,千数百年来受诸其祖若宗,而因以自觉其卓然别成一合同而化之团体以示异于他国民者是已。国民性以何道而嗣续?以何道而传播?以何道而发扬?则文学实传其

---

① 吴文祺的《近百年来的中国文艺思潮》是我国第一部晚清民国文艺思潮史;他在另一著作《新文学概论》中,也分别论述了梁启超的新体散文、黄遵宪等人的新派诗歌、李伯元等人的谴责小说、林纾的译体小说以及王国维的文学批评。

薪火而管其枢机,明乎此义,然后知古人所谓文章为经国大业不朽盛事者,殊非夸也。"①持这种观点的不止梁启超一人,同时期的陶曾佑也认为:"盖文学之关系于国家,至重大且至密切,故得之则存,舍之则亡,注意则兴,捐弃则废,猗欤魔力,绝后空前,光怪陆离,亦良可畏已。……盖文学之关系于社会,较他物尤为普及。……文学之触感移情,既灵且捷,综上等中等下等之社会,而能融冶一炉,逐渐以浸灌之,作用之宏,成功之易,舍兹文学,其谁与归耶?俯视千春,横眺六极,无文学不足以立国,无文学不足以新民,此吾敢断言者也。"②

他们的这种观点即是对曹丕的继承。曹丕的"经国之大业"的"文章"是传统文体学中"文章",梁启超等人的认定只是在文字上将"文章"替换为"文学",在观念上仍然与曹丕仍然相同。只不过,在晚清的历史背景中,他们希望"文学"能"新民",从而呈现出了启蒙的特质。

与这种源自传统的"文学"观念相比,王国维在吸收西方理论的前提下,提出了完全不同的文学观念,而且这种"文学"是西方化了的文学。在他看来,文学与启蒙无关,文学仅仅不过是"游戏的事业":

> 文学者,游戏的事业也。人之势力用于生存竞争而有余,于是发而为游戏。婉娈之儿,有父母以衣食之,以卵翼之,无所谓争存之事也,其势力无所发泄,于是作种种之游戏。逮争存之事亟,而游戏之道息矣。唯精神上之势力独优而又不必以生事为急者,然后终身得保其游戏之性质。而成人以后,又不能以小儿之游戏为满足,于是对其自己之感情及所观察之事物而摹写之,咏叹之,以发泄所储蓄之势力。故民族文化之发达,非达

---

① 梁启超《〈丽韩十家文钞〉序》,《梁启超全集》,北京出版社,1999年,第2677页。
② 陶曾佑《论文学之势力及其关系》,贾文昭编《中国近代文论类编》,黄山书社,1991年,第505页。

一定之程度,则不能有文学。而个人之汲汲于争存者,决无文学家之资格也。①

王国维认为文学"无所谓争存之事",而只是人类生存竞争余力之后的游戏。所谓"争存",就是争取功利性的价值,他在此提倡的是一种非功利性的文章观念或说文学观念。他还将功利性的"争存"文学分成了"餔餟文学"和"文绣的文学"两种:第一种即是"直接间接以厚生利用为旨"或"以政治及社会之兴味为兴味"的文学②;第二种指的是追名逐利之文学。在他看来,这两种都不是真文学。他说:"人亦有言,名者利之宾也。故文绣的文学之不足为真文学也,与餔餟的文学同。"③也就是说"餔餟的文学"和"文绣的文学"都是为了获取功利价值,因此它们都不是真文学。

王国维的文学"游戏说"显然是有其西学理论源泉的。康德就曾阐释艺术是"自由的游戏",他认为艺术"好像只是游戏,这就是一种工作,它是对自身愉快的,能够合目的地成功"④;斯宾塞也提出过"游戏和艺术都是'过剩精力'的发泄"⑤。王国维吸收了这一系列学说,并将它应用到文学上来。他认为人类的思想感情不能实际表达出来时,就会用游戏的方式表现,文学是人类精神的游戏,他进而还把这种"游戏说"推而广之到其他学科领域。杨联芬曾说:"王国维对文学的阐释,显然与晚清占主导地位的文学功利观完全不是一个路子。他对文学的阐释,卓尔不群,自成标格,实为中国现代文学与美学贡献了一种崭新的语言,一种更具体地体现'现代性'的语言。……它毕竟以一种极为独特与独立的姿态,宣布了一种真正具有现代性的中国现代文学与美学思想的诞生。它的价值不是轰动

---

① 王国维《文学小言》,《王国维全集》第14卷,浙江教育出版社,2010年,第92—93页。
② 同上书,第92页。
③ 同上书,第93页。
④ 〔德〕康德著,宗白华译《判断力批判》上,商务印书馆,1964年,第149页。
⑤ 卢善庆《中国近代美学思想史》,华东师范大学出版社,1991年,第415页。

的、迅速产生影响力的,然而却对中国文学与美学产生了潜在而持久的影响。"①王国维通过借鉴西方的理论,对"文"或者说"文学"给予了重新的思考和定位,他的观点具备了现代性的审美特征。

文学观念从"经国""新民"到"游戏的事业"的转变,体现的是文章观念或者说文学观念中对于非功利性的追求,是审美现代性的发展要求,标志着传统文体学的文章观念向系统的西方化的文学观念的转型。

第二,"文以载道"的观念在中国传统文体学中也是一个根深蒂固的传统,其基本含义是"道"是"文"的主题和内容,文章是表现"道"的一种形式。晚清民国,"载道之文"仍然得到不少推崇。前面所述的姚永朴、林纾等都是这一观念的坚持者。如林纾就曾说:"幼年闻古人'文以载道'之语,初不甚解。近十五年来,方知古文一道,非学不足以造其樊,非道不足以立其干。"②强调道是文的主干。林纾等人是古文的坚持者,其古文思想师法桐城,持有这种认识并不难理解。不过,当时的维新派对于"文以载道"的认识也没有表现出突破性,如谭嗣同仍然强调人不弃道,文不离道,他说:"圣人之道,果非空言而已,必有所丽而后见。丽于耳目,有视听之道;丽于心思,有仁义智信之道;丽于伦纪,有忠孝友恭之道;丽于礼乐征伐,有治国平天下之道。故道,用也;器,体也。体立而用行,器存而道不亡。……夫苟辨道之不离乎器,则天下之为器亦大矣。器既变,道安得独不变? 变而仍为器,亦仍不离乎道,人自不能弃器,又何以弃道哉?"③由此可见,"文"与"道"之间的紧密关系在很多人头脑中是如何的根深蒂固,直到有人提出"美术之文"的概念才终于将这层关系打破。

---

① 杨联芬《二十世纪初文人的边缘化与文学"游戏说"的萌生》,《海南师范学院学报(人文社科版)》2002 年第 5 期。
② 林纾《忌险怪》,王水照编《历代文话》第 7 册,复旦大学出版社,2007 年,第 6389 页。
③ 谭嗣同《报贝元徵书》,《谭嗣同全集》上册,中华书局,1981 年,第 197 页。

早在1907年,刘师培就发表了《中国美术学变迁论》(未完),该文借用西方"美学"概念纵论中国古代"美学"之溯源。刘师培说:"昔希腊巨儒,析真美善为三,而中邦美、善二字,均从羊会意,取义相同。故美、善二字,亦互相为训。"显示出他运用西方的知识框架进行文艺研究的取向。对于"美术"这个外来词,刘师培用"仪文制度"注解,"美术云何?即仪文制度是也。"①刘师培对于"美术"的考释是从汉学家的角度切入和进行的,他只是进一步肯定了文章外在饰观的重要性,这与其骈文主张是息息相关的,而对于"文"与"道"的关系并没有涉及。

随后的王国维与刘师培不同,王国维明确提出了"美术之文"的概念,他说:"美术文学非徒慰藉人生之具,而宣布人生最深之意义之艺术也。一切学问,一切思想,皆以此为极点。人之感情惟由是而满足而超脱,人之行为惟由是而纯洁而高尚。"②他认为可以从美学角度来界定文学:"且定美之标准与文学上之原理者,亦唯可于哲学之一分科之美学中求之。"③不过,王国维只是通过提出"美术之文"表达自己的文学观念,并没有系统地批判传统的"载道之文"。直到五四时期,陈独秀在《文学革命论》中才彻底地对"文以载道"进行了批评:

> 文学本非为载道而设,而自昌黎以讫曾国藩所谓载道之文,不过抄袭孔孟以来极肤浅、极空泛之门面语而已。余尝谓唐宋八家文之所谓"文以载道",直与八股家之所谓"代圣贤立言",同一鼻孔出气。④

---

① 刘师培《中国美术学变迁论》,李妙根编《刘师培辛亥前文选》,中西书局,2012年,第385页。
② 王国维《教育家之希尔利尔》,姚淦铭、王燕主编《王国维文集》下册,中国文史出版社,2007年,第222页。
③ 王国维《奏定经学科大学文学科大学章程书后》,《王国维文学美学论著集》,北岳文艺出版社,1987年,第57页。
④ 陈独秀《文学革命论》,《新青年》第2卷第6号,1917年。

在这里,陈独秀既剥离了"文"与"道"的关系,又批评"载道之文"是"代圣贤立言"的工具,从根本上否定了"载道之文"。这为后来刘半农的总结奠定了基础,成为刘半农构建纯文学观念的理论基石。

至五四时期,知识分子进行了彻底的语体变革,通过构建白话与文言的系统关系,对维护中国传统文体学生存的基础——文言进行了彻底的否定。1916年,胡适在《白话文言之优劣比较》一文中说:

(一)今日之文言乃是一种半死的文字,因不能使人听得懂之故。

(二)今日之白话是一种活的语言。

(三)白话并不鄙俗,俗儒乃谓之俗耳。

(四)白话不但不鄙俗,而且甚优美适用。……

(五)凡文言之所长,白话皆有之。而白话之所长,则文言未必能及之。

(六)白话文并非文言之退化,乃是文言之进化。……

(七)白话可产生第一流文学。……

(八)白话的文学为中国千年来仅有之文学。……

(九)文言的文字可读而听不懂,白话的文字既可读,又听得懂。①

与清末民初的不废文言的语体观念相比,胡适的语言逻辑已经颠覆了基于传统文体学的语体雅俗观念。当文言语体被白话语体取代之后,建立在此基础上的传统的文体学就摆脱不了解体的命运。

然而,这种以现代白话整体取代文言的方式,必然也会带来新时代文学与传统文体学的断裂。更为突出的是,新文学由清末民初萌

---

① 胡适《白话文言之优劣比较》,姜义华主编《胡适学术文集·新文学运动》,中华书局,1993年,第6—8页。

发的学习"西方范式"走向了甚为激烈的"西化"。与中国传统文体学缓慢地在内部系统中将俗文学融入雅文学不同,这种激烈的"西化"是从传统文体学的外部"拿来"西方文学中的文体及文类,强行移植,并希望在短期内完成这种变革。如此一来,新的文学与传统文学之间断裂得更为严重。章太炎曾说:"语言之用,以译他国语为急耶? 抑以解吾故有之书为急耶? 彼将曰:'史传者,蒿里死人之遗事;文辞者,无益民用之浮言。虽悉弃捐可也。'不悟人类所以异鸟兽者,正以其有过去、未来之念耳。若谓过去之念,当令扫除,是则未来之念,亦可遏绝,人生亦知此瞬间已耳,何为怀千岁之忧,而当营营于改良社会哉?"①在章氏看来,过去与未来乃是联系在一起的,如果割裂了与传统的联系,那么未来也没有了存在的价值与意义。他的话语对于一刻不停地奔向未来的"新文学"当是切中肯綮之言。1906 年,章门弟子鲁迅发表了《文化偏至论》,文中写道:"外之既不后于世界之思潮,内之仍弗失固有之血脉,取今复古,别立新宗。"②这无疑是清末民初一种颇具代表性的文化理想,直到今天仍是我们追寻的目标。从这个意义上来说,晚清民国文体学是历久而弥新的。

---

① 章太炎《驳中国用万国新语说》,陈平原编校《中国现代学术经典 章太炎卷》,河北教育出版社,1996 年,第 608 页。
② 鲁迅《文化偏至论》,《鲁迅全集》第 1 卷,人民文学出版社,2005 年,第 57 页。